P. W. Singer
et
August Cole

W0274970

CONTROL

L'ère de l'IA et de l'hypersurveillance a déjà commencé

Thriller

Traduit de l'anglais (États-Unis) par David Fauquemberg

BUCHET • CHASTEL

Titre original :
Burn-In
Éditeur original : Houghton Mifflin Harcourt

© 2020 by P.W. Singer and Redoubt, LLC. Tous droits réservés.
Pour la traduction française :
© Buchet/Chastel, Libella, Paris, 2022.

ISBN : 978-2-283-03610-5

À Sue, qui a révisé ce livre depuis son lit d'hôpital.
Il n'est pas plus grand dévouement.

Ceci est une œuvre de fiction.
Cependant, tous les lieux, tendances, technologies
et incidents qu'elle contient s'inspirent du monde réel.

1

Capitol Hill

Washington

Sa barbe rousse bien grasse et sa crête tressée de Viking n'avaient clairement pas été lavées depuis deux bonnes semaines, mais à sa manière de serrer contre lui son fusil d'assaut AR-15, on comprenait que cet homme prenait soin de ce qui comptait le plus pour lui. Et l'agent spécial Lara Keegan, rattachée au bureau du FBI à Washington, aurait parié un mois de salaire que le Viking astiquait cette arme tous les jours.

L'observant du coin de l'œil à travers la vitre passager d'un SUV Chevrolet Tahoe noir un peu dépassé, Keegan replia délicatement la feuille en nanoplastique orange, fine comme du papier ciré, qu'elle avait déployée sur le tableau de bord. Histoire de s'occuper pendant qu'ils étaient coincés dans cet embouteillage.

De Louisiana Avenue jusqu'à Union Station, la circulation était à l'arrêt. Une poignée de conducteurs klaxonnaient rageusement, mais le reste des véhicules tournaient docilement au ralenti. C'était facile de déterminer lesquels avaient un humain au volant : les machines savaient ne pas gaspiller d'énergie en un tel superflu émotionnel.

Keegan s'assura que le filament unidirectionnel doré du nanoplastique était bien aligné avec le pli, puis rabattit avec délicatesse le pan suivant. Un monospace bleu s'avança lentement sur la voie d'à côté, lui cachant le Viking. Les parents à l'avant ignoraient leurs deux enfants qui échangeaient des coups de poing par-dessus la valise calée entre eux. Elle espérait pour ces gens que c'était la fin de leurs vacances en famille, et pas le début.

Le monospace progressa de trente centimètres et le Viking entra de nouveau dans son champ de vision. L'AR-15 était strié de marbrures grises et noires, peintes au pistolet. Il l'avait donc modifié pour des opérations de combat urbain. Un laryngophone tactique dépassait de sous la barbe rousse de l'homme. Le même genre de micro que celui utilisé jadis par les forces spéciales, conçu pour permettre une communication infra-vocale en pleine fusillade, tout en laissant les mains libres. Tout le monde pouvait s'en procurer un, désormais.

L'étape suivante du montage la força à baisser les yeux l'espace d'une fraction de seconde. Elle glissa précautionneusement une tige fine comme une aiguille dans le pli entre les deux pans de nanoplastique.

– *Hello World*, souffla-t-elle entre ses dents, récitant le mantra fébrile des premiers programmeurs informatiques, à une époque où ses grands-parents n'étaient pas encore nés[1].

Tandis qu'elle jetait un rapide coup d'œil de côté, pour s'assurer que le Viking n'avait pas bougé, les plis de la structure orange s'ouvrirent pour prendre la forme origamesque d'une mante religieuse robotique, déployant ses six minuscules pattes de l'épaisseur d'un cheveu[2]. Cela procura à Keegan un bref instant de satisfaction, de voir qu'elle avait créé la seule chose qui semblait bouger ce matin.

Le SUV avança de trente centimètres, puis pila si brusquement que la mante bascula en avant. Une autopartage à quatre portes, carrosserie noire fraîchement lavée, venait de s'imposer dans leur file quelques centimètres à peine devant une voiture à hayon rouge, crasseuse, avec des panneaux solaires craquelés sur le toit. Rien qu'une minuscule escarmouche dans cette immense guerre entre des milliards de lignes de code informatique, chacune luttant pour faire tourner sans heurt la société, tout en s'efforçant de prendre le dessus sur ses concurrentes.

– Combat de robots en vue, annonça Keegan. Deux voitures devant nous.

Un autre véhicule d'un noir étincelant freina pour laisser passer des voitures. Tout ça faisait partie du jeu. Il arrivait qu'un véhicule se rapproche du bord de sa voie, pas assez pour bloquer la file d'à côté mais suffisamment pour déclencher les protocoles de détection automatique, faisant croire au voisin qu'il fallait s'arrêter pour contourner prudemment l'obstacle perçu. À moins qu'il ne s'agisse d'un coup délibéré de la flotte des voitures noires. Quand deux véhicules repéraient une voiture d'une compagnie rivale derrière eux, ils formaient un écran, roulant en parallèle aussi lentement que la loi le permettait.

Coincée derrière tout ça, Keegan jouait avec un robot sur le siège passager et s'efforçait d'ignorer son collègue novice pianotant nerveusement un volant qui n'avait pas besoin de lui.

– Vous devriez appeler leur numéro de réclamation, suggéra l'agent spécial Aiden Griffin. Ou bien je passe en mode manuel et je nous dégage un chemin ?

Cela faisait tout juste un an qu'il était sorti de l'académie du FBI, et il avait encore cette voix trop empressée ; raison pour laquelle il occupait le poste de chauffeur remplaçant.

C'était l'unique sacrifice que les systèmes étaient prêts à céder aux dieux algorithmiques de l'efficacité – pour être habilités à circuler, les véhicules autonomes devaient intégrer un protocole « Forces de l'ordre ». Face aux signaux simultanés d'une radio à ondes courtes et d'un hurlement de sirène, les batailles pour la vitesse et la position cessaient aussitôt et tous les véhicules devaient se ranger sur le côté.

– Ne touchez à rien, ordonna Keegan. Si vous faites ça, on n'aura pas parcouru un bloc que l'info « FBI aperçu aux abords d'Union Station » circulera sur tous les fils d'actualité…

Ce trajet vers la gare de Washington n'était pas une opération planifiée, juste la réponse à une alerte réclamant la présence du FBI. Une fausse alerte, sans doute, mais il leur fallait partir du principe que celui ou ceux qui en étaient à l'origine allaient surveiller de près toute activité suspecte dans la zone.

Griff empoigna sa chaussure, délogeant d'une pichenette un caillou qui s'était coincé dans les stries de la semelle. Cela agaça Keegan, parce qu'il avait quitté des yeux non pas la route, mais leur environnement.

– Le reste, je comprends, mais pourquoi ce machin sur votre tête ? demanda-t-elle.

Griff venait tous les jours au boulot habillé comme pour une descente : pantalon tactique gris impeccable et chemise antidétection noire à manches longues, trop serrée. Il portait également une encombrante veste tactique, trouvant chaque fois une bonne raison de l'enfiler.

– Ça me protège du soleil, répondit-il, parlant du bonnet de marin qu'il avait enfoncé presque jusqu'aux sourcils.

– Sérieusement ? C'est pour l'hiver.

– Sinon, la sueur me coule dans les yeux.

– C'est à cause de ce bonnet.

Elle se pencha vers la banquette arrière, attrapa une casquette « FBI » et la lui tendit.

– Tenez, c'est ça qu'il vous faut.

– Nan, je suis bien comme ça, déclina-t-il.

Elle jeta la casquette à l'arrière.

– À vous de voir, soupira-t-elle.

Elle attrapa le robot-origami sur le tableau de bord et le fit voler, comme un enfant jouant avec un avion en papier. Le faisant glisser lentement sur l'horizon, les yeux fixés sur ce qui se passait au loin, derrière lui.

– Ouais, regardez là-bas. À deux heures. Ce truc qui vient de la plateforme logistique, celle qui occupe l'ancienne imprimerie du *Washington Post* à College Park[3].

Faisant un zoom arrière avec la mante, elle aligna l'extrémité triangulaire de sa tête sur le drone de livraison à huit rotors qui volait là-haut, une ligne imaginaire courant du minuscule robot jusqu'à son grand frère dans le ciel[4].

– En allant livrer son jus de betterave, son nouveau chargeur ou Dieu sait quoi, cet engin absorbe au passage toutes les données qu'il peut pour les vendre. C'est là qu'est vraiment le fric, maintenant. Enclenchez la sirène et il nous signalera à tous les abonnés payants de son flux de données en temps réel.

Keegan pencha le robot miniature en direction du Viking.

– En plus, pas moyen de savoir comment notre pote avec son AR-15 réagira...

– Ouais, mais bon, on met trop de temps, répliqua Griff.

Sur ce point, le petit nouveau avait raison. Utilisant le bec de la mante robotique comme un stylet, elle tapa sur l'option « Durée du trajet » de l'écran GPS du Tahoe. Dans l'urgence, ils n'avaient pas pu prendre l'un des véhicules plus récents de la flotte du FBI, si bien que c'était un écran à l'ancienne, plutôt qu'un viseur tête haute projeté sur le pare-brise.

Elle n'eut pas besoin de faire le moindre commentaire. L'écran affichait sept minutes lorsqu'ils avaient quitté le bureau, et cela en faisait déjà douze qu'ils se trouvaient à bord du SUV, avec encore six blocs à parcourir. Aucun plan ne résistait au premier contact avec l'ennemi, ou avec la circulation de Washington. Il était donc temps d'en changer. Keegan appuya sur l'épingle FBI fichée dans le revers de sa veste, qui servait aussi de bouton d'émission pour sa radio.

– Contrôle, ici Keegan. Nous sommes coincés dans les bouchons. Autorisation de descendre pour continuer à pied ?

Elle entendit le grognement étouffé de Griff à l'idée de quitter la voiture par cette étouffante journée de printemps.

– Nous pourrions couper à travers Lower Senate Park et être sur place en moins de temps qu'il ne nous en faudra pour avancer d'un demi-bloc dans cette bagnole, argumenta-t-elle.

Keegan avait sciemment utilisé le nom officiel de l'espace vert qui séparait les bâtiments de bureaux du Sénat de la gare d'Union Station, sachant que c'était celui qu'affichait la carte murale du centre opérationnel du FBI, plutôt que celui qu'aurait employé le Viking ou n'importe qui d'autre : Patriots Camp, le « Camp des Patriotes ».

Dans son oreillette, Keegan entendit la voix de son chef, l'agent spécial en charge adjoint Harrison Noritz, en pleine conversation étouffée avec d'autres personnes.

– Ça se défend, répondit-il. Vous n'avancez pas plus vite qu'en marchant, de toute façon. Mais soyez discrets, étant donné le caractère... sensible des lieux.

– Vous avez entendu le chef, lança Keegan à Griff en froissant le robot-origami au creux de sa paume et en glissant la boule de nanoplastique dans sa poche. Passez en mode RUR. Pas la peine qu'un véhicule du FBI se fasse exploser en même temps que nous dans le parking de la gare.

Fort de l'autorisation requise de la bureaucratie humaine, Griff donna à la machine sa permission, réglant le véhicule sur *Roam Until Recall*, mode qui l'enverrait rouler dans les environs jusqu'à ce qu'on le rappelle pour venir les récupérer. Le SUV fit une brusque embardée.

– Ah, c'est maintenant que tu bouges... souffla Griff.

Mais c'était juste le pilote automatique qui se recalibrait sur l'écart entre véhicules préprogrammé dans son protocole « Circulation ».

Tandis qu'elle claquait la portière passager, Keegan donna une tape sur la vitre du Tahoe, comme pour le saluer. Le titane de son alliance fit tinter le verre. Griff se tourna vers elle et lui brandit le pouce, un geste tout à fait superflu. La tape était simplement un vieux rituel personnel remontant à l'époque où Keegan devait sortir de véhicules blindés dans des lieux autrement plus dangereux.

En contournant le monospace bleu, Keegan vit que les choses dégénéraient du côté du père, qui agitait les mains tout en hurlant sur ses enfants. *Connard.* Elle vit également que le Viking avait bougé, et pas de manière rassurante. Ses lèvres s'ouvraient et se refermaient au rythme staccato d'un professionnel en train de faire un point rapide sur la situation avec quelqu'un à l'autre extrémité d'une chaîne de commandement. Surtout, l'index du type avait débloqué la sécurité et était désormais glissé dans le pontet de son fusil d'assaut.

Keegan marcha lentement en direction du Viking, paumes tendues devant elle.

– Montrez-lui vos mains, souffla-t-elle à Griff.

Tandis qu'ils s'approchaient, Keegan reconnut cette odeur familière de bouc, mêlée à celle d'un solvant pour armes à feu. Elle ne s'était pas trompée, à la fois sur la barbe et sur l'arme.

– N'allez pas plus loin, grogna le Viking.

Keegan s'arrêta et scruta l'espace devant elle. Elle se tenait près de l'endroit où commençait l'allée centrale du camp qui avait émergé dans ce parc bordant le Capitole sur sept blocs. Deux rangées de tentes couraient de part et d'autre, occupant un terrain qui avait jadis servi de piste d'atterrissage pour les drones personnels autonomes des membres du Congrès. Il n'y avait pas deux tentes pareilles : elles allaient de la minitente une place de l'armée américaine aux immenses baraquements militaires gonflables AirBeam. Çà et là, quelques tentes de camping civiles brillamment colorées venaient égayer le sable et vert jungle de ces surplus militaires. Mais la désorganisation s'arrêtait là. L'ensemble était tiré au cordeau et d'une propreté impeccable. Même le gravier de l'allée venait d'être ratissé, adoptant les motifs ondulés d'un jardin zen ; celui qui s'en était chargé avait manifestement servi sous les ordres de l'INDOPACOM, le Commandement indo-pacifique de l'armée américaine.

– Vous connaissez l'accord, déclara le Viking en pointant le canon de l'arme vers le bord du ciment, c'est-à-dire juste devant leurs pieds. Pas de flics à l'intérieur du camp. Rien que ceux qui ont servi sous les drapeaux. Posez un pied sur l'herbe et vous vous prendrez une bonne branlée… encore une fois.

Keegan sentait la colère l'envahir chaque fois qu'une vidéo de l'affrontement apparaissait sur son fil d'actualité. Les policiers de Washington avaient pénétré dans le camp sans réfléchir, pensant qu'ils allaient pouvoir en expulser les occupants grâce aux mêmes méthodes que celles qui fonctionnaient avec les étudiants ou les agriculteurs. Mais leurs matraques et leurs lacrymos n'étaient pas de taille à mater deux mille vétérans, qui avaient connu bien pire. Personne n'était encore prêt à reproduire ce à quoi avait eu recours le général Douglas MacArthur face aux vétérans protestataires de la Bonus Army un siècle plus tôt : faire intervenir les chars[5]. Au lieu de quoi, un semblant de trêve avait été signé. La circulation était autorisée sur les grandes artères qui traversaient le parc, mais tout ce qui se trouvait au milieu – désormais connu sous le nom de « Camp des Patriotes » – était le territoire des vétérans, que ceux-ci géreraient à leur guise. Du moins, jusqu'à ce que le Congrès leur ait payé leur dû.

– Je suis pas flic, mais agent fédéral, répliqua Keegan. Et surtout, je suis des vôtres. J'ai autant le droit d'être là que vous.

Derrière le Viking, une femme sortit d'une tente plantée à l'orée du parc. Camouflage sable pixélisé, un surplus militaire à l'évidence, avec une pancarte invitant les journalistes à se présenter à l'intérieur. Cependant, Keegan savait que la multitude d'antennes qui se dressaient au-dessus de cette tente n'étaient pas juste destinées à se connecter aux chaînes d'actualités. Quand la police de Washington avait tenté d'évacuer le camp, les vétérans avaient déployé un blocus numérique, brouillant non seulement les radios, mais balançant un tel bruit électronique que les drones de surveillance des autorités étaient littéralement tombés du ciel.

La femme allait sur sa trentaine, menue, avec un piercing noir mat dans le sourcil et des dreadlocks. Là où le Viking arborait un camouflage vert, pantalon coupé juste au-dessus des genoux en un short dépenaillé, la fille aux dreadlocks portait une combinaison bleue de la Navy. Quand elle s'approcha, Keegan repéra le nom « Richter » brodé sur la droite et, sur sa manche, les bandes bleue, or et rouge d'une Presidential Unit Citation, prestigieuse décoration accordée par le président des États-Unis. Ce détail et le fait qu'elle ne soit pas armée indiquaient qu'elle occupait un rang haut placé dans la hiérarchie du camp.

– Un souci, Red ? demanda-t-elle en regardant le Viking, comme si les deux agents du FBI n'existaient pas.

Keegan s'efforça de ne pas sourire en entendant ce surnom éminemment créatif pour un rouquin – typique de l'armée.

– Cette flic dit qu'elle a le droit d'entrer, qu'elle est des nôtres.

– Sans blague ? rétorqua Richter, et elle se pencha en avant, fixant directement Keegan.

Son haleine sentait le stimu à mâcher à la menthe, ce qui rappela à Keegan ses propres missions militaires, et l'état de manque qui avait suivi à chaque fois.

– Prouvez-le.

Keegan retroussa lentement sa manche gauche, jusqu'au bas du coude. Là, deux centimètres et demi sous le coude et cinq centimètres au-dessus du poignet, un aigle était tatoué, perché sur un globe traversé d'une ancre de marine. Trois noms étaient gravés dessous, chacun dans une police différente : Ferry, Rodriguez, Anton. Keegan posa sa main sur le tatouage, pour montrer que ses dimensions respectaient à la lettre le règlement du corps des Marines, comme elle avait dû le faire devant son sous-off de bon matin, après être rentrée la veille à la caserne avec[6].

Richter la gratifia d'un hochement approbateur, sans avoir besoin de demander ce que signifiaient les trois noms.

– Et vous ? lança-t-elle à Griff.

Avant qu'il ait pu répondre, Keegan répliqua :

– Il est avec moi. Nous avons juste besoin de couper jusqu'à la gare.

Griff fit nerveusement craquer ses doigts pendant que Richter le jaugeait d'un bref regard.

– Désolée, ça va pas être possible.

À présent, elle ne regardait plus que Keegan, ignorant Griff.

– Seulement ceux qui ont servi sous les drapeaux.

Ils n'avaient pas le temps de discuter.

Keegan se tourna vers Griff.

– Retournez à la voiture. Et on rétablit le contact dès que vous serez là-bas.

Griff parut sur le point de contester son ordre – l'académie ne vous apprenait certainement pas à abandonner votre partenaire dans un camp rempli de manifestants armés –, mais Keegan le coupa net.

– Tout va bien se passer. N'importe lequel de ces gars aurait pu me tirer dessus quand j'étais dans les Marines, alors pourquoi le faire maintenant ? Allez, ajouta-t-elle d'un ton plus appuyé qui signalait un ordre. Nous n'avons pas de temps à perdre.

Sur ces mots, Griff reprit le chemin du SUV, qui n'avait progressé que de deux mètres à peine.

Devant l'impatience de Keegan, Richter la contempla, l'air interrogateur.

– Je m'en occupe, Red, lança-t-elle au Viking. Je vais l'escorter de l'autre côté.

– Oui, m'dame, dit-il à celle qui était donc clairement sa supérieure.

Richter fit signe à Keegan de la suivre.

Keegan ne savait trop quoi penser. On lui avait plus d'une fois demandé de venir défiler, mais elle avait toujours refusé. Ses excuses variaient – c'était tantôt une formation du FBI qu'elle prétendait ne pas pouvoir manquer, tantôt des obligations familiales. Mais c'était surtout parce qu'elle n'aimait pas la tournure qu'avaient prise les choses.

Bien sûr, elle comprenait leur colère. La combinaison toxique d'un effondrement économique avec un système politique déglingué avait eu raison des pensions qu'ils étaient censés toucher après leur service au sein de l'armée. Tout le monde souffrait, mais c'était l'iniquité de la chose qui avait déclenché le mouvement. Le montant des aides sociales destinées aux civils était indexé sur le coût de la vie, de manière automatique, mais pas celui des pensions des vétérans, qui faisait l'objet d'un vote annuel[7]. Cette petite différence et le piédestal sur lequel les politiciens plaçaient les vétérans avaient fait de leurs allocations un levier que tout le monde utilisait pour négocier. Tous ceux passés par l'armée savaient qu'être un pion entre les mains des politiques faisait partie du deal, mais refusaient que cela impacte également leur famille.

La réaction n'avait donc rien eu de surprenant pour qui connaissait bien les tactiques militaires : avancer vers la menace. Une marche rassemblant un million de vétérans venus de tout le pays avait déferlé sur Washington pour « occuper » le Congrès.

Mais le problème avec la colère, c'était qu'elle n'en avait jamais assez. La plupart des vétérans étaient rentrés chez eux après que le Congrès avait cédé, ajustant leurs pensions. Mais d'autres avaient décidé de rester sur place jusqu'à ce qu'on leur accorde également les emplois garantis qu'ils exigeaient, des logements, et à peu près tout ce que des gens qui avaient fait plus que leur part estimaient mériter. C'était ce qui mettait Keegan mal à l'aise – l'idée qu'ils méritaient plus, non seulement parce que cela leur était dû, mais parce qu'ils valaient mieux que ceux qui leur devaient tout ça, et dont ils n'avaient plus à respecter les règles.

Peut-être parce qu'on ne lui devait rien, en fait ; elle ne pourrait jamais rendre tout ce que le corps des Marines lui avait donné. Elle s'était engagée quelques semaines avant la fin de ses études. Elle avait vu l'une de ces affiches de recrutement clamant que les Marines choisissaient toujours de prendre les difficultés à bras le corps. Pour elle, il s'était agi de les fuir. L'université de Washington Tacoma se trouvait à 4 725 kilomètres de Parris Island, en Caroline du Sud, mais même après avoir traversé tout le pays en car, cela semblait parfois encore trop près. À l'issue de ses classes, les Marines l'avaient envoyée quelques milliers de kilomètres plus loin, vers un autre lieu et un autre temps dont elle préférait ne pas se souvenir. Oublier était une nécessité, de la même manière que cela l'était pour une nation qui avait simplement fini par accepter le spectacle de vétérans en train de faire leur toilette dans l'immense miroir d'eau du Lincoln Memorial comme le prix à payer pour rester une superpuissance.

– C'est quoi ton histoire, m'dame la Marine devenue agente du FBI ? interrogea Richter. T'as servi où ?

– Keegan. Lara. E-5, répondit Keegan en utilisant l'abréviation officielle désignant ce grade que n'importe qui, dans un autre corps de l'armée, aurait identifié comme celui de sergent. 1er bataillon de maintien de l'ordre des Marines, essentiellement en Irak. Et vous ?

– Police militaire, hein ? Ça explique pourquoi tu t'es retrouvée flic après, rétorqua Richter. Moi ? Opératrice radar sur le *Zumwalt*, essentiellement au large d'Hawaï.

– Sans déconner… répondit Keegan. Je suis allée voir l'expo à la Smithsonian Institution.

– Ben, c'était exactement comme ça.

– Ça sentait meilleur qu'à bord de ce bateau, je parie.

Richter prit un air agacé et repoussa une dreadlock rebelle tombée sur son visage. À l'évidence, elle n'était pas encore habituée à leur longueur.

Keegan avait fait pareil en quittant l'armée. Après des années à vous entendre dire comment mener votre vie, jusqu'à la bonne longueur de vos cheveux, vous aviez envie de reprendre le contrôle, à commencer par votre look. Maintenant, elle avait trouvé un compromis, portant les cheveux noirs et lisses hérités de son père en un carré bien net qui lui arrivait juste sous la mâchoire. Ils étaient à peine assez longs pour les nouer en une petite queue-de-cheval lorsqu'elle avait besoin de les rendre invisibles – ou de changer un peu.

Keegan hocha la tête et prit soudain une légère avance, signal tout sauf subtil, adressé à Richter, qu'il fallait accélérer l'allure. Elle n'avait pas le temps pour ce genre de conversation. Mais cette précipitation mit au supplice le nerf sciatique courant le long de sa hanche droite. Elle réprima une grimace. C'était comme une décharge électrique, suivie d'une contraction involontaire des muscles autour du nerf. Les vieilles blessures semblaient toujours se réveiller aux pires moments. En temps normal, elle aurait apaisé la douleur et dorloté son nerf grâce aux étirements de yoga qu'elle avait appris pendant sa rééducation, mais la position de la sauterelle n'était évidemment pas envisageable pour l'instant.

– On dirait que t'as plus qu'un train à prendre, fit remarquer Richter tandis qu'elles traversaient le parc en direction du carrefour de Columbus Circle. Il se passe quelque chose à Union Station ?

– Juste un truc qui requiert notre attention, répliqua laconiquement Keegan en espérant que la douleur ne se lisait pas sur ses traits.

C'était la seule réponse à laquelle Richter aurait droit. Malgré leur passé militaire commun, elle était extérieure à l'agence.

– Écoute, je n'ai pas besoin de connaître les détails, mais est-ce qu'il faut que j'évacue mes gars de cette partie du parc ? insista Richter. Si le SOA est capable de faire ce qu'il a fait à Londres, nous sommes à la portée du souffle qu'entraînerait ce genre d'explosion…

Il n'y avait rien de surprenant à ce que Richter ait tout de suite pensé aux *Sons of Aleppo* – les « Fils d'Alep ». Émergeant des camps qui hébergeaient à présent la deuxième génération de réfugiés de guerre syriens, ce groupuscule terroriste ne figurait même pas dans la base de données du FBI lorsque Keegan avait rejoint l'agence[8]. Désormais, le SOA apparaissait quotidiennement sur les listes de surveillance lors des briefings de la division antiterroriste du FBI, surtout depuis l'attentat suicide de la gare de Paddington, où les terroristes portaient des caméras de réalité virtuelle pour permettre à leurs fans de « vivre » l'événement.

– Juste un truc qui requiert notre attention, répéta Keegan, pour faire comprendre à Richter qu'elle n'en saurait pas davantage.

– Si quelqu'un a le *droit* de savoir, c'est bien nous, rétorqua Richter, jouant cette carte-là.

– Alors vous comprendrez aussi pourquoi je ne peux pas en dire plus, cingla Keegan.

Elle serra les dents tandis que son nerf sciatique s'enflammait de nouveau, irradiant plus bas dans sa jambe. Elle était partie jeune femme à la guerre et en était rentrée avec le dos de son grand-père, après l'explosion d'une bombe artisanale qui lui avait tordu la colonne dans un sens alors que les soixante kilos de son équipement de combat la vrillaient dans l'autre.

– Compris, répondit Richter, mais d'un ton plein de déception.

Quand elles atteignirent la frontière du camp, devant le grand rond-point au pied d'Union Station, une autre sentinelle les attendait, armée elle aussi d'un fusil d'assaut. Visiblement, le Viking l'avait prévenue par radio. Mais ce vétéran-là était plus vieux, sans aucune tentative de rébellion capillaire – il allait juste bientôt devenir chauve. D'après son âge, Keegan se dit qu'il avait peut-être même servi en Irak durant l'une des premières tournées là-bas.

– Je vais vous laisser là, déclara Richter. Qui que vous cherchiez, bonne chasse.

Elle tendit le bras et, en serrant la main de Keegan, ajouta avec un sourire narquois :

– Et merci pour votre service.

Adressé à un autre vétéran, c'était un énorme *Fuck you.*

Dès que Keegan eut quitté la pelouse, Richter se mit à beugler des ordres : barricader tous les accès au camp et placer l'équipe médicale en alerte. La confiance règne, songea Keegan.

Massachusetts Avenue était encore plus encombrée aux abords de la gare. Aucune trace de Griff et du SUV, si bien que Keegan entreprit de se frayer un chemin entre les voitures. Les véhicules automatisés étaient programmés pour garder une distance de quarante-cinq centimètres entre eux, de sorte qu'on pouvait se glisser assez facilement entre les pare-chocs. C'étaient ceux conduits par des humains dont il fallait se méfier ; ils étaient plus susceptibles de faire des embardées imprévisibles et d'aller heurter celui de devant, vous prenant en tenaille.

Elle s'arrêta devant une autopartage jaune et bleue, avec deux femmes à l'arrière. L'une était manifestement riche, à en juger par son tailleur haute couture et ses perles, une lobbyiste peut-être. Immergée dans son appareil de réalité virtuelle, elle passait son heure de pointe ailleurs, prenant peut-être des vacances mentales sur l'île d'Aruba ou en Alaska. Privée de technologie, l'autre femme s'ennuyait à mourir. Elle croisa le regard de Keegan et sembla envisager un instant de sortir pour continuer à pied. Keegan fit non de la tête, soulevant le bas de sa veste pour montrer l'insigne accroché à sa ceinture et le pistolet Sig Sauer 420 dans son étui. Une manière de prévenir la femme qu'il valait mieux attendre un peu. Mais Keegan regretta aussitôt sa gentillesse, réalisant que la femme allait probablement poster quelque chose à ce sujet dès qu'elle aurait le dos tourné.

Keegan pressa de nouveau le bouton de l'épinglette FBI, sur le revers de sa veste.

– Contrôle, je suis à la gare.

– Bien reçu, répondit Noritz dans son oreille droite. Nous avons également connecté le Tac-Net, donc vous pouvez passer en RA.

Keegan sortit un étui de lunettes de la poche de sa veste et enfila sa paire de Viz Glass, ses lunettes à réalité augmentée dernière génération. Le modèle réglementaire du FBI comportait un projecteur de réalité augmentée monté sur des lunettes de tir balistiques à larges montures[9]. Elles étaient censées être assez robustes, mais Keegan prenait toujours soin de les protéger quand elle ne s'en servait pas ; l'effort en valait la peine, si cela pouvait éviter la minuscule rayure susceptible de vous coûter un salaire ou de vous handicaper lors d'une fusillade.

Keegan alluma l'appareil et son champ de vision se peupla d'icônes de couleur et de données brutes plaquées sur tout ce qu'elle voyait. Contrairement aux premières versions où la réalité augmentée imprimait les données sur le verre, les suivantes les projetaient directement dans les yeux, ce qui permettait d'augmenter le nombre de données transmises. On pouvait contrôler certaines fonctions en clignant deux fois des paupières ou en exagérant leurs mouvements latéraux, mais pour taper quoi que ce soit, il fallait utiliser la Watchlet qu'elle portait au poignet, dont le nom cent pour cent marketing induisait un peu en erreur. Il s'agissait plus, en effet, d'un bracelet que d'une montre du point de vue de la taille de l'écran, guère plus qu'une diode électroluminescente organique flexible qui épousait la forme du poignet[10]. Quel que soit son nom, cet appareil n'avait plus rien à voir avec les encombrantes tablettes renforcées qu'elle avait dû se trimballer dans les Marines, ou même avec les vieux iPhone sur lesquels elle avait joué, petite.

Noritz poursuivit l'exposé de la situation au creux de son oreille, tandis que son écran de visionnage commençait à se remplir.

– Griff ne sera pas sur place avant au moins une minute, rapporta-t-il.

Keegan jeta un coup d'œil en arrière, vers Patriots Camp. Juste derrière la rangée d'arbres, un point bleu brillait sur son écran, indiquant la position de Griff au bout de Louisiana Avenue.

Keegan se tourna de nouveau vers l'arche d'entrée d'Union Station. À présent, la pierre d'un blanc sale de cette gare bâtie presque un siècle et demi plus tôt grouillait de données, qui allaient du nombre estimé de personnes actuellement à l'intérieur (3 740) à un amas bleu clair marquant la localisation des policiers locaux en train d'arriver sur les lieux. Mais le plus important, c'était le voyant qui les avait tous lancés dans ce qui ressemblait à une course contre la montre. Le point rouge clignota de plus belle, l'avertissant que le détecteur de bombes automatique de la gare avait décelé une trace de composés volatils, la traînée de vapeurs chimiques se dégageant des explosifs.

Keegan se dirigea vers les policiers blottis derrière le muret qui bordait la fontaine commémorative en marbre, devant l'entrée de la gare. Celui-ci ne les protégerait pas très efficacement d'un drone, mais bloquerait peut-être les projectiles d'une explosion. Ses lunettes RA affichèrent une fenêtre de texte qui indiquait les positions des policiers locaux et identifiait la statue haute de cinq mètres qui les surplombait – Christophe Colomb. Ce qui expliquait au moins en partie pourquoi le marbre blanc avait pris une teinte rose à force d'être si souvent aspergé de peinture rouge.

– FBI ! cria Keegan en s'approchant.

Les réseaux des différentes forces de l'ordre étaient censés être intégrés, mais ils avaient en fait été développés par divers sous-traitants. Dès qu'une crise de ce genre éclatait, l'endroit se retrouvait vite inondé de flics appartenant aux multiples agences présentes à Washington, tous communiquant avec leur bureaucratie respective. De sorte que le flux d'informations s'en trouvait ralenti et qu'il fallait souvent plusieurs secondes voire plusieurs minutes pour les rebasculer d'un système à l'autre. C'était insensé de risquer de se faire abattre par un flic nerveux de la gâchette, tout ça parce que le bureau chargé de gérer les contrats publics avait opté pour l'offre la moins onéreuse.

Les flics présents dépendaient de la police de Washington en uniforme bleu et, puisqu'Union Station était également une station de métro sur des lignes desservant la Virginie et le Maryland, de la Metro Transit Police reconnaissables à leur livrée noire et jaune. Assis juste derrière eux, deux squatteurs en tenue de camouflage enfoncèrent calmement leurs gourdes dans l'eau de la fontaine, puis entreprirent de se répartir le contenu rose d'un sac de synth mexicaine. Ils allaient se retrouver coincés à l'extérieur du camp, mais Keegan devinait que dans quelques instants ils s'en ficheraient complètement.

– Nos gars à l'intérieur n'ont rien vu de suspect. Vous détectez autre chose avec votre appareil ? lui demanda un lieutenant de la police de Washington, sans prêter attention aux deux vétérans qui venaient de s'allonger, perdus dans leur brume narcotique.

Il avait dans les quarante-cinq ans, afro-américain, à l'évidence l'officier le plus haut gradé présent sur les lieux. Lui aussi portait des Viz Glass, mais le modèle massif, aux épaisses montures noires, de la police municipale. Tandis qu'il parlait, deux des agents de la Metro Transit Police sortirent un robot quadrupède du coffre de leur véhicule. Keegan reconnut une machine dérivée des engins militaires dont elle s'était servie dans les Marines. Doté de capteurs de composés chimiques et de caméras fixées sur sa tête, le robot ressemblait à un dalmatien tondu, recouvert d'une armure absolument lisse.

– Rien de plus que l'alerte qui a été émise. Et les capteurs du système de ventilation qui ont détecté quelque chose, répondit

Keegan. Mais d'après nos fichiers, leur taux de faux positifs s'élève à quarante-trois pour cent...

– Ouais, ces capteurs ont été installés juste après le 11 Septembre, donc...

L'agent s'interrompit tandis que leurs lunettes respectives établissaient un réseau crypté entre Keegan et lui, transmettant leurs identifiants puis superposant les images des deux appareils. Keegan aperçut le rayonnement des couleurs qui dansaient sur les verres du flic.

– ... ils se font vieux, acheva le lieutenant Kerryon Reynolds, du commissariat de Capitol Hill.

Maintenant que leurs identités étaient validées, la base de données du FBI alimenta la RA de Keegan d'informations supplémentaires : seize ans de service dans la police, aucune mention dans les enquêtes en cours du FBI, etc.

– J'aurais tendance à vous suivre, jusqu'à ce que les choses se précisent, déclara Keegan.

La lecture rapide de son dossier montrait que Reynolds savait certainement ce qu'il faisait. En plus, il ne servait à rien de marcher sur les plates-bandes des autorités locales – jusqu'à ce que cela devienne nécessaire.

– Je vous en remercie, agent Keegan, répondit le lieutenant Reynolds qui était en train de passer en revue son dossier à elle. Étant donné l'incertitude de la situation, nous n'allons pas ordonner tout de suite une évacuation. Le plan, c'est de passer les lieux au peigne fin, pour voir si on trouve quoi que ce soit de suspect.

Keegan se raidit et leva les yeux vers le ciel, tandis qu'une formation de drones de l'US Air Force gris foncé passait au-dessus d'eux. Reynolds et elle restèrent silencieux, se demandant si ces appareils faisaient partie des patrouilles antidrones régulières de la Maison-Blanche, ou s'ils étaient chargés de s'occuper de la menace à Union Station.

– D'accord. Je marcherai juste derrière vous. Ça vous fera une autre paire d'yeux. Plus les ressources du département informatique du FBI, ajouta Keegan en tapotant le pont de ses Viz Glass.

Elle appréciait aussi que le plan du flic la place en deuxième position. Tous ceux qui avaient fait la guerre savaient qu'entrer en premier était un truc réservé aux héros, de ceux qu'on célébrait le plus souvent à leur enterrement. Sur ce, elle fit pivoter l'écran de sa Watchlet sans même y penser, faisant défiler ses notifications de messages, un bulletin météo et la photo d'une petite fille.

Appuyant de nouveau sur le bouton de son épingle, Keegan transmit à Noritz un bref point de la situation. Tandis qu'elle parlait, un robot de livraison, qui ressemblait à une glacière à six roues[11], passa lentement sur le trottoir. Ailleurs, avec d'autres règles d'engagement, elle aurait conseillé à Reynolds de le faire sauter, pour ne prendre aucun risque. Mais ici, ils partaient du principe que le joint hermétique destiné à garder au frais la nourriture qui se trouvait à l'intérieur aurait aussi sûrement empêché tout composé volatil de s'en échapper – il était donc peu probable qu'il contienne les substances qui avaient alerté les capteurs.

– Bien reçu, et autorisé, répondit Noritz au creux de son oreille. Je vais me coordonner avec leur chaîne de commandement. Je vais aussi déplacer Griff, pour qu'il rejoigne leurs unités au niveau de l'entrée est.

Éloigner le partenaire qui était là en cas de besoin, ce n'était pas la décision que Keegan aurait prise. Mais ça se passait toujours comme ça, quand on vous dirigeait à distance.

– Déployez-vous, et tâchez de ne pas déclencher une émeute, ordonna le lieutenant Reynolds au groupe de policiers, quatorze hommes à présent, avec l'ajout de deux motards de l'US Capitol Motorcycle Unit.

Les casques d'un bleu étincelant et les grandes bottes en cuir des derniers arrivants inquiétèrent Keegan. Cette tenue d'apparat était sans doute appropriée pour une unité de police chargée de protéger l'enceinte du Congrès, mais maintenant que le Patriots Camp occupait l'essentiel du parc, ils n'avaient plus grand-chose à surveiller – le bâtiment du Capitole proprement dit, et les immeubles de bureaux réservés aux sénateurs et aux membres de la Chambre des représentants. Leur juridiction s'étendait toujours en principe sur deux cents rues à la ronde, mais Keegan savait que les agents de cette unité avaient parfois tendance à vouloir en faire trop, désireux de compenser la perte de leur territoire.

– Entrez par toutes les portes pour couvrir l'ensemble de la gare. Ne vous branchez sur le réseau que si vous voyez quelque chose. Identifiez-vous mais n'intervenez que si vous n'avez pas le choix. Prévenez-nous puis attendez les renforts, surtout si ça ressemble à un truc pour l'EOD, ordonna Reynolds, faisant référence à l'Unité de neutralisation des munitions explosives, plus connue sous le nom de « Brigade antibombes ». Et rappelez-vous, tous : on se déplace calmement, genre, tout va bien. La promenade du dimanche au parc.

Pénétrer dans Union Station, c'était comme percuter un mur d'odeurs. Urine, systèmes de ventilation et de clim centenaires, sols non lavés… Mais le plus déroutant, c'était l'explosion de couleurs numérisées qui encombrait à présent la vue que Keegan avait du hall de la gare, déjà tapissée d'informations à cause de sa RA. Le bâtiment avait été construit à l'orée du XXe siècle dans le plus pur style Beaux-Arts, mêlant l'architecture classique à une ornementation excessive. À présent, les plafonds vertigineux, les arches richement décorées et les piliers de granite étaient couverts de projections en 3D tapageuses. Des stimus à mâcher Lightning (« Rechargez-vous ! » proclamaient les emballages de ces chewing-gums dans un arc-en-ciel de néons colorés) se battaient en duel avec des pop-ups publicitaires pour MonsterMash, le dernier jeu Viz à la mode, où vous deviez chasser de célèbres monstres hollywoodiens dans le décor de votre ville[12]. Indifférent à tout cela, un pigeon s'envola de son perchoir au cœur du plafond en nid d'abeilles de la gare, se laissa paresseusement planer à travers la projection d'un loup-garou, et se mit à picorer les restes d'un paquet de chips de farro écrasé, abandonné par terre. Et pendant ce temps, des centaines de personnes défilaient, tout aussi indifférentes à tout ça. La seule chose qu'on pouvait immédiatement deviner, c'était l'âge et les revenus des gens. Les plus âgés et les plus pauvres avançaient tête basse, le nez sur leur écran, tandis que le territoire virtuel était l'apanage des jeunes et des plus riches qui embrassaient l'espace d'un regard vide, plongés dans une réalité personnalisée via leurs Viz Glass.

Keegan considéra à nouveau le problème qui s'offrait à eux. Une vieille dame en jean était suivie par l'une de ces valises robotiques qui ressemblaient à un petit chien, de minuscules roues motorisées émergeant de ses pattes articulées. Elle aurait facilement pu contenir vingt kilos de nanoplex, de quoi repeindre tous ces murs en rouge. Ce groupe de vingt-deux lycéens portant des sacs à dos assortis... de quoi détruire le bâtiment tout entier.

La voix de Noritz gazouilla dans son oreille.

– Nous avons réussi à nous connecter aux caméras sensorielles de la gare. Nous n'avons rien repéré d'anormal pour l'instant, mais la reconnaissance faciale devrait bientôt commencer à vous envoyer des données[13].

Pendant que la file de policiers se frayait un chemin à travers le hall, Keegan resta à une dizaine de mètres derrière eux, balayant lentement la foule du regard. Elle se renfrogna. Le robot-détecteur était en train de progresser sur le côté gauche du hall – pas au centre, où ses capteurs auraient été le plus efficaces. Les agents de la Metro Police avaient gardé leur robot à proximité d'eux ; ce genre de chose arrivait tout le temps quand on envoyait sur une affaire plusieurs agences, incapables de se coordonner.

Cette pause lui donna le temps d'étirer sa hanche et de relâcher un peu la tension qui s'était accumulée dans son nerf en souffrance. La réglementation fédérale relative au respect de la vie privée empêchait le système d'identifier tout le monde dans cette foule via la reconnaissance faciale ; seules certaines entreprises en avaient le droit. Mais le système pouvait lancer une recherche automatique pour identifier toute personne qui avait eu la malchance de croiser le chemin de l'une ou l'autre agence des forces de l'ordre américaines, c'est-à-dire une proportion assez large de la population, et qui grossissait à chaque intersection sur la route ou à chaque passage dans un aéroport. Pour citer le slogan chinois, pays pionnier en ce domaine : « Si quelqu'un existe, il y aura des traces, et s'il y a des connexions, il y aura des informations[14]. »

Un pop-up rouge identifia comme étant Andrew Watts l'individu masculin en âge d'aller à la fac qui portait un sweat-shirt jaune et vert célébrant la victoire des Palo Alto @s aux World Series de base-ball, et indiqua en outre une condamnation légère pour ivresse et urination sur la voie publique. Pour Leigh Sullivan, la fille à la longue robe couleur pêche qui marchait à côté de lui, deux arrestations pour usage de stupéfiants, toutes deux anciennes et liées à la synth. Et un tas de gens ressortaient comme victimes de vols d'identité. Mais aucun individu ne figurait sur la base de données du SOA ni ne correspondait au profil type des extrémistes.

Puis des lignes commencèrent à se dessiner, détaillant toutes les relations entre ceux que la reconnaissance faciale avait isolés dans la foule. Un trait vert s'illumina entre deux femmes aux deux extrémités du hall ; Stacy Limago portait un sac à dos violet sur l'épaule, Torrance Fettison un attaché-case brun. Elles semblaient n'avoir rien en commun hormis le fait d'être toutes deux en tailleur-pantalon, mais le flux les marquait comme potentiellement impliquées dans une affaire de fraude fiscale, ces femmes ignorant qu'elles étaient sur le point de se faire coffrer dans le cadre d'une même enquête. Un nombre sans cesse croissant de pop-ups brouillaient la vue de Keegan, transpercés de traits verts, puis bleus puis rouges selon le type de lien existant entre les personnes.

– Nous captons maintenant les images hyperspectrales des caméras de la gare, annonça Noritz dans son oreillette. Je vous rebalance tout ça.

Une fenêtre contenant des images en temps réel s'ouvrit dans ses lunettes, forêt mouvante de membres arc-en-ciel, restitution carnavalesque de chaque badaud, dont les vêtements, le corps et les bagages étaient surimprimés de différentes couleurs en fonction du matériau et de la température – toute la gamme sauf le rouge, qui aurait indiqué des substances explosives[15].

Tout ça lui donnait mal à la tête. C'était une douleur familière, l'élancement profond au centre exact de son crâne, quand l'adrénaline et le trop-plein d'informations entraient en collision. La première fois qu'elle avait ressenti ça, c'était lors des patrouilles avec les Marines. Au moment même où les soldats de son unité avaient besoin d'être le plus en alerte, ils se retrouvaient submergés de données en temps réel, qui à l'époque venaient des drones, des satellites et des officiers, là-bas, dans leur centre opérationnel climatisé, tâchant de les aiguiller dans telle ou telle direction. Les appareils de réalité augmentée étaient censés absorber toutes ces infos et les traiter pour en faire une « interface tactique facile d'utilisation ». Mais c'était comme essayer de boire une gorgée d'eau au bout d'une lance à incendie.

Keegan avala une grande bouffée d'air et repoussa les lunettes sur le haut de son crâne.

– J'ai rien. Et vous ? demanda-t-elle à Noritz qui jonglait probablement entre ce même flux vidéo et celui que Griff lui balançait.

– Non, pareil. Nada. Mais remettez vos lunettes et continuez de surveiller, répondit Noritz.

Il la surveillait, elle aussi.

Au fur et à mesure que la file des policiers progressait, elle perdait sa cohésion, les agents suivant chacun leur direction et se déployant dans toute la gare. Elle vit le lieutenant Reynolds se tourner vers l'escalator qui descendait vers la partie souterraine de la gare, là où s'était jadis trouvée l'aire de restauration. Bonne idée.

– Compris. Je vais descendre vers les banquettes de luxe, annonça Keegan. Dites à Griff d'aller voir la zone des trains de banlieue, moi je m'occupe du Freedom Lounge.

L'entrée de la gare était l'endroit le plus fréquenté, mais tuer le plus grand nombre de personnes n'était pas toujours l'objectif des terroristes. Parfois, le jeu consistait à trouver le lieu le plus symbolique, le plus susceptible de faire passer un message – le « Salon de la Liberté », c'était parlant.

Tandis que l'escalator l'emmenait vers les entrailles de la gare, Keegan sentit la pression changer en traversant un nouveau mur d'odeurs mais, au lieu de l'urine, celui-ci se composait d'oxygène pulsé par le système de ventilation et d'huile d'eucalyptus. Au pied de l'escalator, le sol en marbre de Carrare scintillait de vagues liquides, comme recouvert d'un infime miroir d'eau. C'était une eau projetée se mélangeant au texte bleu d'une holo-pub, dont les yeux de Keegan ne saisirent pas le contenu, trop occupés à scruter les visages dans le hall.

Reynolds était en train de discuter avec le flic de la ligne du Freedom Rail posté en permanence à cet étage, à la fois pour renforcer la sécurité et pour dissuader la racaille. Reynolds croisa le regard de Keegan et adressa quelques mots rapides au gardien, qui lui fit signe qu'elle pouvait passer.

Keegan avança lentement dans la salle, chacun de ses pas provoquant l'image d'une ondulation d'eau à la surface du marbre. L'aire de restauration du niveau inférieur avait été reconvertie dans le cadre de l'accord de privatisation signé avec Acela. L'acheteur originel avait finalement fait faillite lorsque sa promesse de fournir des trains roulant à mille trois cents kilomètres à l'heure s'était heurtée aux lois de la physique, à la politique d'expropriation de l'État et à l'inflation débridée[16]. Mais l'ambitieux design du Freedom Lounge avait survécu, des banquettes noires et grises épurées de style Bauhaus à la projection sur le mur célébrant les passagers comme non pas de simples clients mais des « visionnaires de l'avenir des transports[17] ».

Ici, en bas, la reconnaissance faciale envoyait moins de pop-ups. La nature des délits différait également, reflétant la clientèle du salon VIP, c'est-à-dire essentiellement des crimes en col blanc. William Kellerman, costume croisé gris à fines rayures : « Transaction illicite visant à échapper à la supervision réglementaire. » Denise Aboud, tailleur-pantalon blanc : « Falsification de valeurs liquidatives. » Mais çà et là, le supérieur et l'inférieur se rejoignaient. Cet homme grisonnant au costume de soie bleu opalescent était Richard Reynolds : double entrée, membre du

Congrès pour le Delaware et multiples arrestations pour sollicitation d'une prostituée – aucune condamnation.

Consciente que les Viz Glass l'aiguillaient vers ces indices visuels, Keegan tenta de focaliser son regard au-delà, pour voir qui et ce qui n'était pas identifié par le flux de données. Un homme d'un certain âge se tenait debout avec sa canne près d'une femme, vingt-cinq ans environ, en train de consulter sa montre à l'ancienne. Ni l'un ni l'autre n'avait de bagage, de sorte que Keegan pouvait les écarter pour ce qui était de transporter des explosifs. D'ailleurs, la femme ne cachait rien du tout, portant un leggins violet ultra-moulant et un bustier encore plus serré. Un robot aux pattes d'un blanc étincelant se dressait à côté d'elle, l'un de ces nouveaux modèles de la gamme Domestique, sans qu'on puisse déterminer s'il était là pour aider la femme ou si quelqu'un l'avait envoyé pour la surveiller. Peut-être un peu les deux ?

Non loin de là, une possibilité : un homme avec une grosse valise à roulettes et un sac en toile. Grande capacité de transport. Il portait un costard élégant, mais vieillot, un style datant de quelques années, autre détail révélateur. C'est alors que l'homme s'agenouilla et prit dans ses bras deux jeunes garçons, des jumeaux qui devaient avoir huit ou neuf ans.

En s'approchant, Keegan entendit l'homme s'excuser : ils ne pouvaient pas se permettre de déménager tous ensemble pour le moment, mais papa avait enfin trouvé un nouveau boulot et reviendrait du New Jersey une fois toutes les deux semaines. En plus, maintenant, il allait pouvoir leur rapporter quelque chose de spécial pour leur anniversaire, le mois prochain. Sur ces mots, une femme qui se tenait derrière lui vint les rejoindre, et demanda si les garçons voulaient une glace sur la route de la maison.

Là-bas.

Juste derrière eux. Longue tunique noire et chapeau de prière assorti. L'homme portait une barbe mais en bataille, sa foi lui interdisant de la tailler. Il faisait défiler des pages sur une tablette, de sa main droite, et tenait de la gauche la poignée d'une valise à roulettes cabossée. Il la serrait si fort que la peau était blanche autour de l'alliance en or qu'il portait à son annulaire.

Keegan sentit soudain monter cette sensation familière, et une perle de sueur roula le long de sa colonne.

Elle cligna deux fois des yeux pour ordonner à ses Viz Glass de prendre un cliché et de télécharger l'image dans la base de données.

Elle donna une pichenette sous le col de sa veste, comme pour chasser une peluche, actionnant en fait le bouton d'émission de sa radio pour parler à Noritz.

– J'ai un suspect potentiel. Je vais m'approcher pour pouvoir intervenir. Dites aux autres de me rejoindre.

Sur ses verres, un message apparut : le visage restait sans résultats dans les fichiers des forces de l'ordre.

– Qu'est-ce que vous fichez, Keegan ? s'agaça Noritz au creux de son oreille. Poursuivez les recherches.

Keegan ôta ses Viz Glass et les rangea dans leur étui, avant de glisser celui-ci au fond de sa poche. Même si le fait de porter des Viz Glass ne trahissait pas forcément son statut de flic, ne pas en porter inciterait un éventuel suspect à penser qu'elle était un civil lambda. Et puis, elle n'avait pas besoin de cette surcharge d'infos, maintenant. Il fallait qu'elle se concentre.

Avec la démarche nonchalante d'une personne absorbée dans sa conversation, elle s'avança vers la famille.

– Non. Ce n'est *pas* ce que j'ai dit. Reprenons depuis le début… Acheter cinq cents actions à mille cinq cents chaque…

Sur ces mots, Noritz reprit la parole.

– Keegan, remettez vos Viz et reprenez les recherches. Nous vous suivons à travers le flux vidéo de la gare. Je répète, rien dans le profil de cet individu n'indique la moindre affiliation au groupe SOA. Je désengage la cible. On passe à autre chose.

– Non, non, non, protesta Keegan, un peu plus fort cette fois, gesticulant comme pour plaider son cas. Cinq. Cents. À. Mille. Cinq. Cents. Chaque. Un. Cinq. Zéro. Zéro.

Elle passa devant la famille éplorée, les enfants levant les yeux vers la femme qui criait sur le *chatbot* d'un centre d'appel.

– Dés-en-gage-ment, Keegan !

Noritz, de nouveau, dans son oreille, plus ferme cette fois.

– Les données n'indiquent aucune cible. Désengagez-vous. Vous allez causer un incident dont vous ne vous relèverez pas.

– Bon sang, NON ! grogna Keegan en s'arrêtant devant la famille, le dos tourné à l'homme en tunique noire.

Les parents la fixèrent, fâchés.

– Hey, vous voulez bien aller plus loin ? lança le père.

– Non, répondit Keegan, avec une irritation incrédule, visible pour n'importe qui à dix mètres à la ronde. J'ai pas dit mille à quinze cents, saloperie de machine. Annuler !

Elle sentit que l'homme à la tunique l'avait remarquée, mais garda le dos tourné à la cible. Elle n'aimait pas être positionnée ainsi, mais mieux valait simuler un certain désintérêt.

– Essayons encore une fois, putain de robot débile.

Au loin, elle aperçut le lieutenant Reynolds en train de l'observer, perplexe.

– Écoutez, j'ai mes enfants avec moi.

Le père encore, un peu plus fort cette fois. D'autres yeux – et d'autres Viz Glass – se tournèrent vers eux.

C'était quand, la dernière fois qu'elle s'était trouvée si près d'une personne habillée comme ça ? Keegan s'attendait presque à ce qu'un flash-back sensoriel la ramène à la chaleur étouffante, au goût de salive mêlée de poussière et de résidus de poudre. Mais rien ne se manifesta. Elle se trouvait toujours à Union Station.

– Nouvelle commande. Cinq. Cents. Mille cinq cents... Et pas de connerie, cette fois.

Le père poussa ses enfants derrière lui, son corps se raidissant tandis qu'il rassemblait son courage.

– Madame, je vous l'ai demandé poliment. Il faut vraiment arrêter, maintenant.

– Agent Keegan, dit Noritz dans l'oreillette. Je vous donne l'ordre de quitter la zone, et de venir au rapport. Fin de l'opération.

– Me dites pas ce que je dois faire, putain, gronda Keegan, plus fort.

Tout en disant cela, elle tendit son bras gauche et pointa le doigt sous le nez du père, sachant que tout le monde alentour serait attiré par lui, y compris l'homme à la tunique. Au même instant, elle fit glisser une matraque télescopique en métal de sa manche dans sa main droite[18]. D'un geste fluide, Keegan la ramena en arrière. Elle visa la poitrine mais, de dos, elle manqua légèrement sa cible. La matraque frappa plus haut que prévu, percutant la chair molle du cou. Le claquement du métal contre la peau fut suivi l'instant d'après par un grésillement, tandis que soixante-quinze mille volts passaient de la matraque à l'homme.

La foule hurla tandis que le barbu s'effondrait sur le sol.

Puis un petit nuage de fumée s'éleva dans les airs.

Centre de détention interne spécial du FBI

Reston, Virginie

Tandis qu'elle s'étirait le dos une énième fois, Keegan passa le doigt sur le mur, dans la fine poussière blanche accumulée sur le béton.

Nettoyage nécessaire, Couloir Deux.

Le Couloir Deux était, d'un point de vue technique, l'Annexe II du Centre de détention interne spécial du FBI (DSDF)[19]. Le « Dizz-Diff », comme on le surnommait, n'était en réalité qu'une autre manière de désigner le centre commercial reconverti qui accueillait désormais des cellules et l'un des bureaux satellites du QG du FBI. Les promoteurs du site avaient imaginé un mix entre petits commerces et bureaux. Les gens du FBI, eux, avaient pensé remplacer le vieux Hoover Building, situé dans le centre de Washington, par des locaux flambant neufs qui pouvaient accueillir l'ensemble du personnel du FBI posté dans la région de Washington[20]. Mais l'effondrement de la Bourse et les audiences du Congrès consacrées aux contrats véreux avaient réduit à néant les plans des deux parties. Si bien que le malheur des petits commerçants avait fait le bonheur immobilier du gouvernement fédéral. Le bureau de Keegan, installé dans un box tout en métal et feutre noir, remplaçait désormais un rayon de pyjamas pour bébé tendance.

Cela faisait bien quinze minutes qu'elle attendait, mais tout ce temps que prenait Noritz pour venir faire leur débriefing n'aurait pas l'effet escompté. Keegan profitait de ce moment pour s'étirer, pour bien organiser ses souvenirs, et pour se demander si quelque chose lui échappait. Parfois, quelques instants sans rien d'autre à faire que penser vous procuraient un avantage.

Debout, le dos bien droit, elle sentait le nerf endolori et son esprit se calmer. Au fur et à mesure que la douleur reculait, de nouvelles sensations vinrent combler le vide. Son tee-shirt était encore humide contre sa peau, la faisant frissonner dans cette clim trop forte, et elle commençait à avoir faim.

Si bien que quand Noritz débarqua enfin avec un café et un donut glacé pour elle Keegan se jeta dessus.

– Un peu cliché, hein ? commenta-t-elle.

Noritz gloussa, lui tendant théâtralement son offrande.

– Va falloir plus qu'un seul donut pour faire de vous une agente décente. Enfin, vous l'avez mérité.

Le fait que Noritz porte un costume et une cravate aussi tard dans la saison, en avril, l'identifiait comme faisant partie de la direction. Ses cheveux d'un noir de jais étaient enduits d'une couche de brillantine deux fois trop abondante. Il dépassait Keegan d'une tête et pesait au bas mot quarante kilos de plus. De muscles, pour l'essentiel. Mais depuis le début, Keegan n'avait jamais été intimidée. D'expérience, elle savait que la corpulence comptait beaucoup moins au cœur du combat, de sorte que sa carrure ne l'impressionnait pas. C'était aussi dû au fait que Noritz arborait un sourire qu'aucune réunion ne pouvait effacer, quelles que soient les huiles présentes. Il avait longtemps fait partie de la police d'État de Pennsylvanie, et son affectation au bureau du FBI à Washington le faisait rayonner comme un joueur évoluant en ligue mineure de base-ball qui serait soudain appelé au plus haut niveau. N'arrivant toujours pas à en croire sa chance, il était prêt à tout pour rester là.

Noritz s'assit de l'autre côté du bureau de Keegan, et sortit de sa poche un stick à lèvres, qu'il appliqua deux fois. C'était le signal qu'il allait se lancer dans une partie beaucoup plus embarrassante de leur conversation.

– Bon... Vous pouvez juste me briefer un peu sur ce qui s'est passé ? Les images de la neutralisation tournent en boucle sur les réseaux publics et ceux du gouvernement. Vous êtes une héroïne pour le moment, mais cela risque de nous causer des problèmes, tant que je n'aurai pas la réponse à une question cruciale...

– Qui est ce type, vous voulez dire ? répliqua Keegan, sachant que la meilleure manière d'esquiver une question était d'en poser une autre. Toujours rien nulle part ?

– Non, pas pour l'instant, répondit Noritz. Il n'a rien dit du tout depuis que vous l'avez amené. Côté reconnaissance faciale et ADN, c'est le néant complet dans nos bases de données, celles de la police municipale et de la police d'État aussi.

– Est-ce qu'on a regardé sur le cloud public ? interrogea-t-elle.

Elle savait que Noritz n'allait pas tarder à perdre patience, mais son ambition était trop facile à retourner contre lui, surtout maintenant qu'elle savait jusqu'où elle pouvait le pousser.

– Mes services cherchent à obtenir un mandat en express pour chercher une éventuelle présence sur le cloud, répondit Noritz. Mais vous connaissez la chanson. D'abord, ses avocats vont contester en prétextant que ce mandat doit être validé par quelqu'un d'autre, puis les ingénieurs reviendront vers nous en disant que ces infos, chiffrées de bout en bout, ne sont pas accessibles même avec un mandat... Arrêtez de changer de sujet ! dit-il en réalisant soudain qu'il s'était laissé embarquer. Et qu'allez-vous répondre à cette question : comment avez-vous su que c'était lui, le suspect ?

Les capteurs n'avaient rien détecté et son sac était équipé d'un bouclier anti-imagerie multispectrale. Je ne peux pas juste dire à la hiérarchie que la première personne que vous avez décidé d'électrocuter dans une foule de trois mille badauds s'est trouvée, par chance, être en train de trimballer une bombe artisanale de vingt-deux kilos d'explosifs.

– Peut-être que j'aime juste l'odeur d'un coup d'aiguillon électrique au petit matin…

Noritz roula de gros yeux.

– Très bien, passons aux choses sérieuses. Écoutez-moi bien : dans les opérations de ce type, c'est moi qui prends les décisions. Comme ça, on évite les ennuis. Ce n'est pas parce que vous avez chopé le bon méchant que ce que vous avez fait était bien. On ne peut pas juste profiler les gens à l'instinct, et encore moins écrire dans un putain de rapport officiel que vous avez repéré ce type dans la foule parce qu'il était musulman.

Keegan finit le donut et chercha autour d'elle une serviette ou un mouchoir en papier. N'en trouvant pas, elle s'essuya les mains sur son pantalon.

– Je n'ai pas interpellé le suspect parce qu'il était musulman. Au contraire : c'est parce qu'il ne l'est pas.

Noritz la dévisagea en secouant la tête.

– Nous n'avons pas le temps de jouer avec les mots, rétorqua-t-il, plus exaspéré qu'en colère, tandis qu'ils se dirigeaient vers la salle d'interrogatoire. Il va vous falloir fournir une explication plus claire pour le rapport. Vous avez intérêt à tirer quelque chose du suspect, parce que votre job pourrait bien en dépendre.

Freedom Rail Train – Gare de Princeton Junction

Princeton, New Jersey

Elle était à peine plus vieille de quelques années que son fils à lui ne l'aurait été.

Le look de cette jeune fille n'était qu'un simple déguisement antisystème. Les cheveux décoiffés et un maquillage réfléchissant asymétrique capable de dérouter les caméras de reconnaissance faciale – dans son cas, une figure géométrique à sept côtés sur la joue gauche, et la moitié d'un damier sur la droite[21]. Des boucles d'oreilles rondes, en verre bleu, avec un étrange motif gravé dessus, très probablement une sorte d'image contradictoire destinée à tromper les logiciels de reconnaissance des objets en leur faisant croire qu'ils voyaient une grenouille ou une tortue[22]. De grosses lunettes bi-mode RA-RV aux verres teintés qui dissimulaient ses yeux. Tout cela coûtant sans doute le prix d'une année de fac du temps de ses parents. L'ensemble représentant tout autant l'affirmation d'un style qu'un acte de rébellion.

Jouant parfaitement son rôle mais pourtant encore une enfant – comme lui-même le serait toujours. L'homme se détourna de sa voisine, laquelle ignorait toujours qu'on l'observait, et regarda par la fenêtre – son visage encadré sur la vitre par de longs cheveux blancs fins et clairsemés, noués en catogan –, la vitesse du train transformant le paysage en une traînée verte et grise. Puis celui-ci redevint peu à peu distinct, indice que le Freedom Rail commençait à ralentir.

De sa canne, il tapota la plaque de métal poli au bout des Dr. Martens de la fille, autre signe de rébellion reconverti en article de mode. Il se demanda si elle connaissait l'histoire de ces chaussures, originellement portées par des policiers avant de devenir l'emblème des skinheads et des hooligans, puis de faire partie du package marketing révolutionnaire.

– Je peux vous aider ? lança-t-elle sèchement en ôtant ses lunettes.

Elle étudia de bas en haut l'homme assis sur le siège d'à côté. Il portait de simples lunettes à l'ancienne, sans la moindre connexion électronique, rien qu'une monture noire recouverte d'un motif quasi imperceptible à base de matrices de points[23].

– Désolé de vous déranger, mais j'ai vu que vous aviez un billet pour Princeton Junction, dit-il en désignant l'écran au fond de leur wagon qui annonçait leur arrivée en gare. Je ne voulais pas que vous manquiez votre arrêt.

– Oh, mince ! Merci beaucoup. J'ai un exam cet après-midi et…

– Vous étiez perdue dans vos révisions ? compléta-t-il en montrant d'un geste ses Viz Glass.

– Ouais. L'application de bachotage en RV bloque tout le reste, même mon arrêt, expliqua-t-elle. Mais je ne sais pas ce que je ferais sans…

– Je ne peux même pas imaginer, dit-il. Je vous servirais bien la réplique sur comment on étudiait, nous, « à mon époque », mais vous n'avez pas le temps d'écouter mes histoires de dinosaures errant sur les campus, armés de cahiers et d'ordinateurs portables.

Le train entra silencieusement en gare et elle sourit tandis qu'ils descendaient tous les deux.

Pendant qu'elle marchait à son côté, un demi-pas derrière lui, à la fois par respect et pour le rattraper s'il venait à trébucher, l'homme scruta la foule. Quelques étudiants et des employés de banlieue attendaient sur le quai, mais pas lui. Où était-il ? Il était censé être là.

La fille remarqua son hésitation, cet infime changement de posture de qui ne trouve pas ce qu'il cherche.

– Vous avez besoin d'aide pour trouver votre chemin ? demanda-t-elle de ce ton condescendant qu'employaient les jeunes avec les personnes faibles et vulnérables.

– Non, répondit-il. Quelqu'un doit venir me prendre, mais il est probablement en retard.

– Voulez-vous que j'attende avec vous ?

Difficile de savoir si elle le proposait sincèrement, ou s'il s'agissait juste d'une de ces politesses que l'on dit en espérant que l'autre ne vous prendra pas au mot. Mais dans un cas comme dans l'autre, c'était gentil de sa part et cela changea l'idée qu'il s'était faite d'elle.

– C'est très aimable à vous, dit-il. Mais je ne voudrais pas que vous loupiez votre examen à cause de moi. Je vais me débrouiller. Merci… et bonne chance !

Tandis qu'elle s'éloignait, il remarqua qu'elle avait relevé la capuche de son blouson, alors qu'il faisait beau. Son visage était complètement recouvert par l'épais tissu noir absorbant la lumière et son revêtement protecteur Defeat-All[24]. S'habillait-elle ainsi pour une raison précise, ou juste pour emmerder les autres étudiants qui collectaient des données sur leurs condisciples pour se faire un peu d'argent de poche ?

Il fallait que cela cesse, songea-t-il. Il y avait mieux à faire que se camoufler pour glisser entre les mailles du système.

Il s'assit sur un banc, sortit sa tablette et brancha des écouteurs blancs légèrement crasseux dans un adaptateur spécial connecté à l'appareil. Il ne lisait pas vraiment le texte qui défilait sur l'écran, c'était juste une excuse pour attendre là et relever les yeux de temps à autre, donnant l'impression de vérifier la progression des trains sur l'écran des arrivées, mais scrutant de nouveau la foule en quête de son contact.

Au bout de quinze minutes, le vieil homme renonça. S'il restait plus longtemps, il allait se faire remarquer. Très bien. Il se débrouillerait seul, donc.

Il monta à bord du train « Dinky » suivant, qui ralliait directement le campus de l'université de Princeton, achetant son ticket à l'un des vieux distributeurs automatiques en payant avec des espèces.

La traversée à pied du campus se fit à un bon rythme, un pas mesuré après l'autre, en se servant de la canne pour se stabiliser.

Il étudia au passage les bâtiments de style gothique et leur air imposant qui suggérait que ceux qui étudiaient là nourrissaient d'incroyables ambitions.

Si j'étais un édifice, ce serait moi.

Il se délecta de ce sentiment tandis qu'il traversait un autre carré de verdure où une demi-douzaine de jeunes paressait sur des couvertures à carreaux orange et noirs. Alors que bon nombre des étudiants qu'il avait croisés jusque-là portaient des lunettes semblables à celles de la fille du train, une pancarte désignait cette pelouse comme une « zone QI » – un espace non électronique où l'on pouvait mettre à profit ses « qualités inhérentes », se retrouver entre humains sans interférence d'aucune machine ni supervision. Qui savait quel genre de mauvaises décisions pouvaient résulter d'un après-midi passé là ? Quels échanges ? Quelle dissidence ? Quelle désobéissance ? C'était pour cette raison, notamment, que les parents étaient les plus défavorables aux zones QI ; ils jugeaient préférable de pouvoir suivre les activités de leurs enfants, de les maintenir enfermés dans des enclos algorithmiques, plutôt que leur offrir la liberté de devenir autre chose que ce qu'ils avaient imaginé pour leur progéniture.

Le vieux les observa mais pas avec envie. Ces sourires étaient temporaires. Bientôt, les jeunes replongeraient dans le cloud, poursuivant ce désir inassouvissable de toujours plus – d'informations, de stimulation, de tout ce qui ne serait jamais assez. De Liberté ? Non. C'était véritablement un enclos. Et ils ne le savaient même pas.

Il reprit son chemin vers l'extrémité nord-ouest du campus, jusqu'à une cour entre des bâtiments gothiques à trois étages. Des plantes grimpantes envahissaient les arches en pierre calcaire et les arcs-boutants, tandis que des tourelles dignes d'un château du Moyen Âge jaillissaient des toits, tenant le reste du monde en respect – c'était le type d'image auquel les gens pensaient lorsqu'ils se représentaient la tour d'ivoire.

Sauf qu'ici les portes en bois d'un amphithéâtre étaient maintenues ouvertes par des valets d'un genre nouveau : une paire de robots de service montés sur roulettes, hauts de soixante centimètres, auxquels on confiait toutes sortes de tâches, comme raccompagner chez eux les étudiants esseulés quand ils quittaient la bibliothèque tard le soir ou jouer *Old Nassau*, l'hymne de Princeton, quand les anciens élèves envahissaient le campus à l'occasion des grandes manifestations. Ces deux-là, cependant, étaient peints en bleu sombre et rouge, un canular d'étudiants de l'université de Pennsylvanie sans doute, avant un match de football américain ou de basket universitaire. Il entra et s'assit au fond de l'amphi.

Centre de détention interne spécial du FBI

Reston, Virginie

La salle d'interrogatoire aveugle occupait ce qui avait jadis été une salle de *laser game*. La lumière émanait d'un plafonnier LED situé juste au-dessus d'un homme barbu. Les seuls autres points lumineux étaient le reflet des LED sur l'alliance en or que l'homme portait à la main gauche, et, quelques centimètres plus haut, l'éclat argenté à l'endroit où la fixation de la table avait rogné le revêtement PVD de ses menottes noires. Pour le reste, la salle était plongée dans une obscurité quasi complète quand Keegan y pénétra.

Le barbu leva les yeux sur elle avec ce qui ressemblait à du soulagement, mais il se reprit aussitôt et durcit ses traits, baissant les yeux pour contempler les ténèbres. C'était tout de même curieux, nota Keegan. Ça n'avait rien d'un regard vide, non : les yeux du prisonnier fixaient un point précis. Quand ceux de Keegan se furent accommodés à l'obscurité, elle comprit pourquoi : il y avait une silhouette à l'autre extrémité de la table.

Donc, les gens du siège avaient déjà envoyé quelqu'un d'autre, avant elle, dans la salle d'interrogatoire. L'idée d'avoir un baby-sitter l'agaçait moins que le fait qu'ils n'aient pas su identifier la menace, comme Noritz d'ailleurs ; visiblement, tous craignaient que la nouvelle « héroïne » du FBI ne se rende coupable d'une violation des droits civils.

Eh bien, si le prisonnier refusait de parler à ce camarade, elle n'en ferait rien non plus. Keegan se positionna de manière à tourner le dos à l'adversaire muet de ce duel de regards, niant ainsi sa présence.

– *Assamalu alaykum*, que la paix soit sur vous. Je m'appelle Lara Keegan. Je vous serrerais volontiers la main pour vous saluer, ajouta-t-elle en montrant les menottes, mais veuillez m'excuser de ne pas pouvoir le faire étant donné les circonstances.

Gigotant nerveusement sur sa chaise, le suspect tira sur ses liens mais garda les yeux verrouillés sur la silhouette au bout de la table. Pas de problème. Tout ce qui pouvait consumer son énergie contribuerait à entamer sa résolution.

– Vous me connaissez déjà, de la gare. Parlons un peu de vous.

Silence.

– Vous n'avez rien à me dire ? Laissez-moi vous aider un peu. Outre vos goûts intéressants en matière de bagages, nous savons que vous êtes vêtu comme un religieux. Et, par ailleurs, que vous portez du noir.

Silence.

– Ce qui nous apprend une chose vraiment importante : porter du noir est le signe que vous êtes un descendant direct du prophète Mahomet, la paix soit sur son nom.

L'homme réajusta ses poignets dans les menottes, mais garda le silence.

– C'est un honneur d'être en présence d'un homme issu d'une telle lignée, poursuivit-elle. Mais cela pose un problème que, peut-être, nous allons pouvoir élucider ensemble...

Le prisonnier ne pipa mot mais, pour la première fois, ses yeux se détachèrent de la silhouette au bout de la table, et il jeta un bref regard en direction de Keegan.

Se penchant au-dessus de la table, celle-ci empoigna la main gauche menottée de l'homme pour l'examiner sous la lumière pâle. Elle la retourna avec délicatesse pour étudier l'alliance.

– C'est que, voyez-vous, la quarante-troisième sourate du Coran stipule qu'on ne doit porter sur sa personne aucun ornement d'or[25].

Elle dévisagea l'homme. Difficile à dire. Peut-être des injections de mélanine pour foncer la peau et un peu de chirurgie esthétique pour modifier la mâchoire et les pommettes. Ce qui avait certainement dû laisser de petites cicatrices sous la barbe. Obtiendraient-ils un mandat pour le raser ?

– Ce qui signifie qu'aucun imam, surtout s'il est vêtu de noir, ne porterait jamais de bague en or.

Se penchant de nouveau, Keegan s'appuya alors de tout son poids sur le coude et l'avant-bras de l'homme. Plaquant sa main contre la table, elle arracha l'alliance de son annulaire. Un grognement de douleur étouffé s'échappa de la bouche de l'homme quand l'alliance l'écorcha juste au-dessus de la jointure. Était-il dur à ce point ? Ou bien shooté aux médocs ?

– Là, voilà, c'est mieux, reprit Keegan. Votre déguisement est corrigé.

Elle essuya l'alliance ensanglantée sur son pantalon puis la tendit sous la lumière. La faisant tourner lentement, elle lut tout haut l'inscription.

– *TR-MP, 23 juin, Amour éternel.*

Les pieds de la chaise du prisonnier raclèrent le plancher quand il changea de position, se tortillant pour tenter de gérer la douleur croissante qui irradiait sa main. Le filet de sang qui coulait de son doigt formait déjà une flaque sous ses mains menottées.

– « Amour éternel », s'amusa Keegan. Ça reste à voir… La prison à perpétuité, c'est le genre de truc qui met une relation à l'épreuve. Donc, à ce point de notre conversation, c'est le moment de répondre aux questions. Qui est vraiment l'homme mystérieux sous cette tunique noire ?

Ce fut l'observateur muet qui répondit à sa place.

– M. Thomas Reppley, demeurant au 114, Northwood Avenue à Sandford, dans l'Alabama.

La voix était parfaitement monocorde, le ton d'un analyste délivrant de simples données, inconscient d'être en train de totalement foutre en l'air le tempo et la fluidité de l'interrogatoire.

Keegan serra les dents de colère mais parvint à garder une expression neutre. Son premier barrage de questions avait soudain perdu toute pertinence, tout ça parce que ce connard venu se mêler de ce qui ne le regardait pas avait gardé pour lui des informations cruciales.

Même si ce connard l'ignorait, Keegan savait qu'il ne fallait jamais montrer le moindre début de discorde devant un prisonnier. De sorte qu'elle continua sur sa lancée, comme si cet échange avait été calculé.

– Donc, M. Thomas Reppley, demeurant au 114, Northwood Avenue à Sandford, dans l'Alabama... Comme vous pouvez le constater, le *qui* n'est pas un problème pour nous – malgré votre accoutrement.

Elle inclina la tête en direction de la silhouette plongée dans le noir.

– Nous en savons *beaucoup plus* sur vous que vous ne le pensez. Alors parlons du *pourquoi*. Nous savons que ce n'est pas votre foi sincère et profonde qui vous a fait venir d'Alabama pour cette petite mascarade sur la ligne du Freedom Rail. Il nous faut donc une autre réponse. Dites-moi, quelles ont pu être les motivations de M. Thomas Reppley ?

L'observateur s'exprima à nouveau sur le même ton inexpressif.

– Un gain financier potentiel. Il y a six jours, un dépôt d'un montant de 15 909 moneros a été effectué sur un compte du site de jeux en ligne Winner's Luck[26]. Le compte était enregistré au nom d'un cousin par alliance de M. Reppley, Michael Simpkins. Ce qui est anormal, car M. Simpkins n'avait jusque-là déposé que des dollars sur ce compte, et pas une cryptomonnaie. Une enquête plus approfondie est recommandée.

Reppley écarquilla les yeux et postillonna une exclamation.

– Attendez. Je sais pas de quoi…

Cette fois, c'en était trop. Keegan était censée mener cet interrogatoire et elle n'aimait pas qu'on se paie sa tête, surtout devant un prisonnier. Mieux valait en rester là pour le moment et reprendre les choses de zéro une fois que ce connard serait de nouveau enfermé dans le placard qui lui servait de bureau.

– Vous voyez, Reppley, déclara Keegan en se dirigeant vers la porte, vous ne pouvez rien nous cacher.

Elle appuya sur l'interrupteur qui actionnait les lumières de la pièce.

Ce que Reppley vit alors devant lui le fit pousser un cri. C'était un hurlement de rage et de peur mêlées. Le prisonnier renversa la chaise en bondissant sur ses pieds et tenta de se libérer de la table, son instinct le poussant à se tenir aussi éloigné que possible de cette silhouette jusqu'alors invisible. Mais les menottes le maintenaient enchaîné à la table. Tandis que son corps s'agitait, comme pris de convulsions, le métal faisait pression sur sa peau et les menottes entaillèrent ses poignets, faisant couler le sang.

– Ah, putain ! grogna Keegan, son regard allant tour à tour de l'observateur à Reppley.

Elle jeta la bague, écœurée. Celle-ci émit un léger tintement en rebondissant contre la silhouette, à l'autre extrémité de la table.

2

Princeton University

Princeton, New Jersey

En matière d'amphithéâtre universitaire, on ne faisait guère plus mythique que le fameux McCosh 50[1]. Outre le fait qu'il avait accueilli d'innombrables futurs sénateurs et autres grands patrons venus y exposer leur vision dans des domaines allant de l'économie à l'éthique (ou son absence), c'était là qu'Albert Einstein avait prononcé une série de quatre exposés devant un parterre de scientifiques venus des quatre coins de la nation. Peu après, ces conférences sur « la théorie de la relativité » étaient devenues un livre, et Einstein avait remporté le prix Nobel de physique.

L'auditorium n'avait pas beaucoup changé en un siècle. Quatre cents pupitres en bois y étaient disposés, ouverts sur la gauche et fermés sur la droite pour pouvoir poser votre coude en prenant des notes. Cela avait dû être une vraie torture pour les étudiants gauchers habitués à la mousse à mémoire de forme et au Mouvement pour un environnement d'apprentissage sans papier. Pourtant, le vieil homme appréciait que les pupitres soient restés, comme un rappel de la nature physique du savoir. Les études auraient dû être vécues comme un processus corporel d'amélioration.

Le vieil homme prit place au fond, sur la droite, d'où il avait une vue dégagée sur la classe. Il se mit à son aise sur le siège en bois, sortit un carnet noir à reliure cuir et commença à prendre des notes dès que la conférence débuta. Sur sa gauche, un jeune homme au crâne rasé en combinaison de toile à manches longues, trop grande pour lui, des tongs orange aux pieds, jonglait avec quatre balles jaunes. Il y en avait toujours un comme ça – le bouffon qui voulait se faire remarquer.

Pourtant, personne ne lui prêtait attention, ce qui, songea le vieil homme, soulignait le haut niveau de ses condisciples mais aussi de l'orateur qui les captivait tant. Il était le digne héritier du glorieux passé de cette salle.

Le professeur J. P. Preston déambulait prestement sur l'estrade, bondissant d'un pied sur l'autre pour ponctuer ses arguments. Il portait un costume en stretch bleu nuit, une chemise sans col saumon et des mocassins bruns finement tressés, au cuir un peu élimé. De temps à autre, sa conférence divergeait vers des anecdotes au sujet de ce que lui avait confié le président américain à l'occasion d'une « petite sauterie » à Martha's Vineyard. Cela aurait pu paraître arrogant, mais chaque auditeur savait que Preston avait tourné le dos à des centaines de millions de dollars – littéralement –, en faisant de son noyau d'automatisation une plateforme en open source[2]. Il avait écrit le logiciel formant le cœur du système d'exploitation d'à peu près toutes les machines automatiques et avait tout simplement décidé de laisser tout un chacun l'utiliser gratuitement.

Preston était en train d'expliquer son raisonnement, sa fervente conviction que la technologie pouvait servir le bien commun. Si les avocats pouvaient aider les gens sous la forme d'une aide juridique gratuite, et les médecins en pratiquant dans des cliniques sociales, pourquoi pas les experts en technologie ? Dans un monde fragile convulsé par la pauvreté, les guerres et la catastrophe écologique, l'humanité n'avait qu'un seul moyen de survivre : en créant, en bâtissant, en surpassant. C'était tout autant un sermon qu'une conférence. Et si le vieux avait encore été étudiant, cela aurait marché. Il aurait quitté l'amphithéâtre pour aussitôt aller défendre cette cause au côté du grand homme.

Mais il n'était plus étudiant. À la fin de la conférence, il se releva avec une douleur au bas du dos. Il regarda les élèves se presser autour du professeur, tous espérant se faire remarquer, pour pouvoir se vanter plus tard de lui avoir parlé un jour ou peut-être même trouver le courage de lui demander une recommandation. L'auditorium se retrouva bientôt vide. Le vieil homme traversa la salle et monta sur l'estrade. Il voulait savoir ce que ça faisait de contempler tous ces pupitres, ces regards adorateurs qui vous dévoraient. Mais les sièges étaient abandonnés. Lui, ces jeunes ne le connaîtraient jamais. Il ferma les yeux, écrasé par le poids de tout cet environnement.

Le vieil homme se dirigea vers le bureau de Preston. Nul besoin de demander sa route aux deux robots vandalisés, il suffisait de suivre les petites plaques apposées sur les murs pour se repérer dans le dédale de couloirs qui reliaient entre eux les bâtiments. Cela prenait plus de temps, mais ainsi il ne déplacerait pas le moindre électron dans aucun réseau.

Il frappa à la porte avec le pommeau en cuivre de sa canne. Pas de réponse, si bien qu'il frappa à nouveau – quatre coups, espacés selon un tempo régulier.

La porte s'ouvrit, et Preston apparut. Il portait une paire de Viz Glass bon marché, de celles que les gens enfilaient dans les grands festivals en plein air comme le Burning Man, ou lorsqu'ils travaillaient sur un site industriel. Par-dessus l'épaule de Preston, le vieil homme aperçut, accrochée dans un vieux cadre, une couverture du *New York Times Magazine*. Il allait parler mais se ravisa. Puis il sourit, constatant que Preston avait légèrement agrandi l'image de cette couverture afin que ses visiteurs puissent lire plus facilement les éloges dont on le couvrait.

– Je suis désolé de débarquer ainsi à l'improviste, mais je viens d'assister à votre conférence. Nathaniel Ludd – je suis un grand admirateur de votre travail, professeur, ajouta le vieil homme[3]. Le genre qui vous change une vie.

Le professeur ôta ses lunettes un instant, le jaugeant. Était-ce là un milliardaire excentrique susceptible de faire une donation propice à la recherche ? La chance qui frappait à sa porte ? Ou bien l'un de ces pseudo-intellectuels oisifs qui erraient sur le campus, faisant perdre leur temps aux autres ?

– Eh bien, bonsoir, finit-il par répondre. Ravi de faire votre connaissance, mais je suis très occupé – je fais tourner un modèle qui a besoin d'un baby-sitter jusqu'à son adolescence. Pourriez-vous revenir durant mes heures de bureau ? La règle est la même pour les visiteurs extérieurs et les étudiants.

Le vieil homme se raidit ostensiblement devant cette résistance. À tel point que Preston recula d'un demi-pas. Alors, le visage du vieil homme se détendit en un sourire.

– Je parie que ce n'est jamais le bon moment avec quelqu'un comme vous, et je sais très bien ce que c'est, professeur. Je vous promets que ça ne durera qu'un instant, si vous voulez bien me l'accorder. Je suis très intéressé par l'ADS, votre système de décision automatisé, et la manière dont il s'est inspiré du modèle open source de Linux. Il n'y a sans doute pas grand-monde qui s'en souvienne, mais moi, ça a changé ma vie.

– Oh… Vous connaissez donc mon point faible. Comment ne pas accueillir un ancien qui veut parler de l'ADS *et* de Linux ? répondit Preston. Je vous accorde quelques minutes, alors. Entrez et excusez-moi pour le désordre.

Preston fit pivoter ses étroites épaules et invita le vieil homme à entrer. Le mot « désordre » était encore une minauderie. Sur le mur fraîchement repeint était affichée une photo agrandie de Preston en plein trekking himalayen, hanches et genoux enveloppés d'un exosquelette destiné à alléger la charge – la technologie permettant à l'homme de conquérir de nouveaux espaces sans les sacrifices qui donnaient toute sa valeur à ce genre d'entreprise. Une série de photos plus petites le montrait en compagnie du président des États-Unis, du secrétaire général de l'ONU et de diverses sommités du secteur technologique. Le vieil homme remarqua une infime fissure dans le plâtre du mur, qui semblait relier les clichés entre eux. Le bureau sentait le propre, pas un reste de nourriture ni la moindre chaussette sale en vue. Une projection représentait le modèle en réalité virtuelle qu'il était en train de faire tourner. On aurait dit une mosaïque de carreaux, disposés par paires. Preston plongea la main dans le faisceau, la fit glisser latéralement comme s'il essuyait des miettes sur une table, et la projection disparut. Puis il remonta prestement les lunettes sur le haut de son crâne avant de s'asseoir, son regard se faisant plus doux.

– Ramen et Red Bull. L'ADS n'aurait jamais existé sans ces deux dons du ciel. J'étais étudiant de troisième cycle au MIT et je passais l'été à Washington, où j'étais censé travailler pour la NASA, quand toutes les subventions recherche et développement ont été suspendues à cause de cette fameuse crise au Congrès autour du budget fédéral. Vous vous rappelez, quand ils ont cessé de rembourser la dette pendant deux mois ? C'était à ce moment-là et je me suis retrouvé fauché et mort de faim – littéralement. Mais alors un autre étudiant, qui travaillait sur les rames automatiques du métro de Washington, m'a confié qu'ils avaient des fonds inutilisés et qu'il pouvait me les obtenir. Ce n'était pas grand-chose, mais ça m'a permis de faire le plein de calories et de lignes de code.

– Et au bout du compte, ça vous a mené jusqu'ici, commenta le vieil homme.

– Tout à fait, acquiesça Preston, puis il soupira, visiblement perdu dans ses souvenirs. Si je n'avais pas bossé sur ce vieux logiciel d'ADS, je n'aurais jamais décroché de poste à l'université.

– Et ma femme et mon fils seraient toujours vivants aujourd'hui, ajouta le vieil homme.

Preston l'étudia, interloqué, ne comprenant toujours pas ce qu'il avait fait tant d'années en arrière, au moment où le pommeau en cuivre de la canne vint s'écraser sur son visage. L'impact brisa en deux les lunettes RV, les envoyant valdinguer sur le plancher, et un jet de sang éclaboussa le mur au-dessus du poste de travail, dessinant une flèche écarlate pointée vers le ciel. Un autre coup. Puis un autre. Le vieil homme s'acharna jusqu'à ce que la canne succombe à sa rage dans un craquement, la boule de cuivre roulant au sol.

Le vieil homme resta figé au-dessus du corps, contemplant ce qu'il venait de faire. Le cadavre ne ressemblait pas à ce qu'il avait imaginé pendant toutes ces années – nulle expression apeurée ni accusatrice sur le visage de Preston. Rien que le chaos suivant cet acte qui devait être accompli. C'est alors qu'il comprit qu'il n'aurait même pas besoin des lingettes stériles qu'il avait apportées au cas où il vomirait.

Il écarta d'un coup de pied le fauteuil de Preston et plaça un rectangle noir à côté de l'ordinateur, sur le bureau. Pendant que le disque dur téléchargeait les fichiers de Preston, l'homme enleva à la hâte sa belle chemise bleue et son pantalon vert, tachés de sang. Puis il décolla son masque en silicone imprimé en 3D[4]. Celui-ci avait été conçu sur la base d'un algorithme capable de générer le visage ultra-réaliste qu'une IA avait inventé en mixant les traits de diverses célébrités[5].

Les lentilles de contact se rendirent plus difficilement, déclenchant un torrent de larmes. Ce n'était pas la douleur d'avoir pris une vie, non – rien que le modeste prix d'une chose qui devait être faite.

Il perdit en âge l'équivalent d'une génération entière en se glissant dans un jean gris moulant et une doudoune bouffante en nylon noir. Il troqua ses chaussures pour une paire de baskets, mais lestées du côté gauche, ce qui modifierait son pas et tromperait les logiciels de reconnaissance de la démarche[6]. Puis il s'attaqua au problème de la reconnaissance faciale, enfournant dans sa bouche un dentier dont les dents du haut penchaient vers l'avant. D'une petite pochette d'aluminium, il sortit une lingette humide et la passa sur ses joues, ses lèvres et son menton[7]. Le maquillage antisurveillance de la fille du train était simplement une histoire de look. Les gens qui ne faisaient pas juste semblant de se rebeller utilisaient ce genre de lotion pour la peau contenant de microscopiques perles réfractrices. Celles-ci, invisibles à l'œil nu, déformaient l'imagerie des caméras au niveau des pixels.

C'était la seule manière d'être vraiment libre dans ce monde d'algorithmes destinés à identifier les humains et à les suivre à la trace. Le fait qu'à l'origine ces algorithmes avaient été peaufinés en prison, les détenus payés une bouchée de pain pour entraîner les dispositifs d'IA constituant une main-d'œuvre bon marché[8], collait finalement assez bien.

Des pas résonnèrent dans le couloir et s'arrêtèrent devant la porte. L'homme se figea. Il sentit sa poitrine se serrer et tendit les muscles de son ventre pour réprimer la nausée qui menaçait. Étrange. Il analysa cette sensation, une réaction à comprendre tout autant qu'à combattre. Ce n'était pas le fait d'avoir tué Preston qui l'avait provoquée, raisonna-t-il ; la pensée qu'il allait peut-être devoir récidiver aussi vite, voilà ce qui lui avait retourné le ventre.

N'ouvre pas cette porte, intima-t-il intérieurement à celui ou celle qui se trouvait de l'autre côté. Il savait que la chance jouait un grand rôle dans la vie – elle décidait si vous attrapiez telle ou telle maladie, ou même si la foudre vous tombait dessus. Mais la mort de son épouse et de son fils, c'était autre chose. Derrière tout ça, il y avait du code. Il y avait une causalité. Il y avait Preston. La main de Dieu n'avait pas agi lorsque leurs deux corps s'étaient retrouvés broyés dans les trente-neuf tonnes de métal de cette rame du métro de Washington. Alors qu'ils venaient le retrouver. À son travail. Où lui-même écrivait des lignes de code.

Un coup discret sur le panneau en bois, faisant à peine vibrer le chêne. La voix timide d'un jeune homme.

– Professeur ? C'est Marshall Winters. Je sais que j'arrive avant les heures de bureau, mais auriez-vous un moment pour parler de mon projet de recherche ?

Silence.

Un autre coup.

L'homme s'agenouilla doucement, ramassant sans bruit le manche de sa canne. Des éclats de bois, telles de minuscules dents ensanglantées, à l'endroit où se trouvait tout à l'heure le pommeau en cuivre. Un simple outil. L'arme originelle de l'homme. Allait-il devoir s'en servir de nouveau ?

Une autre minute passa, puis la voix timide, tout bas :

– Professeur Preston, si vous êtes là, je reviendrai pendant vos heures de bureau... Je suis désolé de vous avoir dérangé.

Un soupir vaincu, audible à travers l'épaisse porte en chêne.

L'homme attendit une minute encore, comptant à rebours sur sa montre. Ce n'était pas l'une de ces nouvelles Watchlet ni même un vieux modèle connecté. Non, juste une montre automatique en acier, robuste, qui n'affichait même pas la date. Tandis que l'aiguille des secondes parcourait sans heurt le cadran, il prit une respiration toutes les cinq secondes pour se calmer.

Il était temps de partir.

Mais quand il agrippa la poignée de la porte, ses mains furent prises de tremblements incontrôlables. L'espace d'un instant, il ne se rappela même plus où il était. Ce n'était pas le poids de ce qu'il venait de faire, mais pourquoi il s'était retrouvé là. Tandis qu'il se courbait en deux, le sang lui montant à la tête, cette image se fit aussi claire que s'il l'avait vue en réalité virtuelle dans le casque de Preston. Ils étaient dans leur rue bordée d'arbres, sa femme et lui tenant leur fils par la main. Celui-ci n'aimait pas toucher les lignes du trottoir avec ses pieds, alors ils le soulevaient par les bras, transformant son pas craintif en des bonds d'allégresse. Ce jour-là, un camion de pompiers était passé, et son fils s'était arrêté pour lui adresser un salut militaire. Le chauffeur avait allumé les gyrophares, un éclat rouge pour s'amuser, et avait levé son pouce vers son fils. Le petit avait été si excité, et même inquiet que ses parents aient pu rater le plus beau moment de sa vie.

– T'as vu, papa ?

Ils étaient morts le lendemain.

Le souvenir s'évapora, et ses mains se calmèrent. Un dernier regard autour de la pièce vint le satisfaire. Justice était faite. C'était légitime. Preston et d'autres comme lui avaient mené leur vie selon un certain code, et celui-ci était brisé. Ils célébraient le concept de « bouleversement », parce qu'ils ne s'estimaient pas vraiment responsables des conséquences de leurs actions[9]. À partir de maintenant, cela allait changer.

Il était sur le point d'ouvrir la porte quand il se ravisa. Là, dans le coin. L'homme tendit sa main désormais ferme derrière le bureau de Preston, pour récupérer le pommeau de cuivre qui s'était détaché de sa canne. D'un geste sûr, il l'enveloppa dans un gant en plastique et glissa celui-ci dans sa sacoche avec le disque dur, prenant soin de ne pas mettre de sang sur ses mains.

Centre de détention interne spécial du FBI

Reston, Virginie

Le robot était plus petit qu'un humain moyen. Trois arêtes métalliques noires pareilles à des cordes couraient le long de sa tête, antennes qui ressemblaient presque à des tresses africaines. Ses yeux gros comme des pièces d'un dollar étaient d'un bleu tirant sur le vert – Keegan supposa que la programmation du robot reproduisait la couleur des yeux de la personne qui le regardait –, nichés dans un crâne ovale en métal et en céramique, de la taille d'un ballon de basket. Un nez anguleux doté de narines, choix de conception qui représentait sans doute la meilleure combinaison possible entre forme et fonction en termes de ventilation, scindait en deux le visage du robot. Il n'avait pas de bouche, ce qui rappela à Keegan ce masque de nō japonais qu'elle avait vu dans la Freer Gallery de la Smithsonian Institution. Mauvais design, songea-t-elle. On aurait facilement pu intégrer d'autres capteurs à cet endroit.

La « peau » du robot absorbait la lumière crue projetée par les tubes fluorescents du plafond. Cela créait un effet très particulier, comme un vide planté au centre de la pièce. Criblé de petits points quasi imperceptibles, le matériau gris semblait presque fragile, comme une coquille d'œuf. Keegan devina, cependant, que c'était tout le contraire. Un composite céramique probablement, plus léger et plus solide que l'acier. Ce robuste matériau gris recouvrait le dessus des mains du robot, mais les doigts eux-mêmes étaient noirs, sans doute une sorte de caoutchouc pour mieux agripper.

Keegan penchait la tête de côté pour tenter d'apercevoir sous la table les vérins du robot, s'imaginant qu'il pouvait marcher, quand elle se rendit compte que les cris de Reppley s'étaient calmés en quelque chose qui ressemblait davantage à une plainte. Elle se tourna de nouveau vers l'homme. Morve et salive coulaient dans sa barbe, et il se balançait d'avant en arrière, tentant de s'éloigner de la table, mais hurlait chaque fois que ses mains butaient contre les menottes. Il ressentait sans doute maintenant la douleur de s'être quasiment brisé les poignets à force de se débattre. Il y avait également cette odeur distincte, la même qu'à l'entrée de la gare.

– Non mais, regarde-toi ! lui lança Keegan en se levant pour partir. Reste là. Je reviens tout à l'heure pour évaluer la situation.

– Compris, agent Keegan, répondit le robot.

– Je te parle pas, le robot, rétorqua Keegan. Je parle à l'humain.

Noritz attendait dans le couloir, l'air désolé, soucieux de tempérer l'explosion inévitable de Keegan.

– Je vous jure que je n'étais pas courant, déclara-t-il. Vous étiez déjà entrée quand j'ai reçu un message m'annonçant qu'il y aurait un observateur dans la pièce, et on m'a catégoriquement interdit de vous prévenir.

– C'est n'importe quoi, tout ça. Et vous le savez très bien, rétorqua Keegan. Totalement inacceptable. On ne fait pas de la rétention d'informations aussi cruciales, sans parler d'introduire un élément pareil dans un interrogatoire initial. Vous avez vu comment il a pété les plombs, comme s'il croyait que le robot allait le torturer… Quand nous sommes dans la pièce, c'est *nous* qui mettons la pression sur le suspect, pas les machines. On n'est pas à Pékin, où on peut juste lâcher un robot sur les prisonniers. Putain, mais qu'est-ce qui leur prend, ici ?

– Je comprends que vous soyez en colère, Keegan, mais vous vous en prenez au mauvais échelon, répondit Noritz avec un calme délibéré. Encore une fois, ça n'était pas *ma* décision. Mais heureusement, *vous* allez pouvoir faire part de vos réserves à ceux qui l'ont prise. Ils nous attendent dans la salle de réunion.

Il marqua une pause et son vernis bureaucratique se fissura légèrement, l'agent de la police d'État de Pennsylvanie remontant à la surface.

– Toutefois, je vous conseille de retrouver votre putain de sang-froid avant de les rejoindre.

Keegan suivit Noritz le long du couloir, jusqu'à la salle de réunion, bouillonnant en silence. Quand ils entrèrent dans la pièce, une cohorte d'agents haut placés du FBI et de fonctionnaires du ministère de la Justice les attendaient autour de la table. Keegan en connaissait certains de vue, l'agent spécial en charge de la région de Washington, patron du patron de Noritz, ainsi que le directeur de la Division de la sécurité nationale dépendant du Bureau du procureur de Washington, qui avait compétence sur les affaires de terrorisme[10].

Des lunettes RV étaient posées devant chacun d'eux, à l'exception d'un homme en costume sombre assis au bout de la table, lequel portait encore les siennes et continuait de faire part de ses commentaires en direct. Apparemment, tous avaient suivi l'interrogatoire à travers les yeux du robot.

– Regardez-le pleurnicher ! Je ne voudrais pas passer pour un vieux de la vieille, mais les terroristes, aujourd'hui, c'est plus ce que c'était.

Son assistant lui tapota l'épaule et il ôta ses lunettes – Keegan reconnut le directeur adjoint du FBI. Kamal Bosch était le numéro 2 du Bureau et, surtout, il occupait le plus haut rang qu'un agent du FBI pouvait atteindre sans avoir besoin d'une nomination présidentielle suivie d'un vote au Sénat. Ce qui faisait de Bosch non seulement le référent ultime de toutes les grandes enquêtes et autres crises du FBI, mais aussi son garant institutionnel, le gardien suprême, en interne, de ce que le Bureau était censé être.

Bosch leur fit signe à tous les deux de s'asseoir, d'un geste de la main qui indiquait dans le même temps aux deux agents haut placés qu'ils devaient se lever et aller prendre place sur les chaises alignées le long du mur et réservées aux observateurs subalternes.

– Approche agressive, agent Keegan. Non seulement lors de l'arrestation aujourd'hui à Union Station, mais dans cette pièce avec le suspect. C'est du bon travail.

Bosch semblait sincère, mais venant d'un fonctionnaire de si haut rang en costume trois pièces, ces mots laissèrent tout de même Keegan sur ses gardes. D'autant plus que le costume qu'il portait était en laine véritable. Keegan distinguait aussi, vaguement, l'odeur de son eau de Cologne, *Confiance*, qui contenait des phéromones censées influencer les gens[11].

– Tous les deux, vous avez vraiment… Je ne crois pas avoir jamais vu un suspect craquer aussi vite.

– Merci, mais…

– Keegan, intervint Noritz, tentant d'arrêter son agente avant qu'elle n'aille trop loin.

– Non, dit Bosch en passant sa main sur son crâne rasé. Laissez-la poursuivre. Tous, ici, nous sommes redevables à l'agent Keegan, bien plus qu'elle ne l'imagine.

– Monsieur, reprit Keegan. Avec tout le respect que je vous dois…

– Non, *ça*, je ne le permettrai pas, agent Keegan, coupa sèchement Bosch. Je sais ce que vous entendez vraiment par là. Dites ce que vous avez à dire, c'est tout.

– Je m'excuse, monsieur le directeur adjoint… mais ce qui vient de se passer, c'est vraiment n'importe quoi.

Noritz laissa échapper un léger grognement à côté d'elle, mais ne dit rien.

– Voilà qui est mieux, répondit Bosch en croisant les bras comme pour prononcer un jugement. Et sur quoi se fonde cette évaluation, agent Keegan ?

– Deux éléments, monsieur. Le premier, c'est que cette machine a pris le contrôle de mon interrogatoire.

– Ce n'est pas vrai. Le système a simplement fourni une information-clé en temps réel, protesta un homme maigre assis à trois chaises de Keegan.

La quarantaine, grand, mais sa taille soulignait encore davantage sa fragilité apparente. Il portait un costume noir comme la plupart des autres, mais le sien était égayé par une chevelure cyan qui virait du vert au bleu selon l'angle de la lumière. D'un côté, c'était fascinant, le moindre de ses mouvements de tête modifiant la couleur. C'était aussi, à l'évidence, de la pure frime, commune chez les civils mais encore inhabituelle au sein du FBI. Mais le détail le plus révélateur, c'était la manière dont ses mains formaient un triangle sous son menton, comme s'il avait jusque-là analysé la conversation plutôt que simplement l'écouter. C'était un signal délibéré indiquant que s'il était assis à cette table, il appartenait cependant à un autre corps de métier que les enquêteurs et les juristes réunis dans cette salle. Un profileur, très probablement.

– Agent Keegan, puisque vous ne nous avez pas laissé le temps de faire les présentations, voici le docteur Sander Modi, de l'Unité d'analyse comportementale n° 5... qui n'est manifestement pas d'accord avec vous, intervint Bosch.

Ce qui répondait à deux questions. D'abord, qui il était. L'Unité 5 était, au sein du FBI, la section dédiée à la recherche du Centre national d'analyse des crimes violents (NCAVC)[12]. Une expérience commencée dans les années 1970 avec les profileurs psychologiques traquant les tueurs en série, avant d'intégrer tout ce qui, dans diverses sciences, était susceptible d'aider le Bureau.

Ensuite, Bosch venait de livrer une part essentielle de sa propre psychologie. Il faisait partie de ces cadres aimant qu'on débatte d'un problème devant eux, en se donnant le rôle du juge froid et rationnel, alors qu'il avait probablement déjà tranché.

– Je suis désolée, mais aucun de vous, y compris le docteur Modi, n'était présent *dans* cette pièce. La RV vous donne l'impression d'être là, mais ce n'est pas le cas. Tout est différent, là-dedans. Tout interrogatoire repose sur la lecture émotionnelle du suspect. Et votre engin a juste complètement détraqué l'état émotionnel de cet individu. Tout ce que nous avons obtenu de Reppley, nous aurions pu l'obtenir par d'autres moyens, sans le robot… et sans ce pétage de plombs.

– Que répondez-vous à cela, docteur Modi ? interrogea Bosch, sourcils froncés.

– À vrai dire, ce « pétage de plombs » constitue justement l'information-clé évoquée tout à l'heure. L'agent Keegan a reçu les données relatives à l'identité du suspect beaucoup plus rapidement que cela n'aurait été possible autrement, aucun doute là-dessus ; surtout, dans le contexte en évolution constante de cette enquête en cours, elle les a reçues *dans la pièce*, pour reprendre son expression.

Keegan acquiesça ; le docteur Modi avait brillamment esquivé son principal argument.

– Mais ce qui est plus notable, poursuivit-il, c'est ce qui s'est passé ensuite. Vous noterez que le système a détecté un niveau de phéromones tout à fait inhabituel. Le degré de peur manifesté par le prisonnier était disproportionné et ne correspond à aucun des modèles fondés sur le scénario de son arrestation. Sans le robot, nous n'aurions pas pu induire cette réaction.

– Sa réaction a été de péter les plombs. Ne le font-ils pas tous ? rétorqua Keegan.

Mais en son for intérieur, elle savait que ce n'était pas le cas. La vérité, c'était que l'effondrement soudain de cet homme mûr l'avait davantage perturbée que l'apparition surprise du robot. Elle avait déjà vu des adultes craquer, mais toujours à la suite d'un traumatisme venu les frapper comme une foudre émotionnelle – lorsqu'ils nettoyaient au tuyau d'arrosage le sang laissé dans un véhicule blindé par leur pote tué au combat, ou recevaient un message vidéo annonçant que leur mère était morte à des milliers de kilomètres. Cette fois, c'était différent : Reppley avait perdu tous ses moyens à la simple idée de se retrouver enfermé dans une pièce avec un robot.

– Là, vous êtes dans les cordes, agent Keegan, fit remarquer Bosch. Et vous le savez. Le docteur Modi a raison, à la fois sur l'obtention de ces données utiles en temps réel, et sur le fait qu'un suspect qui « craque » est en soi un détail révélateur. Quel était donc votre second sujet d'inquiétude ?

– Ce qui m'ennuie, c'est que même si vous teniez vraiment à mettre un système dans cette pièce avec moi, j'aurais dû être mise au courant. Vous ne pouvez pas traiter ce genre d'interrogatoire en direct comme une sorte d'expérience, en m'enfermant là-dedans, à froid, avec un *objet*.

– Eh bien en fait si, agent Keegan, je peux. Le but, c'était justement l'expérience, rétorqua Bosch. Cet objet est une machine capable d'apprendre, comme vous, et, comme l'ont prouvé les événements d'aujourd'hui, elle le fait sacrément bien. Vous êtes tous deux rentrés « à froid » dans cette pièce – sans aucune idée de ce qui vous attendait –, et ça ne vous a pas empêchés de faire équipe pour obtenir un meilleur résultat. Ce que nous voulons savoir, maintenant, c'est si la chose peut être répétée. Je crois que le mieux, c'est que les agents Keegan, Noritz et moi-même sortions faire un tour. Voulez-vous bien apporter TAMS et vous joindre à nous, docteur Modi ?

En sortant, Noritz gratifia Keegan d'un regard lui faisant comprendre qu'il valait mieux pour elle qu'elle se plie à tout ce que le directeur adjoint avait en tête, et qu'elle la ferme.

Ils quittèrent la zone des cellules de détention en silence pour entrer dans l'atrium de l'ancien centre commercial, qui donnait l'impression d'être baigné d'une pâle lumière sous-marine, à cause de la pellicule verdâtre qui couvrait les verrières, tout là-haut. Les bacs à fleurs de l'atrium étaient vides, et l'absence de détritus à l'intérieur témoignait de l'extrême rigueur avec laquelle les dispositifs hautement automatisés du DSDF entretenaient les lieux.

Bosch reprit la parole, s'adressant à Keegan. À ce niveau d'autorité, un directeur adjoint du FBI ne se souciait guère de l'infime différence de grade entre Noritz et son agente. Tous deux n'étaient à ses yeux que des rouages interchangeables de l'organisation bureaucratique. Le visage de Noritz demeura impassible, mais Keegan le connaissait suffisamment pour savoir que cela le tuait intérieurement.

– Agent Keegan, j'ai une proposition pour vous, qui va vous retirer de cette affaire mais pourrait potentiellement se révéler beaucoup plus importante pour le Bureau...

Keegan hocha la tête, sur ses gardes. C'est elle qui avait mis le grappin sur Reppley, et elle avait un peu l'impression que ce dossier lui revenait. Celui-ci promettait par ailleurs d'être sa plus grande enquête depuis qu'elle était entrée au FBI.

– Ce que vous avez rencontré aujourd'hui, vous et ce pauvre M. Reppley, est un produit du complexe militaro-industriel, que le Congrès, dans son infinie sagesse, nous a chargé de tester dans un nouvel environnement. Si j'en crois vos états de service, vous avez servi dans les Marines et avez travaillé sur le terrain avec des systèmes automatisés...

– Oui, je faisais partie de la police militaire, mais au sein des Marines, nous sommes tous des combattants. Chaque escadron comporte un opérateur en charge des systèmes. C'était mon rôle ; en gros, j'étais l'instructrice de robots de mon unité, je gérais les dispositifs terrestres de détection des engins explosifs improvisés et je lançais des microdrones pour escorter les convois. Mais rien d'aussi sophistiqué.

– Eh bien, parmi tous nos agents de terrain du Bureau de Washington, cela fait quand même de vous l'un de nos meilleurs experts. J'imagine que c'est pour ça que l'algorithme vous a désignée – n'est-ce pas, docteur Modi ?

– Oui, répondit-il. Nous avons pris en compte divers facteurs, allant de l'expérience à l'historique des affaires traitées, mais cet élément a été prépondérant.

Tandis qu'il parlait, le robot de la salle d'interrogatoire émergea du couloir du centre de détention. Keegan remarqua que ses pas faisaient moins de bruit que ceux d'un humain sur le carrelage de l'ancienne galerie commerciale – sans doute le même matériau que celui des doigts, pour amortir.

Elle estima la taille du dispositif à un mètre cinquante, neuf centimètres de moins qu'elle. Comme elle s'y attendait, les formes humaines de sa partie supérieure s'accompagnaient bien de deux jambes ; tout autre design aurait été perçu comme monstrueux, faisant basculer le robot du bizarre au carrément flippant. Ce qui ne voulait pas dire pour autant que ses concepteurs l'avaient cantonné aux limites humaines. Les articulations des hanches et des genoux étaient en effet circulaires, un peu comme des roulements à billes géants, ce qui devait leur permettre de pivoter dans toutes les directions, mais elles étaient actionnées par des genres de tendons, sans doute contrôlés par des algorithmes d'IA bio-inspirés[13]. De manière similaire, il possédait des pieds et des orteils, mais les pieds étaient également connectés à une articulation-roulement à billes, au lieu de la plante courbe caractéristique des pieds humains, et les orteils se déployaient selon un angle destiné à régler les problèmes d'équilibre rencontrés par les premiers systèmes automatisés. C'était un mélange d'évolution et d'ingénierie.

– Ah, le voilà ! s'exclama Bosch. Agent Keegan, je vous présente TAMS, votre partenaire pour cette petite expérience. TAMS, présente-toi.

La tête du robot se tourna vers Keegan et Noritz dans le léger ronronnement de ses servomoteurs.

– Je suis un système de mobilité autonome tactique – TAMS, en abrégé, annonça le robot. Ravi de faire votre connaissance.

– Sacrée prouesse technologique, apprécia Noritz.

Il s'approcha du robot, scrutant le fond de ses yeux. L'opinion de Keegan se révélait bien moins romantique : *Il aurait fallu le faire quadrupède.* Les meilleurs robots avec lesquels elle avait travaillé dans les Marines étaient dotés de quatre pattes ; ils pouvaient en perdre une et continuer d'avancer. Le seul désavantage de ce design en forme de chien, c'était que les Marines finissaient par s'y attacher[14].

Bosch se remit à marcher et les quatre autres lui emboîtèrent le pas, la machine restant un peu en retrait.

– TAMS a d'abord été créé dans le cadre d'un programme commun de la DARPA et de la HSARPA, ces agences chargées de développer de nouvelles technologies à usage militaire, à la fin de la dernière décennie. Puis des groupes privés sont intervenus. Toutefois, malgré toute l'excitation et les jolies vidéos de marketing balancées sur YouTube, ce projet n'a jamais réussi à franchir la « Vallée de la Mort » contractuelle permettant de passer du statut de prototype à celui d'une acquisition officielle par le ministère de la Défense. Contrairement aux scénarios des films avec lesquels nous avons grandi, il s'est trouvé que les robots Terminator n'étaient pas l'avenir de la guerre.

– Tout à fait. Nous nous en sommes rendu compte assez vite. Un plus gros robot n'est qu'une cible plus grande, avec davantage de risques de détérioration, répondit Keegan. Nous avions besoin qu'ils aillent dans des endroits et fassent des choses inaccessibles aux humains, pas qu'ils se contentent de reproduire ce que l'armée pouvait déjà forcer un humain à faire.

– Cependant, reprit Bosch, même si les militaires n'en ont pas voulu, la notion de fonds perdus n'existe pas dans les programmes fédéraux, et TAMS, ici présent, a quelques partisans haut placés au sein du Congrès.

– Qui viennent, laissez-moi deviner, de la baie de San Francisco ? intervint Noritz, tentant de s'immiscer dans la conversation.

– Mieux placés encore, répondit Bosch. Dans la commission du budget. Le résultat, c'est que nous sommes en train d'étudier la pertinence d'une utilisation de TAMS au sein des agences fédérales de maintien de l'ordre. Outre le bureau de Washington, onze autres antennes du FBI vont déployer ce dispositif de manière d'abord expérimentale. C'est là, comme votre excellent sens humain de l'observation vous aura permis de le déduire, j'en suis sûr, que j'espère pouvoir vous faire intervenir.

– Vous avez besoin de moi pour réaliser un stress test, déclara calmement Keegan.

– Un quoi ? demanda Noritz.

– Pourquoi tu ne réponds pas toi-même, hein, le robot ?

Elle se tourna vers Modi, qui acquiesça d'un hochement de tête.

– TAMS, ordonna-t-il. Explique à l'agent Noritz ce qu'est un « stress test ».

– Un stress test se définit comme une « opération consistant à faire fonctionner dans des conditions extrêmes un dispositif, tel qu'un ordinateur, pour en détecter les défauts ou les dysfonctionnements avant sa mise en service », répondit la machine.

Réciter la définition du dictionnaire n'avait rien d'un tour de force, mais un détail ressortait : Keegan remarqua que l'intonation du robot n'était plus la même que dans la salle d'interrogatoire. Elle supposa qu'il en avait sélectionné une dont les recherches avaient montré qu'elle était la plus adaptée à une conversation avec un agent du FBI. Au moins, songea-t-elle, il n'avait pas cette voix de femme insupportablement sexiste que l'intelligence artificielle de tous les anciens assistants automatisés adoptait systématiquement par défaut[15].

Tandis que le robot s'exprimait, ils s'arrêtèrent pour l'écouter devant un magasin de cuisines haut de gamme qui n'avait pas encore été reconverti en espace de bureaux. Ses vitrines affichaient toujours des promotions « Avant fermeture ».

– Oui, un stress test, confirma Bosch. Le terme convient parfaitement, d'ailleurs. Que les choses soient claires : le but de cette expérience est d'obtenir des réponses, pas de faire plaisir aux bailleurs de fonds du Congrès. Ce que je veux, ce sont des données concrètes. Je veux un retour de terrain pour savoir si cette technologie est bonne pour le Bureau… ou pas.

En prononçant ces deux derniers mots, Bosch planta ses yeux dans ceux de Keegan. Fallait-il y voir le signe que, contrairement à ce qu'il venait d'affirmer, cette expérience avait une mauvaise réponse et une bonne – celle qui permettrait aux agents en chair et en os du FBI d'avoir encore un avenir, contrairement à tous leurs frères humains ?

– Mais nous pensons vraiment que TAMS vous sera utile, intervint Modi, ajoutant aussitôt ce qu'il estimait être une précision nécessaire : en tant qu'aide à l'observation et à la décision. Ce qu'un système d'IA peut apporter à un agent est similaire à ce qu'il apportait jusqu'ici à un soldat sur le champ de bataille ou à un trader à Wall Street : collecte, organisation et analyse des informations à la vitesse d'un ordinateur[16]. Il ne s'agit pas de remplacer l'humain, mais de le libérer[17]. Envisagez cela comme une intelligence non pas artificielle mais *augmentée*. Il nous est impossible, à tous, de suivre le rythme de ce que contiennent les flux, le cloud, en plus de tout ce qui nous entoure. Par conséquent, vous avez besoin que ces données soient rendues opérationnelles.

– C'est vrai, approuva Noritz, intervenant dans leur échange. Keegan est sans doute mon meilleur agent de terrain, mais même elle a de la peine à gérer tout ça. D'ailleurs, elle a dû se déconnecter du réseau à Union Station…

– Quand il y a trop de données, cela devient un handicap. Tous vos designers et vos programmeurs ne se sont jamais fait tirer dessus, ça se voit, renchérit Keegan, agacée que Noritz ait pu dire qu'elle avait du mal à s'en sortir. Parfois, il faut débrancher tout ça et regarder vraiment ce que vous avez en face de vous. C'est de cette manière que j'ai réussi à identifier le suspect.

– Tout à fait, répondit Bosch d'un ton emphatique. C'est pour cette raison que nous espérons de tout cœur que vous accepterez cette mission. Et alors que nous sommes en train de tester des dispositifs TAMS dans d'autres bureaux, vous, vous êtes ici avec nous – ce qui prouve bien que votre jugement a une tout autre valeur à nos yeux. Nous avons besoin de savoir si TAMS représente une gêne ou si, pire, il risque de mettre en danger l'agent qu'il accompagne ou n'importe qui d'autre. Si tel est le cas, et que cette machine ne peut pas accomplir sa tâche comme il se doit, alors nous ferons intervenir nos propres alliés au Capitole pour qu'ils enterrent ce programme. Alors apprenez à connaître ce robot, montrez-lui comment vous estimez que le boulot doit être fait. Et restez hors des projecteurs.

Keegan planta son regard dans celui de Noritz et vit à quel point celui-ci souhaitait l'entendre dire oui.

– Mais n'oubliez pas une chose, agent Keegan, précisa Modi : TAMS est un système capable d'apprendre. Vous pouvez évaluer ses capacités, mais c'est finalement vous qui allez vraiment pouvoir nous montrer ce qu'il peut et ne peut pas faire. Au bout du compte, s'il échoue, ce sera en partie à cause de vous, de ce que vous lui avez appris. Vous comprenez la responsabilité qui vous incombe ?

Avant que Keegan ait pu répondre, Bosch s'interposa.

– Agent Keegan, il y a toujours un moment où nous réalisons pleinement ce que signifie la notion de responsabilité au sein du FBI. Pour certains, c'est une épreuve vécue personnellement qui, s'ils parviennent à la surmonter, sert de révélateur. D'autres l'apprennent à moindre coût, par le biais d'une anecdote. Lors de ma deuxième année au sein du Bureau, j'avais un supérieur qui avait appartenu à l'équipe de protection rapprochée du directeur du FBI, J. Edgar Hoover. M. Hoover avait beaucoup d'ennemis et à peine une poignée d'amis. J'imagine que vous le saviez...

– Oui, monsieur.

– Bref, ce type dont je vous parle est alors le plus jeune agent de cette équipe, l'ingénu qui débarque. Ils sont en déplacement à New York, dans un hôtel de Midtown à Manhattan. La garde rapprochée dort à deux chambres de la suite du directeur Hoover. Jamais dans celle d'à côté – celle-ci est réservée au sous-directeur, comme mon poste s'appelait à l'époque.

Keegan avait entendu les rumeurs autour du directeur adjoint du FBI, Clyde Tolson. Où Bosch voulait-il donc en venir ?

– Les gars de la sécurité sont en train de manger leurs plats commandés en room service, de gros steaks avec du ketchup ou je ne sais quelle merde mauvaise pour la santé qu'on s'enfilait à l'époque, quand l'alarme incendie se met à sonner. Mais pas de fumée. Pas de camions de pompiers. Rien. Alors ils se disent que ça peut être n'importe quoi. Peut-être une attaque de la mafia ou des communistes contre le directeur. Ils frappent à sa porte, mais pas de réponse. Il faut qu'ils prennent une décision, vite. Alors ils utilisent le passe-partout pour entrer dans la suite, prêts à sacrifier leur vie pour le seul homme, dans ce pays, qui se dresse entre la démocratie et la tyrannie. Mais à l'intérieur, ce n'est pas un escadron de la mort bulgare ni un tueur à gages de la mafia armé d'une corde à piano qui les attend. Juste le directeur et Tolson en peignoir rose, en train de se vernir mutuellement les ongles, un disque de Nina Simone à fond sur la stéréo.

« Le problème, voyez-vous, c'est que ce genre de truc passait très mal à l'époque. C'était sacrément grave. Hoover qui faisait chanter dix pour cent des membres du Congrès, au bas mot, juste parce qu'ils étaient gays, et voilà que lui aussi. Alors les gars dont je vous parle sont encore obligés de prendre une décision. Ils ont certes un dossier sur le directeur, maintenant. Mais J. Edgar avait certainement un putain de dossier sur chacun d'entre eux, sinon il ne les aurait jamais laissés faire partie de sa garde rapprochée – une aventure qu'il pouvait balancer à leur femme, une transaction immobilière douteuse qui risquait d'envoyer leur père en prison, n'importe quoi.

« Bref, ils reculent doucement, sans faire de bruit, couverts par l'alarme incendie – prudence étant mère de sûreté. Mais là, ils sentent de la fumée. Il y avait vraiment le feu. Quelqu'un s'était endormi sur son lit avec une cigarette allumée, trois étages plus bas. Alors ils frappent de nouveau à la porte. Toujours pas de réponse. Cette fois, ils l'enfoncent, et attendent un moment pour laisser le temps aux deux hommes de ranger, au moins, leurs pinceaux à ongles, ils peuvent bien leur accorder ça. Puis ils informent poliment le directeur qu'il va devoir se changer plus vite que Clark Kent et ils les évacuent *fissa*, jusqu'au parking, et hors du bâtiment.

« Quelques heures plus tard, ils sont installés dans un autre hôtel et tout semble revenu à la normale, personne ne fait le moindre commentaire sur ce qui s'est passé. Mais alors, le sous-directeur vient trouver mon ancien chef, puisqu'il est le petit nouveau. Lui dit qu'il a oublié un truc à l'autre hôtel, auriez-vous l'amabilité de retourner là-bas pour le récupérer... Et vous savez ce que c'était ?

Keegan ne répondit pas, ne voulait pas le priver de sa chute.

– Son vernis à ongles ! Soit il était en train de tester sa loyauté, soit il aimait vraiment cette couleur. En tout cas, mon supérieur se retrouve de nouveau face à un choix qu'il n'aurait jamais cru devoir faire en tant qu'agent du FBI. Le truc, c'est qu'il n'a jamais raconté ce qui s'était passé ensuite, ni même de quelle couleur était ce foutu vernis à ongles. Vous savez comment mon ancien chef concluait à chaque fois son histoire ?

– Non.

– « C'est ce jour-là que j'ai appris qu'au FBI vous êtes toujours amené à prendre ce genre de décision où votre carrière se joue. Et à chaque fois, le Bureau compte sur vous pour prendre la bonne. »

Quartier de Ballston

Arlington, Virginie

Keegan se tenait debout devant la porte de son immeuble, l'oreille aux aguets. Elle posa sans bruit le front sur l'épais battant en bois, ferma les yeux et vida lentement ses poumons. S'accorder un moment pour reprendre ses esprits avant de franchir le passage entre les deux mondes où elle évoluait était depuis longtemps devenu un rituel. Elle partait souvent tôt le matin, dans le noir. C'était à ce moment-là, avant d'être tout à fait réveillée, qu'elle devenait un agent du FBI. Rentrer à la maison lui causait parfois un trop grand choc. Elle avait appris à d'abord reprendre son souffle, à se laisser le temps de redevenir une mère – et une épouse, même si cela n'avait plus grand sens à présent. Pendant quelques heures, avant d'aller retrouver les endroits plus sombres du dehors, c'était ici que ce qu'il y avait de meilleur en elle reprenait le dessus.

Derrière cette porte, il y avait Haley, sa fille de quatre ans, et Jared, son mari depuis sept ans. Voilà ce qu'elle savait. Mais quel Jared l'accueillerait ce soir ?

Le rire de Haley lui parvenait à travers la porte, ce qui n'était probablement pas bon signe.

Toujours calée contre la porte, Keegan balaya du doigt l'écran de sa Watchlet, les applications tournoyant sur son poignet telle une machine à sous de l'ancien temps, jusqu'à ce qu'elles s'arrêtent sur ce que Keegan cherchait – une appli personnelle, ajoutée par ses soins. Celle-ci affichait les images de la caméra installée dans un robot en forme de mante posé dans la bibliothèque.

Keegan tapota l'écran et l'appli s'agrandit, envahissant son poignet. Elle zooma pour voir ce que Haley était en train de faire.

La petite faisait danser sa Barbie sur la table de la cuisine, avec un robot-araignée gris en lego, deux fois moins grand que la poupée[18]. Quel que soit le mauvais coup que préparaient ces deux-là, cela faisait couiner de rire Haley, ce qui creusait toujours la fossette sur sa joue gauche.

Dieu, ce qu'elle aimait cette petite. C'est sûr, ils n'avaient pas échangé les bébés à la maternité. Haley avait ses yeux bleu-vert, les boucles blondes de Jared, les lobes d'oreilles de sa mère et le petit nez écrasé de la mère de Jared. Haley semblait également avoir hérité de la morphologie du côté paternel ; elle était déjà grande pour son âge, au point qu'il était de plus en plus difficile de la soulever dans ses bras pour la porter au lit.

Autant elle aimait Haley, autant elle détestait cette poupée. Jared et elle avaient plaidé auprès de leur fille pour qu'elle choisisse un autre jouet, quelque chose de moins cliché. Mais avant une visite tendue chez les beaux-parents de Keegan à Philadelphie, ils lui avaient promis une poupée si elle se comportait bien. Haley avait choisi cette Barbie après y avoir joué chez ses grands-parents. Au moins, ils avaient réussi à l'aiguiller vers la version astronaute, même si Keegan se disait qu'aucune personne titulaire d'un doctorat en astrophysique n'aurait sans doute opté pour une coupe de cheveux aussi inadaptée au port du casque de combinaison spatiale et à la vie en apesanteur.

Keegan fit pivoter la caméra pour voir ce qui se passait dans le reste de la pièce, et où était Jared pendant que leur fille jouait.

Elle n'aurait pas dû s'inquiéter, car il se trouvait enveloppé dans ses couvertures sur le canapé, comme toujours lorsqu'il travaillait sur ses HIT. Des « tâches pour intelligence humaine », comme on appelait ce marché de microboulots virtualisés que les machines étaient incapables d'accomplir[19].

Elle zooma sur lui. L'appareil de RV lui couvrait le visage, de sorte qu'elle ne pouvait voir son expression ni d'ailleurs le moindre centimètre carré de ses cheveux. Il les portait plus courts à présent que lorsqu'ils s'étaient rencontrés ; c'était plus pratique avec le casque, et puis les cheveux blancs qui commençaient à apparaître au niveau des tempes se mêlaient aux mèches blondes, restant quasi invisibles. Ce qu'elle voyait, en revanche, c'est que les muscles de son cou étaient tendus sous le poids du casque. Combien d'heures avait-il passées là-dessus aujourd'hui ? Trois ? Dix ? Payées à la tâche, les HIT étaient une manière hautement addictive d'aider votre famille et de la bousiller.

Keegan observa son mari pendant quelques secondes encore, étudiant le motif dessiné par le tissage de ses lunettes RV, les mouvements légèrement exagérés d'une personne en pleine conversation dans une salle où elle est seule. Le robot-mante n'enregistrait pas le son, mais elle avait écouté suffisamment de ces sessions pour savoir qu'il était très doué pour ça. Ses études dans de bonnes écoles lui avaient donné ce mélange d'intelligence et de déférence qui pimentait ses paroles, le faisant paraître serviable et engageant, mais pas trop lourd.

Ils avaient de la chance de ce point de vue-là, et sous bien d'autres aspects encore, Keegan le savait. Heureusement qu'à la naissance de Haley, ils étaient encore couverts par l'assurance maladie de Jared. Les HMO, ces structures de soins privées prépayées à l'américaine, n'auraient jamais accepté de prendre en charge la recherche du score de risque polygénique de la petite, qui avait permis de désactiver un trait génétique susceptible de lui faire développer plus tard un diabète de type 1[20].

Et Haley était une enfant heureuse ; ils avaient réussi à la protéger de la plupart des changements dans leur foyer, même si elle pleurait encore de temps en temps la nuit, réclamant leur nourrice. Se séparer de Sandra avait été dur pour la petite, car les enfants avaient du mal à saisir la différence entre membres naturels et membres salariés d'une famille.

Leur plus grande chance, c'est qu'ils avaient encore le boulot de Keegan, ce qui avait permis de ne pas quitter le seul chez-soi que Haley avait jamais connu. Quand Jared et elle avaient commencé à sortir ensemble, son tout nouveau job d'agent du FBI avait été une source de curiosité et même un détail cool aux yeux des potes de Jared, rencontrés à la fac de droit. Il n'était jamais fait mention du salaire, lequel devait amuser ces gens qui gagnaient sept ou huit fois plus. À présent, c'était un revenu régulier convoité par ces mêmes avocats, qui devaient se contenter de défendre les syndicats d'autopartage ou de saisir des travaux juridiques en « micromoments », tentant d'accumuler ces secondes facturables au service de compagnies pharmaceutiques mexicaines, pour au bout du compte avoir tout juste de quoi rembourser les intérêts de leurs cartes de crédit. Et encore, pour ceux qui avaient la chance d'être toujours dans la profession – contrairement à Jared.

Celui-ci avait longtemps été sur la voie royale vers le statut d'associé dans le gros cabinet où il travaillait comme expert dans les réglementations du secteur financier, domaine du droit ennuyeux au possible mais très lucratif. Tout avait changé le jour où le cabinet avait fait venir une société de conseil en « optimisation des performances humaines ». Celle-ci avait d'abord été engagée pour améliorer la productivité, mais son audit servait en parallèle d'entraînement humain pour les systèmes d'apprentissage des machines impliquées, dont l'algorithme devenait de plus en plus intelligent d'heure en heure, de client en client[21]. Au bout de trois mois, Jared avait été licencié, de même que quatre-vingts pour cent des employés juniors. Les associés du cabinet avaient acheté des parts de l'algorithme en question, qui allait certainement assurer leur richesse sur plusieurs générations.

Ils avaient privé Jared de tout ça. Non seulement de l'argent, mais du deal aussi. C'était ça qui avait été pour lui si dur à encaisser, et si dur à observer pour elle.

Les choses n'étaient pas censées se passer comme ça. Ce boulot avait été l'accomplissement d'une vie entière de promesses faites par ses parents, ses professeurs, ses gestionnaires de crédit, d'autres encore. Travaille bien à l'école, obtiens de bonnes notes, entre dans une bonne université et ainsi de suite, jusqu'à ce que tu décroches un bon job, dans lequel tu bosseras dur, qui te vaudra un gros salaire, et tu enverras tes gosses dans une bonne école pour boucler la boucle. C'est comme ça que les choses se passaient depuis des générations. L'automatisation ne semblait représenter une menace que pour les chauffeurs routiers et les ouvriers d'usine, jusqu'au jour où ça n'avait plus été le cas[22]. Et alors, il était apparu que même un diplôme en droit de Yale ne pouvait pas rivaliser avec les algorithmes.

Ce n'était même pas un associé du cabinet ni le département des ressources humaines qui avait pris la décision de le virer, lui, plutôt que les vingt pour cent de chanceux que la firme avait conservés. L'« optimisation de la main-d'œuvre » avait été décidée par l'algorithme, la lettre de licenciement écrite et envoyée par courriel de manière automatique[23].

Étrangement, cette décision froide et rationnelle avait encore plus fait culpabiliser Jared. Ce n'était la faute de personne d'autre, donc ce devait être la sienne. La première chose que Jared avait dite en apprenant qu'il allait perdre son job, c'est : « J'aurais dû être avocat plaidant. » Ce qui ne représentait plus un refuge de nos jours, bien sûr, car les algorithmes avaient fait des ravages dans ce champ-là aussi. L'analyse prédictive permettait en effet aux deux camps de connaître avec précision leurs chances de succès, de telle sorte qu'aller jusqu'au procès était devenu une pure folie : il suffisait de laisser faire la machine, de calculer les risques et les intérêts d'un arrangement à l'amiable[24].

Keegan repensa à leur lune de miel dans le Glacier National Park, juste après que Jared avait été reçu à l'examen du barreau[25]. Ils avaient passé presque tous leurs repas et leurs randonnées à planifier leur avenir – carrières professionnelles, maisons… Pas une fois ils n'avaient envisagé la possibilité de ne rester ensemble que pour leur fille, et que Jared passe toutes ses journées à servir de compagnon à distance à des personnes âgées[26].

La descente avait été rude, mais ils n'avaient pas tout perdu, contrairement à tant de personnes autour d'eux.

Deux pas après la porte, Haley vint percuter à pleine vitesse les jambes de Keegan.

– Salut Papillon, dit Keegan en déverrouillant l'étreinte acharnée de Haley pour la soulever dans ses bras. Tu m'as manqué.

– Toute la journée, maman ? demanda Haley.

– Toute la journée, répondit Keegan.

– Toutes les heures ?

– Absolument toutes.

– Toutes les minutes.

– Oui, toutes. Jusqu'à maintenant.

Dès l'instant où elle tint sa fillette dans ses bras, la tête de Haley nichée au creux de son cou, elle se déconnecta de manière vertigineuse des choses d'adulte qui avaient occupé son esprit depuis le matin. Ici et maintenant, elle n'était plus que la mère de Haley. Elle tituba légèrement, reculant d'un demi-pas, avant de rouvrir ses yeux au monde. Aujourd'hui, Haley avait deux tresses indiennes.

– J'aime bien tes tresses, déclara Keegan.

– C'est papa qui les a faites ce matin.

Il fallait quand même reconnaître ce mérite à Jared. Jamais elle n'aurait pu faire ça.

– Très joli.

Keegan passa sa main sur les cheveux de Haley, heureuse que sa fille n'ait pas conscience des raisons pour lesquelles son père était devenu si expert dans l'art de la coiffer.

– Il dit que j'ai l'air d'une Jedi comme ça...

– C'est vrai. Viens, allons chercher ton sabre laser.

Remarquant enfin son arrivée, Jared fit un geste de la main en direction de Keegan tout en murmurant dans le micro du casque. C'était sans doute encore Harlan, ce centenaire de Portland, dans l'Oregon. Il avait commencé par donner d'excellentes notes à Jared, puis exigé de n'avoir affaire qu'à lui, ce qui entraînait une belle hausse de cinq pour cent de la part touchée par Jared.

Le système pouvait fonctionner en mode automatique avec voix synthétique, mais les riches clients avaient des bonnes raisons de préférer que de véritables humains échangent avec leurs êtres chers et veillent sur eux à distance : toutes les études montraient que les aides autonomes, comme le système d'alimentation par le biais d'un bras robotique que les enfants de Harlan avaient fait installer dans sa cuisine, ne suffisaient pas[27]. Les gens avaient besoin d'interaction humaine ; même la simulation de celle-ci n'était pas assez.

Keegan reposa sa fille par terre.

– Je vais aller voir papa, dit-elle à Haley. Je reviens tout de suite.

Elle se laissa tomber lourdement à côté de Jared et repoussa quelques couvertures, signal discret qu'il était temps pour lui de se lever et de les rejoindre.

Jared tendit deux doigts en l'air, réclamant encore deux minutes, ce qui signifiait en réalité le double. Keegan se releva pour aller voir quel monde Haley avait recréé ce jour-là pour y faire jouer ses poupées.

Haley les lui montra fièrement et laissa le robot-araignée ramper sur sa main et son bras, de la même manière que Keegan avait laissé un jour, au lycée, une tarentule remonter jusqu'à son épaule. Mais tandis que Haley babillait sur les aventures de Barbie et de l'araignée, Keegan n'arrêtait pas de jeter des coups d'œil vers Jared par-dessus son épaule, attendant qu'il s'extirpe du canapé. Dans ses bons jours, il venait tout de suite et prenait une voix idiote, haut perchée, pour imiter les personnages qu'ils avaient attribués aux poupées. Aujourd'hui, ce ne serait pas le cas, Keegan le voyait bien.

Elle mit un vieux dessin animé sur le vidéoprojecteur pour occuper Haley et alla à la cuisine préparer le dîner. *Les Frères Kratts* et leurs animaux, cette série qu'elle-même avait regardée, enfant – au moins, elle pourrait se dire qu'elle faisait le minimum qu'un bon parent pouvait assurer, en donnant à voir à sa fille une émission tant soit peu éducative.

Elle envoya un message à Jared en utilisant l'écran tactile de la porte du congélateur.

T prêt maintenant ?

Il répondit avec une émoticône : une bourse pleine de dollars.

FINI DS 5 MN

En majuscules, comme s'il fallait vraiment crier.

Deux minutes étaient devenues cinq minutes en l'espace d'une minute. Tout en réfléchissant à la meilleure manière de réagir sans que la chose dégénère en une nouvelle dispute, elle ouvrit l'écran du congélateur pour en étudier le contenu, réorganisant les onglets afin de prendre en priorité les plus anciens. C'était l'une de leurs batailles quotidiennes. Pour le dîner, Jared s'en remettait toujours au plat du jour par défaut, livré par drone sur le toit de l'immeuble et réglé via son compte professionnel[28]. Elle-même fille d'une mère célibataire qui travaillait souvent tard le soir, Keegan préférait farfouiller et improviser un repas complet avec les ingrédients qui lui tombaient sous la main dans le frigo.

Ce soir-là, ce serait un sachet de crevettes synthétiques congelées du Tennessee. Voilà, affaire réglée.

Elle envoya une capture d'écran des crevettes vers le casque de Jared.

Un dîner fin de fruits de mer t'attend

Il lui renvoya une émoticône de remerciement et :

APPELLE-MOI QD T'AURAS DES VRAIES CREVETTES

Puis la véritable raison :

JUSTE BESOIN DE 3 LIKES EN + POUR TOUCHER LA PRIME DE JOURNÉE... $600

Bon sang. Trois likes de plus de la part de Harlan, cela pouvait prendre vingt minutes, peut-être davantage. Qu'allait-il devoir faire pour les obtenir – une question orientée sur la petite-fille de Harlan, celle de Phoenix, qui n'était pas sortie depuis quatre-vingt-quatorze jours à cause de la chaleur ? Car il s'agissait bien de cela, au fond, songea Keegan. Par bien des aspects, le travail d'avocat de Jared avait été une bonne préparation pour ce job – pas seulement les journées interminables, mais l'essence même du truc, qui consistait à toujours faire plaisir au client sans jamais vraiment lui dire le fond de votre pensée.

Mais une prime si élevée signifiait également que Jared avait trimé dur toute la semaine, se pliant à toutes les attentes de Harlan tout en contrôlant sa pression artérielle, son électrocardiogramme, les métadonnées relatives à ses selles et Dieu sait quoi d'autre.

Mais pas ce soir, non. Pas après la journée qu'elle venait de passer. Pas après Union Station. Pas après l'interrogatoire au « Dizz-Diff » et ce robot.

Décroche STP. On avait promis de dîner plus souvent ensemble pour notre Haley.

Réponse instantanée :

PRESQUE FINI…

Keegan rabattit violemment la porte du congélateur. Puis elle appela Haley à table, s'efforçant de ne pas laisser transparaître sa colère. Elle échoua. En entendant sa propre voix, elle s'éclaircit la gorge. Une longue expiration, puis un silence, tandis qu'elle se figeait, suspendue entre le pétage de plombs total contre Jared et le self-control qu'elle avait acquis dans les Marines, et qui permettait de bloquer toutes vos émotions quand la situation partait en vrille.

Haley tira sur la jambe de son pantalon.

– Papa vient dîner, ou c'est juste nous deux ?

Keegan sentit monter les larmes, et détourna le regard.

– Il va venir. Mais il faut d'abord que tu m'aides à cuisiner, petite maligne !

C'était dans ces petits moments qu'elle tentait de se reconnecter avec Haley, pour rattraper un peu toutes ces heures passées au travail. Jared l'avait à longueur de journée, raison pour laquelle, peut-être, il se souciait peu de ces repas manqués.

– OK, mais je sais pas comment faire.

– Je vais prendre une casserole, annonça Keegan. Toi, sors les crevettes du congélateur. Le sachet argenté.

– Je sais ce que c'est qu'une crevette.

Elles préparèrent le repas ensemble, un plat de crevettes tout simple avec un sachet de riz cuit au micro-ondes et des brocolis frais livrés le matin même sur le toit du bâtiment. Pas de sauce pour l'assiette de Haley ; sauce sriracha et miel pour les adultes.

Keegan et Haley prirent place à table, mettant un couvert pour Jared. Celui-ci était toujours sur le canapé. Keegan le regarda, remarquant son cou tout tordu d'avoir porté le casque RV si longtemps. Une nouvelle douleur à gérer, un nouveau prix à payer. Elle éprouva de la compassion, de l'amour et du ressentiment, tout cela en même temps, sensation déboussolante qui la fit tendre le bras pour prendre la main de sa fille et la porter à ses lèvres.

Lorsqu'elle releva les yeux, Jared se dressait au-dessus d'elle avec un sourire circonspect. Ancien arrière de l'équipe de basket de son lycée, il mesurait un mètre quatre-vingt-quinze, taille qui inspirait naturellement confiance, sans être trop écrasante. Il gardait encore quelques vestiges de son physique de basketteur, mais depuis qu'il s'était fait virer, son poids n'avait cessé de faire le yo-yo. Au début, il avait profité de ce temps libre pour se remettre en forme après ces années de surmenage au cabinet, et s'était entraîné comme un fou en vue d'un triathlon, avec autant d'énergie qu'il en mettait dans la recherche d'un nouveau job. Ayant adopté en parallèle un régime paléo, il n'avait presque plus que la peau sur les os. Mais quand ce qui avait d'abord ressemblé à un agréable congé sabbatique s'était éternisé pendant des mois sans une seule proposition d'emploi, il avait fini par accepter de prendre ces HIT pour boucler les fins de mois. Le temps hors connexion, à la salle de gym ou à courir dehors, était désormais sous la pression du suivi du temps passé en ligne et des primes indexées sur les scores atteints[29]. Il en allait à peu près de même pour son temps avec Haley ; chaque minute passée à faire quelque chose avec elle était une minute de moins à remplir une tâche susceptible de pourvoir aux besoins de la petite.

Jared se baissa pour serrer Keegan dans ses bras, et murmura :

– Désolé que ça ait pris si longtemps. Il est parti faire la sieste. Laisse-moi une seconde dans la salle de bains et je reviens. Une vraie promesse, cette fois.

Pendant qu'il remontait le couloir, Keegan sourit en voyant l'excitation de Haley à l'idée que son père allait manger avec elles, comme si c'était sa contribution à la préparation du repas qui avait changé la donne. Keegan versa du vin blanc à Jared, remplissant le verre quasiment à ras bord. Puis il revint et il était présent, complètement là, rayonnant de fierté d'avoir décroché la prime de six cents dollars.

C'est au milieu du repas, alors que Haley s'emmêlait les pinceaux en essayant de répéter une blague entendue dans ses dessins animés, que Keegan remarqua que Jared n'avait pas touché à son vin.

Alors, elle tilta – le passage par la salle de bains. Il lui suffisait de deux petites pulvérisations. Narine gauche. Narine droite. Un léger goût de vanille au fond de la gorge, pendant que le Dilaudid en aérosol faisait rapidement effet, une molécule cible à la fois. Et quatre-vingt-dix secondes plus tard, il était redevenu son ancien moi, du moins le temps de quelques heures, jusqu'à ce qu'il s'endorme. Qu'est-ce qui le poussait à prendre ça ? La douleur dans le cou ? La honte ? L'ennui ?

Elle savait qu'ils auraient dû aborder le sujet. Même si cela avait un impact positif sur l'humeur de Jared, les dommages sur sa santé étaient évidents – les cernes sous ses yeux bleus, sa peau livide. Keegan avait songé à lui acheter une lampe à UV mais elle savait que cela le mettrait en colère, qu'il lui en voudrait de l'aider. Peut-être les algorithmes de son employeur allaient-ils repérer la chose et lui en expédier une, comme ils lui avaient envoyé les suppléments en fer.

Mais cela ne valait pas la peine de mettre le sujet sur le tapis ce soir, du moins pas en présence de Haley. Si bien que Keegan ne dit rien, malgré la rage qui l'habitait. Elle n'était pas seulement en colère contre ce qu'il s'infligeait ; elle ressentait en outre cela comme une trahison. Jared savait que la mère de Keegan avait suivi le même chemin avec l'oxy, jonglant entre cinq médecins afin de toujours obtenir les ordonnances nécessaires, jusqu'à ce qu'on soit obligé de l'enfermer dans sa chambre pour la sevrer de ce poison. Et voilà qu'il faisait pareil, la seule différence étant qu'il obtenait ses diagnostics et ses prescriptions d'un auxiliaire médical virtuel.

– Bonne journée ? Mauvaise journée ? interrogea Jared sans voir combien elle bouillonnait intérieurement.

– Tu veux vraiment savoir ? répliqua-t-elle.

– Bien sûr.

– J'ai joué les héros aujourd'hui, et en guise de récompense ils m'ont offert… un nouveau partenaire.

– Qu'est-ce que tu as fait ? demanda-t-il.

C'était tout autant un rappel qu'une question : *Ne prends pas de risques inconsidérés avec ta vie… et ton travail. Ne mets pas notre vie en péril.*

Haley se mit à jouer avec le robot en lego posé sur ses genoux ; elle faisait souvent ça quand la conversation à table se tendait.

Le doute implicite que contenait la question de Jared hérissa Keegan.

– J'ai mis le grappin sur un gros client aujourd'hui. Mais ils veulent me retirer de l'affaire pour travailler avec un nouvel agent. Un genre de formation, mais que les huiles jugent ultra-importante.

– C'est bien de te faire remarquer comme ça, répondit Jared, sa voix retombant dans ce ton familier de qui a un meilleur job et prend de haut celui de l'autre – autre effet secondaire de cette drogue, affectant la mémoire.

À moins que ce ne soit vraiment ce qu'il pense, encore aujourd'hui ?

– Je n'ai pas encore pris ma décision. Y a pas mal de facteurs. Et ça ne garantit pas une promotion, si c'est ce que tu sous-entends.

– N'empêche. Si tes patrons y tiennent, je pense qu'il faut y aller. En faisant attention que ce nouveau partenaire ne tire pas toute la couverture à lui.

Keegan se demanda s'il fallait lui expliquer que le partenaire en question ressemblait davantage au robot sur les genoux de leur fille qu'à aucun des trois humains réunis autour de cette table. Mais elle voyait que Jared se sentait bien ce soir-là, fier, si bien qu'elle se contenta d'acquiescer.

Il la dévisagea, attendant clairement de voir si elle allait ajouter quelque chose, puis changea de sujet, une vraie pile électrique avide de parler à quelqu'un d'autre qu'un vieil homme vivant à cinq mille kilomètres de là.

– Hey, t'as vu ce qui s'est passé à Indianapolis ? Incroyable.

Jared avait pris l'habitude de suivre ses réseaux sociaux, ouverts dans une fenêtre sur son écran pendant ses heures de travail. Un moyen de s'occuper l'esprit pendant les périodes creuses de sa journée. Mais comme tant d'autres choses, ce flux constant d'actualités, de rumeurs, de chamailleries, de blagues et de mèmes était devenu une sorte d'addiction[30]. Chaque jour, il interrogeait Keegan sur les nouvelles faisant le buzz, puis s'étonnait que quelqu'un travaillant pour le FBI ne soit pas aussi bien informé que lui. Keegan était d'autant plus soulagée que le Bureau ait adopté une politique consistant à geler les réseaux sociaux de ses agents. L'usage de l'IA, par les avocats des accusés, pour passer au peigne fin les moindres propos de ses agents afin de mettre en avant leurs préjugés, avait coûté trop de condamnations au FBI.

– Non, répondit Keegan. J'étais prise dans tous ces nouveaux problèmes, au boulot. Qu'est-ce qui s'est passé ?

– Il faut que tu voies ça.

Il agita sa main pour afficher le flux sur l'écran mural, et commenta les images au fur et à mesure. Les yeux de Keegan se dirigèrent aussitôt vers le coin pour vérifier qu'il y avait bien le filigrane bleu confirmant qu'il ne s'agissait pas d'un *deep fake*[31].

– Bon, c'est une usine de climatiseurs, OK ? Ils s'apprêtaient à robotiser la production d'ici quelques mois. Donc c'est le matin à l'heure du changement de service, les ouvriers débarquent mais là, regarde, ils ont tous des masses et des chalumeaux dans les mains, comme s'il s'agissait d'une usine à l'ancienne… On entend la sonnerie de fin de service et là, ils descendent juste en ville pour tout casser. Tous les ouvriers en même temps, si bien que les patrons et le service de sécurité ne peuvent rien faire pour les arrêter. Et c'est pour ça que cette vidéo est devenue virale : t'as vu comme ils n'essaient même pas de cacher leur visage ? Pas de masques, rien. Certains portaient même des casques RV et ont mis tout ça en ligne, pour qu'on puisse vivre l'événement comme si on y était.

Keegan se rendit soudain compte que sa fille aussi venait de regarder les images. Elle essaya d'en faire un moment éducatif.

– Haley, est-ce que tu casserais tes vieux jouets si on te disait qu'on n'allait pas t'en offrir de nouveaux ?

– Non, mais il faudrait les reprogrammer si j'en avais pas d'autres, pour qu'ils en aient pas marre de moi.

Keegan fronça les sourcils, et Jared éclata de rire.

– Ça, c'est ma fille ! Bonne réponse. Allez, va jouer dans ton château fort pendant que maman et moi finissons de manger.

Haley fila aussitôt. Dès qu'elle eut franchi la ligne imaginaire que ses parents avaient programmée pour délimiter son aire de jeux, son ours en peluche, « Baz », se réveilla dans un ronronnement. Le diminutif de « BaZooKa », héros d'un des dessins animés préférés de Haley. La peluche avait une fourrure orange qui lui servait aussi de rembourrage antichocs, et des ailes d'insecte bleues équipées de rotors intégrés recouverts d'un grillage pour protéger les petits doigts. L'ours prit son envol et se hissa à cinquante centimètres du sol, à hauteur de hanche environ, prêt à accompagner le moindre mouvement de Haley. Les limites prédéfinies empêchaient l'engin de s'aventurer dans la cuisine, tout en offrant à Haley un espace à elle.

Délimitée par une maison de poupées et deux grandes girafes en peluche, la zone de jeux installée dans un coin du séjour mettait Haley hors de portée de l'écran mural qui écoutait les conversations et utilisait ses biocapteurs pour déterminer quel programme mettre[32]. Il faisait basculer certaines discussions, fournissant des arguments à l'une des deux parties ; d'autres fois, il se contentait d'introduire un nouveau sujet, sur la base de leur profil respectif. Jared et elle s'étaient d'abord montrés méfiants, mais cela leur procurait des sujets de conversation, alors que leurs échanges se tarissaient de plus en plus – autre thème passé sous silence.

La seule chose sur laquelle ils s'étaient accordés, c'était qu'il fallait laisser Haley en dehors du système jusqu'à ses dix ans. On pouvait mettre « hors programme » la voix et les biosignaux d'une mineure, mais Keegan n'y croyait pas trop. Les entreprises profitaient toujours des accords de mise à jour automatique pour essayer de faire sauter en douce – et en tout petits caractères – ces clauses de respect de la vie privée. Même si en cachant Haley, ils couraient le risque que les capteurs lancent des contenus inappropriés, comme des vidéos des combats en Somalie, mais c'était tout de même mieux qu'un surcroît de stimulation orientée à un si jeune âge.

La mise à l'écart de Haley augmenta le degré d'intérêt pour le sujet détecté parmi les humains qui restaient, et le flux enchaîna automatiquement sur la vidéo suivante dans ce fil d'actualité. Sélectionnant le point de vue à adopter à partir du profil psychologique et politique de Jared, il diffusa une réaction du sénateur de l'Ohio, Harold Jacobs. Plutôt que la classique autodiffusion depuis sa cuisine ou un resto populaire, censée vous faire paraître plus authentique, Jacobs s'était projeté sur le sol de l'usine, serein, pendant que la destruction faisait rage alentour.

« Je ne cautionnerai jamais la violence, non, jamais, mais ces Américains de l'Indiana ne sont pas différents de nos héros d'autrefois qui ont eu le courage de jeter le thé des Britanniques dans les eaux du port de Boston. Ce sont des patriotes menant un combat juste. Il ne s'agit pas seulement de dénoncer ces "cols d'acier" qui remplacent nos ouvriers. Il s'agit de défendre quelque chose – notre droit à aspirer au bonheur. Ils se battent en notre nom à tous. »

– Ils ne se battent pas, rétorqua Keegan en jouant avec la dernière crevette de son assiette avant de la piquer délicatement. Ils démolissent des machines. Dans un combat, l'autre est censé se défendre.

« Certains représentants de l'élite mondialisée, qui n'ont jamais mis les pieds dans les communautés qu'ils voudraient voir soumises aux machines, pensent pouvoir acheter ces gens avec leurs promesses de salaire universel et d'argent facile. Non, ils ont le droit de travailler et se battront pour ça. »

– Ce type raconte n'importe quoi. Maintenant, l'usine est démolie, et sans salaire universel, ces gens n'auront plus rien, protesta Keegan.

– Au moins, ils ont fait quelque chose, rétorqua Jared. Ces foutues machines sont en train de tout nous prendre. Si ça continue, il n'y aura plus que des robots et les quelques multimilliardaires auxquels ils appartiennent. Comment croient-ils que les gens auront les moyens d'acheter ce que ces robots fabriquent[33] ?

Sur ces mots, l'écran changea de narration pour stimuler le débat qui, avait-il déterminé, couvait entre eux au sujet du salaire universel, le programme de salaire minimum garanti envisagé par les autorités[34]. L'écran se remplit d'images en haute résolution de Willow Shaw – cheveux argentés coupés ras, un tee-shirt noir moulant dont les manches longues s'arrêtaient au niveau des avant-bras, où des tatouages en encre électronique tourbillonnaient comme des poissons tropicaux affolés dès qu'il gesticulait. Il avait l'air d'un homme passant ses journées dehors, avec dans son sourire la placidité d'un guide de haute montagne.

« Je crois que nous ne devrions pas condamner ces ouvriers, mais les aider. »

– Beurk. Pas encore lui… soupira Jared. Comme si ça lui suffisait pas d'être partout sur le Net, maintenant il est aussi omniprésent dans les flux d'actu.

Shaw était la figure de proue de la nouvelle industrie qui s'était développée dans le sillage du dernier effondrement boursier. Si les géants des nouvelles technologies de la génération précédente avaient tout misé sur la libre circulation des informations, l'entreprise de Shaw, KloudSky, s'occupait de leur « intelligenciation[35] ». La combinaison entre données de masse, *cloud computing* et intelligence artificielle avait non seulement accru les rendements des marchés mais bel et bien créé de *nouveaux* marchés, en permettant notamment aux entreprises d'offrir en temps réel des livraisons semi-modales par drone aux banlieusards faisant leur shopping dans les transports aux heures de pointe. La société de Shaw empochait sa part au passage et récoltait sans cesse plus de données.

« Ce qui s'est passé à Indianapolis montre que nous n'en faisons pas assez. La grande question de notre monde contemporain n'est pas de savoir si l'automatisation viendra, ni même si elle apportera des bénéfices[36]. Nous savons que oui. La vraie question, c'est de savoir si ces bénéfices seront redistribués au-delà de quelques rares chanceux comme moi. Les travaux de la SANE ont montré qu'il y a mille moyens de changer la manière de faire des affaires aux États-Unis, mais nous devons nous assurer de ne jamais perdre de vue les valeurs qui rendent possibles tous ces changements. »

– La *SANE* ! J'arrive pas à croire qu'ils l'appellent encore comme ça – comme s'il y avait quoi que ce soit de « sain » là-dedans ! Ça sent le marketing à plein nez.

Encore peu connu dans la Silicon Valley quelques années plus tôt, Shaw était devenu depuis un an un personnage public en tant que membre d'un groupe de travail placé sous l'égide de la Maison-Blanche et désigné par le nom de commission SANE, pour *Study of Alternative and Novel Economics* – « Étude des solutions économiques alternatives et innovantes ».

– Ouais, mais ça marche, rétorqua Keegan. Comme « pro-vie » ou « col d'acier » : on sait très bien de quoi il s'agit, mais ces termes véhiculent quand même un certain point de vue chaque fois qu'on les entend.

« Ce qui signifie comprendre au niveau le plus humain que nos désirs les plus élémentaires sont partagés, qu'ils sont universels – être des membres protégés, soutenus et productifs de notre société. Perdre son emploi ne devrait pas vouloir dire perdre son avenir. »

– Oh, ça, j'en sais quelque chose. Mais n'empêche, ça m'exaspère. J'aime assez le front de ce type...

Ils savaient tous les deux que cette remarque de Jared était mesquine, mais le physique même de Shaw lui offrait une cible facile, véritable incarnation de ces changements avec lesquels il se débattait chaque jour depuis son canapé. On pouvait en vouloir à une entreprise, mais il était plus facile de haïr une personne.

« La technologie n'est pas le destin[37]*. L'impact qu'aura l'intelligence artificielle sur les ouvriers américains, ce n'est pas l'IA qui en décidera, mais nous... À travers les lois que nous voterons et les organisations que nous choisirons de bâtir... ou pas. Nous pouvons tirer profit des opportunités offertes par cette nouvelle économie. Ou bien nous pouvons rater cette occasion, qui ne durera pas indéfiniment, de créer une prospérité partagée par tous*[38]*. »*

– Ouais, ça me paraît bien lisse tout ça, déclara Keegan, soucieuse de faire la paix. Peut-être l'effet de ces nanomites que les stars du Viz et les milliardaires se font injecter pour combattre le vieillissement...

Elle regretta aussitôt d'avoir dit cela, réalisant qu'on allait bientôt les bombarder de pubs pour des produits de soin visage et autres crèmes antiâge.

« Les gens pensent peut-être que la commission SANE a sorti de son chapeau quelque chose de nouveau, mais il n'y a pas grand-chose qui soit plus profondément ancré dans l'histoire même de notre nation. En effet, garantir aux gens un revenu minimum en période de changements technologiques est une notion qui est apparue pour la première fois sous la plume de Thomas Paine, cet homme dont les idées ont été l'une des

inspirations de la révolution américaine[39]. *Aujourd'hui, face à l'avènement d'une nouvelle Révolution industrielle, nous avons besoin de ce genre de pensée audacieuse... »*

La Watchlet de Jared se mit à bourdonner, annonçant l'apparition d'un message en pop-up interrompant le flux. À des milliers de kilomètres de là, une vieille dame se réveillait dans son lit au premier étage d'un bungalow Craftsman et allait bientôt avoir besoin qu'on lui rappelle de prendre ses médicaments. Une nouvelle occasion pour Jared de toucher une prime. S'il se reconnectait avant que la cliente ne sollicite son assistance, il y aurait droit.

– Je retourne à la mine, annonça-t-il en souriant, avant de se lever.

Il ne pouvait pas s'en empêcher, Keegan le savait. Ce n'était pas la drogue, il fonctionnait juste comme ça. Malgré tous ces discours sur la possibilité de verser aux gens une sorte de revenu garanti, qu'ils bossent ou pas, certains étaient définis par leur travail. Ils en tiraient leur identité même.

Shaw poursuivit :

« On ne peut pas s'opposer au changement. Il faut l'embrasser, ou tout perdre. »

Keegan gratifia Jared d'un hochement de tête et éteignit l'écran. Elle se radossa à sa chaise et but une gorgée de vin, observant la manière dont le liquide épousait le verre, s'ajustant à son environnement, quel qu'il soit.

Jared se dirigea vers le coin où Haley s'était déjà endormie, recroquevillée sur un coussin avec ses jouets étalés devant elle. Il déposa un baiser sur le front de sa fille et, se retournant vers Keegan, lui sourit. Malgré le fossé qui s'était creusé entre eux, leur création conjointe était là devant lui. Il regagna le canapé et enfila le casque RV, partant à la chasse à de nouvelles primes. Cette détermination était l'une des qualités qui avaient attiré Keegan – personnalité de type A jusqu'au bout des ongles, il avait traversé au pas de charge ses études de droit, et à présent il en ferait de même avec tout ce qui se présenterait.

Keegan se leva de table et alla s'agenouiller devant sa fille, que le baiser n'avait pas réveillée.

– Papillon, il est l'heure d'aller se coucher, murmura-t-elle, et elle la souleva avec précaution, le corps tiède de la fillette bougeant légèrement pour poser sa tête sur l'épaule de sa mère.

La portant jusqu'à sa chambre obscure, Keegan coucha sa fille et la borda. Tout juste hors de portée, Baz flottait dans les airs au coin de la chambre, refaisant son plein d'énergie devant un chargeur sans fil accroché au mur – sentinelle nocturne qui, comme Haley le prétendait, repoussait tous les cauchemars. Keegan l'embrassa à son tour sur le front, au même endroit que son mari, puis rangea le robot-araignée sur l'étagère en face du lit. Elle ajusta sa caméra pour qu'elle soit pointée sur Haley, sa sentinelle nocturne à elle pour protéger sa fille des méchants.

Keegan referma doucement la porte derrière elle et jeta un coup d'œil à Jared, qui balançait à présent la tête d'avant en arrière, de nouveau plongé dans une conversation animée avec la personne dont il avait la garde. Le couloir, orné de photos en noir et blanc de Jared et elle, prises pendant leurs vacances pré-Haley, conduisait au bureau qui avait jadis occasionnellement servi de chambre d'amis mais qui, maintenant, était devenu autre chose. Ils n'avaient jamais vraiment décidé qui aurait la grande chambre et qui la chambre d'amis. Tout avait commencé par une énième dispute, après laquelle Keegan avait juste éprouvé le besoin d'être seule le temps d'une nuit, ne voulant même plus respirer le même air que Jared. Mais elle n'était jamais retournée dans leur chambre. C'était plus facile que d'avoir cette conversation, ce qui aurait rendu la chose réelle, et peut-être définitive.

Assise sur son lit, elle ouvrit son compte professionnel sur sa Watchlet et envoya un message à Noritz :

On ne peut pas s'opposer au changement. Il faut l'embrasser. D'accord pour le programme.

3

Académie du FBI

Quantico, Virginie

– Tout le monde est prêt ? demanda Keegan à l'instructeur en charge du parcours du combattant.

Un colosse à la chevelure d'un noir de jais avec une bande argentée au milieu. Il avait une longue moustache et une prothèse oculaire d'un blanc laiteux, car l'assurance-maladie publique ne remboursait pas les implants augmentés. Il portait un treillis noir enfoncé dans ses rangers.

– Parcours dégagé. Vous avez le feu vert, répondit l'instructeur.

D'un geste du menton, il fit signe à Keegan d'y aller.

En regardant ce parcours d'obstacles de quatre cents mètres, dont l'arrivée était à peine visible dans la brume de la rosée matinale, Keegan roula instinctivement des épaules, s'étira machinalement en se rappelant l'avoir elle-même franchi des années en arrière, et revivant même la pression mentale qu'elle s'était infligée : en venir à bout à une telle vitesse qu'aucun homme ne pourrait remettre en question son droit d'être là. Dix jours à peine après la mort de J. Edgar Hoover, plusieurs générations auparavant, les femmes avaient enfin été admises à l'académie du FBI. Mais c'était une étape importante quand même[1]. Le même parcours pour tout le monde – grimper de cordes, des murs de planches à escalader, d'autres percés de trous simulant des fenêtres où il fallait se faufiler ; le pire, c'était l'échelle de suspension dont les barreaux pivotaient sur eux-mêmes. S'ils vous prenaient en grippe, les instructeurs allaient jusqu'à les enduire d'huile de colza. Même si, dans le discours officiel du FBI, le recrutement visait à favoriser au maximum la diversité au sein de ses effectifs, la condition physique était le seul domaine où la discrimination était autorisée. À l'heure où le reste du pays était en train de perdre la guerre contre l'obésité et l'inactivité, l'avantage d'être en forme et en bonne santé s'en trouvait encore accentué. Et le moindre atout, même fictif, valait autant qu'une supériorité réelle.

Keegan avait grandi en regardant des vidéos de robots bipèdes enchaînant les bonds et les sauts périlleux dans des entrepôts vides[2]. Elle savait qu'un robot humanoïde était capable de négocier un tel parcours d'obstacles. Ce n'était pas ça qui l'intriguait. Ce que Keegan voulait surtout savoir, c'est comment TAMS allait gérer l'aspect, non pas physique, mais cognitif. Les machines se débrouillaient plutôt bien avec les données étiquetées et les tâches isolées clairement structurées. Là où elles avaient plus de mal, c'était dans la compréhension des instructions à partir du seul contexte et l'aspect « multitâche » qu'impliquaient l'apprentissage généralisé et les interactions réelles[3]. En gros, tout ce qui était facile pour les humains.

– Bonjour, TAMS, lança Keegan.

Entendant son nom, le système pencha la tête de côté, signal du fait qu'à présent il attendait les instructions. C'était la réaction qu'elle escomptait, après avoir passé les derniers jours à éplucher ses manuels d'utilisation et ses rapports de test. Elle n'avait pas encore eu le temps de configurer l'interface utilisateur selon ses propres préférences – ou, comme elle envisageait la chose, de la *bonne* manière.

– Bonjour, agent Keegan, répondit le robot, ses yeux s'illuminant légèrement.

– TAMS, pour les échanges en *one-to-one*, n'utilise plus mon nom, ordonna Keegan. Le répéter à chaque phrase est une perte de mots et de temps.

Ces premiers pas cruciaux devaient permettre de façonner la technologie selon ses exigences, et pas l'inverse.

– Confirmé, répondit le système.

Le visage du robot était inexpressif, mais Keegan se rendit compte qu'elle venait de l'imaginer faisant une moue légèrement contrariée. Projeter des émotions sur le robot – elle allait devoir se méfier de cette tendance[4].

– Bon… TAMS, sais-tu où nous sommes ?

– Oui.

– Où ?

– Latitude 38° 30°…

Keegan l'interrompit aussitôt.

– Sauf quand des chiffres sont expressément requis, fournir des réponses textuelles.

Les ordinateurs « pensaient » sous forme de chiffres, ce qui pouvait vite dépasser les humains.

– Nous sommes sur le parcours d'obstacles de l'académie du FBI à Quantico, Virginie.

– Exact. N'incline pas la tête quand tu attends des instructions verbales ou autres.

Elle se sentait retomber dans cet affect ressenti jadis à l'égard des robots qu'elle cornaquait dans les Marines.

– Compris.

D'un clin d'œil appuyé destiné à activer la fonction de ciblage de ses lunettes RA, Keegan tagua l'obstacle final du parcours – un grimper de cordes qui testerait le haut du corps et la force générale, ainsi que l'endurance mentale à la toute fin de cette rude épreuve.

– Alors bouge-toi, le robot. Go !

Keegan pensait qu'il faudrait sans doute quelques secondes au système pour intégrer son ordre, mais le robot était déjà en mouvement. Pas étonnant. Un dispositif IA était avant tout une grosse machine à prédire. TAMS n'était pas resté planté là à l'écouter sans rien faire, il avait construit des scénarios et envisagé les instructions qu'il allait probablement recevoir étant donné le contexte.

L'autre élément notable, c'était que la machine n'avait pas filé tout droit vers le point d'arrivée identifié pour elle par Keegan, mais prenait le parcours dans l'ordre. TAMS avait jugé que les humains attendaient de lui qu'il suive les règles de cet environnement précis.

Tandis que TAMS prenait de la vitesse, Keegan se concentra d'abord sur les pieds du système. Le design général était fondé sur l'humain, mais il s'inspirait aussi clairement d'observations de la nature. Même s'il avait deux jambes, la colonne vertébrale du robot s'incurvait légèrement lorsqu'il courait. Ce qui permettait à la fois d'équilibrer son mouvement et d'accentuer l'effet de rebond à chaque pas – un peu comme un guépard. Il faudrait qu'elle regarde ça de plus près, mais ils avaient sans doute également copié les griffes rétractables du félin pour lui donner plus d'adhérence sur les surfaces molles, un peu comme les crampons d'un footballeur.

TAMS se présenta rapidement devant le premier obstacle, une longue poutre en bois au niveau d'une hanche humaine, à hauteur de poitrine pour le petit robot. C'était une étape facile pour se mettre en jambe. Sans hésitation, la machine ne passa pas dessous ni ne contourna la poutre ; elle avait compris les règles plus complexes du comportement attendu dans ce cadre-là. Ses jambes le propulsèrent en l'air, utilisant à la fois la flexion de ses articulations et une légère extension de ses membres se détendant comme de petits pistons. Son élan l'amena sur la poutre, mais arrivé en haut il toucha d'une main le support et pivota. Avec ses hanches et ses épaules entièrement articulées, et une taille capable de tourner sur elle-même à trois cent soixante degrés, les gestes du robot semblaient étrangement organiques – il n'avait pas seulement construit des scénarios probables de ce qu'on allait lui demander, mais reproduisait les vidéos de recrues humaines bravant ce parcours. Ce qui n'était pas humain, c'était le silence avec lequel TAMS se déplaçait. Non seulement il n'y avait ni grognement ni respiration, mais aucun bruit non plus au niveau des points de contact. Lorsqu'il s'attaqua à l'obstacle suivant, des barreaux de métal auxquels il fallait se suspendre, le revêtement en caoutchouc de ses mains eut le même effet.

Keegan et l'instructeur trottinaient à côté du robot, Keegan surveillant le chronomètre et les niveaux de puissance du robot dans ses lunettes RA.

– Je l'ai fait en une minute cinquante-deux pendant mes classes, dit Keegan. Quel est le record actuel ?

– Pas mal, apprécia l'instructeur. J'ai une recrue qui l'a fait en une vingt et un il y a deux mois ; elle avait été dans les Rangers, et avant ça elle faisait du CrossFit en pro. Une vraie balèze.

Arrivé au bout du parcours, TAMS entreprit de monter à la dernière corde. Agrippé à celle-ci, il parut un peu dérouté, se balançant d'avant en arrière d'une manière un peu plus désordonnée, aléatoire. Il tenta de se stabiliser, agitant ses jambes dans le vide comme un nageur martelant l'eau, mais cela faisait tourner la corde dans l'autre sens. Très vite, il abandonna et, ignorant la torsion de la corde, se hissa en tirant alternativement sur ses bras. Sa progression était nettement plus lente que les mouvements cadencés de gymnaste qui avaient été les siens sur le reste du parcours.

TAMS atteignit le haut de la corde et tapa le support en bois ; là encore, sans doute parce qu'en étudiant de près les vidéos sur le cloud il avait compris que c'était ainsi qu'on marquait la fin de l'épreuve.

– Top ! cria l'instructeur en contemplant TAMS d'en bas. Une minute six.

Il s'efforça d'annoncer le temps d'un ton neutre, mais Keegan le sentit un peu en colère que le record du parcours ait été ainsi pulvérisé.

Ils attendirent un moment, au pied de la corde. Après être resté bouche bée pendant quelques secondes, l'instructeur éclata de rire.

– Merde, grogna Keegan en réalisant que la programmation avait ses limites.

TAMS était resté en haut de la corde, bloqué là, mains verrouillées et les jambes pendant dans le vide. C'était la faute de Keegan. Elle ne lui avait pas dit quoi faire après avoir atteint l'objectif et ne l'avait pas non plus autorisé à aller plus loin. Le A de son nom signifiait « Autonome », mais l'autonomie, pour une machine, dépendait entièrement du degré de latitude que les humains lui accordaient.

– TAMS. Viens nous rejoindre.

Puis, craignant que le robot ne saute de là-haut et ne s'abîme dès le premier jour d'entraînement, elle ajouta :

– Technique de la « corde lisse ».

Que la machine ait saisi le sens de cet ordre après avoir étudié une vidéo de pompiers se laissant glisser du premier étage de leur caserne ou celle des Navy Seals filant au bas de la corde suspendue à un hélicoptère en stationnaire au-dessus d'un cargo, l'effet était le même. Le robot descendit pratiquement sans marquer de pause, enroulant ses jambes autour de l'épaisse corde afin de contrôler sa vitesse.

– Rapport sur l'état du système, dit Keegan.

Le système de diagnostic du robot projeta ses organes internes dans les lunettes RA de l'agent ; la superposition des couches de circuits, de servomoteurs et de batteries était révélatrice : cette machine était une merveille d'art tout autant que d'ingénierie, le fruit de plusieurs générations de génies réunies en un même engin. Keegan fit le tour de TAMS comme un sculpteur se demandant s'il fallait tailler encore un éclat d'argile çà et là. Pendant qu'elle l'examinait, les systèmes individuels affichèrent leurs températures et niveaux de performance respectifs. Les bras étaient légèrement plus surchauffés d'avoir tiré sur cette corde, tandis que les jambes avaient retrouvé leurs paramètres normaux.

À présent, il était temps d'évaluer ses capacités d'adaptation. Keegan se retourna et regagna le point de départ du circuit. Sans avoir besoin d'aucun ordre, TAMS lui emboîta le pas, marchant juste derrière elle, comme un serviteur soucieux de ne pas gêner. À l'évidence, le verbe « rejoindre » et le mouvement de l'accompagnateur humain prenaient le pas sur la désignation d'une cible.

– TAMS, je ne veux pas que tu sois sur mes talons. Reste à ma hauteur.

La machine ajusta son pas. De manière intéressante, elle avait choisi de se placer à sa droite. Le fruit du hasard, ou avait-elle observé que l'œil dominant de Keegan était le droit ?

Keegan lui posa une question plus cruciale :

– TAMS, combien de temps peux-tu gagner sur ce parcours au deuxième essai ?

– Quatre secondes sept, répondit TAMS.

– Tu ne peux pas passer sous la minute ? s'étonna Keegan.

– Non.

– Pourquoi pas ?

– Le parcours n'est pas optimisé pour la performance, dit TAMS.

– Optimal ou optimisé ? interrogea Keegan.

– Optimisé, répondit TAMS, ce qui fit s'arrêter Keegan.

– Il n'est pas optimisé ? demanda-t-elle.

– Ça veut dire quoi, putain ? s'agaça l'instructeur. Il fait des critiques, maintenant ?

Sans lui prêter attention, Keegan réfléchit. Lorsqu'ils furent revenus à la ligne de départ, elle se planta devant TAMS et se pencha un peu pour lui parler à hauteur d'yeux :

– TAMS, rien ne sera optimisé. Jamais.

– Compris, dit TAMS.

Entre ses dents, Keegan marmonna :

– Ça, j'en suis pas sûre.

L'instructeur pouffa en essayant de se contenir.

– Comment vas-tu modifier ton parcours ? interrogea Keegan.

TAMS mit quelques secondes à répondre :

– Je ne suis pas en mesure de fournir cette information.

– Je m'en doutais un peu, commenta Keegan.

La machine cherchait un moyen de décrire les petits ajustements qu'elle allait opérer, dont certains si infimes qu'ils en étaient inexplicables. Le robot avait certainement la réponse, mais pas le langage pour décrire un tel processus à un humain[5].

– OK, TAMS. Montre-moi ce que tu as appris. Recommence.

– Confirmé.

– C'est bon, parcours dégagé, dit l'instructeur.

À peine eut-il prononcé la dernière syllabe que TAMS était parti, cette fois sans que Keegan ait eu besoin de désigner le point d'arrivée. Tandis que la machine franchissait de nouveau les obstacles, les deux humains courant un peu derrière lui cette fois, Keegan relança l'enregistrement du précédent parcours dans ses lunettes, pour superposer les deux. La seconde tentative de TAMS n'était pas la réplique exacte de la première ; les deux parcours – le premier en jaune, le second en bleu – dessinaient comme une tresse, une sorte d'hélice d'ADN s'entremêlant d'un obstacle à l'autre.

TAMS se hissa sur la corde et Keegan retint son souffle jusqu'à ce qu'il en ait atteint le haut, marquant une pause avant de se laisser glisser et d'atterrir bien droit.

– Une minute cinq dixièmes, annonça l'instructeur d'une voix plus impressionnée que la première fois.

– C'est vraiment intéressant, déclara Keegan.

L'objectif de ces parcours n'était pas simplement d'entraîner la recrue, mais de l'emmener aux limites de ce qu'elle croyait possible, à la fois physiquement et mentalement, et qu'elle les dépasse. Une machine, elle, poussait simplement ces limites jusqu'à son point de rupture exact, pas plus loin.

– Vous le lui faites refaire pour voir s'il peut descendre sous la minute ? suggéra l'instructeur.

– Non, pas besoin. Mais il y arriverait, ajouta Keegan. J'en suis sûre.

– Comment vous le savez ? Il a assuré le contraire.

– TAMS a battu sa propre estimation du temps à la seconde tentative. Ce qui veut dire qu'il apprenait en même temps qu'il faisait le parcours, s'améliorant littéralement au vol. Peut-être qu'il ne peut pas gagner cinq secondes à chaque passage, mais une de plus ? Donnez-lui une autre fournée de données de performance, et c'est certain qu'il y parviendra... Inutile de lui demander d'expliquer comment. Je ne crois pas qu'il le sache. Moi non plus, d'ailleurs.

– Putain, c'est flippant, souffla l'instructeur.

– Flippant ? Non. C'est pas très différent du fonctionnement de votre bagnole. Vous voulez voir un truc vraiment flippant ? On va aller à la Kill House, après...

Complexe d'entraînement de la Hostage Rescue Team, académie du FBI

Quantico, Virginie

Des rayons de soleil filtraient à travers les gros trous dans les murs, illuminant la poussière et la poudre de contreplaqué qui voletaient dans le noir, sous l'effet d'une brise légère. Dressée sur le seuil du complexe de tir adapté de la Hostage Rescue Team (HRT), spécialisée dans la gestion des prises d'otages, Keegan cligna des yeux pour s'habituer à l'obscurité[6]. Cela lui fit en outre réaliser qu'elle allait devoir étudier plus en profondeur les caractéristiques du robot pour évaluer quels degrés de luminosité ses capteurs visuels étaient capables de gérer.

– T'es sûr qu'on a le droit d'être là ? cria-t-elle.

Le revêtement en caoutchouc sur les murs, destiné à éviter les ricochets, modifiait l'acoustique de la salle, absorbant le son de sa voix comme il l'aurait fait avec les balles.

– N'importe qui d'autre, sûrement pas. Mais toi, tu as reçu l'aval de la direction.

L'agent spécial Noah Reddy émit ce gloussement qui lui était propre. On aurait presque dit un rire, mais qui résonnait à l'intérieur de sa pomme d'Adam.

La première fois que Keegan l'avait entendu, c'était dans le Missouri, quand ces deux-là s'étaient retrouvés en binôme lors de leur formation initiale au sein de la police militaire, à Fort Leonard Wood. Même s'ils avaient d'évidents atomes crochus, Noah n'avait jamais tenté de la brancher. Ce qu'elle avait toujours apprécié. Lorsqu'il lui avait proposé d'aller en boîte à Saint-Louis, le soir de leur première permission, elle avait craint que cela ne gâche tout, mais avait rapidement compris qu'il avait autre chose en tête. « Y a pas meilleur compagnon de drague qu'une amie », avait-il expliqué. Et à compter de ce moment, ils avaient toujours pu compter l'un sur l'autre.

Plus de dix ans plus tard, sa barbe de trois jours était devenue grisonnante, signe qu'ils vieillissaient tous deux. Mais le rire n'avait pas changé.

– L'un des avantages de faire partie de la HRT, poursuivit Noah, à part tirer à balles réelles, c'est qu'on choisit qui peut venir.

– Merci. Faut que ça reste entre nous. Je ne voudrais pas que ça se sache avant d'avoir une idée plus précise de ce à quoi j'ai affaire.

Ils auraient pu utiliser Hogan's Alley, l'immense champ de tir de quatre hectares que le FBI avait aménagé pour l'entraînement au maniement des armes, parsemé de bâtiments factices : immeubles de bureaux, écoles, et même un bureau de poste. Mais l'exercice d'aujourd'hui exigeait un lieu plus privé, c'est pourquoi elle avait demandé à Noah de pouvoir accéder à la fameuse Kill House de la HRT.

C'était dans ce complexe de tir situé à l'écart du reste, dans un coin du centre d'entraînement de Quantico, que l'escadron d'élite le plus prestigieux du FBI réalisait ses entraînements les plus dangereux à balles réelles – le genre que la direction du Bureau voyait d'un œil de plus en plus mauvais à une époque où l'on pouvait s'entraîner au maniement des armes en virtuel, avec zéro risque de blessure ou de mort. La devise de la HRT était *Servare Vitas*. Mais pour « sauver des vies », il fallait d'abord en risquer. La simulation purement numérique ne vous préparait pas au monde réel, ce qui valait aussi pour ce robot.

Plus important encore, sans doute, le labyrinthe de salles du complexe de la HRT pouvait être configuré de multiples manières[7]. Pour cette équipe d'intervention, il s'agissait de se préparer à opérer dans divers environnements tactiques, qui pouvaient aller d'une prise d'otages au soutien d'un raid contre un baron du trafic de synth. Pour TAMS, cela offrirait un cadre dans lequel il n'avait jamais évolué, car quelle que soit la configuration choisie par Noah elle serait nouvelle pour lui. Tout comme cette machine, Keegan allait se lancer à l'aveugle.

– Mais j'ai une question cruciale à te poser, ajouta Noah en sautant d'une des passerelles surélevées, où les instructeurs se postaient pour suivre la progression d'un tireur passant de salle en salle. T'as donné un nom à ton robot ?

– D'un point de vue technique, c'est TAMS, répondit Keegan. Pas question de le rebaptiser.

– Tu te souviens que les bleus-bites le faisaient ? dit Noah, utilisant le surnom réservé aux jeunes Marines tout juste sortis de l'académie. Et après, ils s'attachaient à leur petit Scooby-Doo ou quel que soit le nom donné à leur robot, comme si c'était un animal de compagnie[8] ? Un type du 3e régiment s'est même jeté dans un tir de mitrailleuse, juste pour sauver son pote à roulettes qui était resté coincé dans une berme. Il est revenu super fier avec toutes les pièces dans ses bras, comme s'il méritait une médaille pour avoir sauvé un camarade…

– Carrément débile, commenta Keegan. Peu importe l'allure d'un robot ou son intelligence : ce n'est pas une personne. Juste un outil, destiné à accomplir une tâche.

Elle se tourna vers TAMS, guettant une éventuelle réaction. Aucune. Rien qu'une observation muette.

– Mais celui-là est un peu différent, tu sais, reprit-elle. Déjà, il coûte beaucoup plus cher que tous ceux qu'on a pu avoir.

– Tout coûte plus cher que ce qu'on donne aux Marines, c'est pour ça qu'on est des Marines, fit remarquer Noah.

– Pas faux.

Keegan avait toujours été déçue par la mauvaise qualité de l'équipement dont elle devait se contenter chez les Marines, y compris leurs robots de combat. L'idée qu'elle se faisait de l'armée, nourrie par les jeux vidéo, lui avait créé un grand choc lorsqu'on lui avait remis des rangers réglementaires trop grands, un pantalon trop petit, et qu'il avait fallu des jours pour trouver des batteries de rechange pour ses premiers robots-cafards.

– Ton robot est plus grand, mais en fait pas assez, commenta Noah. Il fait la taille de mon fils.

– Tu lui donnes pas de soupe, à ton enfant ? chambra Keegan.

– Non, je veux pas qu'il finisse chez les Marines comme son vieux. Si c'est un gringalet, il pourra entrer à l'US Air Force et juste piloter des drones depuis la base.

Son ton changea brusquement, signe qu'il était temps de se mettre au boulot.

– Keegan, t'es sûre que tu préfères pas juste aller au pas de tir ? Commencer à dix mètres, et augmenter progressivement la difficulté ? Comme une personne normale, tu vois ?

– Non, répliqua-t-elle. On va d'abord parcourir le circuit ensemble, et le laisser nous suivre.

– Assure-toi juste que ton robot reste du bon côté de ton flingue, dit Noah.

– Tu sais, il y a quelques personnes au siège du Bureau qu'un accident de ce genre arrangerait bien, je crois...

– Pas sous ma responsabilité, rétorqua Noah. T'es pas venue ici pour que ton robot qui ressemble à un gosse se fasse déglinguer dans ma Kill House, c'est clair[9] ? On est des adultes maintenant. Maison à payer. Enfants. On fait plus ce genre de conneries.

Keegan lui adressa une parodie de salut militaire mais ne fit aucun commentaire.

Noah les conduisit jusqu'au point de départ du complexe de tir et pianota sur sa tablette, déplaçant sans doute un ou deux murs à l'intérieur. Keegan le connaissait suffisamment pour saisir que même ce bref aperçu qu'il leur avait donné de la première pièce était trompeur. La machine le comprendrait-elle aussi ?

Ils se retrouvèrent dans une cabane en bois bon marché qui ressemblait à un stand de feux d'artifice. Keegan remarqua à présent que Noah se tenait à droite d'elle et que le robot avait choisi de se positionner sur sa gauche. À un moment donné, quelqu'un avait programmé le fait que la communication entre humains primait sur celle entre robot et humain.

Posé sur une table, il y avait un Sig Sauer 420 noir, calibre 40, similaire à celui que Keegan portait à sa ceinture – et qui était aussi l'arme réglementaire de l'US Army et du corps des Marines –, mais celui-ci était un modèle spécialement créé pour la HRT, avec un système de visée intelligente installé sous le canon et un chargeur plus long qui dépassait de deux centimètres et demi sous la crosse.

Noah le montra du doigt.

– Nous allons faire un premier passage avec le Sig de la HRT.

Keegan empoigna le pistolet, qui se synchronisa avec ses Viz Glass après avoir scanné la paume de sa main.

Arme au poing, Keegan suivit Noah et ils franchirent la porte ouverte du complexe de tir.

– TAMS, suis mes mouvements à trois mètres derrière moi.

– Compris.

– Ouais, et te fais pas tirer dessus pendant que t'y es, ajouta Noah.

– Il faut que tu commences par son nom si tu veux lui donner des ordres.

– Peu importe. Allez, montre-moi ce que t'as oublié... *Kill !* cria-t-il, ce qui dans le jargon des Marines voulait dire : « On y va ! »

Noah fit un geste de la main gauche, remuant deux doigts. Aussitôt, la salle parut s'animer. Des mannequins vissés sur des aspirateurs automatiques bon marché se mirent en branle. La première salle sur leur gauche contenait trois cibles potentielles. Keegan repéra vite des formes d'armes sur deux d'entre elles et se mit en position de tir. Mais avant qu'elle ait pu tirer une seule balle, Noah en avait déjà planté deux au centre d'un des mannequins. Dans les lunettes de Keegan, cette cible vira au rouge. Elle mit aussitôt en joue la seconde cible armée, notant que celle-ci portait une armure pare-balles – tir dans la tête obligatoire. Elle tira rapidement une première balle qui effleura le crâne, une éraflure à l'oreille au pire, puis une deuxième en pleine tête. La cible devint rouge à son tour, tandis que le troisième mannequin continuait de se déplacer, un innocent essayant de les pousser à lui tirer dessus à tort.

Pièce après pièce, ils traversèrent prudemment le complexe, suivis par TAMS. Keegan nota qu'à chaque tir, le robot tressaillait, penchant la tête vers la droite ou la gauche, en avant ou en arrière, vers l'endroit d'où venait le bruit. Une application de détection automatique des détonations, qui donnait une indication de l'origine des tirs, quasiment comme un chien d'arrêt[10].

Elle tendit la main pour toucher le bras de Noah, lui faisant signe de s'arrêter.

– TAMS ! cria-t-elle. Reconfiguration : localiser seulement les coups de feu tirés par des armes n'appartenant pas aux forces de l'ordre.

– Confirmé, répondit TAMS, à fort volume.

Outre l'apparition d'un *Confirmé* vert dans ses lunettes, elle l'avait entendu à travers ses bouchons d'oreilles. Bien. Le robot avait modulé sa voix pour atteindre ce qu'il estimait être le niveau sonore nécessaire. Keegan ôta ses protections auditives et regagna le point de départ, Noah et TAMS lui emboîtant le pas. Derrière eux, les mannequins cibles étaient en train d'aspirer les douilles vides.

– Pas trop mal, Noah, commenta Keegan. Tu fais ça comme si c'était ton boulot…

– Je fais le mien pour que tu n'aies pas à faire le tien ; le jour où t'as des problèmes, appelle la HRT.

– Je vous ai pas vus à Union Station…

– Un point pour toi, soupira Noah. Allons voir les résultats officiels.

Il se figea et regarda Keegan comme pour demander la permission, désignant TAMS d'un geste du menton.

Keegan fit oui de la tête.

– TAMS, reprit Noah, pauvre petite machine obligée de bosser avec l'agent Lara Keegan, qui n'a jamais été capable de tirer droit depuis ses classes à Fort Leonard, veux-tu bien nous donner le score ?

– L'agent Reddy a achevé le parcours avec un taux de précision de 100 pour cent des projectiles tirés dans les cibles, dont 94,1 pour cent dans les zones d'impact optimales. L'agent Keegan a achevé le parcours avec un taux de précision de 91,4 pour cent des projectiles tirés dans les cibles, dont 77,1 pour cent dans les zones d'impact optimales, annonça le robot.

– C'est gentil de la part de ton engin de confirmer ce qu'on savait déjà : je suis bien meilleur que toi, commenta Noah.

– Viens, on recommence. Cette fois, j'utilise mon arme, proposa Keegan, puis, avec un grand geste du bras : et je fais le parcours avec le robot.

Noah laissa échapper un soupir.

– C'est pas une bonne idée.

– Et… ?

– Tu veux que je couvre tes arrières ?

– Non, ça ira, répondit Keegan, et Noah se dirigea vers l'escalier qui menait au niveau supérieur de la Kill House.

Revenue dans la cabane en bois, Keegan glissa le pistolet de la HRT dans son étui d'épaule et empoigna son arme personnelle – le Sig Sauer 420 réglementaire du FBI, qu'elle avait moulé sur mesure avec l'imprimante 3D du pas de tir, au siège du Bureau, dans le sous-sol de l'ancien Hoover Building : le grip de la crosse épousant les formes de sa paume, une détente plus sensible et un silencieux compact guère plus grand qu'un bouchon de liège, dont la conception s'inspirait de la coquille d'un nautile. Il n'avait pas l'agressivité industrielle raffinée du modèle de la HRT ; il ressemblait davantage à l'une de ces armes bricolées qu'on saisissait jadis dans les ateliers clandestins des djihadistes, empestant le plastique chinois bas de gamme et le tabac froid.

Keegan enfila ses lunettes RA, synchronisa son pistolet, puis marqua une pause, le temps de retirer son bouchon d'oreille gauche puis de le remettre. Ces derniers ajustements servaient surtout à prendre un moment pour se recentrer. Puis elle se tourna vers TAMS.

– TAMS, suis-moi, espacement d'un mètre, ordonna-t-elle en parlant lentement et avec l'accent le plus neutre possible.

Combien de fois avait-elle vu un instructeur se retrouver en difficulté avec son robot en pleine bataille parce que la machine ne comprenait pas l'accent texan ?

– Activer protocole d'identification des cibles.

Sur ces mots, Keegan franchit d'un bond l'entrée du complexe et fit une roulade dans la première pièce, avant de se redresser sur un genou, en position de tir. La pièce contenait les trois mêmes automates, mais placés différemment. Elle mit en joue la première cible et l'explosa de deux balles dans la poitrine suivies d'une balle dans la tête.

TAMS envoya aussitôt dans ses Viz Glass un smiley, confirmant la réussite de ces tirs. Il faudra qu'elle pense à changer ce paramètre. Cela aurait constitué une foutue distraction dans une véritable fusillade. Plus utile cette fois, TAMS afficha un X bleu sur la cible intacte.

Dans la pièce suivante, elle engagea la cible solitaire, tandis que ses lunettes en verrouillait une autre sur le mur nu, un voyant rouge sur le bois grossier. Le point clignotait, mais il n'y avait rien à cet endroit. L'espace d'un instant, elle se dit que le flux avait déconné, comme cela arrivait parfois.

Puis elle tilta : le robot avait détecté le mouvement des cibles dans la pièce suivante. Keegan enchaîna trois tirs rapides sur le fantôme du mur, ses balles venant exploser le bois. Dans la pièce d'après, elle tomba sur un mannequin dont le torse était percé de trois gros trous. Noah siffla d'admiration depuis la passerelle, au-dessus.

Dans les salles suivantes, Keegan ordonna à TAMS de prendre des photos et de les transférer dans ses Viz Glass, pour avoir un aperçu de ce qui l'attendait. Là où les murs étaient en béton, trop épais pour son capteur acoustique, le robot utilisait la minuscule caméra intégrée au bout de ses doigts pour scanner les coins de la pièce. Tout cela paraissait de la triche, mais ça fonctionnait, et la question de savoir ce qui était moral ou pas ne comptait pas lors d'un échange de coups de feu.

Premier niveau validé. Et maintenant, le niveau supérieur.

Jurant entre ses dents, elle s'arrêta dans une salle qui avait été configurée comme une classe de maternelle, et resta plantée devant le bureau en bois. Elle détestait ces mises en scène d'entraînement tactique, comme tous ceux qui s'étaient rendus chaque matin à l'école en ayant peur de ne pas en ressortir vivants. Cela réveillait en elle ce profond sentiment d'impuissance qu'on éprouvait pendant les exercices « attentat intrusion ». Sa maîtresse tentait de les embobiner en racontant que c'était « juste une partie de cache-cache », mais même à leur âge, ils savaient[11].

Keegan fit signe au robot de venir se poster près d'elle, puis sortit ostensiblement de sa veste une pochette en plastique orange fluo au bout de laquelle était fixée une sphère brillante comme du métal. Elle tendit l'objet devant TAMS.

– TAMS, identification.

– C'est un dispositif de neutralisation alternatif infra-létal[12].

Cet ingénieux dispositif de petite taille convertissait un pistolet en une arme capable de blesser sans tuer. La boule fixée à son extrémité interceptait la balle à sa sortie du canon, la ralentissant d'environ quatre-vingt-dix pour cent et lui conférant ainsi l'impact d'un Bean Bag, un projectile non mortel, mais avec la précision d'une arme normale. Il ne pouvait cependant servir qu'une fois :

son efficacité reposait sur le fait que la boule du dispositif fusionnait avec la balle.

– Exact. C'est une arme non létale dont tu es autorisé à te servir.

Elle posa la pochette orange sur la table, sortit la deuxième arme de son étui d'épaule, en éjecta le chargeur, et retira toutes les balles sauf une. Remettant le chargeur, elle fit glisser deux fois la culasse en arrière pour s'assurer qu'il ne restait pas de balles dans la chambre. Le robot et elle savaient que ce n'était pas le cas, mais les règles étaient les règles. Elle ouvrit une troisième fois la culasse et inclina l'arme pour que TAMS et elle puissent confirmer qu'aucune cartouche n'avait mystérieusement échappé aux deux premières vérifications. Elle fixa la pochette orange au bout du canon et réenclencha le chargeur dans la crosse. TAMS avait observé tout le processus.

– Tu veux vraiment faire ça, Keegan ? lança Noah depuis la passerelle. On n'est plus en Arabie saoudite. Des robots-sentinelles armés hors du périmètre de la base, sur une zone de guerre, c'est une chose[13]... Mais ton copain robot n'a qu'à arracher cette pochette avec deux doigts pour te planter une balle dans la nuque. J'voudrais pas que la Robopocalypse commence dans mon complexe de tir[14].

– Il n'a pas besoin d'un flingue pour me tuer, répliqua Keegan. Il pourrait tout simplement m'arracher la tête avec deux de ses doigts mécaniques.

Elle se tourna de nouveau vers la machine et tendit le pistolet devant elle, canon pointé vers le bas, visant un point juste devant les pieds de TAMS. Sans qu'elle sache pourquoi, le visage de Haley lui vint à l'esprit et elle secoua la tête, pour chasser cette image, avant de tendre la crosse du pistolet à TAMS.

– TAMS, engager cibles secondaires, règles d'engagement standard en combat rapproché. Confirmation ?

– Confirmé.

Le robot resta planté là, immobile, puis sa main droite empoigna l'arme.

Keegan inspira profondément puis tourna le dos à la machine. Elle n'entendait pas très bien avec ses protections auditives, mais elle aurait juré avoir reconnu le clic sonore du cran de sûreté du Sig.

Elle se rua à travers la porte de la pièce suivante, s'agenouillant cette fois. Deux cibles – Keegan engagea la première sur la droite. Deux tirs en plein centre.

TAMS entra juste derrière elle, tenant son pistolet à deux mains, bras tendus, l'arme occupant la pointe de la position de tir classique, en triangle.

Une fois à l'intérieur, le robot transféra le pistolet dans sa main gauche, pour mieux aligner la cible restante depuis sa position, près de la porte. Keegan recula brusquement, surprise par ce mouvement inattendu. Mais elle aurait dû savoir que la gauche ou la droite importaient peu et que le robot n'avait pas besoin de son autre bras pour stabiliser l'arme, contrairement à un humain. Le coup partit et une masse orange explosa sur le torse de la cible, en plein dans la masse centrale, renversant le mannequin.

– Cesser le feu, TAMS, ordonna Keegan.

Le robot verrouilla le cran de sûreté du Sig et plaqua le pistolet contre son plastron, où une pièce aimantée le maintint en place. Les concepteurs de cette machine avaient pensé à tout.

Noah hurla depuis sa passerelle :

– Oh putain ! Jamais vu un truc pareil…

– Moi non plus, acquiesça Keegan.

– Ça nous aurait bien aidé, dans le temps.

– Peut-être, répondit-elle.

Elle pensa à tous ces Marines qui seraient peut-être encore en vie s'ils avaient disposé d'un robot tel que TAMS – dont certains avaient leur nom gravé sur les bras de Keegan. Mais bon, cela n'aurait peut-être rien changé.

– Il faut qu'on le laisse faire ce parcours tout seul, peut-être avec une arme plus létale, suggéra Noah.

– Ça, pas question, cingla Keegan.

– T'as pas envie de voir ? Allez, personne nous regarde ici. T'en penses quoi, TAMS ? T'aimerais bien essayer ?

– Agent Noah, mes protocoles de sécurité ne m'autorisent pas à utiliser des armes létales, ni à actionner aucun dispositif non létal sans autorisation humaine.

– Et voilà : c'est bien là le problème, soupira Keegan. Si on doit demander la permission avant de tirer, on aura toujours un temps de retard pour réaliser le tir crucial.

– Bon, d'accord. Et si on le testait en utilisant des balles de cire ? Pas contre d'autres robots, mais contre mes gars. Ça nous ferait pas de mal de nous entraîner contre autre chose que la famille Aspirateur...

– Une autre fois, peut-être. Mais y a quand même un truc que nous autres, la chair à canon, faut qu'on démêle entre quatre z'yeux.

Noah acquiesça, reconnaissant la manière de parler propre aux Marines.

Lorsqu'ils furent ressortis de la Kill House, Keegan donna l'ordre à TAMS de les attendre devant l'entrée. Noah et elle marchèrent en silence jusqu'à la clôture qui délimitait le complexe. Le vacarme d'un avion à décollage vertical V-290 Valor qui faisait chauffer les moteurs de ses rotors basculants noyait presque leur conversation – les protégeant ainsi d'un éventuel dispositif d'écoute à distance.

– Bon, t'en penses quoi, sincèrement ? interrogea Keegan.

– C'est carrément impressionnant, et ça fait un peu froid dans le dos. Ce truc ne ressemble à rien de ce qu'on a vu jusqu'à présent. C'est comme un putain de bond dans l'évolution, genre passer de minuscules cafards à Neandertal mais en sept ans au lieu de sept milliards d'années...

– Je crois que ta chronologie de la préhistoire est un peu approximative, même si je vois ce que tu veux dire.

– Mais bon, c'est quoi le deal ? demanda Noah. Ils veulent vraiment que tu prouves qu'on peut utiliser ce machin sur le terrain ?

– Justement, je ne sais pas trop. Le directeur adjoint n'a pas été très clair sur ce point. Une de ces conversations où il faut lire entre les lignes…

– Alors fais gaffe à tes fesses, à la fois diplomatiquement et au sens propre… et n'oublie pas la règle numéro un de Gunny au sujet des robots…

– Ne jamais aller au combat avec un robot auquel on ne peut pas se fier, et ne jamais se fier à un robot tant qu'on ne sait pas comment le débrancher.

Tout en disant cela, elle tapota l'outil multifonction Leatherman qu'elle gardait toujours dans un étui noir fixé à sa ceinture. Elle repensa au cimetière métaphorique des robots hors de prix mais sous-testés qu'on avait envoyés dans leur unité et qui s'étaient ensuite « brisés accidentellement » ou « perdus » dans le désert, disparaissant à tout jamais. Mieux valait provoquer une surchauffe fatale qui faisait fondre puces et batteries dans un bouillonnement explosif que mettre en péril des vies humaines.

– Exactement, confirma Noah. Dès qu'un robot te met en danger, faut t'en débarrasser. Suffit qu'il chauffe un peu trop, ou qu'il dévale un escalier. En tout cas, toujours faire passer la machine après l'homme.

– La femme, corrigea Keegan.

Constitution Avenue, au coin de la 17e Rue

Washington

« God Bless America ! »

La cible correspondait parfaitement au profil de l'humain que le robot avait été programmé à aborder. Un individu de sexe masculin, adulte. Il se trouvait à l'extrémité de la parcelle sur laquelle se dressait le Washington Monument, à quelques dizaines de centimètres de l'avenue qui le séparait du bloc le plus proche, celui du Lincoln Memorial. Ce qui le plaçait dans le périmètre opérationnel prédéfini ; après avoir importuné un trop grand nombre d'employés de la Maison-Blanche et du Congrès, le robot avait été cantonné à des limites virtuelles épousant le rectangle central du National Mall. Et dans cette température ambiante de 39,4 degrés, la posture de l'homme en question indiquait l'épuisement – en l'occurrence, le fait qu'il s'appuie sur le portail en aluminium au bout du mur en pierre qui dépassait du terrain en pente douce, de part et d'autre de l'avenue[15]. Chacun de ces points de données allaient dans le sens d'un affaiblissement.

– Bonjour, mon ami ! Êtes-vous un patriote, vous aussi ? demanda la machine.

Roulant vers l'homme, elle diffusa un extrait gazouillant et distordu de l'hymne américain.

C'était un robot au corps hybride, développé à partir d'un vieux système de la NASA, désormais commercialisé sous tellement de formes diverses qu'il en était presque devenu méconnaissable, comme tant d'innovations de l'agence spatiale[16]. Un châssis à six roues latérales – peintes en rouge, blanc et bleu –, supportait le haut du corps d'un mannequin Oncle Sam. Sa bouche ne s'ouvrait que verticalement, tandis que la voix, conçue pour être rocailleuse, sonnait plutôt comme un gargouillement, à force de traîner sous la pluie.

– Oui, bien sûr, répondit l'homme en revissant le couvercle de son thermos en métal.

Mieux valait jouer le jeu, se dit Jackson Todd, à la fois pour le robot et pour d'éventuels témoins. Rien qu'un touriste un peu paumé discutant avec l'un des robots autorisés par le Park Service à écumer le Mall – rien d'inhabituel.

– Eh bien, alors, j'ai quelque chose de très spécial à vous montrer, enchaîna Oncle Sam. Aimeriez-vous le voir ?

Todd reconnut là ces trucs de programmation basiques conçus pour provoquer les émotions humaines les plus élémentaires – la curiosité et l'avidité, cet algorithme originel que le Serpent, déjà, avait utilisé avec Adam et Ève.

– Ouais, pourquoi pas, dit Todd.

Un plateau carré en aluminium sortit en coulissant de ce qui devait être la taille d'Oncle Sam, avec une pièce de monnaie en argent Silver Eagle un peu ternie en guise de ceinturon. Le plateau contenait sept rangées de drapeaux américains miniatures soigneusement enroulés, chaque rangée comptant sept de ces souvenirs.

Pas très bien conçu, jugea Todd. Ils auraient pu faire un plateau rectangulaire, pour que les drapeaux soient disposés en cinq rangées de dix. Ou bien garder cette forme carrée mais que le drapeau acheté par le client se dresse au centre, comme une sorte de trophée venant parachever l'ensemble.

– Comme vous le voyez, il n'y a rien de plus spécial que le drapeau américain, reprit Oncle Sam. Aimeriez-vous acheter ce symbole de liberté pour seulement quinze dollars ?

– Non, ça ne m'intéresse pas, répliqua Todd, vraiment agacé à présent.

Ces petits détails étaient primordiaux. Le moindre défaut pouvait saper le plus complexe des systèmes. Idem pour le portail métallique sur lequel il s'appuyait. Ce portail avait un double usage. Installé derrière la Lockkeeper's House, cette vieille maison en pierre bâtie en bordure du canal désormais recouvert qui avait traversé Washington avant l'avènement des chemins de fer, il décorait cette ouverture au bas de la colline qui dominait Constitution Avenue. Il abritait en outre une écluse mobile qui, en cas de fortes pluies, bloquait la 17e Rue pour canaliser l'eau et éviter toute catastrophe.

– En fait, j'ai une promotion spéciale de fin de journée à vous proposer, insista Oncle Sam, la réponse négative de l'humain le faisant bifurquer sur un autre embranchement de son arbre de décision. Dix dollars, c'est la dernière offre que je suis autorisé à vous faire. Ce sera la meilleure affaire qu'on ait vue depuis l'achat de la Louisiane aux Français !

En voyant le robot Oncle Sam suivre sans réfléchir ses protocoles dans le but d'exploiter la faiblesse humaine, Todd eut un déclic. Il décida qu'il valait la peine de prendre ce risque.

– J'achète, dit-il.

Todd sortit de sa poche une clé bitcoin de la taille du pouce. Tapotant le pavé de paiement de la machine, il débita dix dollars blanchis via une plateforme de cryptomonnaies basée aux îles Caïmans. Il laisserait tomber la clé dans l'escalier de la station de métro Smithsonian en repartant. Quelqu'un la ramasserait et créerait une nouvelle piste d'achats à travers la ville. Avec un peu de chance, ce serait un touriste, et les points de données sauteraient à l'autre bout du pays, voire du monde.

– Maintenant, veuillez sélectionner votre drapeau en touchant celui de votre choix, dit Oncle Sam.

Todd s'approcha de la machine, de telle sorte que le plateau se retrouva entre leurs deux poitrines, et il passa sa main gauche au ras des quarante-neuf drapeaux. Ce faisant, il scruta les alentours, s'assurant bien qu'il n'y avait personne et que le mur en pierre le dissimulait toujours de la caméra installée de l'autre côté de la rue.

– Celui-là, dit-il en appuyant sur la pointe du drapeau situé quatre rangées plus loin, le deuxième en partant du haut.

Quand le plateau se refermerait, cet espace vide se trouverait exactement à la verticale du port de recharge du robot.

– Excellent choix ! commenta Oncle Sam.

Dans un claquement sonore, le drapeau se décrocha de son support. On ne pouvait pas faire confiance aux humains, même les plus patriotes, pour ne pas prendre plus qu'ils n'en avaient le droit.

Avant d'empoigner le drapeau, Todd dévissa le couvercle de sa thermos et versa un peu de liquide dans sa paume. Aux yeux de n'importe quel observateur, y compris les capteurs du robot, il était simplement en train de se laver les mains avant de prendre le drapeau, soit par respect soit par précaution sanitaire après avoir touché un pavé de paiement que Dieu sait combien d'autres avaient manipulé avant lui.

Todd tendit la main, et un liquide argenté s'en écoula lorsqu'il attrapa le drapeau. Le fluide roula le long de sa fine tige en bois puis à l'intérieur du support. En tordant la bannière miniature pour la déloger, Todd la tapota légèrement afin que les dernières gouttes tombent bien au fond. Là, celles-ci coaguleraient en un globule métallique qui était déjà en train de se transformer au niveau moléculaire.

– Merci de votre soutien à la grandeur de l'Amérique, déclara le robot.

Le plateau coulissa à l'intérieur de son corps – le sort du robot était scellé. Du moment que l'air restait humide et les températures supérieures à trente degrés dans les jours à venir – autant de certitudes, désormais, à Washington –, le gallium transformerait le solide métal de ses entrailles en des plaques aussi cassantes que de fins biscuits[17]. Une fragilisation provoquée par ce métal à l'état liquide, parfaitement inoffensif pour les humains mais mortel pour une machine.

– Je ne fais que mon devoir, répondit Todd.

Tandis que le robot s'éloignait en quête d'autres cibles humaines, il reporta son attention sur le portail.

4

Académie du FBI

Quantico, Virginie

Keegan contemplait l'expresso posé devant elle, étudiant les motifs qui se dessinaient dans la crème. Elle souffla légèrement dessus et huma les arômes. Les gens faisaient cela depuis des siècles, songea-t-elle, avant de se lancer dans une conversation embarrassante.

– Je crois que nous devrions nous y mettre, déclara Modi.

Il ouvrit grand les yeux, comme s'il voyait pour la première fois les gris neutres de ses murs, ornés chacun d'une photo de paysage marin sous un cadre en bois. Au moins, c'étaient de véritables clichés en noir et blanc, pas ces images en encre électronique un peu chatoyantes propres à ce genre d'environnement *corporate*, qui suivaient les exigences de productivité et d'affect sans cesse changeantes.

– Oui, j'imagine, répondit Keegan en s'appliquant à le fixer droit dans les yeux.

Ce n'était pas seulement un geste de défi, mais aussi une manière de lui faire comprendre qu'elle voyait clair dans son jeu puéril avec ses cheveux. Elle remarqua au passage que ses yeux étaient d'un brun très pâle, presque banal, comparé aux couleurs éclatantes de sa coupe.

– Le café vous plaît ? demanda-t-il dans un sourire facile, comme s'il s'attendait à la bravade de Keegan.

– Je boirais n'importe quoi, mais ouais, il est excellent.

– Kenya.

Une manière de lui signaler qu'il avait parcouru ses états de service. Keegan le gratifia d'un hochement de tête.

– Alors, ça se passe comment ? interrogea Modi.

– Avec le robot ?

– Bien sûr, commencez par là.

D'un mouvement du menton, Keegan désigna TAMS, qui se tenait à côté du mur, silencieux.

– Vous voulez avoir cette conversation devant lui ?

– Oui. Considérez ces réunions non pas comme un simple débriefing pour vous, mais également pour TAMS, et dites-vous que vous êtes tous les deux sur le même bateau vers le progrès de la relation humain-robot, expliqua Modi. C'est mon rôle, dans cette affaire – vous accompagner tous les deux afin de voir comment vous pouvez devenir un. Ou peut-être qu'on part de trois pour arriver à un, ajouta-t-il en souriant.

Keegan sirota son café, qui avait le goût des grains hors de prix qu'eux-mêmes avaient l'habitude d'acheter avant que Jared ne perde son emploi.

– Vous savez que vous vous engagez dans quelque chose d'énorme, continua Modi. Je sais que vous n'avez pas vraiment eu le choix. Et c'est pour ça que j'interviens – pour être une ressource extérieure. Parce que d'après mon expérience, en cas d'enjeux importants, les choses les plus faciles deviennent parfois beaucoup plus compliquées.

– Vous venez juste de vous en rendre compte ? rétorqua Keegan en fronçant les sourcils devant la manière dont ce type mettait en avant sa soi-disant expérience.

Modi gloussa et prit une gorgée de café. Il marqua une pause, attendant qu'elle comble le vide, une tactique classique dans ce genre de session, tous les deux le savaient.

Au bout de dix secondes, Keegan décida d'aller de l'avant.

– Ne devrions-nous pas boire du bourbon ou quelque chose comme ça si ce que vous voulez, c'est que je vide mon sac devant vous ?

– Que vous ouvriez votre esprit, plutôt.

Keegan grimaça et reposa sa tasse.

– Va falloir vous y prendre mieux que ça.

– Bon, d'accord. Racontez-moi comment s'est passé l'entraînement, jusque-là. Si j'ai bien compris, vous avez choisi de tester TAMS ici, dans ce complexe…

– Ouais. J'ai lu toute la documentation, mais la meilleure façon de commencer un stress test, c'est de voir avec quel genre de machine nous travaillons, au-delà de ce qu'affirment ses concepteurs. Nous avons donc passé un peu de temps sur le parcours d'obstacles, puis au champ de tir.

– Et comment trouvez-vous qu'il s'en est sorti ?

Keegan nota qu'il ne l'interrogeait pas sur les performances de TAMS, qu'il avait certainement déjà consultées à distance, mais sur ses impressions à elle.

– Il démontre une vraie agilité, surtout en milieu urbain. Habituellement, on n'arrive à faire fonctionner un robot aussi grand que de manière linéaire, mais avec lui c'est différent. Enfin, je suis sûre que vous avez déjà vu les images…

– Effectivement, et je dois dire que c'était bluffant, surtout de le voir s'adapter et apprendre. Ne trouvez-vous pas ?

– Il a de réelles capacités, minimisa-t-elle.

– Toutefois, je n'ai pas pu accéder aux images ni aux mesures du champ de tir, reprit-il en inclinant légèrement la tête sur le côté comme pour la provoquer.

Keegan savoura la morsure amère de la dernière gorgée de son expresso, à présent froid.

– Ouais, il se trouve que la HRT ne partage pas ses flux avec les autres agences. Soi-disant une histoire de sécurité opérationnelle, mais je crois que c'est juste parce qu'ils n'aiment pas jouer avec les autres.

– Alors… à part le fait que vous étiez sans doute contente de ne pas avoir de regards indiscrets tels que le mien braqués sur vous, aviez-vous d'autres raisons de préférer la Kill House à Hogan's Alley ?

– La principale raison, c'est que non seulement vous, mais lui aussi – elle désigna TAMS d'un geste du menton – auriez pu étudier des vidéos de Hogan's Alley. S'il a excellé à ce point sur le parcours du combattant, c'est en grande partie parce qu'il disposait de données sur ce qui l'attendait, ce qu'il devait savoir. Mais le monde n'est pas toujours comme ça...

– Excellente raison. Ça s'est passé comment ?

– Pas mal, je crois.

– Il me semble qu'un peu plus de détails pourraient nous être utiles... fit remarquer Modi.

– Il m'a aidée à dégager les pièces à un rythme que je n'aurais pas pu atteindre seule, répondit Keegan.

– Et l'agent Reddy ? A-t-il eu des réactions notables ?

– Noah a toujours été du genre relax. Du genre à y aller sans trop se poser de questions.

– Aucun membre de la HRT ne va nulle part sans se poser de questions. Et vous, alors ? Cela a-t-il changé votre regard sur TAMS ?

Elle espérait que Noah n'allait pas devoir supporter ce genre de débriefing.

– Pas tellement. J'ai déjà vu des robots tirer.

– Pas des robots avec des bras et des jambes...

– C'est vrai. Nous avions des robots létaux pendant nos opérations extérieures, des sentinelles ou des drones de chasse qu'on pouvait faire tirer sur des cibles ennemies en mouvement préprogrammées[1]. On s'arrangeait en général pour s'en tenir à l'écart. Aucun n'a jamais tiré si près de mon oreille, mais ça n'a pas été une surprise, non.

Elle changea de sujet.

– Et vous, alors ? demanda-t-elle. Pensez-vous que le robot devrait pouvoir tirer ? À côté de moi ? Ou devant moi ?

– Il est plus rapide, plus précis.

– C'est sûr, sacrée prouesse technologique. Mais il s'est aussi retrouvé coincé comme un chaton en haut d'un arbre sur un simple parcours du combattant...

– Certes. Mais il y a une certaine beauté là-dedans, répliqua Modi. L'imperfection, l'incapacité à faire quelque chose que nous jugeons évident devient quelque chose de marquant. À l'inverse, cela nous rappelle que ce que nous jugeons difficile ne l'est en réalité pas du tout.

Keegan pencha la tête de côté. Elle n'avait pas accès au dossier de Modi, mais à la tournure que prenait cette conversation, elle se dit que cet homme avait sans doute été doctorant ou enseignant-chercheur pendant qu'elle-même était sur le terrain avec les Marines. En pleine action, on n'avait pas le temps pour des considérations abstraites sur le sens de tout ça. C'était au contraire ABC – *Always Be Charging*, « toujours charger ». Vous, et vos robots aussi. C'était la dure réalité, la réalité brute, comme ce sable qui décapait sans relâche la peinture des véhicules, même les mieux blindés. Le seul test qui comptait vraiment était de savoir si votre machine et vous étiez fonctionnels.

Modi remarqua son changement de posture.

– Vous ne semblez pas d'accord. Pourquoi ?

C'est le moment de modifier la tournure de cet échange.

– Écoutez, je vois très bien où vous voulez en venir avec cette conversation. Tous les instructeurs étaient obligés de suivre le SERE, dit-elle, faisant référence à la formation de Survie, Résistance et Évasion destinée à aider les prisonniers de guerre américains à résister aux interrogatoires par l'ennemi.

– Vous êtes en train de comparer cet entretien à de la torture ? répliqua Modi, incrédule.

– Un peu, oui, sauf que le café est bon… Vous voulez qu'on se parle franchement, c'est ça ?

– Il ne s'agit pas de ce que je veux, moi. La chose la plus importante pour rendre les robots opérationnels, c'est établir une relation de confiance.

Keegan plissa le front.

– Désolée, ça ne risque pas d'arriver. Les machines n'ont pas d'éthique. On peut les programmer pour qu'elles mentent sans même le savoir. Et moi, je peux mentir à une machine sans que ça me pose le moindre problème.

– Non, c'est la manière dont vous envisagez la confiance qui ne va pas du tout, répondit Modi. La confiance n'a rien à voir avec la moralité ni les émotions. Il s'agit de compréhension, de la personne… ou de la machine. La confiance, c'est juste agir d'une manière attendue. Je peux avoir « confiance » dans le fait qu'une personne ne va pas me mentir, parce que je la connais. Ou bien je peux avoir « confiance » dans le fait que cette personne va me mentir, parce qu'elle se méfie de moi, comme vous, avec votre session de tir. Et ce sur quoi nous sommes en train de travailler, là, non seulement vous et moi, mais aussi vous et TAMS, c'est bâtir un niveau de compréhension qui permette de savoir à quoi s'attendre. Pour que ce test fonctionne, vous avez tous les deux besoin d'établir ce genre de relation de confiance…

– Je ne suis pas sûre que ce robot soit capable d'aller jusque-là. Pas seulement avec moi : avec n'importe qui. Il a des capacités, mais cela ne le rend pas pour autant efficace… fiable… et, quelle que soit la définition que vous vouliez bien lui donner, c'est aussi ça que la confiance veut dire, dans le monde réel[2].

Modi hocha la tête.

– Mais il peut l'apprendre, avec votre aide. Sous bien des aspects, le carrefour auquel nous nous trouvons avec TAMS et vous illustre parfaitement le voyage que nous avons entrepris avec l'intelligence artificielle, depuis qu'Alan Turing a développé le concept selon lequel les machines seraient un jour capables de formuler la réponse à n'importe quelle question[3].

Certaines personnes ne peuvent pas s'empêcher de vous balancer des données, songea Keegan.

– Vous parliez du défi que représente l'incertitude, l'inconnu, poursuivit Modi. Mais c'est de cela qu'il s'agit depuis le début avec l'IA, dès le jour où John McCarthy a forgé l'expression « intelligence artificielle » pour décrire l'idée étrange qu'un ordinateur puisse devenir une machine pensante, à une époque où il n'existait encore que des calculateurs occupant la moitié d'une pièce[4].

Comment aborder l'incertitude inhérente aux questions de savoir comment penser, comment agir ? Ils ont d'abord cru pouvoir le faire grâce à la puissance de calcul brute. Les règles ne sont rien de plus qu'un moteur. Il suffit de trouver les règles de fonctionnement de n'importe quelle chose, puis la réponse apparaîtra à force de calculs.

– Mes parents remplissaient leur déclaration d'impôts de cette manière, lui balança Keegan, pour lui faire comprendre qu'elle n'avait pas l'intention de rester assise les bras croisés à écouter sa petite leçon.

– Mais ils se sont rendu compte que tout ne fonctionnait pas selon un ensemble de règles statiques, et surtout pas ce qui concernait les êtres humains, reprit Modi, accélérant le débit. Plus vous impliquiez de personnes, plus les règles devenaient complexes et même contradictoires. Les systèmes dits « experts » ne l'étaient que jusqu'à un certain point. Alors, pour entraîner l'intelligence artificielle, il s'agissait maintenant de faire en sorte que la machine établisse des priorités, qu'elle identifie des *patterns* – des motifs récurrents, si vous voulez – et les suive. C'est ainsi que les voitures sans chauffeur ont dû apprendre à maîtriser les données qu'elles recevaient et à décider s'il fallait ou non prêter attention au corbeau en train de manger une charogne au bord de la route ou au semi-remorque qui faisait un écart et mordait sur la ligne médiane. La voiture devait reconnaître des objets dans un environnement donné, puis réagir en s'appuyant sur un ensemble d'options préétablies : freiner, accélérer, tourner à gauche, à droite… La plus grande difficulté, c'est que tout cela se déroulait dans un environnement marqué par un incroyable dynamisme, mais sans réel adversaire, personne qui opérait à son encontre.

– On voit que vous n'avez jamais conduit à Boston.

Modi inclina sa tasse pour saluer sa remarque.

– C'est exactement ça, en fait : non seulement faire face à un adversaire est ce qui rend une IA plus utile dans le monde réel, mais c'est également un moyen pour la machine elle-même de devenir plus intelligente.

– Une révolution de l'évolution.

– Tout à fait ! L'IA s'attaquant au jeu de dames, des ordinateurs l'emportant sur les humains avant même qu'on ne marche sur la Lune[5]. Et puis il y a eu les échecs, un jeu que la plupart des humains ne maîtrise même pas[6]. Mais la recherche s'est retrouvée bloquée dans ce qu'on a appelé l'« Hiver de l'intelligence artificielle », cette pause où on a l'impression que l'IA ne tiendra jamais ses promesses, qu'elle restera à tout jamais de la science-fiction[7]. Mais comme dans tant d'autres domaines, la guerre est venue résoudre ce problème technique.

– Je croyais que leur utilisation pour la guerre n'était apparue que plus tard…

– Je veux parler de la guerre au sein même des machines, de leurs conflits évolutifs. Nous avons fini par saisir que les machines pouvaient batailler à l'intérieur d'elles-mêmes, menant littéralement des millions de minuscules expériences dont chacune affine une réponse. Tout cela débouche sur l'apprentissage profond, cette combinaison de réseaux s'inspirant des neurones de notre cerveau, des couches et des couches qui se déchaînent dans un mélange de combinaisons et de compétition.

– Un jour, on a eu un instituteur remplaçant qui nous occupait en nous montrant des vidéos d'histoire. Notamment celle d'un type, dans un vieux jeu télévisé, qui perdait contre une IA[8]…

– Ils présentent toujours les choses comme ça, mais c'est une erreur : le vrai tournant a eu lieu quand une IA a gagné au jeu de go[9]. Ça vous parle ?

– Ouais, on a dû apprendre le go dans le cadre de notre formation tactique, chez les Marines. C'est un jeu de stratégie chinois très ancien, une sorte de backgammon dopé aux stéroïdes.

– Donc, une IA bat le meilleur joueur de go. Un sacré choc, car on croyait que ça ne serait pas possible avant des décennies, à cause de la complexité de ce jeu. Mais la version suivante de l'IA recommence, cette fois en partant de zéro, juste en lui montrant le plateau quadrillé et les règles[10]. La machine n'a pas gagné parce qu'elle était plus rapide ou à même de faire tourner davantage de simulations de données que les humains n'en étaient capables, comme cela avait déjà été réalisé dans le domaine des échecs ou de la Bourse ; non, c'était parce que la machine inventait davantage de coups que les humains n'en avaient imaginé depuis plus des deux mille cinq cents ans qu'ils pratiquaient ce jeu[11].

– C'est également ce qui a poussé la Chine à se lancer à corps perdu dans la course aux armements dotés d'IA... puis à en vendre des versions à toutes les guérillas qui disposaient d'assez de yuans[12], ajouta Keegan.

– Mais tous les systèmes auxquels vous avez eu affaire sur le champ de bataille étaient encore bridés, comme les voitures sans chauffeur capables de réagir en roulant sur la route ou la machine déplaçant ses pièces sur un plateau de go. Un drone ou un robot de combat ont une zone d'opération préprogrammée, un ensemble de cibles possibles ou impossibles. Il y a une adversité, mais encore soumise à certaines limites, ajouta Modi en joignant ses pouces et ses index pour former un carré.

« TAMS et vous, en revanche, vous trouvez dans une zone grise, reprit-il en écartant lentement ses mains. Toutes ces avancées se sont rejointes, ouvrant de nouveaux horizons, ce qui nous ramène au problème originel : que se passe-t-il quand on combine les vieux systèmes experts et l'ensemble de ces nouvelles approches ?

Modi entreprit de les compter sur ses doigts.

– Apprentissage profond, algorithmes bayésiens et évolutionnaires, raisonnement symbolique, réseaux neuronaux calqués sur le cerveau humain, accédant au niveau sous-neuronal via les supercalculateurs exaflopiques, mais rendus plus puissants que n'importe quel cerveau individuel grâce à leurs synapses artificielles capables de tourner plusieurs millions de fois plus vite que celles de votre cerveau, bases de données croisées, systèmes de prédiction basés sur l'analyse du cloud[13].

À court de doigts, il cessa d'égrener les avancées technologiques.

– Tout ça pour obtenir un robot superintelligent toujours incapable de comprendre comment ne pas rester coincé en haut d'une corde… ironisa Keegan.

– C'est bien possible. Tout ce progrès ne fait que nous renvoyer à la même incertitude que celle des premiers chercheurs, quand ils utilisaient encore des règles à calcul et qu'Internet n'existait pas. TAMS a des règles à suivre, mais il doit également faire le tri parmi une infinité de données, d'un format ou d'un type auxquels non seulement TAMS mais peut-être aucun être humain n'ont jamais été confrontés jusqu'ici. Ajoutez à cela la variable que représentent tous les gens en ce bas monde. Qu'il s'agisse d'une voiture dans la rue ou d'un drone de combat chassant en mer, c'est zéro ou un, humain ou non-humain, ami ou ennemi. Mais dans un contexte de maintien de l'ordre, les gens sont potentiellement antagonistes, représentant des menaces à l'infini.

– Non, c'est tout aussi binaire qu'à la guerre. Il y a nous et tous les autres. Vous apprenez ça très tôt, dès le premier jour où vous posez les pieds dans cette académie.

Modi roula de gros yeux.

– Vous dites : « C'est nous ou eux. » C'est un cliché, mais il englobe aussi l'un de ces défauts de partialité élémentaires qui caractérisent les humains, et qu'une machine doit intégrer.

À ces mots, Keegan se mordit la langue, sachant qu'il essayait de la provoquer, encore une technique qu'elle avait appris à reconnaître durant sa formation.

– Qu'il s'agisse d'un biais positif comme le sens commun ou d'un préjugé négatif, les machines ne naissent pas avec. Elles possèdent une intelligence artificielle, donc acquise. Bon sang, même le mot « artificiel » dans l'expression IA est sans doute erroné, puisqu'il implique quelque chose de fabriqué par l'homme. Or, cette intelligence va bien au-delà, elle est autoévolutive.

– Mais apprendra-t-elle jamais assez ? interrogea Keegan. Bien sûr, vous pouvez faire tourner des millions de simulations avec toutes les variations que ses processeurs sont capables de gérer. Mais cela ne garantit pas pour autant qu'elle trouvera la réponse optimale, pour la simple et bonne raison que n'importe quel humain sait intuitivement qu'on ne peut pas modéliser tous les scénarios possibles. Il y a toujours des inconnues. Ce que nous acceptons facilement, mais pas les robots.

– TAMS peut l'accepter, répliqua Modi. Si vous le lui apprenez. Comme vous pourriez le faire avec un partenaire tout juste sorti de l'académie.

– C'est là où vous vous trompez, rétorqua Keegan. Comme « confiance », « partenaire » a un sens très différent sur le terrain. TAMS n'est pas un partenaire, mais une technologie. Les drones que nous faisions voler pour localiser les positions ennemies n'étaient pas différents de la première pierre ramassée par l'homme des cavernes. Quelles que soient les hautes technologies que cette machine intègre, elle n'est qu'un outil conçu pour accomplir une tâche.

– Peut-être, mais la technologie est en train de gommer ces frontières. Prenez l'exemple des drones : au début, il fallait certes les diriger vers telle ou telle cible, mais ils ont évolué jusqu'à devenir ce qu'on appelait de « fidèles ailiers ». Chaque nouvelle version est non seulement plus compétente, mais mieux adaptée aux besoins des pilotes humains, jusqu'au moment où ces derniers ont fini par leur faire confiance pour prendre en charge des menaces et des missions qu'eux-mêmes étaient incapables de gérer[14].

– Alors laissez-moi vous poser la question que les pilotes militaires vous poseraient, répondit Keegan : si vous m'affectiez un partenaire humain à la place, pensez-vous que ce serait moins bien pour moi ? Parce que ce serait la seule raison valable de le remplacer par TAMS.

– Eh bien, si vous aviez un partenaire humain, nous ne serions pas en train d'avoir cette discussion.

– Alors c'est mieux pour moi ?

– À vous de le dire.

– Et si nous demandions au robot ?

– Il ne saurait pas vous répondre.

– C'est bien ce que je dis, répliqua Keegan. Si TAMS est capable d'aborder le monde comme il a abordé l'interrogatoire, alors il sera peut-être un jour un outil utile.

Elle se tourna vers le robot, pour s'assurer qu'il ne prenait pas la grosse tête.

– Mais il devra être plus que cela pour devenir un véritable partenaire, tel que les agents l'envisagent. Notre job ne consiste pas simplement à repérer des motifs récurrents, des signaux au milieu du bruit. Il s'agit aussi de repérer le chien qui n'aboie pas, pour citer le plus grand enquêteur de tous les temps[15]. Un bon agent est capable de trouver la logique là où il ne semble pas y en avoir. Les informations manquantes sont autant d'occasions de faire preuve de créativité. C'est ce qui ferait la différence entre un petit automate borné comme le K-9 du Doctor Who et un robot capable de devenir un partenaire à part entière[16].

– Eh bien justement, cela ne dépend que de vous, agent Keegan, déclara Modi, comme s'il avait prévu depuis le début que leur conversation les mènerait là. Comme je vous l'ai dit dès le premier jour, ce n'est pas une histoire de puissance de calcul mais d'entraînement. C'est *ça* qui rend une IA vraiment intelligente. Mais cela signifie que c'est *vous* qui allez devoir changer de mode de fonctionnement et adopter une autre approche que celle que vous avez pu avoir jusque-là avec les robots. Ce système est capable *d'apprendre*. Dans les Marines, vous vous serviez juste des robots comme d'outils. Vous leur donniez une mission et vous les laissiez faire. Avec une machine véritablement intelligente, vous serez sans cesse en train de lui enseigner des choses, pas seulement en lui donnant des instructions, mais à travers ce que vous faites. Chacune de vos actions est observée, de telle sorte que vous vous adressez en permanence à ses données.

– Dans ce cas, combien de temps faudra-t-il avant que TAMS 2.0 ne vienne s'asseoir dans ce bureau pour se plaindre de l'horrible humain qu'il est obligé de former ? rétorqua Keegan.

– Peut-être d'ici la prochaine génération. N'est-ce pas ce qui se passe entre les parents et leurs enfants ? interrogea-t-il.

– C'est ce que nous aimons croire, mais je n'en suis pas si sûre.

Keegan se demanda si Jared et elle se comportaient de cette manière avec Haley, et si rester ensemble était vraiment la meilleure solution pour leur fille.

– Quoi qu'il en soit, poursuivit Modi, sans se soucier de la question qu'il avait soulevée, n'oubliez jamais que c'est nous qui fixons les règles. TAMS pourrait bien se plaindre un jour de son partenaire, mais il ne peut pas vous remplacer, à moins que nous ne le décidions. Nous choisissons nos rôles. Nous choisissons notre avenir.

– C'est ce qu'on dit toujours, répliqua Keegan en songeant à ce que Jared en aurait pensé.

En tout cas, elle estimait avoir plus que rempli ses obligations professionnelles. Modi était peut-être payé pour parler, mais pas elle. Elle se leva, signalant la fin de cette conversation.

– J'apprécie vos conseils, dit-elle, d'autant que tout cela est très nouveau.

Modi eut l'air presque déçu qu'elle coupe court et jeta un regard à TAMS, toujours assis tandis que Keegan se levait. Puis Modi inclina légèrement la tête, s'efforçant de reprendre le contrôle de cette discussion.

– Encore une fois, considérez-moi comme un allié dans cette mission révolutionnaire. J'ai parfaitement conscience que la situation est, par bien des aspects, tout aussi complexe pour vous qu'elle ne l'est pour TAMS. Il n'y a pas une liste de choix prescrits à l'avance. Pas de politique du Bureau. Pas de garde-fous préétablis à respecter.

– À part faire plaisir au directeur adjoint, hasarda Keegan, pour voir comment elle devait interpréter les sous-entendus du big boss.

– Effectivement. L'unique ordre que vous devez suivre, confirma Modi.

Keegan se tourna vers le robot.

– Tu as saisi tout ça, TAMS ? Tu tires un apprentissage de cette conversation ?

– Oui.

– Alors tu viens juste de prouver au docteur, comme je lui répète depuis tout à l'heure, qu'il te reste beaucoup à apprendre.

Arrivée devant la porte, Keegan se retourna.

– Ah, j'oubliais : je voudrais aussi m'excuser d'être partie du mauvais pied avec vous, au Dizz-Diff, après l'interrogatoire de Reppley, dit-elle. J'étais vraiment à cran.

Elle sortit de sa poche un rectangle de plastique vert de la taille d'une carte de crédit à l'ancienne. Elle le posa sur une étagère, sur un livre de psychologie. Le fin matériau se courba en une sorte d'arche, comme si d'invisibles doigts le poussaient de chaque côté. Puis il se déplia en dansant avec la fluidité d'une flamme qui vacille. D'abord des ailes fines comme du papier, puis des pattes, jusqu'à ce qu'une sorte de cigale trône sur le livre.

– Prenez ça comme un petit cadeau d'excuse, pour égayer cette pièce, déclara Keegan, puis TAMS et elle quittèrent les lieux.

Champ de bataille de Dyzruptor, Quadrant 4

Sur le cloud

Abraham Lincoln contempla avec un sourire crispé le violent éclat orange qui illuminait le ciel. L'explosion éclaira un entremêlement organique de rails de chemin de fer serpentant au milieu des usines titanesques, noires de suie. Puis un autre éclair, un autre encore. Au coup de tonnerre suivant, il éclata de rire.

– Bon sang, qu'y a-t-il donc de si amusant ? interrogea Mahatma Gandhi d'une voix légèrement trouble, à cause du programme de cryptage qui éliminait tout marqueur permettant l'identification.

– Tout ce travail pour nous retrouver dans ce lieu de rencontre idéal, en plein chaos de la guerre, déclara Lincoln. Et le champ de bataille tout entier risque de s'effondrer sur nous parce que le chef de la tribu NinjaJam a été privé de sortie par sa maman[17].

– Non, répliqua Gandhi. Ils vont tenir bon. Une équipe de débutants a atteint le niveau supérieur lors de la dernière *battle royale*.

Pendant qu'ils se disputaient au sujet du nouveau système de points du jeu, Jeanne d'Arc creusait la terre avec impatience, de la pointe de son épée, qu'elle soulevait parfois pour en admirer le graphisme, le moteur du jeu générant des détails aussi infimes qu'un grain de poussière glissant sur le tranchant acéré de la lame. Mais contrairement à Lincoln et à Gandhi, elle était le fac-similé d'un fac-similé, car il n'existait aucun masque mortuaire, aucune statue ni aucune photographie sur lesquels s'appuyer pour générer son avatar[18]. La personne qui se cachait derrière ce compte avait utilisé le visage de l'actrice qui avait incarné Jeanne dans la minisérie de Netflix. Tout près d'elle, Che Guevara caressait d'une main sa barbe iconique, s'attardant sur cette sensation. Pendant ce temps, George Washington le regardait en songeant que celui que les gauchistes avaient envoyé pour les représenter n'avait pas de barbe dans la vraie vie.

Un mur chatoyant de ce qui ressemblait à de l'eau entourait ce groupe de révolutionnaires. C'était la représentation du cryptage quantique : toute tentative d'espionner cette conversation modifierait l'état quantique et apparaîtrait aussi évidente aux yeux des participants que si quelqu'un trempait le doigt dans un flux d'eau. Mais le fait de le représenter à l'intérieur même du jeu le rendait quasiment inopérant. Ce rassemblement n'existait qu'au sein d'un environnement numérique, une réalité synthétique mettant aux prises des *gamers*, et à laquelle on accédait via un réseau global décentralisé de microserveurs anonymes[19].

Le groupe se tut, alors qu'un nouveau personnage se joignait à eux. Le flux d'eau venait en effet de s'ouvrir devant Moïse, dans sa version cinématographique incarnée par Charlton Heston, qui se posa au milieu des autres avatars. C'est lui qui avait installé là cette représentation de la sécurité quantique, ce qui rendait le choix de son avatar encore plus pertinent.

– Moïse, il était temps que tu te pointes, cria George Washington. Va falloir t'expliquer : on n'abandonne jamais un homme derrière soi.

– Ce n'était pas *mon* homme, répliqua Moïse. Et j'avais pris des mesures. Mais votre homme a tout simplement foiré sa mission.

– Eh bien, ce n'est pas si…

Che Guevara leva la main, interrompant Washington.

– Il n'y a pas que lui qui nous doit des explications. Nous sommes des agents du changement, n'est-ce pas ? Pourquoi condamner les Fils d'Alep ? Je croyais que nous étions tous d'accord pour dire que l'ennemi de mon ennemi était mon ami…

– Je n'en ai rien à foutre d'eux, rétorqua Washington. L'idée, c'était de bien s'en sortir dans tous les cas. Soit le politiquement correct des agents fédéraux les empêcherait de s'intéresser de trop près à lui, tout en sachant très bien qu'il aurait fallu le faire, soit, si notre homme se faisait prendre, une poignée de musulmans seraient accusés d'un acte qu'ils auraient aimé accomplir de toute manière.

– Sauf qu'il n'était pas musulman, fit remarquer Jeanne.

George Washington ricana.

– Ce n'est pas la tendance que j'ai constatée sur les fils d'actualité. C'est juste ce qu'« ils » veulent vous faire croire. Dans un monde de likes et de partages, la vérité est ce que nous fabriquons[20].

– Peut-être, mais nous ne nous étions pas mis d'accord sur un tel scénario, protesta Lincoln.

– Si tu veux parler de scénario non respecté, répondit Washington, c'est à Moïse qu'il faut s'en prendre. Le boulot de mon gars consistait à transporter des explosifs pour détruire un laboratoire dans une prestigieuse fac de l'Ivy League, sans personne dedans. Entre rater une livraison et éclater le crâne d'un rat de bibliothèque, il y a un sacré pas…

– Cela ne figurait certainement pas dans notre plan, acquiesça Lincoln. Moïse, je sais qu'aucun d'entre nous n'était sur place, mais il s'agissait juste de faire passer un message. Commencer par un meurtre de sang-froid ne peut que nuire à notre cause auprès du grand public.

Moïse les regardait, bras croisés, semblant jauger le groupe et ses perspectives.

– Je refuse d'être jugé après coup par des gens qui ne sont même pas prêts à se battre pour notre avenir, déclara-t-il. Vous ne semblez pas avoir bien saisi les enjeux. Ce ne sont pas des emplois humains qui sont menacés par l'essor des robots. C'est l'humanité même[21].

– Nous prenons tous des risques, dit Lincoln.

– Pas les mêmes, rétorqua Moïse.

Il mit les mains derrière son dos, fourrant ses doigts dans les replis de sa tunique.

Il respira profondément, puis reprit d'un ton mesuré :

– Nous aurions pu détruire tout le département IA de Princeton, mais qu'est-ce que ça aurait changé ? Le problème, ce ne sont pas les machines du futur ; ce sont les gens qui les utilisent, qui sont dépendants d'elles. Ils continueront d'être perdus tant que nous ne les aurons pas vraiment atteints.

Il se mit à faire les cent pas, ses sandales collant dans la boue épaisse simulée du jeu.

– Le comprenez-vous, tous ? Présents ici – ou pas, d'ailleurs –, cachés derrière ces avatars, vous êtes devenus tributaires de ce que vous prétendez combattre. Vous choisissez les voiles que vous offre la technologie, sans vous rendre compte que vous portez des œillères.

– Que de grands mots, commenta Che Guevara. Où veux-tu en venir ?

– Où je veux en venir ? Pour vraiment mettre un terme à cette dépendance, nous devons donner plus, tous autant que nous sommes. Beaucoup plus. Comme Dieu l'a enseigné à Abraham et à ses descendants, ce n'est que dans le sacrifice réel que les croyants découvrent vraiment leur foi. Telle est l'ironie de toute cette histoire : tout ce que nous devons faire est contenu dans un livre écrit à une époque où la foi elle-même était la plus importante des technologies.

– Ça suffit, ce prêchi-prêcha ! s'emporta Gandhi.

– Oui, Moïse, renchérit Jeanne d'Arc. On s'était mis d'accord : la règle, c'est de chacun mettre nos idéologies de côté. Ce mouvement, cette révolution contre le futur que nous craignons tous est voué à l'échec si nous faisons passer nos croyances personnelles avant la cause commune.

Moïse croisa de nouveau ses mains dans son dos et la dévisagea.

– Il n'y a pas de *nous*, ici. Nous n'avons confiance les uns dans les autres qu'à partir du moment où nous faisons nos preuves. J'espère au moins que mes actions démontrent que je ne me contente plus d'errer dans l'éther…

– Arrête un peu, Moïse, intervint Lincoln. S'il te plaît. Il est encore temps de faire ce qu'il faut pour que nous…

– Le temps pour quoi ? Ou plutôt, pour qui ? Je sais ce que vous avez fait, à essayer de profiter de mes actions, comme vous avez profité de la colère légitime de tant d'autres…

– Quoi… ? Je ne vois pas de quoi tu parles… bredouilla Lincoln.

– Oh si, vous comprenez.

L'avatar Moïse pointa son doigt sur chacun des autres.

– Au fond de son cœur, chacun de vous sait de quoi je parle. Ce qu'il vous reste à faire, maintenant, c'est de décider si vous voulez faire l'histoire ou vous laisser broyer.

Sur ces mots, il marcha vers le mur d'eau bleu chatoyant, où sa silhouette disparut.

Quartier de Potomac Overlook

McLean, Viriginie

Jackson Tood enleva son casque et ses gants RV, qu'il lâcha sur le plan de cuisine en quartzite blanc, censé ressembler à du marbre de Carrare. Ils avaient rénové la cuisine après l'achat de la maison. Isabella et lui s'étaient d'ailleurs pas mal disputés pour savoir s'il ne valait pas mieux acheter du vrai marbre. L'une de ces bêtises qui semblaient si importantes, sur le moment. Ils avaient fini par se laisser convaincre par le pitch du vendeur, selon lequel le matériau artificiel ne serait pas taché par les cafés du matin et les jus de fruits des enfants. Il n'avait pas menti : le plan de cuisine était toujours d'une blancheur immaculée. Pas la moindre trace de leurs années de vie commune, à part les souvenirs qui flottaient dans l'air.

Todd passa ses index sur ses deux sourcils, remonta sur son front puis descendit jusqu'à sa nuque, massant les points douloureux aux bords du crâne. Étirant son cou dans un sens puis dans l'autre, il inspira lentement par les narines puis expira par la bouche. Après avoir répété l'opération dix-neuf fois de plus, il se leva et contourna le plan de cuisine. Pieds nus, il avançait d'un pas prudent, craignant toujours de marcher sur les legos qui avaient jadis jonché le sol, désormais absents.

Tirant une longue allumette en bois d'un tiroir, il la frotta, alluma le gaz et posa la bouilloire sur le réchaud. Cela ne faisait pas bouillir l'eau plus vite de la surveiller, alors, en attendant, il contempla le jardin à travers les fenêtres de la cuisine. Le défaut de la pelouse, légèrement moins haute vers la droite, se voyait à peine dans le noir, mais cela le titillait tout de même. Il s'était toujours dit qu'il fallait y remédier sans jamais prendre le temps de le faire. Au-dessus était suspendue une tyrolienne, courant d'une extrémité du jardin à l'autre. Elle était accrochée juste assez haut pour impressionner un jeune garçon, mais pas suffisamment pour être vraiment dangereuse. La corde, inutilisée depuis des années, était recouverte de lichen vert.

Quand le thermomètre intégré à la bouilloire indiqua quatre-vingt-treize degrés, il la retira du gaz. Puis il sortit le récipient métallique du placard, le secouant délicatement à trois reprises. Il mesura quatre grammes de thé noir en vrac dans la boule en inox – trois grammes étaient la dose juste, mais ce soir il s'en arrogea un de plus car il avait besoin de se concentrer.

Il plaça la boule à thé au fond d'une tasse en verre à double paroi, dans un léger cliquetis, et versa l'eau, jusqu'à la ligne soigneusement gravée à l'intérieur du verre. Laissant le thé infuser, il se dirigea vers un meuble en bois dans le salon sur lequel donnait la cuisine et prit un vieux classeur. Passant ses doigts sur les pochettes de CD au plastique voilé qu'il contenait, Todd sortit le disque spécial, l'écriture de sa femme encore visible, à l'encre noire indélébile sur la surface miroitante. Il brancha le vieux lecteur CD qu'il avait acheté dans une vente de charité à l'église, appuya sur « Eject », posa le disque sur le plateau coulissant et repoussa celui-ci du doigt, car il ne se refermait plus tout seul.

Les yeux clos, il resta planté devant le lecteur tandis que la chanson commençait. Les lents accords de guitare qu'il avait entendus un nombre incalculable de fois mais qui lui faisaient toujours penser à ce premier slow à une heure du matin au sous-sol du Colonial Club, le fameux club social-restaurant de Princeton : *Fade Into You*, de Mazzy Star.

I want to hold the hand inside you
I want to take the breath that's true[22]

Son corps oscillait doucement à la mémoire de leurs pieds glissant sur le plancher collant de bière, deux étudiants de deuxième année qui ignoraient que c'était le début de leur vie commune.

À la fin de la chanson, quatre minutes plus tard, il appuya sur le bouton « Eject » et rangea le CD dans sa pochette. Il regagna la cuisine et retira la boule à thé de la tasse, qu'il déposa au fond de l'évier, un modèle de style campagnard qu'ils avaient également fait installer au moment de la rénovation. Elle l'aurait voulu blanc pour aller avec le plan de cuisine, mais lui avait préféré l'inox. Elle avait cédé, petite victoire dont elle savait qu'elle comptait plus pour lui que pour elle.

Il retourna dans son bureau, prenant soin de ne pas renverser sa tasse de thé brûlant.

Des diplômes d'informatique ornaient l'un des murs, dans des cadres en bois sombre bon marché, le genre qu'on achetait pendant le purgatoire postdoctorat, quand les finances sont basses et les ambitions hautes. Le diplôme d'ingénieur informatique obtenu à Princeton, juste sous le doctorat de Georgia Tech, tous deux certifiant que Jackson Todd avait leur bénédiction pour refaire le monde.

À l'autre bout de la pièce, une série d'éloges officiels et de décorations pour son travail à la DARPA, l'agence pour les projets de recherche avancée de défense, dont une lettre personnelle encadrée du directeur de l'agence.

Todd s'assit à son bureau, poussant de côté un exemplaire de l'Ancien Testament protégé par une couverture en plastique, avec une foule de post-it jaunes et bleus dépassant de la tranche. Il posa avec précaution la tasse de thé sur un sous-verre où était imprimée la vieille devise de la DARPA, datant de l'époque où l'agence dominait le monde de l'information : *Scientia Est Potentia* : « La connaissance est pouvoir. » Comme sur tant d'autres points, ils avaient en fait mal compris. Déjà en 1665, Hobbes avait expliqué la véritable visée de cette traduction : « La fin de la connaissance est le pouvoir ; [...] et enfin, l'ambition de toute spéculation est l'accomplissement d'une action, ou d'une chose à réaliser[23]. »

Todd incarnerait cette action, ferait ce qui devait être fait. Le moniteur sur son bureau reprit vie dans un éclat de lumière ; l'image de son écran de veille était un montage en 3D de différentes vidéos et photos de vacances, de la cérémonie de fin de maternelle et de leurs excursions chez le marchand de glaces. Todd fit défiler le menu puis ouvrit le dossier qu'il avait enregistré tout spécialement pour cette occasion. Il enfila son casque audio, brancha le cordon dans la prise du moniteur. Lorsqu'il était doctorant à la fac, il avait codé en écoutant de la musique, les rythmes apaisant son esprit et le poussant à avancer. Mais aujourd'hui, il avait besoin d'un autre bruit de fond.

Le fichier qu'il lança était une vidéo téléchargée, diffusée dans le journal d'une chaîne de télé locale, l'une de ces rétrospectives qu'ils passaient les jours de commémorations et ceux où l'actualité sommeillait. Elle commençait par les images de la station de métro Ballston prises par les caméras de surveillance, dans un décor où se mêlaient résidences et bureaux d'agences fédérales, juste de l'autre côté du fleuve, en face de Washington. Les usagers de l'heure de pointe se pressaient sur le quai – on avait du mal à les distinguer individuellement à cause de la densité de la foule sur ces images granuleuses. La privatisation de cette ligne de banlieue avait amené une modernisation de grande ampleur de l'infrastructure des systèmes informatiques dépassés du réseau, mais il avait fallu faire d'autres économies par ailleurs pour tenir le budget. La qualité des caméras de surveillance en faisait partie, les systèmes d'automatisation intégrés de la ligne également.

Déplaçant cette fenêtre dans un coin de l'écran, Todd sirota son thé et cliqua sur un autre fichier. Celui-ci s'ouvrit sur le logo du département informatique de Princeton, suivi de lignes et de lignes de code.

La vidéo enchaîna brusquement sur l'image de gens qui entraient et sortaient de la station McLean, sur la Silver Line, tourbillonnant les uns autour des autres et plaquant leur portable sur les tourniquets avant l'accès aux quais. Le fait qu'ils aient encore des appareils tenus à la main trahissait l'ancienneté de ce document. Sur le côté, une mère aidait son fils à passer les portiques, bousculée tandis qu'elle essayait encore et encore d'actionner l'ouverture avec son téléphone. C'était une séquence que Todd avait vue des centaines de fois, et revécue des milliers d'autres, au cours des sept dernières années. Cela durait peut-être deux secondes à l'image, mais les médias l'utilisaient toujours car elle humanisait le désastre. Le dysfonctionnement de la porte était-elle un mauvais présage, envoyé par le système lui-même pour la mettre en garde ? C'était pareil pour Todd, désormais : il fallait qu'il rende clairement visibles les signes envoyés par les systèmes tout autour des gens, leur disant de s'arrêter avant qu'il ne soit trop tard. Elle n'avait pas su les reconnaître, c'est tout. À moins qu'elle n'ait pas voulu les écouter. Il ne pouvait pas le lui reprocher, d'ailleurs. Lui non plus ne les avait pas saisis, à l'époque. Maintenant, si.

Les doigts de Todd se mirent à taper plus furieusement, trouvant peu à peu leur rythme tandis que la vidéo continuait en arrière-plan. Le quai se vidait, la mère et son fils se précipitaient main dans la main sur le bitume désert. Mais ils n'avaient pas l'air stressés. Ils semblaient heureux, à en juger par la manière dont ils levaient leurs mains bien haut en signe de triomphe, en sprintant vers les portes du train. Qui devait les emmener rejoindre papa pour déjeuner à la pizzeria juste en face de son boulot, où son fils aurait droit à une coupe de glace s'il se tenait bien.

Des signes qu'on ne pouvait ignorer. C'est ainsi qu'il allait sauver ceux qui restaient, songea-t-il, parce que c'étaient des signes qui avaient été ratés qui l'avaient privé de ceux qui comptaient le plus pour lui. Un sacrifice était nécessaire, et il avait été le premier à le faire.

Pendant ce temps-là, le reportage se poursuivait – la voix off d'un journaliste, plaquée sur des images prises depuis l'intérieur de la rame qui venait de quitter McLean, les rails frénétiques encadrés par une obscurité floue. La voix du journaliste retraçait le parcours du train, que son système automatique dirigeait vers le centre de Washington. Il s'arrêtait à East Falls Church, où un couple de personnes âgées descendait. « Les chanceux », commentait le narrateur, tandis que le train reprenait de la vitesse. Les images basculèrent de nouveau vers la station Ballston, où la foule se bousculait pour monter dans un autre train, sur cette même ligne. Celui-ci quittait lentement la gare. Avant que trois de ses wagons ne soient entrés dans le tunnel obscur au bout du quai, l'écran devenait noir et le narrateur s'interrompait, par respect peut-être, ou bien juste pour laisser l'imagination du spectateur générer elle-même les horreurs de cet instant.

Malgré le thé chaud, Todd frissonna. Mais il continua de taper, modifiant le code de l'ADS comme il devait vraiment être. Il avait été une fois l'architecte de la destruction. Alors il le serait encore.

La voix off passa du murmure respectueux à l'analyse froide des causes de l'accident. Une erreur des systèmes automatiques, expliquait-elle. Un défaut de programmation que nul n'avait prévu pendant la conception – une faute de programmation traitée comme une catastrophe naturelle. Ce n'était la faute de personne.

Non, telle n'était pas la vérité, songea Todd. Nous étions tous responsables. C'était cette évidence qu'il fallait leur faire comprendre.

Comme s'il ne fallait pas questionner davantage les causes de la tragédie, le reportage basculait brusquement sur la réussite des mesures d'urgence. Un chef d'équipe de l'Unité de contrôle des trains automatiques expliquait comment l'intelligence artificielle qui gérait l'ensemble du réseau avait sagement immobilisé les trains non touchés avant qu'ils ne créent d'autres accidents, laissant ainsi le champ libre aux secours. Puis des images aériennes prises par un drone quadrirotor de la police d'Arlington défilèrent sur l'écran tandis que l'engin se servait de ses caméras pour guider les véhicules de la police et des pompiers, tout en prenant le contrôle des feux rouges en temps réel. Au-dessus de la station, les drones des médias s'agitaient macabrement entre les buildings pour trouver des angles uniques, « dans un souci de transparence et de prise de conscience du courage de ces héros du quotidien, et de la manière dont les autorités ont su réagir à cette tragédie », commentait le journaliste. Puis la vidéo tremblante d'une plateforme en forme d'octogone, d'un blanc étincelant, en train de descendre. Huit Trauma Pods, ces systèmes semi-automatisés de chirurgie télérobotique, se déployaient sous la plateforme de l'ambulance volante, ressemblant, vus du sol, à un carrousel en plein ciel[24]. Des urgentistes se précipitèrent sous terre avec les Pods, puis remontèrent aussi vite. Une brève image prise par l'un des drones montra la mère et son jeune garçon que les sauveteurs calaient côte à côte dans la nacelle de l'octorotor. Adam et Isabella, ne se tenant plus par la main, leurs bras désormais sans vie.

Todd activa le wi-fi. C'était l'unique connexion dont il devait prendre le risque, mais il avait limité celui-ci en se branchant sur l'amplificateur que les lycéens de Langley avaient installé à un kilomètre et demi de là, et qui répercutait le réseau maillé en 5G de l'école de Fairfax County. Si par hasard on venait à remonter sa trace, on parviendrait tout juste à localiser un point de connexion perdu dans le comté le plus densément peuplé de Virginie.

Se reconcentrant sur la fenêtre de code de l'ADS, restée ouverte sur son écran, Todd sélectionna le sous-programme désormais modifié de mise à jour automatique, qui envoyait régulièrement les correctifs et les nouvelles versions à l'ensemble du système. Il accéda au répertoire des utilisateurs actuels, son ordinateur ralentissant sensiblement tandis qu'il téléchargeait ces millions de cibles potentielles.

Quartier de Georgetown

Washington

Un bourdonnement se fit entendre alors que le gros Chevrolet Suburban à moteur électrique du FBI redémarrait, propulsant le SUV sur soixante centimètres avant de s'éteindre de nouveau dans un soupir – le son typique de la circulation de milieu d'après-midi dans le centre de Washington. Keegan ne comprenait pas très bien pourquoi le véhicule roulait plein nord sur Wisconsin Avenue, alors qu'elle voulait rejoindre la 695 au sud pour traverser la rivière Anacostia. Aucun humain, sans doute, dans tout ce gigantesque embouteillage, ne savait pourquoi. Et sans doute pas non plus le système de gestion de la circulation qui les avait tous menés là. Peu importait, d'ailleurs : c'était le voyage qui comptait, pas la destination.

Keegan se tourna vers TAMS, sur le siège passager. Il n'existait pas de protocole préétabli du FBI sur l'endroit où le placer pendant les déplacements. Elle aurait aussi bien pu le coucher dans le coffre. Mais à côté d'elle, au moins, il verrait ce qu'elle voyait. Et puis, personne ne les fusillerait du regard parce qu'ils roulaient sur la voie réservée aux véhicules transportant plusieurs passagers.

Le problème était que, si l'idée était de lui apprendre des choses comme le recommandait Modi, TAMS ne semblait pas prêter la moindre attention à ce qui l'entourait. Son mode Économie d'énergie le ranimait soudain dès que le SUV se mettait en mouvement, puis il se rendormait quand la voiture s'immobilisait.

– TAMS, changer la gestion du cycle énergétique : passer en mode Constant, ordonna Keegan. Compris ? On ne dort pas pendant le service.

– Changement de gestion du cycle énergétique, confirmé.

Ça aussi, c'était agaçant. Ceux qui s'étaient chargés de paramétrer les réglages avaient opté pour la précision maximale, mais cela allait leur faire perdre du temps.

– TAMS, modifier paramètres Réglages. Quand nous sommes tous les deux, pas besoin d'une confirmation orale de TAMS. Toujours considérer l'autorisation initiale comme acquise.

– Modification des paramètres Réglages, confirmée.

– Et pas besoin de confirmer en répétant l'ordre. Dis juste : « OK. » Compris ?

– OK.

Keegan éclata de rire. Qui a dit que les logiciels n'avaient pas le sens de l'humour[25] ?

– Très bien, parfait.

Ne sachant quoi dire de plus à la machine, au bout d'un moment, elle s'impatienta.

– Je vais conduire ; tout ça est trop lent.

Elle actionna les essuie-glaces pour enlever la fine couche de poussière sur le pare-brise, puis ôta ses Viz Glass et les posa sur la base de chargement de la console centrale.

Les voitures avançaient légèrement plus vite sur la voie de gauche, et elle aperçut de nouveau sa cible, un camion de livraison UPS à trois essieux. Elle rabattit manuellement le SUV juste devant le camion, qui freina brusquement et libéra aussitôt sa volée de drones de livraison – le protocole Collision standard, destiné à préserver la cargaison.

– Bingo, grommela Keegan entre ses dents, se félicitant de ce coup double, tandis que les drones décrivaient des cercles au-dessus du camion.

Assurances, comités d'évaluation des risques et actionnaires avaient tous dirigé la programmation en se focalisant sur la sécurité, ce qui avait créé une faille qu'elle pouvait exploiter. Modi l'aurait mieux compris s'il s'était intéressé aux faiblesses qui apparaissaient dès qu'on s'efforçait de faire tenir les règles de la société dans un algorithme. Les machines étaient conçues selon des postulats qui étaient une chose en laboratoire mais une toute autre dans une allée étroite empestant la crotte de chien et la poudre.

Ils obliquèrent vers l'ouest, Keegan suivant l'itinéraire déterminé par les algorithmes – mais au moins, maintenant, c'était elle qui conduisait. Le trajet empruntait des rues résidentielles, un quartier cossu de vastes demeures dotées de fortifications sophistiquées. Certaines discrètes, comme ces enveloppes en kevlar protégeant les haies, tandis que d'autres étaient aussi criardes que ce qu'on aurait pu trouver dans une banlieue de Moscou, avec leurs tas de capteurs perchés sur des colonnes romaines.

Que retenait réellement le robot de tout cela ? Images géolocalisées et données agrégées révélaient quelques éléments du quartier, mais passaient à côté de la question cruciale : pourquoi ces propriétaires se donnaient-ils toute cette peine ?

Chassant ce sujet de son esprit, Keegan réenclencha le mode automatique du SUV, mais se mit à tapoter l'écran du tableau de bord, où de nouvelles données n'arrêtaient pas de tomber. Le viseur tête haute signalait des dérivateurs dissimulés derrière les buissons ou sous de fausses pierres. Ces appareils injectaient des données erronées dans les réseaux de gestion de la circulation et de navigation autonome, pour tenter de limiter au maximum le transit dans les rues de ce quartier aisé. La police locale fermait les yeux parce que tous les habitants se livraient à cette pratique. Les seuls à vraiment s'en soucier étaient les compagnies d'autopartage et de transport qui, à en croire la rumeur, versaient des primes pour chaque appareil enlevé. Mais ceux-ci ne coûtant guère plus cher qu'une caisse de vin, ils étaient aussitôt remplacés.

Quand ils furent enfin de retour sur l'autoroute, le SUV heurta un énorme nid-de-poule sous un pont et fit une embardée vers la droite. Keegan empoigna vivement le volant, mais le véhicule rectifia de lui-même sa trajectoire et ils poursuivirent leur chemin. Ils ne tardèrent pas à franchir la rivière Anacostia, dont les eaux étaient d'un vert aussi sombre qu'un uniforme de l'US Army. Ils n'avaient pas atteint l'intersection suivante qu'ils se retrouvèrent de nouveau bloqués dans un bouchon. Mais celui-là n'avait pas été créé par un algorithme : c'était un barrage routier défendu par un MRAP noir de la police de Washington, l'un de ces blindés protégés contre les engins explosifs improvisés et les mines[26]. Des feux de Bengale éblouissants et des réflecteurs laser, disposés tel un bouquet de fleurs rouges sur l'asphalte noir, déviaient la circulation.

Étrange. Ce barrage n'apparaissait pas sur l'écran du SUV. Keegan connecta ses Viz Glass au réseau de la police locale, mais le check-point n'y figurait pas non plus ; un bug, peut-être, à moins que le barrage ne soit pas encore enregistré dans le système… Ou bien, à en juger d'après les masques que portaient les flics, peut-être n'était-ce pas officiel.

– On n'est plus dans le Kansas, dit-elle en s'adressant à elle-même tout autant qu'au robot.

Les policiers reconnurent le SUV d'une agence fédérale et leur firent signe de doubler les véhicules. Au bout de la file, un flic était debout à côté d'une voiture deux portes électrique, violette, tenant dans une main le permis du jeune conducteur, l'autre posée sur son pistolet. C'était le genre d'imprévus qu'elle avait espérés pour tester la capacité de TAMS à analyser une situation.

– Dis-moi ce que tu remarques sur ce policier et la personne qu'il est en train d'interroger...

– Tous les deux montrent des signes physiologiques correspondant à un haut niveau de nervosité, répondit TAMS.

– C'est de la peur, expliqua Keegan. Tous les deux ont de bonnes raisons d'avoir peur, ce qui peut avoir de très mauvaises conséquences.

Tandis que le SUV repartait, Keegan enclencha le module ThreatView embarqué. S'inspirant des viseurs tête haute utilisés par les pilotes de l'US Air Force pour traquer leurs cibles, il projetait diverses informations relatives à la sécurité, collectées dans les environs[27]. Keegan le paramétra pour qu'il détecte d'éventuelles activités criminelles aériennes. ThreatView afficha aussitôt une colonne de drones qui oscillait dans les airs, non loin de là. À coup sûr un dealer de drogue dirigeant son réseau de distribution, confortablement assis sur son canapé sur un toit du quartier, à l'ombre.

Keegan essaya d'imaginer ce qu'elle aurait fait si elle avait été dealeuse. Elle aurait fait le contraire de tout le monde et serait passée sous terre, en utilisant des robots-insectes rampants pour emprunter le réseau des égouts, afin de pouvoir accéder directement à ses clients. Tous les bâtiments, qu'il s'agisse d'un penthouse luxueux dominant le National Mall ou d'un stand de tir barricadé, disposaient d'un parfait réseau de distribution clandestin, standardisé et généralement opérationnel : des toilettes reliées à un collecteur d'eaux usées. On pouvait former ces robots-insectes pour qu'ils retiennent tous les itinéraires et se les apprennent entre eux. Tandis qu'elle échafaudait cette activité criminelle dans sa tête, elle se dit que c'était l'un de ces moments où l'on était content que les robots ne sachent pas lire dans vos pensées.

Ils parcoururent quelques blocs encore en direction des quartiers sud-est de Washington. À un feu rouge, Keegan scruta le périmètre. Une douzaine de personnes étaient en train de monter à bord d'un trolleybus automatique, les toiles d'araignée de ses vitres fendues réfractant la lumière[28]. Peut-être que quelqu'un avait lancé des pierres dessus pour s'amuser. À moins qu'il ne s'agisse d'un geste de défi – s'en prendre à tout ce que représentaient les véhicules sans chauffeur. Peu importait, d'ailleurs. Les bus étaient amenés à disparaître, cela faisait probablement partie du plan.

– Vérifie le bus, ordonna-t-elle à TAMS. Tous ses systèmes fonctionnent-ils normalement ?

Quelques mois auparavant, des hackers avaient introduit un *ransomware* dans le système de gestion des bus, bloquant les passagers à l'intérieur de ces véhicules automatisés. Cette attaque était vraiment débile ; les gens qui prenaient les transports publics ne roulaient pas sur l'or. Le fabricant des bus avait fini par payer pour eux, essentiellement pour que cette histoire cesse de faire le buzz[29]. Mais le fait que l'origine de ce piratage ait été localisée en Roumanie en avait fait une affaire internationale, dorénavant placée sur le radar du FBI.

– Paramètres normaux sur tous les systèmes, répondit TAMS.

Au bout du compte, les actions engagées en justice allaient sans doute permettre aux passagers de mieux s'en tirer que les hackers eux-mêmes.

Le SUV pila automatiquement, laissant un break Volkswagen roulant sans phares traverser la file réservée aux voitures sans chauffeur. Le conducteur passa la main par sa vitre en guise de merci rapide. Keegan lui répondit par un doigt d'honneur.

Tout à fait consciente de sa propre hypocrisie, elle se tourna vers TAMS pour étudier sa réaction. Rien. Il aurait été intéressant de savoir comment il intégrait ce genre de geste. Allait-il s'en servir comme d'une donnée de plus pour cerner le profil psychologique de Keegan ? Ou bien venait-elle de semer la première graine d'un futur accès de violence robotique au volant ?

Keegan entra une nouvelle destination sur le clavier. Comme le SUV quittait l'artère principale, l'affichage de son écran changea brusquement – des nuées de points rouges et verts s'agrégèrent, indiquant autant de crimes passés et de crimes anticipés d'après les données des forces de l'ordre et les informations fournies par le secteur privé, traitées par les mêmes algorithmes[30].

Ils remontèrent une rue bordée de petits immeubles, marquée par une concentration de ces deux couleurs. Les devantures des magasins étaient barricadées avec des planches, et les appartements miteux à l'étage se cachaient derrière d'épais rideaux et des cartons. Une légère brise soulevait des emballages alimentaires translucides.

Keegan enfila ses Viz Glass, qui taguèrent aussitôt l'un des bâtiments, une ancienne boucherie dont la vitrine avait été remplacée par ce qui ressemblait à des portes de garage. Des petits croissants de lune noirs tapissaient la devanture. Le bas de ce bouclier protecteur semblait avoir brûlé, fondu peut-être. Juste à côté, la carcasse calcinée d'un petit espace industriel, des doigts de bois noirci et d'acier pointés vers le ciel comme une cage thoracique. Un chat tricolore paressait dans l'ombre fraîche de ce qui avait jadis été l'entrée, allongé avec cette plénitude propre aux félins, comme si la destruction alentour n'avait été commise par les humains que pour lui profiter.

– Décris ce que tu vois là-bas, ordonna Keegan en marquant la scène avec ses Viz. Résume-moi les points essentiels.

– Au premier plan, il y a un trottoir en ciment. Dessus, un chat mâle avec un pelage gris, noir, blanc et orange. Derrière, deux bâtiments, mesurant tous deux sept mètres de haut sur douze de large. Ils ont été endommagés par un incendie. Des pancartes identifient les lieux comme ayant abrité les Boucheries A-1 et le Site 32 du Capitol Technology Corridor.

TAMS n'avait pas vraiment « vu » tout cela, mais s'était appuyé sur un réseau neuronal. S'inspirant du cerveau humain, ce type de réseau analysait les informations détectées, c'est-à-dire les pixels de l'image, pour en extraire des données sur ce que ces pixels pouvaient représenter, comme la couleur du pelage de ce chat paresseux. En réalité, il ne détectait pas vraiment la couleur au départ, mais convertissait toute l'image en différents niveaux de gris, qui reflétaient l'intensité lumineuse correspondant au spectre de couleurs standard perçu par un humain. De la même manière que les neurones d'un cerveau humain identifiaient des objets spécifiques, ces niveaux de gris avaient été convertis en une matrice de valeurs numériques dans les calculs de TAMS, chaque pixel de l'image se voyant attribuer une valeur entre 0 et 255. Puis, en un peu plus d'une picoseconde, le réseau neuronal s'était mis au travail, filtrant et refiltrant tous ces pixels par le biais d'une série de votes sur ce qu'ils pouvaient représenter, chaque couche de votes majoritaires extrayant ensuite des informations sur les moindres détails de chaque partie de l'image. Le réseau déterminait ainsi une foule de choses, comme le fait de savoir si tels pixels représentaient un contour, une courbe ou une couleur, information soumise au niveau d'analyse suivant. En fin de compte, ce qu'on appelait un réseau de neurones densément connecté rassemblait tous ces pixels, ces votes et ces couches pour identifier à quel objet correspondait le plus probablement ces données[31]. Tout cela pour simplement « voir » un chat.

– Quoi d'autre ? insista Keegan, guère impressionnée par ce logiciel de reconnaissance. Quelles autres informations peux-tu obtenir sur ce que tu vois ?

– Le chat est un mélange de plusieurs races, qu'on appelle communément un calico, répondit TAMS. Sa taille et les motifs de son pelage indiquent un mélange de maine coon et de chat domestique commun. Il ne porte pas de collier ni de puce, ce qui le classe dans la catégorie des chats sauvages. Dois-je alerter les services de protection et de contrôle des animaux de Washington ?

– Non, oublie ce chat, répliqua Keegan. Que peux-tu conclure de ce qui est écrit sur ce mur ?

Le robot laissa échapper un léger ronronnement, comme s'il évaluait la question et l'énergie nécessaire pour y répondre.

– Ce local commercial était auparavant loué par les Boucheries A-1. Il est actuellement inoccupé et a été rebaptisé Progrès = Souffrance, *fuck your future.*

Keegan éclata de rire.

– Ce sont des graffitis. Quelqu'un a peint ces mots à la bombe pour vandaliser l'endroit, pas pour le rebaptiser.

Silence.

Elle sélectionna l'image et l'afficha en plus grand sur l'écran du SUV.

– Là. C'est une inscription, mais pas du genre auquel tu penses.

Elle traça un cercle autour de « Progrès = Souffrance », et un autre du bout de son index autour de « *FUCK YOUR FUTURE* ».

– Qu'ont voulu dire par là les auteurs ? demanda-t-elle.

– Les graffitis sont l'expression d'une colère, d'émotions individuelles, répondit le robot.

– C'est presque ça. Mais dans ce cas, il s'agit d'une expression collective, pas individuelle, corrigea Keegan. Ces tags expriment ce que ressentent des millions de gens. De la colère contre la situation au niveau local, mais également contre le cadre plus large dans lequel ils se sentent pris au piège.

La machine la dévisageait, en train de calculer ce qu'elle voulait dire. Ou bien de recueillir d'autres éléments sur le chat.

– Et ces marques noires sur la porte, tous ces ronds ? interrogea Keegan.

Cela, elle l'ignorait, et elle était curieuse de savoir ce que TAMS allait en déduire.

La réponse fut immédiate, une infime vibration, presque un grognement de plaisir, comme si c'était le genre de problème que le robot se savait capable de résoudre. Il collecta des milliards de pixels puis les évalua en se fondant non seulement sur le spectre des couleurs, mais en établissant des comparaisons, tirant parti de tous ces outils dont un cerveau humain individuel ne disposait pas.

– Ce sont des traces d'impact pouvant correspondre à un palet de hockey, très probablement le fait d'un jeune athlète s'entraînant à tirer.

– Ça semble logique, déclara Keegan. Bonne observation.

– Merci de ce compliment, répondit TAMS.

– Modifications des réglages, ordonna Keegan. Lors des missions, ne pas réagir aux éloges ni appliquer les autres protocoles liés aux conventions sociales.

Elle ne voyait pas l'intérêt de ces outils conversationnels artificiels qu'on intégrait généralement aux interfaces utilisateur des machines. Les robots étaient des instruments conçus pour travailler, purement utilitaires ; pourquoi en faire des petits moulins à paroles, comme s'ils étaient vos amis[32] ? TAMS n'éprouvait pas réellement de gratitude – il n'y avait donc aucune raison de la simuler.

Keegan fit ralentir le SUV pour se garer devant la façade calcinée.

– Que s'est-il donc passé ici ? demanda-t-elle au robot. Retrace-moi l'histoire récente de cet endroit.

Elle n'en était pas vraiment sûre, mais sentait que les conclusions de TAMS allaient confirmer son instinct.

– Il y a seize mois, le Capitol Technology Corridor a ouvert une mini-usine à cet endroit, commença TAMS. Neuf heures après son inauguration, un incendie s'est déclaré, qui a détruit les lieux. L'origine était criminelle. Cinq personnes ont été mises en examen.

– Tout est affaire de timing, déclara Keegan. Rien d'autre à signaler ?

– L'usine devait imprimer en 3D des bras équipés d'une pince, pour les robots manutentionnaires Task-Shop, dit TAMS.

Ce qui expliquait tout. Ces robots Task-Shop avaient été conçus pour décharger les conteneurs des semi-remorques et placer leurs marchandises directement dans les rayons des magasins[33]. En ajoutant cet élément aux entrepôts d'ores et déjà automatisés et aux drones d'inventaire, toute la chaîne d'approvisionnement sur laquelle reposaient depuis si longtemps épiceries et commerces de proximité s'en était trouvée bouleversée[34]. Les économies réalisées étaient gigantesques ; ce que les employés humains d'un magasin mettaient des heures à réaliser, une machine pouvait le faire en quelques minutes, et cela avait permis aux géants des nouvelles technologies de faire avec les supermarchés ce qu'ils avaient jadis accompli avec les librairies[35]. Cela avait également entraîné la suppression de quelque huit millions d'emplois, dont les habitants des banlieues dépendaient pour vivre[36].

– Toutefois…

Le robot marqua une pause, le temps de calculer sa réponse, mais aussi de ménager son effet.

– Des éléments indiquent un complot criminel de plus grande envergure. Les auteurs de cet incendie criminel ont ensuite touché trois bitcoins chacun de la part d'un membre du Local 400 de la Fédération internationale des travailleurs de l'alimentation et du commerce.

– Alors ça, c'est une information utile, apprécia Keegan. Comment le sais-tu ?

– Synthèse multisource des archives du procès, de données biographiques personnelles recueillies sur le cloud et de fichiers relatifs aux transactions financières, répondit le robot.

– Bien. Mais alors, pourquoi n'ont-ils pas reconstruit le site ?

– Le Capitol Technology Corridor a estimé que l'emplacement n'était plus viable pour accueillir une activité automatisée, pour des raisons de sécurité.

Ce qui signifiait, interpréta Keegan, que l'industrie du futur s'était cassé les dents sur la situation politique du futur.

– Lorsqu'on récolte suffisamment d'informations, tout peut être relié. Ce n'est pas ça le plus compliqué. La vraie difficulté, c'est de saisir quelles sont les corrélations qui importent vraiment et ce qui n'est qu'un bruit aléatoire, déclara-t-elle.

– Des exemples de coïncidences sont régulièrement cités dans les médias populaires, ce qui indique que…

– Stop, l'interrompit Keegan. La notion de coïncidence n'existe pas dans le cadre d'une enquête.

Tandis qu'ils passaient devant un petit immeuble d'appartements, fabriqués en mousse synthétique de couleur liège, TAMS lui envoya une notification identifiant un homme assis sur une vieille chaise de bureau sortie sur le trottoir :

Suspect potentiel : William Leonard, résidant à Washington, 71 ans.

– Pourquoi m'envoies-tu ça ? s'étonna Keegan.

Le visage de l'homme s'afficha sur ThreatView. Leonard avait un casier judiciaire révélant divers vols à main armée et autres intrusions illégales.

– Que fait-il, maintenant ? demanda-t-elle.

– Il boit une canette de 9 décilitres d'Ox Blood Slambucha, achetée au magasin Crazy Eight.

– Sources ?

– L'information apparaît sur l'étiquette.

– Tu as lu le code-barres ?

– Oui.

Keegan se fit la réflexion que quelque part dans les entrailles de ce robot de la police était installé le même logiciel qu'utilisaient les caisses automatiques des magasins. Celles-ci scannaient les articles au fur et à mesure que vous les posiez dans votre caddie, tandis que celui de la police l'aidait à retracer les achats passés de n'importe quel individu dans la rue. Un réseau de surveillance global très certainement financé par une même société de capital-risque.

– Donc, tu as un vieux type déjà arrêté pour consommation d'alcool sur la voie publique. Qu'est-ce qui te fait dire qu'il s'agit d'un suspect potentiel, là, maintenant ?

– Leonard a soixante-six pour cent de chances d'être interpellé au cours des trente prochains jours, répondit TAMS.

– Pour quel motif ?

– Cet élément n'est pas identifié dans le modèle, répondit TAMS.

– Dans ce cas, quels sont les facteurs-clés ?

– Les antécédents criminels de M. Leonard et sa présente consommation d'alcool sur la voie publique créent une matrice de risque suffisamment fiable.

– C'est un risque, rien de plus, fit remarquer Keegan. On ne sait pas ce qui se passe dans la tête des gens. Nous changeons tous d'un jour à l'autre, d'une minute à l'autre, d'une seconde à l'autre. Peut-être que cette prochaine gorgée… (Keegan zooma sur la tête de l'homme en train de boire dans son fauteuil de bureau.)… lui apportera la lucidité nécessaire, une vision. Peut-être qu'il rencontrera Dieu et que, requinqué par ce courage liquide, il s'accointera dorénavant avec la chorale de l'église.

La tête de TAMS pivota pour continuer d'observer Leonard tandis qu'ils s'éloignaient.

– Il ne montre aucun signe d'association avec une église ou toute autre institution religieuse.

Le robot avait sans doute raison, mais elle ne voulait pas lui laisser le dernier mot.

– Qu'est-ce qui te fait croire que tu peux prévoir les actions d'une personne sur la base de ses connexions ? interrogea-t-elle.

– Les connexions d'un individu impactent ses choix de vie.

Ça sonnait comme une formule toute faite, une parole sage que TAMS aurait tirée d'un blog de développement personnel. Le système de la machine était capable de pénétrer très loin dans le cloud, mais cela voulait dire aussi qu'on avait du mal à identifier lesquelles de ses pensées étaient originales.

– Non, ce n'est pas si simple, répliqua Keegan. Tu peux me croire. Je suis connectée à un tas de gens, mais lesquels ont été mes amis ? Lesquels ai-je vraiment écoutés ? Lesquels ai-je tout juste tolérés quand je tombais sur eux à la fac ou à une fête ?

L'écran afficha une image, où Keegan apparaissait au centre. Ce cliché était tiré d'un compte Instagram qu'elle avait fermé des années plus tôt. Puis des dizaines, des centaines de photos de profil surgirent autour de sa photo. Des photos de classe, des selfies de soirées, des portraits tirés de CV mis en ligne, chaque cliché s'affichant avant de se changer en un point coloré. Une analyse des liens commença à se former, les points se connectèrent en lignes si denses qu'on aurait dit des nuages.

Merde, grommela intérieurement Keegan en apercevant des visages familiers, un en particulier qu'elle aurait aimé oublier.

– Ferme tout ça. Cette question n'était pas un ordre, dit-elle, et les images s'effacèrent de l'écran.

La frustration était une émotion que TAMS n'éprouverait jamais, mais elle était en train d'envahir Keegan.

– Marchons, dit-elle en garant le SUV dans le parking d'un McDonald barricadé, au coin de la rue.

Comme ils descendaient du véhicule, Keegan aurait juré qu'une odeur de frites flottait. Une sirène hurla au loin puis s'estompa.

TAMS signala dans les Viz Glass de Keegan qu'il avait perdu la connexion au cloud, et qu'il n'y avait aucun accès disponible au wi-fi ni à la 5G.

Scrutant les environs, Keegan remarqua un nid d'oiseau anormalement grand dans un recoin de l'arche dorée.

– Il y a un brouilleur, là-haut, expliqua Keegan en taguant l'appareil avec ses Viz Glass pour que les policiers de Washington viennent l'enlever plus tard.

Ils étaient sans doute déjà au courant, mais évitaient ce coin de rue. Ce n'était pas pour rien que quelqu'un avait voulu en faire une zone de silence.

Elle emmena TAMS deux rues plus loin pour ne pas s'exposer à ce qui pouvait se tramer là.

Deux gamins de primaire sur un BMX, l'un debout sur les cales de la roue arrière, poursuivaient une collégienne en monocycle. Celle-ci franchissait les trottoirs d'un saut, éclatant de rire chaque fois qu'elle décollait. En voyant Keegan et TAMS, les gamins pilèrent net. Keegan pensait qu'ils allaient venir jeter un coup d'œil curieux à ce robot. Au lieu de quoi ils secouèrent la tête comme pour désapprouver, puis remontèrent la rue et tournèrent à la première intersection. On ne pouvait pas le leur reprocher. Tant de données négatives avaient été chargées dans les plateformes des forces de l'ordre que les préjugés des machines à l'encontre des gens de ce quartier se révélaient souvent encore pires que ceux de leurs créateurs humains[37].

Keegan entendit un individu assis sur le perron d'une maison voisine renifler et cracher sur le trottoir. Pivotant, elle aperçut un jeune homme, la vingtaine, qui s'essuyait les lèvres d'un revers de main. Elle porta aussitôt le regard par-delà l'inconnu, au loin, pour éviter tout contact visuel et désamorcer toute tension. Cela n'en valait pas la peine – comme lorsqu'elle patrouillait avec un escadron de Marines.

Sa manœuvre ne fonctionna pas. L'homme se leva lentement, comme s'il évaluait la situation. Arc-boutant son dos pour l'étirer, il se dressa de toute sa hauteur – un bon mètre quatre-vingt-cinq. Il portait un pantalon de survêtement noir, une chemise militaire Crye grise et bleue aux manches coupées et des chaussures de futsal bleu fluo. TAMS signala à Keegan sur leur réseau fermé que son algorithme de détection des armes à feu avait identifié la bosse au niveau de sa taille comme correspondant aux contours d'un Glock 43[38]. Ce pistolet de petite taille était vendu comme « ultra-dissimulable » par son fabricant, mais les logiciels de reconnaissance s'appuyaient sur les plus infimes variations de lumière et d'angles pour contourner cette difficulté.

Comme Keegan et TAMS reprenaient leur marche, des éclats de verre crissant sous leurs pieds, l'homme accéléra le pas et se mit à trottiner sur la chaussée. Après les avoir doublés, il remonta sur le trottoir et leur bloqua le passage.

– Vous faites quoi par ici ? demanda-t-il en se penchant pour coller son visage à celui de TAMS.

– On fait que passer, répondit Keegan en s'efforçant de garder un ton mesuré.

– Alors t'as rien à foutre là.

Il s'adressait à elle mais ses yeux restaient rivés sur TAMS.

– Sauf si tu me vends ton… Enfin, j'ai peut-être même pas besoin de l'acheter.

En prononçant ces mots, l'homme tapota la bosse du pistolet sur un rythme syncopé, peut-être une chanson qui l'aidait à se motiver. Elle demanderait à TAMS ce que c'était, tout à l'heure.

Pour le moment, la liste de choses à faire pour désamorcer les tensions se raccourcissait à chaque battement.

TAMS envoya une autre alerte dans ses Viz Glass. Deux hommes sur les toits, armés eux aussi : des fusils d'assaut de type AK-47.

Il était temps de partir. Elle n'aurait jamais dû les mettre dans ce genre de situation, pas si tôt.

– Eh puis merde, lança Keegan à l'homme d'une voix exaspérée. T'as qu'à garder cette saloperie. Il mérite pas qu'on se prenne une balle pour lui. TAMS, reste là.

Désarçonné, l'homme la contempla puis se tourna vers TAMS, qui n'avait pas bougé. Keegan cliqua sur la commande du SUV pour enclencher le mode Récupération et se tint au bord du trottoir, comme si elle attendait, frustrée.

Pendant tout le temps qu'elle resta plantée là, lui tournant le dos, l'homme ne la quitta pas des yeux, guettant le mauvais coup. Puis le SUV s'approcha, Keegan en fit le tour et monta côté conducteur. Alors, l'homme se retourna vers le robot toujours immobile et s'agenouilla pour étudier son nouveau butin.

Keegan baissa la vitre, côté passager, comme si elle avait quelque chose à lui dire.

– Suis-moi, TAMS. Maintenant ! cria-t-elle.

Elle démarra sur les chapeaux de roue, le moteur électrique embrayant immédiatement, la plaquant contre le siège. Tandis que le SUV accélérait, elle jeta un coup d'œil dans le rétroviseur et vit que le robot la coursait à pleine vitesse, à une dizaine de mètres. Arrivée au carrefour, Keegan tourna brusquement à droite, faisant crisser les pneus. TAMS prit un virage plus harmonieux, se penchant vers l'intérieur tel un sprinteur négociant une courbe.

Keegan écrasa la pédale de frein et tendit le bras pour ouvrir la portière derrière elle.

– Monte ! hurla-t-elle.

TAMS grimpa à bord et Keegan jeta un nouveau coup d'œil dans le rétro pour voir s'ils étaient suivis. Aucune trace de M. Glock. Il n'y avait personne à part les trois gamins de tout à l'heure, qui les montraient du doigt en rigolant. Non seulement ils n'avaient jamais vu un robot courir comme ça, mais ils n'avaient jamais vu un robot se faire conduire par un chauffeur, sur la banquette arrière d'un SUV.

– Pourquoi il vous fait conduire ? cria la petite fille.

Keegan entra les coordonnées du bureau dans le système de navigation.

– On ne reparlera jamais de ce qui vient de se passer, souffla tout bas Keegan, pour elle-même.

– OK, répondit TAMS.

Sur Internet

Alice se présenta devant la porte et frappa ce petit coup par lequel elle annonçait toujours son arrivée[39]. *À l'intérieur, Bob reconnut sa signature. Ils avaient beau se connaître depuis des dizaines d'années, la relation entre Alice et Bob était fondamentalement marquée par la méfiance*[40]. *Certains disaient que cela remontait au jour où Bob avait laissé entrer un voleur, en le prenant à tort pour Alice*[41]. *D'autres affirmaient que c'était Alice qui avait accidentellement pendu le linge sale de Bob dehors, à la vue de tous*[42]. *Quelle que soit la cause originelle, ces deux-là étaient parvenus à la conclusion que l'autre n'était pas digne de confiance. Alors ils s'étaient mis d'accord pour installer une serrure spéciale sur la porte. Quand Alice frappait son petit coup, Bob insérait une clé que lui seul possédait, pour son côté de la porte. La clé avait beau tourner dans la serrure, la porte demeurait verrouillée – sauf si Alice utilisait sa propre clé de l'autre côté. C'est seulement quand la serrure reconnaissait les deux clés, et que Bob et Alice les faisaient tourner ensemble, que la porte s'ouvrait. Sauf qu'il y avait un problème : ce n'était pas Alice. Celle qui franchit la porte à sa place était Trudy, une sacrée garce qui portait la peau d'Alice et tenait sa clé à la main.*

Ni Alice, ni Bob, ni Trudy n'étaient des personnes réelles, ni même des robots comme TAMS. C'étaient les personnages récurrents, créés par ordinateur, d'une saga numérique qui existait depuis les prémices d'Internet. Cherchant une solution pour échanger en toute discrétion des informations sur les premiers réseaux informatiques, deux groupes de mathématiciens – l'un travaillant dans le plus grand secret pour le renseignement britannique, l'autre dans le domaine public au MIT et à Stanford – avaient, chacun de leur côté, mis au point un système de cryptage qui allait bientôt servir de fondement à tous les systèmes de protection du monde numérique[43]. Dès que deux entités – baptisées « Alice » et « Bob » par les cryptographes – voudraient échanger des informations entre elles, elles le feraient en s'appuyant sur l'interaction entre une « clé » publique considérée comme sûre, contenant un algorithme capable de coder et de décoder du texte, et une clé privée, spécifique à chaque utilisateur, ce qui permettrait à tous les autres d'en vérifier l'authenticité. Ce système servait à empêcher n'importe quelle « Trudy » – nom de code donné aux intrus – de s'immiscer dans leur échange.

N'appartenant à aucun particulier ni à aucune entreprise, tous les écosystèmes en open source – y compris le logiciel originel développé par le professeur Preston – reposaient sur cet équilibre complexe entre confiance humaine et méfiance numérique. Le noyau du système d'exploitation sous-jacent partagé, gratuitement, par des millions d'utilisateurs s'améliorait sans cesse[44]. Sa valeur même reposait sur le fait qu'il partageait librement, avec tous, les nouvelles fonctions, les corrections de bug et jusqu'aux patchs qui permettaient de colmater la moindre faille en matière de cybersécurité découverte par la communauté mondiale des utilisateurs.

Mais ces mises à jour n'étaient pas simplement téléchargées puis aussitôt utilisées par les millions de systèmes qui faisaient tourner le logiciel, sans se demander si c'était Alice ou Trudy qui frappait à la porte. Non, chacune d'entre elles devait passer l'épreuve de cet échange de clés qui avait toujours assuré la sécurité d'Internet. La mort de Preston n'y changeait rien : le système était conçu pour tourner sans lui. Bob demandait toujours sa clé à Alice, et vice versa. Mais la mort subite du professeur Preston dans son bureau de Princeton offrait cependant une brève opportunité que Trudy allait pouvoir exploiter, entre son décès et le moment où sa clé serait suspendue ou transmise à un autre récipiendaire. L'ironie de l'histoire, c'était que la nouvelle ne pourrait se répandre sur le réseau que par le biais de ce même système de mise à jour. C'était une fenêtre de tir extrêmement brève, qui exigeait des années de préparation de la part de Trudy pour pouvoir en tirer parti.

Un coup de canne aurait certes aidé Trudy à contourner l'un des contrôles de sécurité les plus essentiels du monde numérique, mais avoir accès au noyau du créateur de ce logiciel n'était pas suffisant. Même après que Bob avait ouvert la porte à Alice, il ne lui faisait pas assez confiance pour la laisser se balader à sa guise dans sa maison.

Pour s'assurer qu'un code entrant n'était pas un *malware* – un logiciel malveillant –, les défenses du réseau le soumettaient à toute une batterie de tests, car il arrivait que l'on découvre des failles de sécurité jusque dans le logiciel en open source censé avoir été validé par la communauté des utilisateurs[45]. Ces tests traquaient les lignes de codes susceptibles de trahir tel ou tel type d'attaque, et les passaient au crible des immenses bases de données à l'affût de la moindre similitude avec les milliards de versions de *malwares* découvertes jusque-là. Certaines défenses faisaient même tourner le nouveau logiciel sur des versions simulées de leur réseau, afin de déclencher l'éventuel *malware* avant qu'il ne puisse s'en prendre à la véritable version. Les millions d'utilisateurs apportaient en outre une forme d'immunité collective ; il suffisait qu'un élément de *malware* déclenche une alarme sur l'un des réseaux pour que tous les autres soient avertis, s'en débarrassent aussitôt et s'en protègent.

Mais en l'occurrence, Trudy ne faisait rien que les défenses des réseaux auraient pu trouver suspect. Il n'y avait là aucun des signes habituels permettant à Bob de comprendre que ce n'était pas Alice qu'il avait laissée entrer. Trudy ne s'autorépliquait pas pour se propager de réseau en réseau. Elle ne se déplaçait pas latéralement, récoltant des mots de passe ou des identifiants, pour se connecter à tel ou tel compte. Elle ne recueillait pas des données ni n'ouvrait des *backdoors*, ces « portes dérobées » qui établissaient une communication en dehors du réseau afin de voler des informations ou, pire encore, de rançonner son utilisateur[46]. Elle ne s'arrangeait pas pour « téléphoner à la maison » afin d'obtenir les instructions d'une structure de commande et de contrôle permettant de mettre à profit à l'avenir son point d'ancrage au cœur du logiciel. Elle n'était pas non plus détectée par ces outils plus récents destinés à identifier les *malwares* particulièrement sophistiqués capables de dissimuler leurs empreintes. Les experts en cybersécurité avaient découvert qu'en dépit de tous les tours de passe-passe numériques auxquels Trudy pouvait recourir, ils étaient capables de remarquer que quelque chose clochait dans un réseau grâce à des mesures non traditionnelles comme la chaleur se dégageant de leurs serveurs ou la vitesse des processeurs Raspberry Pi tout bêtes qui faisaient encore tourner un si grand nombre d'appareils connectés. Des variations de température ou d'infimes ralentissements de ces machines ultra-simples pouvaient ainsi trahir la présence d'un logiciel inconnu tournant en arrière-plan. Là encore, Trudy enjambait sans encombre ce dernier piège, car tout ce qu'elle entreprenait faisait partie d'une mise à jour normale du logiciel.

En outre, et c'était peut-être là le plus important, Trudy résistait à la tentation qui aurait causé la perte de n'importe quel autre intrus ayant obtenu les clés d'innombrables royaumes. Malgré cette chance de pouvoir pénétrer des millions de systèmes à travers le monde, à laquelle tout autre criminel ou gouvernement aurait forcément succombé, tout ce qui l'intéressait, elle, c'était de pousser la porte d'une petite poignée de cibles. Et une fois entrée, elle ne dérobait rien.

Ces quelques cibles étaient des commerces familiaux et des administrations locales, tout juste régulées par l'Agence américaine de protection de l'environnement, dont les intérêts étaient à mille lieues des questions de cybersécurité. Mais même si elles avaient été gérées par des équipes de cyberdéfense de haut vol, financées à hauteur de plusieurs millions de dollars et employant d'anciens agents de la NSA, Trudy aurait été trop discrète pour déclencher les alarmes habituelles. Elle n'infiltrait pas leurs réseaux généraux, n'altérait pas leurs principales opérations et ne commettait aucune des interventions que les cyberdéfenses surveillaient traditionnellement[47]. Quand les milliards d'autres lignes de code des mises à jour approuvées du noyau se diffusaient dans le réseau, Trudy se contentait d'opérer une infime mise à jour mathématique d'équations complexes utilisées par une poignée de capteurs, en périphérie de ces systèmes. La seule chose qui changeait était un simple détail dans les éléments chimiques ou physiques qu'un capteur automatique observait – et, surtout, qu'il observait dans le monde à l'extérieur du système. De plus, ce changement infinitésimal avait déjà été observé à maintes reprises par le passé, si bien que le système ne le considérait pas comme extraordinaire ni synonyme d'un risque. Il existait toujours une explication logique à sa présence, et donc aucune raison de lancer une autre recherche pour détecter une éventuelle anomalie. Et Trudy faisait en sorte que ces nouvelles observations n'apparaissent que bien après qu'elle s'était elle-même effacée, exactement comme sa première version l'avait fait lorsque la magie noire du sabotage numérique avait été utilisée pour la première fois par les agences gouvernementales américaines à l'encontre des infrastructures nucléaires iraniennes, une génération en arrière[48].

Chaque légère modification causée par Trudy au niveau de ce capteur, à un seul endroit d'un unique réseau, à un moment précis dans le temps, avait en soi un sens. Dans une station d'épuration privée de Virginie-Occidentale, une jauge de conductivité faisait état d'une concentration anormalement élevée en sélénium, souvent causée par les eaux de ruissellement des mines de charbon voisines[49]. Le système réagissait automatiquement, comme il était censé le faire, en ajoutant la dose adéquate d'oxyde de fer pour équilibrer la composition chimique[50]. Dans une station du nord de la Virginie, gérée par le comté local, de légères différences de pression dans les canalisations étaient signalées ; dans une petite station municipale à l'ouest du Maryland, c'était une disparité dans l'évacuation des eaux pluviales – autant de variations occasionnellement détectées par les capteurs en question. Chacune déclenchait le protocole standard consistant à déployer des traceurs rouges fluo pour pouvoir suivre l'écoulement des eaux.

Au centre de contrôle de la ventilation du Potomac River Tunnel, construit par l'autorité de gestion des eaux usées et des eaux pluviales de Washington afin de dissocier ces deux réseaux qui avaient jadis pollué le fleuve après chaque grosse averse, c'était la pression de l'air au niveau de quatre malheureuses valves[51] qui était anormale. À la station limnimétrique de l'Institut d'études géologiques des États-Unis de Point of Rocks, dans le Maryland, à une heure de voiture de Washington, le capteur affecté indiquait une diminution du débit de l'eau, confirmée par les différences tout aussi minimes rapportées par la jauge de Hancock, dans le Maryland, une heure plus en amont[52]. Chaque station de mesure transmettait alors l'avis d'usage annonçant une sécheresse à venir, événement qui lui non plus n'avait rien d'exceptionnel, au Jennings Randolph Reservoir et au Little Seneca Reservoir, deux bassins qui servaient à faire remonter le niveau du fleuve Potomac dès que le débit descendait trop bas[53]. Pendant ce temps, au Savage Rive Reservoir, c'est un degré d'acidité un rien trop élevé qui exigeait une dilution, situation fréquemment causée par les eaux d'écoulement de l'agriculture et de la construction.

Aux yeux de n'importe quel administrateur ou de n'importe quelle AI supervisant l'activité de son réseau, il n'y avait aucun élément numérique, chimique ou physique susceptible de déclencher une alarme[54]. Tout fonctionnait comme prévu[55]. Et c'est exactement pour cela que Jackson Todd avait envoyé Trudy.

Richmond (Ex-Jefferson Davis) Highway

Princeton, New Jersey

De rage, Keegan donna un coup dans le désodorisant Petrolhead suspendu à la manette de contrôle auxiliaire du volant. Il s'en dégageait une légère odeur d'essence, censée vous détendre en vous ramenant dans le passé.

Mais cela ne marchait pas, et la musique non plus. Keegan tapota l'écran du tableau de bord du Suburban, encore et encore, chaque contact révélant sa colère. Comment avait-elle pu se permettre de les mettre dans une situation aussi délicate durant une sortie d'entraînement ?

Un nouveau tube inonda l'habitacle d'arrangements vocaux sirupeux et de l'association entraînante d'une vieille caisse claire un peu bancale et d'une basse électronique ultra-grave. La musique pop algorithmique, ou A-Pop, écrite et composée par des réseaux neuronaux, avait congédié du hit-parade la plupart des auteurs-compositeurs humains[56]. Ce son plein d'entrain contrastait avec le gris pâle du ciel, rendu brumeux par les feux de forêt dans l'ouest.

Keegan réfléchit à ce qui avait motivé le choix de cette chanson-là pour ce trajet. Les données démographiques du passager. L'historique des morceaux écoutés. La géolocalisation. Ce qui était diffusé dans les véhicules proches et similaires. Et le moment de la journée. Tout ça, c'était le plus évident. Mais quoi d'autre ? La vitesse du véhicule ? Le nombre de feux orange grillés ou le temps total passé aux feux rouges au cours de ce trajet ? Cela fournirait au réseau des éléments permettant de deviner s'il était censé puiser dans une sensation de *flow* ou apaiser le sentiment d'impuissance et de frustration naissant d'une longue attente à un feu rouge dans un véhicule autonome.

Puis la chanson s'acheva et Keegan se tourna vers TAMS.

– Tu penses que tu pourrais écrire quelque chose de mieux ? demanda-t-elle avec dédain mais avant que TAMS ait pu dire quoi que ce soit, elle ajouta : Ne réponds pas à cette question.

Elle changea de radio et sélectionna une station spécialisée dans les vieux succès, où passait *Can't Stop the Feeling !*, de Justin Timberlake.

– C'est déjà mieux, dit-elle avec un rire forcé.

Puis elle se rappela que celui-ci serait identifié comme non sincère.

TAMS tourna la tête vers elle.

– Voulez-vous que je change de station ?

– Pourquoi ? demanda Keegan.

– Vos données biométriques révèlent un pic émotionnel soudain.

– Ben oui – c'est une chanson. C'est leur but. Tu la reconnais ?

– Il s'agit de *Can't Stop the Feeling !*, sortie en 2016 et associée au film de la même année, *Trolls*, répondit TAMS.

– Ouais, c'est ça. Elle fait ce qu'elle est censée faire. Les chansons ne sont pas juste des données : elles sont conçues pour éveiller, eh bien, un « feeling », un sentiment qu'on ne peut pas réprimer. C'est normal chez les humains.

– OK, répondit la machine avant d'ajouter : Toutefois, votre réaction est hors cadre.

Une succession de visages adolescents furieux et apeurés défilèrent dans l'esprit de Keegan.

– Qu'est-ce qui te fait dire ça ? Explique.

– Cette chanson a été fabriquée pour rendre les humains heureux, d'après l'analyse de son succès commercial et de ses évaluations en ligne.

– Elle n'a pas été fabriquée, elle a été écrite, rectifia Keegan. Par un humain. J. T. en personne, je crois. C'est bien ça ?

– Elle a été coécrite par Justin Timberlake, Karl Martin Sandberg et Karl Johan Schuster, corrigea TAMS.

– J'étais pas loin. Là où je veux en venir, c'est que la musique évoque des émotions. Par exemple, on dansait sur cette chanson dans les soirées « Milléniaux ».

C'était au petit matin d'une de ces fêtes que sa vie avait basculé. Non. Qu'elle, sur les marches du centre étudiant de l'université de Washington Tacoma, avait fait basculer sa vie.

– Cependant, vos microexpressions faciales indiquent un haut degré de tristesse, répliqua TAMS. Avez-vous observé quoi que ce soit de notable dans cet environnement menaçant ou dans ma performance ?

Ils n'étaient finalement qu'un groupe d'étudiants qui essayaient de tenir tête à une milice de nationalistes blancs, dont les agissements restaient délibérément impunis par les policiers locaux[57]. Une bagarre avait éclaté lors d'un meeting de soutien à un étudiant américain d'origine pakistanaise qui se présentait aux élections législatives de l'État. Quelqu'un était mort, et on les en avait tenus pour responsables[58]. Ce n'était pas elle, mais peu importe. Quelques semaines plus tard, elle s'était engagée dans les Marines, ce qui l'avait emmenée aussi loin que cela était humainement possible du mandat d'arrêt lancé à l'encontre de sept individus non identifiés portant des masques de Guy Fawkes[59].

– Non. C'est juste la musique. Les chansons comme celle-là marquent un moment dans la vie ou dans une relation, dit-elle. Ainsi, même si elle parle du bonheur, elle peut également s'accompagner de souvenirs, bons et mauvais, rien qui importe vraiment désormais. Parce que les humains sont un peu tordus, de ce point de vue-là.

Elle se rendit compte qu'elle faisait écho à la chanson de la radio en confiant ses émotions à une machine qui s'en fichait royalement, pour la simple et bonne raison qu'elle ne pourrait jamais éprouver le moindre sentiment.

Keegan se détourna, regardant à travers la vitre, tandis qu'ils franchissaient le fleuve Potomac, car elle avait soudain besoin de changer de sujet et de mettre un peu de distance entre TAMS et son passé.

– Bon sang, regarde ça ! s'écria-t-elle.

Un filet rouge étincelant colorait l'eau, telle une artère sanguine dans le bleu-vert du fleuve[60].

– Y a-t-il des rapports sur ce qui se passe avec l'eau du fleuve ? demanda-t-elle à TAMS.

– Il y a quatorze heures, la station de traitement des eaux usées de l'Upper Potomac River Commission a signalé un problème de logiciel qui a eu pour conséquence un niveau inapproprié d'oxyde de fer dans l'eau du fleuve. Cet effet s'est propagé vers l'aval il y a environ trente minutes.

– « Inapproprié » ?

– Oui, c'est le terme utilisé dans leur communiqué de presse, confirma TAMS.

– Quand la source est le communiqué de presse d'une grande entreprise, il faut partir du principe que la fiabilité est faible, ordonna Keegan. Recommence ta synthèse.

– OK. La station de traitement a signalé un... *déséquilibre* de la concentration en oxyde de fer dans le fleuve.

Keegan aperçut deux zodiacs blindés des garde-côtes qui filaient vers l'amont, leurs sillages traçant comme des balafres blanches dans l'eau rouge sang.

– Pas d'autres incidents ?

– Des incidents similaires se sont produits dans plusieurs autres stations, indiquant un événement à l'échelle du système, lié à une mise à jour de logiciel corrompue.

– Rien au niveau des forces de l'ordre ?

– L'Agence américaine de protection de l'environnement a ouvert une enquête.

Bon courage pour faire payer une amende aux entreprises.

– Ça paraît vraiment bizarre. Cela s'est-il déjà produit ?

– Oui. Un incident similaire a eu lieu en Sibérie, en 2016, quand[61]...

N'écoutant TAMS que d'une oreille, Keegan décida de contacter son mari pour voir s'il avait entendu parler de quelque chose sur son flux. Le réseau de renseignement en open source de sa boîte – même s'ils n'appelaient jamais cela du « renseignement » – permettait aux employés d'avoir une image en temps réel de tout ce qui pouvait se passer, des demandes de services aux dernières actualités, tout ce qui était susceptible d'influencer la possibilité qu'un client ait besoin de solliciter leur intervention. Ce réseau était également bien meilleur que tout ce qu'elle aurait pu obtenir de celui du FBI sur un événement de ce type, car il était plus rapide, contenait des données plus brutes et était plus simple à consulter. Elle balaya du doigt l'écran de sa Watchlet, faisant défiler les icones, jusqu'à ce que s'affiche le réseau privé chiffré qu'elle utilisait pour communiquer avec Jared.

– Ça suffit, ordonna-t-elle à TAMS, pour qu'il cesse son exposé.

– Voulez-vous la vue d'ensemble tirée de mon analyse des réseaux sociaux ?

Une légère pulsation au niveau de sa tempe lui indiqua la création d'une connexion sécurisée avec le compte de Jared.

– Eh bien… d'accord, dit-elle à TAMS. Vas-y.

– Une théorie inégalement partagée mais sérieusement envisagée est en train d'émerger quant à la probabilité d'un relâchement illégal de déchets, des concentrés de cuivre et de nickel, par une usine de Virginie-Occidentale. Une autre tendance se focalise sur le rôle secret qu'auraient joué des fonctionnaires fédéraux dans l'empoisonnement de nombreux enfants.

– Épargne-moi ces histoires d'État profond et de théories du complot, TAMS.

Tout en disant ces mots, elle tapa sur son appli :

Tout va bien ?

Oui, répondit Jared. Puis la vidéo d'un chat calico obèse glissant en marche arrière sur la rampe d'un escalier, avant un atterrissage parfait, envahit son écran.

Elle rit. Jared avait dû passer une très bonne journée, sans doute encore le plein de points.

– Une troisième théorie affirme qu'il s'agirait d'un signe de nature religieuse… poursuivit le robot.

Keegan se déconnecta de ce que disait TAMS et allait écrire une réponse quand sa Watchlet se mit à vibrer discrètement.

Trois pulsations : c'était sa fille, Haley.

Keegan frôla le bracelet pour rediriger l'appel vers ses Viz Glass.

– Hey, Papillon ! Tout se passe bien ?

– Oui. Hum, où est le beurre d'amande ?

– Dans le placard ? Pourquoi ?

– Il faut que je prépare mon déjeuner.

– Demande à papa.

– J'ai essayé.

– Essaie encore. Je suis au travail, ma chérie, je ne peux pas t'aider maintenant. Papa peut s'en occuper.

Elle se demanda si TAMS allait détecter l'augmentation de sa pression artérielle. Si Jared avait le temps de lui envoyer ses vidéos de chat, il pouvait bien faire une pause de cinq minutes pour préparer le sandwich de sa fille.

– Non, il peut pas.

Haley avait dit cela d'une voix catégorique, comme si c'était l'évidence même.

– Pourquoi ?

– Papa a dormi toute la matinée. Je lui ai dit que j'avais faim, mais il m'a pas répondu.

Oh...

Ce n'était donc pas Jared – il avait juste activé un chatbot pour qu'il réponde à ses messages[62]. Encore un service offert par son employeur. Rester en communication avec un client était parfois plus important qu'une connexion en direct avec son épouse ou son enfant, c'était l'idée.

– Il dort depuis combien de temps ? demanda-t-elle en s'efforçant de garder un ton neutre.

– Je sais pas, répondit la fillette. J'arrête pas de lui dire que je veux déjeuner et il se lève pas.

– Haley, je vais rentrer tout de suite à la maison et te préparer un sandwich. Ça te paraît bien ? Tu veux faire une partie de Tag-Box en m'attendant ? suggéra-t-elle, faisant référence à ce jeu de réalité hybride que Haley aimait tant, les caméras projetant de petites boîtes multicolores en 3D dans la pièce, qu'il fallait écraser pour gagner des points[63]. Tu sais quoi ? Aujourd'hui, tu peux faire autant de bruit que tu veux, attraper les boîtes aussi vite que tu pourras.

– Mais papa dort. Il va se fâcher...

– Ne t'inquiète pas. Si ça le réveille, dis-lui que maman a dit que tu pouvais. J'arrive bientôt, ma chérie.

– D'accord, répondit Haley, avant de se précipiter, certainement, pour lancer le jeu.

Keegan se connecta aux images de surveillance captée par son robot depuis l'étagère, pour voir ce que foutait Jared. Elle obtint ce qui ressemblait à un gros plan sur une moquette marron. Elle bascula sur la cigale qu'elle avait placée sur une autre étagère afin d'avoir une vue sur l'ensemble de la pièce, et un cercle noir apparut à l'écran, entouré d'une sorte de duvet orange. Visiblement, Haley avait attaché la cigale à son ours, Baz.

Keegan mit le SUV en mode Poursuite, ce qui actionnait les gyrophares rouges et bleus du Suburban, nichés derrière la calandre et formant une sorte de diadème lumineux autour de la partie supérieure du pare-brise. Aussitôt, une berline Hyundai s'écarta de son chemin, le signal du SUV faisant électroniquement dévier tous les véhicules autonomes.

– Changement de plan. On va passer par chez moi, annonça Keegan. Souci familial.

– Je préviens les services d'urgences, répondit TAMS.

– Quoi ?... Non ! s'exclama Keegan. Je n'ai jamais parlé d'alerter les secours.

– Vos actions indiquent qu'il s'agit d'un problème grave. Avez-vous besoin d'une autre forme d'aide ?

– Absolument pas, répondit Keegan.

Cette histoire, elle allait la gérer toute seule.

– C'est une affaire privée. Ce qui signifie qu'elle ne doit faire l'objet *d'aucun* rapport d'incident auprès du FBI.

– OK.

Mais, en bonne machine dotée de capteurs, il allait quand même tout enregistrer.

Quartier de Ballston

Arlington, Virginie

Keegan tendit la main vers la poignée de la porte, la boule au ventre comme c'était si souvent arrivé devant d'autres portes, tant d'années en arrière, en d'autres lieux lointains. Cette sensation nauséeuse de ne pas savoir ce qu'il y avait de l'autre côté. Il n'y avait peut-être aucun risque à l'ouvrir. Ou peut-être cela déclencherait-il une bombe. Par bien des aspects, cela revenait maintenant au même.

En remontant à la hâte le couloir menant à son appartement, elle avait échafaudé un plan : d'abord, mettre Haley dans sa chambre. Puis aller voir Jared et vérifier s'il respirait. Laisser TAMS dehors pour limiter l'exposition.

Lorsqu'elle ouvrit sa porte, il n'y eut pas d'autre explosion que le vacarme du jeu de Haley. Quelques boîtes en 3D flottaient encore dans les airs, une autre était projetée sur le plan de cuisine. Haley avait manifestement joué si longtemps qu'elle s'en était lassée et poursuivait à présent Baz aux quatre coins de la pièce. Keegan se força à arborer un large sourire et prit la fillette dans ses bras. Elle cala Haley au creux de son cou et la serra très fort. Porter sa fille lui faisait mal au dos, à présent, mais elle ignora la douleur, filant dans le couloir en direction de la chambre de Haley comme s'il s'agissait d'un jeu.

– Attends-moi là une minute, d'accord ? Joue avec tes animaux pendant que moi, je vais faire une surprise à papa. Et j'ai un nouvel ami à te montrer, mais pour l'instant, il reste dehors.

– Pourquoi ?

– Parce que maintenant, c'est notre moment en famille.

– OK... Tu m'as manqué, dit Haley en empoignant Baz qui la suivait dans les airs, pas pour jouer avec mais pour le serrer contre elle en guise de réconfort.

Quoi qu'on puisse leur raconter, les enfants sentaient toujours quand quelque chose n'allait pas.

– Tu m'as manqué aussi, répondit Keegan. Tout va bien se passer. Promis.

Après avoir fermé la porte en prenant soin de ne pas la claquer, elle pivota brusquement sur ses talons et remonta le couloir jusqu'au séjour. Elle apercevait déjà Jared sur le canapé, enveloppé dans ses couvertures, immobile. Il n'était clairement pas actif sur le flux, ses mains pendaient, flasques, ses doigts posés sur la moquette. Pire, elle repéra l'un des petits aérosols renversé par terre.

– Jared, souffla-t-elle.

Pas de réponse. Aucun mouvement.

– Jared ! lança-t-elle plus fort, mais toujours sans crier, pour ne pas affoler Haley encore davantage.

Ses pieds se faisaient plus lourds à chaque pas dans sa direction. Elle posa les mains sur ses épaules, mais il ne réagit pas.

S'agenouillant, elle approcha sa Watchlet de la bouche de Jared. Dieu merci, le souffle de Jared embua l'écran sombre. Puis elle souleva sa main et pressa deux doigts sur son poignet, côté pouce. Un pouls, mais bien trop lent.

– Jared ! Réveille-toi, dit-elle en lui ôtant son casque RV.

Celui-ci laissa échapper un bip courroucé, d'être déconnecté si brusquement de son utilisateur.

Le visage de Jared était placide, quasiment dénué d'expression, et sa tête retomba sur le canapé. Ses cheveux humides sentaient légèrement la transpiration, et des points étaient imprimés sur son front, la marque de l'appareil. Elle passa le doigt sur ces empreintes, puis descendit le long de sa joue.

Il n'y avait pas de bouton « Reset ». Pas sur le corps de Jared. Pas pour leur mariage. Elle ne pouvait rien faire d'autre que penser à toutes les raisons pour lesquelles cela ne pouvait pas arriver. Pour Haley. Pour elle.

– Réveille-toi, Jared, répéta-t-elle en le secouant par les épaules. Il faut que tu te réveilles. Tout de suite.

Elle le tira par le bras, clignant des yeux pour réprimer la douleur fulgurante au bas de son dos et dans sa jambe d'avoir essayé de le soulever dans une position si incommode.

Jared finit par bouger, un mouvement infime de sa tête.

– Hey, hey, c'est moi, réveille-toi, lui souffla doucement Keegan en repoussant les cheveux tombés sur son front.

– Hey, soupira-t-il, les yeux toujours clos.

Un œil s'ouvrit, puis se referma.

– Ma tête me fait un mal de chien.

– Tu ne peux pas faire ça, Jared, déclara Keegan en ramassant le spray nasal, manifestement vide, avant de le glisser dans sa poche.

– Quoi ? dit Jared en reprenant peu à peu conscience d'où il était. Où est Haley ?

– Où est Haley, c'est bien là le problème, répliqua Keegan.

Une boule de ressentiment commençait à se former dans sa gorge, et elle la ravala.

– Elle est dans sa chambre, saine et sauve. Elle m'a appelée.

Encore groggy, il bredouilla :

– J'étais déconnecté parce qu'un voisin est passé voir Harlan et…

– Tu m'expliqueras plus tard, l'interrompit Keegan en l'aidant à se lever. D'abord, il faut que tu prennes une douche pour te réveiller, on parlera après.

Il fallait parer au plus pressé, pour l'instant. L'aider à reprendre ses esprits, et ensuite ils pourraient discuter de manière raisonnable. Ils se dirigèrent vers leur chambre – celle de Jared –, Jared s'appuyant légèrement sur elle. Arrivé sur le seuil, la Watchlet de Jared vibra, une de ces versions toutes blanches, design, commercialisées par Apple, qu'elle lui avait offerte pour son anniversaire juste avant l'automne, et Jared se redressa d'un coup, comme s'il se ressaisissait enfin.

– Merde, grogna-t-il. Il faut que je me reconnecte.

Keegan franchit la porte.

– Arrête. Maintenant, arrête. Tu peux manquer cet appel-là. Prends une douche, je vais te faire un café.

– On est à court de café, murmura-t-il.

– Non, j'en ai fait livrer hier soir, répondit-elle.

Il entra dans la grande salle de bains, laissant la porte ouverte, et Keegan s'assit sur le lit, adossée au long oreiller recouvert d'une taie en flanelle. Son oreiller, du temps où elle dormait encore dans ce lit. Jared entreprit de se déshabiller, enlevant sa chemise. Puis, se rendant sans doute compte de sa présence, il referma la porte. Signe qu'il émergeait de son brouillard, mais cela la blessa quand même.

Elle attendit que la douche se mette à couler puis cria :

– Vas-y mollo, je reviens te voir quand le café sera prêt.

Un couinement d'excitation résonna dans le salon. Haley. Les enfants n'écoutaient jamais. Au moins, son père n'était plus là-bas, inconscient.

La petite poussa un nouveau cri de joie.

Keegan se leva et alla la rejoindre. TAMS était agenouillé devant Haley, jambes repliées sous son corps. Ses programmateurs devaient avoir des enfants, pour savoir que ceux-ci faisaient plus facilement confiance aux gens qui se mettaient à leur hauteur pour engager la conversation.

– Bonjour, je m'appelle TAMS, dit le système, mais avec la voix nasale d'un des personnages de dessin animé préféré de Haley, un panda rose avec des ailes à la Pégase.

Le robot tendit les mains, paumes ouvertes, et Haley posa instinctivement les siennes dessus. C'est alors que Keegan comprit : il était en train de réaliser un examen de santé. Chacun de ses capteurs déchiffrait l'état de sa fille, jusqu'à la pression du sang dans ses mains.

– Haley, voici mon nouveau robot, annonça Keegan d'une voix inquiète, ne sachant trop comment faire les présentations. Il est sympa, non ?

– Oui. Il a l'air bête, ce garçon, répondit Haley.

Keegan tenta de déchiffrer l'expression de sa fille, guettant le moindre signe de malaise, mais la fameuse théorie de la « vallée de l'étrange », la fameuse théorie de Masahiro Mori selon laquelle plus un robot ressemble à un humain, plus il nous met mal à l'aise, fonctionnait différemment chez les enfants, pour qui voir un robot chez eux était tout à fait normal[64].

– Je ne suis pas sûre que ce soit un « garçon »… Tu as toujours faim ? ajouta-t-elle, soucieuse de changer de sujet afin de ne pas avoir cette conversation troublante maintenant.

– Oui, répondit Haley, se désintéressant subitement du robot. Je peux avoir de la glace ?

– Je ne crois pas qu'on en ait, répondit Keegan.

– Il y a environ quatre cents grammes de glace au chocolat dans le congélateur, intervint TAMS.

– Non, ma chérie, c'est une erreur, corrigea Keegan. Nous n'avons plus de glace. Je te fais un sandwich toasté au fromage à la place ?

Haley contempla TAMS, perplexe, puis sa mère, comme si elle cherchait à savoir à qui elle devait se fier à propos de cette histoire de glace.

– OK, maman. Bien grillé.

– Bien grillé pour mademoiselle ! fanfaronna Keegan, tandis que la fillette gloussait puis se mettait à courir à travers la salle.

– TAMS, viens là, ordonna Keegan.

Le robot déplia ses jambes pour reprendre sa taille normale, et s'approcha d'elle. Bien qu'il fût dénué d'émotions, il semblait avancer avec l'hésitation d'un chien qui a fait une bêtise.

– Que fais-tu ici ? Je ne t'ai pas donné l'instruction d'entrer.

– Les informations disponibles indiquaient la présence d'un enfant en détresse. Vos marqueurs de stress et de douleur atteignaient des niveaux élevés. Ces facteurs combinés m'obligeaient à mener une évaluation de la situation, se justifia le robot.

– OK. Peu importe. On réglera ça plus tard.

Keegan gagna la cuisine pour préparer le sandwich de Haley.

Un bourdonnement se fit entendre sur le canapé – le maudit casque RV de Jared qui vibrait, pulsation entêtante évoquant le bourdonnement d'une abeille.

Haley se précipita pour le ramasser. Jetant un bref coup d'œil vers la porte fermée de la chambre, elle enfila le casque comme une couronne, le menton levé bien haut. Elle le tint à deux mains devant elle et marcha jusqu'à TAMS, avant de se laisser tomber par terre.

– Haley, enlève-moi ça ! cria Keegan.

La fille avait du mal à le soulever, si bien que Keegan fit appel au robot :

– TAMS, aide-la à enlever le casque.

Le robot était en train de le dégager du crâne de la fillette quand Jared entra dans le séjour. Il portait un pantalon de jogging et un tee-shirt, ses cheveux mouillés bien peignés.

– Putain, qu'est-ce... bredouilla-t-il. T'approche pas de ma fille !

TAMS continua de soulever le casque. Mais à présent, voyant la colère de son père, Haley agrippait l'appareil. Le robot fit pivoter sa tête pour regarder Keegan, se détournant de Jared. Il attendait ses instructions, ou même une indication non verbale, sur ce qu'il devait faire. Pas celles de Jared.

– Il n'écoutera que moi, expliqua-t-elle en regagnant le séjour pour s'interposer entre Jared et le robot. Lui crier dessus n'y changera rien. C'est comme ça qu'il est programmé.

Elle se tourna vers la machine.

– TAMS, cesse d'aider Haley.

– OK, répondit le robot, qui resta planté là, immobile.

– Sors de chez moi ! cria Jared, index pointé sur la machine. Dehors !

– Tout va bien se passer, Jared, dit Keegan. TAMS, va m'attendre dans le couloir.

Pendant qu'il quittait silencieusement la pièce, Haley rejoignit Jared et passa les bras autour de ses jambes. Keegan savait que ce n'était pas parce qu'elle avait peur ; c'était plutôt le genre d'attitude qu'avaient les enfants quand ils voyaient leurs parents souffrir, par imitation. Mais le fait que Haley soit d'abord allée le voir, lui, la chagrina en tant que mère. Elle se dit que c'était juste à cause de son boulot, car Haley passait toutes ses journées avec lui.

Frottant d'une main le dos de Haley, Jared pointa un doigt accusateur vers Keegan.

– Je ne veux plus jamais voir cet engin à proximité de ma fille. Compris ?

Il bafouillait presque de rage.

– Et s'il avait cassé mon casque et m'avait coûté mon job… Qu'est-ce qui t'a pris de l'amener ici ?

Keegan savait que la réaction de Jared était le fruit de bien d'autres choses qu'une simple explosion de colère à l'encontre de cette machine. L'existence même de TAMS le faisait souffrir ; cela ravivait le sentiment d'inutilité qu'il ressentait depuis qu'il avait perdu le travail de toute une vie. Mais cela ne lui donnait quand même pas le droit de hurler.

– Qu'est-ce qui m'a pris, *moi* ? Ce qui t'énerve, ce n'est pas le fait qu'une machine soit entrée dans notre maison, mais qu'elle t'ait remplacé.

Jared secoua la tête, incrédule.

– Ne me parle plus jamais comme ça devant Haley.

– Devant Haley ?! cria Keegan. Ton incapacité à t'abstenir de sniffer devant Haley est la raison de notre présence ici ! Va falloir décider si tu veux être un père ou avoir un boulot, parce que, clairement, tu ne peux pas faire les deux à la fois !

Les yeux de Haley se posèrent sur le visage de sa mère, puis sur celui de son père. Alors elle se mit à pleurer, une longue plainte devenant peu à peu un « Non » qui s'étira sur dix bonnes secondes.

– Regarde ce que tu as fait, siffla Jared, avant de tirer à lui la fillette en pleurs.

– Ma chérie, souffla Keegan d'un ton affectueux en se dirigeant vers elle. Ne t'inquiète pas. Ça ne voulait pas vraiment dire que papa devait faire ce choix…

À cet instant, TAMS revint dans l'appartement. Son air en alerte – le positionnement de ses mains, la courbure de ses genoux – indiquait qu'il venait de nouveau vérifier que tout allait bien. Il se posta aussitôt à côté de Keegan, tandis que celle-ci s'agenouillait pour prendre sa fille dans ses bras, mais Jared écarta Haley et se dressa entre le robot et elle.

– Il faut que tu fasses sortir ce truc, Lara. Tout de suite.

Qui fait le plus peur à Haley, maintenant ? aurait voulu hurler Keegan. Mais elle se tut, autant à cause de TAMS que de Haley.

– Très bien, nous partons, dit-elle.

– Et qu'il ne s'approche plus d'ici. Pour ton propre bien, aussi, ajouta Jared. Tu ferais mieux de te méfier, Lara. Cette machine va découvrir plus de choses que tu ne le voudrais.

Lotissement de CityCenterDC

Washington

– *Ce vieux marteau a tué John Henry*[65]...

Todd pivota sur lui-même dans le petit espace recouvert d'un drap où il s'était glissé au fond du magasin à l'abandon. C'était une voix de femme qui chantait. Il recula d'un pas, ses pieds faisant crisser des éclats de verre, à la recherche de la voix. Il ne voyait rien que les rayons du soleil de fin d'après-midi s'engouffrant par les fissures dans le contreplaqué qui colmatait les fenêtres.

– Du calme, dit la voix. Nous ne risquons rien... Sauf si vous ne connaissez pas le reste de la chanson.

Une femme portant une veste à capuche noire sur une robe rose tuftée qui semblait tout droit sortie d'un bal de fin d'année au lycée émergea d'une porte ménagée au cœur du mur de marbre rose – ouverture qui avait échappé à Todd. Non, songea-t-il, plutôt une robe de quinceañera, la traditionnelle fête des Quinze Ans hispanique. Heureusement pour la femme, vu son accoutrement, la météo avait connu l'un de ses bouleversements printaniers habituels, passant de trente-cinq et quelque degrés deux jours plus tôt à guère plus de douze aujourd'hui[66]. Un foulard de soie grise recouvrait l'essentiel de son visage et la capuche dissimulait tout sauf ses yeux bleu-gris entourés de pattes d'oie. La petite quarantaine, peut-être. Le regard de Todd fut attiré vers le bas, où la main droite de la femme était glissée dans la poche de sa veste, les contours d'un pistolet étirant le tissu.

– *Mais il me tuera pas, il me tuera pas…*

Todd récita plus qu'il ne chanta les paroles de ce vieil air folk. C'étaient les paroles qui comptaient, en l'occurrence, mots de passe de ce rendez-vous dans la salle de *chat* privée du jeu en ligne.

– Super, dit-elle d'une voix soudain plus détendue.

Elle sortit sa main de sa poche, dévoilant une étiqueteuse de magasin en forme de pistolet. Elle l'agita dans un sourire puis la jeta par terre, le plastique ricochant parmi les éclats de verre.

– C'est parce que je travaillais ici, avant, déclara-t-elle, expliquant à la fois pourquoi elle connaissait cette porte dérobée et où elle avait dégoté cette étiqueteuse. Je vendais des foulards de soie qui coûtaient une semaine de ma paie. Des sacs et des portefeuilles qui valaient plus que ce que j'ai jamais eu sur mon compte en banque. Ils me laissaient juste les porter au travail. Connards.

Elle lui fit signe de la suivre, rouvrant d'un coup d'épaule la porte cachée.

– On pourrait croire que c'est une pièce secrète pour les agents de sécurité ou un truc cool dans le genre, reprit-elle. Mais en fait, elle donne juste sur les réserves et le garage souterrain. J'imagine qu'ils ne voulaient pas d'une poignée de porte au milieu du mur, pour pas foutre en l'air leur feng shui. Enfin, bref. C'est là qu'on se planquait quand on voulait éviter le manager.

Ne sachant trop ce qu'il était censé répondre, Todd se contenta de renâcler, feignant l'amusement. Pénétrant dans l'obscurité, il enfonça une main dans sa poche, tâtant de l'autre le mur, à la fois pour vérifier où il se trouvait et que personne d'autre n'était tapi dans ce couloir. Le mur avait la rugosité des parpaings, ce qui contrastait avec le bois luxueux, jadis vernis, de l'autre côté. Tout n'était qu'une façade, songea-t-il.

– Le jour où ils m'ont virée a finalement été le plus beau de ma vie, déclara la femme, sa voix le précédant dans le noir. S'il y a bien un truc qui peut vous faire rejeter la société de consommation et vous rendre freegan, c'est de voir tous les jours des gens s'amouracher de sacs Birkin dont ils se débarrasseront à la fin de la saison[67].

Pour quelqu'un qui s'efforçait de rester incognito lors d'une rencontre secrète, elle parlait beaucoup. Mais il aurait peut-être dû s'y attendre. Les maîtres-mots des adeptes du freeganisme étaient le recyclage et le collectivisme, qu'ils considéraient comme le seul moyen de venir à bout de ces deux péchés capitaux qu'étaient le consumérisme et l'élitisme. Todd se dit que, concrètement, cela signifiait qu'ils passaient l'essentiel de leur temps plantés devant des tas d'ordures à débattre du droit de glanage en milieu urbain.

– N'y avait-il pas également des appartements ? interrogea-t-il, faisant la conversation pour la mettre à l'aise.

– Ouais, des articles de luxe au rez-de-chaussée et des gens de la haute à l'étage. Et, comme avec les articles, un tas de gens faisant juste semblant d'en être. Des gens parmi les pires de la nation, qui dépensaient mon salaire mensuel rien que pour couvrir les charges de l'immeuble, et pouvoir dire qu'ils vivaient là[68]. Maintenant, depuis la grande faillite, tout cela est à nous, il n'y a qu'à se servir. Je vois à votre tenue, ajouta-t-elle en désignant ses vêtements, que vous êtes un acheteur, mais il y a plein de super trucs ici si vous voulez vous joindre au mouvement. Peut-être que ça vous plairait…

– Je vous remercie, mais pour le moment, je passe tout mon temps à œuvrer pour le bien commun. C'est pourquoi j'apprécie votre aide, ajouta-t-il.

Il avait besoin d'elle, pas seulement pour se repérer dans le noir, mais pour obtenir ce qu'il était vraiment venu chercher.

– Ce n'est pas de l'aide, rectifia-t-elle, mais du partage. Le seul moyen de nous sortir de cette situation[69].

Cela montrait simplement combien sa réflexion était limitée. Ces freegans se croyaient les apôtres du changement. De son point de vue, ils faisaient davantage figure de parasites vivant des restes d'une société à l'agonie. Mais, comme les parasites, ils avaient leur utilité.

Ils continuèrent de remonter le couloir de service, sous le vacarme d'une fête matinale battant son plein dans l'un des appartements abandonnés au-dessus. Après avoir franchi une porte portant l'inscription « Parking », ils descendirent un escalier plongé dans le noir complet à l'exception d'un minuscule point lumineux orange, numérique, au bas des marches.

Une torche illumina soudain un homme qui attendait sur le palier en fumant une cigarette électronique rose. Une petite fissure dans le plastique de la cigarette déchirait l'image d'un *girls band* fictif, de japanimation, qui avait connu un grand succès quelques années plus tôt.

– Hey, lança la femme. C'est nous.

– Ouais, je vois bien, répondit l'homme d'une voix traînante de fumeur.

Il avait les yeux enfoncés, des cheveux bruns qui lui tombaient jusqu'aux épaules et une fine barbe. Vêtu d'une salopette en toile marron par-dessus laquelle il avait enfilé un blazer bleu aux boutons dorés, il ressemblait à un ouvrier du bâtiment désœuvré allant à un dîner au yacht-club. Les vêtements abandonnés de deux hommes qui ne se rencontreraient jamais.

L'inconnu braqua sa torche droit dans les yeux de Todd. Celui-ci grimaça, détournant légèrement la tête pendant que l'homme l'examinait. Il fit courir sa torche de ses joues grêlées à ses longs cheveux bruns filandreux.

– Putain, mec. Tu ressembles pas à Moïse. Juste à un junkie, dit-il avant de partir d'un grand rire. Mais j'imagine que c'est le but. Si t'as envie de jeter ce masque, un jour, préviens-nous d'abord. Ce serait marrant de l'essayer.

– D'accord, répondit calmement Todd. Vous avez rencontré des difficultés ?

– Hein, quoi ? marmonna l'homme.

Il ôta la cigarette électronique de sa bouche puis toussa, cracha un mollard gras sur le mur près de lui.

Todd fit un pas en avant, et répéta plus fort :

– La palette, vous l'avez ?

Plus proche de l'homme à présent, Todd s'efforça de ne pas respirer son odeur nauséabonde, mélange de fruits pourris, de plastique brûlé et d'habits sales.

– Ouais, elle est là, répondit le fumeur en remettant la cigarette dans sa bouche.

La cigarette était désormais un peu tordue au niveau de la fissure.

– L'adresse de livraison indiquait qu'elle allait à Richmond, mais on était là avant qu'elle parte.

C'était la clé. Il avait fait expédier la cargaison à une vraie adresse. Mais si elle était arrivée à destination, des questions auraient été posées sur cette commande spéciale de condensateurs sortis de nulle part.

– Personne n'a été blessé ? interrogea-t-il en respirant par la bouche.

L'odeur de la cigarette, réelle ou artificielle, l'incommodait – l'odeur d'une perte de contrôle sur un besoin pourtant élémentaire.

Une longue bouffée puis la pulsation du point lumineux orange, suivie d'une longue expiration.

– Pourquoi ? Vu ce que tu rabâchais sur le cloud, ça devrait pas te gêner…

– Il y a un temps pour la violence, répliqua Todd.

– Ouais, eh bien, c'était pas un de ces moments-là. Le port de Baltimore est complètement automatisé, maintenant. Y a pas un péquin là-dedans. Y a qu'à taper le code d'accès et les machines chargent ça pour vous. Suffit juste d'arriver avant le vrai camion de livraison[70].

– Bien. Elle est où ?

Le fumeur agita sa torche par-dessus l'épaule de Todd, éclairant une grande palette de transport. Todd s'approcha pour examiner les trois gros cubes, chacun de la taille d'un homme, enveloppé d'un plastique bleu de protection. Un épais ruban adhésif jaune courait sur le pourtour, avec l'image d'un verre à pied brisé et le mot : « Fragile. » Il faudrait penser à enlever ça avant de partir, ce léger indice qu'une caméra de surveillance risquait de capturer au détour d'une rue.

– On l'a récupérée pour toi, mais pas question de faire la livraison, dit l'homme. J'imagine que vos gars vont venir la chercher ?

Todd baissa les yeux sur sa montre, tentant de distinguer les marqueurs lumineux des aiguilles dans le noir.

– C'est à peu près ça.

C'était intéressant qu'ils le prennent pour le représentant d'un groupe. Moins ils en savaient, mieux c'était. La seule chose qu'il attendait, en vérité, c'était une fourgonnette automatisée en autopartage, réglée via un compte qu'il avait piraté. Cela n'apparaîtrait sur le réseau que comme l'un des milliers d'enlèvements du jour, perdu dans le bruit de toutes ces marchandises en mouvement.

– Cool. Alors y a plus qu'un truc à régler, reprit le fumeur.

La torche s'éteignit, le bout de la cigarette redevenant l'unique point de lumière dans cette obscurité. Todd entendit un bruissement d'habit, puis le couinement de souris de l'acier glissant sur le cuir.

Todd se tourna dans le noir, serrant plus fort la crosse du pistolet qu'il tenait dans sa poche. C'était un modèle brésilien en open source, acheté dans une exposition d'armes à feu en Caroline du Nord, un an plus tôt. Il tirait des balles en plastique dotée d'une pointe métallique. Des balles qui n'étaient mortelles que de près, mais se déformaient en heurtant le corps, ce qui les rendait quasiment impossible à identifier.

– Hey, Tim, ce n'est pas ce que le groupe avait décidé, protesta la fille.

– Ils seront d'accord quand on leur ramènera ça, rétorqua le fumeur qui s'appelait donc Tim. Tiens, prends la lampe.

La torche se ralluma, braquée d'abord sur l'homme puis de nouveau sur Todd, une fois que la fille l'eut stabilisée. L'homme tenait dans sa main un couteau santoku au manche de bois noir, sa lame de vingt centimètres ornée de nuages[71]. La pointe était ébréchée, ce qui voulait dire qu'il s'agissait d'une contrefaçon offerte à l'occasion d'un mariage ou d'une fête des Pères, puis jetée avec la même ingratitude. Mais le tranchant de la lame scintillait dans la lumière, signifiant qu'il pouvait encore couper sans peine.

– Montre ton poignet, ordonna Tim en s'approchant de Todd.

Todd sentit le rouge lui monter aux joues, mais avant tout contre lui-même, de n'avoir pas su prédire ce scénario-là. Un silencieux – pourquoi n'avait-il pas pensé à en imprimer un ? Son pistolet contenait sept balles, ce qui voulait dire que ces deux-là ne seraient pas un problème, mais il n'avait vraiment pas envie que le bruit parvienne aux oreilles d'une armée de détritivores dans les appartements, là-haut.

– Vous voulez vraiment faire ça ? lança-t-il à l'homme.

– Tu m'étonnes... Je vais voir ce que tu caches sur ce poignet, gronda Tim d'une voix avide. Qu'il soit attaché au reste du bras ou pas...

Todd lâcha le pistolet et sortit sa main de sa poche, paume vers le ciel.

– C'est bien ce que je pensais, dit Tim. Jolie montre.

– Un vieux modèle, répondit Todd. Même pas digital.

Le freegan s'avança et empoigna doucement les doigts de Todd, faisant tourner la main pour étudier le cadran de la montre.

– Une Explorer[72], hein ?

Les doigts sales de Tim dégoûtaient Todd.

– Un cadeau de mariage de mon épouse... Ce n'est pas un rebut, pas un objet dont personne n'a plus besoin, argumenta Todd, d'une voix volontairement plaintive, comme pour en appeler aux valeurs de ces gens.

– Aujourd'hui, si, répliqua l'homme en tapant nerveusement du pied.

L'idée de renoncer à cette montre nouait le ventre de Todd. Il passa en revue la suite, visualisant chaque mouvement. Un geste sec pour dégager sa main, puis sortir le flingue. D'abord l'homme, puis la pipelette, puis bloquer la porte de l'escalier pour empêcher leurs copains de descendre.

Mais rien de tout cela ne figurait dans le plan. De quoi créer des connexions là où pour le moment il n'y avait que des points quasi invisibles. Une commande de plaques de céramique et de graphène, fabriquées dans la chambre sous vide d'un atelier en Indonésie. Un colis manquant sur le port de Baltimore. Un groupe de détritivores se prenant pour des révolutionnaires, qui déménageraient dans un autre bâtiment désaffecté avant la fin de cette journée. Et une livraison réglée via le compte d'une entreprise qui n'identifierait même pas cette transaction comme frauduleuse. Pour l'instant, rien ne permettait d'établir le moindre lien entre ces points. Rien qui mériterait une enquête. Mais des cadavres, cela changerait tout.

Le freegan braqua de nouveau sa lampe sur la palette pour le narguer, ignorant tout des calculs que Todd faisait tourner sous son crâne.

– Tu veux tes caisses, ou quoi ? lança l'homme. Moi, je sais ce que je veux. C'est le moment de partager, mec.

Todd défit la boucle et lui tendit la montre sous les yeux de la fille, qui grommelait entre ses dents.

– Tenez. Barrez-vous avant que je change d'avis.

Il se dit que si cela le faisait souffrir, alors il s'agissait juste d'un nouveau sacrifice prouvant la valeur de tout ça.

– Merci, mec, dit le fumeur avant de battre en retraite.

La torche s'éteignit dans un cliquetis et les bruits de pas des deux freegans s'estompèrent dans l'obscurité.

Quelques secondes plus tard, Todd frotta la peau de son poignet, là où la montre s'était trouvée. Sortant de sa poche une petite lampe, il frotta la couche de poussière recouvrant l'une des fenêtres ménagées dans l'emballage de plastique bleu. Ces plaques d'un jaune terne étaient tout à la fois magnifiques et terrifiantes. Elles avaient l'apparence de l'ordre alors qu'en fait elles étaient marquées par une asymétrie délibérée, que seule une précision inhumaine rendait possible. Poursuivant son inspection, il laissa échapper un soupir de soulagement. Si les feuillets avaient viré au rouge, signe qu'elles s'étaient brisées en chemin, alors tout cela n'aurait servi à rien[73].

Les autres détails étaient trop infimes pour être visibles à l'œil nu. Chacune de ces plaques se composait en réalité d'un empilement de couches de papier nanocomposite d'une finesse atomique mais extraordinairement conductrices[74]. Les films de graphène, un matériau formé de cristaux hexagonaux d'atomes de carbone, s'intercalaient entre des couches de céramique tout aussi fines mais isolantes, avec un chevauchement microscopique au coin de chaque couche, comme les pages à peine rabattues d'un livre. Seuls ces minuscules points de contact reliaient le tout.

Logan Circle

Washington

TAMS n'aurait pas pu être plus silencieux. Le robot était assis sur le siège passager du Suburban du FBI, immobile et mutique, comme s'il se savait en partie responsable de ce qui venait de se passer.

Keegan n'annonça pas à TAMS où ils allaient ; elle l'ignorait elle-même. Elle laissait juste le SUV suivre sa route automatisée. Bientôt, l'algorithme leur fit traverser le fleuve puis prendre les immenses ronds-points que L'Enfant avait dessinés aux entrées de la ville, au niveau de Foggy Bottom d'abord, puis de Dupont, et maintenant Logan. Quelque chose dans leur forme devait aimanter naturellement, ou plutôt algorithmiquement, le système de navigation, raisonna Keegan. Peut-être la possibilité mathématique d'y dessiner une infinité de points de connexion, à la différence d'une intersection classique ; à moins qu'il ne s'agisse d'un simple défaut de conception. Quoi qu'il en soit, cela reflétait parfaitement l'humeur de Keegan, de continuer d'avancer sans vraiment aller nulle part.

À un moment donné, dans ce circuit autonome, Keegan sentit les premiers tiraillements de la faim et se mit à pianoter sur le volant, espérant ainsi les faire taire. En vain. La frustration et la colère avaient conspiré pour la rendre plus affamée qu'elle n'aurait dû l'être. C'était le genre de faim que seules des frites au fromage et une *half-smoke* pouvaient apaiser.

– Et merde, grogna-t-elle, puis elle entra la destination dans le système.

Ils trouvèrent une place de parking à un demi-bloc à peine et se dirigèrent vers l'enseigne jaune et blanche étincelante qui dominait la devanture du restaurant, au pied d'un bâtiment néoclassique aux briques rouges et blanches.

– Bon, un nouvel entraînement pour toi, lança-t-elle à TAMS. Tu vas pouvoir observer les gens pendant que je mange.

Si Keegan aimait tant le Ben's Chili Bowl, c'était parce qu'il s'agissait d'un établissement haut en couleur dans cette ville peuplée d'institutions froides comme la pierre. Aménagé dans une ancienne salle de cinéma muet du début du XXe siècle, ce *diner* avait ouvert en 1958 sur U Street, qu'on surnommait le « Broadway noir[75] ». Cette adresse appréciée des policiers comme des manifestants était l'unique commerce à avoir survécu aux émeutes qui avaient éclaté suite à l'assassinat de Martin Luther King, puis à la vague de meurtres et de crimes liés à la drogue durant l'épidémie de crack, puis à la gentrification qui avait rendu cool ce quartier jadis mal famé, avant qu'il ne sombre à nouveau, récemment, dans son dangereux passé.

La première fois qu'elle y était venue, Keegan était tellement ivre qu'elle ne voyait plus clair, Noah et un groupe improvisé de camarades Marines l'ayant emmenée là pour fêter sa sortie du Walter Reed Hospital, l'hôpital militaire de Washington. Depuis ce jour, elle y était souvent retournée, que ce soit après une soirée en amoureux où Jared et elle venaient grignoter une saucisse, ou dans des moments comme celui-ci, où vous aviez juste besoin de manger quelque chose de mauvais pour le corps, mais qui faisait du bien à l'âme.

Mais en franchissant le seuil, elle sentit les remords l'envahir, et pas le réconfort. Voilà qu'elle emmenait un robot dans l'un de ses endroits préférés, avant même sa propre fille. L'odeur effaça bientôt ce sentiment, son corps réagissant au fumet des frites et aux effluves pimentés. Ils marchèrent jusqu'au comptoir, passant devant les photos des célébrités qui avaient mangé là, de grands acteurs hollywoodiens jusqu'aux présidents des États-Unis. Les gens ne venaient pas seulement pour la nourriture, mais aussi pour l'histoire, la connexion à quelque chose d'humain et de plus grand qu'eux.

Au-dessus de cette galerie de glorieux portraits était fixé un vieux modèle de télé à écran plat, qui diffusait les images d'un homme en train d'haranguer une foule. Le sous-titrage de sa diatribe défilait au bas de l'écran, en lettres légèrement floues à cause du grand âge de l'écran.

SÉNATEUR HAROLD JACOBS : ON NE PEUT SE FIER À AUCUNE MACHINE. ELLES ONT TRANSFORMÉ NOTRE EAU EN DES COULÉES DE SANG…

Quel tragédien, se dit Keegan. *Un truc pète, on le répare et on passe à autre chose.*

UN « BUG DU LOGICIEL » N'EST PAS SEULEMENT UN ZÉRO DE TROP. C'EST UN SÉRIEUX TROU DANS VOTRE PORTE-MONNAIE. ÇA SIGNIFIE QUE VOS ENFANTS PRENDRONT LEUR BAIN DANS UNE EAU QUI RESSEMBLE À DU SANG PENDANT QUE VOUS GASPILLEREZ VOTRE ARGENT DUREMENT GAGNÉ À ACHETER DES BOUTEILLES D'EAU…

Au bout de quelques secondes, Keegan cessa de lire et se tourna vers le menu au mur, même si elle savait déjà ce qu'elle allait prendre – deux *half-smokes* au piment avec une portion de frites. La saucisse *half-smoke* était une spécialité de Washington dont Keegan ignorait l'existence jusqu'à ce qu'elle s'installe dans la capitale. Elle ressemblait à un hot dog mais avec une saucisse épicée. Elle le sentirait après, et alors ? Il fallait bien payer un prix.

Après avoir commandé, elle choisit une table dans un coin. Contrairement à TAMS, elle n'avait pas d'yeux derrière la tête, si bien qu'elle préférait toujours s'asseoir dos au mur, pour voir qui entrait et sortait. Elle fit signe au robot de s'asseoir en face d'elle.

Après ce qui lui parut des heures, même si une minute à peine s'était écoulée, une serveuse lui apporta sa commande. Dans le temps, il fallait aller la chercher soi-même au comptoir, mais quelques années en arrière, la direction avait embauché des serveurs, essentiellement pour donner du travail aux gens. C'était un autre effet inattendu de la vague de robotisation : ces nouveaux emplois charitables créés pour compenser les anciens, perdus, mais pas de la manière dont on s'y attendait.

La serveuse déposa le plateau d'un geste raide, évitant le regard de Keegan. C'est peut-être à cause du robot, songea-t-elle.

– Merci.

La femme s'attarda un instant.

– Vous vous en sortez ? demanda Keegan.

– Oh oui, bien sûr, murmura la serveuse. Tout le monde s'en sort bien, ici.

Lorsqu'elle se fut éloignée, TAMS prit la parole :

– La serveuse ne disait pas la vérité.

Keegan baissa les yeux sur la sauce pimentée recouvrant les saucisses. Bon sang, ce robot avait raison.

– Ouais, elle a menti. Mais que voulais-tu qu'elle dise ? Que le salaire était nul, qu'elle avait mal aux pieds et qu'elle voulait rentrer chez elle ? Les humains mentent tout le temps. La clé, c'est de savoir faire la différence entre les petits mensonges, ceux qui sont juste là pour rendre la vie supportable quand les temps se font durs, et les gros mensonges.

Keegan souleva l'une des *half-smokes* et la pointa sur Jacobs, là-bas, sur l'écran, une petite goutte de sauce pimentée tombant sur la table en formica. Elle marqua une pause.

– Dis-m'en davantage sur l'état de la serveuse.

– Des microexpressions indiquent non seulement la méfiance, mais une détresse émotionnelle.

Puis il ajouta :

– Votre biofeed-back indique le même état.

– Eh bien, l'eau du Potomac a la couleur du sang et le stress m'a poussée à manger une saucisse explosive avec un robot qui croit qu'il sait lire dans les pensées des gens, répliqua Keegan, avant de dire tout bas : Scanne la salle, mais transmets-moi en visuel seulement les informations susceptibles d'intéresser les forces de l'ordre.

Baissant les yeux, elle aperçut la lumière rouge d'une alerte dans ses Viz Glass, sur la table. Posant la saucisse et empoignant les lunettes, elle renversa un peu de sauce sur le verre. Le message annonçait que le logiciel de reconnaissance faciale avait identifié le grand costaud derrière le comptoir, qui reluquait d'un peu trop près la serveuse, comme étant sous le coup de deux mandats d'arrêt pour vol à main armée. Une requête de TAMS, alors : devait-il prévenir la police municipale ?

– Information bien reçue. Oui, confirmé, répondit Keegan d'un ton volontairement calme, comme s'ils avaient une conversation normale.

Elle baissa les yeux sur sa *half-smoke*, dont la sauce pimentée commençait à refroidir et à coaguler. Elle enfourna un gros bout dans sa bouche, une bonne moitié d'un coup. Mâchant furieusement, Keegan se demanda si TAMS connaissait la manœuvre de Heimlich pour sauver les gens qui s'étouffent, juste au cas où. Puis elle s'essuya les lèvres sur sa serviette et posa le papier sale sur ses genoux, profitant de ce mouvement pour tendre la main sous la table, vers son pistolet.

5

Ben's Chili Bowl

Washington

– J'ai reçu l'instruction de procéder au paiement, annonça TAMS.

Il tendit les deux billets de quarante dollars, coincés entre son pouce et son index. L'homme derrière le guichet jeta un regard noir au robot dont la tête dépassait à peine du comptoir.

– Quoi ? grommela l'homme.

Il portait le tee-shirt « Ben's » jaune des employés du restaurant, mais trop serré pour lui.

Déployant ses jambes télescopiques, TAMS se réhaussa de plus de trente centimètres, jusqu'à se retrouver presque à hauteur des yeux de l'homme.

– J'ai reçu l'instruction de procéder au paiement, répéta la machine.

– Ça, j'ai compris. Mais t'as pas juste un numéro de compte à facturer, ou un truc comme ça ? demanda-t-il.

– C'est un moyen de paiement légal pour les biens et services que vous avez fournis, répondit le robot, ignorant sa requête.

Il resta planté là, silencieux, tandis que l'homme faisait une moue exaspérée.

– Alors donne-moi ça.

Le robot lâcha les billets, qui dérivèrent et ratèrent le comptoir pour tomber par terre aux pieds de TAMS – comme Keegan l'avait demandé.

L'homme fusilla le robot du regard.

– Putain de machine, ramasse-les.

TAMS resta immobile.

– Ramasse-les.

Pas un mouvement.

L'homme poussa un grognement rageur et se pencha au-dessus du comptoir, tendant les doigts pour atteindre les billets éparpillés sur le sol, en équilibre sur une jambe.

Saisissant l'occasion, Keegan bondit de sa table. Le temps que l'homme relève les yeux, elle était déjà sur lui. Désavantagée par la taille, elle fit jouer en sa faveur les lois de la physique. Elle empoigna l'homme par le col et le tira brusquement à elle, son corps glissant sur la surface lisse du comptoir. Quand son centre de gravité eut basculé de l'autre côté, l'homme s'effondra par terre. Sans lui laisser le temps de se relever, Keegan lui écrasa son tibia sur la gorge, l'immobilisant de tout le poids de son corps.

– Mes capteurs auditifs détectent quatre personnes supplémentaires dans les réserves, annonça TAMS tandis que les clients se précipitaient vers la porte.

Le robot commença à envoyer d'autres informations vers ses Viz Glass. Contrairement à ceux de la Kill House, les murs étaient trop épais pour pouvoir dessiner avec précision les contours des individus qui se trouvaient derrière. Les lunettes indiquaient également l'heure d'arrivée estimée de la police de Washington, une horloge projetée affichant le compte à rebours.

– TAMS, maîtrise ce type jusqu'à l'arrivée de la police, ordonna Keegan.

Relevant l'homme hébété, elle tendit le bras pour prendre les mains de TAMS et les refermer sur les poignets du prisonnier.

– Et récite-lui ses droits.

– OK.

Sous le regard abasourdi du suspect, le robot le maintint de ses doigts verrouillés comme des menottes improvisées. Puis, d'une voix produite en amalgamant des enregistrements d'audiences de la Cour suprême, TAMS récita :

– Andrew Kerinsky, vous êtes actuellement détenu par un représentant des forces de l'ordre, et, en vertu de l'arrêt *Miranda v. Arizona* rendu par la cour suprême des États-Unis en 1966, vous avez le droit de garder[1]…

Keegan cessa d'écouter le robot, se penchant par-dessus le comptoir pour jeter un rapide coup d'œil vers les cuisines. Personne. Elle se dirigea vers la porte des réserves et se déhancha pour regarder. La serveuse et un cuisinier étaient agenouillés par terre, le regard affolé. Un homme d'un certain âge, en costume, gisait devant eux, un filet de sang s'écoulant d'une plaie au-dessus du sourcil. Keegan était venue assez souvent chez Ben's pour reconnaître Sage Ali, fils du légendaire fondateur. Un jeune homme au crâne rasé orné d'un tatouage représentant une couronne de barbelés était accroupi derrière une pile de petits pains à hot dog. Il tenait un pistolet bleu à huit coups, de ceux qu'on fabriquait avec des imprimantes 3D dans les armureries clandestines[2].

Quand une balle claqua contre le mur à quelques centimètres d'elle, Keegan recula brusquement. Une deuxième balle fila dans l'encadrement de la porte et alla percuter le mur à l'autre bout du restaurant, des éclats de verre jaillissant du portrait encadré d'un acteur. Keegan se retourna vers TAMS. Tandis que le braqueur se tortillait pour tenter de se mettre à couvert, le robot n'eut aucune réaction à cette fusillade, donnant la priorité au dernier ordre de Keegan. Il était en train de lire la fiche Wikipédia de l'arrêt de la Cour suprême, *Berghuis v. Thompkins*, datant de 2010, qui amendait le droit au silence du suspect, le conditionnant au fait d'invoquer explicitement ce droit[3].

Se baissant pour ne pas rester dans la ligne de mire du tireur au crâne rasé, Keegan jeta un nouveau coup d'œil dans la remise, mais il était déjà parti.

Elle savait qu'il aurait mieux valu attendre l'arrivée de la police de Washington… Mais on ne pouvait pas canarder un agent fédéral et s'en tirer comme ça.

La serveuse pointa du doigt la porte de derrière, au fond du couloir. Débouchant dans l'allée qui donnait sur U Street, Keegan inspecta à droite et à gauche pour voir de quel côté l'homme s'était enfui. Des claquements métalliques lui firent lever la tête. Le type au crâne chauve avait escaladé la façade jusqu'au toit de la résidence de luxe de six étages qui se dressait derrière le restaurant, comme elle put le constater en voyant ses chaussures de running rouges disparaître par-dessus le rebord. Keegan se ruait vers l'escalier extérieur quand l'homme réapparut, pointant son pistolet sur elle.

Merde. Keegan s'appuya inconsciemment sur l'avant de ses pieds et sentit son ventre se nouer, tout son corps anticipant l'impact de la balle.

L'explosion là-haut se répercuta dans l'allée. Puis un hurlement de douleur résonna sur le toit, où un nuage de fumée bleutée restait suspendu dans les airs, là où s'était trouvé l'homme quelques instants plus tôt. C'était le problème, avec les pistolets intraçables imprimés en 3D qu'on achetait au marché noir, songea-t-elle avec soulagement. Ils n'apparaissaient pas dans les registres, mais les imprimeurs clandestins ne garantissaient pas leur fiabilité.

Avisant une porte de service, Keegan sprinta et sortit un appareil de crochetage de serrure. Elle colla ce tube gros comme une lampe-torche à la plaque d'identification par radiofréquence, le genre qu'utilisaient les dispositifs de nettoyage automatisés. Quelques instants plus tard, le logiciel de recherche automatique de fréquence déverrouilla la porte dans un claquement, et elle pénétra à l'intérieur.

En trente secondes, elle était en haut, l'arme au poing. Essoufflée d'avoir gravi les marches quatre à quatre, elle scruta le toit en quête du braqueur potentiellement blessé. Elle s'agenouilla pour jeter un coup d'œil sous un bloc de ventilation, laissant échapper un soupir frustré. Puis elle entendit des pas. Elle balaya le toit de son arme mais ne vit rien. Les pas résonnèrent à nouveau.

Là. Au-dessus d'elle. Un mouvement furtif tandis que l'homme bondissait entre deux pistes d'atterrissage réservées aux drones de livraison, utilisant ces plateformes comme si c'était le parcours de sauts d'un jardin d'enfants.

– Pas un geste ! cria Keegan. FBI !

Le chauve continua d'avancer.

Keegan posa les mains sur la piste la plus proche et se hissa dessus, comme sur le parcours du combattant de Quantico. Pendant ce temps, l'homme avait bondi sur la plus grande plateforme, destinée aux livraisons de gros colis.

– Il n'y a nulle part où aller, déclara Keegan.

Le malfaiteur secoua la tête dans un sourire et, prenant deux pas d'élan, se précipita vers la plateforme suivante, qui surplombait le rebord du toit. Une fois dessus, il continua de courir et sauta pardessus bord. Son corps disparut soudain, basculant dans le vide.

Oh putain. Ce type venait-il de se suicider pour échapper à une arrestation pour vol à main armée ?

Keegan sauta sur la plateforme et se redressa. Se penchant au bord du toit, elle se prépara à encaisser la vue de ce qu'une chute de six étages infligeait à un corps. Au lieu de quoi, elle aperçut le braqueur sur un balcon de l'immeuble d'en face, un étage plus bas. *Salopard.*

Keegan le mit en joue.

– Ne bougez plus !

Crâne Chauve se retourna vers elle puis entreprit de forcer la baie vitrée qui donnait sur le balcon. Le cœur de Keegan se mit à battre fort et le sang pulsait dans ses oreilles tandis qu'elle visait le dos du voleur. Le balcon était assez grand, le genre d'appartement premium qu'un bon salaire de lobbyiste pouvait payer, avec une grande paroi en verre à effet miroir qui courait tout du long. Mais qui y avait-il de l'autre côté de cette baie vitrée ? Peut-être un enfant de l'âge de Haley. Ou un Jared allongé sur son canapé. Elle renonça à tirer et rangea son pistolet. Elle allait devoir faire le grand saut, à son tour.

Elle revint en arrière, partant du principe qu'il devait bien y avoir une raison pour laquelle les athlètes faisaient le triple saut aux jeux Olympiques. Après avoir pris une grande bouffée d'air, elle se mit à courir, sautant de la première base à la deuxième, puis à la dernière, ignorant la douleur qui se réveillait dans sa jambe et la brûlure du piment au creux de son estomac, et elle se propulsa dans le vide entre les deux bâtiments.

Alors que Keegan retombait avant d'avoir atteint le balcon de l'autre côté, son cerveau lui souffla qu'il aurait fallu prendre en compte la différence de taille entre le braqueur et elle. Elle percuta juste à temps pour que ses deux mains agrippent la balustrade du balcon, celle de droite pleinement, la gauche parvenant tout juste à crocheter deux doigts. C'était suffisant, elle resta pendue là une seconde, tâchant d'assurer sa prise sur les barreaux glissants. Puis elle balança ses jambes d'arrière en avant dans une sorte de traction de CrossFit, et se laissa tomber. Portée par son élan, elle franchit tout juste la balustrade du balcon d'en dessous.

Réception pilée ! fut tout ce qui lui vint à l'esprit.

Elle rit tout haut, l'adrénaline lui montant à la tête. Elle se rendit compte qu'elle avait perdu les Viz Glass dans l'opération. Classique. Toutes ces précautions pour ne pas les rayer dans sa poche, et voilà qu'elles étaient tombées de cinq étages.

Elle entendit le braqueur sur le balcon du dessus en train de forcer la porte vitrée, et toqua sur la paroi réfléchissante de celui où elle se trouvait du dos de la main qui tenait le pistolet, tout en sortant son badge de l'autre.

– FBI ! Ouvrez immédiatement.

Pas de réponse, si bien qu'elle frappa de nouveau. La baie vitrée coulissa, s'ouvrant automatiquement. Mais il n'y avait personne à l'intérieur. Perplexe, elle balaya la pièce du regard et cria :

– FBI ! À terre !

Elle sentit une vibration au niveau de sa cheville – un robot ménager en forme de gros chat se frottait contre elle en ronronnant[4]. La machine quadrupède à l'enveloppe acajou leva la tête vers elle et dit :

– Bienvenue chez moi. Que puis-je faire pour vous ?

Qu'il s'agisse de la voix retransmise de son propriétaire ou d'une initiative de ce petit animal automatisé, cela importait peu.

Keegan écarta d'un coup de pied le chat ronronnant et traversa l'appartement, sortit sur le palier et se précipita dans l'escalier. Elle grimpa les marches en courant, deux à la fois. Elle se dit que le braqueur avait dû monter, lui aussi, supposant à juste titre que les rues allaient bientôt grouiller de flics.

Keegan s'arrêta devant la porte en haut de l'escalier, à la fois pour reprendre son souffle, faire redescendre le goût de piment au fond de sa gorge et consulta sa Watchlet. Elle fit défiler l'écran sur son poignet jusqu'à l'appli CityCam, pour afficher le flux des caméras de surveillance fédérales des environs – rien d'utile. L'une crépitait de neige numérique, visiblement en panne, et les deux autres caméras qui couvraient ce pâté de maisons ne présentaient qu'un écran noir, sans doute sabotées à l'ancienne à la bombe de peinture[5].

À l'aveugle, donc.

Elle entrouvrit doucement la porte, glissant d'abord le canon de son pistolet.

Elle décela du mouvement sur le bâtiment adjacent, aussi haut que celui-ci. Le braqueur était de nouveau en train d'enjamber l'espace entre les deux immeubles.

La deuxième fois, c'est la bonne.

Keegan courut aussi vite qu'elle put jusqu'au bord du toit. Sans avoir besoin cette fois de sauter d'une plateforme à l'autre, elle atteignit sans peine l'autre côté, atterrissant sur les bardeaux d'asphalte. Mais le choc fut violent, soulevant une vague de décharges nerveuses dans tout son dos. Déséquilibrée, elle se releva d'une roulade, pistolet au poing.

Contournant d'un pas déterminé un tas de téléviseurs brisés saupoudrés d'éclats de verre marron et verts, Keegan se mit à traquer l'homme. Puis elle le vit – ce salaud prenait son élan pour sauter sur l'immeuble suivant.

– FBI ! hurla Keegan. Arrêtez-vous immédiatement ! articula-t-elle.

Elle pointa le bas du corps de l'homme dans son viseur, résistant à l'instinct de lui tirer en pleine poitrine, comme on le lui avait enseigné. Elle voulait le blesser, pas le tuer, mais tout ça devait s'arrêter. Elle expira, son doigt se pliant déjà sur la détente.

C'est alors que le type dérapa, tentant désespérément de freiner sa course. La vision de Keegan, resserrée sur la mire de son arme, s'élargit quand la tête de TAMS apparut au-dessus du rebord du toit. Le robot se hissa pour bloquer le voleur.

Crâne Chauve fit un petit pas sur la gauche et TAMS suivit son mouvement en marchant tout au bord, insensible au vide abyssal derrière lui. Comme le braqueur faisait mine de partir à droite, Keegan se précipita dans sa direction, d'une démarche un peu bancale, car sa jambe était presque insensible à cause de ce nerf enflammé. L'homme l'entendit et se retourna, les yeux écarquillés, tandis que Keegan le plaquait comme un rugbyman. L'élan les envoya tous les deux heurter une cheminée de ventilation, l'arrachant de son support.

– Pas un geste, gronda Keegan en utilisant son poids pour immobiliser au sol l'homme qui se débattait.

Relevant la tête, elle vit TAMS se figer net.

– Non, TAMS, tu as fait ce qu'il fallait, dit Keegan. Viens donc m'aider.

Le robot tendit un bras pour bloquer le poignet de l'homme, et de l'autre la releva.

Quartier de Potomac Overlook

McLean, Virginie

Un léger tintement se fit entendre lorsque la pelle de Todd heurta une autre pierre. Ses avant-bras le faisaient souffrir, mais d'une certaine manière c'était grisant. Pour lui, la sensation d'épuisement avait toujours été associée à la productivité, à un boulot qui en valait la peine. Ses efforts n'avaient pas tellement été physiques, par le passé, mais cela lui procurait la même satisfaction de la tâche accomplie.

Un sifflement et le bruit de pas qui s'approchaient interrompirent son plaisir, le remplaçant par la nécessité urgente de présenter un autre visage. Il était crucial de canaliser dès le départ la conversation. Todd sortit du trou dans le jardin, derrière sa maison, et s'appuya sur le manche de la pelle comme s'il s'agissait d'une canne. D'un air aussi nonchalant que possible, il cria :

– Hey, Alden, qu'est-ce que vous faites de beau ?

La tête du voisin, Alden Chait, surgit par-dessus la clôture.

– Pas grand-chose. J'avais oublié de sortir le compost, répondit Chait. Le ramassage a lieu demain. Et puis j'ai entendu du bruit dans votre jardin et je me suis dit que j'allais m'assurer que tout allait bien.

Sous-jacente, l'idée était qu'il fallait régulièrement vérifier que Todd, le voisin plus âgé, qui vivait seul, allait bien. L'idée qu'il n'était qu'un sujet de pitié et d'inquiétude le crispa.

Chait se pencha davantage, tandis que Todd réfléchissait à la trajectoire de la pelle pour aller s'abattre sur la tempe du voisin.

– Alors comme ça, vous plantez une haie pour préserver votre intimité, à cause du nouveau campement, là-bas ? interrogea Chait.

D'un geste du menton, il désigna les bois juste au-delà de l'entrelacs de broussailles et d'herbes hautes qui délimitaient le jardin de Todd de la réserve naturelle de Scott's Run Nature Preserve.

– Je plains vraiment ces gens qui n'ont plus de boulot et tout ça, mais j'aurais préféré qu'ils s'installent ailleurs.

– Ouais, répondit Todd, sans qu'on puisse savoir s'il répondait à la question ou partageait ce sentiment.

Il y eut une pause, le seul bruit étant le bourdonnement au loin d'un drone de passagers décollant de l'aéroport de Washington-Dulles.

– Vous avez besoin d'aide ? proposa Chait, comblant le blanc. Nous avons un de ces nouveaux robots-jardiniers Werx. L'accessoire pelleteuse vous ferait ça en un rien de temps…

– Non merci, ça va aller, répondit Todd, puis il se gratta le menton du bout du doigt. Ça ne vous arrive jamais d'avoir envie de planter quelque chose et de le regarder pousser ? À partir de rien, grâce à vos efforts ? C'est ce que je cherche.

– Eh bien, dites-moi si vous changez d'avis, répliqua Chait. Je vais le mettre à charger, au cas où. Et promettez-moi juste de faire attention. Y a genre deux cents volts de courant dans la ligne enterrée là-dessous.

– Deux cent mille, rectifia Todd.

Pour lui, Chait était déjà mort. Autant le laisser s'en aller avec le bon chiffre.

– Hein ?

– Les lignes électriques dans votre maison, c'est du deux cent quarante volts ; je crois que c'est à ça que vous pensez. Mais le parc appartient à la ville, si bien que ce qui passe là, c'est la ligne à haute tension qui dessert tous les environs. Les vieilles lignes aériennes de quand vous étiez petit, c'était du treize mille volts, mais le nouveau câble multiconducteur japonais qu'on enterre, désormais, a une capacité de deux cent mille volts[6].

– J'oublie toujours qu'avant vous bossiez dans ces machins technologiques, soupira Chait. Eh bien, quel que soit le nombre de volts exact, je crois que ça nous a permis d'économiser deux ou trois cent mille dollars. Cette ligne avait déjà été installée quand nous avons acheté la maison. Le fait que tout le monde flippe à cause du risque de cancer lié à la présence d'une grosse ligne électrique juste derrière les maisons a fait dégringoler les prix. Moi, ça me gênait pas. Ma philosophie, c'est celle du vieux Disney avec les lions. « *Hakuna Matata*. Ce qui arrivera, arrivera. »

Là encore, il se plantait.

– Nous, nous étions déjà là avant tout ça, répondit calmement Todd. Isabella et Adam sont morts juste avant qu'ils l'installent.

C'est pour cette raison qu'il savait exactement où se trouvait la ligne électrique. Quand il portait le deuil de sa famille, il venait s'asseoir seul sur la terrasse en bois derrière la maison, jour après jour, sans rien faire d'autre que regarder les robots Dominion

Power creuser la tranchée et déposer le câble au fond. C'est à ce moment-là qu'il avait réfléchi à ce qu'il allait faire maintenant de cette vie qui était finie, à ce qui pouvait être accompli pour que leur sacrifice n'ait pas servi à rien.

La remarque de Todd plana entre eux, sa tonalité macabre créant la gêne escomptée.

Chait ne disait plus rien, cherchant visiblement un moyen de prendre congé élégamment.

– Eh bien, il faut que je rentre ; sinon, Inge risque de s'inquiéter.

Il se fendit d'un sourire artificiel, comme si ces quelques minutes de conversation embarrassante avaient été un vrai plaisir.

– Content de vous voir, Jack. Il faudra qu'on vous invite un de ces quatre, à dîner peut-être, ou juste pour prendre une bière dehors autour du brasero.

Todd jeta un coup d'œil par-dessus l'épaule de Chait vers la pancarte octogonale rouge plantée dans la roseraie jouxtant la porte de derrière du voisin. « STOP. Cette Maison Intelligente vous surveille. » Un avertissement bien visible, prévenant d'éventuels assaillants que l'endroit était connecté.

– Bonne idée, répondit Todd. Un feu, ça serait super.

U Street

Washington

Keegan escorta le suspect jusqu'à l'ascenseur, furieuse qu'il ne lui ait pas laissé le temps de s'étirer avant la poursuite, car son dos la lançait, à présent. Elle était encore barbouillée à cause de la saucisse *half-smoke* et du piment. Le sol de l'ascenseur était jonché de recharges de vapoteuses et de mégots de cigarettes, et, sur ses parois, on devinait le léger reflet révélateur d'un gribouillage RV.

Mais sans ses Viz Glass, Keegan ne put déchiffrer ces graffitis numériques.

TAMS remarqua l'intérêt qu'elle leur portait et se mit à les lire tout haut, des commentaires sur la police pour l'essentiel, en de tels termes qu'il allait falloir le programmer pour qu'il ne les prononce pas devant Haley.

Keegan appuya sur le bouton d'arrêt d'urgence. Le voleur, dont les mains étaient à présent menottées dans le dos, se raidit un instant, puis ses épaules s'affaissèrent, résigné à se faire tabasser. Keegan secoua la tête devant lui et se tourna vers le robot.

– TAMS, les caméras dans cet immeuble n'étaient pas connectées, n'est-ce pas ?

– C'est exact, répondit le robot. Les caméras de surveillance de la police de Washington, de même que celles qui contrôlent la circulation et les rues, ne sont plus en état de marche depuis sept mois aux abords de ce bâtiment.

– Mais alors, comment as-tu fait pour le localiser ? demanda-t-elle en désignant le voleur d'un geste du menton.

Elle sentit un élancement dans son épaule en faisant ce mouvement. Elle allait vraiment souffrir, tout à l'heure.

– L'immeuble voisin est identifié comme lieu de résidence de six individus sous le coup d'un mandat d'arrêt, dont l'un a passé cinq semaines à la prison du comté, le centre de détention Anne-Arundel, où il partageait la cellule d'Andrew Kerinsky, première personne interpellée et remise ce jour aux agents de la police de Washington. Il s'agissait très certainement de sa destination[7].

Keegan remarqua qu'il bougeait les mains en parlant. C'était nouveau. Il avait appris à utiliser des gestes expressifs lorsqu'il s'expliquait – cela venait peut-être d'un des autres robots testés ailleurs par le FBI.

– Tu sais, ça aurait été bien de le savoir avant de me jeter du haut d'un immeuble à sa poursuite…

Elle retira son doigt du bouton d'arrêt d'urgence et les portes s'ouvrirent. Malheureusement, la première personne que Keegan vit à l'extérieur du hall de l'immeuble fut l'agent Noritz, qui faisait les cent pas, furieux.

Une policière de Washington vint à leur rencontre avec un grand sourire.

– C'était vraiment hallucinant ! s'écria-t-elle. Escalader comme ça toute la façade…

Keegan esquissa un sourire, fière.

La policière lui tendit ses Viz Glass.

– Vous avez dû les perdre en courant derrière votre robot.

– Merci, répondit lentement Keegan.

Comment ça, « en courant derrière votre robot » ?…

– Comment vous lui avez appris ça ? Le saut périlleux de la mort, c'était vraiment dingue, poursuivit la policière.

– Quel saut périlleux ? s'étonna Keegan.

– Vous ne l'avez pas vu ?

– J'étais un peu occupée.

– C'est vrai, vous n'apparaissez que dans la dernière scène. Eh bien, faut que vous regardiez le reste… dit-elle en lui tendant sa tablette renforcée.

Financée par le gouvernement fédéral, la police de Washington en était réduite à récupérer des reliquats militaires.

Keegan toucha l'écran. Des images de drone montraient les voitures de police convergeant vers le Ben's Chili Bowl. TAMS sortait sur le trottoir et grimpait vers l'auvent avant de bondir sur l'immeuble d'à côté, s'agrippant d'une main au rebord d'une fenêtre. Il escaladait la façade latérale, calant le bout de ses doigts et de ses pieds sur les minuscules renfoncements entre briques et ciment. Arrivé en haut, il hésitait un instant pendant qu'il intégrait les données avant de s'élancer dans le vide jusqu'au bâtiment d'en face, accroché aux lignes électriques. Keegan reconnut des mouvements aperçus lorsqu'elle avait emmené Haley au zoo. C'était de cette manière que les orangs-outangs se déplaçaient sur les cordes de la « O-line[8] ». Le robot allait et venait, sautant, grimpant, traversant dans un sens puis dans l'autre comme dans une vidéo de parkour[9]. Étrangement, alors que ces images n'étaient en ligne que depuis quelques minutes, quelqu'un avait ajouté dessus un rythme électro entraînant. Le robot montait jusqu'au toit, où la caméra le filmait en train de bondir pour couper la route au braqueur, puis Keegan jaillissait du hors-champ pour plaquer celui-ci.

– Je veux le même tout de suite, commenta la policière. C'est mieux que mon fainéant de partenaire, qui met pas un pied devant l'autre.

– Je t'entends ! cria une voix derrière elles.

– Attention à ce que vous demandez, répliqua Keegan. Où avez-vous trouvé cette vidéo ?

– Elle est partout. Vous faites un sacré buzz, tous les deux...

Keegan laissa échapper un petit rire.

– Tout ce que je voulais, moi, c'était un hot dog aux épices...

– Mauvaise idée ; la viande qu'il y a dedans, ça vous tuera, la réprimanda la policière. En tout cas, sacré coup de filet.

Puis, d'une voix inquiète, elle ajouta :

– Mais bon, je crois pas que ça enchante votre chef, là-bas...

Se retournant, Keegan aperçut Noritz, qui la fusillait toujours du regard à travers la baie vitrée du hall, lui faisant signe de sortir.

– Non, c'est juste qu'il m'aime beaucoup et s'est fait du mouron, plaisanta-t-elle.

Poussant le prisonnier devant elle, elle ordonna :

– OK, TAMS, c'est ta première interpellation, alors à toi l'honneur : conduis-le au fourgon.

Dehors, dans la rue, une bonne vingtaine de badauds se tenaient derrière le cordon jaune de la police. Même si bon nombre d'entre eux avaient déjà vu ses exploits sur la vidéo, ils restèrent bouché bée en voyant TAMS escorter le malfaiteur jusqu'au minibus reconverti que la police avait garé là pour accueillir les suspects.

Puis une explosion de verre se fit entendre, des éclats vert foncé volant devant eux. Keegan leva les yeux juste à temps pour voir une autre bouteille jaillir d'une fenêtre ouverte, au troisième étage. Les copains du braqueur ? Ou bien simplement des habitants ne supportant pas les policiers ? Ou alors le robot ? Peu importait ; la colère et le résultat étaient les mêmes.

Celui qui avait jeté la deuxième bouteille visait mieux, mais n'avait pas pris en compte la réactivité de la machine. La main libre de TAMS contra la bouteille du côté de ses doigts recouvert d'un revêtement en caoutchouc, et le projectile alla s'éclater contre un mur en brique, de l'autre côté de la rue.

Des cris s'élevèrent de la foule, les voyants de leurs Viz Glass s'allumant pour filmer la scène. Certains sortirent même de leur sac-banane des microdrones qui s'envolèrent au-dessus du cordon jaune pour prendre des images en gros plan, que ces gens pourraient ensuite vendre.

– Reculez ! Vous connaissez les règles ! hurla l'un des agents.

Il braqua devant la foule son fusil brouilleur – qui ressemblait à un bout de bois peint en noir de vingt centimètres sur cinq –, et les drones miniatures s'écrasèrent sur la chaussée. Mais le brouilleur n'était d'aucune utilité contre les bouteilles. Alors qu'une troisième explosait par terre, Keegan poussa TAMS et le prisonnier vers le minibus. Le robot remit l'homme à un agent, qui le fit aussitôt entrer dans le véhicule et referma la porte pour se protéger.

Le robot s'immobilisa, ne sachant quoi faire maintenant, alors que d'autres projectiles fusaient dans sa direction.

Keegan lui souffla :

– Arrête de jouer les cibles ; quelqu'un va être blessé à cause de toi. Suis-moi.

Tandis qu'une autre bouteille s'écrasait contre le fourgon, Keegan et TAMS montèrent à l'intérieur. Celle-ci contenait du liquide jaune, de la bière peut-être, ou alors de l'urine, qui s'écoulait sur le pare-brise.

– C'est du verre blindé, précisa l'agent. Va falloir nettoyer tout ça, mais pour le reste, on craint rien.

Keegan hochait la tête lorsqu'elle repéra un Suburban noir du FBI à l'approche. C'était le sien, mais elle ne l'avait pas encore appelé.

– Merde.

Le SUV s'arrêta juste à côté du minibus, faisant obstacle aux bouteilles, et la fenêtre conducteur se baissa.

– Montez, ordonna Noritz.

Keegan se dirigea vers le Suburban et s'installa sur la banquette arrière, mais TAMS resta figé.

– Bon sang, grimpez, j'ai dit ! hurla Noritz.

– Il faut dire son nom, expliqua calmement Keegan en se décalant pour faire de la place au robot.

Noritz se contenta de la fusiller du regard, si bien qu'elle donna l'ordre elle-même.

Après avoir conduit lentement pendant quelques minutes jusqu'au quartier de Columbia Heights, Noritz finit par craquer et prit la parole.

– Expliquez-moi, dit-il.

Sa Watchlet se mit à vibrer et il tendit le bras pour intimer Keegan au silence. Il soupira et son front se plissa encore davantage. Il posa son doigt sur l'écran de contrôle et les lumières rouges et bleues du SUV se mirent à clignoter, la sirène à hurler, avant qu'il ne fasse demi-tour. Ils se dirigeaient à présent vers le sud, pied au plancher.

Keegan se tourna vers TAMS, assis derrière Noritz, puis de nouveau vers celui-ci.

– C'est à vous que je posais la question, Keegan, fit remarquer Noritz.

– Ça nous est tombé dessus par hasard, répondit-elle. Nous étions en train de travailler un aspect de notre formation quand deux débiles ont essayé de braquer le Ben's Chili Bowl.

– Qu'est-ce que vous faisiez chez Ben's ? interrogea Noritz.

Keegan regarda dehors avant de répondre.

– Construire la base cognitive d'un système robotisé est une opération complexe, qui doit s'appuyer sur des données hétérogènes, à la fois régulières et irrégulières, choisies en fonction de l'environnement dans lequel il est censé opérer et de ses…

– Épargnez-moi ces conneries, la coupa Noritz.

– Très bien.

– Pourquoi avez-vous pris le robot avec vous ? Il ne mange pas, que je sache…

– Pas de *half-smokes*, non. Ce n'est pas bon pour sa digestion, dit-elle, puis elle vit que sa tentative de calmer un peu un Noritz à cran ne fonctionnait pas.

Elle continua, mais sur un ton plus sérieux.

– La mission qu'on m'a confiée est de le former. On ne peut pas se contenter de programmer ses compétences en matière d'interactions humaines, si bien que nous sillonnons la ville. Ce qui nous amène à nous rendre dans des lieux que n'importe quel agent peut être amené à fréquenter au cours de ses journées.

Cela lui fournirait également une excuse au cas où ils l'interrogeraient sur le détour par son appartement.

– Chaque expérience, chaque endroit apportent des données supplémentaires à TAMS, poursuivit-elle, répétant sciemment ce qu'elle estimait que Modi aurait dit. Ce qui le rend à la fois plus intelligent et plus utile, et nous fournit des informations sur la manière dont il gère différentes situations.

– Eh bien, c'est sûr qu'aujourd'hui, grâce à vous, il a eu droit à un sacré paquet de nouvelles données, commenta Noritz, toujours en colère mais visiblement un peu apaisé par sa réponse. Ce que vous devez piger, Keegan, c'est que nous sommes tous les deux sous un putain de projecteur, en ce moment. Ça vous est arrivé de cramer des fourmis avec une loupe, gamine ?

– Non, répondit Keegan en se demandant quel genre de détraqué ferait une chose pareille.

– Eh bien, vous feriez mieux de vous habituer à cette sensation. C'est vous qui allez passer un bon moment sous la loupe…

– Le directeur adjoint ?

– Nan. Essayez encore.

– Le ministère de l'Intérieur ?

– Non, répondit Noritz. Une loupe plus puissante que ça. Le genre qui peut nous faire griller sans même y penser et encore moins s'en soucier.

Keegan comprit que Noritz savourait trop son avantage pour lui fournir une réponse claire, si bien qu'elle se rassit au fond de la banquette.

Alors, TAMS envoya une notification dans ses Viz Glass :

D'après la demande d'itinéraire envoyée par ce véhicule, notre destination finale est la suivante : Maison-Blanche, 1600 Pennsylvania Avenue, Washington.

6

Old Executive Office Building

Washington

Ils entrèrent par le point de contrôle de la 17e Rue, qui bloquait Pennsylvania Avenue. Dans les vidéos d'histoire, on voyait des gens jouer au hockey en roller, à cet endroit. Mais à présent, le boulevard, jadis ouvert, qui passait devant la Maison-Blanche, était aussi fortifié qu'une base opérationnelle en zone de guerre. Des agents du Secret Service portant d'épaisses armures pare-balles et deux robots-pisteurs surveillaient le check-point, soutenus par deux véhicules de type MRAP au blindage renforcé[1]. Chacun de ces blindés massifs était surmonté de la tourelle hybride standard de la Sécurité intérieure : huit lance-grenades qui étaient remplies d'un mélange de fumée et de gaz lacrymogènes, et le rectangle noir aisément reconnaissable d'un brouilleur antidrone.

– Nous y sommes, annonça Noritz.

– Mmmm, grommela Keegan. Nous sommes convoqués dans le Bureau ovale ?

– Vous n'êtes pas si importants, répliqua Noritz. Je vous envoie les détails.

La Watchlet de Keegan tinta : *Direction de la Sécurité intérieure, siège du bureau exécutif Eisenhower.*

– J'aurais dû me changer d'abord, déclara Keegan, soudain consciente de son pantalon plein de poussière et d'asphalte.

Elle se passa la langue sur les dents, regrettant de ne pas avoir eu le temps de les brosser pour se défaire du goût épicé des saucisses.

– Eh bien, nous y voilà, rétorqua Noritz. Votre boulot, c'est de dire oui – compris ? Et rien d'autre. Et laissez-moi vous donner un dernier conseil : Apparaître brusquement sur le radar de ces gens-là, ce n'est jamais très bon pour un agent…

– Ni pour son supérieur.

– Surtout pour son supérieur. Faut pas merder.

Keegan acquiesça sans un mot et descendit du SUV.

Elle leva les yeux sur l'immeuble gris de huit étages qui dominait la Maison-Blanche voisine. Abritant les bureaux de tout le personnel présidentiel en dehors du premier cercle, il avait l'apparence grandiose d'un palais européen, reflétant l'ambition qui avait habité les États-Unis au moment de sa construction, à la fin du XIXe siècle : devenir un empire[2]. À présent, entouré par plusieurs check-points et un immense mur de tiges métalliques surmontées de piques, il ressemblait à un palais royal en état de siège. Sous bien des points de vue, il l'était.

– Allons régler cette affaire, lança Keegan à TAMS.

Voilà qu'elle se remettait à transpirer. Elle aurait pu attribuer cela aux trente-neuf degrés ambiants ou au fait que l'adrénaline n'était pas encore retombée après la poursuite, mais elle savait que c'était autre chose. Poursuivre le braqueur était dangereux, mais c'était dans ses cordes. Pénétrer à l'aveugle dans le siège de la direction de la Sécurité intérieure était un scénario qu'elle n'avait jamais envisagé. Elle jeta un coup d'œil à TAMS et devina que cela n'avait jamais figuré non plus dans ses modélisations.

Les deux gravirent d'un pas décidé les marches qui menaient à l'entrée principale, où un agent de sécurité coiffé d'un casque balistique avec dispositif Viz ouvrit la porte du complexe de sécurité installé au pied du vieil immeuble. À l'intérieur, ils durent passer à travers un grand scanner qui bourdonnait comme un réfrigérateur.

– Par ici, madame, interpella un autre agent du Secret Service, lui faisant signe d'approcher de sa main gantée de cuir noir. C'est la première fois ? Placez tous vos appareils électroniques et vos armes dans ces bacs. Puis vous passerez de l'autre côté et vous irez enregistrer. Vous récupérerez vos affaires en sortant, ici même. Ils seront en sécurité dans un casier. On vous remettra un badge à la réception.

Keegan vida ses poches, retira sa Watchlet et ses Viz Glass, et les déposa avec son arme de service et ses chargeurs dans un casier conçu sur le modèle des vieilles boîtes postales. Elle le verrouilla puis posa la clé et sa ceinture dans un bac en plastique. Pendant que le bac passait dans la machine à rayons X, elle remonta un petit couloir où tout son corps fut scanné, les murs eux-mêmes faisant office de capteurs. En ressortant, elle regarda derrière elle. TAMS était planté de l'autre côté du scanner, le garde lui barrant le passage.

– Les appareils électroniques extérieurs ne sont pas autorisés à entrer.

– Ce n'est pas un appareil, répliqua Keegan. C'est un TAMS.

– Peu importe comment vous l'appelez. On ne peut pas le laisser rentrer. Vous pouvez y aller, mais…

Une jeune femme en tailleur-pantalon à rayures jaunes, avec des hauts talons d'un violet sombre, surgit alors de la salle d'attente, derrière le scanner.

– Laissez passer le robot. Il a reçu l'autorisation.

– Très bien, alors, grommela le garde, dubitatif mais respectant son autorité.

– Mallory Gibbon, se présenta la femme, tandis que TAMS avançait, faisant briller d'un éclat rouge les voyants du scanner. Assistante spéciale du conseiller chargé de la Sécurité intérieure des États-Unis. Suivez-moi. Toutefois, je vous demanderai de déconnecter tous les nœuds d'accès aux réseaux de votre machine.

Tout en l'écoutant, Keegan remarqua les va-et-vient de ses yeux, qui consultaient en même temps les messages professionnels sur le fil de ses Viz.

Keegan se tourna vers TAMS :

– TAMS, éteins les ports réseau et com. Confirmer.

Les deux femmes patientèrent un instant, avant que TAMS ne réponde :

– Je suis déconnecté. Confirmé.

Ne faisant pas confiance à la machine d'une étrangère, l'agent de sécurité demanda à la sienne de vérifier. Un robot sphérique, monté sur roulettes, qui ressemblait à un pneu de camion avec une sphère de verre dedans, déploya sa petite antenne avant de tourner autour de TAMS en quête d'éventuels signaux[3]. Le robot s'éloigna et le garde hocha la tête.

Sur ce, Gibbon leur tendit deux badges rouges, ornés d'un grand V blanc – pour « Visiteur ». Keegan l'accrocha au col de sa chemise. TAMS prit l'autre puis marqua une pause. Une demi-seconde plus tard, il se dirigea vers la réception et attrapa un cordon, l'attacha à son badge et le passa autour de son cou. Le cordon se balançait davantage qu'il ne l'aurait fait sur un humain, la carte ricochant sur le plastron métallique avant d'adhérer au support magnétique destiné aux pistolets, sur le torse de TAMS.

– Fascinant, commenta Gibbon, ses pupilles se resserrant tandis qu'enfin elle fixait Keegan dans les yeux.

– Ouais. Il faut un moment pour s'habituer à la manière dont il résout les problèmes sans qu'on ait besoin de le prendre par la main.

Ils pénétrèrent dans l'enceinte du bâtiment proprement dit, et, devant ce décor aussi grandiose que désuet, Keegan se sentit encore moins à sa place. Les plafonds étaient plus hauts que la normale, culminant à près de six mètres, reliques d'une ère architecturale antérieure à l'invention de la climatisation, sous lesquels le robot semblait encore plus minuscule. Le couloir était pavé de dalles de marbre lisse, dessinant un damier noir et blanc. Les pas de TAMS émettaient un tapotement étouffé, et les semelles en caoutchouc de Keegan couinaient, ce qui la gênait quelque peu.

Keegan savait que dans ces moments-là mieux valait ne rien dire ; ce qui devait advenir, adviendrait. Des décisions avaient déjà été prises. La carrière d'un agent, à son niveau, n'était pas un facteur qui entrait en ligne de compte dans les calculs de ces gens-là, si bien qu'elle n'avait aucun contrôle sur ce qui allait se passer.

Elle repensa à ce que Noritz avait dit en plaisantant, au sujet d'un licenciement, lui qui savait à quel point sa famille était dépendante de cet emploi. La situation provoqua en elle une décharge de colère, mais elle s'efforça de garder un visage impassible.

– Par ici, lui dit Gibbon en ouvrant de l'épaule ce qui semblait être la porte métallique d'un escalier.

Celle-ci avait une apparence moderne, d'un design presque brutaliste, tranchant avec les autres portes en bois.

L'instant d'après, ils se retrouvèrent dehors, les talons de Gibbon claquant sur l'asphalte noir. En face d'eux, un auvent en toile rouge protégeait la porte en bois toute simple d'un bâtiment à la façade blanche.

Un courant d'air froid jaillit de la porte quand un autre robot de sécurité l'ouvrit. Un homme aux cheveux gris – Keegan était quasiment sûre qu'il s'agissait du secrétaire d'État – passa devant elle en la bousculant sans ménagement, suivi d'un homme plus jeune qui faillit la percuter, concentré sur les prochains rendez-vous de son patron qui s'affichaient dans ses Viz Glass. Comme les administrateurs coloniaux britanniques d'antan, vêtus de costumes en laine et de cols roulés dans la fournaise des tropiques, les deux hommes étaient en costume-cravate.

Les deux femmes et le robot entrèrent dans le bâtiment et descendirent quelques marches, dans la pénombre de cet intérieur sans fenêtres. Ici, par contraste avec le bâtiment Eisenhower, les plafonds étaient bas et le sol tapissé d'une épaisse moquette rouge qui étouffait le bruit de leurs pas. Les murs étaient couverts de tableaux aux cadres massifs, représentant chacun une bataille ou un Américain illustre. Le décor se voulait raffiné et luxueux, pour impressionner et détendre à la fois le visiteur. En réalité, il faisait juste vieillot.

– Nous y voilà, déclara Gibbon en s'arrêtant devant une autre porte en acier.

Celle-ci n'était surveillée que par un seul membre du Secret Service, assis derrière un bureau en bois. Pas d'armure pare-balles. Pas de robot. Juste un badge doré sur une chemise blanche. Comme si mettre en place d'autres mesures de sécurité aurait offensé ceux qui se trouvaient déjà dans le saint des saints.

– Où ?

– Il vous attend dans la Situation Room, répondit Gibbon. Enfin, il ne s'agit pas d'une seule salle, en fait, mais d'un ensemble de pièces de tailles différentes, jusqu'aux placards à balais qui accueillent les conversations sécurisées. Mais on vous attend dans la salle principale. Évidemment, il a droit à la meilleure. Ça rejoint le seul conseil que je vais vous donner : tout ce qu'il veut, il l'obtient.

Maison-Blanche

Washington

Dès qu'elle posa un pied dans la salle, Keegan sentit son estomac se nouer. Finalement, ce n'était pas le conseiller à la Sécurité intérieure qui les attendait. À l'autre extrémité d'une immense table de réunion en U se tenait Willow Shaw.

L'énergie qu'il dégageait était viscérale, comme si un million de petites machines tournaient à plein régime en lui. Étant donné la prédilection des milliardaires de la Silicon Valley pour le biohacking et l'amélioration des performances humaines, c'était d'ailleurs possible.

– Agent Keegan, je suis Willow Shaw, se présenta-t-il, se livrant ainsi au petit numéro des gens célèbres, en faisant comme si leurs interlocuteurs ne les connaissaient pas. C'est un immense plaisir de vous rencontrer.

Shaw dépassait Keegan d'une quinzaine de centimètres, et sa chevelure argentée était coupée ras. Déterminer son âge était d'autant plus difficile, cette couleur pouvant s'interpréter comme le signe d'une longue expérience ou d'une volonté de se distinguer. Contournant la table, il fit glisser ses ongles impeccables sur le dossier de chaque chaise, comme s'il comptait : cinq, quatre, trois, deux, un. Puis il tendit le bras pour lui serrer la main.

Shaw avait une poigne de fer, digne d'un sergent d'artillerie. Keegan mit cela sur le compte du besoin habituel des hommes, un peu débile, d'asseoir leur domination dès le début d'une conversation. Pourtant, quand leurs mains se rencontrèrent, elle aurait juré que Shaw n'avait jamais soulevé le moindre haltère. Sa paume donnait l'impression d'être couverte d'une peau neuve, exposée au monde pour la première fois.

Un corps de hacker, songea Keegan, sciemment conçu pour percer les défenses de la plupart des normes sociales et culturelles.

Shaw se tourna vers TAMS.

– Je suis également ravi de faire la connaissance de votre partenaire, dit-il en tendant la main au robot.

Keegan n'avait jamais vu personne faire ce geste avec TAMS, mais celui-ci réagit comme l'aurait fait un être humain et lui serra la main. Quand leurs doigts se refermèrent, veines et tendons se dessinèrent, sinueux, sur l'avant-bras de Shaw. Ses biceps se contractèrent, étirant les manches de son polo en nanosoie noire. Son but était à l'évidence de prendre le dessus partout où il allait. Mais avec le robot, cela ressemblait davantage à un test d'ingénierie.

– Parlez-moi de vous, dit Shaw.

Keegan interpréta cela comme cette autre tentative de domination dont les puissants de ce monde étaient familiers : ouvrir la conversation par un ordre à exécuter, en faisant semblant de s'intéresser vraiment à la personne. Tout cela n'était pas nécessaire, se dit Keegan. Cette réunion peu orthodoxe et la rapidité avec laquelle Shaw avait comprimé temps et espace pour faire venir Keegan et TAMS dans cette salle démontraient bien le pouvoir qu'il avait ; par ailleurs, son *business model* tout entier reposait sur la capacité à connaître les gens.

Mais à peine avait-il prononcé ces mots qu'il s'approcha encore davantage de TAMS. Visiblement, la machine était à ses yeux la personne la plus intéressante dans cette salle.

TAMS resta figé, sans répondre, même lorsque Shaw se retrouva à une distance qui aurait poussé n'importe quel humain à reculer devant cette invasion de son espace personnel.

– Vas-y, TAMS, ordonna Keegan. Autorisation de répondre aux questions de M. Shaw. Dis-lui quelque chose sur ton état.

– Je vais devoir recharger mes batteries dans cent trente-neuf minutes, répondit TAMS.

– Pertinent, commenta Shaw. Mais cela ne révèle pas grand-chose. Comment va l'agent Keegan aujourd'hui ?

Keegan eut de nouveau la boule au ventre. Jouer avec la technologie et les êtres humains était naturel pour Shaw.

– L'agent Keegan montre actuellement des niveaux de cortisol et d'adrénaline supérieurs à ses standards, et des niveaux sous-optimaux de glucose. Cela peut être attribué à sa course-poursuite, à l'interpellation de l'auteur potentiel d'un vol à main armée, et à la saucisse *half-smoke* pimentée qu'elle a mangée, répondit TAMS.

Shaw éclata de rire. Un ricanement sec et nasal qui ne cadrait absolument pas avec sa présence physique pseudo-dominatrice.

– Il me semble que tu viens de faire une plaisanterie. Je me rends compte, d'ailleurs, que je n'avais pas besoin de rire afin de la valider pour toi, ce qui en soit pourrait être considéré comme très amusant, ajouta Shaw.

Keegan plissa les yeux, la réaction naturelle de son corps tandis que son esprit tournait à fond pour tenter de comprendre ce qui était en train de se passer.

TAMS resta silencieux.

Shaw tira l'une des chaises ergonomiques et s'assit sur la table en chêne, comme s'il était chez lui.

– Toi et moi, TAMS, sommes plus semblables qu'on ne le croit. Tu es une machine investie d'une mission, pas un de ces pauvres robots ménagers serviles qui vous arrivent au genou, et qui vous servent à table en obéissant aux caprices d'un algorithme.

Il se remit sur pied d'un bond et s'approcha de nouveau de TAMS, pour étudier sa tête avec attention. Keegan recula d'un pas pour le laisser passer, comprenant que Shaw n'avait même plus conscience de sa présence.

– Tu arrives à me déchiffrer, dit Shaw. Explique-moi comment[4].

– J'utilise une multiplicité de méthodes, via une combinaison de capteurs optiques et laser, répondit TAMS. Analyse de la posture corporelle et des microexpressions faciales. Conductivité électrique transdermique pour déterminer la réaction physique aux stimuli émotionnels externes[5].

– Autant d'excellentes méthodes, apprécia Shaw en retournant se percher sur la table de réunion comme s'il se demandait laquelle des dizaines de questions qui fusaient dans son crâne il allait poser maintenant.

Keegan croisa les mains dans son dos ; elle avait décidé que la meilleure stratégie consistait à attendre qu'on lui adresse la parole pour parler, et, pendant ce temps, à regarder ce spectacle.

– Tu apprends à longueur de temps, n'est-ce pas ? Tu intègres les informations, tu partages ce que tu sais avec d'autres dispositifs TAMS en service ailleurs, dit Shaw. Les autres apprennent de toi et de tes expériences avec l'agent Keegan ici présente, et toi tu apprends de leurs expériences avec leurs propres agents. Puis le système dans son ensemble développe et perfectionne de nouvelles voies cognitives telles que… Bien sûr, cela pourrait fonctionner beaucoup mieux avec une machine un peu plus à la pointe que tu ne l'es. Les *wet nets* peuvent aisément surpasser ta puissance de calcul…

Il marqua une pause.

– Je m'excuse, TAMS.

Il se leva de nouveau et se fendit d'une parfaite révérence, tel un courtisan japonais.

– C'était très impoli de ma part – ce qui, tu t'en rendras compte en me connaissant mieux, est assez courant. Toi et moi sommes plus semblables que je ne le suis avec, disons, l'agent Keegan, ici présente. Tu es lancé dans un périple, et les défis auxquels tu es confronté dans ta compréhension du monde autour de toi me sont tellement familiers. Mais je t'envie, toi qui progresses et évolues si vite. Mon chemin est plus ardu, douloureux même. Je vois cela comme un aspect superflu de la condition humaine – la souffrance. Elle n'a rien de nécessaire. À vrai dire, rien n'est nécessaire.

Shaw se rassit et se tourna vers Keegan, la regardant droit dans les yeux.

– À vous aussi, toutes mes excuses. Mes capteurs et mes capacités de calcul, en quelque sorte, ne sont pas comme ceux des autres. Ils sont plus proches de ce que fait TAMS. Les gens comme moi étaient jadis qualifiés de « petits professeurs », car notre hyperintelligence se manifeste dès le plus jeune âge, tout comme notre désir de partager notre enthousiasme pour les sujets qui nous tiennent à cœur[6]. Mais, bien sûr, ce n'est pas que ça. Cette condition ressemble davantage à une programmation différente qui nous oblige à nous reparamétrer afin de pouvoir déchiffrer nos frères humains.

Keegan ne savait pas trop quelle réponse on attendait d'elle, si bien qu'elle fit ce que lui avait conseillé Noritz :

– Oui, monsieur.

– Cette déclaration vous met mal à l'aise, agent Keegan, répliqua Shaw. Ça saute aux yeux. Mais il n'y a aucune raison de s'apitoyer sur moi.

Il s'interrompit un instant, comme s'il intégrait quelque chose, puis ses lèvres s'incurvèrent en un demi-sourire.

– Il ne faut jamais s'apitoyer sur quelqu'un qui possède son propre avion[7].

– David Mamet, rétorqua Keegan.

Le visage de Shaw s'ouvrit, se fendant d'un grand sourire.

C'est une sorte de jeux d'échecs à plusieurs niveaux, songea Keegan.

Shaw souriait-il en reconnaissance d'une égale, d'une personne qui connaissait et, peut-être, appréciait les mêmes écrivains ? À moins qu'il n'ait placé là cette citation pour montrer qu'il savait tout ce qu'elle aimait ? Et dans ce cas, s'agissait-il d'une menace ou d'une sorte de flirt un peu bizarre ?

Comme s'il lisait dans ses pensées, Shaw reprit :

– Je suis comme ça. Si j'étais fait différemment, serais-je milliardaire ? Serais-je ici à la Maison-Blanche aujourd'hui, avec vous ? Bien sûr que non. Dieu ne fait pas d'erreurs ; seuls les mauvais programmeurs humains en commettent.

Keegan parvint à hocher la tête et regretta de n'avoir pas insisté pour que Noritz l'accompagne.

– Je veux apprendre à cerner les gens dans un but fonctionnel. Ce n'est pas seulement que je réoriente mes capteurs pour me focaliser sur les détails, ces infimes signaux que la plupart des gens se contentent d'ignorer. Cela va plus loin, et me permet de procéder à ce que vous verriez peut-être comme un « piratage des émotions ».

– Comme au poker, remarqua Keegan[8].

– Quand les enjeux sont au plus haut.

Il se tourna de nouveau vers le robot.

– Comparons. TAMS, qu'observes-tu concernant les bases biométriques de l'agent Keegan – disons, ses micromouvements faciaux et musculaires ?

– Des mouvements rapides des muscles autour de l'œil droit indiquent un malaise émotionnel, poursuivit TAMS.

– Et les mâchoires serrées, là, à l'instant – tu vois ? – attestent d'une certaine forme de frustration, ajouta Shaw.

– Oui.

– TAMS, il faut aussi que tu intègres sa posture, légèrement penchée en arrière, sur ses talons, avec les mains dans le dos. C'est la posture du devoir, destinée à montrer sa déférence, mais, en fonction du contexte, cela peut également être un moyen de cacher une frustration. Je ne suis pas capable de me mettre dans sa peau, du moins littéralement, comme toi tu peux le faire. Mais les signes sont suffisamment clairs.

Keegan avait en outre envie d'aller aux toilettes, et se demanda quelle interprétation les deux autres en auraient tiré.

– Alors, pourquoi ne pas soulager sa frustration ? demanda Shaw dans un geste grandiloquent. Qu'aimeriez-vous me demander, agent Keegan ? Une question ?

– Oui… J'aimerais savoir ce que nous pouvons faire pour vous.

– Rien et tout. J'étais en ville pour une réunion, donc c'est un peu la providence qui nous a réunis aujourd'hui… Votre incident au restaurant a attiré mon attention. Et ma curiosité. Cette remarquable machine et vous m'intéressez. Le staff de la Sécurité intérieure a eu la gentillesse de rendre cette rencontre possible.

– La providence, répéta Keegan.

– Vous semblez vous méfier de moi, répliqua Shaw. Qu'en penses-tu, TAMS ?

– Les données le confirment, répondit TAMS.

Ouais, tu m'étonnes. Tu te comportes comme si la Maison-Blanche t'appartenait.

– J'ai faim, déclara Shaw, plus pour lui-même que pour TAMS ou elle.

Il tapota son avant-bras gauche, puis traça un motif complexe sur sa peau, activant une interface dermique[9]. Keegan, qui n'avait jamais vu en vrai cette technologie rare et hors de prix, resta interdite, captivée par ce dispositif directement intégré dans le corps.

La seconde d'après, Gibbon ouvrit la porte.

– L'intendance de la Maison-Blanche vous livrera votre commande dans un instant.

– J'aimerais mieux que ce soit vous, rétorqua Shaw.

Keegan se demanda si Shaw se rendait compte de ce que représentait une telle demande à un humain, qui plus est membre du personnel politique de la Maison-Blanche. Mais Gibbon hocha la tête avant de se retirer.

– Pendant que nous attendons, TAMS, pourquoi ne pas m'analyser ? Agent Keegan, que voulez-vous savoir d'autre ?

Il y avait un tas de choses que Keegan aurait voulu lui demander, à commencer par où se procurer la crème qu'il utilisait pour supprimer ses rides, ou encore dans quelles actions il fallait investir pour assurer sa retraite.

– Que faites-vous à Washington ?

– Je suis ici tout le temps, en réalité. J'entretiens mes contacts. Chambre des représentants. Sénat. Chambre de commerce. Sociétés de lobbying. Parfois la CIA et le ministère de la Défense. Ça dépend. Ce séjour était censé être bref, mais maintenant, je ne suis pas sûr d'avoir envie de rentrer tout de suite en Californie.

– TAMS, parle-t-il avec sincérité ?

Elle se tourna vers le robot, tentant de désarçonner Shaw.

– Non, répondit TAMS. Biodonnées et réaction faciales indiquent que M. Shaw ne dit pas la vérité.

– Merveilleux, apprécia Shaw en penchant la tête de côté. TAMS, réessaie : Je ne suis pas sûr d'avoir envie de rentrer tout de suite en Californie.

Il hocha légèrement la tête en direction de Keegan.

– TAMS, dit-il la vérité ? demanda celle-ci.

– Oui, déclara le robot. Les données faciales de M. Shaw et d'autres données biométriques, telles que les micromouvements de ses muscles faciaux et son pouls, corroborent tous qu'il dit la vérité[10].

– Tu en es sûr ? insista Keegan.

Elle avait encore des doutes.

– Aussi sûr qu'une machine puisse l'être, intervint Shaw. Et à quel point peut-elle l'être ? Vous croyez que je ne suis pas capable de contrôler mon propre corps ? Toute ma vie, j'ai appris à présenter le genre de données – d'indices, en fait – qui mettent les gens à l'aise. Mais ce qui compte, c'est que vous avez quand même détecté le mensonge. Aussi perfectionnés puissent être les capteurs et les capacités de calcul d'une machine, ce qui leur fait défaut, c'est une compréhension intuitive des données sous-jacentes. C'est le cœur du problème, n'est-ce pas ? Ça rejoint ce que TAMS a besoin de comprendre pour devenir un partenaire satisfaisant dans votre travail.

– C'est peut-être vous qui devriez faire équipe avec TAMS, monsieur Shaw, fit remarquer Keegan.

– Ah, voilà que vous laissez parler votre sens de l'humour, agent Keegan. Bien vu. Mais dites-moi, comment ça se passe, vraiment, dans cette unité ? Comme vous l'avez *détecté*, je suis loin d'être un observateur impartial, ici. Moi qui étudie à la fois la technologie et l'expérience humaine, je trouve tout à fait fascinante cette collision entre une espèce évolutionnaire et une technologie révolutionnaire. Mais je m'inquiète aussi de ce qui pourrait arriver ensuite. Je m'en inquiète beaucoup, agent Keegan, et c'est la véritable raison de ma présence à Washington.

– Que voulez-vous dire par là ?

– TAMS et moi sommes similaires, mais vous et moi aussi, agent Keegan. Nous sommes tous les deux des guerriers, en quelque sorte. Pour vous, c'était dans les ruelles d'Afrique de l'Est et de la péninsule Arabique ; pour moi, dans les couloirs non moins dangereux de cette ville. Des batailles différentes, certes, mais lesquelles décideront du sort de cette nation ?

Keegan se hérissa de l'entendre comparer des missions de surveillance des repaires de hackers à Mogadiscio à des dîners en ville avec des lobbyistes, dans des jeans à cinq mille dollars.

– Ils veulent peut-être voir ça comme une simple expérimentation, mais ne nous voilons pas la face : vous êtes à présent engagée dans une bataille qui *doit* être gagnée. C'est bien plus grand que TAMS ou vous, que le FBI, et même que ce gouvernement.

– Oui, monsieur.

– Je n'ai pas besoin de TAMS pour déceler vos doutes, agent Keegan… Puis-je vous appeler Lara ? Nous sommes-nous parlé assez longtemps pour franchir cette barrière, et nous retrouver, vraiment, du même côté ?

– Bien sûr, Willow, répondit-elle, sans lui demander la permission en retour.

– Lara, la technologie est une part essentielle de ce qui nous rend humains depuis l'origine, ce qui nous distingue de toutes les autres espèces, depuis les premiers outils grossiers que nos ancêtres utilisaient pour chasser leur nourriture jusqu'au feu qui leur permettait de la cuire. Et nous en avons donc toujours rêvé. D'ailleurs, c'est pour ça que les anciens concevaient déjà une technologie similaire à TAMS avant même que les humains ne maîtrisent l'imprimerie, sans parler de la mécanique ou de l'informatique.

« Le Talos de la mythologie grecque, le ka des Égyptiens, le "peuple de métal précieux" de l'érudit bouddhiste Daoxuan, le golem des premiers Juifs, et même lorsque nos progrès nous ont emmenés dans un monde fondé sur la raison : ces technologies étaient ce à quoi nous aspirions. Dans sa *Politique*, le livre fondateur qui a donné son nom à ce domaine, Aristote disait que des serviteurs mécaniques – des robots – seraient ce qui résoudrait enfin les conflits et l'inégalité entre les humains, et nous rendrait les égaux des « dieux de l'Olympe[11] ».

– Mais ce n'est pas ce qui s'est passé, intervint Keegan.

– Exactement. Aristote écrit son essai à l'époque où apparaît le mythe de la boîte de Pandore. De par sa nouveauté, toute invention tant soit peu significative est forcément destructrice pour une société. Et ça aussi, nous le savons intuitivement, tout comme nous n'avons pas besoin de réfléchir pour saisir les émotions.

– La colère est un outil, au même titre que n'importe quelle technologie créée par l'homme, fit remarquer Keegan.

– La peur actuelle que robots et algorithmes ne fassent disparaître des emplois n'est que la dernière expression en date d'un phénomène très ancien, tout comme les appels lancés par la rue à nos dirigeants pour qu'ils stoppent cette transformation, répondit Shaw en faisant glisser sa main sur son avant-bras. Il y a cinq siècles, quand William Lee a voulu déposer un brevet pour une machine à tricoter automatisée, la reine Elizabeth Ire s'y est opposée, en déclarant : « J'ai trop de respect pour les pauvres femmes et les jeunes vierges sans protection qui gagnent leur pain quotidien en tricotant pour soutenir une invention qui, en les privant de leur emploi, les condamnerait à mourir de faim[12]. »

Devant la facilité avec laquelle cette citation avait coulé de la bouche de Shaw après qu'il avait balayé son écran, Keegan se demanda s'il n'utilisait pas des implants. Vu l'ampleur de ses ressources, il ne prenait certainement pas ces drogues cognitives que les militaires américains expérimentaient pour accélérer la formation de leurs troupes. Elles amélioraient certes de dix pour cent la concentration et la mémoire, mais elles détraquaient complètement votre degré de confiance en vous, la faisant monter à des niveaux insensés, y compris sur des sujets que vous n'aviez pas étudiés[13]. Non, il disposait plus probablement de ces interfaces intégrées au cerveau que les gens de Facebook avaient été les premiers à développer, à l'époque où ils avaient débauché des dizaines de chercheurs de la DARPA pour les faire travailler au sein de leur division secrète Building 8[14].

– Les gouvernements ne peuvent pas stopper l'avenir, déclara théâtralement Shaw.

Keegan se promit de chercher cette citation plus tard, devinant qu'elle avait certainement déjà été testée devant le public d'une conférence TED. Mais Shaw semblait vraiment y croire, si du moins on pouvait se fier à ses expressions.

– De même que la reine Elizabeth n'a pas pu bloquer les usines anglaises qui ont lancé la première révolution industrielle, interdire aujourd'hui les systèmes tels que TAMS n'empêcherait pas l'IA et la robotique d'avancer.

– Dans ce cas, pourquoi vous embêter avec votre fameuse commission ? l'interrogea Keegan. Si tout cela arrivera de toute façon, pourquoi vous donner tant de peine ?

– Le caractère immuable de cette peur ne signifie pas pour autant que nous ne devons pas en tenir compte et tenter de l'apaiser, répondit-il.

Puis, avec aise, il se lança dans ce qui ressemblait là encore à un discours préparé.

Tandis qu'elle l'écoutait, une part de Keegan se laissa entraîner. Mais une autre part de son cerveau la mit en garde sur le fait que les intonations et les pauses de cet homme avaient sans doute elles aussi été testées pour résonner en vous. Les gourous des nouvelles technologies n'étaient pas naturellement de grands orateurs, mais avaient les moyens techniques de le devenir.

– Il y a comme un fil directeur qui va de cette chère reine Elizabeth au révolutionnaire Thomas Paine, qui nous a appelés à nous délivrer de ce pouvoir royal, puis à des scientifiques tels que Carl Sagan, Stephen Hawking ou Elon Musk deux siècles plus tard. Tous ont mis en garde contre les dangers de l'automatisation. Sagan était peut-être le héraut le plus éloquent de cette cause, car son inquiétude est née d'une compréhension profonde : « J'ai le pressentiment d'une Amérique au temps de mes enfants ou de mes petits-enfants – où les États-Unis seront une économie fondée sur les services et l'information ; où presque toutes les industries manufacturières auront glissé vers d'autres pays ; où des pouvoirs technologiques extraordinaires seront entre les mains d'une poignée d'hommes, sans qu'aucun représentant de l'intérêt général soit plus capable d'en saisir les tenants et les aboutissants ; où les gens auront perdu leur capacité de décider eux-mêmes de leurs actions ou de questionner en connaissance de cause les détenteurs de l'autorité ; où, agrippés à nos boules de cristal et consultant nerveusement nos horoscopes, notre esprit critique en déclin, incapables de faire la différence entre ce qui est agréable et ce qui est bon, nous retomberons peu à peu, sans presque nous en rendre compte, dans la superstition et l'obscurantisme[15]. »

Keegan avait servi sous les ordres d'un commandant qui balançait des citations de Winston Churchill écoutées pendant son sommeil. La seule manière de l'arrêter était de le faire dérailler avec une question.

– Et quel est votre rôle, alors ? demanda-t-elle à Shaw.

– J'ai grandi les mains dans la terre, Lara. Je viens d'une famille de fermiers de l'Ohio, qui la travaillaient depuis leur arrivée à bord des premiers chariots. C'est une identité qui transcende les profits et les pertes. La productivité que nous avons embrassée a commencé avec le GPS et le logiciel Excel de Microsoft, puis les drones d'épandage aérien et les moissonneuses-batteuses sans chauffeur. C'est pour ça que j'ai eu mon diplôme d'études secondaires à onze ans – pour satisfaire ce besoin d'inventer qui m'habitait. Mais l'avènement des machines signifiait aussi moins d'employés, saison après saison. Le temps que je décroche mon doctorat au MIT, mes parents étaient morts et les immigrés que nous embauchions chaque année n'étaient plus nécessaires. Je me suis retrouvé tout seul à la ferme. Il n'y avait plus que moi. J'étais le point oméga de près d'un millier de générations de progrès agricoles.

Il s'interrompit, comme pour laisser à Keegan le temps de méditer ses paroles.

Au bout de quelques secondes, elle éprouva le besoin de combler le silence. Il lui jouait son numéro, elle le savait, mais d'un autre côté, ce type en avait bien le droit. Des deux personnes présentes dans cette salle, c'était lui qui disposait d'une fortune à douze chiffres.

– Donc, vous vous sentez responsable ?

– En quelque sorte, oui, répondit Shaw. J'ai participé à la création de cette « rupture » que les gagnants de la nouvelle économie vénèrent tant, mais cela me met mal à l'aise. Alors quand je viens faire mon boulot à Washington, c'est en sachant ce qui est véritablement en jeu. Ce qui me paraît très grave, c'est que notre société dispose des outils nécessaires pour traverser cette tempête. Et le chemin qui mène de l'autre côté est étroit, car nous n'avons pas la même capacité que Pékin à imposer un consensus sur le contrôle social, et je crois d'ailleurs que nous ne devrions jamais en arriver là[16].

Il sourit. À voir ses yeux s'écarquiller et ses lèvres se plisser, on le devinait vraiment enthousiasmé par ce qu'il était sur le point de partager avec elle.

– Je vais vous confier mon secret, Lara : c'est un problème qu'on peut résoudre… en laissant la politique de côté. Libéraux ou conservateurs, ces étiquettes servent à diviser, pas à apporter des solutions. La société n'est qu'un problème de conception.

– Oui, répondit Keegan, ne sachant ce qu'elle était censée dire à ce stade.

Shaw se frotta de nouveau l'avant-bras et retourna à l'autre bout de la table. À cet instant, Gibbon entra avec une assiette d'algues grillées, de betteraves râpées et d'étranges pétales de fleur violets. Keegan remarqua qu'il n'y avait qu'une seule assiette, ce qui répondait à l'autre question qui la tourmentait : quand cette réunion allait-elle finir ?

– Je me rends compte que je vous ai déjà retenue trop longtemps. J'ai une proposition simple à vous faire, avec une prémisse tout aussi simple : considérez-moi comme un ami, Lara. Quelles que soient les ressources que je peux vous offrir, à TAMS et à vous, sachez que vous pouvez compter dessus. Nous avons tous besoin d'alliés pour les batailles à venir.

Keegan ne savait toujours pas s'il mentait. Et elle savait maintenant que TAMS ne pouvait pas l'aider sur ce point.

Quartier de Potomac Overlook

McLean, Virginie

Ça n'aurait pas dû être un tel jeu d'enfant.

Sirotant son thé oolong tandis que le soleil du matin s'engouffrait par la fenêtre de son bureau, Todd avait commencé par examiner les adresses IP associées au domicile des Chait. Il n'avait l'intention de s'appuyer sur la technologie de Preston qu'en tout dernier recours, de sorte que son plan consistait à passer en force, en utilisant un vieil algorithme de récupération des mots de passe baptisé

Hashcat, modifié par ses soins, pour tester les sésames potentiels les uns après les autres, jusqu'à obtenir l'accès[17].

Comme il tapait sur son clavier les commandes du programme, Todd vit la saleté sur ses doigts. Il avait passé toute la nuit à réfléchir dans son lit à ce qu'il devait faire au sujet de ce contretemps, oubliant même de se doucher et de se changer après avoir creusé son trou. Isabella se fâchait souvent de cette manie qu'il avait d'être tellement absorbé par son travail qu'il en omettait de prendre soin de lui. C'était peut-être ça qui lui manquait le plus – ces tendres rappels qui vous faisaient sentir que quelqu'un veillait sur vous.

Il lança le programme, mais avant même qu'il ait eu le temps de se rasseoir au fond de son fauteuil, l'ordinateur lui indiqua d'un tintement qu'il avait atteint son objectif.

« 12345 », entra-t-il dans le système des Chait.

Le système d'éclairage de la maison intelligente de ses voisins leur avait été livré avec un mot de passe par défaut et, comme la plupart des clients, ils ne l'avaient pas changé[18]. Peu importait que la cause en soit la paresse ou une conception bâclée de la part du fabricant. Cela permit à Todd de se connecter au boîtier intelligent qui gérait l'éclairage en permettant d'économiser de l'énergie, installé au-dessus de l'évier de la cuisine. De là, il atteignit la plateforme centrale du logiciel, accédant à tous les systèmes. Ce qui lui permettait à présent de contrôler tous les logiciels connectés de cette maison, qu'il s'agisse de déverrouiller les portes ou de modifier la température de l'eau dans la douche[19]. Les 0 et les 1 parcoururent des milliers de kilomètres à travers le globe, remontant de serveur en serveur, mais il ne tarda pas à avoir accès à ce qui l'intéressait vraiment : la cuisinière à gaz située à un mètre à peine du boîtier d'éclairage piraté.

Maintenant, il n'y avait plus qu'à décider quand. Todd éplucha le registre des communications entre machines du réseau. Ligne après ligne, celui-ci révélait les moindres détails de la vie des Chait. Non seulement dans quelles pièces ils se rendaient, mais pendant combien de temps, et même ce qu'ils faisaient dans leur chambre, trahis par la légère augmentation de la température ambiante causée par l'échauffement des corps en plein effort.

Voir à quel point le couple avait remis sa vie entre les mains des machines sans le savoir – pour que celles-ci surveillent, décident, gèrent – ne fit que renforcer son sentiment qu'il allait en fait libérer ces gens. La mort, après tout, était une expérience universelle pour tous les êtres vivants, mais il n'y avait que l'esprit humain pour se soucier autant de son avant et de son après. Il allait leur offrir cette vision, cette leçon, comme un cadeau.

« *Hakuna Matata* », avait clamé Chait. Todd connaissait bien cette chanson, que son fils avait écoutée tous les jours sur son petit iPad, en mangeant ses Cheerios à l'heure du petit déjeuner.

Ces mots signifient
Que tu vivras ta vie,
Sans aucun souci.

Académie du FBI

Quantico, Virginie

– Votre bureau a changé, remarqua Keegan. Où sont passés tous les paysages ?

Elle aurait aussi voulu lui poser la même question au sujet du robot-origami qu'elle lui avait laissé, mais cela n'aurait fait qu'attirer l'attention dessus.

– Un grand changement de déco, répondit Modi. Vous en pensez quoi ?

– Je ne suis pas fan du sofa, déclara-t-elle à propos du canapé marron deux personnes sur lequel elle était assise. Je n'aime pas trop la couleur.

Elle n'ajouta pas que l'étroitesse du sofa lui rappelait le cabinet du conseiller conjugal, au point de se demander si ce choix de mobilier ne faisait pas partie d'une stratégie de psychologue. Des images lui revinrent de Jared et elle assis cuisse contre cuisse, physiquement connectés, tandis qu'ils partageaient tout haut leurs émotions. Le thérapeute avait peut-être espéré ainsi les rapprocher, mais l'unique effet avait été de provoquer un sentiment familier de claustrophobie. Cette sensation d'être écrasé contre quelqu'un, de baigner dans un musc discret de peur et de frustration partagées, cela ressemblait trop aux patrouilles à bord des blindés M-ATV, où l'on attendait juste d'être frappé par le prochain engin explosif. Ils n'étaient jamais retournés chez le conseiller conjugal ; elle tenait ce sofa pour responsable.

– Mais j'aime bien les images. Beaucoup mieux que les paysages marins. On dirait qu'elles ont été conçues par un développeur de jeux vidéo sous acides.

Les tourbillons pixellisés des images qui ornaient les murs leur donnaient des allures de tableaux pointillistes, des formes vaguement humaines entrant en collision avec des objets inanimés numérisés. Sur l'une d'elles, une chaise bleue courait sur une piste jaune fluo, poursuivie par une horde de singes. Une autre arborait un coucher de soleil encadré de nuages formés de milliers d'yeux arc-en-ciel.

– Elles sont de Kendo, l'algorithme artiste du Mouvement neuromodal, expliqua Modi. Je me suis fait scanner le cerveau et, quelques semaines plus tard, les algorithmes m'ont donné ces images. Elles sont uniques au monde.

– J'imagine. C'est cher ?

– Je travaille toujours pour le gouvernement, fit-il remarquer en fronçant un sourcil comme s'il reconsidérait puis approuvait l'investissement. Les algorithmes de Kendo se fondent sur le code DeepDream originel, le premier artiste IA, donc il y a un côté vintage[20].

– Sauf que maintenant, en mettant tout ça sur vos murs, TAMS connaît votre identité et vos pensées les plus intimes…

– Comment savoir s'il ne les connaissait pas déjà, mais n'était pas autorisé à les partager avec vous ? rétorqua Modi dans un sourire entendu. Bon, on y va ?

– Je croyais que nous avions déjà commencé, répondit Keegan.

– Non, nous discutions juste. Mais votre temps est compté, désormais… Alors, comment se passe ta formation, TAMS ?

Modi se tourna vers la machine, debout près du canapé. Pas question pour Keegan de la laisser s'asseoir à côté d'elle.

Immédiatement, le robot se mit à parler, comme s'il avait prédit qu'on allait le solliciter avant Keegan.

– Nous travaillons à développer une conscience situationnelle basée sur des données tirées du monde réel, la macro-observation et l'élaboration de scénarios, répondit TAMS. Tout cela complété par des modules d'expérience synthétique dérivés des exercices réalisés avec l'agent Keegan. À noter, nous avons appréhendé deux suspects en pleine tentative de vol à main armée.

– J'ai vu ça. TAMS, l'agent Keegan aime-t-elle travailler avec toi ?

Keegan se pencha en avant sur son sofa, mais Modi tendit la main vers elle avant qu'elle ait pu protester.

– Elle est satisfaite du rythme de progression de mes performances opérationnelles.

– Comment le sais-tu ? T'a-t-elle communiqué cette information ?

– Oui, ses données biométriques, l'observation physique et d'autres données confirment cette évaluation.

– Mais pas verbalement, insista Modi en se tournant de nouveau vers Keegan.

Celle-ci n'était pas sûre d'avoir très envie de saisir cette perche, si bien qu'elle s'efforça de ne montrer aucune réaction. Shaw et TAMS étaient peut-être capables de la déchiffrer, mais elle n'avait pas besoin que Modi s'y mette à son tour.

– Mais alors, TAMS, qu'est-ce que cela signifie ? Es-tu un bon partenaire pour l'agent Keegan ?

Il y eut un bref silence, tandis que la machine semblait analyser des paramètres.

– Non, répondit-il finalement.

Keegan ressentit une bouffée de... qu'était-ce donc, de la honte ? Avait-elle déçu une machine ?

– Le deviendras-tu, TAMS ? interrogea Modi.

– Oui.

– Quand, TAMS ?

– Selon mes modèles et mon rythme d'apprentissage actuels, dans neuf jours environ.

– Ah, vraiment ? intervint Keegan.

Modi se tourna vers elle.

– Et vous, agent Keegan ?

– Il me faudra davantage de temps. Dix jours, peut-être.

– Ce n'est pas ce que je voulais dire, rétorqua Modi en riant.

– Je sais, dit-elle.

Elle se tint le menton. Bien qu'elle l'ait fait inconsciemment, elle se rendit compte que le geste imitait d'assez près la position adoptée par Modi lors de leur premier briefing, et cela lui tira un sourire. Modi le lui retourna, s'étant apparemment fait la même réflexion.

– Ça se passe bien.

Keegan pointa Modi du doigt.

– Je vois un vrai potentiel concernant les situations tactiques et l'analyse en temps réel. Mais il va falloir que vous trouviez la bonne personne pour l'accompagner. Toutes les rues que nous parcourons lui sont familières ; il dispose des bases de données. Mais une rue n'est pas seulement une rue. Ça ne se limite pas aux gens, aux véhicules, au temps, aux oiseaux et tout le reste. C'est une sensation. Ce qui fait que non seulement chaque rue est différente, mais qu'en plus elle ne sera pas la même chaque fois que nous y passons en voiture ou à pied. Par exemple, le restaurant Ben's sera différent une prochaine fois – il n'y aura sans doute pas deux débiles en train d'essayer de braquer la caisse.

– Et vous ne vous jetterez peut-être pas non plus d'un balcon, fit remarquer Modi.

– Vous plaisantez mais, non, je ne le referai pas. Je ne devrais pas. Pas parce que ça me briserait encore le dos, mais parce que c'est une manœuvre que j'ai déjà tentée. Elle est prévisible. C'est-à-dire exactement ce que veut TAMS. Mais être prévisible, c'est aussi le meilleur moyen de se faire tuer. Ça me fait penser à cette citation d'un général allemand de la Seconde Guerre mondiale qu'on nous a enseignée chez les Marines : « Quand vous êtes confronté à la même situation de combat, ne faites jamais la même chose[21]. »

– Je vois… Mais vous disiez par ailleurs que nous allions devoir trouver la « bonne personne », répondit Modi. Est-ce vous ou quelqu'un d'autre ? Que vouliez-vous dire par là ?

– Ce que je voulais dire, c'est qu'il sera capable, j'imagine, de déchiffrer tout humain en face de lui à partir de ses expressions faciales, de ses données biométriques, de ses performances passées, toutes les données qu'il pourra récolter. Dites-moi, pensez-vous qu'il saura anticiper de plus en plus précisément ce que je vais faire, d'après l'analyse de la base neurologique et biologique de mes futurs comportements ?

– Absolument. C'est ce qui ferait de lui un sacrément bon joueur de poker, ajouta Modi.

– Ce n'est pas la première fois que j'entends ça, répliqua Keegan.

– Comment ça ? s'étonna Modi.

– Willow Shaw. Vous le connaissez ? Il a organisé une rencontre pour étudier TAMS.

Elle ne mentionna pas le lieu.

– Si je le connais ? Pas autant que vous, maintenant. Mais bien sûr, je sais qui c'est.

– Il m'a dit, en gros, que nos émotions n'étaient que de simples données dérivées de notre état physique du moment, et qu'on pouvait les pirater comme n'importe quoi d'autre.

– Ce n'est pas si simple, agent Keegan, nuança Modi.

Elle nota qu'il continuait de l'appeler ainsi, contrairement à Shaw.

– Ce que vous évoquez, les auteurs de science-fiction d'antan, avant l'avènement de l'IA, l'ont souvent mal compris. En essayant de prédire comment les machines allaient un jour s'approcher d'une véritable intelligence, comparable à celle des humains, ils confondaient sentience et sapience. La sentience, ce n'est pas un robot qui deviendrait un être conscient ; vous savez, le genre qui allait forcément se soulever et « tuer tous les humains ». C'est simplement la capacité à percevoir et à comprendre son environnement. La sapience, en revanche, ça, c'est le gros morceau. Le terme vient du mot latin qui signifie « sagesse », qu'il s'agisse juste de celle que nous appelons « sens commun », ou du genre de sagesse qui naît d'une analyse plus profonde d'une situation, au-delà des faits bruts. La manière dont nous autres humains nous cernons les uns les autres relève davantage de la sapience, et nous sommes encore loin de comprendre comment elle fonctionne.

Il désigna les images pixellisées sur le mur.

– Une machine peut apprendre des motifs récurrents, et même des motifs si complexes qu'ils dépassent de beaucoup les capacités de calcul de notre cerveau. Mais notre manière d'interagir est encore beaucoup plus complexe que ça, pour la simple raison qu'elle est liée à la question fondamentale de savoir comment nous nous définissons nous-mêmes comme *Homo sapiens*. Vous remarquerez en passant que le nom que nous avons donné à notre espèce repose sur cette idée de posséder une sagesse et une compréhension plus approfondies.

– J'en conclus que vous n'êtes pas d'accord avec notre milliardaire…

– Il possède peut-être son propre avion, mais non. Les émotions sont liées à toutes sortes d'indices que vous ou TAMS pouvez apprendre. Mais comprendre vraiment ce que signifie une émotion, cela demande de la sagesse.

– Donc quand TAMS s'énervera contre un autre robot-chauffeur, on saura qu'ils ont franchi la ligne, en tant qu'espèce ?

– En quelque sorte, mais il ne fera toujours que simuler une émotion.

Ses yeux allèrent se poser sur le robot.

– TAMS, quelle est la valeur des émotions ?

– Elles fournissent des points de données, ce qui m'aide à comprendre les comportements humains passés, présents et projetés.

– Par exemple ? interrogea Modi.

– Pendant que nous nous déplacions dans un véhicule, l'agent Keegan a entendu une chanson qui lui a rappelé une ancienne relation, très probablement amoureuse. Même si elle n'a pas clairement exprimé sa tristesse, celle-ci était évidente, d'après ses données.

Keegan rougit et, sachant qu'elle ne pouvait le cacher, se fendit d'un sourire et écarta le sujet d'un revers de main.

– OK, assez parlé de mes chagrins d'amour.

Elle réfléchit à ce qu'elle devait dire – elle ne voulait pas que cette conversation bascule vers des territoires où elle n'avait aucune envie de s'aventurer.

– Donc, si TAMS apprend en temps réel, à quel moment « sait-il » quelque chose ?

– Que voulez-vous dire ? s'enquit Modi. « Savoir » peut avoir de nombreux sens.

– On dirait que « savoir » quelque chose est un état. Mais TAMS sera toujours en train d'évoluer, étant donné le flot de données qu'il reçoit. Possède-t-il un réel savoir ou bien s'agira-t-il toujours seulement d'entrées et de sorties de données ? L'IA a beau s'inspirer de la structure de notre cerveau, ce que nous observons est limité à un ensemble de données tellement plus étroit que ce que TAMS est capable d'intégrer. Je crois que cette limite, cette incertitude, est justement ce qui permet de *savoir* quelque chose[22]. Le fait qu'il y ait tant de lacunes dans nos connaissances est ce qui nous procure un degré de conviction, à propos de certaines choses, dont aucune machine ne se contentera jamais.

– Des réflexions bien profondes de la part d'une Marine, commenta Modi en inclinant respectueusement la tête.

– Ça reste entre nous, hein ? répliqua Keegan. Ne le dites à personne.

– Promis. La vérité, c'est que nous ne savons pas, et ne saurons peut-être jamais. Parce que si nos créations atteignent un jour ce point, leur sapience dépassera la nôtre.

Modi se radossa à son fauteuil, appréciant visiblement cette conversation.

Keegan se rendit compte qu'elle aussi, ce qui la mit encore plus mal à l'aise sur ce canapé miniature.

– Ça me semble être une bonne conclusion, déclara-t-elle. On en a terminé ?

– À TAMS et à vous d'en décider.

Quartier de Potomac Overlook

McLean, Virginie

– Putain, ça sent encore, déclara l'inspectrice Alice Tsay, du département de police de McLean.

– Ouais, je déteste ça. Ça me rappelle Ramadi, répondit son partenaire, l'inspecteur Bill Apfel. Le truc que personne veut reconnaître, c'est que la mort… pue.

– Profond. Quel poète, mon partenaire…

– Pas de caméra à l'entrée, à ce que je peux voir, annonça Apfel[23].

– Allez, perdons pas de temps.

Tsay tapota ses Viz Glass pour s'assurer qu'elles étaient allumées. C'était obligatoire pour toute interaction avec des civils. Comme si elle allait tabasser le premier venu sur le perron de sa maison.

De toute manière, ils n'étaient pas dans ce genre de quartier. Hormis la maison calcinée qui empestait le cadavre, le reste était plutôt joli. Une impasse bordée pour l'essentiel de maisons à un étage avec des pelouses véritables qui reflétaient la capacité de leurs propriétaires à assumer le surcoût de l'arrosage d'un jardin.

Elle attendit que quelqu'un vienne ouvrir la porte de la maison voisine, mais rien ne se passa.

Au bout de quelques secondes, Apfel murmura :

– Ce connard est mort, lui aussi ?

– L'inspecteur Apfel fait part de sa surprise que l'habitant ne soit pas encore venu nous accueillir, dit très fort Tsay.

Son partenaire oubliait à chaque fois combien l'enregistreur était sensible.

Même s'il n'y avait personne, la maison aurait normalement dû leur proposer de laisser un message. C'est alors que la policière remarqua que la porte était un modèle ancien. Elle était équipée de charnières normales, plutôt qu'automatiques, et la serrure de la porte était analogique. Il y avait même un vieux judas à la place de la caméra et de l'écran.

– Je crois que nous allons devoir frapper, dit-elle, autant pour l'enregistreur que pour Apfel.

Cela remontait à si longtemps qu'elle dut réfléchir à la force de ses coups sur le bois. Pas violents au point de passer pour un commando survolté du SWAT, mais suffisamment pour envoyer le message qu'elle ne plaisantait pas.

Au bout de dix secondes, ils entendirent une voix d'homme derrière la porte.

– J'arrive.

Il avait l'air fatigué, comme si le simple fait de prononcer ces mots lui coûtait un effort.

– Je suis l'inspectrice Alice Tsay, de la police de McLean, annonça-t-elle à travers la porte. Pouvons-nous vous parler ?

– Ouais, laissez-moi juste une seconde.

Les verrous métalliques tournèrent lentement et la porte s'entrouvrit à moitié. Tsay aperçut un homme en bas de pyjama et sweat-shirt gris de Princeton.

Jackson Todd de McLean, Virginie. Un peu plus vieux, un peu plus maigre, mais c'était lui. Son visage correspondait à la photo du permis de conduire du propriétaire de la maison, qui figurait dans la base de données.

– Désolé d'avoir mis si longtemps, s'excusa Todd. Je suis un peu patraque. J'ai dû manger un mauvais truc, je pense.

– Ouais, ça circule pas mal en ce moment, acquiesça Tsay.

Elle marqua une pause. Le laisser combler le silence. Parfois, cela prenait des tournures inattendues.

– En quoi puis-je vous aider ? demanda-t-il au bout d'exactement trois secondes.

Assez longtemps pour qu'une gêne s'installe, mais rien de révélateur.

– L'incendie qui a détruit la maison de vos voisins. Nous interrogeons tous les gens du quartier, pour voir s'ils savent quoi que ce soit qui pourrait être utile à l'enquête.

Tsay vit Todd reculer comme si une main invisible l'avait soudain tiré dans la pénombre du couloir. Elle entendit une toux, puis un haut-le-cœur. Apfel posa une main sur le battant de la porte, tenté un instant de la pousser légèrement et saisir le prétexte de lui venir en aide pour s'introduire à l'intérieur. Tsay secoua la tête et il retira sa main, se rappelant soudain que les jours bénis où tout n'était pas surveillé appartenaient au passé.

Todd réapparut, empoignant la tranche de la porte.

– Pardonnez-moi, dit-il. C'est juste l'odeur, ça empire encore les choses.

– Ouais, approuva Apfel. La dernière fois que j'ai senti un truc pareil, c'était…

Tsay l'interrompit avant qu'il ne fasse encore plus flipper le civil.

– Avez-vous remarqué quoi que ce soit qui aurait pu provoquer l'incendie, chez les Chait ? Ou vous ont-ils dit quelque chose qui pourrait aider les pompiers dans leur enquête ?

– Non. Rien. Ai-je des raisons de m'inquiéter ? L'association du quartier dit qu'il s'agit juste d'un tragique accident.

– Chaque mort est une tragédie, rétorqua Tsay. Pour l'instant, il semblerait qu'il y ait eu un dysfonctionnement dans le système d'exploitation de leur maison. Mais comme il y a eu toute une série de pannes ces derniers temps, nous menons une enquête pour nous assurer qu'il ne s'agit pas d'un acte criminel.

Todd hocha la tête, ses doigts serrant plus fort la porte.

– Pouvons-nous faire ça à l'intérieur ?

Il avala sa salive, comme si un goût amer était remonté dans sa bouche.

– Je peux vous donner les mots de passe pour vérifier que mes systèmes fonctionnent, pendant que moi, hum, je m'occuperai de mes affaires.

Tsay se tourna vers Apfel, dont le visage impassible en disait long. Si Todd avait eu quelque chose à cacher, il ne les aurait pas invités à entrer en leur donnant ses mots de passe, et jouer les experts en informatique pour un civil en train de gerber n'était vraiment pas la manière dont ils envisageaient de passer le reste de leur journée.

– Non, pas la peine, répondit Tsay. Réparer les bugs informatiques ne relève pas du boulot de la police. Je vous souhaite un prompt rétablissement.

Après que Todd eut refermé la porte dans une nouvelle quinte de toux, Apfel se tourna vers elle et souffla :

– Catastrophe évitée.

Quartier de Clarendon

Arlington, Virginie

La chaise lui massacrait le dos, et l'étui de son pistolet s'enfonçait dans ses côtes. Celui qui avait dessiné cette chaise en forme de chat, couverte de fourrure orange, ne l'avait pas conçue pour un adulte souffrant de sciatique et portant un Sig sur le côté de sa ceinture. Mais Haley, assise en tailleur en face d'elle sur une chaise noire et blanche aussi replète qu'un panda, aimait les meubles tout doux qui décoraient le coin enfants de ce café. Keegan adorait le café, depuis l'époque où elle buvait en douce dans le mug de sa mère quelques gorgées du breuvage fraîchement moulu, abondamment sucré, que celle-ci prenait avant de partir travailler à l'usine de Shelton. Avant de s'en aller, elle déposait toujours un baiser sur la joue de Keegan, qui se retrouvait seule dans un nuage de caféine, et quand elle la serrait dans ses bras en revenant le soir, sa mère portait sur elle l'odeur âcre des produits chimiques de dépulpage. Keegan se demanda si cette association d'une odeur à une personne fonctionnait aussi pour Haley. Avant même de savoir marcher, celle-ci l'avait accompagnée dans ses « missions Starbucks ». D'abord dans une poussette de jogging, puis au volant de sa minuscule voiture électrique. C'était leur moment à elles, pendant que Jared allait voir son coach personnel de CrossFit. À l'époque, ils avaient vu ça comme une nécessité ; comme tant d'autres choses, cela s'était peu à peu mué en une nouvelle source de disputes lorsqu'ils avaient commencé à se demander s'ils en avaient les moyens. Cet après-midi-là, il s'agissait pour elles de sortir un peu, mais cette fois pour avoir une conversation plus désagréable que ce qui avait été prévu par les concepteurs de cet espace de jeu peuplé de pandas et de chats. Enfin pas sûr, d'ailleurs, vu le nombre de parents célibataires qui emmenaient leurs enfants ici le week-end.

TAMS était assis à côté de Keegan tel un chien docile. Son immobilité ne trahissait pas le fait qu'il absorbait toutes les données disponibles dans cette pièce, depuis les syllabes de conversations chuchotées jusqu'à la température idéale d'un *grande Americano*. Cette machine n'était en fait qu'un grand capteur, récoltant en quatre dimensions tous les aspects du monde physique, tout en aspirant les téraoctets de paquets de données qui s'écoulaient autour du Starbucks. Keegan repensa à la distinction évoquée par Modi entre sentience et sapience.

– Il est bon, ton chocolat chaud ? demanda-t-elle.

Le temps s'était de nouveau rafraîchi, mais Haley aurait commandé ça même s'il avait fait plus de quarante. La fillette sirota le petit sachet isotherme qui ressemblait à un croisement entre une chaussette de Noël et un hot dog enveloppé dans de l'aluminium.

– La chaise panda te plaît ?

– On peut la ramener à la maison ?

Keegan rit.

– Il faudrait que tu sortes le promener et que tu le nourrisses, parce que je ne veux pas m'occuper d'un autre ours. Baz est déjà bien assez envahissant.

Tandis qu'elle se penchait en avant pour essuyer du chocolat au coin des lèvres de sa fille, la chaise de Keegan se mit à ronronner. Un rappel tactile que son gobelet de café était vide, visant à la pousser à s'en aller ou à en acheter un autre. Ces boîtes trouvaient toujours le moyen d'accroître leur flux de clients. Mais cela arrivait pile au moment où elle s'apprêtait à aborder le sujet dont elle avait si peur.

– Tu en veux un autre, Haley ?

– Ouais !

– Qu'est-ce qu'on dit ?

– S'il te plaît !

Elles se levèrent et se dirigèrent vers le kiosque des commandes, un obélisque acajou et ébène qui jaillissait du mur[24].

– Hey, Haley ! Tu as grandi depuis ton dernier chocolat, lança Ariel, l'animatrice du café, en la regardant même dans les yeux à travers ses Viz Glass.

Elle se tenait à côté du kiosque, en théorie pour aider les clients, mais en réalité elle était surtout là pour leur faire la conversation.

Keegan supposait qu'Ariel était étudiante, mais ne lui avait jamais posé la question. Ce genre de familiarité un peu forcée la repoussait toujours. Elle se demanda si Ariel reconnaissait vraiment Haley à force de voir apparaître son nom dans ses Viz Glass, ou si elle avait besoin de ce rappel à chacune de leurs visites.

– Elle va en reprendre un, répondit Keegan. Vous savez combien elle aime cet endroit.

Le savait-elle vraiment ?

– Profitez bien, leur souhaita Ariel.

Après avoir fixé sa cliente dans les yeux, ses Viz Glass enregistrant combien de fois par jour elle le faisait et pendant combien de temps, Ariel se détourna et son regard se fit plus vague. Elle taguait sans doute des images en douce pour une entreprise spécialisée dans l'apprentissage IA, ou n'importe quelle autre boîte prête à acheter son temps par tranches de cinq minutes[25].

Keegan resta figée pendant une demi-seconde devant le kiosque pour permettre à la reconnaissance faciale d'opérer[26]. Une fois que son compte fut validé, elle réinitialisa l'interface pour entrer leur commande manuellement, plutôt que la laisser se faire automatiquement à partir de leurs achats passés, de leurs données d'humeur et de sommeil[27].

– Chaud, ça commence par quoi ? demanda-t-elle à Haley.

– « C » !

C'était quelque chose que les concepteurs oubliaient souvent. L'efficacité n'était pas toujours le but de l'utilisateur.

– Ouais, confirma Keegan. C comme dans chhhh… chocolat.

Elles épelèrent leur commande, Haley réussissant presque à arriver au bout de « chocolat », oubliant juste le « t » final.

En repensant au ronronnement de rappel de sa chaise et à ce qui l'attendait encore, Keegan réalisa qu'elle aussi allait avoir besoin de reprendre des forces.

– Maintenant, aide-moi avec ma commande, dit-elle, faisant glisser doucement le doigt de Haley sur le clavier, en épelant « m-o-c-h-a » puis « b-l-a-n-c ».

Couverts de taches d'encre vertes et rouges, les doigts de Haley étaient si menus, si fragiles. Soudain, Keegan fut en colère contre elle-même. Cela allait-il être l'une de ces conversations qui endurciraient sa petite fille à tout jamais ?

– Mais tu l'as mal écrit, protesta Haley. Y a pas de « c » à blanc. « C », c'est pour content.

– C'est une lettre muette. On n'en a pas besoin quand on dit le mot, mais il faut la mettre quand on l'écrit.

– Pourquoi ? demanda Haley.

– Parce que ça aide les gens à savoir que le féminin, c'est « blanche », répondit Keegan.

– C'est bête.

Elle raccompagna Haley jusqu'à son siège, en attendant que la commande soit prête. Se rasseyant au fond de sa chaise, elle rassembla son courage en vue de ce qu'elle allait dire à sa fille, qu'elle regardait jouer dans le fauteuil panda. Essayer de lui expliquer la grammaire et l'orthographe était déjà difficile ; mais mettre en mots ce qui était en train de se passer entre Jared et elle était une autre paire de manches.

Ariel l'animatrice leur apporta leurs boissons, geste auquel tous les clients n'avaient pas droit. Keegan se demanda si c'était là un geste véritablement personnel ou juste suggéré par un algorithme d'affinité utilisé par l'entreprise. Elle remercia la jeune fille et se promit de prendre le temps, plus tard, de lui donner une note de cinq étoiles.

Tendant le chocolat à Haley, elle s'émerveilla de l'imperfection si précise avec laquelle son nom était écrit sur le gobelet. Les contours de chaque lettre avaient même les défauts bien visibles d'un trait de feutre, comme si celui qui les avait tracées avait la tête ailleurs, absorbé par ses activités de derrière le comptoir. Mais il n'y avait personne là-bas, en fait.

– Tiens, dit Keegan. C'est chaud, fais attention.

– TAMS, c'est chaud comment ? demanda Haley en se redressant sur sa chaise et en posant sa jambe sur le robot.

– La température est de cinquante-quatre degrés, répondit TAMS.

– Je savais que j'aurais une réponse, dit Haley. On dirait qu'il dort, mais je sens qu'il respire.

– Attends, tu as dis quoi ? s'étonna Keegan.

Haley toucha sa jambe, là où elle frôlait l'une des trappes de refroidissement de TAMS, derrière son épaule gauche.

– Là.

– Haley, ce n'est pas…

Mais elle se ravisa. Pas besoin de détruire toutes ses illusions d'enfant en un après-midi, du genre *Les robots sont vivants* ou *Les parents savent ce qu'ils font*.

– Je suis contente que tu aimes bien TAMS.

TAMS bougea légèrement, faisant pivoter sa tête à gauche puis à droite, avant de revenir au centre.

– Ma chérie, je peux te parler de quelque chose ?

Le visage de Haley s'assombrit. Les enfants étaient très forts pour saisir les changements d'ambiance. C'étaient les efforts des parents pour prendre une voix joyeuse qui les trahissaient.

– Mmh mmh.

– Quand papa et moi, on se dispute, je veux juste que tu saches que ce n'est pas à cause de toi. Nous travaillons très dur tous les deux, très très dur, en ce moment. Parfois, on se laisse un peu emporter.

– Je sais que tu m'aimes, dit Haley. Et papa aussi.

– Oui, papa t'aime tellement…

– Je sais, soupira Haley, exaspérée. Je veux dire, je sais que tu aimes papa.

– Oui, je l'aime.

Elle n'aurait pas pu répondre autre chose. Elle se tourna vers TAMS en se demandant ce que la machine voyait – et si elle la croyait ou pas. Elle espérait que Haley, au moins, la croyait.

7

Quartier de Clarendon

Arlington, Virginie

Il n'y eut pas de larmes de la part de Haley. Mais essayer de lui expliquer la nature de la nouvelle relation entre ses parents allait devenir de plus en plus compliqué au fil des années.

Keegan sirotait son café en observant sa fille, absorbée par ses jeux, tapotant avec son crayon la tête de TAMS, marquant le rythme d'un air qui lui trottait à l'esprit.

La tête de TAMS pivota d'un coup pour s'adresser à Keegan. Haley sursauta et renversa son chocolat.

– NOOOON ! cria la fillette.

– Ce n'est pas grave, Papillon, on va t'en commander un autre.

Tandis que Keegan tamponnait une serviette en papier sur le tee-shirt de sa fille, TAMS se mit à parler, sans qu'on lui ait rien demandé.

– Agent Keegan, une alerte est lancée dans tout le système par le corps du génie de l'US Army, pour l'ensemble du bassin du fleuve Potomac.

Keegan se figea et se tourna vers le robot.

– C'est un peu tard pour annoncer à tout le monde que l'eau du Potomac a viré au rouge sang.

– Il y a une perturbation à grande échelle des systèmes de gestion de débit du fleuve, créant une montée en cascade du niveau de l'eau, avec des effets imminents et catastrophiques sur la région métropolitaine de Washington.

Keegan prit Haley par la main tandis qu'elle se dirigeait vers la porte, sans même vérifier que TAMS les suivait. Lorsqu'elle passa devant Ariel, qui la regardait sans comprendre courir vers la sortie en traînant sa fille derrière elle, Keegan lui lança :

– Si vous connaissez des gens qui vivent au bord du fleuve, que ce soit à National Landing, à Alexandria ou à Georgetown, dites-leur de gagner le point le plus élevé possible.

– Hein ? s'étrangla Ariel.

Sur ce, Keegan se retrouva dans la rue, appelant son SUV. Le véhicule s'arrêta devant elle, toutes lumières allumées. Comme Keegan installait Haley à l'arrière, TAMS fit le tour du véhicule. Cela surprit Keegan ; elle n'avait pas ordonné au robot de faire ça. Plutôt que s'asseoir à l'avant, celui-ci grimpa à l'arrière, à côté de la fillette. Il suivait une sorte de protocole de protection. S'agissait-il d'un programme installé, ou bien de quelque chose qu'il avait appris en l'observant ? Quand les trois furent à bord, et que TAMS eut aidé Haley à attacher sa ceinture, la voiture s'inséra dans la circulation pour le court trajet jusqu'à l'appartement.

Keegan tenta de joindre Jared par messagerie, mais le réseau n'arrêtait pas de disparaître et sa connexion prioritaire d'agent fédéral ne marchait pas non plus. Cachant l'écran de sa Watchlet au regard de Haley, elle afficha des images du pont de Key Bridge filmées par la police de Washington. Elle plissa les yeux, ne comprenant pas ce qu'elle voyait. Un mur d'eau brun-rouge dévalait vers l'aval, engloutissant les piliers de ce pont chargé d'histoire, qui reliait la ville de Washington à la Virginie. Elle figea l'image et l'agrandit ; des branches qui pointaient vers le ciel, jaillissant de l'eau écumeuse, un pick-up bleu tournoyant lentement comme une feuille à la dérive.

– Haley, quand on arrivera à la maison, il faudra bien écouter ton père, déclara Keegan.

– Pourquoi ?

– Parce que c'est ton père, répondit Keegan. Tu feras tout ce qu'il te dira, quand TAMS et moi on retournera au travail.

– Il s'est passé quelque chose de grave ?

– Tu es en sécurité. Tout ira bien. Il faut bien écouter, c'est tout.

Tout en parlant, Keegan sélectionna une chaîne de dessins animés sur sa Watchlet et l'envoya vers l'écran principal du SUV.

– On sera bientôt à la maison, Papillon.

– Vous pouvez pas rester avec moi, TAMS et toi ? Je veux pas que vous partiez.

Keegan jeta un coup d'œil au robot en se demandant ce qu'il allait faire d'une remarque pareille. Il ne pouvait pas sentir les mots comme un humain l'aurait fait. TAMS pouvait seulement intégrer ces paroles de Haley comme une requête, une simple donnée de plus. Mais en tant que mère, ces mots la torturaient.

Tidal Basin

Washington

– Que se passe-t-il, chéri ? Tout va bien ?

Non, à l'évidence. Tim Phan avait beau appuyer sur les pédales de toutes ses forces, ce foutu pédalo semblait cloué sur place, incapable de s'éloigner des autres canots de location poussés les uns contre les autres par la brise. La seule chose qu'il ne pouvait pas contrôler, la météo, allait gâcher ce qui était censé être le moment le plus important de sa vie.

Toutes les données les avaient dirigés vers cet instant, Dana Rodriguez et lui. Leurs profils psychologiques entrecroisés, leurs réseaux d'amis qui se chevauchaient et même les projections estimant à quatre-vingt-sept pour cent les chances de réussite de cette relation qu'ils avaient tous deux reçues avant leur tout premier rendez-vous autour d'une infusion de courgette, expérience recommandée sur la base de leur activité sur le cloud. Tout se recoupait pour confirmer que c'était la personne avec laquelle il était censé passer le restant de ses jours... si ce satané vent voulait bien coopérer.

Le plan était de lui faire sa demande en mariage au centre du Tidal Basin, sous l'œil de tous ces monuments commémoratifs. Dana enseignait l'histoire des États-Unis aux élèves de seconde du lycée de Falls Church, cela lui conviendrait donc parfaitement. Un cadre romantique au milieu de tout ce qui avait fait la grandeur de cette nation, de Thomas Jefferson et Martin Luther King jusqu'aux visages dignes des femmes du Women Leaders Monument – Susan B. Anthony, Rosa Parks, Sandra Day O'Connor et toutes les autres – qui les contemplaient de là-haut. Elle pourrait partager l'enregistrement Viz de tout ça non seulement avec sa famille, mais avec tous ses élèves. Ça lui ferait tellement plaisir.

Même la température était idéale. La dernière chose qu'il aurait voulu, c'était faire sa demande le front dégoulinant de sueur, même s'il aurait pu attribuer sa nervosité à la chaleur. Par chance, les montagnes russes du climat printanier étaient redescendues de près de quarante degrés à moins de vingt-cinq, un jour presque parfait pour être sur l'eau[1]. Sauf qu'il avait oublié de vérifier le vent. Et maintenant, celui-ci allait tout gâcher. Il ne voulait pas demander la main de Dana sous les yeux d'une famille de touristes portant des maillots de football américain de l'université de l'Alabama. Il essaya de pédaler plus fort pour prendre ses distances, maudissant tout depuis le vent jusqu'à son idée de porter des tongs.

Il aurait dû écouter sa mère. Elle lui avait conseillé de le faire au pied des cerisiers, sur le rivage, habillé pour l'occasion. Mais il n'avait pas voulu se dévoiler trop tôt, le profil de Dana indiquait qu'elle adorait les surprises. Et maintenant, tout partait en vrille.

Puis, comme en réponse à ses jurons, la brise changea de direction. Sauvé.

– Tout va très bien, répondit-il, tandis qu'il commençait à s'éloigner des autres canots.

Il ralentit son pédalage pour reprendre souffle. Mais les battements de son cœur refusaient de ralentir.

– Je préfère ça, dit Dana. J'ai cru que tu allais être malade. Tu m'as fait peur.

Il porta sa main à la poche de sa veste, tâtonnant les bords arrondis du petit écrin. Voilà. C'était le moment. Il cligna deux fois des yeux, coup sur coup, pour lancer l'enregistrement Viz qui serait diffusé en direct pour tous les amis et proches qu'il avait prévenus.

– Quand je suis avec toi, il ne peut rien arriver, déclara-t-il.

Ce n'était pas exactement l'accroche du discours qu'il avait répété encore et encore dans la salle de bains. C'était encore mieux, se dit-il. Il inspira profondément et sortit lentement l'écrin de sa poche. Les yeux de Dana s'écarquillèrent et elle cligna deux fois des yeux, elle aussi. Elle savait.

Il ouvrit sans dire un mot le petit coffret garni de velours. Dedans, il y avait une bague ornée d'un saphir bleu azur, monté sur un anneau serti de diamants synthétiques, comme une plante cristalline qui avait poussé jusqu'à la taille exacte de l'annulaire de Dana[2]. Il avait pris les mesures à l'ancienne, en enroulant une ficelle autour de son doigt pendant qu'elle dormait.

Le visage de Dana changea aussitôt d'expression et elle s'étrangla.

– Oh mon Dieu… Non, non, non, murmura-t-elle.

L'écrin de la bague alla frapper le fond de la coque, tandis que le cœur de Tim s'arrêtait et qu'il ne sentait plus son corps.

Tout le monde les regardait, et elle avait dit « Non ».

Puis une sorte d'instinct reprit le dessus et il se pencha pour ramasser la bague qui rebondissait entre ses pieds sur le plastique du pédalo. Peut-être pourrait-il se faire rembourser. Peut-être que le fabricant comprendrait que les algorithmes s'étaient juste plantés.

Dana le tira par les épaules, essayant de le redresser.

– Oh mon Dieu, Tim. Regarde.

Dana désignait un point derrière lui, d'un doigt tremblant. Tim releva brusquement la tête, ses Viz Glass un peu de travers, filmant en direct une scène qu'il n'aurait jamais pu prévoir.

Un tsunami d'écume blanche et rouge se déversait à travers les terrains de softball verdoyants du West Potomac Park, entre l'étang du Tidal Basin et le fleuve Potomac. Des arbres, des buissons et même un bateau-taxi jaune, tous emportés par la fureur des flots. De l'autre côté du Martin Luther King Jr. Memorial, une deuxième muraille d'eau dévalait la 17e Rue. Canalisée par les collines en pente douce de part et d'autre, la vague poussait devant elle un bus touristique à deux étages et l'un des robots aux roues rouge, blanc, bleu du Park Service qui rôdaient sur le National Mall.

Puis vint le son. Les hurlements des gens sur les pédalos, comprenant ce qui se passait, mêlés au grondement sourd des deux murs aquatiques s'abattant sur les cerisiers puis sur l'étang.

D'une main tremblante, Tim ramassa la bague qu'il avait fait faire pour Dana. Ne se concentrant sur rien d'autre, il la glissa à son doigt, tentant désespérément de se souvenir du texte de sa demande en mariage avant qu'il ne soit trop tard.

8

Quartier de Ballston

Arlington, Virginie

Sur le court trajet jusqu'à chez elle, Keegan remarqua le changement. La confusion. La peur. Les mâchoires serrées de l'homme âgé qui courait dans la rue confirmèrent cette impression. À en croire ses chaussures vernies et son costume, il travaillait pour le gouvernement qui, comme elle, avait été prévenu plus tôt que le grand public et avait donc un peu d'avance sur la ruée des gens vers leur domicile. Même les voitures en autopartage semblaient secouées, circulant entre les voies avec ce qui ressemblait à de la nervosité, comme si elles avaient hâte d'en finir avec l'itinéraire consigné par les algorithmes.

Keegan gara le SUV au pied de son immeuble, profitant des privilèges accordés aux membres des forces de l'ordre. De toute manière, il était peu probable que les flics traînent dans les parages pour mettre des amendes. Une autopartage jaune et bleue était garée juste à côté, à moitié sur le trottoir, comme si elle attendait le bon moment pour gagner les hauteurs.

Serrant Haley tout contre elle, Keegan se rua dans le hall d'entrée.

– Escaliers, ordonna-t-elle et TAMS pivota, puis la contourna précipitamment pour passer devant elle, avec la détermination d'un partenaire de danse.

Il avait identifié la situation comme un environnement périlleux et était passé en mode Protection. Keegan s'en réjouit, jusqu'à ce qu'elle réalise autre chose.

– TAMS, je rentrerai la première dans l'appartement, OK ? Tu te rappelles la dernière fois ? Pas question que ça se reproduise aujourd'hui.

– OK, répondit TAMS.

Dans la lumière vacillante de la cage d'escalier, Keegan regarda le robot en se demandant comment il allait réagir à cet ordre. Comment intégrait-il le besoin des humains de respecter la sensibilité d'autrui, même en pleine crise ?

Ils montèrent les marches sans précipitation, comptant chacune d'entre elles, comme un jeu pour ne pas effrayer Haley. Quand ils atteignirent leur étage, le couloir était désert. Elle entra immédiatement, sans prendre la peine de scanner les lieux pour voir comment Jared était ni s'il travaillait.

– Hey ! C'est moi ! cria-t-elle en balayant le séjour du regard.

Aucune trace de Jared, rien qu'un canapé vide, à l'exception de l'appareil RV et d'un amas de couvertures mal repliées. Elle toucha le casque – froid.

– Jared ! On est rentrées ! appela-t-elle de nouveau.

Elle posa Haley sur le canapé et, avec un sourire rassurant, l'enveloppa de couvertures.

Pas de réponse. La pièce sentait le renfermé. Elle allait ouvrir une fenêtre quand elle se ravisa et fonça droit vers la salle de bains.

Elle ferma la bonde de la baignoire et ouvrit le robinet d'eau froide au maximum, puis fit de même avec le lavabo. Elle s'agrippa à la vasque, serrant si fort que ses jointures blanchirent, et poussa la porte du pied pour la fermer. Les yeux clos, elle réprima l'envie de donner un coup de poing dans le miroir, de rage. Pas contre Jared, mais contre tout ce qu'en cet instant elle était impuissante à contrôler. Elle referma le robinet du lavabo et se concentra sur sa respiration, tout en élaborant un plan. Plusieurs notifications firent vibrer sa Watchlet, mais elle les ignora. Elle rouvrit les yeux et se regarda bien droit dans la glace. *C'est bon, tu peux le faire.*

Elle ouvrit lentement la porte de la grande chambre. Jared gisait sur le lit, étendu de tout son long, le visage tourné de l'autre côté. Merde, pas encore. Pas maintenant.

S'asseyant sur le lit, elle le secoua par les épaules.

– Hey ! Hey ! Jared !

Jared soupira et leva le bras pour serrer sa main.

– Hey, grogna-t-il, si loin d'elle et de cette chambre, en cet instant.

– Il faut que tu te réveilles ! C'est une urgence, Jared. Tu comprends ? Haley est ici. J'ai besoin que tu veilles sur elle parce que je dois repartir, expliqua-t-elle. Genre, tout de suite.

Elle le lâcha et se leva.

Alors, Jared se raidit et se redressa sur le lit en se frottant les yeux.

– OK, dit-il. Je m'en occupe.

Dans le garde-manger, il y avait le carton de conserves qu'ils avaient mis de côté en cas de problème, quelques années plus tôt. Mais depuis quand n'avait-elle pas vérifié les dates de péremption ? Et puis, Haley n'allait pas manger de la soupe de tomate en boîte et des haricots rouges. Elle passa donc en revue les placards, dressant un rapide inventaire de ce dont ils disposaient. Une boîte de céréales Cheerios, un paquet de biscuits, un pot de beurre de cacahuète bien dense, et un petit carton des compotes préférées de Haley. Le réfrigérateur et le bac congélation avaient peu à offrir, hormis du lait et de la crème d'amande, du beurre et un sachet d'épinards. Ils avaient tellement pris l'habitude des livraisons de nourriture qu'ils avaient tout juste besoin de quoi tenir deux ou trois repas. Même le pain frais leur était déposé quotidiennement par drone, luxe dont ni Jared ni elle n'avaient réussi à se priver.

Elle se précipita pour allumer l'écran de commande sur la porte du frigo et faire de grosses courses, c'est-à-dire acheter d'un seul coup deux semaines de toutes leurs commandes passées. Mais au moment de finaliser ses achats, l'application planta. Elle réessaya, encore et encore, si concentrée sur le petit écran qu'elle ne vit pas Jared entrer dans la pièce.

– Qu'est-ce qui se passe ? demanda-t-il d'une voix rocailleuse, engourdie de sommeil.

Ses yeux se portèrent avec inquiétude sur TAMS qui veillait sur Haley, en train de jouer avec ses lego autoassembleurs sur le canapé.

– Et pourquoi as-tu ramené ce *truc* ici ?

Keegan lui fit signe de s'approcher avec un regard impérieux – ils devaient parler sans que Haley les entende.

– C'est pas le moment pour ce genre de conneries. J'ai besoin que tu sois vraiment là, concentré, OK ? Il va falloir que tu restes dans l'appartement, avec Haley, murmura-t-elle. Je ne sais pas combien de temps. Il y a une inondation dans le centre de Washington. Catastrophique. Ici, en hauteur, on est en sécurité. Mais ce n'est que le début. Je crois que ça va continuer.

– Continuer ? Tu veux dire qu'il ne s'agit pas d'un accident ? Une cyberattaque contre les infrastructures ?

Son éclair de lucidité la fit sourire. C'était le Jared d'avant qui réapparaissait fugacement, celui qui était sorti major de sa promo à la faculté de droit.

– Exactement. J'essaie de commander à manger, mais ça plante, le réseau est sans doute saturé car tout le monde se connecte en même temps. Tu peux continuer d'essayer ? Tous les agents sont réquisitionnés, TAMS et moi… Attends une seconde.

Elle se dirigea vers TAMS, qui était devenu une sorte de circuit pour Haley, laquelle n'était plus sur le canapé mais organisait une course de voitures en lego sur les jambes du robot. Keegan examina ses antennes, à l'arrière de sa tête.

– Haley, tu veux bien arrêter une minute ? Il faut que je demande quelque chose de très important à TAMS. (Haley se figea, et Keegan poursuivit :) TAMS, pourrais-tu récupérer le réseau de ma Watchlet (elle ôta l'appareil de son poignet) et le convertir en un fil de données par satellite ?

– Oui, répondit le robot en prenant le bracelet connecté ; au bout d'une seconde, il annonça : Liaison montante établie.

– Ah, merci ! souffla Keegan, et la dopamine chassa l'adrénaline de son système, ce qui eut pour effet de bloquer la peur.

Elle lui arracha la Watchlet des mains et ouvrit son appli de courses en ligne. Moins de trente secondes plus tard, elle montra l'écran à Jared.

– Commande confirmée, livraison en cours, annonça-t-elle triomphalement.

Jared lui tapa dans la main pour la féliciter, les joues moins livides à présent.

Toutes les victoires, aussi petites soient-elles, sont bonnes à prendre, songea-t-elle.

– Vas-y, lui dit Jared. Haley et moi, on va aller chercher les courses sur le toit.

– Tu es sûr ?

– Tout va bien se passer.

Il fit mine de s'avancer pour la prendre dans ses bras, mais se ravisa.

Et il faut aussi accepter ses défaites, pensa Keegan.

– N'oublie pas de refermer le robinet de la baignoire, lui dit-elle. Il ne faudrait pas avoir une inondation au milieu d'une inondation.

Elle se tourna pour soulever sa fille et la serrer fort.

– Oh, maman, dit celle-ci en montrant du doigt la voiture en lego qui avait maintenant perdu son capot. T'as tout cassé ce que j'ai construit.

– Excuse-moi, Papillon.

Keegan l'embrassa sur le dessus du crâne, puis se tourna vers TAMS et lui adressa un hochement de tête, signal qu'il était temps de partir. C'est seulement lorsque TAMS et elle se retrouvèrent dans le couloir qu'elle s'arrêta. Pendant quelques secondes, elle resta plantée là, tapant du pied, sans savoir que faire. Puis, gardant un œil sur TAMS, elle rouvrit l'appli sur sa Watchlet et commanda un supplément de Dilaudid en spray pour Jared.

Farragut Square

Washington

Keegan gardait ses mains sur le volant du SUV, prête à reprendre le contrôle, tandis que TAMS et elle progressaient à contre-courant d'un flot constant de véhicules autonomes fuyant la crue du Potomac.

Ayant dépassé son pic historique, le fleuve avait déjà submergé les murs de protection de l'aéroport national Ronald-Reagan[1].

– Transmets notre position à Noritz et au centre d'opérations tactiques, ordonna Keegan.

TAMS envoya une émoticône de pouce levé vers les Viz Glass de Keegan. Leur destination était l'ancien siège du bureau du FBI à Washington, au coin de la 4e Rue et de la rue G. La direction avait fait circuler l'info qu'un poste de commandement temporaire serait installé là, le sous-sol du Hoover Building étant inondé et tout le pâté de maisons privé d'électricité.

Sur l'écran du SUV, Keegan afficha des images satellites de la ville en temps réel, superposées sur un plan de Washington. Elles montraient que l'onde de crue avait eu raison de la grille bien ordonnée des rues de la capitale. La première vague était montée jusqu'à la rue M, mais les flots avaient reflué aussitôt, laissant derrière eux des trottoirs maculés de boue rouge et aspirant les voitures garées tout du long.

Les images révélaient surtout que quelques dizaines de centimètres d'altitude en plus ou en moins faisaient toute la différence entre dévastation et normalité[2]. La plupart des quartiers de la ville étaient intacts, mais de gigantesques douves scindaient désormais en deux Washington, transformant en île tout le sud de la ville. Le nouvel affluent du fleuve Potomac entrait dans le centre au niveau du Tidal Basin, frôlant le National Mall pour rejoindre le bras principal du fleuve au niveau du grand centre commercial de District Wharf, partie peu élevée de la capitale.

Les frontières de la zone inondée suivaient les contours topographiques complexes d'une ville construite sur un marécage, détail inconnu de la plupart de ses habitants, mais qui avait façonné l'agencement des rues plus de trois siècles auparavant[3]. La crue courait le long de Pennsylvania Avenue, épousant plus ou moins le tracé du Tiber Creek, l'ancien cours d'eau désormais recouvert qui avait jadis coulé devant le palais du Président, avant que celui-ci ne soit rebaptisé la Maison-Blanche[4]. Les flots se déployaient ensuite de la 15e Rue, aux abords du siège du département du Trésor, jusqu'aux bouches des tunnels de l'autoroute I-395 au pied de la colline du Capitole[5]. Le flanc sud de l'inondation occupait Madison Avenue, la partie basse du National Mall, site de l'ancien canal à ciel ouvert où les habitants de Washington venaient jeter leurs ordures aux premiers temps de la capitale. Le léger dévers du National Mall avait protégé ses espaces verts, mais le Musée d'histoire naturelle et le ministère de la Justice, ainsi que tous les autres bâtiments situés entre Madison Avenue et Pennsylvania Avenue, n'étaient désormais plus que de petits îlots de ciment émergeant de l'eau brun-rouge.

Zoomant sur les images, Keegan aperçut les nuées de points minuscules suspendus au-dessus de ces îles artificielles. Certains étaient les drones aux couleurs vives des services d'urgences municipaux et fédéraux, mais il y avait également des drones de livraison déposant des colis sur les toits, gérant le flot des commandes et de l'aide d'urgence envoyée par des organismes caritatifs. Resserrant sur le camp retranché des vétérans, Keegan constata que le reste du quartier de Capitol Hill était au sec.

– Reprogramme l'itinéraire pour qu'il évite toutes les zones situées à moins de vingt mètres d'altitude, ordonna-t-elle, réalisant que le GPS embarqué n'intégrait sans doute aucun scénario dans lequel les rues de la ville se retrouvaient noyées.

Ils parvinrent jusqu'à Farragut Square, avant que la foule ne devienne trop dense. Keegan envoya le SUV se garer automatiquement sur les hauteurs de la ville, près de la rue H, et ils poursuivirent à pied. Au-dessus d'eux, un drone jaune vif de la FEMA, l'Agence fédérale des situations d'urgence, décrivait des cercles paresseux, tandis que le petit drone-caméra d'un site d'actualités se posait sur la statue de l'amiral Farragut pour avoir une meilleure vue d'ensemble. Des milliers de personnes arpentaient les rues, certaines avec une destination précise en tête, d'autres sans but, et pas mal d'entre elles n'étaient là que pour filmer et commenter la scène.

Se faufilant dans la foule, ils passèrent devant la station de métro de Farragut West. C'était l'endroit de Washington que Keegan détestait le plus. Elle était passée là pour la première fois neuf ans plus tôt, alors qu'elle revenait en permission de l'opération de stabilisation en Arabie saoudite. C'était le début du mois de décembre, si bien que, pendant une escale de sept heures à l'aéroport Dulles de Washington, elle avait tué le temps en allant voir le sapin de Noël de la Maison-Blanche et tous ces trucs pour lesquels, en tant que Marine, vous étiez censé vous battre. Mais sur l'escalator menant à la station, la puanteur l'avait retournée, pas parce qu'elle était insoutenable, mais parce qu'elle ne lui était que trop familière. La station avait été reconvertie en campement de fortune, de pauvres malheureux tassés les uns contre les autres pour échapper au froid. Keegan n'était qu'à deux pas de la Maison-Blanche, mais elle était témoin de cet abandon abject de ses semblables auquel elle n'avait été confrontée jusque-là que dans de lointains camps de réfugiés. Et elle savait que son commandant en chef, le président des États-Unis, ne parcourrait jamais à pied ces deux pâtés de maisons pour venir voir cette sombre réalité.

Aujourd'hui, un flot d'hommes et de femmes, certains accompagnés d'enfants, émergeaient de la station, trempés et en pleurs.

– TAMS, vérification état du réseau de métro, ordonna Keegan en descendant voir si quelqu'un avait besoin d'elle.

La règle qu'on lui avait inculquée depuis ses classes était que les Marines se dirigeaient toujours vers la source du chaos[6].

– Les sections les moins élevées de l'Orange Line et de la Blue Line sont inondées, annonça TAMS.

Le robot envoya vers ses Viz Glass un plan du réseau, avec les segments affectés. Y étaient détaillés en outre les dysfonctionnements qui avaient manifestement bloqué les valves des bouches d'aération du métro et des canalisations d'évacuation des eaux d'orage, directement reliées au fleuve Potomac[7]. Pour limiter les coûts, le même mécanisme avait été adopté pour ces deux systèmes, mais à présent, leur panne empêchait le système de se purger.

Jetant un coup d'œil en bas depuis l'escalator, Keegan en constata les dégâts. Une eau boueuse clapotait contre les marches jusqu'à mi-hauteur, ce qui signifiait que l'ensemble de la mezzanine des guichets était inondée. Pire, le niveau inférieur, où se trouvaient les quais, devait se trouver totalement englouti.

– Tout le monde est remonté ?

– Non. Mes capteurs acoustiques indiquent qu'un adulte de sexe féminin est piégé en bas.

Keegan n'entendait rien dans le fracas de l'eau et le brouhaha de la foule, en contrebas. Son ventre se noua.

– Où, exactement ?

– Je ne peux pas le déterminer avec précision.

Il y avait un guichet d'information au milieu de la mezzanine. Assez haut, peut-être, pour l'escalader et progresser au-dessus de l'eau. Keegan étudia l'eau brune qui tourbillonnait. Trop profonde pour y marcher, et le courant l'aspirerait vers les tunnels du métro, en bas, si elle essayait d'y nager.

– Peux-tu aller la chercher ? interrogea Keegan.

– Oui. Je suis certifié selon les normes ISO pour des opérations subaquatiques à dix mètres de profondeur, pour une durée de trente minutes.

L'eau empestait l'ozone et les égouts. Si TAMS plongeait là-dedans et ne remontait pas, cela résoudrait à n'en pas douter le problème que le directeur adjoint lui avait refilé. Mais un autre se présenterait : trouver un moyen de mener à bien ce sauvetage par elle-même.

– Alors vas-y. J'ai besoin que tu localises la personne et que tu l'aides à sortir.

– OK.

TAMS s'approcha avec précaution du bord de l'eau, manquant piétiner une minuscule grenouille qui bondissait de marche en marche. Un tas de bestioles allait émerger de là-dedans, songea Keegan.

– Hey ! Faut vous tirer d'ici. Qu'est-ce que vous foutez ? cria un homme depuis le haut de l'escalator.

– Bonne question ! cria Keegan en retour, puis elle se ravisa. Ce n'était pas le moment pour ce genre de sarcasme.

– Nous sommes du FBI. Quelqu'un est coincé là-dessous !

Un soldat afro-américain au torse puissant, en treillis maculé de boue, dévala les marches. Il s'arrêta, interloqué, en voyant TAMS s'enfoncer dans l'eau en tenant la main courante.

– C'est à vous, ce machin ?

– Ouais, répondit Keegan. Il a détecté quelqu'un. Je crois que la personne est coincée dans ce guichet d'information, près des tourniquets, vous voyez ?

– Et vous allez envoyer votre Terminator la chercher ?

– Si vous avez une meilleure idée, je vous écoute.

– Non. Mais me demandez pas de vous signer un papier quand vous l'aurez perdu.

Immergé jusqu'au cou, TAMS s'était immobilisé pour écouter leur conversation. Peut-être l'uniforme du soldat avait-il déclenché l'un de ses anciens programmes.

– TAMS, tu peux y aller, déclara Keegan.

– OK.

Ces ultimes paroles n'avaient rien d'inoubliable, se dit Keegan, tandis que le robot disparaissait dans l'obscurité, entouré d'un halo bleu chatoyant projeté par ses feux de navigation intégrés. Une notification s'afficha dans les Viz Glass de Keegan : *Connexion au réseau perdue*.

– Ça va marcher ? demanda le soldat.

– J'en sais rien.

– Sergent Terrence King, Garde nationale du Maryland. L'appli de votre portable fonctionne ? Il faut que je prévienne ma femme que tout va bien.

– Agent Lara Keegan. Non, maintenant que le robot n'est plus là pour booster le signal.

L'homme soupira.

Ils se retrouvèrent soudain baignés de lumière et, se retournant, Keegan aperçut des gens attroupés en haut de l'escalator pour les observer, plusieurs activant la caméra de leurs Viz pour filmer la scène, certains tendant même leur vieux smartphone pour avoir un meilleur angle.

– FBI ! Éteignez vos caméras ! hurla-t-elle.

– Comme si ça avait déjà marché, ironisa King.

Keegan lui lança un regard noir, puis se tourna de nouveau vers l'eau, en quête d'un signe du robot. Ils attendirent tous deux sans dire un mot. Une autre grenouille bondit entre leurs pieds et poursuivit son chemin vers l'escalator. Puis ils entendirent une voix.

– On remonte ! On remonte ! cria une femme à bout de souffle, depuis le fond du tunnel.

Puis elle émergea. Âgée d'une cinquantaine d'années, elle brassait l'eau d'une main, l'autre étant entraînée par une force extérieure, sous l'eau. Juste devant elle, une lueur bleutée se fit de plus en plus brillante, se rapprochant de la surface.

– Nous sommes là, dans l'escalator ! Attention aux marches, en bas, la prévint Keegan en s'avançant dans l'eau au moment où TAMS émergeait, sa tête dépassant à peine.

Avec l'aide de King, Keegan hissa la femme hors de l'eau, son uniforme bleu d'employée du métro totalement gorgé d'eau.

King ôta sa veste pour en envelopper la femme, et l'emmena dehors.

Pendant ce temps, TAMS attendait au bas de l'escalator, l'eau clapotant contre sa taille, agrippé à la main courante. Keegan se demanda quel ordre le directeur adjoint aurait donné en cet instant.

– Allez, TAMS, dit-elle. Sors de l'eau, le héros !

– OK.

La machine s'extirpa de l'eau boueuse, qui dégoulina de ses articulations et de ses capteurs. Sur l'écran de ses Viz, Keegan constata que la connexion au système d'exploitation du robot n'était toujours pas rétablie.

– Confirmation des diagnostics, TAMS, ordonna-t-elle.

Le robot resta figé pendant trente secondes, jusqu'à ce qu'un message s'affiche dans les Viz Glass de Keegan.

– Redémarrage du système achevé. Rétablir la connexion au réseau.

Pour cela, il allait falloir ramener TAMS là-haut, afin de capter un signal.

– Suis-moi jusqu'à la rue et rétablis la connexion par satellite.

– OK.

Arrivée en haut des marches, elle s'arrêta si brusquement que TAMS lui heurta les talons. Même à travers le pantalon, le tranchant métallique du pied lui arracha un bout de peau.

– Merde, grommela-t-elle entre ses dents, mais pas à cause de la douleur.

King l'attendait en haut, au garde-à-vous. Il la gratifia d'un salut militaire puis se mit à applaudir, sur un rythme régulier, autoritaire. Les centaines de badauds rassemblés se joignirent à lui, faisant claquer leurs paumes mouillées – des humains avides de se raccrocher à du positif en ce jour atroce.

9

National Mall
Washington

L'odeur d'égouts qui la prenait à la gorge. La chaussure à talon rouge abandonnée dans la boue. Le pick-up à trois essieux, camouflage beige, de la Garde nationale, dont les roues brassaient l'eau en une écume chimique qui ressemblait à un bain moussant plein de saletés.

Maintenant que l'adrénaline retombait, tout cela était accablant. Mais alors, Keegan se rappela qu'elle allait aussi devoir évaluer les éventuels dégâts subis par TAMS ; l'expérience vécue par le robot au cours de ce désastre serait fondatrice et source d'une profonde transformation, comme le fait de voir sa capitale noyée sous le déluge le serait pour la nation tout entière. C'était un ensemble de données sans précédent[1].

Elle savait ce qui l'attendait dans l'ancien bâtiment du bureau de Washington : un chaos bureaucratique, les chefs se bousculant pour prendre le contrôle, et ensuite une longue attente avant d'être autorisés à mener à bien la mission qu'on leur confierait, quelle qu'elle soit. Si bien qu'elle se dirigea malgré elle dans une autre direction, vers un autre genre de devoir.

Elle entendit les citoyens formant une chaîne deux rues avant de les voir, une immense foule qui entonnait *The General's Daughter*, cet air de country de l'année précédente, une ballade qui parlait d'une soldate morte lors de sa première mission à l'étranger, après quoi son père démissionnait de l'armée et mettait fin à ses jours. C'était l'une des chansons les plus tristes qui soient, raison pour laquelle, sans doute, quelqu'un s'était mis à la fredonner. À sa sortie, Keegan s'était demandé si son auteur était un humain. En voyant ses paroles souder tant de personnes, elle en doutait plus que jamais.

Toutes sortes de gens étaient réunis, des employés du gouvernement fédéral dans leurs costumes boueux aux vétérans à la barbe broussailleuse qui avaient quitté leur campement. C'était l'un de ces moments où l'on devait décider de ce qui comptait le plus. Une chaîne partait des marches de la National Gallery of Art, une autre du National Museum of National History. Les niveaux supérieurs de ces deux musées avaient échappé à la montée des eaux, mais la foule évacuait tout ce qui pouvait être sauvé dans les niveaux inférieurs. Ils se passaient les objets de main en main, avec des murmures curieux et des exclamations chaque fois qu'ils reconnaissaient quelque chose. Un gilet en laine rouge, dégoulinant d'eau sale, fut traité avec le plus grand respect, comme s'il s'agissait du tableau d'un grand maître flamand[2].

Mais le choix de Keegan, c'étaient les Archives nationales, ce qui en faisait aussi celui de TAMS.

Là, la mission était d'une nature un peu différente. Dans l'eau jusqu'à la taille, une file d'hommes et de femmes tentaient de construire une barrière de fortune autour du bâtiment. Keegan remarqua qu'ils se tenaient à l'écart d'un bout de métal cabossé qui émergeait de l'eau sur la 9e Rue, à l'endroit où se trouvait auparavant la rampe menant au parking souterrain. Elle en conclut que la structure d'une des barrières anticrue des Archives avait lâché, peut-être sous le poids de l'eau.

Quelqu'un hurla l'ordre rauque de se dépêcher avant que la marée ne monte. Repoussant vers l'amont les eaux du Potomac, les changements de marée faisaient monter d'un mètre, chaque jour, le niveau du fleuve. En plus de la crue, cela serait catastrophique. Si les documents fondateurs de la nation conservés là étaient en sécurité derrière des vitrines, dans les parties accessibles au public situées deux étages au-dessus de l'eau, les niveaux inférieurs contenaient d'autres archives irremplaçables, qui allaient de lettres et de journaux intimes des pères fondateurs jusqu'aux toutes premières photos, ainsi que des enregistrements audio et films de la nation naissante. Elles racontaient l'histoire des États-Unis.

– TAMS, combien de temps avant la marée ? interrogea Keegan.

– La marée haute aura lieu dans deux heures et quarante-sept minutes.

– Il faut accélérer le mouvement, sinon les pompes des Archives n'arriveront pas à suivre.

La foule utilisait tout ce qui lui tombait sous la main pour ériger cette barrière. On renversait des conteneurs, et les sacs-poubelle étaient noués les uns aux autres pour former un rempart. On récupérait les rouleaux de gazon entassés à l'arrière du camion d'un paysagiste. Les sacs en plastique jadis honnis du magasin de souvenirs étaient remplis de terre. Puis un camion de la Garde nationale débarqua et l'on sortit d'un bac les grands sacs HESCO qu'elle ne connaissait que trop bien pour les avoir si souvent remplis de sable ou de cailloux afin d'en faire des murs antiballes dans les zones de guerre.

– Agent Keegan, vous avez reçu l'ordre de vous présenter au bureau du FBI à Washington, rappela TAMS.

– Exact, mais c'est ici qu'on a besoin de nous, pour l'instant. La priorité, c'est aider. Cette mission passe avant tout le reste.

Keegan se fraya un chemin à travers la chaîne, et TAMS la suivit. Ils eurent tôt fait d'accélérer la cadence. Un homme en short, avec un maillot de l'équipe de basket de l'université du Kansas, un touriste dont les vacances se révélaient beaucoup plus palpitantes que prévu, passait un sac à Keegan, qui le tendait à TAMS. Puis la machine le donnait à la femme d'à côté, qui portait une veste de jogging violette, délavée par le soleil et déchirée au niveau de l'épaule gauche.

La femme avait contemplé avec curiosité le robot. Elle devait avoir une petite soixantaine. Keegan étudia sa silhouette décharnée et ses cheveux argentés coupés ras, et en déduisit qu'elle devait être l'un de ces joggeurs qui filaient encore comme lorsqu'ils avaient vingt ans de moins et n'aimaient rien d'autre que courir vite.

– C'est votre robot ?

– Non, en fait, c'est le vôtre. Un prototype testé par le gouvernement. Je crois que c'est le moment de faire bon usage de l'argent de nos impôts.

– Sacré test.

Satisfaite, la femme se remit au travail.

Pendant les quinze minutes qui suivirent, Keegan ne pensa plus qu'à ce geste : passer un sac, puis un autre. L'odeur de sueur surpassa bientôt la puanteur de la crue. TAMS émettait un léger grincement, produit par la fine boue vaseuse et les grains de poussière qui se coinçaient dans ses servomoteurs.

La femme poussa un profond soupir.

– Ça va ? s'inquiéta Keegan.

– Ouais, juste un point de côté. Contrairement à votre robot, je commence à fatiguer. Dommage qu'il ne puisse pas en faire plus.

Keegan réalisa qu'elle avait raison. Elle ne s'y prenait pas comme il fallait.

– TAMS, dit-elle. Construis un mur autour des Archives, aussi vite que possible.

– OK, répondit TAMS.

Le robot se mit à courir dans l'eau, laissant un sillage blanc tranchant derrière lui. Il prit un rouleau de gazon sur le camion puis revint en courant et le déposa sur leur tas. Puis il recommença à la même vitesse, se déplaçant si rapidement que les humains s'arrêtèrent pour le regarder.

– Il sera bientôt à court de sacs, déclara la femme.

Sans qu'aucun ordre soit donné, les citoyens se réorganisèrent, tous s'affairant à présent à remplir des sacs pour les donner à TAMS. Ils travaillaient de manière frénétique, galvanisés par cette efficacité nouvelle et ne voulant surtout pas être dépassés par les exigences d'un unique robot. La moitié d'entre eux ramassait de la terre avec tout ce qui lui tombait sous la main, aussi bien les pelles récupérées sur le camion du paysagiste que les poteaux supportant les pancartes. L'autre moitié remplissait les sacs à la main. Keegan avait la gorge sèche et sa jambe la faisait souffrir, mais c'était si bon. Rien d'autre à penser que la sensation de la terre dans vos mains et le son simple que faisaient les sacs quand TAMS les empilait.

– On dirait bien que la Déclaration d'indépendance va survivre jusqu'au prochain désastre, agent Keegan.

Se retournant, Keegan vit Modi, même s'il lui fallut un peu de temps pour le reconnaître. Son costume et sa cravate avaient cédé la place à un pantalon et une chemise tactiques gris ardoise. Ces vêtements indéchirables, avec triples coutures, étaient ceux qu'avaient jadis portés les conseillers civils qui rendaient visite à son unité, sur le terrain. La situation devait vraiment être grave, se dit-elle, pour qu'ils les distribuent maintenant aux geeks du FBI.

– Qu'est-ce que vous faites ici ? s'étonna-t-elle. Et comment nous avez-vous retrouvés ?

– J'espère pouvoir me rendre utile. Ce qui ne risquait pas d'arriver au bureau, dit-il. Et j'ai mes privilèges...

Il désigna l'écran de sa Watchlet. Une appli était ouverte, sur laquelle clignotait un point rouge.

– Je ne suis peut-être pas connecté au réseau mobile, mais je suis relié à TAMS.

Plutôt que le laisser aiguiller la conversation vers la question de savoir pourquoi elle ne s'était pas présentée au siège du FBI, Keegan se contenta de sourire, en répliquant :

– Eh bien, dans ce cas, mettez donc la main à la pâte.

Ils firent équipe, Keegan creusant dans un carré de pelouse au pied du Navy Memorial avec ce qui avait été une glissière de sécurité et Modi versant la terre récupérée dans les sacs d'un pressing voisin. La femme en violet les portait alors jusqu'à la pile destinée à TAMS, qui poursuivait ses va-et-vient au même rythme.

Le robot semblait les disposer au hasard, mais Keegan savait que son choix obéissait forcément à une forme de logique. Lorsqu'elle avait onze ans, son oncle l'avait emmenée voir la ruche dans laquelle il travaillait, une immense plateforme logistique près de l'aéroport international de Seattle-Tacoma. Il y était employé comme technicien, chargé de réparer les robots de l'entrepôt. Ceux-ci filaient en tous sens, dans ce qui ressemblait à une sorte de frénésie, certains roulant à pleine vitesse sur le ciment ultra-lisse du sol, d'autres sur des rails fixés au plafond. Tout cela paraissait chaotique, mais son oncle lui avait expliqué que c'était justement ça l'idée[3].

– Si je te donnais un tube de dentifrice, où le rangerais-tu dans cet entrepôt ? lui avait-il demandé.

– Dans la rangée où vont tous les dentifrices, avait-elle répondu.

– C'est ce que ferait un humain. Mais une machine pensante, elle, glissera juste cet unique tube de dentifrice dans l'endroit qui convient le mieux, pas seulement en fonction de sa forme, mais de tous les facteurs, de sa date d'expiration à la date prévue d'achat par un client, par rapport à la date où le livre, la cafetière ou l'article quel qu'il soit qui est calé derrière sera commandé et retiré de l'étagère. C'est génial, hein ?

Il avait été moins enthousiaste, deux ans plus tard, lorsqu'il avait perdu son boulot, l'entreprise ayant acheté de nouveaux robots modulaires capables de s'autoréparer[4].

Keegan fit une pause et Modi s'arrêta aussi. Il tenta de repousser de son visage un petit éclat de boue, mais ne fit que l'étaler.

– Laissez-moi faire, dit Keegan, puis elle enleva la traînée de son doigt nu.

– Ce n'est assurément pas la Singularité qu'on nous avait promise, déclara Modi[5].

– Ouais, je croyais que le plan, c'était qu'on se retrouve tous assis en cercle dans nos corps de rechange mécanique, à manger des bonbons toute la journée.

– Et pas à essuyer la merde sur nos visages en nous démenant pour suivre le rythme d'un robot, vous voulez dire ?

Ils éclatèrent de rire et se remirent à l'ouvrage. Au bout d'une minute, elle se tourna de nouveau vers Modi.

– Mais ça soulève une bonne question, quand même : qu'espérons-nous vraiment tirer de toutes ces machines ? Je veux dire, regardez TAMS. En fin de compte, ne sera-t-il guère plus que cette pelle de luxe ? ajouta-t-elle en agitant le poteau avec lequel elle était en train de creuser. Rien qu'un outil amélioré, malgré toute son intelligence ?

– Vraiment, vraiment amélioré, nuança Modi.

– Ou bien quelque chose de plus, au-delà du simple outil ? Quelque chose que nous allons devoir penser différemment ?

– Nous sommes en réunion, maintenant ? demanda Modi. Ici ?

– Vous avez un meilleur endroit ? répliqua Keegan.

– À peu près n'importe où, répondit Modi. Mais j'apprécie vos efforts pour me distraire de la douleur horrible que j'ai en bas du dos. (Il s'interrompit.) Je crois vraiment que c'est quelque chose de plus. Regardez comme TAMS est intégré au groupe, un robot aux côtés d'humains, le rendement de l'équipe dépassant celui des individus. Plus encore : il ne s'est pas seulement intégré au groupe, il a changé les gens qui en font partie.

– C'est justement ça qui m'inquiète.

– Que voulez-vous dire ? Du moment que le travail est plus efficace, vous croyez que les gens s'en soucient ?

– Pas dans l'immédiat, répondit Keegan. C'est quand on a le temps de réfléchir que nous autres, les humains, commençons à avoir des problèmes.

– C'est pour ça que vous n'aimez pas discuter avec moi ?

– Eh bien, pas dans votre bureau, dit-elle.

– Mais c'est une conversation que nous devons avoir. Pas seulement vous, tout le monde. Le problème, ce n'est pas tellement ce que nous pensons d'eux. C'est de savoir ce que nous sommes censés *ressentir* à l'égard d'un robot. Pas seulement maintenant, mais quand ils deviendront plus semblables à nous. Ou, pire encore, quand ils sauront faire plus de choses que nous ?

– Nous étions touchés, quand nos robots se faisaient exploser lors de nos missions, répondit Keegan. Nous étions en colère contre l'ennemi pour avoir détruit ces machines, davantage que lorsque c'était une radio ou un Humvee qui se faisait dégommer. Le pire, c'étaient les robots qui avaient des jambes.

– Et TAMS est beaucoup plus que les vulgaires pisteurs que vous aviez à l'époque ou qu'un aspirateur automatisé, renchérit Modi. C'est votre partenaire.

– Non, rétorqua Keegan. Des partenaires, j'en ai eu. Ça n'a rien à voir avec ça.

– Mais ça pourrait, à l'avenir. Parce qu'il est sans cesse en train d'apprendre à le devenir. Tenez, regardez.

Il ouvrit une appli sur l'écran de sa Watchlet et l'approcha de Keegan. L'appli affichait l'activité de TAMS sur les réseaux : il était en train de consulter des reportages et autres documentaires sur les comportements humains au cours de crues passées.

– Mais un vrai partenaire, ce n'est pas ça. Ce que vous me montrez là prouve juste qu'il n'a pas du tout besoin de moi.

– Pas si vite, protesta Modi. Vous lui avez confié cette mission, n'est-ce pas ?

– Ouais, je lui ai dit de construire un mur. Mais j'aurais aussi bien pu rester chez moi et lui donner cet ordre.

– Pensez-vous que vous auriez pu évaluer la situation à distance ? Ou que si TAMS s'était juste pointé là, sans vous, il aurait pu faire équipe avec les humains, de cette façon ? J'en doute. Il aurait commis une erreur, écrasé un orteil peut-être ou agacé les gens par sa seule présence dans une situation de stress extrême. Il n'aurait pas tardé à se retrouver renversé dans la boue, avec peut-être un sac de sable sur la tête. Votre présence à tous les deux était nécessaire, mais sans doute pas de la manière traditionnelle dont nous le concevons.

– Donc, l'idée c'est de donner une mission au robot et de le protéger des méchants ? Ce n'est pas très différent de la manière dont je les utilisais chez les Marines.

Modi se courba pour ramasser un autre sac et l'ouvrit devant Keegan pour qu'elle puisse le remplir.

– Ce n'est pas si simple. Ce que vous faisiez chez les Marines, en tant qu'instructrice, c'est ce qu'on appelle le « modèle centaure », comme dans le mythe grec de l'homme au corps de cheval[6]. Dans ce modèle, le robot était encore traité comme un outil, de la même façon que les pattes du cheval emmenaient l'homme partout où celui-ci le voulait. L'étape suivante, c'est le « berger » : un humain qui guide le robot pendant que celui-ci apprend à évoluer dans le monde[7].

Keegan fendit de nouveau la terre avec sa pelle improvisée.

– Ouais, je me souviens de ce champion d'échecs, le premier qui s'est fait battre par une IA avant de devenir une sorte de gourou prônant l'idée que les humains devaient s'adapter à l'intelligence artificielle, et qui a inventé ce concept[8]. Cela reposait en grande partie sur le fait que si une IA était capable de battre un champion d'échecs, elle se révélait incapable de battre un joueur ordinaire travaillant avec une IA...

– Et vous, vous venez juste de trahir le fait que vous en savez plus sur tout cela que vous ne voulez bien le faire croire, répliqua Modi, l'air amusé. Enfin, je le savais déjà.

– « Je contiens des multitudes[9]. »

– Eh bien, mon cher Walt Whitman, c'est justement ce que nous devons vous faire intégrer. Vous essayez toujours de faire le boulot – mais vous devez le faire en dépassant l'idée que la machine n'est qu'une extension de vous-même. Selon vous, la question serait : qu'espérons-nous vraiment tirer de toutes ces machines ? Moi, j'estime que cela va bien au-delà : où la nouvelle intelligence, les nouvelles capacités de cette machine vont-elles nous conduire ? Pas seulement pour vous et TAMS, mais pour l'avenir de notre existence en tant qu'humains ? Que se passe-t-il à partir du moment où nous travaillons et vivons aux côtés d'une chose qui pense et agit d'une manière que nous ne sommes plus capables de comprendre ?

Il s'épongea de nouveau le front.

– On échange ?

Sans un mot, Keegan lui tendit sa pelle de fortune. Elle prit un moment pour observer les allées et venues de TAMS dans l'eau. Sa muraille lui arrivait à présent aux épaules. Elle se demanda si la machine allait continuer jusqu'à ce qu'elle ne puisse plus atteindre le dessus du mur. Et alors, que ferait TAMS ? Se déplacerait-il latéralement vers les parties moins élevées du mur ? Ou bien bâtirait-il son propre remblai pour monter dessus, afin de pouvoir continuer à construire la muraille, toujours plus haut ?

Modi vit le regard vague de Keegan.

– Le problème du trombone, dit-il.

– Le quoi ?

– Ce à quoi vous pensez a été baptisé le « problème du trombone[10] ». Imaginez qu'on confie à une machine intelligente la tâche de fabriquer des trombones. Maintenant, imaginez que la machine en question soit capable d'apprendre, et devienne de plus en plus intelligente au fil du temps, s'améliorant sans cesse dans sa fabrication des trombones. Ça semble génial… au début. On obtient de plus en plus de trombones, de moins en moins chers. Sauf qu'à un moment donné la machine devient si intelligente, si experte dans son travail que les trombones finissent par recouvrir la Terre, puis l'univers entier. Pire encore, cela introduit un autre problème : celui du contrôle. Si la mission de la machine consiste à fabriquer des trombones, que fera-t-elle de celui ou de celle qui viendrait se mettre en travers de son chemin ?

– C'est ce qui se passera avec TAMS ?

– J'imagine que ce mur va nous permettre de le découvrir.

10

Quartier de Ballston

Arlington, Virginie

Keegan se réveilla sur le carrelage de la salle de bains, une serviette de plage rayée humide sous la tête, en guise d'oreiller.

Lorsqu'ils avaient fini par se présenter à l'ancien siège du FBI à Washington la veille au soir, c'était le chaos, mais sans les bonnes vibrations qui s'étaient dégagées de la foule massée devant les Archives. Dans toute bureaucratie, les notions de territoire réservé passent avant tout le reste, même lorsqu'il s'agit d'organiser une aide d'urgence. Si bien que la tension parmi les dirigeants et tous leurs subordonnés naissait essentiellement de la question de savoir qui irait où, et sous les ordres de qui. Bien que TAMS et Keegan viennent de faire leur boulot dans les rues, il n'existait aucun protocole concernant leur place à l'intérieur de cette matrice. Keegan dut donc faciliter leur prise de décision en tapant un bref rapport présentant le détour par le métro et les Archives nationales comme intentionnel, puis soulignant le besoin de « récupération et recharge opérationnelles » pour TAMS comme pour elle. Noritz n'étant visiblement pas là pour le signer, elle était rentrée chez elle avec TAMS.

Étonnamment, le trajet n'avait pas pris beaucoup de temps. Ils avaient dû faire un détour par la Beltway, mais la circulation sur l'autoroute contournant Washington était presque fluide. En temps de crise, la plupart des gens restaient juste planqués chez eux avec leur famille, désir que Keegan éprouvait elle-même intensément.

Mais lorsqu'elle franchit la porte de chez elle, Keegan se retrouva face à une version miniature du centre-ville. Une petite mare s'écoulait de la salle de bains, comme si le déluge extérieur était remonté jusqu'à leur appartement. Haley ou Jared avait fini par refermer le robinet, mais la mare était restée là, jugée moins prioritaire que retourner jouer au salon ou amasser des points en faisant des microsboulots en ligne.

Elle n'avait pas l'énergie pour une nouvelle dispute, si bien que pendant que Jared et Haley dormaient, elle avait enlevé ses vêtements boueux et retourné tout l'appartement pour trouver n'importe quoi qui permette d'éponger l'eau. Des serviettes propres. Des serviettes sales. Des torchons à vaisselle. Même la serviette-canard jaune de Haley, avec son bec orange sur la capuche. TAMS aurait sans doute pu l'aider, mais c'était à elle de nettoyer sa pagaille. Après avoir essuyé l'essentiel de l'eau, elle avait voulu se reposer un moment, calée contre le mur de la salle de bains, mais elle s'était endormie, rattrapée par l'épuisement et le stress de la journée.

Keegan se releva tant bien que mal, prenant soin de ménager les muscles de son dos. Puis elle s'étudia dans le miroir. Elle avait les yeux rouges et des taches d'un violet pâle sur la peau de ses avant-bras. Elle avait peur de demander à TAMS la composition chimique précise de l'eau boueuse du centre-ville, mais elle était certaine qu'elle n'était pas d'une qualité thalasso. Tout son dos la lançait, le nerf sciatique endolori envoyant dans sa jambe ce qui ressemblait à de petites décharges électriques. Si ce n'était pas à cause des sacs de terre des Archives, alors dormir sur le sol de la salle de bains devait y être pour quelque chose.

– Haley ? appela-t-elle.

Pas de réponse, et elle comprit vite pourquoi en jetant un coup d'œil au salon.

Sa petite fille était assise sur le canapé, le casque RV enfoncé sur la tête – trop grand pour elle, il avalait jusqu'à son cou. Le rire étouffé de Haley résonnait sous le casque, comme si elle parlait sous l'eau. Keegan ne comprenait pas ce qu'elle disait, rien qu'un flot de voyelles interrompues par les halètements de son rire léger. TAMS était assis, jambes repliées sous lui, près d'une prise murale, en train de se recharger et d'observer.

Cette vision fit frémir Keegan, qui remonta le couloir pour aller frapper à la porte de la chambre de Jared. Faute de réaction, elle frappa encore puis attendit dix secondes. Toujours rien. Quand elle ouvrit la porte, elle trouva le lit vide ; Jared n'était pas là. Elle consulta sa Watchlet – pas de message.

La fatigue des dernières vingt-quatre heures sembla soudain redoubler lorsqu'elle s'assit contre Haley sur le canapé.

Se penchant vers elle, elle entendit la personne à l'autre bout de la connexion ; c'était Harlan, le vieil homme dont s'occupait Jared, sa voix débordant du casque.

– … on regardait juste ce qui passait sur la chaîne, expliquait l'homme à l'autre bout du pays.

– On pouvait pas choisir le dessin animé ? demanda la petite fille.

– Non, pas du tout. Si c'étaient des Tex Avery, on regardait des Tex Avery. Ou bien on attendait que quelque chose de mieux passe à la télé.

– C'est quoi, un Tex Avery ?

Où était donc Jared ? Il risquait de se faire virer pour avoir laissé Haley manipuler cet appareil. Mais en cet instant, c'était le moindre des soucis de Keegan. Le pire, c'était le fait de ne pas savoir. Il pouvait être malade. Inconscient. En overdose. Elle ne se sentait pas capable de gérer à nouveau une telle situation. Elle était en opération extérieure quand son frère était mort dans les toilettes de l'Olympia Public Library, la bibliothèque municipale de Washington, à l'autre bout du monde au moment où le cœur de son frère avait lâché. Mais elle avait imaginé la scène jusqu'au moindre détail – entrebâiller la porte du box, voir ses bras désarticulés, ses cheveux trempés, l'un de ses mocassins de cuir bleu défait, dévoilant une chaussette vert foncé avec un trou sous le gros orteil. Le genre de détails que vous n'oubliez jamais car votre propre cerveau les a inventés, en en rajoutant dans le sordide.

Un petit coup sur le casque poussa Haley à le soulever juste assez pour jeter un coup d'œil par en dessous.

– Salut, maman. Je parle de dessins animés avec l'ami de papa. Tu regardais *She-Ra* quand t'étais petite ?

– Non, ça remonte à trop loin même pour moi, répondit Keegan.

À ce moment-là, la porte de l'appartement s'ouvrit brusquement et Jared entra. Il portait un sweat-shirt et un bas de pyjama, comme s'il avait oublié de se changer avant de sortir. Le sac à dos de maternelle de Haley était accroché à ses épaules. Cet étrange accoutrement contrastait avec la manière dont il avait fait son entrée, avec une assurance et une décontraction qu'elle ne lui avait plus vues depuis des mois. Son sourire se figea, puis il serra les dents lorsqu'il l'aperçut.

– Haley, et si tu montrais tes animaux à Harlan ? suggéra Keegan. Je suis sûre qu'il adorerait rencontrer tes amis.

Tandis que Haley partait en courant, le poids du casque manquant la faire basculer, Keegan se retourna vers Jared.

– Où étais-tu ? Et pourquoi Haley est-elle en train de discuter avec ton vieux croûton solitaire ?

– J'étais sorti. Et ne l'appelle pas comme ça. C'est lui qui paie tout, ici.

En disant ces mots, Jared repéra TAMS en train de se recharger dans son coin.

– Qu'est-ce que ce machin fait là, encore une fois ? demanda-t-il en ajustant le petit sac à dos sur ses épaules.

– Non, ce n'est pas à toi de poser les questions. Haley n'est pas supposée faire ton travail à ta place. Putain, mais qu'est-ce qui t'arrive ? Tu ne peux pas la laisser toute seule. Jamais.

– Lara, respire, OK ? Ça suffit. Haley va bien. Tu devrais savoir ça… Tes jouets la surveillent.

Donc il s'en était rendu compte.

– Si tu veux qu'on en parle, ajouta-t-il, il faut qu'on le fasse *seuls*.

Sa diction précise laissait deviner qu'il y avait autre chose.

Keegan se tourna vers le robot en charge.

– TAMS, va surveiller Haley dans sa chambre. Passe-lui des chansons de *Sesame Street*, mais ferme la porte pour ne pas nous déranger.

– OK.

Le robot se leva et marcha jusqu'à la chambre du fond. Après qu'il eut fermé la porte, le fredonnement d'une musique leur parvint, assourdi. Les algorithmes de la machine avaient opté pour *Les Gens de ton quartier*.

– Bon alors, qu'est-ce qui se passe, putain ? interrogea Keegan. Pourquoi as-tu laissé Haley ici, à faire ton satané boulot ? Tu es un meilleur père que ça.

La dernière réplique était faite pour piquer.

Mais Jared l'ignora ou, pire, ne la remarqua pas. Il enleva de ses épaules le sac à dos pour enfants jaune et rose, et le lui lança. Il était plein à ras bord.

– C'est quoi, ça ?

– Ouvre, dit Jared avec un sourire fier aux lèvres.

Étrangement, elle sut avant même de faire coulisser le zip du sac, donc ce ne fut pas totalement une surprise. Pourtant, la vision de ces billets débordant du sac fut quand même frappante. Pas seulement des billets de vingt et de quarante dollars, non : des billets de cent aussi, et même de deux cents.

– Bon Dieu. Tu braques des banques, maintenant ? demanda-t-elle en ramassant une poignée de billets pour les examiner.

Oui, c'étaient des vrais. Elle les lui tendit.

– Non, encore mieux. Quand c'est gratuit, ce n'est pas du vol, répondit Jared, glissant les billets dans la poche de Keegan avec un geste théâtral, comme s'il lui donnait un pourboire.

Il enfonça la main dans le sac et en sortit une autre poignée.

– Quelqu'un a envoyé une notification sur mon fil professionnel disant que les distributeurs d'argent étaient en train de planter à travers tout le pays, vomissant leur cash à cause d'un bug. Alors je suis descendu en courant. Je suis allé à celui du centre commercial, j'étais le premier, dit-il avant d'éclater de rire. J'imagine que le fait que je sois tout le temps en ligne a fini par payer.

Elle le dévisagea.

– Il y a combien, là-dedans ?

– Je ne sais pas. Tu crois qu'on devrait compter les billets ou les peser ?

Un sourire fugace, encore, le Jared charmant et plein de confiance dont elle était tombée amoureuse.

– J'ai pris tout ce que je pouvais emporter. D'autres personnes sont arrivées, alors je suis parti avant que ça ne dégénère.

Keegan se tourna vers la porte de la chambre, se demandant si la musique était assez forte.

– Mais qu'est-ce que *tu* as fait ? cingla-t-elle en insistant sur le fait qu'elle n'était pas avec lui sur ce coup. Je suis agent du FBI, putain. Mon mari ne peut même pas – absolument pas – se faire prendre en train de traverser la rue au feu rouge piétons.

– Mais je n'ai *rien* fait de mal, répondit-il, sur la défensive. L'argent est sorti tout seul du distributeur[1]. Ce n'est pas moi qui ai provoqué ça. C'était juste là, à ma disposition. Et puis, ce n'est pas numérique – juste du liquide. Aucune transaction sur notre compte, juste des dollars à dépenser pour acheter tout ce dont nous avons besoin.

– Non, hors de question, répliqua Keegan. Laisse-moi t'expliquer ce qui va se passer maintenant. La banque va identifier les billets perdus et entrer leurs numéros dans le système. Toute transaction avec ces billets sera automatiquement bloquée. Tu as ramené un tas de papiers sans valeur. Autant les utiliser pour éponger toute l'eau que tu as laissée couler.

– N'importe quoi, grommela Jared, ne voulant se laisser voler aussi aisément sa victoire.

– Tu es diplômé en droit. De Yale. Et tu ne piges même pas ça ? Qu'est-ce qui t'est arrivé ?

– Ce qui m'est arrivé ? siffla-t-il en retour. Et toi ? Tu quittes ta famille en plein chaos pour aller faire quoi ? Servir de baby-sitter à un robot ? Moi, au moins, j'essaie de faire quelque chose pour nous, pour Haley, au lieu d'entraîner une machine pour qu'elle me pique mon boulot.

– Voilà que tu parles comme ce connard des actualités, là, Jacobs.

Elle se leva et marcha vers le couloir, mais s'arrêta soudain pour pointer du doigt les billets tombés sur la moquette.

– Ramasse-les avant qu'on revienne. Je n'ai pas envie d'expliquer à Haley ce que son père vient de faire, ni comment il est devenu un raté sans emploi, inutile.

En réalité, c'était parce qu'elle ne voulait pas avoir à expliquer tout ça à TAMS, mais Jared méritait quand même ce coup bas.

Elle remonta le couloir, chaque pas meurtrissant sa jambe. Mais la douleur était presque nécessaire, comme un marqueur physique des émotions qu'elle ressentait. Elle s'arrêta devant la porte de la chambre de Haley et s'efforça de se recentrer tandis que la chanson de l'alphabet passait à tue-tête.

Arborant un sourire forcé, elle entra. Haley chantait sur la musique qui jaillissait de TAMS, le casque encore sur sa tête mais ses lumières indiquant que le fil était déconnecté. Soit Haley s'était rabattue sur quelque chose de plus intéressant, soit Harlan s'était rendu compte que les jeunes enfants n'étaient de bonne compagnie qu'à petites doses.

Keegan s'assit près de la fillette et souleva délicatement le casque. Le jeter à travers la chambre aurait été la chose la plus satisfaisante qui soit en cet instant, mais elle savait que les patrons de Jared se contenteraient juste d'en retenir le coût sur ses revenus. Elle le posa donc à leurs pieds.

Tendant les bras, elle attira Haley contre elle, la berçant d'avant en arrière comme elle l'avait fait les tous premiers instants où elle l'avait serrée contre elle à l'hôpital de Georgetown. Cela la ramena à l'époque où Haley n'était encore qu'une minuscule chose enveloppée dans une couverture, avant que les changements entre Jared et elle ne viennent compliquer son rôle de mère.

Instinctivement, Haley sut ce qu'elle était censée dire à ce moment précis.

– Je t'aime, maman. Et papa aussi, il t'aime.

– Je sais, ma chérie, répondit Keegan. Je sais.

Comme elle serrait la petite fille, la chanson prit fin et une autre démarra. C'était toujours *Sesame Street*, mais TAMS avait décrété que le morceau le mieux indiqué, à présent, était la chanson *Triste*[2].

Quand de mauvaises choses arrivent
C'est normal d'être triste.

Mais la musique accompagnant ces paroles on ne peut plus appropriées semblait incongrue, l'ironie étant que ces mots étaient chantés sur fond de rhythm and blues entraînant des années 1950. La machine était capable d'analyser une pièce avec assez de justesse pour faire correspondre les paroles d'une chanson à des données émotionnelles, mais choisir le genre musical adéquat outrepassait à l'évidence ses capacités.

Keegan sourit en imaginant les réseaux neuronaux si sophistiqués de TAMS luttant pour choisir la bonne chanson, et se trompant quand même. Puis Haley leva la tête et lui rendit son sourire.

Alors, Keegan se demanda si la machine n'avait pas, en fait, vu juste.

Mosaic District

Merrifield, Virginie

La Watchlet de Keegan se mit à vibrer mais elle n'y prêta pas attention, doublant en mode manuel, dans son SUV de fonction, une berline couverte de boue qui roulait deux fois moins vite que la limite autorisée. Son chauffeur était courbé sur le volant – c'était sans doute la première fois qu'il conduisait depuis des années. Après tout ce qui venait de se passer, beaucoup de gens semblaient trop affolés pour faire confiance au pilotage automatique. L'ironie de l'histoire, c'est qu'avec tous ces humains au volant le nombre de morts augmenterait certainement.

La circulation avançait au ralenti devant Mosaic District, à Merrifield, l'un de ces complexes commerciaux de banlieue conçus pour ressembler à la place d'une ville d'antan et qui avaient ensuite connu un essor fulgurant avec l'avènement de l'automatisation. Un immense parc de jeux pour enfants en RV avait remplacé le cinéma, quelques années plus tôt. Keegan y avait emmené Haley une fois, un jour de pluie ; on pouvait explorer l'intérieur des pyramides d'Égypte ou s'enfuir en hurlant devant ce qui semblait être un tyrannosaure de chair et d'os[3].

Sa Watchlet se remit à vibrer, cette fois sur un rythme syncopé inhabituel, comme si l'appareil avait une défaillance. Quelqu'un avait réussi, Dieu sait comment, à modifier les notifications. Shaw.

Elle mit le véhicule en mode automatique, pour ne pas conduire avec ses Viz Glass. Elle enfila celles-ci et cligna des yeux pour ouvrir le message. C'était un appel audio, sans vidéo.

– Agent Keegan, j'aimerais beaucoup avoir vos dernières observations concernant TAMS.

Avalant une grande bouffée d'air, elle envisagea toutes les manières dont elle pouvait lui répondre.

– TAMS apprend vite. La connectivité est un problème, tel qu'on pouvait s'y attendre. Comme vous l'avez peut-être constaté, l'immersion et les infiltrations d'eau ne posent aucune difficulté.

Elle lui lança une question avant qu'il ait eu le temps d'intégrer sa réponse.

– Qu'est-ce qui a provoqué cette crue ?

– C'est très bien. Quant à l'inondation, les… autorités… répondit-il avant de marquer une pause, comme pour montrer ce qu'il pensait de ces dernières… mènent l'enquête.

Keegan en conclut que Shaw en savait davantage, mais ne voulait pas encore partager ces informations.

– Et vous ? Avez-vous réussi à échapper à l'eau ? demanda-t-elle.

– Mon problème n'a pas été un trop-plein mais une pénurie d'eau.

Sur ces mots, Shaw lui envoya la vidéo d'un vignoble. Des rangées de vignes flétries couvraient une pente orientée plein ouest, à en juger d'après la position du soleil levant, en arrière-plan. Les raisins semblaient frissonner sous ses rayons, mais en y regardant de plus près Keegan vit que ce mouvement était dû à des centaines de petits robots agricoles, dont la coque était en liège de récupération.

– C'est la sécheresse dans la Sonoma Valley qui a accaparé mon attention.

La capitale des États-Unis était sous les eaux, lesquelles allaient peut-être aussi faire couler le président, que Shaw avait toujours traité comme sa marionnette, et ce type s'occupait de ses vignes ?

– Et maintenant, alors ? interrogea Keegan.

– Étant donné les circonstances, notre commission va marquer une pause. Elle est, bien sûr, d'une importance capitale pour le bien de notre nation, mais le président a estimé que la situation politique actuelle l'exigeait. L'incident de Washington…

Keegan serra les dents devant cette manière de décrire les innombrables victimes.

– … la rend au contraire plus urgente. Le nom de John Gardner vous dit-il quelque chose ?

Non, mais elle lança aussitôt une recherche, tapant précipitamment ce nom sur sa Watchlet.

– Ce n'est pas nécessaire, intervint Shaw, comme s'il l'avait vue taper – c'était peut-être le cas, d'ailleurs. Gardner est l'un de ceux qui ont créé le monde où nous vivons mais que nous avons presque oublié[4]. Il a été le concepteur des réformes de l'administration Johnson connues sous le nom de « Grande Société », dans les années 1960. Ce programme a tout changé aux États-Unis, en accordant le droit de vote à des populations qui constituaient alors des minorités, en faisant intervenir le gouvernement fédéral dans les systèmes de la santé et des retraites, en créant aussi les chaînes de télévision publiques qui ont offert à votre enfant des émissions comme *Sesame Street*...

Simple coïncidence ? Ou s'agissait-il d'un message ?

– En des temps marqués par une crise semblable à celle que nous traversons actuellement, poursuivit Shaw, alors que la nation semblait sur le point de voler en éclats, Gardner a tout simplement *ré-imaginé* la situation : « Ce que nous avons devant nous, ce sont des opportunités extraordinaires déguisées en problèmes insolubles. » C'est ce que nous devons faire, maintenant[5].

Facile à dire quand on ne vit pas dans la boue, songea Keegan. Mais enfin, elle lui accordait que c'était peut-être justement là une condition pour pouvoir étudier la situation avec un regard objectif.

– Et c'est là que TAMS et vous intervenez.

– Comment ?

– En cas de désastre, les gens perdent parfois cette force indéfinissable mais bien réelle qu'offre la foi. Ils ont besoin de croire que leur avenir sera meilleur et qu'après avoir connu le pire ils n'ont pas perdu le contrôle. Mais qu'au contraire il leur appartient de façonner ce qui viendra. Une sorte de réinitialisation du système, en somme.

Et toi, bien sûr, tu sais ce dont tous les autres ont besoin.

– Même si je n'étais pas personnellement impliqué dans les opérations de secours consécutives à cette crue, vos actions et celles de TAMS ont soudain pris plus d'importance que ce vaste projet. Outre le surcroît d'attention porté à votre travail de la part des dirigeants de la Maison-Blanche et du ministère de la Justice, l'activité sur le cloud a été remarquable. Le concours de circonstances entre cette calamité et vos actions a fait de TAMS une icône potentielle. Cette machine crée indéniablement le buzz et une analyse symbolique des données indique que les interprétations du public se trouvent à un point de bascule entre les thèmes liés à la peur, ceux du partenariat humain-machine et, paradoxalement, de la compassion humaine.

– Il est en train de prouver son utilité, répondit Keegan, s'efforçant d'esquiver cette question de la projection par les humains de leurs émotions et de leurs croyances sur les machines.

C'était déjà assez embêtant qu'un individu le fasse, alors une nation tout entière…

– Cela va bien au-delà de l'utilité d'une seule machine. Que cela vous plaise ou non, vous êtes désormais responsable non pas seulement de l'entraînement de TAMS, mais d'un changement bien plus grand qui nous concerne tous. Je ne saurais trop insister sur l'importance cruciale que votre travail revêt désormais.

Keegan repensa à la remarque de Noritz à propos de la loupe. Maintenant, elle avait l'impression d'être un insecte coincé dessous, un jour de grand soleil.

– Dans ces conditions, poursuivit Shaw, sachez que mon offre d'aide tient toujours. En échange…

Nous y voilà, songea Keegan. La contrepartie.

– Je suis plus intéressé que jamais par la manière dont TAMS se développe, et votre relation avec lui, agent Keegan. J'espère que vous aurez la gentillesse de me faire partager vos impressions au fur et à mesure.

Keegan savait que ces formules de politesse n'étaient qu'une manière de parler, enveloppant un ordre auquel elle était censée obéir.

– Bien sûr, répondit-elle. Et si vous apprenez quoi que ce soit d'utile au sujet de cette crue, j'espère aussi que vous m'en ferez part.

Elle n'était pas multimilliardaire, mais n'allait certainement pas se coucher devant Shaw parce qu'il en était un.

Centre de surveillance par satellite du FBI

Reston, Virginie

– Gloire aux héros du jour ! s'exclama Noritz en se fendant d'une brève référence devant le box de Keegan.

Celle-ci posa les yeux sur TAMS, qui se rechargeait à côté de son bureau, puis de nouveau sur son chef.

– Vous voulez parler de lui ou de moi ? interrogea-t-elle.

– Est-ce important ? Vous êtes la nouvelle superéquipe du FBI… ce qui veut dire que *nous* devons avoir une petite discussion, répliqua Noritz, lui faisant comprendre qu'il y avait un autre sujet à aborder, sans que le robot les écoute.

Elle aurait pu ordonner à TAMS de s'éteindre, mais toute personne ayant grandi aux côtés de la première génération d'IA domestique savait qu'on ne pouvait jamais faire confiance à aucun dispositif d'écoute, même déconnecté[6].

– TAMS, j'aurais bien besoin d'un verre d'eau. Va m'en chercher un… dans un gobelet orange.

Encore une chose que Modi ne saisissait pas, concernant la possibilité de faire d'une machine un véritable partenaire. Même le plus naïf des agents débutants aurait rechigné à se voir ainsi écarté sous un prétexte si futile.

– OK, répondit TAMS avant de s'éloigner dans le couloir.

– Cruel, mais efficace, apprécia Noritz. Vous croyez qu'il en trouvera un ?

– Oui, tôt ou tard. Il y en a forcément un quelque part. Sinon, il l'imprimera certainement en 3D. Alors, qu'est-ce qu'il y a ?

Noritz empoigna une chaise dans un box vide et la tira à lui, se positionnant en face d'elle.

– Tout se passe bien ? interrogea-t-il.

C'était le Noritz pour lequel Keegan aimait travailler. Elle le revoyait à l'époque, deux policiers d'État garés l'un à côté de l'autre, leurs voitures pointant dans des directions opposées, canardant dans tous les sens.

Il y avait un tas de manières de répondre à cette question. Trop nombreuses, en fait. Si bien que Keegan les garda pour elle.

– Oui, très bien.

– Vous arrivez à gérer TAMS ?

– Ouais, il est sous contrôle.

Ma famille, eh bien, c'est une autre histoire, songea-t-elle. Le « dilemme du triangle identitaire » agent-épouse-mère, comme ils avaient appelé ça dans un briefing, un an plus tôt. Noritz s'était montré étrangement chaleureux pendant cette réunion, leur confiant qu'il avait l'impression de ne pas être un bon père pour ses enfants chaque fois qu'il travaillait tard le soir. Mais ça non plus, elle n'allait pas s'en ouvrir à lui. Malgré tous les changements qui avaient eu lieu au sein du Bureau, elle se sentait toujours obligée, en présence d'un supérieur masculin, de ne lui montrer que sa face professionnelle, de lui prouver que ces autres identités ne représentaient pas un frein dans son travail[7].

– Heureux de vous l'entendre dire. Je sais que j'ai été un peu dur avec vous, mais j'avais de bonnes raisons. Si la situation change, il faut me prévenir, ajouta-t-il. Car les choses sont sur le point de devenir beaucoup plus compliquées pour nous.

– Ah bon ? répondit Keegan, remarquant que Noritz avait dit « nous », et pas « vous ».

– Les gens voient ce que nous sommes en train de faire avec TAMS, expliqua Noritz. Ils ont décrété qu'ils en voulaient davantage. Au cas où vous ne l'auriez pas remarqué, les bonnes nouvelles se font rares dans cette ville, en ce moment.

– Les gens ? Qui, au juste ? demanda Keegan. Des « gens » au sein du Bureau, ou bien de l'extérieur ?

Ou bien peut-être une « personne », se dit-elle.

– Tout ça ne se joue pas à votre niveau hiérarchique, rétorqua Noritz. Laissez-moi m'en occuper.

Il essayait de récupérer un peu de son pouvoir. Ce qui pouvait se comprendre, d'ailleurs. D'abord, le directeur adjoint l'avait snobé, puis il n'avait pas été convié à la réunion de la Maison-Blanche.

– Votre priorité, poursuivit-il, c'est enquêter. Arrêter les méchants.

– Pardon ?

– Fini le remplissage de sacs, pour ce robot et vous, même si ça tombait à pic. Vous allez reprendre votre vrai boulot… avec ce robot et son gobelet orange.

– Je ne suis pas sûre qu'il soit prêt pour une vraie enquête. Vous avez vous-même dit que c'était comme se retrouver scruté au microscope. Cela ne risque-t-il pas d'attirer encore plus l'attention sur nous ?

– C'est trop tard, maintenant, répondit Noritz. Il a été décidé que le Bureau avait besoin d'une victoire, n'importe laquelle, et c'est vous qui allez nous l'apporter.

Il avait dit cela d'une manière qui fit comprendre à Keegan qu'elle aurait perdu son temps à protester.

– Qui est donc l'heureux criminel qui va avoir la chance de dépuceler notre TAMS ? demanda Keegan, sachant que ce langage agaçait son chef.

Noritz soupira en roulant de gros yeux.

– Je vais faire comme si je n'avais pas vu vos évidentes tentatives de vous défiler en prétextant une mission d'entraînement ultra-sensible, mais sachez que c'est un cas classique de bonne nouvelle s'accompagnant d'une mauvaise. La bonne, c'est que c'est la première enquête que TAMS et vous allez mener, de sorte que votre langage fleuri n'est pas nécessaire.

– Le branleur d'Union Station ? interrogea-t-elle.

– C'est comme ça que vous surveillez votre langage ? rétorqua Noritz. Oui, l'affaire Reppley. Donc vous connaissez déjà tous les détails. Mais il y a un problème…

– Il s'est encore pissé dessus ?

– En quelque sorte, oui, répondit Noritz. Il s'est fait poignarder.

– Ne me regardez pas comme ça.

– Je sais bien. Vous avez juste essayé de lui arracher un doigt. Quelqu'un a fait courir le bruit qu'il faisait partie des Fils d'Alep.

– Il n'en fait pas partie.

– Quoi qu'il en soit, ça n'a pas plu et il s'est vidé de son sang dans les douches.

– Donc nous allons enquêter sur son assassinat ?

– Non, le bureau de Richmond s'en occupe. Il nous a cependant été communiqué que TAMS et vous aviez mis au jour l'unique piste viable. Votre mission consiste à la remonter pour voir où elle vous mènera.

– Le cousin ? Celui qui aurait reçu un paiement via le site de jeux en ligne ?

– Oui. Un certain Michael Harris Simpkins.

– Où est-il ?

– Si je le savais, il serait déjà incarcéré dans un Dizz-Diff. Vous devez le retrouver.

– J'imagine que je n'ai pas besoin de vous demander lequel d'entre nous vous désigne ce « vous » ?

– Vous apprenez vite.

Centre de détention interne du FBI

Reston, Virginie

Il couina et secoua tout son corps, de sa queue de plastique en tire-bouchon montée sur ressort jusqu'à ses yeux, qui se révulsèrent dans ce qui ressemblait à de l'extase. Conçu pour avoir l'allure d'un cochon de dessin animé glissé dans un tonneau en bois, le robot-livreur à huit roues venait du marchand de sandwichs qui était resté ouvert dans la galerie commerciale, car les employés fédéraux voisins lui donnaient du travail. Ces robots étaient censés être mignons, mais Keegan les trouvait grotesques – surtout quand, pour les grosses commandes, ils se déplaçaient en file indienne sur le trottoir.

– Groin, groin. J'ai une livraison pour Lara Keegan, annonça le robot.

Cela faisait trois heures qu'ils étaient à la recherche de Simpkins, et ça ne donnait toujours rien. L'extraction d'informations ultrarapide par TAMS, dans la salle d'interrogatoire, avait donné la fausse impression aux dirigeants du FBI que ce serait un jeu d'enfant. Les algorithmes de recherche de TAMS avaient instantanément déterré les trucs les plus évidents, mais pour l'instant cela ne débouchait que sur des impasses. Simpkins était un fantôme – pas de casier judiciaire, aucun emploi ni domicile répertorié, aucune présence sur les réseaux sociaux où glaner des indices. Les seules données qu'ils avaient pu dénicher étaient une série d'achats numériques, réalisés exclusivement via des comptes virtuels gérés par des sociétés holding offshore qui ne répondaient pas aux demandes de renseignements officielles. Par exemple, Simpkins disposait d'un compte sur un site de jeux en ligne, mais il aurait pu placer ses paris depuis n'importe où. Se fiant à son intuition, Keegan s'était alors dit qu'il devait être incapable de résister à l'envie de jouer en personne. Mais l'épluchage des historiques de paris et des données de reconnaissance faciale des casinos réels, qui avaient fait partie des premiers établissements à ficher leurs clients, n'avait rien donné[8].

Les pannes de réseaux et de systèmes qui avaient suivi l'inondation de Washington n'avaient pas aidé. Les experts avaient pourtant mis en garde contre la vulnérabilité physique des bases de données commerciales et fédérales, mais y remédier, c'était une autre histoire. À présent, on aurait dit que quelqu'un avait jeté un énorme pavé dans la mare, et les vaguelettes concentriques n'arrêtaient pas de se déployer, faisant planter les réseaux les uns après les autres.

Keegan retira ses Viz Glass et lança un regard mauvais au cochon-livreur.

– Je n'ai rien commandé.

– Groin, groin. J'ai une livraison pour Lara Keegan, répéta le robot.

Entre ses messages préprogrammés et ses roues à la place des pattes, c'était vraiment une technologie bas de gamme, même pour un marchand de sandwichs. Mais ses systèmes plus anciens étaient justement ce qui l'autorisait à accéder à l'intérieur de ce bâtiment fédéral. Autonomie limitée, capteurs rudimentaires, et un pot-de-vin hebdomadaire versé sous la forme d'un sandwich au pastrami à l'équipe de sécurité suffisaient à apaiser d'éventuelles inquiétudes liées au contre-espionnage.

– Je te dis que je n'ai rien commandé, répéta Keegan. Va-t'en.

Elle donna un petit coup de pied sous le menton du robot-cochon en espérant que cela l'aiderait à saisir le message – ou au moins à se réinitialiser.

– Groin, groin. J'ai une livraison pour Lara Keegan.

Elle se tourna vers la porte puis jeta un coup d'œil dans le couloir, pour voir si quelqu'un se payait sa tête. Personne.

– TAMS, retrouve-moi cette commande. Dis-moi qui me l'a envoyée.

– C'est moi, répondit immédiatement TAMS. Votre posture et votre rythme respiratoire indiquaient une hypoglycémie.

Elle regarda le robot-cochon puis le gobelet orange sur son bureau.

– J'y crois pas…

Le fait de se reconnecter au réseau interne du bureau avait permis au robot de télécharger un tas de mises à jour. Apparemment, l'un des autres testeurs du programme TAMS avait entraîné sa machine pour qu'elle anticipe les commandes de repas. Keegan espérait juste qu'en retour le robot de ce type (car elle donnait sa main à couper que c'était un homme qui avait appris à son TAMS à faire une chose pareille) allait se mettre à errer à tout bout de champ en quête de gobelets orange.

– Nouvelle règle : ne pas commander de nourriture sans que je te l'aie demandé, ordonna-t-elle.

– OK.

Cette discussion lui fit cependant réaliser combien elle était affamée.

Ouvrant son application de paiement, elle plaqua sa Watchlet contre le groin du cochon. Celui-ci poussa un couinement de joie et son faux tonnelet de bois s'ouvrit sur le dessus.

– Bon, qu'as-tu choisi pour moi ? demanda-t-elle à TAMS en sortant le paquet.

Le robot-cochon couina son contentement d'avoir mené à bien cette livraison, puis pivota sur ses roues et repartit.

– Un sandwich Reuben, des chips de taro aromatisées au piment jalapeño et une canette de *root beer*, répondit le robot.

La seule mention de ce sandwich fit saliver Keegan et elle se demanda si TAMS avait détecté cette réaction.

– Comment as-tu fait ce choix ?

– Même si ce n'est pas l'idéal, étant donné votre poids et votre indice de masse corporelle actuels…

Super, voilà maintenant qu'un robot dénigrait son physique.

– … cette commande correspond à vos goûts alimentaires observés, mais en évitant de répéter un repas passé.

Ainsi, l'ayant vue manger une saucisse au piment, TAMS en avait conclu que sa préférence allait à des produits douteux à base de porc originaire du Midwest. Keegan défit l'emballage du sandwich et en prit une grande bouchée, savourant le corned-beef, l'emmental, la choucroute et la sauce russe, parfaite fusion de goût fort, d'épices et de gras. Heureusement qu'il ne m'a pas vue commander une salade, songea-t-elle.

– Alors, il y a quoi au menu pour demain ? demanda-t-elle en mordant de plus belle dans le sandwich. Laisse-moi deviner… Porc sauce barbecue ? Pastrami ?

– Demain, il serait peu recommandé de manger de la viande, à cause des mesures prises en ce moment par le service d'inspection de la Sécurité sanitaire des denrées alimentaires du ministère de l'Agriculture des États-Unis.

La bouche pleine, Keegan marmonna :

– Quoi ?

– Le service d'inspection de la Sécurité sanitaire des denrées alimentaires du ministère de l'Agriculture des États-Unis a signalé une série de dysfonctionnements dans des usines de transformation de protéines animales dans les régions de la côte est et du Midwest[9]. Une conférence de presse du ministre de l'Agriculture a été annoncée pour demain, à neuf heures, heure de New York. Ces éléments sont compatibles avec des épisodes passés de contamination par la salmonelle et/ou l'E. Coli ayant abouti à la suspension de la vente de produits à base de protéines animales.

La mastication de Keegan ralentit et elle posa son sandwich.

– Merde, grogna-t-elle et elle sortit une serviette en papier pour y cracher la bouchée qu'elle venait de prendre.

Jetant un regard noir au robot, elle déchira le paquet de chips et se mit à mâcher, espérant que le goût du jalapeño agirait comme une sorte de remède.

– OK, remettons-nous au travail avant que tu tentes de m'empoisonner davantage.

Réfléchissant à leur problème après avoir ravitaillé en carburant au moins une partie de son cerveau, elle se dit qu'il fallait sans doute l'aborder sous plusieurs angles différents. Ils exploraient des pistes isolées, alors que la vue d'ensemble révélerait peut-être des choses qui leur avaient échappé jusque-là.

Elle ordonna à TAMS de créer une série de visuels tirés des données disponibles. Pendant que ceux-ci s'esquissaient, elle se leva et arpenta son box, autant pour changer de perspective que pour s'étirer le dos.

Un nuage d'images se forma dans ses Viz Glass, représentant tous les gens que Simpkins pouvait connaître ou chez qui il aurait pu se réfugier. Même lorsqu'un suspect potentiel ne possédait aucun compte actif sur les réseaux sociaux, TAMS était capable de peupler ce nuage d'un faisceau de personnes tiré de ses points de contact établis. Y figuraient les membres de sa famille et ses anciens camarades de classe, mais seulement jusqu'en seconde, évidemment, remarqua Keegan. Rien de particulier ne sautait aux yeux. Il y avait certes des connexions entre ces personnes, comme on pouvait s'y attendre, mais rien de frappant. Puis TAMS dressa une carte du réseau des transactions monétaires réalisées par Simpkins, représentées sous la forme de lignes de couleurs différentes reliées à ses divers comptes, palpitant de tous les mouvements enregistrés au cours de l'année écoulée. Puis ils comparèrent sa carte aux comptes et paiements respectifs de son réseau de contacts potentiels, représentés par autant de lignes colorées, en quête d'éventuels points de connexion.

Rien. Keegan s'étira jusqu'à toucher ses orteils, plus par frustration qu'autre chose. Même vue à l'envers, l'activité de Simpkins avait exactement la même allure. Il n'y avait pas de croisements, pas de versements entre lui et les gens qu'ils avaient réussi à identifier dans le réseau. C'est alors que l'évidence la frappa : l'activité du suspect n'aurait pas dû être comme ça. Il était anormal que son activité soit si normale.

– TAMS, dresse-moi la liste de ses transactions récurrentes. Je veux les examiner.

Le nuage d'images se dissipa, laissant la place à des rangées de comptes sur lesquels Simpkins faisait des versements réguliers. Sans qu'on le lui demande, TAMS les colorait d'une manière qui, avait-il compris, aiderait un humain à analyser ces données. Les couleurs variaient en fonction de la fréquence – les versements hebdomadaires en bleu, les versements mensuels en jaune, tandis que les versements unitaires avaient droit à un surlignage orange. Rien n'était en rouge, car le système savait que le cerveau humain ne pouvait s'empêcher de se focaliser sur cette couleur.

Toujours rien. Aucun signal, dans tout ce bruit, qu'une machine ou un cerveau humain puisse détecter[10].

TAMS reclassa les versements par activités, un nouveau jeu de couleurs distinguant les paiements consacrés aux « loisirs », tel le site de paris en ligne qui avait d'abord attiré leur attention, de ceux correspondant à d'autres domaines, comme les « charges ». C'est cette dernière catégorie qui sauta aux yeux de Keegan. Payer régulièrement un fournisseur d'électricité était un acte étonnamment responsable de la part d'une personne potentiellement impliquée dans une affaire de terrorisme.

– Isole les versements à la compagnie Southern Energy Exchange.

En prononçant ce nom, « Southern Energy Exchange », elle sourit, repensant aux noms facétieux que ses collègues Marines avaient inventés pour dissimuler la véritable nature de certaines dépenses, dans les notes de frais de leur unité.

– Annulation, ordonna-t-elle. Isole tous les autres individus ayant effectué un versement destiné à la Southern Energy Exchange. Puis géolocalise ceux qui sont des hommes âgés de dix-huit à soixante-dix ans.

Elle réfléchit un instant.

– Non, tu sais quoi ? Plutôt entre dix-huit et quatre-vingt-cinq ans. Il existe de vieux pervers de cet âge-là.

Elle but une longue gorgée de *root beer* et se rassit au fond de son fauteuil, tandis que l'écran se transformait en une carte constellée de points rouges clignotants, qui apparaissaient les uns après les autres. Et, au bord de la rivière Anacostia, il y en avait toute une grappe.

– OK, TAMS. C'est le moment pour toi d'apprendre quelque chose de nouveau.

Rives de l'Anacostia

Washington

La circulation sur les grands axes menant à Washington était retournée à la normale. Les dispositifs anti-inondations fonctionnant de nouveau et le fleuve ayant retrouvé son niveau habituel, on aurait dit que le trafic s'efforçait d'oublier qu'il avait été impacté par les récents événements.

Tout au long de ce trajet d'une demi-heure, Keegan n'arrêta pas de penser à appeler Jared, mais se ravisa à chaque fois. Au lieu de quoi elle afficha les images de l'appartement prises par les robots. Il les avait laissés à leur place, à la fois pour lui fournir la preuve visuelle qu'on pouvait lui faire confiance et pour lui rappeler qu'il n'existait plus aucune confiance entre eux, devina-t-elle. Sur l'écran, Haley était en train de dessiner avec des crayons de couleur sur la table de la cuisine, pendant que Jared avait repris son travail, casque vissé sur le crâne. Tout était tellement normal, comme si, là encore, il ne s'était rien passé dans le monde. Mais c'était une illusion. Elle remarqua également qu'il avait posé le sac à dos à côté de lui sur le canapé, pour bien lui montrer qu'il avait gardé le fric.

À l'approche de la rivière, Keegan mit le SUV en mode manuel. Elle ne se fiait pas assez aux mises à jour du système de navigation du véhicule pour laisser celui-ci conduire tout seul si près de l'eau, avec tous les bouleversements récents. Les coordonnées du point rouge clignotant le situaient juste après l'ancien RFK Stadium, disparu depuis bien longtemps, au bord du sentier longeant l'Anacostia. Idéalement placé, non loin du Capitole et d'un grand parking utilisé par les travailleurs de banlieue venus prendre le métro, les employés d'une série d'administrations fédérales installées à proximité et tous ceux qui venaient faire leur jogging au bord de l'eau.

Keegan gara le SUV et ils se dirigèrent à pied vers l'endroit indiqué par le point, un petit ponton flottant dissimulé aux regards par un méandre de la rivière, au bout de Kingman Island, une île inhabitée.

Le ponton semblait ne pas avoir souffert ; les flots puissants de l'Anacostia avaient repoussé les eaux en crue du Potomac. Tout au bout se dressait un bâtiment dénué de fenêtres. Devant lui, un auvent épais qui se flouta quand les Viz Glass de Keegan se posèrent sur lui. Des matériaux anticapteurs pour s'assurer que personne ne récupérerait les photos de ceux qui entraient ou sortaient.

Sur le toit du bâtiment était installée une plateforme métallique, plus grande que les pistes d'atterrissage standards destinées aux drones – elle ressemblait davantage aux héliports des plateformes pétrolières.

Keegan plaqua sa Watchlet contre une demi-sphère noire, devant le bâtiment, et après que celle-ci eut confirmé que son compte en banque était suffisamment provisionné pour régler les dépenses éventuelles, une porte assez large pour laisser passer trois personnes s'ouvrit dans un sifflement. À l'intérieur, la pièce était baignée d'une lumière bleue vaporeuse, et des canapés en cuir noir disposés le long des murs. Pas question de s'y asseoir. Une poignée de casiers se dressaient au centre, équipés chacun d'un cadenas à empreinte digitale. Pas besoin de préciser qu'il fallait y laisser ses Viz Glass. À contrecœur, Keegan déposa également son pistolet dans le casier, sachant qu'elle ne rentrerait pas avec.

Un escalier ménagé dans le mur du fond menait à la piste d'atterrissage sur le toit. Au-dessus des marches, une douzaine de longues capes noires à capuche étaient pendues à des patères. Des masques gris opaques, dont les traits déformés semblaient bouger selon l'angle sous lequel on les regardait, étaient accrochés au-dessus des capes.

– Écoute, tout va devenir un peu bizarre, dit-elle à TAMS. Donc je ne veux pas que la moindre activité réalisée ici soit incorporée aux protocoles de ton interface humaine.

Elle frissonna en pensant aux mises à jour que cela pourrait envoyer aux autres dispositifs du système.

– OK, répondit TAMS.

Un bruit de turbine annonça l'approche de leur navette aérienne. Keegan grimpa quelques marches, décrocha une cape et un masque et les mit à TAMS.

– Voilà. Tu as presque l'air à ta place.

Comme ils accédaient à la plateforme, ce qui ressemblait au croisement entre un avion et un bateau traversa la rivière dans leur direction, glissant à environ trois mètres de hauteur[11]. L'appareil s'arrêta, suspendu dans les airs quinze centimètres au-dessus de la piste d'atterrissage et ils montèrent à bord, s'asseyant dans la cabine vide. L'engin reprit de l'altitude et ils filèrent vers l'aval de l'Anacostia. Par le hublot, Keegan observa les travaux de déblayage et de reconstruction dans le centre de Washington, au loin. Tout était coordonné par le protocole catastrophe IA de l'armée américaine, conçu à l'origine pour guider les troupes envoyées en mission humanitaire dans le Pacifique afin de gérer les désastres engendrés par le réchauffement climatique, et dont il n'avait jamais été prévu qu'il serve ici même, à deux pas du Pentagone[12]. Les lumières bleues et rouges des véhicules de secours clignotaient sous une constellation de drones, tel un sapin de Noël, qui se formait et s'éparpillait comme un banc de poissons. Non loin de là, des projecteurs volants éclairaient des bulldozers automatiques orange gros comme des maisons qui repoussaient des murs de boue pour ouvrir la voie à une armée de nettoyeurs. La scène n'était pas dénuée d'une certaine beauté que, pensa-t-elle, Modi aurait appréciée – la fusion résolue des hommes et des machines.

La navette changea de cap à l'endroit où l'Anacostia se jetait dans le Potomac et prit encore de la vitesse. Ils survolèrent Alexandria, dont le quartier historique avait été repeint en rouge sang par l'eau du fleuve, puis la résidence de George Washington, Mount Vermount, perchée sur une colline assez élevée pour échapper à la crue. Le premier président des États-Unis avait toujours eu le nez fin en matière d'immobilier.

Le Potomac s'élargit aux abords de Chesapeake Bay, et l'écarlate de ses flots vira progressivement au brun-bleu, rehaussé çà et là par l'éclat verdoyant d'une prolifération d'algues. Les prochains mois seraient marqués par une sorte de guerre chimique dans cette baie, devina Keegan, entre les nouveaux détritus urbains et les traditionnels résidus agricoles.

La navette ralentit et Keegan se concentra sur un minuscule point flottant juste après Point Lookout. Au fur et à mesure qu'il grossissait, il ressemblait davantage à un bâtiment qu'à un bateau, un octogone de trois étages vaste de la taille d'un entrepôt. Sa peinture photoabsorbante le faisait ressembler à un vide nébuleux. Pourtant, il était équipé de feux de navigation, ce qui rendait ce camouflage un peu bizarre. Mais enfin, raisonna Keegan, le principe même de cet endroit était de se laisser aller à toutes les contradictions.

La navette fit vrombir ses rotors et se posa doucement sur le toit. Keegan se tourna vers TAMS pour lui donner une dernière instruction.

– La règle, ici, c'est : « Ne pas toucher. » Absolument rien. Ni personne. Ils détestent vraiment ça.

– OK.

Elle n'aurait su dire s'il saisissait ou non ce qu'elle voulait dire. Lorsqu'elle descendit sur la piste d'atterrissage, elle sentit sous ses pieds la vibration de la musique venue d'en dessous. Elle avait l'impression que ses oreilles étaient un peu bouchées, comme si le temps était sur le point de se dégrader brusquement. Elle étira sa mâchoire en se dirigeant vers une passerelle couverte, au bout de laquelle l'attendait un colosse portant un trench-coat zippé en cuir rouge, et des Viz Glass tactiques surdimensionnées. Une bosse était clairement visible sous son manteau, mais comme elle n'avait pas ses Viz, TAMS n'avait aucun moyen de lui préciser discrètement de quel genre d'arme il s'agissait.

– Vous avez réservé ? demanda le videur en passant un lecteur magnétique du haut en bas de son corps pour vérifier qu'elle ne portait pas d'armes.

– On est venus sur un coup de tête, vous savez comment c'est, répondit Keegan. Avec toutes ces merdes qui arrivent là-bas, en ville, qui sait ce que nous réserve l'avenir ? Vous avez eu des problèmes, ici ?

Le videur hocha la tête et éclata de rire.

– Ouais, on s'est fait pas mal secouer pendant quelques minutes… on aurait dû faire payer un supplément.

Il entreprit de scanner TAMS et le détecteur de métaux s'illumina aussitôt.

– C'est quoi, ça ?

Aucune menace dans sa voix. Juste de la curiosité.

– Trois est le chiffre magique, répondit Keegan.

Puis elle se pencha vers TAMS et rabattit la capuche de sa cape en arrière, dévoilant le visage du robot. Celui-ci se tourna vers elle, le visage impassible.

– « Chacun son truc », c'est la devise ici, rétorqua le videur.

Il hocha la tête, et la personne qui interpréta ce geste depuis l'intérieur, qu'il soit homme ou machine, déverrouilla la porte, qui s'ouvrit en lâchant une bouffée de musique lancinante jaillie des ténèbres.

– Bienvenue au Control Room.

Dès qu'humain et machine eurent franchi la porte, la musique se fit plus audible. Keegan n'eut pas besoin de demander à TAMS de quoi il s'agissait. C'était un vieux morceau, de ceux que sa mère mettait pendant leurs voyages en voiture. Ils partaient juste avant l'heure du coucher, pour que les enfants puissent dormir pendant qu'elle roulait dans la nuit, écoutant la bande-son de son enfance pour rester éveillée. Nine Inch Nails était le groupe qui terrorisait le plus Keegan, la poussant plus d'une fois à tenir la main de son frère endormi sur la banquette arrière. Les paroles évoquaient la beauté mais étaient accompagnées d'un mélange dissonant de piano, de rythmes électroniques et de complaintes.

She shines in a world full of ugliness.
She matters when everything is meaningless[13].

Descendant un escalier métallique en colimaçon, Keegan éprouva le même besoin. Elle s'agrippa à la rampe, à la fois pour ne pas trébucher dans le noir et pour se raccrocher mentalement à quelque chose de réel.

L'escalier déboucha soudain sur une vaste salle illuminée par une lumière stroboscopique rose. Dans le coin à côté des marches, une cage en métal était suspendue au bout de ce qui ressemblait à une corde effilochée. Dedans, une jeune femme essayait de danser au rythme de la musique. Elle ne portait rien d'autre que des bottes en caoutchouc bleues, de celles que les gens portaient dans les fermes boueuses – ou, à présent, dans les rues de Washington. C'était peut-être une sorte de blague, ou une tentative de transformer la récente dévastation en quelque chose de sexuel. La fille avait l'air d'avoir tout juste dix-huit ans. À moins qu'elle n'ait fait faire ce qu'il fallait pour se vieillir ; Keegan n'était sûre de rien. Mais elle était certaine que les papiers d'identité dont le club disposait, la concernant, devait attester cet âge, que ce soit vrai ou pas.

Malgré toutes ses gesticulations, l'attention de la foule était accaparée par deux danseuses, humaine et machine, sur une grande scène circulaire au milieu de la salle. La danseuse humaine était souple et, malgré sa grande taille, près d'un mètre quatre-vingt-cinq, bougeait avec la précision d'une gymnaste. Elle portait une combinaison moulante translucide scintillant de points de lumière électrique qui clignotaient et s'intensifiaient au gré de ses mouvements. C'était comme voir de l'énergie sexuelle à l'état pur. Effet qui s'atténua presque lorsque les coutures invisibles de la combinaison commencèrent à céder à chaque pirouette, relâchant d'abord une manche, puis le pan recouvrant ses reins. Sous les lumières apparut un tatouage ondoyant de couleurs, des flammes orange et rouges et un texte que Keegan ne put déchiffrer à cette distance.

Mais malgré toute la grâce de cette femme, tout le monde était davantage captivé par l'autre danseuse. Un robot humanoïde qui descendait le long de la barre fixée au centre de la scène, tête en bas, main après main, les jambes perpendiculaires à son corps de femme. De *robot*, se rappela Keegan. L'un des plus réalistes qu'elle eût jamais vus, conçu pour reproduire les formes humaines avec le degré de précision hors de prix qu'on trouvait sur le marché gris, chez les manufacturiers des Émirats. Mais ses mouvements étaient totalement inhumains. La machine pivota entièrement autour de ses épaules pour retomber sur ses pieds, articulation antinaturelle qui coupa le souffle à toute la foule, comme un seul homme.

Les deux danseuses s'entrelacèrent, étreinte qui fit se raidir Keegan, un mélange de dégoût devant ce que cette pauvre femme était obligée de faire face à cette assemblée et de peur de ce qui risquait d'arriver en cas de dysfonctionnement, même léger, du robot. Elles commencèrent à se caresser, comme s'il n'y avait pas de public, sachant que leur indifférence rendait la scène encore plus émoustillante.

Keegan en avait assez vu. Elle se détourna pour balayer la salle du regard. Le parfait cliché : pratiquement que des hommes. Même sans ses Viz Glass, elle reconnut quelques visages. Un sénateur du Kentucky, habillé comme s'il revenait tout juste d'un barbecue chez les voisins ; quelques tables plus loin, trois joueurs de hockey des Washington Capital, mais en costume-cravate, à croire qu'ils rentraient d'un dîner caritatif. Juste derrière eux se dressait un homme rasé de près, dans un col roulé noir. Keegan le reconnut pour l'avoir croisé dans l'armée, mais elle ne se rappelait plus quelle unité ce général trois étoiles commandait désormais.

Pour certains, ce spectacle était insuffisant. Dans un carré VIP voilé par un fin rideau en cotte de maille qui tourbillonnait comme une brume, trois danseuses robotiques virevoltaient à califourchon sur des clients qui se tortillaient, enfoncés dans des canapés de cuir rouge. Le rideau s'écarta pour laisser sortir un homme titubant, et Keegan put mieux voir l'une des danseuses. Recouverte d'une peau en fibre de carbone d'un noir brillant, elle portait un masque plus vrai que nature reproduisant le visage d'une star de la musique country aux longs cheveux blonds, lauréate de plusieurs Grammy Awards. L'autre machine était bien en chair, couverte de tatouages jusque dans le cou[14]. Elle ressemblait à l'une des influenceuses les plus en vue sur les fils Viz. Mais lorsqu'elle pivota lentement pour son client, Keegan constata que la machine avait deux visages sous sa chevelure brune hérissée, aux pointes couvertes d'un givrage rose. Même d'aussi loin, Keegan identifia l'expression tordue de douleur d'un côté, tandis que l'autre arborait un grand sourire, les yeux révulsés. Souffrance ou extase.

Prise de nausée, Keegan poussa gentiment TAMS dans la direction opposée. Ce n'était pas ça qu'elle était venue voir.

– Rien qui attire votre regard ? lança une voix de femme dans son dos.

Keegan se retourna, sans savoir s'il s'agissait d'un humain ou d'une machine. Une fille, la vingtaine, une peau parfaite aussi pâle qu'un clair de lune, avec des yeux énormes, enfoncés comme ceux d'un chat. Keegan tenta de se concentrer sur ces yeux, qui brillaient de l'éclat bleu-vert de leurs lentilles bioluminescentes, plutôt que de descendre jusqu'aux bottes en cuir rouge aux semelles compensées, qui lui montaient jusqu'au genou. Cette fille se faisait sans doute reluquer à longueur de journée ; elle n'avait pas besoin de ça. Puis Keegan réalisa que, dans un endroit pareil, elle ne se faisait peut-être pas tant remarquer que cela.

– Vous voulez juste profiter du spectacle, ce soir ? Ou bien vous cherchez un peu de compagnie, tous les deux ?

– Combien ?

– Ça dépend. Je m'appelle Rose, au fait. On pourrait s'amuser toutes les deux, quatre cents dollars les vingt minutes. Une heure, c'est huit cents. Mais je vois que vous avez un ami, vous voulez peut-être qu'il participe ? C'est le double.

Keegan hocha la tête mais se mordit la lèvre, comme si elle y réfléchissait, faisant des calculs dans sa tête. Puis elle balaya la salle du regard, semblant soupeser ses options. Une autre des robots-danseuses du carré VIP se leva et traversa la foule en marchant, visiblement programmée pour appâter le client. Celle-ci portait le tailleur sexy de la présentatrice d'une chaîne d'actualités dont le public était répertorié, sur l'échelle de Cambridge, comme étant plus sensible aux valeurs traditionnelles[15]. Mais le réalisme de ce robot, étrangement, le faisait paraître plus artificiel.

– Quelles sont mes autres options ? demanda Keegan.

– Un plan machine-machine, c'est une heure minimum. Mille dollars. Ce sont les règles, ce n'est pas moi qui les fixe.

Rose vit que les robots-femmes étaient en train d'achever leur danse, et le rythme de sa voix changea, accélérant alors qu'elle tentait de boucler l'affaire.

– On pourrait peut-être commencer tranquillement, rien que vous et moi, et votre ami pourra regarder si vous le désirez. Et puis, si ça vous fait envie, nous passerons au niveau supérieur…

Elle a peur qu'une machine ne lui prenne son travail. Même ici.

– Peut-être que nous pourrions juste discuter rapidement. Tout ce que je veux, c'est vous poser quelques questions.

– Vous ne faites quand même pas partie de ces évangélistes, hein ? Vous voulez me sortir d'ici pour trouver Jésus ? Allez vous faire foutre. Ou mieux, allez vous taper votre boîte de conserve.

Keegan leva les mains devant elle.

– Non, ce n'est pas ça du tout. Je cherche juste quelqu'un.

En guise de réponse, Rose tendit la main, paume vers le ciel.

– Ça va vous coûter de l'argent… Même si vous êtes flic.

Maligne. Keegan sortit de sa poche l'un des billets de deux cents dollars de Jared et le déposa dans la main de la fille. C'était un peu comme l'arnaquer, mais il n'y avait pas la moindre chance que Noritz lui rembourse un pot-de-vin versé dans un endroit pareil.

– C'est beaucoup mieux, apprécia Rose, fourrant le billet dans la doublure de son bustier. Demandez-moi ce que vous voulez.

– N'importe quoi ?

– Regardez autour de vous. Vous croyez que je vais m'offusquer ?

Rose éclata de rire.

– Pourquoi est-ce plus cher avec les robots qu'avec les humains ? demanda Keegan.

– Regardez-les. Une technologie pareille, c'est pas donné. Et puis, ils cassent. Beaucoup. Vous devinerez sans doute pourquoi.

Par comparaison, nous, les humains ? Eh bien, on est bon marché, dit-elle dans un rire sombre qui cachait manifestement autre chose. Parce que quand on arrive ici, on est déjà brisés.

– Désolée, dit Keegan.

– Ça sert à rien de nous plaindre. C'est comme ça, un point c'est tout. Et même en ramassant moins que les robots, ça rapporte toujours plus que de faire l'accueil dans une boutique, ça permet de s'en sortir le temps que le gouvernement se décide enfin à cracher ce revenu minimum dont on nous parle sans arrêt.

Elle changea délibérément de ton, tâchant d'en revenir à la transaction.

– Vous êtes vraiment flic ? Vous savez… reprit-elle en refermant ses doigts sur la nuque de Keegan.

Ses ongles s'enfoncèrent dans sa peau, la faisant frissonner. Keegan espérait que TAMS était trop occupé par tout ce qui se passait alentour pour le remarquer.

– … tu pourrais réserver la Trash Room avec moi. C'est pas donné. Cent dollars les deux minutes…

Keegan eut un mouvement de recul, et Rose lui sourit.

– Mais bon, chérie, la Trash Room n'est pas faite pour ça. C'est pour lui… ton robot.

Les yeux de Keegan filèrent se poser sur TAMS, pour voir s'il réagissait.

– On peut l'attacher ; j'ai des menottes en titane, un reliquat des forces spéciales chinoises. Ça immobilise n'importe quelle machine, même si elle est programmée pour essayer de se libérer. Ensuite, tu lui fais ce que tu veux. Disque diamant, marteau-piqueur. N'importe quoi. Tout ce qui t'excite. Ou alors, le robot peut jouer avec ses camarades. On a de tout, des vieux Roomba à des machines récentes plus au goût des humains.

D'un geste du menton, elle désigna les femmes-robots, qui caressaient à présent les cheveux du sénateur, lequel avait été interviewé par la version humaine d'une d'entre elles le week-end précédent.

– Même celles-là.

– Il y en a pour tous les goûts, ici, commenta Keegan.

– Parce que t'y as jamais pensé, peut-être ?

Keegan détourna le regard.

– Oh merde, si, t'y as déjà pensé...

– Ce n'est pas ce que vous croyez, protesta Keegan.

– C'est ce que tout le monde dit, au début, rétorqua Rose avant de s'approcher. Allez, raconte-moi.

– Une autre fois, peut-être. Je cherche vraiment quelqu'un. Il faut que je trouve un habitué, un certain Simpkins...

Une autre paume tendue.

– Tu as gâché ta première question, alors. Cinq cents de plus.

– Les types ici ont droit à beaucoup plus qu'un simple nom, ce soir, pour cette somme-là, fit remarquer Keegan.

– Fais pas chier, répliqua Rose. Tu peux avoir tout ce que tu veux ; je te l'ai déjà dit.

Keegan sortit une liasse de billets de sa poche.

– Alors je veux plus qu'une réponse à une question. Aide-moi à localiser Simpkins, et tout ça sera à toi.

Les yeux de Rose se plissèrent, tandis qu'elle essayait de compter les coupures dans la main de Keegan.

– Simpkins a des ennuis ?

– Faut juste que je le trouve. (Keegan pointa son pouce en direction de TAMS.) Une livraison pour lui. Il est venu ici récemment ?

Rose tendit la main pour empoigner la liasse de billets.

– Si tu considères la salle d'en bas comme étant « ici »... répondit la fille avec un sourire triomphal.

Elle se pencha une nouvelle fois pour murmurer dans l'oreille de Keegan.

– Oh, et je sais que ce cash est censé rien valoir. Mais on a un Russe ici qui nous l'achète soixante cents par dollar. Par ici, le liquide est encore roi. Alors va te faire foutre avec ta petite embrouille.

Puis elle se redressa et tapota la bosse rectangulaire qui gonflait son bustier.

– Mais bon, un deal est un deal. Je vais te mener à lui, en bas.

Mais avant de s'engager dans l'escalier, la fille prit TAMS par la main et le regarda dans les yeux avec ce qui ressemblait à une sincère inquiétude.

– Bienvenue dans le business, robot. Rappelle-toi juste une chose, et tout ira bien : on se fait tous baiser.

Control Room Club

Chesapeake Bay

– T'es sûre que t'es jamais venue ici ? demanda Rose à Keegan, tandis qu'elles descendaient vers le niveau inférieur du club. Tu as cette expression…

L'air humide empestait le plastique chaud, la sueur rance et l'ozone brûlé. C'était une odeur bien trop familière, qui lui rappela les semaines passées à attendre au large de la côte à bord de l'*USS Arlington*, juste avant que tout parte en vrille.

– Non. Juste une longue journée, répondit Keegan, puis elle inspira de nouveau profondément.

Le couloir était baigné d'une lumière rouge, et la musique du club ne s'infiltrait pas jusque-là. Le plafond devait être insonorisé, et ce niveau se trouvait sous la ligne de flottaison, ce qui ajoutait encore au sentiment de claustrophobie. Soudain un bruit retentit, des coups de maillet en caoutchouc martelant l'acier. Des halètements d'asphyxie s'ensuivirent. Keegan se tourna vers TAMS pour guetter sa réaction. Rien. Ouf. Il valait mieux éviter qu'il fasse irruption dans une de ces chambres sans qu'on le lui demande, comme il l'avait fait pour voir si Haley allait bien.

Plus ils avançaient dans ce large corridor, plus la lumière rouge s'estompait. TAMS alluma une de ses lampes intégrées mais

Keegan lui siffla de l'éteindre et l'espace se retrouva plongé dans une quasi-obscurité. La seule lumière venait des hublots d'observation qui permettaient de voir ce qui se passait dans chacune des chambres.

Incapable de réprimer sa curiosité, Keegan jeta un coup d'œil en passant devant l'une d'elles. Une pièce blanche dépouillée, un lit au centre. Un quinquagénaire, chauve, avec d'épaisses lunettes noires, était allongé, nu, calé contre un grand oreiller en demi-lune. Dans un coin était assis un robot de la moitié de sa taille, bleu mat, avec des bandes arc-en-ciel et un soutien-gorge en dentelle blanche, tenant dans ses mains un vieux livre relié. La couverture bleue effilochée était ornée d'un petit garçon à lunettes, avec de minuscules cicatrices sur le front.

Le robot lisait tout haut avec la voix d'une jeune femme à l'accent anglais : « Je veux dire, c'est assez excitant, non, d'enfreindre les règles[16] ? »

– Putain, c'est quoi ce délire ? souffla Keegan. Ils paient pour ça ?

– Tu n'as pas idée... Simpkins est là-bas, au fond, dit Rose en désignant le bout du couloir. À partir de maintenant, tu te débrouilles. Il est de mauvaise humeur cette semaine.

Sur ces mots, elle disparut. Se retournant, Keegan la regarda s'éloigner d'un pas décidé dans le couloir.

Ils marchèrent jusqu'au bout et Keegan se força à jeter un œil à travers le hublot. Ce n'était pas aussi terrible qu'elle l'avait craint. Un homme nu et deux femmes se tortillaient en un entrelacs de membres, sur des draps argentés.

– Allez, réglons ça rapidement et discrètement, lança-t-elle à TAMS. Entre en premier. Donne-lui juste une petite tape sur l'épaule, genre, gentille.

Il ne s'agissait pas que ce type jouisse sur son robot.

– OK, répondit TAMS, et Keegan appuya sur le bouton d'ouverture.

La porte coulissa en silence, sur un rail qui disparaissait dans le mur. TAMS entra et, avec une lenteur exagérée, marcha jusqu'à

Simpkins. L'homme ne remarqua pas l'ouverture de la porte, ni la présence du robot. TAMS tendit le bras vers son épaule gauche, juste au-dessus d'un tatouage représentant une série de pointes de flèche en forme de diamants, le long de son bras, jusqu'au poignet. Le doigt métallique de TAMS tapota la pointe du troisième diamant en partant du haut. Keegan se demanda quelle équation mathématique l'avait conduit à choisir ce point-là précisément.

Mais quand elle reporta son attention sur l'ensemble de la scène, elle regretta d'avoir envoyé le robot. Ce qui avait d'abord ressemblé à travers ce hublot à un plan à trois était en réalité autre chose, qui la fit s'agripper de colère au montant de la porte.

– Dégage. Je t'ai pas commandé, grommela l'homme en regardant TAMS, tout en continuant de s'enfoncer vigoureusement dans l'un des deux robots sexuels à la peau claire, identiques. Reviens plus tard.

D'une main, il se redressa sur le lit, tandis que de l'autre il empoignait le bras arraché d'un robot. La seconde machine gisait sur le ventre, recroquevillée à genoux, les bras retournés. Sa tête pendait sur le côté, et seuls quelques fils la raccordaient encore au torse. Et sa peau en caoutchouc était déchirée au niveau du cou. Pourtant, ses mains continuaient de caresser doucement les seins du deuxième robot couché sur le dos, dont Simpkins était en train de s'occuper.

– TAMS, armes non létales autorisées, ordonna Keegan. Tase-le. Maintenant.

– OK.

Keegan regarda ailleurs, pour ne pas voir l'effet qu'une décharge électrique allait avoir sur tout ça. En entendant le grésillement, elle se retourna. Simpkins s'était effondré vers l'avant, au-dessus des deux robots. Lesquels avaient cessé de bouger en même temps que lui.

Cette immobilité était perturbante. On aurait dit qu'un interrupteur avait été actionné. Une tension régnait dans la pièce, et l'air semblait raréfié. Keegan pénétra à l'intérieur et toussa, s'efforçant de ne pas inspirer les effluves de sexe. Ne voulant rien toucher, elle poussa Simpkins par terre avec son pied, pas mécontente du choc sourd de sa tête. Elle retira le drap du lit et en recouvrit les deux robots.

– Il faut qu'on le rhabille. Tu peux faire ça ? demanda-t-elle à TAMS.

Celui-ci n'esquissa pas le moindre geste, ne regardant ni Keegan ni Simpkins. Puis il prit la parole :

– Je suis incapable de réaliser cette opération sans assistance.

C'était une tâche trop complexe pour une seule personne ou machine, du moins sans risquer de blesser l'homme davantage.

– Très bien, dit Keegan. Nous allons le faire ensemble.

Cette foutue machine peut prédire un crime à elle toute seule, mais pour ça elle a besoin de moi. TAMS maintint le corps flasque à la verticale, pendant qu'elle renfilait les vêtements sur l'homme. La machine pouvait toucher la peau de ce tordu, sans que ça lui fasse rien. Ils avaient presque terminé quand les vêtements volèrent soudain dans les airs.

Keegan fit un bond en arrière, lâchant Simpkins.

Sur le lit, les deux robots avaient entrepris de se démêler. Ils n'étaient séparés que de quelques dizaines de centimètres, leurs torses se faisant face. L'un d'eux ramassa la jambe manquante de l'autre et la remit en place, avant de refixer la tête, le caoutchouc du cou étant conçu pour se réajuster à la perfection. Ce processus d'assemblage et de réinitialisation se poursuivit comme un rituel tendre, comme si cela faisait partie d'une cérémonie ancestrale, à laquelle on se livrait depuis des millénaires.

– Être un robot du FBI ne semble plus si terrible à présent, j'imagine, lança-t-elle à TAMS.

Cinq minutes plus tard, elle remontait le couloir avec TAMS sur ses talons. Le robot portait Simpkins sur ses épaules, comme un pompier, les membres de l'homme inconscient traînant parfois par terre. Au pied de l'escalier, Keegan s'arrêta et se tourna vers TAMS :

– S'il se réveille, tase-le encore.

– OK.

Rose les attendait en haut de l'escalier. Elle était adossée au mur, une jambe repliée en arrière, son pied botté de cuir calé contre la paroi.

– Ton copain a aimé la surprise ?

– Un peu trop, répondit Keegan. Il est temps de rentrer à la maison.

– T'en es vraiment sûre, sans regrets ?

Centre de surveillance par satellite du FBI

Reston, Virginie

Ce n'était pas la même salle d'interrogatoire que la dernière fois. L'odeur âcre de citron d'un récent nettoyage se mêlait au parfum de cannelle, datant de l'époque où l'endroit avait accueilli un magasin de bougies.

Les lumières étaient allumées. Fortes. Keegan dut plisser les yeux, mais se dit que cela convenait parfaitement. Ce type-là ne rôderait plus dans le noir.

Les yeux de Simpkins, dont les poignets étaient menottés à la table, fixèrent TAMS puis Keegan. Il plissa le front. Puis il s'épongea le front sur les manches bleu marine de sa chemise. Ce faisant, il sourit en se rendant compte qu'il portait ses vêtements.

– Dommage que j'aie loupé l'habillage, déclara-t-il. Mais n'empêche, je parlerai pas.

– Bien sûr, dit Keegan. TAMS, viens par ici, que je te voie. Tu me fais flipper, là-bas.

Le robot s'assit sans heurt et posa ses mains sur la table en face des poignets menottés de Simpkins.

– Tranquille, souffla Keegan comme pour mettre en garde le robot. J'ai l'impression que ce qu'il a vu aujourd'hui ne lui a pas plu, Simpkins.

Elle devinait que cette simple allusion pousserait Simpkins à interpréter les traits inexpressifs de TAMS comme lourds de menace.

– Agent Keegan, dit la voix du docteur Modi dans son oreillette. J'enregistre cet interrogatoire.

Il suivait tout depuis son bureau, observant la salle à travers les caméras de TAMS.

– Tu veux sortir d'ici ? demanda Keegan à Simpkins. Il n'y a qu'une manière, la plus facile. On discute. Toutes les autres manières finissent mal.

Elle pencha la tête vers TAMS et son visage inexpressif parut, étrangement, encore plus menaçant.

Simpkins tendit ses mains menottées vers l'avant, tentant de frapper TAMS, tirant si fort que le métal des menottes meurtrit la chair de ses avant-bras tatoués.

TAMS le regardait sans expression ni réaction.

– Celui-là n'est pas programmé pour ce genre de truc, dit Keegan.

– Agent Keegan, pouvez-vous me montrer ses poignets ? demanda Modi au creux de son oreille.

Encore un interrogatoire piloté à distance. La prochaine fois, elle allait devoir apporter son propre brouilleur pour pouvoir vraiment avancer.

Keegan s'approcha de Simpkins et lui plaqua violemment les poignets sur la table. Puis elle se tourna vers TAMS.

– Vous voyez, il va bien.

– C'est exactement ce que je pensais, dit Modi au creux de son oreille. Pouvez-vous me montrer les deux côtés ?

– Il va bien, vous voyez ? dit Keegan, retournant les poignets du prisonnier d'une légère traction pour que TAMS les aperçoive. Pas une égratignure.

– Je vois ça, dit Modi. Le motif, c'est ça qui compte. Vous voyez ce damier constitué de formes de diamant ? Il s'agit de runes odales, le signe de ralliement du Front national de libération[17].

Les nazis rouge-blanc-bleu. Cachant leur symbole sous le nez de tous, comme d'habitude.

Keegan relâcha les poignets de Simpkins et regagna sa chaise.

– Ce sont des tatouages sacrément chers, commenta-t-elle.

Puis elle déboutonna la manche de sa chemise pour dévoiler son propre tatouage.

– Combien de temps ça a pris ? Le mien, une heure…

Simpkins sourit.

– Neuf heures.

– Oh là là… Ça a dû faire super mal. Mon bras m'a lancé pendant une semaine.

– Ça doit faire mal, rétorqua l'homme avec de la fierté dans la voix. Pas de progrès sans douleur.

Magnifique, songea-t-elle, encore un de ces rageux du dark web, qui se prenait pour une sorte d'intellectuel[18].

– Et alors, c'est quoi ce motif ? Le mien était un choix assez facile, dit-elle en désignant les différentes parties. Aigle, globe, ancre… Seul un Marine américain peut porter ça.

– Vous l'apprendrez bien assez vite. Le nôtre est réservé à ceux qui ont vu la vérité. Des patriotes le portent aux quatre coins du monde, ajouta Simpkins. Nos légions sont partout.

– Ça, je veux bien le croire.

Elle se tourna vers TAMS.

– TAMS, regarde combien d'autres tatouages de ce type tu peux trouver sur le cloud.

Elle se leva pour quitter la pièce.

La machine n'avait peut-être pas été capable de deviner la signification sous-jacente de ce motif artistique, mais une fois qu'on lui donnait une image à traquer, elle pouvait se livrer à des recherches et à des reconnaissances de motifs récurrents qui dépassaient l'entendement de Simpkins. Keegan n'était pas encore au bout du couloir que des centaines d'images en open source scintillèrent dans ses Viz Glass. Le portrait d'une famille sur la plage des vacances, le père, la mère et une fille, qui arboraient tous ce même motif, sous la forme d'un bandeau tatoué autour de la cheville ; la photo de profil sur un site de rencontre d'un homme âgé et obèse, qui portait une épinglette ornée d'un logo néonazi, posant devant une voiture de sport rouge cerise ; la newsletter de la police municipale reproduisant des photos de son tournoi de softball caritatif, une équipe des SWAT au repos souriant devant l'objectif, gonflant leurs biceps ornés de ce tatouage.

Une carte commença à géolocaliser les métadonnées des photos. L'un après l'autre, des points s'affichèrent un peu partout dans le pays, mais la plus forte concentration, de loin, se trouvait juste à côté de Washington, près du club préféré de Simpkins.

Quartier de Ballston

Arlington, Virginie

Elle rentra chez elle deux heures avant le lever du soleil, et ôta ses chaussures devant la porte. Ce n'était pas seulement pour éviter de réveiller Jared : elle ignorait quelles substances pouvaient bien imprégner leurs semelles, à présent. Se glissant sans bruit à l'intérieur, elle trouva Jared endormi sur le canapé, Haley allongée contre lui sous un amas de couvertures, calée contre une paire d'oreillers décorés de girafes. Revenant elle-même d'un club libertin robotique, Keegan ne pouvait décemment pas lui reprocher ses choix en termes d'éducation.

L'écran du frigidaire indiquait qu'il y avait des œufs et du pain, mais elle se ravisa au moment d'ouvrir la porte. Tout affamée qu'elle était, il était trop tôt pour faire du bruit avec les casseroles et les poêles. Elle savait qu'il y avait des barres protéinées dans le placard et en attrapa une, se tendant au léger bruissement de l'emballage lorsqu'elle le déchira. Elle mordit dans la barre et les saveurs du chocolat et du beurre de cacahuète fusionnèrent dans sa bouche, ne laissant derrière elles que ce léger arrière-goût de craie typique des protéines d'insectes.

– Tu es rentrée… murmura Jared depuis le canapé.

– Pour pas longtemps, répondit Keegan.

– OK. Haley dort. Ne la réveille pas.

– Je vois bien. L'eau, l'électricité, ça a été ? Le cloud fonctionne ?

– Oui, murmura-t-il. Et toi, ça va ?

– Ouais, tout va bien, répondit-elle.

C'était loin d'être le cas, mais elle n'avait pas l'énergie, ce matin, de se lancer dans une autre dispute.

– Tu n'as pas pris de risques ? demanda-t-il.

Son inquiétude était sincère. Il la connaissait mieux que personne et savait que quelque chose n'allait pas, le résidu de ce qu'elle avait vu la veille. Malgré la distance qui s'était installée entre eux, l'amour qu'ils avaient partagé existait toujours – en fait, il dormait tout contre Jared, sur ce canapé. Ni elle ni lui ne voulait même envisager une vie ailleurs, sans la petite, fût-ce une semaine sur deux. Jared en savait en outre beaucoup trop sur le passé de Keegan pour qu'elle puisse envisager sereinement une vie sans lui.

– J'ai juste besoin d'une douche et d'habits propres, après je repars.

Jared acquiesça, sans rien tenter pour la retenir, puis se recroquevilla sur le canapé. Il se disait sans doute qu'il valait mieux que Haley ne la voie pas. Il avait peut-être raison.

Dans la salle de bains des invités, Keegan attendit que l'eau chauffe en finissant la barre de protéine. Elle s'adossa à la vasque en faux marbre blanc et contempla le panier d'osier et de verre qui contenait ses produits d'hygiène personnels. Même ce panier était émotionnellement chargé. Keegan n'avait rien contre. Elle le trouvait même plutôt joli. Mais, comme tout le reste, le choisir avec Jared s'était converti en bras de fer, Jared sélectionnant d'abord huit articles avant d'insister pour qu'ils épluchent tous les commentaires en ligne, afin de déterminer quels étaient les plus dignes de confiance. C'était un problème d'avant, mais ce genre de chamailleries insignifiantes étaient un luxe propre à ceux qui disposaient d'un travail à plein temps.

Elle se leva et marcha jusqu'au panier pour prendre la tablette pliante qu'elle avait planquée derrière l'une des boîtes, où elle savait que Jared ne regarderait jamais[19]. Les hommes étaient bizarres, mais prévisibles en ce domaine. La tablette était un modèle jetable qu'elle s'était procuré trois mois plus tôt. Cet achat lui avait fait l'effet d'un acte de trahison, mais avoir des comptes et des appareils séparés était l'une des choses recommandées par tous les guides lorsqu'on se retrouvait à ce stade d'une relation.

La douche coulait, remplissant de vapeur la petite salle de bains. Elle inhala l'air humide et fit défiler ses messages. Des notifications de sa banque, des publicités pour des sites de rencontre en ligne qui avaient, Dieu sait comment, deviné son prochain changement de statut, ainsi que divers messages d'amis et de proches auxquels elle répondrait plus tard. Elle posa la tablette sur le rebord du lavabo et se déshabilla. Essuyant d'une main la buée au centre du miroir, elle se regarda, appréhendant un peu ce qu'elle allait y voir. Une épouse, une mère ratée ?

La femme qui la contemplait depuis la glace avait les yeux injectés de sang, la peau autour légèrement boursouflée, au point qu'on aurait pu croire qu'elle les plissait. Passant la main dans ses cheveux, Keegan souffla pour essayer de se débarrasser de ce mélange toxique d'émotions et de la redescente postbouffée d'adrénaline.

Elle s'apprêta à entrer dans la douche, pressée de se retrouver sous l'eau chaude, mais se figea net quand une deuxième vague de messages s'afficha sur la tablette. L'un d'eux attira son attention, la photo de son expéditeur provoquant un frisson le long de sa colonne vertébrale. Il avait vraiment choisi son moment pour reprendre contact.

J'étais assis tranquille dans un embouteillage, à m'occuper de mes affaires, et voilà que le fil Viz m'envoie une vidéo de toi en superhéroïne du FBI, avec un robot pour acolyte. Toi, te retrouver dans ce boulot-là ! Mais t'as toujours été super maligne. J'imagine que ça veut dire que, pour moi aussi, tout est bon maintenant... Tu n'as pas idée à quel point ça me soulage. Réponds-moi à cette adresse et on pourra fixer un rendez-vous pour se donner des nouvelles. Plein de choses à se dire, S

P.-S. : j'ai vu que t'avais alpagué ces gars dans un restaurant de saucisses au piment. Certaines choses ne changent jamais... ; –)

Juste comme ça, au bout de quinze ans ? Quand le mandat d'arrêt avait été lancé contre eux, après l'émeute au centre étudiant, une rapide décision avait été prise dans la buanderie au sous-sol du dortoir de Keegan. Plus aucun contact entre les membres de leur groupe, afin que la police n'ait aucun moyen de faire le lien entre eux. Ils n'avaient même pas eu le temps de s'offrir ce cliché du baiser d'adieu. Elle n'était pas allée à la remise des diplômes, et avait récupéré le sien par courrier à Parris Island.

Et pourtant, son message donnait l'impression que tout cela avait été oublié. Ne comprenait-il pas que le fait qu'elle soit un agent fédéral n'était pas le signe qu'ils étaient désormais à l'abri, mais tout l'opposé ? D'un autre côté, elle était curieuse de savoir ce qu'il était devenu. Dans son esprit, il était toujours ce gamin aux cheveux bouclés du dortoir d'à côté, avec sa fossette sur la joue gauche, auquel elle avait adressé la parole pour la première fois dans un groupe d'étude de son cours de sciences politiques. Des images fugaces de soirées dansantes, de manifestations étudiantes et de petits coups rapides dans leurs dortoirs défilèrent sous son crâne. Était-il marié ? Avait-il des enfants ? Il lui suffisait de répondre pour découvrir tout ça, et peut-être même obtenir une réponse à cette question en suspens de la voie qu'ils auraient pu emprunter ensemble.

Keegan contempla de nouveau la femme dans le miroir, pour voir si elle pouvait l'aider, d'une manière ou d'une autre. Le visage qui la regardait la mit en garde : lui répondre mettrait en péril bien davantage que son mariage.

Elle essuya la buée sur l'écran de la tablette et effaça le message. Cela semblait insuffisant, si bien qu'elle effaça toute la mémoire de la tablette. Une fois que ce fut fait, elle remplit d'eau le lavabo et jeta la tablette dedans. L'appareil laissa échapper un léger grésillement quand l'eau s'infiltra dans sa batterie. Puis elle enveloppa la tablette dégoulinante dans une serviette et la piétina plusieurs fois, jusqu'à ce que l'écran se brise et que la carte mère craque.

Mais au fond d'elle-même, Keegan savait que rien de tout cela ne suffirait à réparer les dégâts.

11

Centre opérationnel
de la Hostage Rescue Team du FBI
Quantico, Virginie

– Ici, vous pouvez voir la zone d'atterrissage Broadway. Le V-290 Valor du FBI, nom de code TALON 22, déposera une équipe de huit hommes de la HRT ici, expliqua Noah.

En regardant l'engin, dressé sous l'immense voûte du hangar à Quantico, Keegan sentit monter la familière tension d'avant-mission. Elle essaya de faire redescendre d'un cran l'excitation en inspirant profondément, en vain.

Noah agitait ses mains devant lui, utilisant ses gants à capteurs de mouvement pour faire apparaître les itinéraires que les agents allaient suivre jusqu'à leur cible[1].

– On passera à l'action ici.

Il pointa son doigt et des marqueurs géographiques s'affichèrent sur la vaste projection en 3D flottant devant les agents de l'unité opérationnelle. Celle-ci représentait un paysage légèrement vallonné qui gagnait peu à peu en altitude aux abords du Shenandoah National Park. Le briefing se poursuivit quelques minutes de plus, détaillant les caractéristiques de la cible, une « enclave de solidarité américaine » située à l'ouest du comté de Greene County, en Virginie.

Les ESA avaient commencé à se développer un peu partout dans le pays une décennie plus tôt, résultat d'une fusion entre développement immobilier et haine. Les ESA prétendaient être des endroits où les « vrais patriotes » pouvaient vivre et travailler ensemble comme les premiers colons blancs dans le temps. Des communautés de logements sur le modèle de fermes traditionnelles construites tout spécialement, où l'on pouvait connaître ses voisins et leur faire confiance, associées à l'installation d'ateliers high-tech et de groupes de développement de logiciels en « Pure Code ». Un cas classique de récupération pour générer de l'argent, utilisant ces puissants leviers qu'étaient la nostalgie, la peur et la division, en vendant des idées et des produits à un groupe d'Américains donné en arguant du fait qu'ils étaient plus américains que les autres. Le mouvement Pure Code fourguait des algorithmes et des applis créés par de « vrais Américains » dont l'identité raciale était certifiée au moyen d'un test génomique. Bien sûr, c'était du pipeau. L'essentiel du travail de programmation était en fait sous-traité par des ateliers clandestins numériques en Inde et au Pérou.

La gentrification du paysage rural s'organisait en outre autour d'une variété de maisons surdimensionnées entourées de lopins de terre faciles à défendre contre n'importe quelle menace extérieure. Pour une génération abreuvée de scénarios catastrophe allant des gangs mexicains aux zombies, posséder sa propre enclave sécurisée et autosuffisante semblait une nécessité.

Les renseignements collectés sur cette ESA-là indiquaient la présence de quatre-vingt-seize personnes identifiées comme des sympathisants du Front national de libération, dont vingt-trois mineurs. Ce qui, combiné aux images de Simpkins prises par les caméras à reconnaissance faciale des stations-service lors de ses visites régulières au Control Room, avait suffi pour obtenir un mandat de perquisition du site.

– Mais attention, ça va pas être de la tarte. Il n'y a qu'une route d'accès et des indicateurs semblent montrer que la police locale pourrait être compromise par cette ESA.

Des photos tirées de la presse locale retraçaient l'histoire de la communauté. Menées par un ancien employé du Congrès nommé

Gregory Heath, les premières familles affiliées au Front national de libération étaient arrivées ces dernières années de manière assez régulière, quittant leur ancienne vie à Washington pour se dédier à une existence qu'elles décrivaient comme « un redémarrage du système de la véritable Amérique ». Toute résistance locale au groupe avait pris fin une fois que le maire en exercice de la ville la plus proche avait fini tué par balles au fond d'un fossé après que Heath avait contesté les résultats de l'élection. L'extrait d'un reportage ultérieur montrait le nouveau shérif du comté, un autre nouvel arrivant nommé par Heath, se plaignant que cet assassinat n'ait jamais été élucidé.

– Donc nous devons partir du principe que tous nos mouvements au sol seront surveillés, poursuivit Noah. La force d'appui se positionnera devant l'école Blue Ridge, environ quinze kilomètres au sud[2]. Ils se feront passer pour un véhicule de livraison, ajouta-t-il, tandis que la photo d'un gros camion UPS autonome à trois essieux que la Hostage Rescue Team du FBI utilisait souvent comme poste de commandement camouflé apparaissait sur la projection. C'est une pension pour garçons, donc ils ont l'habitude que des camions passent, là-bas, des livraisons de colis pour les gosses de riches et tout ça.

Noah afficha une carte en 3D avec la zone d'opération et les itinéraires que les agents du FBI emprunteraient à partir de là.

– Et juste au moment où tous les habitants de l'enclave se lèvent pour prendre leur café et leurs beignets aux pommes, ou ce que ces putains de racistes prennent au petit déjeuner…

Soudain, un énorme agent assis au fond de la salle cria :

– Dis-nous ce que tu penses vraiment, Reddy !

– Laisse-moi finir mon briefing, Keg, répondit-il pour faire taire l'importun. L'agent Keegan et son… hum, partenaire se pointeront à leur porte pour leur montrer le mandat, déposés là sains et saufs grâce au dur labeur et au dévouement de l'unité d'élite la plus compétente du FBI.

Sur ces mots, la foule assemblée l'acclama de l'inévitable « Oo-Rah » des militaires américains.

– Agent Keegan, avez-vous quelque chose à ajouter ? Un message inspirant ?

Du Noah tout craché, ça, à vouloir la placer dans une situation embarrassante.

Elle cligna les yeux pour se déconnecter des images affichées dans ses Viz Glass et se leva pour faire face au groupe d'agents de la HRT portant leur armure pare-balles et au personnel chargé de leur soutien.

– Mon plan consiste simplement à laisser l'unité d'élite la plus compétente du FBI – nouvel « Oo-Rah » de la foule – faire son travail, sans me mettre dans vos pattes, déclara Keegan.

Une fois le briefing terminé, Noah s'approcha de Keegan alors qu'elle était en train d'enclencher et de décrocher le chargeur de son Next Generation Squad Weapon, le fusil d'assaut nouvelle génération de l'armée américaine, pour vérifier qu'il ne se bloquait pas, défaut qui avait plombé les premières versions de cette arme[3]. Elle l'avait déjà utilisé dans les Marines, ce qui rendait un peu absurde le « Next Generation » du nom. Mais au moins, ils avaient fini par remplacer le vieux M16 que les Marines avaient utilisé pendant trois quarts de siècle.

– Hey, la bleue, lui lança Noah. Tu sais encore t'en servir ?

– C'est comme faire du vélo, mais avec des cartouches de 6,8 mm avec manchon en polymère.

Mais Noah ne rit pas.

– Fais attention à ton dos, là-bas. L'exosquelette a tendance à tout bousiller, et j'ai pas le temps de venir te voir toutes les semaines à l'hôpital, une fois de plus.

– Prête ! s'écria Keegan en tapant le chargeur contre son casque gris[4].

Puis elle sortit d'une de ses poches un papier plié, protégé par une pochette plastique. Le mandat était imprimé : résistant aux chocs, à l'eau, et impossible à pirater.

– Notre arme la plus importante.

– Ils ne vont pas être contents de nous voir arriver.

En prononçant ces mots, Noah serra inconsciemment les sangles de son armure pare-balles reliées à son exosquelette. Un signe qu'il était nerveux, lui aussi.

– Oui, il faut s'y attendre, dit Keegan. Mais bon, qui a un jour été content de nous voir débarquer chez lui, toi et moi ?

– C'est un peu différent, cette fois. Moins de danger, plus grande force de frappe, répliqua Noah, tendant son bras dans l'exosquelette vers l'avion à décollage vertical qui les attendait.

Il fixa longuement TAMS.

– La question, c'est : est-ce que ton robot est prêt pour ça ? Je connais un tas de candidats à la HRT qui déchiraient tout dans la Kill House, mais qui se sont révélés des merdes en vrai. J'imagine que c'est la même chose avec les machines.

– Il s'est bien débrouillé jusqu'ici, rétorqua Keegan, se sentant étrangement obligée de défendre TAMS.

C'était sa machine, que cela plaise ou pas.

– Il sera armé ? demanda Noah.

– Fusil Benelli à cartouches Taser[5], répondit-elle, puis, après une courte pause : Il adore électrocuter les nazis.

Il la dévisagea, perplexe, ne sachant si elle plaisantait.

– Et ton équipe ? demanda Keegan. Il y a autre chose que je devrais savoir ?

– Les bases suffisent, pour aujourd'hui ; ce machin et toi, ça fait assez de nouveauté. Inutile de prendre des risques supplémentaires.

Elle savait que Noah avait confiance en elle, mais elle était une étrangère aux yeux de son groupe, et donc un danger potentiel. Et la machine qu'elle avait introduite parmi eux ne faisait que renforcer cette incertitude.

Un autre agent de la HRT appela Noah, qui la laissa seule. Plus pour s'occuper qu'autre chose, Keegan essaya de voir qui disposait des images prises par les robots de reconnaissance de la taille d'insectes que le FBI déployait généralement avant un assaut.

Elle se dirigea vers l'agent que Noah avait appelé Keg. Quasiment deux mètres pour cent quinze kilos, et la carrure de joueur de football américain qu'Hollywood prêtait souvent aux agents des forces spéciales, à mille lieues d'une réalité où la plupart d'entre eux ressemblaient plutôt à des coureurs de fond. Avec les quelques centimètres en plus des bottes de son exosquelette, il dominait Keegan de toute sa formidable masse[6].

Il en avait besoin, car il tenait dans ses mains le tout nouveau fusil de sniper M109 de calibre 50, à balles hypersoniques. Ce qui leur conférait une vitesse et une portée deux fois supérieures à celles des armes classiques, mais la longueur et l'épaisseur du canon entraînaient également un poids deux fois plus grand[7]. Seules les unités d'élite pouvaient se le permettre, et seuls les plus costauds de leurs agents parvenaient à manier ce monstre.

– Keg ? dit Keegan.

Le « fût » : elle s'interrogea sur l'origine de ce surnom. S'agissait-il d'une référence à ses mensurations, à une soirée d'ivresse restée légendaire ou d'un simple nom de code utilisé au sein de son équipe ? Mais pas question de lui donner la satisfaction de lui poser la question. Ces unités avaient beau s'être ouvertes aux femmes, elles gardaient encore bien trop de vestiges de l'époque où elles étaient un club réservé aux mecs.

– Yo, répondit-il, surpris alors qu'il était en train de cracher dans une bouteille en plastique noir qu'il venait de fixer à la sangle de son armure.

Ces mecs et leur tabac à chiquer. Rien ne change.

– Je veux dire : « En quoi puis-je vous aider ? », comme s'il répétait bêtement un ordre que Noah leur avait donné lors d'un briefing à son équipe avant l'arrivée de Keegan.

– Je n'arrive pas à trouver les images des robots de reconnaissance, expliqua Keegan.

Keg secoua la tête, faisant grincer le gilet et l'exosquelette du colosse.

– C'est parce qu'y en a pas. Ils en ont envoyé quelques-uns en les faisant passer pour des pisteurs de l'Agence de protection de l'environnement. On a à peu près quatre minutes d'images, mais après ils sont tombés en rade. Je peux vous envoyer ce qu'on a, mais c'est juste des images de brindilles et de feuilles.

– Merde, grommela Keegan.

– C'est pas moi qui décide, répliqua Keg en voyant l'expression sur son visage. Mais on a quand même les images aériennes du drone Iris.

– J'aurais voulu avoir un peu plus, c'est tout.

– N'est-ce pas notre cas à tous, *sister* ? rétorqua Keg.

Il eut un sourire gentil dévoilant des dents du bonheur, sous un nez qui semblait avoir été brisé en moyenne une fois par an.

Donc, ils n'avaient que les données aériennes captées par un planeur jetable de type Iris, qui traînait dans le coin à plus de deux mille mètres d'altitude. Un lot de batteries défectueuses avait effectivement pu interrompre la retransmission des robots-insectes, mais Keegan imagina aussitôt une cause plus malveillante. Certainement un Zapper, l'un de ces systèmes de défense en réseau qui se servaient des ports de charge sans fil des drones pour vider rapidement leurs batteries intégrées, plutôt que pour les recharger. Une grande partie des complexes hostiles au gouvernement, et pas mal de dealers de drogue urbains, se les procuraient sur Alibaba aussi facilement que des paires de chaussures.

– Ouais, mon sixième sens me souffle la même chose, lui confia Keg. Mais de toute façon, vous roulez avec moi maintenant, vous et votre robot nain, alors vous risquez rien.

– Compris, dit Keegan. Je peux vous poser une autre question ?

– Allez-y. Vous êtes la raison pour laquelle on part tous faire une vraie mission aujourd'hui, au lieu d'un énième entraînement de jeu vidéo, alors demandez-moi ce que vous voulez.

– Vous allez vraiment tous tenir dans la Valor avec tout ce barda sur vous ?

– Parfois, on est obligés de laisser tout le poids mort derrière nous quand c'est trop serré, répondit Keg. En général, c'est votre copain, Noah. Mais cette fois, je me demande combien vous pesez, votre robot et vous…

– Vous savez bien qu'on ne demande jamais ça à une dame, surtout quand elle se balade avec un robot armé d'un fusil à pompe.

Keg souleva son fusil de précision pour la saluer. Être capable de plaisanter dans un moment pareil faisait toute la différence.

Une fois l'équipe entassée à bord du Valor, ils s'élevèrent dans le noir total de la nuit, sans même allumer leurs feux de position. Le décollage ultra-rapide permettait de réduire les risques que des guetteurs ne repèrent le vol et ne le rapportent sur les sites de pistage en open source[8].

Keegan ferma les yeux pour essayer de faire une petite sieste, mais impossible de dormir à bord de cet engin. Elle détestait les appareils à rotors basculants ; connaissait trop d'histoires horribles à leur sujet. Pour ne rien arranger, elle était encore plus serrée qu'ils ne l'avaient jamais été dans le temps à bord de leurs vieux Osprey. Elle avait d'un côté l'énorme Keg, dont l'exosquelette avait été arrimé au plancher et au plafond de la carlingue par le chef d'équipage – aucune ceinture ventrale n'était assez solide pour supporter un poids pareil. De l'autre côté se trouvait TAMS. Ce qui aurait dû lui offrir un peu plus d'espace, sauf que le petit robot était engoncé dans une armure de protection qui ajoutait une épaisseur de céramique autour de son torse.

Le plan de vol du Valor les dirigeait plein nord en direction de Washington, précaution supplémentaire visant à ne pas dévoiler leur cible. L'idée, c'était d'obliquer ensuite à l'ouest le long du Potomac avant de plonger vers le sud-ouest. Cela rallongeait leur temps de vol, mais offrait à Keegan une vue aérienne des zones inondées de la ville. Les quais de Georgetown, où Jared et elle avaient commencé à courir ensemble pendant la période de transition entre les premiers rendez-vous et le passage à une vraie relation, étaient encore plongés dans le noir – pas d'électricité. Mais les rues couvertes d'eau et de boue luisaient à la lumière des machines de chantier et des centaines de drones qui participaient aux opérations de secours. Même si la ville avait été prise au dépourvu par cette crue fulgurante, nettoyer les dégâts après des épisodes climatiques extrêmes était une chose à laquelle le gouvernement fédéral était désormais préparé, car toutes les grandes zones urbaines de la côte est des États-Unis y étaient de plus en plus fréquemment exposées ces dernières années[9].

– Regarde-moi toute cette boue, commenta Noah, assis en face d'elle. Je parie qu'ils auront tout nettoyé dans une semaine.

– Je pensais justement la même chose, répondit Keegan.

L'air se rafraîchit tandis que le Valor prenait de l'altitude, les hissant au-dessus de la vague de chaleur qui avait suivi la crue.

– Je vous ai vus, tous les deux, mettre la main à la pâte au milieu de tout ce bordel, sauver des chatons dans les arbres et même la Déclaration d'indépendance...

– Je ferais n'importe quoi pour ne pas aller au bureau, répliqua Keegan.

– Ça m'étonne pas, de la part d'une fainéante comme toi. Et ne va pas croire que je n'ai pas remarqué que ton pote faisait tout le boulot... comme d'hab, ajouta Noah en désignant TAMS d'un signe de menton.

Keegan le gratifia d'un doigt d'honneur et regarda par le hublot tandis que le Valor s'éloignait de Washington. Quand l'appareil à rotors pivotants passa au-dessus d'Arlington, elle repéra leur immeuble. Elle lui adressa un petit geste de la main, pensant à Haley et à combien elle trouverait cool que sa maman les ait survolés dans l'un de ces appareils flashy qu'on apercevait parfois par la fenêtre de l'appartement. Mais bon, elle n'avait pas idée des risques que cela comportait.

Keg tendit son bras encombré de l'exosquelette et donna une tape sur le genou de Noah.

– La protection de ton chargeur de pistolet est défaite.

Il montra du doigt le chargeur fixé à côté du flingue, sur le plastron de Noah.

– Si tu te jettes à couvert, de la terre et des cochonneries vont se foutre dedans.

Noah leva son pouce vers lui et remit fermement en place la languette velcro.

Keg secoua la tête, l'air désapprobateur.

– Thomson faisait ça, exprès. Il disait que ça lui permettait de gagner du temps pour changer de chargeur, ajouta-t-il en rigolant. Quel con.

– T'es juste vénère parce qu'il t'a tiré dessus pendant le raid d'Atlanta, répliqua Noah.

– Il allait forcément finir par dégommer quelqu'un, tôt ou tard. Valait mieux que ce soit moi…

– Tu l'as prise où cette balle, déjà ?

– En plein dans l'armure, entre les épaules. Même pas une égratignure sous la céramique.

– Ça t'a pas fait mal, tu veux dire ?

– Bien sûr que si, mais j'allais pas lui avouer.

En écoutant leur échange, Keegan les regardait avec envie. Cette camaraderie lui manquait, et elle savait qu'elle ne connaîtrait jamais cela avec un partenaire tel que TAMS. Bien sûr, elle pouvait l'entraîner à manier quelque chose qui ressemblait à de l'humour ou même à dire des grossièretés, mais il ne ferait jamais le genre de gaffes ou de conneries qui renforçaient les amitiés comme rien d'autre.

Le Valor prit encore de l'altitude, survolant les appareils privés de lointains banlieusards qui rentraient tard chez eux. Au fur et à mesure que son panorama s'élargissait, Keegan vit les différentes banlieues se fondre en des enchevêtrements quasi végétaux de lumières rouges et blanches encerclant des mares obscures.

Elle se connecta au fil de vision nocturne en couleur. Les zones sombres se changèrent soudain en projections de couleurs vives, dévoilant les activités qui se déroulaient dans les complexes commerciaux et résidentiels abandonnés en périphérie de ces lointaines banlieues semi-rurales. Cette palette était l'image de l'agriculture contemporaine, des épis de maïs pratiquement aussi hauts que les maisons vides dans les jardins desquelles ils poussaient désormais, tandis que des centaines de robots-mantes compostables se déplaçaient de l'un à l'autre, veillant sur les récoltes[10].

– Qu'est-ce qu'il y a, là-bas, TAMS ? demanda-t-elle en marquant une parcelle de terre rectangulaire de sept ou huit hectares d'où avait disparu toute trace humaine.

– La zone désignée est un verger de pommiers géré par MG Farms, une société à responsabilité limitée immatriculée dans le Delaware, répondit TAMS.

Keegan zooma sur les rangées d'arbres : parmi eux s'activaient une demi-douzaine de robots Ocado, dont les membres mécanisés tantôt écrabouillaient, tantôt ramassaient les fruits avec délicatesse, au beau milieu de la nuit[11]. Keegan se demanda si tout venait de là. Était-ce donc ça la réelle motivation de Shaw, non pas un quelconque « sens de la responsabilité » mais son sombre équivalent, un genre de culpabilité profondément enfouie sous sa façade placide du fait que les récoltes bien réelles dont la ferme familiale avait longtemps fait profiter le monde aient cédé la place à ce genre de scène ?

– Je parie qu'ils n'écoutent pas de la country, fit remarquer Noah, connecté au même fil.

– Dans le temps, quand vous vouliez que les gens votent pour vous, il suffisait de pester contre ces migrants qui venaient ramasser les fruits pour trois fois rien, dit Keegan. Maintenant, du champ jusqu'à la table, ce sont les robots qui font tout[12].

– Je me demande combien d'Américains accepteraient de faire ce boulot-là ? ajouta Noah. Ils seraient nombreux, je pense.

– Tu parles ! contesta Keegan. Ils se plaindraient juste que quelqu'un leur pique leur travail, même si ce sont des boulots qu'ils n'ont pas envie de faire.

Le Valor descendit soudain en piqué, son moteur se mettant à hurler tandis que l'appareil prenait de la vitesse. Keegan s'arc-bouta et réprima l'angoisse qui lui donnait envie de vomir. Pour se concentrer sur autre chose, elle bascula sur le fil externe du logiciel procurant au Valor sa propre conscience situationnelle. La vue grand angle de l'appareil montrait juste davantage de zones sombres. Des nébuleuses de lumières sur le fil de vision nocturne étaient les uniques signes de vie humaine. Cela la fit repenser à Shaw et aux changements qui, selon son récit, s'étaient opérés dans les campagnes américaines en l'espace d'une seule vie[13]. De petites villes qui, l'une après l'autre, s'étaient vidées non seulement de leurs habitants, mais de leur espoir. Le Valor survolait des fermes, des magasins et des stations-service qui étaient les derniers vestiges d'un mode de vie désormais obsolète. Le plus déprimant dans tout cela était le stade à l'abandon d'une équipe de football américain de lycée. Elle avait beau haïr la manière dont on traitait ces endroits comme de véritables temples dédiés aux premiers baisers et aux passes de quarterback qui vous changeaient une vie, le voir dans cet état avait quelque chose de bouleversant. S'ils avaient même abandonné ça, que restait-il ?

Quelques secondes plus tard, une embardée particulièrement brutale du Valor la fit lâcher son fusil d'assaut. Keg tendit son bras caparaçonné et rattrapa le NGSW, tout en crachant dans sa bouteille. Des montants de carbone perforé qui ressemblait à du corail enveloppaient son bras. L'arme était fixée par une sangle à l'armure pare-balles de Keegan, si bien qu'elle n'avait aucune chance de lui échapper complètement, mais c'était quand même embarrassant.

Keg lui tendit le fusil d'assaut.

– Votre robot me faisait flipper, mais maintenant, c'est vous qui m'inquiétez. Tâchez de ne pas faire de trous dans le plancher.

Comme pour l'empêcher de répliquer, il baissa brusquement son masque de protection, cachant le dernier signe qu'il y avait vraiment une personne sous cet amas de carbone et de céramique.

Il y a peut-être une personne là-dessous, songea Keegan, mais c'est déjà à moitié une machine. Les deux appendices de surveillance dans son dos pouvaient servir de membres supplémentaires, et même tenir des armes. Elle se tourna vers TAMS, assis de l'autre côté : même s'il était totalement inhumain, sa fragilité semblait beaucoup plus humaine. Et qu'était-elle donc, sinon prise entre les deux ?

Enclave de solidarité américaine

Greene County, Virginie

Les formations rocheuses à taille humaine jaillissaient du flanc de la colline tels des os brisés. Elles offraient toute la protection nécessaire aux agents de la HRT en approche – mais aussi à d'éventuels défenseurs. Cette campagne-là avait connu bien des combats, Keegan le sentait.

Le Valor les avait déposés dans une clairière de la forêt, profitant d'une vallée entre les collines pour masquer au mieux son approche. De là, ils avaient poursuivi à pied aussi silencieusement que possible. Leur robot-éclaireur quadrupède, aux allures de chien, ouvrait la marche, cent mètres devant eux. Keegan avait chargé TAMS de couvrir leurs arrières. Même si ses capteurs étaient plus sophistiqués que ceux du robot de la HRT, Keegan savait que ses compagnons avaient davantage confiance en leur matériel.

Accroupie au pied d'un des monticules rocheux, elle scrutait les collines, en quête du moindre signe humain. Il n'y avait rien là-haut, conformément à ce qu'indiquait le fil du drone Iris. Mais une notification de TAMS la prévint qu'il avait repéré des transmissions radio à ondes courtes intermittentes dans les environs, du genre qu'utilisaient les réseaux personnels sans fil. Ce n'était peut-être rien – un chasseur, un randonneur, ou même un simple drone inspectant les cultures. Mais ça pouvait aussi être quelque chose d'autre.

Un regard en arrière lui confirma que TAMS demeurait invisible, ses Viz Glass marquant la présence du robot derrière un gros rocher.

Puis Noah donna une série d'ordres et les huit agents de la HRT, accompagnés de Keegan, montèrent lentement vers la crête, avant de se glisser en rampant dans une petite dépression juste sous le sommet. Ils recouvrirent le sol d'un matériau anticapteurs dont la structure réfractait les couleurs autour d'eux. Si le complexe disposait de gardes scannant les alentours, cela les rendrait plus difficiles à détecter. Ils ordonnèrent au robot-éclaireur d'avancer de cinquante mètres encore pour établir un périmètre de sécurité.

S'ils n'avaient pas été couchés au fond d'un trou, recouverts d'un filet, l'endroit aurait été bucolique. Ils se trouvaient à l'orée d'un vignoble, des pieds de vigne en fleur à perte de vue, où bourgeonnaient les premières grappes. Allongé sur sa droite, Keg lui donna une tape sur l'épaule et désigna un point vers l'est, où le ciel commençait à se parer d'arabesques orange, rouges et crème, annonçant le lever du soleil. Malgré sa carrure de colosse, Keg possédait visiblement une sensibilité d'artiste. Puis il cracha sa chique de tabac, cette fois dans la poussière.

Keegan se tourna vers Noah, sur sa gauche, qui continuait d'étudier les images du complexe retransmises par Iris. Tendant la main vers une grappe, Keegan en décrocha un grain et le mit dans sa bouche.

– Je m'abstiendrais, à ta place, murmura Noah. Tu sais pas ce qu'ils mettent là-dedans. Tu pourrais te retrouver transformée en nazie…

– Ouais, je crois pas que le racisme marche comme ça, rétorqua Keegan.

Elle s'interrompit un instant.

– Mais bon, t'as sans doute pas tort : c'est que du vin blanc.

– Bien vu, répondit-il en se tournant vers elle. Tu sais, ça peut paraître un peu tordu, mais je suis content de refaire ça avec toi, déconner pour tuer le temps, avant de risquer de me faire tuer, moi.

Il lui tendit son poing ganté de cuir, et elle cogna le sien contre.

Ils restèrent silencieux pendant une longue minute, repensant à toutes leurs connaissances qui n'étaient plus là pour voir le soleil se lever.

– D'ailleurs, qui aurait l'idée de boire du vin de Virginie ? reprit Noah, brisant le silence.

– C'est dépassé, ça, répliqua Keegan. Il y a des vignobles très corrects, même si ça dépend des millésimes…

– Des *millésimes* ? Non mais, écoute-toi… Tu crois qu'ils l'ont baptisé comment, celui-là ?

– Château Stormfront[14] ?

– Riesling Alt-Reich ? proposa Noah.

– Vous êtes vraiment en train de changer la vision que j'avais des Marines, tous les deux, les interrompit Keg. Il nous reste cinq minutes si vous voulez commander une caisse en ligne…

Ils se turent de nouveau pendant une minute, qui parut durer une seconde. Dans cette compression du temps précédant une attaque périlleuse, Keegan accédait souvent à un éclair de lucidité. C'était une sensation plaisante, ce mélange de mélancolie et de prise de conscience soudaine de ce qui comptait vraiment. Tandis que les dernières ombres se dissipaient et que le soleil commençait à parer de rouge et d'orange le vert des collines, elle pensa à Haley. Puis à Jared, et elle se demanda alors si c'était par simple habitude, ou pour une autre raison.

– Mais c'est carrément beau comme coin, quand même, déclara Noah d'une voix qui montrait qu'il était perdu dans les mêmes considérations.

– C'est vrai. Ça semble vraiment injuste.

Keegan appuya sur le bouton de transmission et parla dans son micro :

– TAMS, comment ces connards ont-ils fait pour se payer un endroit pareil ?

TAMS lui envoya une émoticône de front plissé, indiquant qu'il était incapable de lui répondre, puis une notification sur l'état de ses systèmes : il s'était déconnecté du réseau pour réduire au maximum leur signature électronique. Puis un autre message, de mise en garde cette fois, avertissant Keegan que ses biodonnées indiquaient un niveau de stress élevé.

– Sans blague, grommela-t-elle entre ses dents.

– Au boulot, déclara Noah en leur faisant signe de quitter leur cachette.

Keg passa devant et se mit en position de tir, à genoux, balayant les environs avec la lunette de son fusil. Ne voyant rien, il avança prudemment jusqu'au rang de vignes suivant, d'un pas aussi assuré que celui d'un lion en chasse. Il se tourna vers Keegan et pencha la tête de côté, indiquant que c'était son tour d'y aller. Mais alors qu'elle se redressait à demi, elle aperçut un éclat vert étincelant. Rien qu'un fin coup de pinceau qui traversa le casque de Noah avant de descendre juste sous sa visière.

– Contact ! hurla Keegan, replongeant d'instinct au fond de la cuvette.

Mais la balle du sniper avait déjà traversé les lunettes de Noah. Son corps fut projeté en arrière, sous l'impact de la balle au fond de son casque.

– Impossible de localiser le tireur ! cria Keg.

Lui aussi s'était jeté à plat ventre, son exosquelette déployant automatiquement les tiges de ses capteurs dorsaux au-dessus des vignes.

Keegan rampa jusqu'au bord de la dépression. Sa première pensée fut de rejoindre Noah pour tendre un bouclier balistique pop-up, même si elle savait pertinemment qu'il n'en avait plus besoin.

Une autre série de tirs déchirèrent le vignoble, faisant voler le bois des ceps et soulevant des éclats de terre autour d'elle, la forçant à se replier. Pas de détonation avant l'impact : ceux qui défendaient le complexe tiraient avec des silencieux, modification incompréhensiblement autorisée par la loi, qui rendait votre arme parfaite pour la chasse à l'homme.

Keg se leva et enchaîna trois tirs tonitruants. Toujours sans aucune cible claire, essentiellement pour essayer de faire cesser leurs tirs.

Les yeux de Keegan la picotèrent lorsqu'une image évanescente du fils de Noah, qui n'était encore qu'un nourrisson la dernière fois qu'elle l'avait vu, lui traversa l'esprit – puis une autre de Noah et de son mari dansant le jour de leur mariage. Putain, comment Tomas allait-il faire pour élever cet enfant seul ?

Un impact brutal enfonça l'épaule de Keegan dans la terre, chassant toutes les autres pensées tandis qu'elle hurlait de douleur. Elle roula instinctivement sur le côté, changeant de position pour compliquer la tâche du tireur. Dans le même temps, elle fit le point intérieurement : la douleur était diffuse, comme après un coup de masse, sans la netteté tranchante d'une balle qui aurait pénétré la chair. L'armure pare-balles avait tenu le choc. Mais le fait qu'ils aient réussi à la toucher au fond de cette cuvette signifiait qu'il y avait un second tireur, dont les balles venaient d'un autre angle que celle qui avait tué Noah.

Keegan serra les dents, tandis que les paroles inintelligibles d'un autre agent résonnaient dans son oreillette. Brouillage. Putain, quel merdier. Elle rampa vers l'avant dans un mouvement précipité visant à gêner le tireur. Une autre balle vint percuter de plein fouet la plaque protégeant son épaule. Elle repensa soudain à ses instructeurs de tir et à leurs longues explications sur la dérive des projectiles sous l'effet du vent, et sur le fait que même un tireur d'élite tout juste passable ne commettait jamais deux fois la même erreur[15].

Elle sentit quelqu'un l'empoigner par les chevilles et la tirer en arrière. Elle tenta désespérément de saisir son arme, consciente qu'elle allait en avoir besoin dès qu'elle serait parvenue à se redresser. Mais tandis qu'elle rebondissait sur le sol, de la terre plein la bouche, le fusil d'assaut lui échappa.

Quelques secondes plus tard, elle s'immobilisa. Roulant sur le dos, elle chercha le couteau tactique automatique fixé sur son exosquelette. C'était un geste futile. Avant même de l'avoir attrapé, elle sut qu'elle n'aurait pas le temps de s'en servir, mais elle ne voulait pas mourir sans se défendre.

Sa vision finit par s'éclaircir et elle reconnut le visage inexpressif de TAMS, penché au-dessus de son corps pour la protéger. Pardessus son épaule, elle aperçut un abri en bois, à quelques dizaines de centimètres, qui se dressait dans la ligne de tir du sniper.

– On va avoir besoin de la force d'action rapide et d'une MEDEVAC, dit-elle. Donne-leur notre position.

– Il n'est pas possible de transmettre, répondit TAMS. Deux dispositifs aériens sans pilote, de petite taille, brouillent les communications.

Comme pour confirmer son rapport, deux quadricoptères, l'un derrière l'autre, filèrent au-dessus de leur tête.

Même au beau milieu de cette fusillade, une partie du cerveau de Keegan nota qu'il faudrait apprendre à TAMS à les appeler des « drones ». C'était plus rapide que leur désignation technique.

La détonation assourdissante du fusil de Keg résonna dans toute la vallée, et l'escadron de la HRT se remit à avancer dans le vignoble. Les gestes assurés de ces agents témoignaient d'une grande expérience des combats, la plupart d'entre eux étant d'anciens soldats des forces spéciales. Mais ils tombaient les uns après les autres, disparaissant entre les rangées de ceps, comme s'ils coulaient entre deux vagues.

– Où est mon arme ? demanda Keegan en se redressant prudemment.

TAMS lui envoya une émoticône de pouce levé et partit en courant. Quelques secondes plus tard, il tenait le NGSW de Keegan dans une main, et son propre fusil à pompe dans l'autre.

Les drones bourdonnèrent à proximité, tournant autour de l'escadron.

– TAMS, abat ces drones avec mon fusil[16], ordonna Keegan.

– OK, répondit TAMS.

Le robot se mit debout et leva le NGSW vers le ciel, crosse bien calée au creux de son épaule gauche, son bras droit tendu pour empoigner l'avant du fût, sous le canon. Dans cette position de tir, le gros fusil faisait paraître le robot encore plus petit.

– Deux cibles aériennes autonomes engagées, annonça-t-il – un commentaire superflu, qu'elle se promit là aussi de modifier s'ils sortaient vivants de cette situation.

Puis le torse de TAMS pivota sur lui-même, vers la gauche puis la droite, tirant deux coups. Une balle ennemie vint claquer contre l'armure blindée du robot, dans son dos, et les pieds de

TAMS vacillèrent pour le rééquilibrer juste après l'impact. Deux autres tirs, et TAMS se baissa de nouveau.

– Cibles détruites.

Les Viz Glass de Keegan se remplirent d'une multitude d'icônes colorées se déplaçant à grande vitesse et des données essentielles de la situation. Il lui fallut quelques instants pour tout intégrer. Les points bleus clignotants représentaient quatre agents blessés ayant besoin d'une assistance médicale, tandis que les points bleu foncé entourés de carrés noirs marquaient les endroits où les cadavres de leurs collègues attendaient d'être récupérés. Elle disposait à n'en pas douter d'une parfaite « connaissance situationnelle », de quoi comprendre que tout était parti en vrille.

Mais le plus important, maintenant, c'étaient les points rouges.

– Je compte quatorze tireurs actifs, TAMS. Tu confirmes ?

Tout en parlant, elle se remit à avancer en rampant, moins préoccupée par le risque que les snippers la localisent, à présent que leurs quadricoptères de repérage n'étaient plus opérationnels. Son objectif était un long bâtiment qui ressemblait à une grange, que le briefing d'avant-mission avait identifié comme un parc de serveurs fortifié.

– Il y a huit hommes, quatre femmes et deux mineurs. Tous sont équipés d'armes automatiques et d'armures protectrices.

– Même les enfants ?

– Les mineurs sont équipés de fusils AR-15, de casques balistiques et de gilets pare-balles[17]. Leur position est située juste à côté de l'entrée du réfectoire principal.

Keegan était dégoûtée qu'on puisse ainsi apprendre à des enfants non seulement à haïr, mais à tuer.

Au milieu d'une fusillade, on était censé se focaliser totalement sur l'instant, en chassant toute pensée extérieure. Mais, elle le savait, ça ne se passait jamais comme ça.

Elle s'accroupit contre le mur latéral du bâtiment des serveurs. Ses lunettes repérèrent un tireur potentiel dans une grosse maison moderne à deux étages, générique, à l'orée des vignes.

Roulant hors de sa cachette, elle localisa un type coiffé d'un casque en tenue de camouflage vert foncé, qui tirait au AR-15 depuis une fenêtre du deuxième étage. Il arrosait deux des agents blessés de la HRT, dont l'un était en train de traîner l'autre à travers les roses rouges qui tapissaient le sol tout autour des rangées de vignes. Il ne suffisait pas d'acheter un équipement militaire pour savoir s'en servir. S'il avait eu un tant soit peu d'expérience, il aurait tiré depuis l'intérieur de la pièce, au lieu de s'exposer ainsi. Keegan tira trois fois, l'impact des balles faisant tournoyer l'homme vers l'arrière, hors de sa vue.

Keegan fit signe à TAMS de la rejoindre et le robot sprinta vers elle, se faisant canarder par plusieurs ennemis. Au même moment, l'arme de Keg rugit à nouveau. Recevant lui aussi les données de ciblage, il pouvait à présent riposter plus efficacement.

Une notification dans les Viz Glass de Keegan lui fit serrer les dents : un trio de SUV du département du shérif local allait arriver sur site dans moins de cinq minutes. Des renforts pour le mauvais camp. D'après les communications interceptées par TAMS via le drone Iris, un appel avait été lancé depuis le complexe pour réclamer l'aide des forces de l'ordre locales, présentant leur bataille contre la HRT comme une défense de leur propriété privée contre des agents fédéraux sans foi ni loi[18].

Keegan marqua les véhicules à l'approche comme une menace et indiqua le point qu'ils ne devaient pas dépasser d'une croix rouge, qu'elle déplaça à travers l'écran jusqu'au centre de la route étroite qui menait au complexe de l'ESA, positionnant la cible à deux cents mètres environ de l'entrée principale. L'équipage du Valor confirma la requête instantanément.

N'ayant jamais été un appareil très discret, celui-ci passa dans un fracas de tonnerre au-dessus du complexe. Il vira brusquement sur la gauche, puis la droite, pour échapper aux tirs venus du sol. Puis il monta pratiquement à la verticale dans un gémissement suraigu. Ce faisant, il largua une bonbonne noire grosse comme un fût de bière qui se brisa en deux dans les airs, libérant des dizaines de petites sphères. Quelques instants plus tard, une série de claquements de pop-corn retentirent aux oreilles de Keegan, tandis que les sphères explosaient toutes ensemble, relâchant un nuage de gouttelettes roses qui se changea aussitôt en une sorte de gel, puis en quelque chose qui ressemblait à un mur en chewing-gum. La barrière, presque aussi longue qu'un terrain de football, continua de s'étendre avec un bruit déconcertant ressemblant à celui de Krispies dans du lait. Cette mousse gluante n'était pas seulement infranchissable, mais impossible à détacher de vos vêtements. Elle y laissait des spires d'un matériau qui s'activait encore davantage quand on essayait de le frotter. Après l'évacuation de l'ambassade de Nairobi, Keegan et les soldats de son unité en avaient été réduits à brûler leurs uniformes dans un crépitement de flammes rosâtres.

Un rapide coup d'œil à ses Viz Glass lui apprit que la plupart des agents de la HRT s'étaient rassemblés à l'abri dans la grange de l'ESA. La détonation sèche caractéristique d'une grenade, puis une autre, ébranlèrent le parc de serveurs tandis que les membres de la communauté concentraient leur attaque sur le groupe d'agents.

Le bâtiment où se déroulaient les assemblées de l'ESA, une maison de plain-pied tout en longueur, demeurait l'objectif. Une autre grenade détona à proximité. Si les agents de la HRT ne parvenaient pas à prendre cette salle de réunion, cette bataille allait s'enliser et risquer de durer des heures.

Une autre volée de tirs les prit pour cible, criblant la terre autour du robot. TAMS reçut plusieurs balles au niveau du torse et du dos, les plaques de son armure, marquées par les projectiles, commençant à se fissurer. Mais l'antenne qui se dressait sur sa tête, ne pouvant être ainsi renforcée, était brisée en deux. Le robot était un véritable aimant à balles.

– TAMS, il faut que tu atteignes le centre de la place principale, à environ dix mètres de l'entrée de ce long bâtiment, compris ?

– OK.

– Quand tu y seras, ne bouge plus.

– OK.

Il méritait mieux. Plongeant la main dans un sac attaché au torse du robot, elle en sortit les cartouches de calibre 12, rechargea avec soin le fusil Benelli et le lui rendit.

– Tu es autorisé à prendre des mesures d'autodéfense, dit-elle. Maintenant, vas-y.

La machine se précipita au coin du bâtiment des serveurs et, soudain, resta figée. Keegan entendit le bruit de cloche des balles frappant l'armure en céramique du robot, cette cacophonie confirmant que l'objectif premier des ennemis était la destruction du robot.

Dans ses Viz Glass, les points rouges convergèrent vers la place, prenant position aux fenêtres des étages et dans les renfoncements des porches, tandis que les points bleus des agents de la HRT serpentaient d'un bâtiment à l'autre pour gagner des positions plus avantageuses. Quelque chose, chez ce robot, avait fait dérailler les défenseurs de l'ESA – peut-être tout simplement le fait qu'il refuse de tomber.

TAMS restait immobile, tandis que les balles martelaient son armure. De temps à autre, il tirait avec son fusil sur la tour de la grande salle, mais ses munitions Taser non létales n'étaient d'aucune utilité.

Une autre balle frappa la machine, cette fois dans un claquement de métal contre métal. C'en était trop.

– TAMS, bouge de là ! hurla-t-elle. Mets-toi à couvert.

TAMS se mit à courir, suivi d'une traînée de balles, et Keegan saisit cette occasion pour sprinter à travers la place vers un petit bâtiment que la carte tactique désignait comme étant une station de pompage. Une fois contre le mur en brique, elle reprit son souffle. Elle se dit qu'elle avait fait le bon choix en ordonnant au robot de se replier, qu'en devenant plus difficile à atteindre cette cible n'en serait que plus attirante. Elle pensa à ce que Noah lui dirait après la mission, le savon qu'il lui passerait pour avoir traité une machine de la sorte… avant de se rappeler qu'il ne dirait plus rien du tout.

C'est alors qu'elle entendit la porte en acier de la station de pompage se soulever.

Merde. Elle recula d'un pas et cala la crosse du NGSW contre son épaule, gardant ses deux yeux grands ouverts. Les mains tremblantes, elle vida ses poumons et se força à ne pas trop serrer l'arme entre ses mains, prête à tirer à tout moment.

Elle vit d'abord le bout du canon, puis un garçon qui franchissait la porte. L'AR-15 était muni d'un gros cache-flamme avec un truc écrit dessus ; le gosse ne devait guère avoir plus de douze ou treize ans, à en juger par le fin duvet au-dessus de sa bouche. Ses yeux étaient cachés sous des lunettes de motocross orange. Son casque tactique, du même modèle que celui de Keegan, se balançait sur son crâne.

Juste derrière lui, il y avait une fillette, huit ou neuf ans, équipée d'un AR-15 compact rose et d'une armure couverte d'autocollants représentant des aigles de dessin animé. Une longue queue-de-cheval blonde dépassait du casque et tombait par-dessus son épaule, jusqu'à sa taille.

Le garçon leva à moitié son fusil puis le laissa retomber, incapable de tirer. Mais la fillette souleva le sien jusqu'à son épaule et visa la tête de Keegan.

Keegan resta pétrifiée. Elle ne pouvait pas faire ça. Ne devait pas faire ça.

Elle baissa le canon de son NGSW et souffla : « Je t'aime » entre ses dents, espérant que Haley, quoi qu'elle soit en train de faire, sentirait ces dernières paroles.

La fille plissa son œil droit, comme si elle prenait une dernière fois la mesure de sa cible avant d'appuyer sur la détente.

Soudain, deux détonations retentirent, et les enfants volèrent dans les ténèbres de la station de pompage. Pivotant sur ses talons, Keegan aperçut TAMS derrière elle, son fusil toujours en position de tir. Choquée, elle se retourna et entra dans le bâtiment, son fusil de nouveau à l'horizontale.

Les enfants gisaient sur le sol, bras écartés, comme s'ils venaient de se lancer, insouciants, dans un saut de l'ange estival.

Prise d'un haut-le-cœur, Keegan s'agenouilla près de leurs petits corps, cherchant le pouls. Ils étaient toujours vivants. Le Benelli, et ses munitions non létales… Pas conçues pour la corpulence d'un enfant, si bien qu'il s'en était quand même fallu de peu.

– TAMS, heure prévue d'arrivée de la MEDEVAC ?

– Dans trente secondes, répondit le robot.

Keegan s'agenouilla et afficha une carte, autant pour voir ce qui avait changé dans la situation à l'intérieur du complexe que pour se concentrer sur autre chose que l'image de ces deux enfants. Elle savait que si l'on pensait trop longtemps à une chose pareille, on risquait de se retrouver bloqué.

Il n'y avait plus un seul point rouge sur la place. Il en restait quatre dans la longue maison, si bien que Keegan avança, un pas à la fois, vers celle-ci. Un mouvement à la fenêtre d'une maison proche, au deuxième étage, attira son attention. Elle braqua le pointeur laser de son NGSW sur la fenêtre, pour avertir celui ou celle qui se cachait là.

– TAMS, reste ici et surveille la place.

Au-dessus d'eux, le Valor passa en rase-mottes, préparant son atterrissage et soulevant au passage deux tornades de poussière. Au moment où Keegan s'apprêtait à entrer dans le bâtiment, un message de TAMS dans ses Viz Glass l'arrêta.

Importante activité en sous-sol près de ma position. Elle correspond au profil acoustique du creusement d'un tunnel. Les plans de construction indiquent qu'un refuge sécurisé mobile Derler a été installé il y a trois ans dans la maison de Gregory Heath.

Les Derler étaient d'abord apparus comme un luxe tape-à-l'œil, mais utile, destinés aux élites de la mafia russe. Avec une quantité suffisante de C-4, n'importe qui pouvait forcer même la plus blindée des salles sécurisées, ce qui ne les rendait pas très sûres lorsqu'il s'agissait d'échapper à un oligarque rival. Quant à un simple tunnel, c'était juste une entrée de plus à surveiller dans votre datcha. Les Derler, eux, étaient comme des sous-marins souterrains capables de créer une voie d'évasion chaque fois que cela était nécessaire.

Keegan transmit l'information aux agents de la HRT et chargea TAMS de suivre le son du mieux possible. Le robot se déplaça d'abord lentement vers un point puis deux autres, bien écartés, et, cette triangulation lui ayant manifestement permis de détecter un signal, il se mit à progresser en ligne droite vers la sortie du complexe.

Dans un nuage de poussière, un tractopelle aux roues vert et jaune apparut, avec Keg aux manettes. Il s'était débarrassé de son lourd exosquelette, et son attitude tranquille d'avant-mission avait cédé la place à une expression enragée, les yeux exorbités. Un autre agent de la HRT se tenait à son côté sur l'engin, l'arme au poing.

– Dites-moi juste où ! cria Keg.

– Commencez à creuser cinquante mètres devant le robot.

Quand les renforts du FBI et de la police d'État débarquèrent, ce fut une nouvelle alternance de précipitation et d'attente. Toutes les douze secondes, TAMS avançait d'un pas, marquant la progression du Derler dans le sous-sol, tandis que le tractopelle creusait perpendiculairement à sa course.

– Ça doit être la poursuite d'un fugitif la plus lente de l'histoire, commenta Keg.

Finalement, le Derler n'eut d'autre choix que d'essayer de franchir la tranchée que Keg venait de creuser devant lui. Émergeant en plein jour, l'engin ressemblait à l'une de ces vieilles capsules Soyouz, indestructibles, qui avaient servi de base à sa conception[19]. Les principales modifications étaient la présence d'un trépan à l'avant et de quatre chenilles de char d'assaut sur ses flancs, lesquelles poussaient la terre d'avant en arrière, rebouchant le tunnel derrière la machine. Keg frappa la capsule avec le bras de son tracteur, mais la structure était trop épaisse pour être endommagée. Il finit par planter les dents de la pelle dans l'une des chenilles de l'engin. Les autres se mirent à vrombir, tentant de dégager la capsule. Keg entreprit de ramener la pelle vers le tracteur, manquant le faire basculer, jusqu'à ce que la force de traction du véhicule de chantier fasse surchauffer le moteur du Derler, qui recracha un nuage de fumée noire.

Au bout de quelques secondes, la trappe latérale s'ouvrit et un homme d'un certain âge au crâne rasé, avec des rouflaquettes, s'extirpa de l'appareil. Une notification de TAMS leur confirma que, d'après la reconnaissance faciale, il s'agissait de Gregory Heath. Des auréoles de sueur tachaient son tee-shirt noir autour du cou et sous les aisselles. Ses yeux étaient entourés de cernes, violets comme des ecchymoses, qui contrastaient fortement avec sa peau pâle, mais étaient assortis aux tatouages entrelacés gravés autour du cou.

Du haut de la tranchée, Keegan cria :

– Les mains en l'air, ou on rebouche ce trou.

Heath lui lança un regard noir et s'exécuta en sortant du trou.

Des agents du FBI lui ligotèrent soigneusement les mains dans le dos avec des menottes en plastique et lui lurent calmement ses droits. L'homme grommela entre ses dents et serra les mâchoires tandis qu'ils l'escortaient jusqu'au Valor. Alors, Heath aperçut TAMS. Une fine couche de poussière recouvrait le robot, ce qui donnait l'impression qu'on l'avait sculpté dans le grès.

– Machine du diable ! gronda Heath, avant de lui cracher dessus.

La salive s'écrasa sur l'acier de sa tête, laissant une trace blanche dans la poussière en coulant le long de son corps[20].

Keg agenouilla Heath de force, puis fit tomber l'homme menotté sur le côté.

– Ferme ta gueule !

Heath sembla s'en réjouir, criant aux agents :

– ESCLAVES, tous autant que vous êtes !

Son visage était presque joyeux dans sa rage, la certitude d'un homme dont la colère serait désormais connue d'un public encore plus large. Il savait qu'en jouant finement son mouvement deviendrait le martyr de cette journée, et pas les agents du FBI tués dans la bataille.

Keegan l'ignora, consciente que si elle s'approchait trop, cela finirait mal. Au lieu de quoi, elle se dirigea vers TAMS et essuya le crachat de Heath avec la manche de sa chemise. Puis elle passa la main sur l'armure fendue et rayée protégeant le torse du robot, pour s'assurer qu'aucune balle n'avait traversé. Elle défit l'armure défoncée, qui tomba par terre dans une averse de balles écrasées luisant dans la lumière du petit matin. Puis, tenant à peine sur ses jambes, Keegan s'éloigna, laissant le robot trouver tout seul ce qu'il devait faire maintenant.

Remontant la colline jusqu'aux vignes, Keegan passa d'abord devant la carcasse du robot-éclaireur. Ses quatre pattes étaient encore repliées sous son corps, en mode sentinelle, sauf qu'à présent, un amas de fils dépassait de son cou, là où la balle d'un sniper lui avait arraché la tête. À cinquante mètres quasiment pile du robot gisait le cadavre de Noah. Quelqu'un avait déjà posé une couverture thermique argentée froissée sur le haut de son corps, pour dissimuler à la va-vite l'identité de l'agent mort. Les camcoptères des sites d'actualités n'allaient pas tarder à arriver.

Keegan soupira, et un goût de bile lui remonta dans la bouche. Elle jeta ses Viz Glass par terre et s'agenouilla. Ils avaient beau avoir tant de fois parlé de la manière dont ils voulaient s'en aller, il n'existait aucune bonne façon de mourir. Mais Noah n'avait pas mérité de crever comme ça, tué dans son propre pays par l'un de ses compatriotes. C'était vraiment dégueulasse. Putain, son mari s'en serait mieux sorti si Noah s'était fait tuer hors des frontières ; les compensations pour la mort en service des agents fédéraux étaient plafonnées à dix mille dollars dans le cadre d'une opération nationale, contre cent mille à l'étranger. Votre famille touchait donc dix fois moins si un terroriste local vous tuait que s'il s'agissait d'un terroriste étranger[21].

Un sentiment de culpabilité remplaça peu à peu la tristesse. Impossible de se dire qu'on n'avait rien pu faire, songea-t-elle, car il existait toujours quelque chose qui aurait pu changer la donne. Toujours. Un gros détail peut-être, comme ne pas organiser cette mission, déjà, et laisser la police d'État s'en charger. Ou bien juste une minute de plus à déconner pour tuer le temps, en regardant le soleil se lever.

Keegan posa une main sur la couverture de survie, au niveau du front de Noah. Elle ne put se résoudre à soulever la couverture et à voir le visage troué de son ami. Elle sentait la visière protectrice de son casque, et, juste dessous, les contours éclatés des lunettes balistiques à l'endroit où la balle les avait transpercées.

– Putain… grogna-t-elle en se relevant, pinçant l'arête de son nez pour contenir ses larmes.

Elle se détourna du cadavre et, à sa grande surprise, se retrouva face à TAMS, debout à dix pas à peine.

– Casse-toi ! lui cria-t-elle.

Réalisant combien il était vain de s'en prendre à cette machine, elle lui dit doucement :

– Attends-moi au Valor. Je te rejoins dans une minute.

– OK, répondit le robot, qui se mit aussitôt en marche vers l'appareil à rotors pivotants.

Que pouvait donc comprendre une machine apprenante d'un moment pareil ? TAMS voyait ce qu'elle était en train de faire, et même déchiffrer les signes physiques de sa tristesse et de sa colère. Mais pouvait-il saisir les efforts qu'elle devait faire pour ne pas passer à l'acte, pour ne pas courir jusqu'à Heath et lui tirer une balle au même endroit exactement, entre les deux yeux ?

Et quel souvenir garderait-il de cette journée ? Une vie entière de cauchemars pour Keegan ne serait-elle pour lui qu'un simple jeu de données ?

Elle se baissa pour border la couverture argentée sous le corps de Noah afin qu'elle ne s'envole pas, la calant sous ses épaules sans vie, prenant soin de ne pas toucher le sol ensanglanté sous son crâne. C'était une scène de crime, quand même, mais le plus important en cet instant était de faire quelque chose pour son vieux camarade.

– Agent Keegan ! cria une voix depuis le complexe, en contrebas.

Elle se releva et se tourna : l'un des agents de la HRT montait vers elle en courant.

– Il faut qu'on y aille, maintenant. Le QG a besoin du Valor pour une opération de sauvetage.

– Comment ça ? interrogea Keegan, furieuse que quoi que ce soit puisse être jugé plus important.

– Il y a eu une autre catastrophe, répondit l'agent. Des substances chimiques, cette fois… Deux trains se sont percutés à Baltimore.

Il se passait trop de choses en même temps, songea Keegan.

Elle tapota sa Watchlet pour ouvrir son compte personnel et envoya un message à Jared pour lui dire de remplir à nouveau la baignoire.

Centre de détention interne du FBI

Reston, Virginie

– On aurait dû le balancer du Valor, déclara Keg.

Il se tenait debout à côté de Keegan, regardant Heath hurler et se débattre dans la salle d'interrogatoire, pris d'un accès de rage. Pour l'amener ici, l'équipe de la HRT s'était scindée en deux. Keegan, Keg et un autre agent avaient volé directement jusqu'à Quantico, avant de former un convoi de deux SUV pour rallier le Dizz-Diff. L'ampleur hallucinante de la crise qui frappait Baltimore avait été palpable pendant ce trajet vers le nord, à cent vingt kilomètres du désastre. La circulation vers le sud, le long de l'autoroute I-95, était encore plus dense qu'en temps normal, tandis que celle qui rejoignait Baltimore était plus fluide qu'elle n'aurait dû l'être à cette heure-là. Au-dessus d'eux, un flot ininterrompu d'hélicoptères et de drones volaient en direction du nord : des appareils des services d'urgences gagnant la zone de la catastrophe et des drones de livraison répondant au déferlement de commandes de masques à gaz dans la région de Washington. Le vent avait par chance poussé le nuage toxique vers le large, mais tout le monde était quand même à cran. L'incertitude régnait, nul ne sachant quels systèmes allaient planter maintenant, et chacun se préparant donc au pire. Ce fut particulièrement flagrant lorsqu'ils croisèrent un barrage routier mis en place par la Garde nationale, composé de quatre véhicules blindés de guerre, dont deux Stryker à camouflage beige équipés de missiles sol-air IM-SHORAD.

– Vous n'avez qu'à l'envoyer nettoyer toute cette merde à Baltimore, lança un autre agent de la HRT à propos de Heath. Mais sans combinaison de protection chimique ; qu'il respire juste cet air[22].

– On a besoin de lui vivant, répliqua Keegan, plus fort qu'elle ne l'aurait voulu, à la fois pour mettre un terme à une conversation qu'ils n'auraient jamais dû avoir et parce qu'elle avait besoin de s'entendre le dire pour y croire.

Pendant le vol du retour, elle aussi s'était fait la réflexion qu'il aurait été facile que Heath finisse le cou brisé ou une balle en plein cœur, suite à une tentative d'évasion. Dans le chaos environnant, ils auraient même pu s'en tirer sans problèmes.

Elle bascula des images de Heath aux dernières nouvelles en provenance de Baltimore. Celles-ci confirmaient que deux trains automatisés étaient entrés en collision en gare de Morrell Park, au sud-ouest de Baltimore. Les cargaisons chimiques de ces deux trains s'étaient combinées pour saturer l'air de chlore et de phosgène, ce même cocktail gazeux utilisé lors des toutes premières attaques chimiques de la Première Guerre mondiale, et qui avait repris du service lors de guerres plus récentes[23]. Les images aériennes des sites d'actualités n'arrêtaient pas de basculer entre différents drones, changeant de point de vue dès que leurs camcoptères se faisaient expulser ou que la fumée jaune-vert devenait trop épaisse.

Puis une main, hésitante, sur son épaule. Sentant une odeur de café, Keegan se retourna.

– Je suis désolé pour l'agent Reddy. Je sais que ça remonte à loin, vous deux, déclara Noritz, puis il lui tendit un mug de café et un donut au chocolat. Je sais aussi que vous n'avez pas faim, mais il faut reprendre des forces.

C'était un petit geste, que Keegan apprécia.

– Monsieur, dit-elle. Je...

Elle n'acheva pas sa phrase. L'écran mural bascula sur des centaines de personnes en train d'être prises en charge à l'hôpital Johns-Hopkins de Baltimore. Les images étaient tremblotantes, prises par un humain, pas une machine. Les blessés frottaient leurs brûlures chimiques et leurs yeux rougis, crachant du sang et des mucosités. La voix off du reportage annonça que ce n'était qu'un début. Les effets du phosgène étaient puissants – ce gaz, agissant lentement dans les entrailles des victimes, causerait sans doute de nombreux décès d'ici vingt-quatre heures.

– On dirait des images de guerre, commenta Noritz. Bon sang, c'en est peut-être une et nous ne le savons pas encore. Ces ordures de néonazis ont déjà bossé pour la Russie par le passé[24].

Noritz marqua une pause tandis qu'une nouvelle image envahissait l'écran. Il plissa les yeux, incrédule, devant cette colonne de plusieurs dizaines de milliers de personnes filmées par un drone alors qu'elles marchaient le long d'une autoroute. Cette procession remplissait la voie médiane et la bande d'arrêt d'urgence, tandis que les véhicules automatisés passaient devant sans s'arrêter, filant à vitesse normale sur les autres voies.

– Merde, c'est la BW Parkway[25]. Les gens de Baltimore rappliquent ici, dit Keegan.

Puis l'image d'un politicien s'exprimant dans l'enceinte du McCain Building, ce bâtiment du Sénat rebaptisé en l'honneur de l'ancien sénateur américain, envahit l'écran. C'était le sénateur Jacobs. Même si le son était coupé, le sous-titrage instantané dévoilait sa demande pressante de faire quelque chose contre ce qu'il appelait ces « catastrophes non naturelles ». Il avait l'intention d'appeler les Américains à se mobiliser pour « prendre leur avenir en main ».

– Je ne sais même pas ce que ça veut dire, « prendre leur avenir en main », commenta Noritz.

– C'est assez simple, non ? Provoquer la colère des gens, éclater quelques robots, ce genre de trucs.

Keegan repensa soudain aux membres arrachés des robots sur les draps sales du Control Room.

– Vous tenez le coup ? s'inquiéta Noritz en remarquant son regard vague.

– Non, répondit Keegan. Mais ce n'est même plus le problème.

– Effectivement, reconnut-il. On déploie tout le monde sur le terrain pour protéger les infrastructures critiques, donc c'est vous qui allez prendre en charge Heath.

– Il est tout à moi, maintenant ?

– Si ça ne tenait qu'à moi, je vous renverrais chez vous. Vous avez bien assez morflé.

Noritz dévisagea Keegan, sourcil arc-bouté, puis il sortit son baume à lèvres, ouvrant et refermant le capuchon.

– J'attire votre attention sur le fait que toute cette affaire est en train de devenir éminemment politique.

– Ça l'a toujours été, non ? fit remarquer Keegan.

– Entrez donc dans cette pièce avec Heath. Bien sûr, on pourrait débattre de la question de savoir si une malheureuse tentative d'attentat avortée contre une gare ferroviaire a encore une quelconque importance, comparée à tout ce bordel…

– Ça en a pour moi, rétorqua Keegan. Heath a de la chance d'avoir survécu jusqu'ici.

– Eh bien, faites votre boulot et peut-être qu'un jour, on fera en sorte que ça change.

Keegan ne répondit rien, ne sachant si Noritz voulait parler de la peine capitale ou du même genre de fin que celle qu'avait connue Reppley. Le FBI aussi avait des gens qui lui étaient redevables, derrière les barreaux.

Quelques minutes plus tard, Keegan et TAMS pénétrèrent dans la salle, le robot en premier. TAMS vint se placer juste en face de Heath, de l'autre côté de la table en métal à laquelle celui-ci était menotté, mimant une position assise sans avoir besoin d'une chaise. Keegan tira l'une de celles qui étaient alignées contre le mur et s'assit à mi-distance du prisonnier et du robot.

Sur un signe de tête de TAMS, elle défit les menottes de Heath.

– Monsieur Heath, c'est un plaisir de vous revoir, commença le robot.

Keegan remarqua qu'il avait adopté un ton nasillard, étirant ses voyelles. Soit l'algorithme avait décidé d'établir un rapport d'empathie avec Heath, soit il avait repéré le fait que souvent, les personnes occupant des postes de commandement au sein des forces de l'ordre ou de l'armée adoptaient un accent du sud des États-Unis, même lorsqu'elles n'étaient pas originaires de ces régions.

Heath hocha la tête mais continua de fixer Keegan avec une expression soucieuse et stupéfaite. Cette étrange situation avait provoqué une fêlure dans les convictions enragées de ce fanatique.

– Inutile de me regarder. Ça ne dépend plus de moi, dit Keegan. Vous êtes trop important pour qu'un humain gère cette affaire.

Heath s'empourpra, puis dévisagea résolument TAMS.

– Où est mon avocat ? demanda-t-il. Je dirais rien.

– Monsieur Heath, les modifications apportées l'an dernier au Homeland Security Act permettent désormais aux agents des forces de l'ordre fédérales de mener des interrogatoires sans la présence d'un avocat, en cas de crise au niveau national, déclara TAMS. Quand votre conseil juridique arrivera, il aura le droit de vous voir.

– S'il parvient à venir jusqu'ici, fit remarquer Keegan. Vous n'avez sans doute pas suivi les actualités depuis votre parc à thème raciste, mais c'est le chaos à Washington. Est-ce que je mens, TAMS ? Dis-lui…

– L'agent Keegan a raison, répondit TAMS. Les probabilités que votre conseil juridique arrive vont décroissant. Toutefois, je suis en mesure de vous confier que, d'après les protocoles de conseil juridique, vous avez tout intérêt à coopérer, étant donné que ce choix aura beaucoup plus de chances, statistiquement, de vous valoir une réduction de peine. Vous avez cependant tout à fait le droit de solliciter directement cette analyse auprès d'un conseil humain.

– Ce que ce robot essaie de vous dire, c'est qu'une autre machine dirait exactement la même chose à votre avocat que ce qu'il vient de vous expliquer, intervint Keegan.

Heath la fusilla du regard, puis ses yeux retournèrent se poser sur TAMS.

– C'est ça, ouais.

Il se racla la gorge et cracha sur le robot, l'atteignant cette fois juste sous le menton.

– Monsieur Heath, c'est la seconde fois que vous me fournissez un échantillon d'ADN salivaire, déclara TAMS, tandis que le crachat dégoulinait sur la table métallique. Votre intention est de signaler ainsi votre mépris ; toutefois, ce partage non sollicité de votre salive fournit également des informations tirées de votre ADN dont, en vertu de la décision de justice *Terrence v. State of Nevada*, les forces de l'ordre sont habilitées à faire usage.

– Va te faire foutre, lança d'abord Heath au robot, avant de se tourner vers Keegan : Vous aussi, allez vous faire foutre.

Keegan sourit et pencha légèrement la tête. Elle fit aussi mine d'essuyer son propre menton, mais avec son poing serré. *Crache sur l'humain*, disait son geste, *et ça finira autrement*.

TAMS poursuivit :

– Les informations tirées de votre ADN fournissent de nombreuses données utiles. La plus remarquable, étant donné votre profil, venant de leur intégration aux tests génétiques proposés par des entreprises commerciales. D'après la base de données WhoNet, il apparaît que votre héritage génétique est caucasien à cinquante-quatre pour cent, afro-américain à trente-deux pour cent et juif séfarade à quatorze pour cent[26].

Heath écarquilla les yeux et s'humidifia les lèvres. Keegan se demanda s'il n'était pas déjà au courant de tout ça.

– Un pedigree très intéressant pour quelqu'un qui se vend comme un « vrai » Américain, fit-elle remarquer.

– Cette information est importante, ajouta TAMS avec un léger accent sudiste qui intégrait à présent une touche de menace. Et pas seulement en vue d'éventuelles analyses médicales : les analyses prédictives indiquent que son inclusion dans votre fiche biographique en open source entraînerait une modification notable du trafic web.

Keegan tendit devant elle une tablette, où s'affichait une modélisation de l'évolution des indicateurs des réseaux sociaux, au cas où cette information viendrait à être diffusée. Non seulement la visualisation de données prédisait un effondrement du nombre de followers de Heath et de son influence, mais elle projetait en outre un déferlement viral de menaces physiques.

– Ces chiffres sont ceux d'un nazi mort, non seulement en ligne, mais partout où il ira, murmura Keegan.

– Les analyses montrent qu'il est utile de laisser aux humains le temps d'intégrer les informations importantes, intervint TAMS, suivant à la lettre le scénario élaboré par Keegan avant cet interrogatoire. Je reviens dans cinq minutes. L'agent Keegan va rester pour vous surveiller.

TAMS se leva et sortit de la salle d'interrogatoire.

– Vous savez comment tout ça va finir, pas vrai ? Non seulement vous êtes responsable de la mort de plusieurs agents du FBI, mais vous n'aurez même pas le plaisir de devenir un martyr. La divulgation de cette information suffira à l'empêcher.

Keegan marque une pause.

– Dans un cas comme dans l'autre, vous êtes foutu. À moins que…

Heath s'adossa au dossier rigide de sa chaise avec une fausse nonchalance, comme s'il s'étirait après une longue journée au bureau en se demandant s'il allait profiter de l'happy hour au bar du coin.

– Wyoming, dit-il.

Qu'est-ce qu'il raconte ? se demanda Keegan.

– Quoi, le Wyoming ?

– Si je bénéficie du système de protection des témoins, je veux aller dans le Wyoming[27].

C'était une négociation éclair ; visiblement, Heath y réfléchissait depuis sa capture. Non, ça remonte à beaucoup plus loin, se dit Keegan. Un type qui possédait un refuge sécurisé capable de creuser des tunnels avait forcément toujours un plan pour s'en sortir.

– Je vous écoute, grommela Keegan, imaginant déjà les exigences de Heath.

Dix ou douze hectares de terre, peut-être, au milieu de nulle part, mais avec des éoliennes et des panneaux solaires pour ne pas trop se fatiguer. Pas une cabane spartiate, non : il semblait plutôt du genre à aimer les mobile homes taille XXL.

En y pensant, elle sentait presque l'air pur des Teton Mountains, savourant la beauté de la randonnée qu'elle y ferait avant de trouver une bonne planque, l'inspiration profonde qu'elle prendrait avant d'aligner le crâne de Heath dans la lunette de visée d'un fusil longue portée. La seule question, c'était quelle bière Keg apporterait au feu de camp, ce soir-là ?

Non, pas de la bière. Le vin que ces gens avaient produit. Noah serait parti de son grand rire idiot en apprenant ça.

– Vous devez comprendre certaines choses, reprit Heath. Ça va bien au-delà de ma personne ou du Front national de libération. Vous êtes tellement sûrs de vous que vous partez du principe que des groupes défendant des points de vue différents ne peuvent pas s'unir, mais si : nous pouvons le faire, du moment que nous haïssons le même ennemi[28].

– Qui est ?

– Pas « qui », mais « quoi ». Tout. Notre cause réunit tous ceux qui savent que le monde doit changer, que le *statu quo* ne doit pas être maintenu.

– C'est ça, ouais. Mais revenons-en au *qui* : qui s'est uni ? demanda Keegan.

– C'est un mouvement qui a une existence virtuelle, parce que c'est la seule manière dont nous étions prêts à rencontrer ces autres groupes avec lesquels nous avons à la fois tellement et si peu en commun. C'est aussi bien une idée qu'un réseau – une toile. Nous utilisons seulement des personnages virtuels et…

– *Qui ?* Des noms. Je n'ai pas l'intention de rejoindre votre petit club de la haine, alors allez-y : crachez le morceau.

– Vous avez intérêt à cibler en premier les leaders de bas étage. Ils commettent l'erreur très fréquente de penser que je suis juste un vulgaire plouc dont la peur irrationnelle viendrait du fait qu'il ne saurait plus quelle est sa place dans ce monde. Faux. Totalement faux ! Né du cœur des héros de la race aryenne, avec la conviction d'une nation forte dirigée par les plus forts, je connais ma place, mon destin : c'est de là que vient ma rage.

– Vous êtes meilleurs qu'eux. J'ai compris, répliqua placidement Keegan. Vous voulez juste que je coffre vos complices en échange d'une carte « Vous êtes libéré de prison ». Qui sont-ils ?

Heath sourit comme un gamin pris la main dans le sac, et qui allait maintenant pouvoir dénoncer ses camarades.

– Les Forts et les Braves, Promesse d'une Nation, le Collectif Freegan et…

Alors que Heath égrenait les noms de plusieurs groupuscules extrémistes, allant des néomarxistes aux terroristes écologistes, Keegan médita sur les implications de cette union nouvelle. D'idéologies rivales, ils se battaient constamment non seulement sur le Net, mais jusque dans les rues. Mais enfin, Staline avait fait équipe d'abord avec Hitler puis avec le monde libre, contre ce dernier. Bien sûr, c'étaient peut-être des conneries, Heath en train de jouer un tour à ses ennemis.

– Tous ces connards figurent déjà sur ma liste des mouvements à surveiller, fit remarquer Keegan. Vous voulez vraiment le Wyoming ? Balancer quelques noms connus ne vous assurera même pas la perpétuité à l'isolement.

– Mais ils travaillaient avec nous. Si on tombe, ils devraient tomber aussi !

– Alors peut-être que vous n'auriez pas dû être trop con pour vous faire prendre, rétorqua Keegan. Écoutez, vous parliez tout à l'heure d'un mouvement entièrement virtuel. Je parie que vous ne leur avez jamais serré la main, que vous n'avez jamais partagé quelques bières, que vous ne vous êtes jamais tatoué le cul les uns des autres, ou quoi que fassent les terroristes quand ils se retrouvent entre eux… Vous avez leurs noms, les endroits où on peut les trouver ?

Heath fit non de la tête, mais en souriant.

– Alors ça ne suffit pas, répliqua Keegan. Vous feriez mieux de me refiler quelque chose avant que le robot revienne.

– Lincoln.

– Dans le Nebraska ? C'est votre second choix après le Wyoming ? interrogea Keegan, incrédule.

– Non : nous utilisons tous des avatars pour brouiller nos identités, des grands personnages historiques. Moïse en a révélé juste assez pour qu'on sache qui Lincoln était vraiment.

– Hein ?

– Je veux aller dans le Wyoming, loin du monde. C'est ce que j'exige en échange.

– Faudra le mériter. Pas de deal tant que vous n'aurez pas montré votre jeu. Que les choses soient bien claires : c'est votre unique planche de salut. Qui est ce « Lincoln » ?

Heath baissa les yeux, comme s'il se demandait si cela en valait la peine.

– Il est plus proche que vous ne le pensez. Il est ici. À Washington.

Un frisson parcourut l'échine de Keegan.

– Au sein du FBI ?

Heath secoua lentement la tête, puis sourit.

– Jacobs.

– Il me faut le nom complet. Ce ne sont pas les Jacobs qui manquent, sur cette planète…

Le sourire de Heath s'agrandit.

– Oui, mais un seul siège au Sénat des États-Unis…

12

Centre de détention interne spécial du FBI

Reston, Virginie

Keegan se tenait debout, seule, dans le couloir qui donnait sur la salle d'interrogatoire, tentant de déterminer si Heath disait la vérité. Les agents de la HRT avaient décampé, assez malins pour comprendre que la révélation du prisonnier risquait de faire de tout agent présent un dommage collatéral politique.

Keegan avait même envoyé TAMS se recharger. Pour deux raisons : premièrement, si ces allégations étaient tant soit peu fondées, la situation allait très vite se compliquer. Elle avait besoin de faire le point avant de lâcher TAMS sur le cloud pour recueillir toutes les informations possibles sur les liens potentiels d'un sénateur américain avec une attaque, d'autant que celle-ci impliquait une coalition sans précédent de groupes terroristes. La deuxième raison, c'était la règle fondamentale : charger, toujours. Si la situation était déjà chaotique et lourde de conséquences, cela allait encore sacrément empirer.

Keegan avait pronostiqué que Noritz débarquerait dans ce couloir au bout d'une minute, mais cela ne lui prit que trente secondes. Il avait dû courir depuis son bureau.

– Bosch veut nous voir… annonça-t-il en lui faisant signe de le suivre. Immédiatement.

Noritz garda le nez par terre. Ils se dirigèrent vers son bureau et non vers la grande salle de réunion et ses appareils d'enregistrement et de transcription automatiques. Noritz se pressait, mais Keegan traîna délibérément les pieds, à la fois pour se donner le temps de réfléchir à l'attitude à adopter – rien de bon ne sortait jamais de ce genre de réunion – et parce que l'exosquelette lui avait effectivement vrillé le dos, comme Noah l'avait prédit.

Noritz ralentit. Arrivée devant sa porte, Keegan aperçut Bosch assis, seul, derrière le bureau de Noritz. Devant lui était posé un petit boîtier en métal gris, avec trois ouvertures parallèles sur la tranche – un brouilleur personnel, conçu pour parasiter les fréquences de tout appareil dans un rayon de cinq mètres[1].

Ah, songea Keegan, ça va donc être ce genre de conversation...

– Fermez la porte, grogna Bosch.

Noritz resta debout sur le côté, comme pour s'écarter de la ligne de tir.

– Je viens de visionner votre interrogatoire de M. Heath. Un interrogatoire qui, si je comprends bien, vous a mis sur la piste d'un candidat au poste de président des États-Unis, le sénateur Jacobs...

– C'est exact, confirma Keegan.

– Non, absolument pas, rétorqua Bosch, puis il fendit l'air d'une main et, de l'autre, fit tournoyer ses lunettes RA. Ça s'arrête là.

– Pardon ?

– Tout délit est politique dans cette ville, continua Bosch. Cela va sans dire. Mais cette fois, la situation dépasse n'importe quel agent, n'importe quelle enquête. Les poursuites de ce genre ont tendance à se métastaser rapidement, jusqu'à menacer la survie même du Bureau.

– Ce sont les affaires qui font le FBI, répliqua Keegan, citant le leitmotiv qu'on lui avait inculqué à l'académie, sachant que Bosch et Noritz le connaissaient aussi.

– Non, ça, c'est une formule destinée au grand public. Les dirigeants, eux, savent que certaines affaires *détruisent* le Bureau, dit Bosch. J'en ai fait l'expérience. Vous savez en quoi consiste concrètement le job de directeur adjoint du FBI ? Il ne s'agit pas de mettre de l'huile dans les rouages, comme dans les autres agences fédérales. Il s'agit d'assurer la continuité de la meilleure organisation de maintien de l'ordre qu'un pays ait jamais créée. Il s'en est déjà fallu de peu, par le passé. Pourquoi pensez-vous que nous nous sommes retrouvés ici, en banlieue ? Parce que nous avons mis notre nez dans une élection présidentielle – pour de foutues bonnes raisons, d'ailleurs, devrais-je ajouter[2]. N'empêche, c'est nous qui avons dû nettoyer le bordel.

Bosch plissa les yeux.

– Au moins, les Russes ne sont pas impliqués, cette fois. Enfin, sauf si vous ne m'avez pas tout dit...

– Pas de Russes, non, répondit Keegan. Mais s'il y a effectivement quelque chose derrière tout ça et que nous n'étudions pas cette piste, c'est le genre de choses qui pourrait nuire au Bureau.

Bosch serra les dents et ses joues virèrent à l'écarlate.

– Ne vous avisez pas de me dire ce qu'il faut faire pour le bien du Bureau ! C'était votre foutu boulot, agent Keegan ! D'abord, vous acceptez ce qui aurait dû être une mission facile, consistant à vous assurer que le programme TAMS échouerait avec les honneurs, et à la place, vous créez une sorte de robot superhéros qui se retrouve dans tous les médias, et, pire encore, dans ma boîte de réception avec des requêtes en provenance de la Maison-Blanche. Putain, agent Keegan, vous avez rien dans la caboche ou quoi ? J'aurais dû confier cette mission à ce foutu robot, qui est clairement le plus futé des deux.

Eh bien, se dit Keegan, voilà qui répondait à la question de savoir quelle était la position réelle de Bosch au sujet du programme TAMS.

– Et maintenant, en plus de ces conneries, vous transformez un boulot pourtant simple en un bordel sans nom ! poursuivit Bosch, qui criait à présent. Le dernier directeur adjoint qui s'est frotté à un sujet si politique n'a pas seulement été viré, il a carrément perdu sa pension de retraite[3]. Et ça n'arrivera pas cette fois, bon Dieu, je peux vous le garantir !

Se faire hurler dessus n'était pas nouveau pour Keegan, mais là, c'était différent. Les Marines qui avaient élevé la voix devant elle disposaient d'un pouvoir limité à leur escadron, leur peloton, voire leur compagnie. Bosch, lui, était l'un des hommes les plus puissants du pays. Mais peut-être pas, finalement, à en juger par sa réaction.

– Oui, répondit Keegan.

Il n'y avait rien d'autre à dire. Ce qui devait arriver arriverait, malgré tout ce mélodrame.

– Aucun de vous deux ne doit contacter Jacobs. Que je n'apprenne pas que vous avez ne serait-ce que tapé son nom sur Google ! Au cas où vous n'auriez pas compris le message, cette fois, Keegan est démise de l'affaire. Et le robot aussi.

Puis Bosch concentra son attention sur Noritz, ignorant Keegan, comme s'il en avait terminé avec elle.

– Vous avez merdé, Noritz, et si vous vous retrouvez à assurer la sécurité dans un entrepôt de distribution en Virginie-Occidentale, estimez-vous heureux[4].

Noritz baissa les yeux sur ses chaussures et acquiesça sans un mot. Quand il releva la tête, Bosch s'était déjà rué dans le couloir, claquant la porte derrière lui.

– Ne déconnez plus avec moi, Keegan, lança Noritz en lui montrant cette même porte.

Keegan se rendit aux toilettes. Elle avait besoin d'être seule pour réfléchir. Elle mit les mains en coupe sous le robinet du lavabo. Pendant trente secondes, elle se contenta de regarder l'eau s'écouler entre ses doigts, s'infiltrant dans les fissures.

Puis elle fit ce qu'on lui avait appris à faire face à un problème : l'envisager sous un autre angle. Elle entrelaça les doigts pour retenir l'eau. Quand ses mains furent remplies, elle s'aspergea le visage, autant pour se revigorer que pour se rappeler que ces dernières vingt-quatre heures n'avaient pas été un rêve.

Le visage qui la contemplait depuis le miroir était différent de celui qu'elle avait vu chez elle. Il était fatigué, hagard, et, pour tout dire, sacrément énervé.

Elle s'essuyait avec une serviette quand un message s'afficha sur sa Watchlet. Willow Shaw. Elle aurait dû s'y attendre.

Je voulais juste savoir comment vous vous en sortez, vous et notre ami TAMS.

Sur le point de prendre un peu de repos, répondit-elle.

C'est ce qu'on m'a dit.

Encore une remarque sous-entendant qu'il avait des oreilles partout.

J'ai parlé avec le président de cette enquête et du fait que TAMS et vous deviez absolument poursuivre ce travail essentiel, maintenant plus que jamais.

Était-ce Shaw qui avait dit cela au président, ou l'inverse ? se demanda Keegan.

Ce n'est pas ce que m'a dit mon chef.

Si vous parvenez à trouver l'information que vous cherchez, vous serez soutenue aux plus hauts niveaux.

Encore une ambiguïté. Bon sang, que se passait-il ? Shaw ne pouvait-il pas juste faire en sorte que Bosch la lâche un peu, d'un simple message ? Sans doute, mais manifestement, ce n'était pas ainsi que les choses allaient se passer.

OK.

C'était une réponse passive-agressive, sa propre tentative de se montrer ambiguë, puisqu'elle n'avait pas encore décidé quoi faire.

Puis, un ultime message de Shaw :

Tous ont conscience de l'ampleur de ce que nous vous avons demandé et des défis auxquels vous devez faire face. TAMS est un formidable atout pour notre nation, qui joue un rôle précieux en ces temps de grand péril. Vous aussi, agent Keegan. Faites ce que vous savez être juste, et le système veillera sur vous.

« Système », comme dans robot ? Ou bien « système », comme dans pouvoir en place ?

Elle regagna son box, en se disant qu'elle aurait bien eu besoin de quelqu'un avec qui démêler tout ça, quelqu'un comme Noah, en qui elle avait une confiance absolue... Soudain sa décision fut prise avant même d'avoir atteint le bout du couloir.

Keegan ne prit pas la peine de s'asseoir, débranchant juste TAMS de sa station de recharge.

– Localise-moi le sénateur Harold Jacobs, dit-elle au robot.

National Mall et Memorial Park

Washington

Keegan se tenait debout sur le toit du centre de commandement mobile du FBI, un semi-remorque reconverti garé à cent cinquante mètres environ à l'ouest du Lincoln Memorial. Le pied posé sur une antenne en forme de champignon d'une cinquantaine de centimètres de haut, penchée dans le vent, elle observait la scène. Elle aurait pu suivre tout ça via les fils vidéo, mais elle voulait elle-même tâter le terrain.

On n'aurait pu prévoir meilleur jour pour une révolution. Le temps avait de nouveau basculé, retombant de la fournaise des jours passés à un petit vingt et un degrés avec un faible taux d'humidité, détail crucial pour les opérations de nettoyage. Sous un ciel couvert, la brise fendait les arbres qui entouraient l'esplanade du National Mall et semblait lui caresser la peau.

Une voix bourdonna dans son oreillette.

– Hey, vous ne pouvez pas monter là-haut !

L'un des techniciens du FBI avait dû entendre ses pas sur le toit.

Ignorant son injonction, elle ferma les yeux, se repassant ce qu'elle venait de voir. Elle voulait imprimer tout ça dans son esprit, comme le sergent instructeur des Marines lui avait appris à le faire : une police d'assurance visuelle, au cas où le GPS venait à planter au beau milieu d'une patrouille.

Juste au-dessus des arbres, une nuée de drones des médias ondulaient de haut en bas, leurs algorithmes les positionnant de manière à obtenir les meilleures vues de la foule, mais aussi bloquer celles de leurs concurrents robotiques. Au-dessus d'eux, une autre couche de drones de surveillance des différentes agences de maintien de l'ordre amenées à collaborer lors d'événements de ce genre. Les agents de l'US Park Police avaient juridiction sur le National Mall, mais étaient appuyés par la police de Washington, dont dépendaient les rues qui traversaient le parc, tandis que le Secret Service gérait la zone située aux abords de la Maison-Blanche, et l'US Capitol Police l'autre extrémité de l'esplanade. Bon sang, songea Keegan, il y avait sans doute aussi, quelque part là-haut, un drone du Bureau de la gravure et de l'impression[5]. Une troisième strate, encore plus haute, était composée de taxis volants, qui avaient manifestement dévié de leurs itinéraires habituels pour permettre à leurs passagers de poster des selfies pris au-dessus de ce rassemblement historique.

Sous cette cohue aérienne, deux écrans de cinéma encadraient le Lincoln Memorial. Mais aucune pancarte ni aucune bannière n'était déployée au-dessus – sur les fils RA, on pouvait simplement projeter son propre slogan politique sur les écrans et la façade en marbre blanc de l'édifice. Tout le monde pouvait ainsi vendre ou voir le message de son choix, autant de credos antagonistes occupant la même enceinte sacrée.

Une tribune en bois se dressait au centre de la scène, avec un vieux microphone argenté – un clin d'œil évident aux grands leaders du passé qui s'étaient exprimés là. Les conseillers du sénateur Jacobs connaissaient leur métier.

Une foule impressionnante était massée au pied du monument. Depuis tout le temps qu'elle vivait à Washington, Keegan n'avait jamais assisté à une mobilisation de cette ampleur. Toutefois, celle-ci était très différente des photos des manifestations contre la guerre, pour les droits civiques ou ceux des femmes qu'elle avait pu voir. Ou plutôt, c'était la foule qui était différente, bien plus hétéroclite.

Généralement, les manifestants avaient un look semblable, appartenaient à la même catégorie de population. Essentiellement des jeunes. Essentiellement des femmes. Ou des fermiers en colère. Mais cette fois, un skinhead tout de cuir vêtu côtoyait un quinquagénaire maigre et pâle au costume gris bas de gamme, un badge du département du Trésor au cou. Une vieille dame blanche, châle sur les épaules, arborant une pancarte qui proclamait : « Le travail rémunéré est un droit de l'homme », serrait contre elle une adolescente aux dreadlocks entremêlées de perles LED qui dessinaient l'image clignotante d'un drapeau américain. Les deux femmes, bras dessus, bras dessous, brandissaient le poing en direction des drones, comme si leur colère avait le pouvoir de les faire dégringoler du ciel.

Ce geste fit s'esclaffer Keegan – non pas simplement devant l'idée absurde qu'on puisse faire dérailler un algorithme par la force de sa volonté, mais parce qu'elle avait vu jadis une foule en colère faire exactement la même chose, à Riyad, avant de charger le check-point où elle était postée. Aujourd'hui, elle aurait voulu hurler à ces gens : *Vous vous en sortez quand même encore pas mal, comparé au reste du monde !*

Mais cela n'importait guère ; Jacobs inspirait quelque chose qui avait disparu depuis plus d'une génération : l'unité. Les manifestants faisaient l'expérience de se rassembler avec d'autres Américains. Malgré la diversité de leurs allégeances et de leurs affinités, ils découvraient, ensemble, que le fait d'être en colère pouvait devenir une identité en soi. En colère contre ces changements qu'ils avaient vus advenir dans les médias et de leurs propres yeux, que ce soit la couleur du fleuve de leur ville ou cette crue historique qui l'avait détruite en partie. En colère devant ce qui s'était passé avec les distributeurs de billets, leur nourriture et même l'air ambiant. En colère devant la prochaine catastrophe, quelle qu'elle soit. Mais surtout, en colère contre tous ces algorithmes et ces robots qui accompagnaient une poignée d'Américains vers le futur, en laissant derrière tous les autres. Ils ne comprenaient plus comment fonctionnaient ces machines, mais ils savaient qu'elles changeaient la donne. C'était une foule immense de gens qui voulaient juste que tout redevienne comme avant.

– Agent Keegan, il va vraiment falloir descendre de là. Tout est paramétré au millimètre, là-haut. Vous risquez de nous faire perdre la connexion, insista la voix du technicien, au creux de son oreille.

Elle vit que la foule était encore plus nombreuse qu'une minute auparavant.

– TAMS, estimation du nombre de manifestants[6], ordonna Keegan.

Elle avait laissé le robot en bas, à la fois pour ne pas attirer l'attention et pour éviter que les techniciens du poste de commandement ne pètent les plombs devant ce poids supplémentaire sur leur toit.

– Les caméras de surveillance identifient actuellement 368 242 individus présents sur l'esplanade du National Mall, répondit TAMS. Le métro de Washington rapporte la présence de 96 786 passagers supplémentaires à bord des trains vers le site. Le réseau de bus indique la présence de 57 345 personnes à bord de ses véhicules. Les services d'autopartage dénombrent 12 398 clients ayant enregistré le National Mall comme destination finale…

– C'est bon, j'ai compris, le coupa Keegan. Fin de la requête. Il faut qu'on aille là-bas avant qu'il commence. Je descends.

TAMS l'attendait déjà.

Elle sauta du dernier barreau de l'échelle, et ses pieds s'enfoncèrent dans l'herbe, faisant gicler un peu de boue. Malgré les trois dernières journées ensoleillées, le sol était encore gorgé d'eau. Derrière eux, tout, depuis Independance Avenue jusqu'au fleuve, ressemblait à une immense rizière. Les monuments dédiés à Roosevelt, aux vétérans des guerres contre le terrorisme et à Martin Luther King Jr. baignaient encore dans trente centimètres d'eau[7].

– Suis-moi, ordonna-t-elle au robot.

Il projeta aussitôt dans ses Viz Glass une suggestion d'itinéraire jusqu'à la scène. Keegan n'en tint pas compte ; elle avait déjà étudié le sien depuis son perchoir. Le logiciel de navigation de TAMS n'intégrait pas les problèmes que risquait d'engendrer la présence d'un robot au milieu de la plus grande manifestation de l'histoire contre les nouvelles technologies. Le chemin prévu par Keegan serait un peu plus long, mais ils longeraient l'arrière de la foule, dont les milliers de personnes débordaient au sud du grand bassin de la Reflecting Pool, en face du Lincoln Memorial.

Ils venaient de se mettre en route quand un quadragénaire en treillis militaire et veste de survêtement de luxe vert fluo fut le premier à les apercevoir en se retournant. Sans doute un de ces avocats ou lobbyistes qui avaient perdu leur travail, à en juger par les mocassins noirs hors de prix qu'il avait enfilés en dépit de la boue. Il contempla Keegan, dont le coupe-vent bleu portait l'inscription « FBI » en grosses lettres jaunes, et le petit robot qui portait un gilet estampillé de la même manière. L'homme fit un doigt d'honneur à la machine. Une fille debout à côté de lui, la vingtaine, avec une jupe *tie and tye*, tenait une pancarte en carton où l'on pouvait lire : « Les Humains d'abord[8] ». Elle éclata de rire et donna une tape dans le dos de son voisin pour le féliciter d'avoir insulté un robot qui n'en avait que faire.

La foule devint plus dense aux abords du monument.

– Marche juste derrière moi, distance divisée par deux par rapport au mode normal, ordonna Keegan.

Au coin de ses lunettes s'afficha une émoticône verte d'un pouce levé signalant que le robot avait bien reçu ses instructions. Il allait désormais la talonner, mais ainsi les gens auraient plus de mal à repérer l'intrus.

Dans la foule, presque personne ne leur prêtait attention. Tout le monde avait le regard rivé sur la scène ; de plus, du haut de son mètre cinquante, le robot était presque trop petit pour qu'on le voie, sa silhouette se fondant dans le décor. Quand certains remarquaient malgré tout Keegan et sa machine, celles-ci n'avaient plus droit aux sourires amusés dont on les avait gratifiées durant leurs premières sorties. Pour l'essentiel, c'étaient des froncements de sourcil et des jurons qu'elles récoltaient. Quelques manifestants filmaient, désireux de faire le buzz grâce à cette machine jouant des coudes parmi eux. Un grand type en salopette de maçon beige cracha sur TAMS. Il rata sa cible et atteignit le dos d'un autre manifestant qui regardait la scène, sans se douter de ce qui se passait derrière lui. Keegan continua d'avancer. Ils n'étaient pas là pour arrêter un journalier furieux, sans travail, pour « outrage à agent public[9] ».

Le robot marchait toujours à son rythme, mais Keegan remarqua que le fil des messages du robot dans ses Viz Glass était plus lent de quelques fractions de seconde. Saturation. Tous les capteurs des environs, des drones et des tours de surveillance de la police de Washington aux rapports de suivi du rythme cardiaque émis par les pacemakers des manifestants les plus âgés, déversaient sur lui une avalanche de données.

Keegan sentit qu'on la tirait par la manche. Son bras se tendit, prêt à frapper – peut-être quelqu'un qui ne se contentait pas de cracher ? Mais en se retournant, elle vit une paire d'yeux larmoyants qui la fixaient de sous une capuche de sweat-shirt. Une jeune fille, dix-huit ans peut-être. Difficile à dire. Ses joues portaient encore les traces de ces blocs de couleurs à la mode, genre arlequin, conçus pour tromper les logiciels de reconnaissance faciale ; le maquillage lui donnait l'air d'un clown qui aurait passé toute la nuit à pleurer.

– Hey, vous pouvez pas me dépanner ? demanda la fille. Je viens de Baltimore…

Keegan hocha la tête, sortit un billet de cinquante dollars de son portefeuille et le lui donna avant de s'éloigner sans dire un mot. Avec un peu de chance, la fille pourrait utiliser ce billet marqué pour s'acheter un truc à l'un des stands de nourriture. Certains vendeurs de rue n'étaient pas encore connectés au système de traçage censé mettre cet argent hors circulation.

Keegan et TAMS s'approchèrent du périmètre de sécurité entourant la scène, une enfilade de barrières métalliques d'un mètre vingt de haut installées pour l'occasion tout autour du Lincoln Memorial. Une rangée d'agents de la police de Washington se tenait debout derrière, l'air impassible dans leur armure anti-émeute. Ils observèrent TAMS avec inquiétude, scrutant la réaction de la foule, craignant que la présence du robot ne déclenche des violences. Une fois qu'ils eurent franchi le contrôle de sécurité, Keegan remarqua que TAMS avait déjà repris la distance normale, ayant analysé et projeté le fait que l'ordre donné par Keegan n'était valable qu'au milieu de la foule. Toujours en train d'apprendre.

Dans l'assistance, un jeu de questions/réponses fut soudain scandé. « L'avenir, c'est pour qui ? » hurlait un chauffeur de foule dans les haut-parleurs. « Pour nous ! » criaient en retour les gens, comme indiqué sur les deux écrans géants et les fils de leurs Viz Glass, où apparaissait une personne parmi eux filmée au hasard.

Keegan ordonna à TAMS de l'attendre là, tandis qu'ils approchaient de l'espace réservé aux orateurs, derrière le monument.

– Voilà le sénateur Jacobs, dit-elle. Je reviens.

TAMS envoya de nouveau une émoticône verte dans les lunettes de Keegan et alla se poster au pied d'un des piliers, paraissant encore plus petit sous ces immenses colonnes de treize mètres de haut pour deux de diamètre.

Keegan n'était pas d'humeur à s'éterniser ; il fallait qu'elle atteigne Jacobs avant son moment de gloire.

Tout en s'approchant du cercle de conseillers autour du sénateur, Keegan récita dans sa tête ce qu'elle allait lui dire.

Jacobs la prit de vitesse.

– Virez-moi cette monstruosité ! hurla le sénateur en tendant le bras par-dessus l'épaule d'un de ses conseillers, pointant du doigt TAMS. Vous voulez déclencher une émeute, ou quoi ?

Jacobs marcha vers elle avec détermination, son visage s'empourprant davantage à chaque pas. TAMS envoya une notification dans les Viz Glass de Keegan pour lui demander si elle avait besoin d'aide, message que Keegan effaça d'un clignement d'yeux. Elle étudia le visage méprisant de l'homme, les vaisseaux sanguins dilatés sur son nez, les poils gris dans ses sourcils, la canopée sculptée de sa chevelure clairsemée, et les rides colériques au coin de ses lèvres, autant d'imperfections automatiquement lissées par le biais du poudrier algorithmique que les médias réservaient aux puissants. Jacobs dépassait Keegan de plusieurs centimètres et semblait se faire plus grand encore à force de volonté, afin de la dominer de toute sa hauteur et de l'intimider.

– Sénateur, si quelqu'un déclenche une émeute aujourd'hui, ce sera depuis cette tribune…

– C'est une insulte – comme le fait d'amener ce robot ici. Comment osez-vous, après tout ce qui s'est passé ? En tant qu'agent, vous êtes censée arrêter les terroristes, pas inciter les gens à la violence. Donnez-moi votre nom !

– Agent spécial Lara Keegan, bureau de Washington.

Une pause pour savourer la vue des yeux écarquillés de Jacobs – il avait déjà entendu ce nom. Mais dans quel contexte ?

– K-E-E-G-A-N, épela-t-elle avant de venir lui glisser à l'oreille : Mais avant que vous ne fassiez un rapport sur moi, j'ai un autre nom à partager : Gregory Heath.

Le sénateur Jacobs répliqua du tac au tac :

– Je ne sais pas de qui vous parlez.

Le sénateur Jacobs ment, lui signala TAMS, analysant les micro-expressions faciales de Jacobs à dix mètres de distance.

Bien sûr qu'il ment, songea Keegan. C'est un politicien.

Jacobs eut l'air ébranlé l'espace d'un instant, mais aussitôt une femme s'interposa entre eux. La quarantaine, portant d'épaisses lunettes noires contrastant avec sa peau si pâle qu'on aurait dit que les rayons du soleil ne l'avaient jamais effleurée. Tout en plissant le nez et en fusillant Keegan du regard, elle tapota ses Viz Glass pour s'assurer qu'elles étaient allumées, certainement afin de vérifier qui était cette impertinente.

– Sénateur, il est temps de vous diriger vers la scène. Ce sera bientôt à vous.

Ce public réduit à une personne avait suffi : le sénateur reprit aussitôt ses esprits.

– J'ai une annonce importante à faire aujourd'hui, et ces inepties devront attendre, déclara-t-il d'une voix ferme. Alicia, ici présente, est ma directrice de cabinet. Prenez donc rendez-vous avec elle. Alicia, ajoutez l'agent Keegan sur mon agenda de la semaine prochaine.

Son stratagème avait échoué. Keegan savait qu'il n'y aurait pas de « semaine prochaine ». L'entrevue serait décalée juste assez longtemps pour que les foudres du sénateur s'abattent sur la direction et le budget du FBI. Durant les semaines qu'il faudrait à Bosch pour la faire officiellement renvoyer du FBI, on lui confierait probablement une tâche dans le sous-sol inondé du Hoover Building, du genre vérifier à la main les numéros de permis de conduire.

La femme voulut lui demander ses coordonnées, mais Keegan l'interrompit.

– Non, c'est hors de question. Il s'agit d'une affaire urgente. Je vais attendre ici, pour m'entretenir avec le sénateur quand il redescendra de scène.

TAMS lui envoya une notification urgente – pas un simple message dans une petite fenêtre, mais une lumière rouge qui recouvrit toute sa vue.

– Je suis désolée, mais le sénateur ne va pas pouvoir...

Keegan tendit la main pour l'interrompre, tandis qu'elle lisait rapidement :

Jared et Haley Keegan se trouvent dans la zone opérationnelle, à soixante-treize mètres environ de votre position, lui annonçait TAMS.

– Quoi ? Dans la foule ? s'exclama Keegan. Ici ?

Elle se tourna vers le public, plus dense encore que tout à l'heure. Une flèche vert pâle apparut dans son champ de vision, marquant l'emplacement de ses proches. La foule se mit à rugir, un vacarme soudain qui la prit au dépourvu.

Se retournant, elle vit que Jacobs était monté sur scène, légèrement courbé, comme s'il n'était pas sûr que tout cela lui était destiné. Mais à chaque pas qui le rapprochait de la tribune, Jacobs se faisait plus grand, plus imposant, la fureur de la foule l'abreuvant d'énergie. Le menton bien haut, à présent, le sénateur articula dans le micro :

– *Notre* heure est venue !

Les acclamations ne firent que s'amplifier à chaque phrase de son discours. La masse humaine commença à se presser contre les barrières métalliques, la ligne des policiers antiémeute vacillant, les agents reculant d'un petit pas et s'arc-boutant au cas où la barrière céderait sous le poids de ces dizaines de milliers de personnes.

Keegan sentit que les choses allaient mal tourner – et vite. Elle tenta d'ouvrir son appli de communication personnelle sur sa Watchlet pour envoyer un message à Jared, mais l'application planta tant l'immensité du rassemblement saturait le réseau.

Elle regagna à la hâte l'avant du mémorial. Entre les manifestants et la rangée des policiers, pas moyen de gagner directement l'endroit indiqué par la flèche verte. Si bien qu'elle se fraya un chemin en périphérie, en sens inverse de celui que TAMS et elle avaient suivi pour arriver jusque-là. Son estomac se nouait davantage à chaque pas, car elle ne savait pas ce qu'elle allait dire à Jared, ni même s'il allait l'écouter. Ils ne s'étaient pas parlé depuis leur dernière dispute.

Keegan se baissa sous les pancartes brandies par deux manifestants, puis se redressa aussitôt pour s'orienter, et quelqu'un lui rentra dedans par derrière, brutalement.

– Reculez, siffla-t-elle en se retournant – c'était TAMS.

Elle avait oublié de lui dire de rester là où il était. Le robot dévisageait Keegan, faisant palpiter dans ses Viz ses éternelles émoticônes pour lui signifier qu'il était prêt.

– C'est tout ce que tu trouves à dire ? s'agaça Keegan. Reste près de moi, mais ne me marche plus sur les talons.

À nouveau, le pouce vert. Et une notification avertissant Keegan qu'elle montrait des signes de stress et de colère. *Sans blague.*

Scrutant les alentours, elle aperçut le Korean War Memorial, légèrement sur sa droite. Les soldats en pierre vêtus de ponchos, étirés en patrouille, scindaient la masse dense de la foule. C'était le meilleur endroit pour se faufiler.

Pour le moment, l'attention du public était résolument rivée sur Jacobs. L'énergie ambiante était palpable, même sans capteurs pour la mesurer. Il aimantait ces gens, racontant comment il avait pendant longtemps été cette voix solitaire mettant en garde contre l'expansion sans cesse croissante de l'automatisation. Il était le prophète que personne n'avait écouté. Mais maintenant « ils » allaient le faire, « Car nous allons les forcer à écouter ! »

À l'approche du Korean War Memorial, Keegan constata que quelques personnes avaient perché des robots-caméras semblables à des serpents sur les casques des soldats sculptés, leurs petites têtes tendues comme des flèches au-dessus de leurs corps en plastique articulés, enroulés sur eux-mêmes.

Les cris redoublèrent quand Jacobs se lança dans une diatribe contre le président, accusé d'avoir laissé advenir ce « soi-disant progrès », par inattention et par appât du gain, allant jusqu'à permettre que les propres plans du gouvernement fédéral pour l'avenir du pays soient élaborés par « ces mêmes monstres inhumains qui détruisent la nation, tout en profitant d'elle ». Il s'abstint de citer nommément Willow Shaw, mais ce n'était pas nécessaire : l'assistance savait très bien de qui il parlait.

La flèche verte dans les lunettes de Keegan localisait Jared et Haley à moins de trente mètres du Korean War Memorial. Si près, et pourtant Keegan ne voyait pas comment les rejoindre, surtout avec ce robot derrière elle. Et elle ne pouvait pas plus abandonner TAMS que Jared n'aurait pu fausser compagnie à Haley.

Réfléchis. Réfléchis. Réfléchis, s'encouragea-t-elle.

Alors elle aperçut un adolescent en tenue de motocross orange fluo, en cuir, avec des protections en plastique sur les articulations. On aurait dit une sorte de chevalier postmoderne, ou une version dissidente de la police antiémeute. Mais en lieu et place d'un bouclier et d'une lance, il arborait deux pancartes sur chaque épaule, en lettres bleu foncé réfléchissantes sur fond blanc.

Keegan enleva son coupe-vent, le retourna, et s'approcha de lui après avoir ordonné à TAMS d'attendre dans l'ombre d'une des statues.

– Hey, ma pancarte a pris l'eau et s'est cassée. Je peux avoir une des tiennes ?

Le motard l'étudia de haut en bas, cligna plusieurs fois des yeux dans ses Viz Glass, puis sourit. Ils étaient tous dans le même bateau, après tout.

– Ouais, sûr. J'en ai pris deux parce qu'ils les distribuaient gratuitement. Laquelle tu veux ? « Travail + Gloire + Dieu » ou « Mort aux Machines ! » ?

– La plus lourde des deux, répondit Keegan.

– Elles sont exactement pareilles. Tiens, prends « Mort aux Machines ! »

– Merci, dit Keegan.

La perche de la pancarte avait quelque chose de bizarre. Elle baissa les yeux : un grip était fermement tressé autour du bas, ce qui semblait étrange. Son poids, aussi, l'intriguait. C'était du plastique, mais massif. Le carton de la pancarte, en haut, était fixé par deux bandes de plastique, mesurant chacune dix bons centimètres. Elle passa la main sur ces montants épais… plus épais que nécessaire.

En enlevant le carton, cela donnait une arme sacrément efficace dans ce genre de mêlée humaine, qui, maniée avec suffisamment de force, pouvait transpercer la peau, voire une armure de protection légère[10].

TAMS lui envoya un message provoqué par l'intérêt qu'elle venait de porter à cette pancarte :

Il y a actuellement 2 445 pancartes « Mort aux Machines ! » dans cette manifestation. Format et lettrage indiquent qu'elles ont été fabriquées dans le même atelier que les 2 456 pancartes « Travail + Gloire + Dieu », les 2 467 pancartes « Les Humains d'abord ! », les 2 473...

Donc, quelqu'un avait semé dans cette foule des milliers d'armes indécelables par les détecteurs de métaux. Cela ressemblait fort à la manière dont les militants de l'*alt-right*, au lycée, avaient jadis changé en armes les hampes de leurs drapeaux, faisant toujours passer cela pour un geste patriotique alors qu'en fait ils se préparaient juste à livrer un combat inégal[11].

– Fin du rapport, l'interrompit Keegan. Confirme-moi juste la localisation de Jared et viens me rejoindre.

Même position, lui notifia TAMS. *Ils sont à dix-huit mètres de vous.*

Keegan se mit à scander des paroles s'inspirant du message sur sa pancarte : « Mort aux Machines ! Mort aux Machines ! » en agitant celle-ci de haut en bas, ses pas adoptant la même cadence. La manœuvre fonctionna : la foule commença à s'écarter, imperceptiblement, tandis qu'elle avançait avec TAMS sur ses talons.

Ce n'est qu'arrivée à trois rangées de la flèche verte projetée dans son fil Viz qu'elle aperçut enfin Jared. Il portait Haley sur ses épaules, la petite fille lui martelant la poitrine de ses bottes en caoutchouc violettes. Keegan joua des coudes et empoigna Jared par l'épaule. Il eut l'air surpris, puis furieux.

– Qu'est-ce que tu fais là ? demanda-t-il, serrant instinctivement les jambes de Haley plus fort contre lui.

– Il faut s'en aller d'ici. C'est dangereux pour *vous deux*, expliqua Keegan en insistant sur ces mots. Qu'est-ce qui t'a pris de l'amener ici ?

– C'est l'histoire en marche, répliqua Jared. Plus tard, elle pourra dire qu'elle y était.

Keegan se demanda si c'était la drogue qui parlait, mais le sérieux de ses traits lui confirma que non. Il y croyait vraiment.

À cet instant, Haley baissa les yeux et vit sa mère.

– Maman ! Je vois pas le monsieur sur scène. Je peux regarder avec tes Viz ?

– Bien sûr, ma chérie, répondit Keegan. Viens, on va aller se mettre sur le côté, tous les trois, pour avoir un peu plus d'espace.

– Non, Lara, répliqua Jared. On reste ici. Tu ne peux pas...

C'est alors qu'il repéra TAMS, debout derrière elle.

– Sérieux, t'as amené ce machin ici ?

Puis, soudain, une alerte s'afficha dans les Viz Glass de Keegan : *Attention : le sénateur Jacobs...*

Avant même d'avoir achevé la lecture du message de TAMS, elle comprit ce qui se passait. Elle sentit les yeux de dizaines de milliers de personnes braqués sur elle.

– Maman, maman, c'est toi ! s'écria Haley, enchantée.

Keegan leva la tête : TAMS et elle, en gros plan, sur les deux immenses écrans, et Haley qui agitait la main dans un coin.

Les écrans basculèrent à nouveau sur les images en direct de Jacobs, à la tribune.

– Et ils ont même osé m'envoyer une de leurs machines, aujourd'hui. Pour m'arrêter ! C'est ce qu'ils font à ceux qui disent la vérité, rugit Jacobs.

– Qu'est-ce qui se passe, Lara ? s'étrangla Jared, au même moment où Haley s'écriait :

– Maman ? C'est de toi qu'il parle, le monsieur ?

Simultanément, TAMS commença à inonder les Viz Glass de Keegan de notifications, mais elle ne voyait plus que l'éclat rouge qui les enveloppait tous les deux, à présent. Quelqu'un avait tagué Keegan et TAMS, pour que tous ceux qui portaient des lunettes à réalité augmentée à proximité puissent les repérer facilement, grâce à une flèche écarlate géante suspendue au-dessus de leur tête.

Les gens alentour commençaient à se tourner vers eux, réalisant soudain que la flèche et la femme apparue sur l'écran se trouvaient juste à côté.

Dans les haut-parleurs, Jacobs bafouillait un peu tant il enrageait.

– Ne les laissez pas faire ! Ne laissez pas les machines l'emporter ! Je vous promets que *quoi que vous fassiez*, vous resterez dans les mémoires comme des justes. Protégez-moi, comme je vous protégerai moi-même[12] !

C'était donc ça : Jacobs n'allait pas confier à la bureaucratie le soin de la réduire au silence.

– Selon mon évaluation des menaces… commença TAMS.

– Il faut partir, maintenant ! s'écria Keegan.

Au même moment, quelqu'un lui arracha de la main la pancarte « Mort aux Machines ! » et elle se retrouva poussée par terre. Elle retomba sur le côté, emportant Jared dans sa chute, qui s'effondra à son tour. Haley dégringola des épaules de son père. Keegan tenta de se relever en s'appuyant sur l'herbe épaisse. Comme elle se mettait à quatre pattes, un coup de pied vint la frapper aux côtes, juste sous l'épaule. L'impact se répercuta dans tout son côté droit. Elle entendit Jared crier le nom de Haley, mais sa voix se fit lointaine, emportée par le déferlement de la foule.

Un autre coup de pied la heurta à gauche. Celui-ci avait la puissance d'un botteur de football américain, la percutant si fort au creux de l'estomac qu'elle décolla du sol. L'impact lui vida les poumons et elle retomba, asphyxiée.

Peinant à retrouver son souffle, elle ne pensait plus qu'à Haley. Où était-elle ? Elle n'apercevait que des pieds pleins de boue et des jambes. Mais étrangement, dans tout ce tumulte, elle entendait encore Jacobs qui criait :

– En reprenant ce qui nous appartient, nous leur montrerons qui détient vraiment le pouvoir !

Keegan répliqua d'un coup de pied, et sentit sa rangers s'écraser dans un genou. Elle ignorait s'il s'agissait de la personne qui l'avait frappée ; il fallait juste qu'elle se ménage un peu d'espace. Un autre coup de pied s'abattit sur elle depuis la droite, cherchant cette fois à lui fracasser le crâne. Elle parvint à le bloquer de son avant-bras droit.

Toujours à terre, elle dégaina son pistolet, le bioverrou palpitant sous sa paume, le temps d'authentification de l'arme. Keegan tendit le bras droit, flingue au poing, écrasant le coin métallique de sa crosse dans une main qui tentait de l'empoigner. Elle roula sur le côté et, de sa main gauche, se releva. Elle décrivit un arc de cercle de son bras droit armé. Les gens reculèrent en voyant l'arme braquée sur eux.

Keegan cracha du sang et des brins d'herbe. Elle tenait son pistolet à deux mains, à présent, en position de combat rapproché, geste rendu instinctif par des années d'entraînement. Mais son esprit était centré sur une seule chose : sa fille.

– Haley ! Haley ! hurlait-elle, clignant des yeux pour chasser les larmes et la boue, notant qu'elle avait perdu ses Viz Glass dans la mêlée.

Elle continua de balayer la foule devant elle de son pistolet, jusqu'à ce qu'elle aperçoive une vieille dame avec un sweat-shirt à l'effigie de la faculté de droit de Georgetown, qui tenait Haley dans ses bras. Son visage effrayé et sa manière de caresser les cheveux de la fillette montraient qu'elle tentait de la protéger.

Haley hurlait de peur, mais elle était en sécurité. Plus que tout au monde, Keegan aurait voulu courir la rejoindre, mais elle sentit un mouvement dans son dos. Elle fit volte-face, agitant le canon de son arme devant la foule qui se refermait de nouveau sur elle.

– Tout le monde recule ! rugit Keegan. RECULEZ, PUTAIN !

Quand les gens se furent écartés d'un mètre ou deux, Keegan découvrit TAMS gisant à terre, et deux hommes qui s'acharnaient sur lui avec les tiges de leurs pancartes. L'un portait une chemise en jean bleue et un chapeau de cow-boy avec une bande en cuir sous laquelle était glissé un drapeau américain, l'autre le gilet jaune fluo des agents municipaux chargés de faire traverser les enfants devant les écoles[13]. Ils n'avaient même pas pris la peine d'arracher les cartons de leurs pancartes antirobots, qui battaient l'air, déchirés et froissés, pendant que les tiges de plastique rigide s'abattaient sur la machine. Tandis que le type au gilet continuait de frapper comme un sourd, le cow-boy se figea net en apercevant Keegan et son flingue. Il empoigna son acolyte par le bras pour tenter de l'arrêter.

Dans les haut-parleurs, Jacobs beuglait toujours, mais la seule voix qu'entendait Keegan était celle de Haley :

– Maman, ils lui ont fait du mal !

La petite fille s'échappa des bras de la vieille dame et courut vers le robot, la boue faisant ventouse sous ses bottes violettes. Haley tendit la main vers TAMS pour l'aider à se relever.

Keegan inclina légèrement le canon de son pistolet pour faire comprendre aux deux hommes ce qui se passerait s'ils s'avisaient de s'approcher de sa fille, ne fût-ce que d'un millimètre. Mais elle savait que si elle tirait c'en serait fini, dans une foule pareille. Ces gens les tailleraient en pièces, elle et sa famille, sans que rien ni personne puisse les en empêcher.

Les deux hommes n'esquissèrent pas le moindre geste, mais derrière eux Keegan distingua une rangée de pancartes qui s'approchaient en formation serrée, oscillant en cadence. Les renforts.

TAMS se redressa, la boue dégoulinant des capteurs en relief fixés à l'arrière de sa tête. Ils avaient l'air ridicules tous les deux, le robot d'un mètre cinquante avec son plastron bosselé et rayé, tenu par la main par une petite fille aux bottes en caoutchouc violettes. Keegan vit que le robot était en train de se réinitialiser, déployant une antenne tordue pour lancer un téléchargement de données.

TAMS ne tarda pas à faire son rapport.

– Agent Keegan, je suis de nouveau connecté. Vos Viz Glass ne sont pas opérationnelles.

– Haley, dit calmement Keegan en ignorant la machine. Viens voir maman.

– Mais ils vont faire du mal à TAMS ! protesta la fillette.

La foule restait à l'écart, mais Keegan vit que les deux hommes avaient compris qui était la petite. Le type au gilet fluo s'approchait déjà de Haley comme s'il voyait en elle une proie facile.

– Avance d'un centimètre de plus et tu es mort ! cria Keegan.

Son pistolet était braqué entre les deux yeux de l'homme. Ce n'était pas le point qu'on lui avait appris à viser, mais Keegan voulait qu'il voie littéralement la mort en face, qu'il n'y ait aucun malentendu sur l'endroit où la balle irait se ficher si quelqu'un s'avisait de poser la main sur Haley. Le fait de réaliser qu'elle allait peut-être devoir abattre un homme sous les yeux de sa fille lui donna tout à la fois envie de jeter l'arme et, plus que jamais, de tirer sur ce type.

Les deux hommes restèrent plantés là mais, derrière eux, deux autres manifestants brandissant des armes de fortune s'approchaient en jouant des coudes. Le premier portait un treillis militaire à camouflage numérique et un gilet tactique assorti – à l'évidence, un milicien qui se prenait pour un soldat. L'autre avait une carrure de bodybuilder, mais portait un polo blanc[14]. Encore un de ces fascistes de l'*alt-right*. Ils s'immobilisèrent en voyant le flingue de Keegan. Mais celle-ci savait que d'autres allaient rappliquer.

– Papillon, dit-elle en les ignorant délibérément, de sa voix de maman la plus douce. Lâche la main de TAMS.

La voix de Jared s'éleva dans son dos, ce bras de fer lui ayant permis de se frayer un chemin.

– Haley, rejoins papa et maman, tout de suite !

La fillette serra plus fort la main du robot.

– Agent Keegan, notification importante de la Federal Aviation Administration, l'avertit la machine de sa voix habituelle.

Soit TAMS ne se rendait pas compte qu'on était sur le point de l'abandonner, soit il le savait mais s'en fichait.

– Le trafic aérien autonome au-dessus du National Mall ne répond plus aux protocoles de gestion de l'espace aérien de la FAA. Toutes les tentatives pour reprendre le contrôle ont échoué[15].

Levant les yeux, Keegan constata que le chaos à peine maîtrisé des trajectoires de vol automatisées de tout à l'heure avait cédé la place à une nuée ordonnée, unifiée, de dizaines de drones tourbillonnant comme une tornade[16].

Soudain, le hurlement d'un réacteur déchira l'air.

Un drone de passagers Ehang s'était détaché des autres et fondait vers la foule[17]. Trop bas – à peine six ou sept mètres au-dessus d'eux. Si proche que Keegan pouvait voir la passagère en train de frapper de ses poings le plafond en verre de la cabine, bouche ouverte en un cri muet. Une seconde plus tard, le drone remonta légèrement, puis alla s'encastrer dans le flanc du Washington Monument. Une explosion assourdissante se fit entendre, mais la pierre résista à l'impact. L'épave déchiquetée du drone glissa le long du monument, s'écrasant sur la foule, au-dessous.

De petits drones des médias commencèrent alors à se détacher de la nuée, les uns après les autres, descendant en piqué puis explosant au milieu de l'assemblée. Il y eut un mouvement de panique quand les gens comprirent ce qui était en train de se passer, l'altercation entre l'agent du FBI et les manifestants étant soudain éclipsée par cette mort automatisée qui tombait du ciel.

Dans ce vacarme, Keegan vociféra :

– TAMS ! Emmène Haley en lieu sûr ! Autorisation du mode antiémeute !

La tête de TAMS se pencha de côté une fraction de seconde, le temps d'enclencher ce nouveau profil opérationnel. Le premier homme, celui à la chemise en jean, en profita pour se jeter sur le robot, agitant son bâton devant lui comme une faux. Impossible de savoir si le cow-boy attaquait la machine ou la fille, ou s'il essayait juste de se frayer un chemin dans la foule. Peu importait.

Alors que le bâton s'abattait sur Haley, le bras gauche de TAMS se détendit brusquement, écartant l'arme de fortune. Puis la machine poussa délicatement la fillette derrière lui, pliant les genoux pour la protéger, sans cesser de lui tenir la main. Dans le même temps, son autre bras se plia au niveau du coude et l'avant-bras télescopique s'allongea de quinze centimètres, les doigts de cette main se refermant en une sorte de massue sphérique hérissée de jointures. Le robot donna un coup de poing dans l'avant-bras de l'homme juste au-dessus de la main tenant l'arme qu'il avait lancée en direction de Haley.

L'homme lâcha son bâton en poussant un cri, radius et cubitus brisés. Tandis qu'il tombait à genoux, le bras du robot se mit à décrire un huit, devant lui, l'avant-bras souple se balançant comme un nunchaku, si rapide qu'on ne le voyait presque plus. Le baraqué au polo blanc tenta alors de plaquer TAMS du côté droit, celui où le robot avait mis Haley pour la protéger. Mais avant qu'il ait pu le toucher, le torse de la machine pivota sur lui-même. Le huit dessiné par son bras rotatif suivi le mouvement, percutant la clavicule de l'homme dans un jet de sang. Puis TAMS se tourna à nouveau vers le soi-disant soldat, qui lâcha son bâton et recula.

– TAMS, fais-nous sortir d'ici ! cria Keegan. Emmène Haley dans un endroit sûr.

– OK, répondit calmement la machine.

Tout près d'eux, un drone s'écrasa dans la Reflecting Pool, soulevant une éruption d'eau et d'étincelles.

– Suivez-moi, s'il vous plaît, dit TAMS.

Keegan tira la vieille dame par le bras, derrière Haley, que le robot tenait encore par la main dans son dos. Keegan fit signe à Jared de se mettre derrière la vieille dame. Ensemble, ils formaient un rang serré derrière leur robot-bouclier.

– Avance, avance ! cria Keegan en tapant l'épaule du robot comme elle l'aurait fait dans une formation tactique de dégagement de salle.

Mais ils ne s'enfuirent pas en courant. TAMS avançait d'un pas normal, son bras continuant de cingler l'air devant lui de droite à gauche pour leur dégager la voie, dans le bourdonnement sonore d'une hélice d'avion. Dans cette indescriptible cohue, la plupart des gens s'écartaient devant ce groupe soudé de cinq corps. Mais de temps à autre, quelqu'un s'approchait trop et le bras frénétique de la machine venait le frapper.

Recroquevillée derrière Haley et privée de ses Viz Glass, Keegan ne voyait pas où les emmenait le robot. Mais elle finit par se repérer. Au bout d'environ cent cinquante mètres, ils avaient traversé le noyau le plus dense de la foule massée autour de la Reflecting Pool jusqu'à l'endroit où l'espace s'ouvrait, devant le Lincoln

Memorial. Plutôt que se diriger vers le poste de commandement mobile du FBI, TAMS poursuivit tout droit. Essayait-il de retrouver Jacobs ? Un algorithme interne avait-il replacé l'enquête en tête de ses priorités ?

– TAMS, j'ai dit de nous emmener en lieu sûr, cria Keegan. Pas de trouver Jacobs. La priorité, c'est la sécurité !

– OK, répondit TAMS qui continua d'avancer dans la même direction, vers les barrières métalliques au pied des marches du Lincoln Memorial.

La plupart des policiers avaient pris la fuite, mais un agent de l'US Park Police était encore tapi sous l'arche de l'entrée, s'abritant de la pluie de drones. Voyant le bras-massue de TAMS qui fendait l'air, il braqua son fusil à pompe droit sur eux.

– Halte ! hurla-t-il, mais le canon du fusil tremblait.

TAMS se figea, pas à cause de l'arme mais à la vue de ce collègue policier qui lançait des ordres. Son bras cessa de fouetter l'air et il s'immobilisa.

Keegan rangea son pistolet dans l'étui et tendit ses deux mains devant elle, paumes vers le ciel, pour montrer qu'elle ne représentait pas une menace.

– FBI ! Laissez-nous entrer ! dit-elle en sortant son badge.

– Reculez ! répliqua l'agent, la vue de cette rivale bureaucratique lui redonnant un semblant d'assurance. Ça m'est égal que vous soyez du FBI. Vous ne pouvez pas passer, encore moins avec votre enfant.

Keegan ouvrait la bouche pour lui répondre quand le rugissement d'un drone couvrit sa voix. Le policier leva les yeux vers le ciel et Keegan remarqua que la lanière de son arme n'était pas passée autour de son poignet. Erreur de débutant.

Keegan saisit le canon du fusil de sa main gauche, le tira vers elle d'un geste sec. Puis, de son autre main, elle attrapa l'arme. Le policier tenta de reprendre le dessus, mais, glissant le canon sous son bras, Keegan tira si brusquement que l'index de l'homme se brisa dans un bruit sec, coincé dans le pontet de la détente. Faisant tournoyer le fusil par-dessus sa tête comme si elle donnait un coup de batte au base-ball, elle écrasa la crosse en bois sur le casque de l'agent. L'homme s'effondra, inconscient.

– Allons-y ! ordonna Keegan.

TAMS se ranima et enjamba le policier assommé, tirant toujours Haley par la main. Tandis qu'ils grimpaient en courant l'escalier du mémorial, Keegan se retourna pour vérifier si on les poursuivait. Ne voyant personne, elle jeta le fusil sur les marches.

La tribune, où quelques minutes plus tôt le sénateur Jacobs avait appelé la foule à déverser son courroux sur eux, était déserte. Manifestement, il s'était enfui dès le premier crash de drone. Était-ce son plan depuis le début, afin de lancer sa campagne présidentielle en surfant sur une vague de victimisation et d'empathie ? On verrait ça plus tard, songea Keegan. Pour l'instant, il fallait qu'elle sorte Haley de là.

Pénétrant dans la pénombre du hall, à l'intérieur du monument, ils s'arrêtèrent au pied de l'immense statue. Quelques personnes, dont des policiers, s'étaient réfugiées derrière les piliers. La nuée de drones s'était amenuisée mais elle continuait d'éjecter des appareils qui fondaient en piqué sur la foule.

– Agent Keegan, nous ne sommes pas encore en sécurité, signala TAMS.

Keegan s'en était rendu compte. Malgré le volume du mémorial, le fait que la statue de Lincoln puisse ainsi contempler l'esplanade du National Mall signifiait qu'ils étaient encore exposés au danger.

TAMS pointa du doigt des marches qui descendaient. Les poteaux du cordon rouge qui en avait bloqué l'accès gisaient à présent sur les dalles. Le robot se dirigea vers cet escalier, tandis que Jared se ruait pour prendre l'autre main de Haley et la conduire précipitamment en bas.

Keegan jeta un coup d'œil derrière elle à travers l'ouverture du Lincoln Memorial au moment où un nouveau drone de passagers passait en rugissant. Il s'éloigna du mémorial, avant de changer brusquement de direction, une nouvelle fois. Keegan comprit qu'il décrivait un demi-cercle pour revenir s'en prendre au Lincoln Memorial. Le drone filait à présent droit vers eux, survolant la

Reflecting Pool, et l'on voyait son unique passager qui se couvrait les yeux avec ses mains.

– Courez ! cria Keegan.

TAMS et Haley avaient déjà atteint le bas de l'escalier incurvé qui menait à la crypte aménagée sous le monument[18]. Le robot poussa la porte et entraîna la fillette à l'intérieur, Jared sur ses talons. Au pied des marches, la vieille dame trébucha. Keegan la prit sous les bras et la traîna jusqu'à la crypte.

Les pieds de la femme n'avaient pas encore franchi le seuil quand le drone s'écrasa contre la statue de Lincoln. L'explosion fit trembler la crypte si fort que Keegan se demanda si le plafond n'allait pas s'effondrer et les ensevelir à tout jamais. Une langue de feu s'engouffra dans la courbe des marches mais la porte la bloqua. Elle y propulsa cependant une bouffée brûlante de fumée et de poussière, projetant Keegan et la vieille dame sur les dalles de pierre. Des hurlements emplirent l'air, puis la crypte se retrouva peu à peu plongée dans un silence surréaliste.

Keegan se releva, les oreilles sifflantes, et il lui fallut un moment pour reprendre ses esprits. Prise d'une quinte de toux, elle aida la vieille dame, dont elle ignorait toujours le nom, à aller s'asseoir contre le mur et lui cria de ne pas bouger. La femme acquiesça sans un mot, visiblement sous le choc, Keegan distinguant à peine ses traits tandis que la poussière commençait à retomber dans la crypte.

Cherchant du regard Haley et Jared, Keegan les trouva assis contre le mur derrière la porte, sains et saufs. Jared avait pris leur fille dans ses bras et la serrait fort contre lui, le visage de Haley enfoui au creux de son épaule. Juste à côté, TAMS tenait toujours la main de la petite.

Keegan s'agenouilla près d'eux et caressa les cheveux de son enfant. Elle se tourna pour regarder le robot dans les yeux, les capteurs visuels luisant d'un éclat jaune dans la pénombre.

– Merci.

C'était étrange de remercier une machine. Mais en tant que mère, elle s'était sentie obligée de le faire.

Lincoln Memorial

Washington

Keegan balaya la crypte du regard. Les corps blottis les uns contre les autres étouffaient le bruit des sanglots et des quintes de toux. Sans qu'elle lui ait rien demandé, le robot alluma ses lampes, inondant la pièce d'une lumière bleutée.

– Hey, Papillon, reste là avec papa et TAMS, dit Keegan. Il faut que je m'occupe des autres personnes.

Elle entreprit de faire le tour de la crypte pour voir qui avait besoin de soins médicaux. C'est alors qu'elle repéra le sénateur Jacobs, recroquevillé à même le sol, ses genoux ramenés contre la poitrine et le visage enfoui dans ses mains. Sa directrice de cabinet était assise à côté de lui, essayant furieusement de nettoyer ses Viz Glass avec le bas de son chemisier, encore et encore, sans se rendre compte que l'écran était fissuré.

Jacobs releva les yeux vers Keegan, l'air hébété. Son expression se modifia lorsqu'il la reconnut et il reprit sa posture de politicien ; une chose connue à laquelle se raccrocher, alors que son corps et son esprit tentaient d'intégrer ce qui venait de se passer.

– J'ai failli… mourir là-haut. Ces machines… vont tous nous tuer. Exactement comme je le disais. Elles nous trahissent, et maintenant la nation tout entière le sait.

Keegan posa ses mains sur les épaules du sénateur, et se pencha vers lui comme si elle allait l'aider à se relever.

– Allez vous faire foutre, siffla-t-elle. Ma fille était dans cette foule. Mon mari aussi. Ils ont failli mourir. Un tas de gens sont morts.

Jacobs se raidit et Keegan sentit qu'il tentait de se dégager.

– Ils vont bien ?

– Ma fille est là-bas… avec le robot qui lui a sauvé la vie. Pas grâce à vous ni à votre réseau. Vous êtes responsable de tout ça. De A à Z.

Jacobs toussa puis cracha. Il s'efforçait de retrouver son assurance, parlant plus fort à présent, comme s'il s'adressait au public réuni dans cette crypte.

– Nous ne pouvons nous en prendre qu'à nous-mêmes. Nous avons fait passer les machines avant les élus de Dieu. Mais je n'ai rien à voir avec ça. Et si j'avais subi le martyre là-haut… tout comme Lincoln avant moi… alors notre nation aurait…

– Épargnez-moi vos conneries, l'interrompit Keegan. Ça ne marche pas. Pas aujourd'hui. Pas avec moi.

TAMS intervint :

– Agent Keegan, j'ai reçu des notifications des systèmes d'urgence. La FAA rapporte que tous les systèmes aériens sans pilote circulant au-dessus de cette zone ont été soit détruits en s'écrasant, soit éliminés de l'espace aérien.

Keegan prit sa voix de commandement pour crier aux gens :

– Écoutez-moi tous : j'ai des nouvelles de là-haut !

Sanglots et murmures se turent.

– Les autorités annoncent que tout est dégagé. Il faut partir immédiatement. Sortez d'ici.

Puis elle murmura à l'oreille de Jacobs :

– Sauf vous.

Elle posa de nouveau la main sur son pistolet, pour lui montrer qu'il n'avait pas le choix.

– Je vais escorter le sénateur et assurer sa sécurité, lança-t-elle à l'assistance.

La directrice de cabinet voulut protester, mais l'expression de Keegan lui fit comprendre qu'il ne servirait à rien de discuter.

Keegan se tourna vers le robot.

– TAMS, tu restes avec moi. Jared et Haley, restez ici aussi.

Lentement, les gens sortirent d'un pas lourd. La femme de l'entrée toucha la tête du robot et chuchota un merci.

Jacobs les regarda partir puis s'affala contre le mur. Haley commença à jouer avec le robot, couvrant une lampe bleue puis l'autre avec ses mains, provoquant un effet stroboscopique dans la crypte.

Keegan s'agenouilla devant Jacobs, la main toujours posée contre la crosse du pistolet.

– Ne me faites pas perdre mon temps avec vos dénégations. Vos amis néonazis vous ont balancé, et le robot a ensuite tout corroboré, dit-elle. Quand même, plus que n'importe qui d'autre, vous auriez dû savoir qu'on ne peut rien cacher aux machines... pas même vos petits jeux sous la cascade avec les autres groupes.

Jacobs écarquilla les yeux, visiblement surpris de se retrouver pris au piège. C'était une sensation puissante, Keegan le savait. Il fallait en tirer parti.

Elle désigna TAMS d'un geste du menton.

– Il a tout reconstitué. Nous sommes au courant de votre réseau, de vos rencontres dans le monde virtuel... et même de votre avatar Lincoln. Nous savons tout.

Elle s'interrompit un court instant, le temps qu'il digère l'information.

– La seule question est la suivante : que va-t-il se passer maintenant ? Pas si vous allez être élu ou non, ni même si vous allez en prison ou non. Ce qui doit vous préoccuper désormais, c'est de savoir si *Moïse* – elle insista sur ce nom pour tenter de convaincre Jacobs que le cryptage de leur chat avait été craqué – vous aura la prochaine fois.

Les yeux de Jacobs s'agrandirent encore davantage et un frisson le parcourut en entendant ce nom.

– Éteignez-moi ce machin, et alors nous pourrons parler, dit-il d'une voix râpeuse.

– Bien sûr. Haley, mets TAMS en mode sommeil. TAMS, éteins tes lampes.

Haley gloussa de rire quand les lumières s'éteignirent. Jacobs dévisagea Keegan pendant un long moment, ses traits à peine visibles dans l'obscurité de la crypte.

– Ce n'était pas ça, le plan, murmura-t-il. Il faut me croire. L'idée était d'*effrayer* les gens, pour leur montrer que le système était en train de se désagréger, afin de provoquer l'occasion propice, tellement nécessaire, à un véritable changement. Mais il est allé plus loin. Et j'imagine que maintenant il va s'en prendre à… n'importe qui.

– Connaissez-vous le vrai nom de Moïse ? l'interrogea Keegan. Nous ne pourrons pas vous protéger sans cette information.

– Moïse est l'avatar de Jackson Todd.

– Et qui est-il ?

Elle pourrait bien sûr le vérifier plus tard, mais voulait que Jacobs poursuive sur sa lancée.

– Un geek, qui a un doctorat en génie électrique.

– Ça ne ressemble pas aux cercles que vous fréquentez habituellement. Comment l'avez-vous rencontré ?

– Todd dirigeait un programme à la DARPA, il travaillait sur les applications robotiques de l'apprentissage machine, des réseaux neuronaux, les « systèmes intelligents d'aide à la décision », toutes ces technologies d'avant-garde. Nos chemins se sont d'abord croisés à l'époque où je siégeais à la Chambre des représentants. On me l'avait envoyé pour me faire changer d'avis en m'exposant l'intérêt scientifique de tout ça[19].

– Vous parlez des projets de déployer des robots autonomes sur les champs de bataille, en racontant qu'il s'agissait de simples recherches[20] ?

– Vous savez, je ne comprends rien à ces technologies. Je n'y ai jamais rien compris. Mais quand ses travaux ont été soumis au comité des crédits de la Chambre, j'en ai compris assez pour savoir que ça ne me plaisait pas du tout. J'ai senti, instinctivement, que ce n'était pas bien. Comme avec Internet, ils essayaient juste d'accélérer un changement de société au moyen de l'IA, utilisant le budget militaire comme une porte dérobée pour changer le monde[21]. J'ai tenté de réduire à néant les financements, y compris celui de son programme. Vous pouvez aller voir : c'est la pure vérité. Alors ils l'ont envoyé pour me briefer. Un type brillant, même s'il ne m'a pas convaincu. Sauf que des gens plus importants que moi tenaient vraiment à ce que tout ça se fasse. Et c'est ce qui est arrivé. Je suis passé à d'autres batailles, plus importantes, et je l'ai perdu de vue.

– Et puis ? demanda Keegan.

– Et puis, des années plus tard, il m'a contacté, sorti de nulle part. Il s'est pointé dans la cage d'escalier en face de mon bureau. J'avais pris du galon, je siégeais au Sénat. Je ne l'ai pas reconnu tout de suite ; il était plus maigre, plus vieux, il avait vraiment mauvaise mine. Là, il m'a dit que tout ce qu'il m'avait exposé à l'époque avait causé la mort de sa famille. Alors je l'ai écouté.

– Comment ça, « avait causé la mort de sa famille » ?

– Vous vous souvenez de l'accident de métro à Arlington, il y a sept ans ?

Keegan acquiesça. Cela s'était passé tout près de leur immeuble ; Haley jouait parfois dans la fontaine du monument commémoratif.

– Sa famille a péri dans cet accident. Son épouse et leur fils. Todd avait travaillé toute sa vie sur l'automatisation et ils avaient pris ce train pour venir le rejoindre à son bureau. Jusqu'à ce jour, il avait été un farouche partisan du progrès technologique, quel qu'en soit le coût. À présent, il ne voulait plus qu'une chose : empêcher ce futur-là. Comment le lui reprocher ?

– Quand est-il venu vous trouver ? l'interrogea Keegan.

– Il y a trois ans, à peu près. Il avait démissionné de la DARPA et travaillait comme consultant pour le corps du génie de l'US Army. Il m'a dit qu'il était venu me voir parce que j'étais le seul qui avait tenté d'arrêter tout ça, à l'époque. Qu'il était encore possible de faire quelque chose, au moins pour les autres, de lancer le genre de mouvement que vous avez vu aujourd'hui, rassemblant des gens qui a priori n'ont aucun lien entre eux, pour travailler ensemble à la création d'une nouvelle Amérique, d'un nouveau futur…

Keegan lui coupa la parole.

– Ouais, j'ai vu ce que ça a donné, aujourd'hui. D'abord la grande harmonie universelle entre gens de bonne volonté, et puis l'émeute et les frappes de drones. Todd a visiblement décrété que vous n'aviez aucun rôle à jouer dans son avenir, après tout. Que pouvez-vous me dire d'autre à son sujet ?

– Je ne sais pas. Je crois qu'il n'est pas comme les autres. Pour lui, ça va au-delà de la politique. C'est un fervent croyant.

– Il s'agit d'une forme d'extrémisme religieux, ou quoi ?

– Oui et non. Il s'agit de déterminer ce que signifie être humain, mais également de défendre notre manière de vivre.

– J'ai déjà entendu ça, grommela Keegan.

Elle se releva brusquement, et l'élancement dans sa jambe lui arracha une grimace. Dans les Marines, on lui avait dit que la douleur était juste la faiblesse s'en allant du corps. N'empêche, elle lui coupa le souffle.

– TAMS, rallume tes lampes, ordonna-t-elle.

La confusion de Jacobs sautait aux yeux, même dans cette faible lueur bleutée.

– Comment… comment a-t-il pu vous entendre ?

– Les machines dorment jamais vraiment, tout le monde sait ça ! s'écria Haley dans son coin.

Donc elle avait tout écouté, elle aussi. Keegan espérait juste que l'essentiel de leur échange lui était passé au-dessus de la tête. Quant à Jared, eh bien, il n'était pas plus mal qu'il découvre lui-même quel imposteur était Jacobs. Peut-être que cela apaiserait – ou du moins redirigerait – une partie de sa colère.

– TAMS, trouve-moi les liens entre les récentes attaques terroristes et les discours à caractère religieux. Todd n'a pas choisi Moïse par hasard.

TAMS lui fournit une réponse instantanée. La recherche de corrélation entre des mots, des entités et des concepts – les bases du raisonnement symbolique – était l'un des premiers domaines dont l'IA s'était fait une spécialité[22].

– Il existe une forte connexion symbolique entre la description en ligne de sept incidents récents rapportés par les fils d'actualité, le choix par le docteur Todd de l'avatar qui le représente et l'Ancien Testament.

– Quel passage ? demanda Keegan, qui avait déjà un pressentiment mais voulait l'entendre pour être bien sûre.

– Exode, VII, 14 à IX, 35, répondit TAMS[23].

– S'agit-il de l'histoire des plaies, et de Moïse menant le peuple hébreu hors d'Égypte ?

– Oui, confirma TAMS.

– Tu as parlé de sept incidents. N'y a-t-il pas dix plaies dans la Bible ?

– C'est exact.

13

Centre de détention interne spécial du FBI

Reston, Virginie

Debout à la tribune, Keegan avait conscience de dégager des relents de fumée, de plastique brûlé et de sueur. Elle repensa à cet ancien chef répétant sans cesse que les réunions en présentiel étaient juste un moyen de sentir les odeurs de vos collègues.

Puisque tout le monde dans cette salle de réunion portait des appareils RV immersifs pour suivre sa présentation, Keegan aurait tout aussi bien pu se trouver à mille kilomètres de là. Mais c'était l'un de ces moments où être présent dans la salle comptait vraiment. Cette enquête, qui s'était vu attribuer le nom de code « NÉOLUDITTES », n'était pas seulement ce qu'on appelait une affaire « Super Bowl », de celles que tout le monde espérait se voir confier une fois dans sa carrière. Elle donnait aussi l'impression qu'être là c'était faire partie d'un tout beaucoup plus grand qu'eux. Chacune de ces personnes avait vécu à sa manière les épreuves de la crue et des dysfonctionnements en chaîne des systèmes automatisés, mais désormais, elles avaient l'occasion de travailler ensemble pour résoudre cette crise.

Cette sensation de former un grand tout était toutefois sapée par la vue de Bosch, le directeur adjoint, assis au bout de la table, le visage aussi inexpressif que celui de TAMS, à l'autre extrémité de la salle.

Le briefing de Keegan retraça les attentats, projetant devant l'assistance un visuel associant les passages de la Bible quant aux différentes plaies et aux événements récents correspondant à chacune d'entre elles. Certains parallèles étaient évidents, comme la plaie du sang (םָד), s'affichant sur une vidéo du fleuve contaminé, ou la plaie du bétail empoisonné, renvoyant à des images de viande contaminée qui donnèrent un haut-le-cœur à Keegan. D'autres étaient plus symboliques, comme entre la plaie de la vermine (םיִּנִּכ) et l'effondrement des banques, manière probable de souligner la nature fondamentalement parasite des réseaux financiers. Tout cela culminait avec les dernières catastrophes des ulcères (ןיְחֶש) et de la grêle et du feu (בָּרָד), c'est-à-dire l'attentat chimique et la pluie des drones piratés. Le message sous-jacent, c'était l'échelle démesurée de ce qui allait se passer ensuite, dans un monde où les nouvelles technologies avaient été à ce point démocratisées qu'un seul homme détenait un pouvoir autrefois réservé aux dieux[1].

L'assistance réagit au fur et à mesure que tout s'emboîtait, ces événements qui avaient d'abord paru être de simples dysfonctionnements technologiques, prenant désormais sens dans le cadre d'une tentative plus vaste de saper la confiance de toute une société – une attaque tout autant contre la volonté humaine que contre les réseaux numériques. Non seulement ils changeait peu à peu de postures, mais la fenêtre de *chat* où s'affichaient des commentaires habituellement guindés lors de ce genre de présentations se remplissait de graphiques colorés et de texte :

Pourquoi ne revendique-t-il pas ces actes, pour avoir la reconnaissance du grand public ? C'est ce que font les terroristes, en général.

Doit-on vraiment gober cette histoire de loup solitaire ? Ou s'agit-il d'un complot impliquant toute une coalition ? Jacobs pourrait essayer de nous induire en erreur en mettant tout ça sur le dos d'un acteur unique.

S'il s'agit d'un complot, interne ou extérieur ???

L'un des participants à cette réunion, le directeur adjoint en charge du contre-espionnage, posta même une série d'émoticônes exprimant son choc, puis son mécontentement. S'ensuivit aussitôt le rappel, de la part du modérateur de la réunion, qu'il ne fallait pas *poster d'informations non essentielles*[2].

À la fin de son briefing, Keegan en profita pour se déplacer sur l'estrade, le dos raide à force de rester debout trop longtemps sans bouger. Elle passa en revue tous les commentaires et questions qui s'étaient affichés pendant sa présentation. Elle s'attaqua d'abord à la suggestion que Jacobs essaierait en fait de les tromper.

– Toutes les données pointent une évolution du réseau initial vers un acteur unique devenu incontrôlable. D'après les analyses de TAMS, Jacobs disait la vérité sur ce point, contrairement au reste de notre conversation. Je sais qu'il est toujours possible de faire semblant, mais il ne paraissait pas en avoir les ressources à ce moment-là. De plus, cela corrobore ce que nous savons par ailleurs, sur la base des inquiétudes exprimées par les membres du Front national de libération interpellés et des objectifs politiques que Jacobs s'était fixés.

Puis elle passa à cette idée que les terroristes revendiquaient toujours leurs actes. Cette fois, Modi lui vint en aide en postant une série d'études sur la psychologie des terroristes, avant d'en résumer les conclusions[3].

Ce qu'il faut retenir, en bref : le terrorisme peut revêtir toutes sortes de formes et obéir à toutes sortes de motivations. Ce qui pousse une personne à s'engager dans la spirale psychologique menant au terrorisme est une chose complexe, mais au bout du compte le dénominateur commun n'est pas la volonté d'être reconnu mais d'instiller la peur, écrivit-il.

Après avoir coché tous les commentaires, elle examina les photos de Todd qu'ils avaient retrouvées, retraçant l'histoire de sa vie. Les cérémonies de remise de diplômes au lycée et à l'université. La pièce montée, le jour de son mariage. Les vacances en famille. Une coupure de presse sur l'accident qui avait coûté la vie aux siens. La vieille photo d'identité de son badge d'accès au ministère de la Défense. Puis Keegan superposa par-dessus toutes ces photos une image satellite en direct de sa maison, au nord de la Virginie. L'assistance se tut, tous se demandant s'il s'y trouvait en ce moment même. Ils remarquèrent également le toit calciné de la maison d'un des voisins. Les pompiers de McLean avaient classé cet incendie comme accidentel, mais on pouvait sérieusement en douter, à la lumière de ces derniers éléments.

– Quel que soit le scénario, sur la base des informations dont nous disposons, Todd est notre principal suspect. En l'interpellant, nous saurons si Jacobs a menti au sujet de son réseau et de ce qu'il est devenu, ou bien nous empêcherons le prochain attentat – peut-être même les deux.

C'était le signal qu'il était temps de passer du briefing de Keegan à la préparation d'une descente au domicile de Todd. Les agents de la HRT étaient les mieux indiqués pour intervenir. Keg entra dans la salle, un peu mal à l'aise au milieu de tous ces types en costume. C'était sa première réunion depuis qu'il avait remplacé Noah à la tête de l'équipe, et il allait devoir s'adresser à sa plus haute hiérarchie. Comme il s'approchait de la tribune, Keegan lui adressa un petit hochement de tête pour le mettre en confiance. C'est cet instant que choisit Bosch pour prendre enfin la parole.

– Avant que vous ne cédiez votre place, agent Keegan, il y a une chose que j'aimerais clarifier.

Il souriait, mais elle sentit tout l'effort que cela lui coûtait.

– Nous vous sommes tous reconnaissants du dévouement dont vous avez fait preuve à l'égard de cette mission et du Bureau.

Il applaudit et l'assistance l'imita aussitôt, le fil RV s'emplissant d'icônes de pouce levé.

À la fin de la réunion, Noritz fit signe à Keegan de le suivre jusqu'à son bureau. Modi leur emboîta le pas sans y être invité.

TAMS voulut les suivre, mais Noritz lança sèchement :

– Seulement les humains.

– TAMS, va dans la salle du matériel et recharge-toi, ordonna Keegan.

Ils entrèrent tous les trois dans le bureau de Noritz, qui alla s'asseoir dans son fauteuil en cuir. Celui-ci était censé lui conférer la position dominante dans cette pièce, mais après la petite intervention de Bosch, il eut l'effet inverse. Aussi clairement que s'il avait pissé dessus, Bosch avait marqué ce fauteuil – et tous ceux qui s'y asseyaient – comme lui appartenant.

– J'ai une nouvelle qui va vous décevoir, alors écoutez-moi jusqu'au bout avant de réagir, déclara Noritz.

Il marqua une pause, se passant la langue sur les lèvres. Il se pencha brusquement en avant comme pour faire passer la pilule aussi vite que possible.

– Le programme TAMS est suspendu.

– Quoi ? murmura Keegan.

Modi se contenta de hocher la tête, comme blasé par cette nouvelle. On aurait dit qu'il s'y attendait depuis le début.

– Sur ordres de qui ? interrogea Keegan, même si elle le savait déjà. Et pourquoi ?

Noritz leva ses mains devant lui et se fendit d'un sourire triste.

– Vous savez qui, dit-il. Et vous savez pourquoi. Le directeur adjoint Bosch estime, et je partage son point de vue… commença-t-il, comme pour s'assurer que ces précisions seraient enregistrées si leur conversation l'était,… qu'étant donné les incidents récents avec les systèmes de ce genre, nous ne pouvons pas leur faire confiance dans un cadre opérationnel. Je ne parle pas seulement des prouesses de Todd ; je parle aussi de ce que le grand public pourrait penser…

– Vous savez que ce qui s'est passé aujourd'hui n'était pas un problème de machines. C'était un problème humain. Tous ces dysfonctionnements, c'était Todd en train de s'attaquer aux coutures de notre société, arrachant les fils un par un. Et il n'en a pas terminé…

– Ça, nous le savons. Ce n'est pas parce que TAMS est hors ligne que l'enquête « NÉOLUDDITES » s'arrête. Pour tout vous dire, le directeur adjoint Bosch estime que ne plus accorder notre confiance à ce genre de machine pourrait se révéler intelligent pour cette enquête. Vous disiez à l'instant que Todd s'en prenait aux technologies les unes après les autres. Nous supprimons donc un risque majeur à la fois pour cette enquête et pour le Bureau.

– Ne déformez pas mes propos. C'est grâce à TAMS que nous sommes arrivés jusque-là. Noritz, sans lui, ma fille ne serait pas vivante. Quand ces drones ont commencé à tomber du ciel, il a identifié le seul endroit sûr du National Mall. Qui s'est par ailleurs trouvé être celui où Jacobs se planquait.

– Vous êtes devenue… proche de la machine, fit remarquer Noritz, comme s'il lui pardonnait quelque chose de mal. Je peux le comprendre, mais…

– Mais la décision est déjà prise, compléta Keegan.

– Vous savez comment ça se passe, répliqua Noritz.

– Ouais, bien sûr.

Elle se tourna vers Modi.

– Vous n'avez rien à dire ? Je croyais que c'était autant votre projet que le mien…

– Non, même si j'aimerais beaucoup, répondit-il d'une voix pleine d'empathie. Je suis obligé de considérer mon travail avec vous et TAMS comme une mission. Comme vous, je ne peux pas faire ni dire tout ce que je veux. J'ai des chefs, moi aussi.

Keegan se tourna à nouveau vers Noritz, ignorant Modi.

– Si vous en avez terminé, je serai en bas, dit-elle. Il faut que j'aille désaffecter mon… partenaire.

Elle trouva TAMS branché à un support en métal noir rembourré, sur le mur du fond, ses lampes bleutées offrant l'unique lumière dans cette pièce. Keegan alluma les néons du plafond.

Elle avait attendu aussi longtemps qu'elle avait pu que Shaw la contacte, pour lui annoncer que l'ordre était en fait annulé. Mais rien n'était venu.

– TAMS, il faut qu'on parle, annonça-t-elle.

– OK.

– Tu as fourni un excellent travail, déclara Keegan. Aussi bon que ce qu'aucun agent humain aurait pu faire… Meilleur, sans doute.

La machine la regardait, le visage impassible.

– L'enquête va se poursuivre, mais nous allons nous y prendre… d'une autre manière.

– Comment puis-je être utile aux nouvelles priorités de l'enquête ? interrogea TAMS.

– Cela ne va pas être possible. C'est une série d'ordres auxquels je dois obéir, comme toi tu suis tes protocoles.

La machine la dévisageait comme si elle ne comprenait pas. Keegan savait que cela venait d'elle, de son esprit trop humain projetant ses propres émotions.

– Je sais. Moi aussi, je trouve ça absurde. S'il y a une dernière leçon que je peux t'apprendre, c'est qu'une bonne partie des choses que font les humains n'ont pas vraiment de sens. Nous sommes des contradictions ambulantes. Fais-moi confiance là-dessus.

– OK.

– Je vais couper ton alimentation maintenant, TAMS, annonça Keegan en passant ses doigts sur le plastron désormais bosselé et grêlé du robot. Merci.

L'instant d'après, c'était fini. Les lampes du système s'éteignirent, ses membres et sa tête retombèrent, inertes.

Sans vie, comme il l'avait toujours été.

Mais plus encore maintenant, étrangement.

Scott's Run Nature Preserve

McLean, Virginie

La fumée du feu de camp n'arrêtait pas de venir dans les yeux de Todd. Chaque fois qu'il changeait de place, on aurait dit que le vent forcissait et la poussait dans cette nouvelle direction. Todd se déplaçait dans le sens des aiguilles d'une montre autour du feu, et la fumée aussi. Il se décala encore, ce qui le plaça cette fois à côté d'une quadragénaire. Malgré la chaleur, celle-ci était blottie dans un sac de couchage. La fumée tourbillonnait autour d'eux et elle contemplait les flammes de ses yeux vitreux. Il la prit par la main pour l'emmener à l'écart.

– Je vous remercie, lança une femme plus âgée, portant un fin survêtement gris, un morceau de scotch rapiéçant une déchirure sur la manche gauche.

Elle s'approcha de Todd pour le saluer.

– Je ne vous ai encore jamais vu ici. Je suis la maire Renae.

Elle s'exprimait avec la cadence patiente d'une bibliothécaire, comme une personne habituée à s'informer sur les gens auxquels elle avait affaire. Ses yeux, bienveillants et très écartés, le dévisagèrent avec une expression travaillée pour tempérer la sensation tenace que lui inspiraient toujours les nouveaux venus : ils représentaient une menace potentielle pour son campement.

Elle attendit quelques instants que l'homme se présente à son tour, puis enchaîna :

– Vous êtes sans doute étonné par mon titre. Eh bien, même dans une ville de tentes, il vous faut un maire, dit-elle en désignant les alentours.

Une trentaine de tentes étaient plantées autour du feu de camp, près d'un coin cuisine commun avec deux réchauds à gaz à l'ancienne et une planche en contreplaqué posée sur de vieux tréteaux.

– Pour l'essentiel, ça signifie que j'encourage les gens à traiter les autres comme ils aimeraient eux-mêmes être traités.

– Comment vous êtes-vous retrouvée ici ? demanda Todd.

Endossant un nouveau rôle, il portait un pantalon de velours vert fané et, en guise de poncho de fortune, la fine couche d'aluminium d'une couverture de survie. Comme la femme avec son sac de couchage, il n'en avait pas besoin dans la chaleur du feu, mais il espérait que la maire ne le remarquerait pas.

Le parc, une réserve naturelle appartenant au comté, était situé juste derrière son quartier. Quand ils avaient acheté leur maison, la forêt de cent vingt hectares avait constitué l'un des principaux charmes de cette propriété. Il y avait des sentiers pour les enfants, des chevreuils qui s'aventuraient dans le jardin de bonne heure et, surtout, aucun voisin ayant une vue plongeante sur vos fenêtres de derrière. Mais la raison même pour laquelle ils avaient payé leur maison un peu plus cher avait fini par faire chuter le prix des biens immobiliers.

Il y avait d'abord eu la construction de la ligne à haute tension traversant les terres du comté, qui avait déclenché une panique liée aux risques de cancer. Quelques années plus tard, une autre controverse avait éclaté quand des gens qui avaient perdu leur emploi puis leur maison avaient établi un campement dans les bois du parc. Ce qui avait eu pour effet de dresser les membres de l'association du quartier les uns contre les autres, certains s'inquiétant de l'insécurité ou des répercutions sur l'immobilier, tandis que d'autres savaient combien ils étaient proches de se retrouver dans cette situation. Mais même ceux qui étaient remontés contre les squatteurs s'étaient vite rendu compte qu'il n'y avait pas grand-chose à faire. Le campement des sans-abri était installé dans une cuvette invisible depuis le sentier qui courait sur la crête. Les gardes du parc savaient que ces gens étaient là, mais tant que tout se passait bien, ils les laissaient tranquilles. Raison pour laquelle Todd était venu ici. L'endroit était à l'écart du monde, mais près de là où lui-même devait être.

– Je travaillais à l'accueil au restaurant du Washington Golf and Country Club, pas très loin d'ici, raconta Renae. Après mon service, j'apportais les restes des fêtes et des banquets. Ça me semblait tout à fait normal. Et puis la crise s'est éternisée, et je ne pouvais plus payer mes factures. Vous savez comme c'est…

Il hocha la tête comme s'il avait connu les mêmes mésaventures.

– Les gens d'ici me connaissaient déjà, alors ça a été naturel de m'installer ici. Après, eh bien, certains sont partis, d'autres sont arrivés, et moi je suis restée.

– Elle aussi, elle est là depuis longtemps ? demanda Todd, tendant le menton vers la femme qui contemplait toujours le feu.

– Non, c'est une famille qui vient juste d'arriver de Baltimore. Vous avez vu ce qui s'est passé là-bas ?

L'espace d'un instant, Todd sentit ses jambes flancher. Il acquiesça sans un mot.

– Ils sont quatre, et tous vraiment malades, expliqua Renae. Le type derrière cet arbre, c'est son mari, je crois. Il était encore en train de vomir du sang, tout à l'heure.

– Ne faudrait-il pas… appeler une ambulance ? demanda Todd, malgré lui.

Il s'en voulut aussitôt, se rappela qu'il lui fallait être plus prudent dans ses efforts pour équilibrer le personnage qu'il jouait et l'agent du changement qu'il devait être.

– Ici ? Et ensuite, quoi ? répliqua Renae. D'abord, ils ne viendront jamais. Ensuite, s'ils viennent, ça va juste nous attirer des ennuis avec les flics.

– Effectivement, approuva Todd.

– Nous allons faire tout ce que nous pouvons pour les aider. Et c'est tout ce qu'on peut faire. Mais vous, ça va ?

– Je sais que tout semble partir à vau-l'eau, répondit Todd, mais c'est peut-être mieux comme ça. C'est le signe que les choses changent enfin.

Il avait dit cela autant pour lui-même que pour son interlocutrice.

– J'espère que vous avez raison, dit Renae. Quoi qu'il en soit, du moment que vous traitez tout le monde comme vous aimeriez qu'on vous traite, vous êtes le bienvenu ici…

Elle lui tendit la main, son regard lui faisant comprendre qu'elle attendait toujours son nom.

– Ned, improvisa-t-il, avant de lui serrer la main.

– Ravie de faire votre connaissance, Ned. Quand tout part à vau-l'eau, comme vous dites, c'est bien d'être entouré de gens.

Elle regagna sa tente, laissant Todd près du feu, à se demander ce que la femme de Baltimore voyait au juste dans ces flammes, et si elle comprendrait un jour combien ses actions étaient justes.

Soudain, il y eut un mouvement dans les bois, un bruissement de feuilles suivi d'une forme brune fugace. C'était l'un des chevreuils qui pullulaient dans la forêt. En temps normal, ils gambadaient avec insouciance, comme si le parc leur appartenait. Mais celui-ci avait l'air affolé.

C'était arrivé plus vite que Todd ne s'y attendait.

Il quitta précipitamment le campement, dévalant la colline vers la rive boueuse du Potomac. Ramassé sur lui-même, il avança d'une trentaine de mètres au bord de l'eau, puis remonta jusqu'à l'orée des bois, empruntant une ravine fréquentée par les chevreuils. L'aluminium fin de la couverture de survie bruissait légèrement, mais ce son se fondait dans celui des feuilles tremblant dans la brise.

Todd se figea. Ils furent d'abord difficiles à distinguer, mais là-haut, sur le sentier en haut de la crête, se découpait la silhouette d'une personne portant un casque militaire et un fusil d'assaut. Un soldat. Puis un autre, et un autre encore.

Todd s'allongea en silence parmi les racines et parcourut en rampant les derniers mètres jusqu'à sa destination : une plateforme en métal enveloppée d'un filet de camouflage thermique vert foncé. Les freegans seraient fiers de lui, songea-t-il : il recyclait l'œuvre d'un autre. Cet affût de chasse avait été installé là par des chasseurs à l'arc agréés par le comté pour tenter de réduire un peu l'abondance de gibier.

Arrivé à trente centimètres de l'arbre, son plan dérailla : Todd se coupa la main sur un éclat de verre, sans doute une bouteille de bière jetée là. Ravalant un juron de douleur, il escalada lentement l'échelle de la plateforme. Arrivé en haut, il s'accroupit derrière le filet de camouflage et rajusta la couverture thermoréfléchissante qu'il portait comme un poncho pour isoler son corps.

Scrutant les environs à travers une fente, il vit d'autres soldats s'avancer dans le noir. Il devint bientôt évident qu'il n'aurait pas besoin du camouflage offert par sa couverture de survie et le filet de chasse. Les silhouettes semblaient en effet déterminées à remonter aussi vite que possible le sentier obscur qui menait à son quartier, sans même fouiller la forêt en quête de cibles potentielles. Alors, il se rendit compte que ce n'étaient pas des soldats. Trois lettres jaunes étaient cousues au milieu de leur armure pare-balles vert foncé : *FBI*.

14

Quartier de Potomac Overlook

McLean, Virginie

Dans le noir, le bruit de sa respiration et le léger murmure du vent à travers le dense feuillage des arbres paraissaient plus sonores qu'ils ne l'étaient réellement.

Consultant le chronomètre qui s'affichait dans ses Viz Glass, Keegan vit que la force d'assaut principale allait atteindre d'ici trente secondes le jardin derrière la maison de Todd. La résidence de celui-ci étant située au fond d'une impasse étroite, ils avaient préparé ce raid en partant du principe que le suspect aurait vu arriver de loin le moindre véhicule. Si bien que l'effet de surprise serait assuré en arrivant à pied par l'arrière, en profitant du couvert qu'offrait la forêt adjacente. La force de soutien bloquerait tout véhicule s'approchant du cul-de-sac. Sur l'American Legion Memorial Bridge qui enjambait non loin de là le Potomac, la police d'État de Virginie avait établi un autre barrage routier, coupant tout itinéraire de fuite en direction du centre-ville.

Les agents de la HRT, menés par Keg, étaient tapis au bout du chemin, derrière la maison. Ils se dispersèrent et s'allongèrent dans la légère pente, à l'orée de la propriété, délimitée par les deux clôtures encadrant le jardin. Serrés les uns contre les autres plus loin sur le sentier, Keegan et les hommes de la deuxième vague d'assaut attendaient le signal. Celui-ci serait on ne peut plus évident.

Keegan zooma sur la cible, utilisant le dispositif de vision nocturne en couleur qui amplifiait quatre-vingt-cinq mille fois la lumière ambiante[1]. Cette maison de style rustique faisait son âge. Sa façade blanche aurait bien eu besoin d'une couche de peinture, et l'une des gouttières était décrochée. Avait-elle toujours été ainsi, ou bien Todd en avait-il laissé tomber l'entretien depuis que l'œuvre de sa vie avait basculé de la création à la destruction ?

Elle leva les yeux vers le ciel, un tourbillon de minuscules points lumineux à perte de vue. C'était ce qu'elle avait toujours aimé avec ces lunettes : elles vous permettaient de voir cinq cents fois plus de lumières dans le ciel. Lors des raids nocturnes, elles transformaient chaque soldat en astronome, et même parfois en philosophe méditant sa petitesse au milieu de toutes ces lointaines lumières[2].

Un bourdonnement remplaça le murmure du vent. Puis, telle une divinité toute-puissante, une voix jaillit des mégaphones fixés aux quatre quadricoptères tombés du ciel qui planaient maintenant en stationnaire aux quatre coins de la propriété de Todd.

– Jackson Todd ! FBI !

Sur ces mots, les agents de la HRT se ruèrent hors des bois, droit vers le jardin.

L'un d'eux bascula en arrière, comme si quelqu'un l'avait tiré par le cou. Les autres agents se jetèrent au sol, leurs armes cherchant le sniper. Il n'y avait pas eu de flamme, pas de détonation.

– Quelqu'un l'a en visuel ? hurla Keg.

L'agent qui était tombé tira sur la cordelette verte dans laquelle il s'était pris, puis jeta sur le côté ce qui ressemblait à une poignée en bois.

– Abandon de la localisation du sniper, ordonna Keg. C'est une tyrolienne pour enfant.

Les agents de la HRT se relevèrent et progressèrent avec prudence jusqu'à la véranda à l'arrière de la maison. Passant devant un barbecue à gaz, ils posèrent un radar pénétrant au pied du mur en brique de la façade[3]. L'appareil indiqua la même chose que les capteurs thermiques des drones avant lui : aucun humain à l'intérieur. Mais avec un type aussi malin que Todd, impossible d'en être sûr.

Keegan remonta le chemin et contourna la maison pour aller trouver Noritz. Celui-ci était dans la camionnette bleu marine abritant le poste de commandement tactique, qui faisait partie du convoi de véhicules des forces de l'ordre qui avait investi le cul-de-sac dès que les agents de la HRT leur avaient donné le feu vert. Assis à côté de lui, deux agents spéciaux du FBI spécialisés dans les opérations de déminage faisaient l'équivalent du job d'instructrice de robots que Keegan avait jadis occupé chez les Marines. Noritz avait insisté pour qu'elle se joigne à eux pour l'étape suivante, lorsqu'ils pénétreraient dans la maison. Elle ignorait toutefois s'il avait ainsi voulu lui témoigner sa confiance renouvelée ou l'exact opposé : la garder à l'œil, près de lui.

Quoi qu'il en soit, les deux agents du déminage ne savaient plus où donner de la tête. Après tous les dysfonctionnements technologiques provoqués par Todd, le plan opérationnel consistait à limiter au maximum l'usage de tout dispositif doté d'un logiciel d'automatisation tant soit peu sophistiqué. Leurs doigts dansant sur les claviers, les deux hommes dirigeaient à la fois les drones suspendus au-dessus du jardin de Todd et la myriade de robots-insectes qui arpentaient le quartier pour établir un périmètre de sécurité.

– Les gars de la HRT confirment qu'il n'y a aucun signe de Todd, annonça Keegan.

– Ça commence mal... grommela Noritz, puis il se tourna vers les deux agents : Envoyez-le à l'intérieur.

Un petit robot à chenilles de la taille d'une tondeuse à gazon descendit la rampe de la camionnette et avança par à-coups vers la maison. Un modèle ancien de PackBot qui n'essayait même pas de dissimuler son unique fonction sous une peau en plastique ou des formes humaines[4]. Conçu pour aider les brigades de déminage et les SWAT, les fameuses unités tactiques du FBI, puis envoyé en Irak lors de la seconde guerre du Golfe, ce robot disposait d'un unique bras métallique doté de quatre articulations, à l'extrémité duquel était fixée une pince à deux doigts. Sur l'avant-dernier segment articulé, l'équivalent de l'avant-bras du robot, étaient montés un module de capteurs et un fusil[5]. Celui-ci était censé servir à faire sauter les engins explosifs improvisés, mais Keegan savait d'expérience qu'on pouvait l'utiliser pour tirer sur des gens.

Le robot négocia, non sans heurts, le perron de Todd. L'œil critique de Keegan remarqua que les gestes du technicien manquaient de fluidité ; il n'était pas habitué à cette télécommande en forme de joystick, s'inspirant des manettes de jeux vidéo de la génération de leurs parents. Ce qui avait jadis été un objet conçu pour être facile à utiliser était désormais aussi naturel que changer le ruban d'une machine à écrire.

Arrivé devant l'entrée, le robot s'immobilisa.

– On sonne à la porte, ou on l'explose ? demanda le technicien, sans doute un peu trop empressé d'essayer le fusil.

– Essayez de l'ouvrir, répondit Noritz.

La pince du robot se tendit vers la poignée et se referma dessus. Après une première tentative infructueuse, Keegan fit une suggestion :

– Essayez de basculer sur la petite caméra installée à l'intérieur de la main ; c'est plus facile comme ça.

– Merci.

Sur l'écran de contrôle, la vue surplombante céda la place à une image en gros plan, prise de face. Le technicien centra la poignée sur l'écran et les deux bras métalliques de la pince se refermèrent sur elle, obscurcissant la vue. Le technicien rebascula sur l'image prise d'en haut par les capteurs de l'avant-bras et la main pivota lentement, faisant tourner la poignée.

La porte de la maison de Todd n'était pas verrouillée.

– Eh bien, ça n'est pas du tout suspect… ironisa Keegan.

– Je suis d'accord, acquiesça Noritz.

Il donna ses instructions sur le canal de communication :

– À tous les agents : reculez. Nous allons d'abord fouiller la maison avec le PackBot.

– Bien reçu, répondit la voix de Keg.

Une notification s'afficha sur l'écran de contrôle de la camionnette et dans les Viz Glass de Keegan ; les capteurs du PackBot n'avaient pas repéré de traces d'explosifs ni d'aucune autre menace nucléaire, biologique ou chimique.

Le robot se servit de son bras pour ouvrir plus grand la porte.

– Laissez-le là un moment, pour voir s'il y a une réaction à l'intérieur, ordonna Keegan.

Une silhouette se découpant dans l'encadrement d'une porte d'entrée marquait souvent le début des embuscades.

Après cinq secondes sans que rien ne se passe, le technicien se tourna vers Noritz qui, d'un hochement de tête, lui donna l'autorisation. La lampe intégrée au module de capteurs s'alluma et le robot se mit en branle. Sur l'écran de contrôle, une nouvelle fenêtre s'ouvrit. On y voyait une présentation graphique de la progression du robot dans la maison telle qu'elle avait été reconstituée à partir de ses plans de construction et des photos d'une vieille annonce immobilière en ligne. Cela leur permettrait non seulement de le suivre à la trace, mais aussi de voir s'il y avait de fausses cloisons susceptibles de dissimuler des dangers potentiels.

Le robot remonta un couloir d'entrée au plancher en bois, puis un salon avec de la moquette, qui donnait sur une cuisine ouverte. L'agent fit lentement pivoter le PackBot sur ses chenilles pour scruter la pièce. Keegan ne savait pas ce qu'elle s'attendait à voir, mais la normalité des lieux la surprit. Bon sang, c'était exactement le genre de maison de banlieue à rénover que Jared et elle avaient passé des heures à chercher en ligne avant qu'il ne perde son boulot.

– Il y a de la lumière là-bas, fit remarquer Noritz, et le robot se dirigea vers une porte sous laquelle perçait un filet de lumière.

Les plans du bâtiment identifiaient l'endroit comme un escalier descendant au sous-sol.

Le robot ouvrit la porte – Keegan n'eut pas besoin d'expliquer une seconde fois au technicien comment faire son boulot –, puis négocia bruyamment la courte volée de marches, un deuxième jeu de chenilles s'inclinant vers le bas à l'arrière du PackBot pour le stabiliser. En bas, la machine s'arrêta, comme savourant le fait d'avoir cette pièce pour elle toute seule. C'était une salle de jeu vide, dont la moquette portait encore les traces d'un aspirateur. Le vide était glaçant – c'était le genre de pièce dont le sol aurait dû être jonché de jouets. Le robot avança doucement, puis s'immobilisa à nouveau avant de pénétrer dans l'autre partie du sous-sol, d'où venait la lumière. Sur les plans figurait une salle d'un peu moins de sept mètres sur cinq, sans fenêtres, avec l'intitulé : « Chambre d'amis/bureau. » Mais dans le langage du bâtiment, cela pouvait désigner n'importe quoi, de la chambre d'appoint à l'antre sexuel.

– J'ouvre ? interrogea le technicien.

– S'il a installé un engin explosif, nous n'aurons perdu qu'un robot, estima Noritz. Allez-y.

Juste avant que le bras du robot ne pousse la porte, tous les occupants de la camionnette bondée parurent retenir leur souffle, anxieux. La porte s'ouvrit, dévoilant une grande caisse, de la taille d'un réfrigérateur, dressée au centre de la pièce.

– Bon Dieu, c'est quoi ce truc ? souffla l'opérateur du robot.

La caisse était en verre jaunâtre que la lampe du robot faisait miroiter. Deux gros câbles noirs sortaient du dessus jusqu'au bas du mur, avant de courir le long de la plinthe.

– Quelqu'un peut m'analyser ce que nous avons sous les yeux ? demanda Noritz.

La seule pensée qui vint à l'esprit de Keegan, c'est que TAMS aurait été tellement utile en cet instant. L'opérateur commença à approcher le robot de la caisse.

– Ne touchez pas les câbles, dit Keegan, craignant qu'il ne s'agisse d'une bombe.

– Compris. Je veux juste avoir une meilleure vue sur les bornes au-dessus de la caisse. On dirait une sorte de gros générateur ou de batterie.

C'est ce dernier mot qui la fit réagir – cette paroi de verre chatoyante ressemblait, en plus grand, à ce qu'elle avait vu dans les entrailles de ces minuscules robots qu'elle avait si souvent assemblés elle-même.

– Non, ce n'est pas ça, dit-elle.

– C'est quoi, alors ? demanda Noritz.

– Je crois que c'est un condensateur.

– Un quoi ?

– Une sorte de batterie, mais au lieu de produire de l'électricité avec des produits chimiques, ça sert juste à la stocker. Une sorte de château d'eau pour électrons[6]. Cette matière jaune, c'est du graphène, un supraconducteur, sans doute entrecoupé de céramique ou d'un autre matériau isolant. Mais je n'avais encore jamais vu de plaques de cette taille-là. Il a dû les faire faire sur mesure.

– Mais qu'est-ce qu'il fabrique avec ce truc, il alimente sa maison en électricité ? Pour une sorte de labo secret, peut-être ?

– Non, c'est tout le contraire. Vous voyez comment il a branché les câbles, là-haut ? Vu leur taille, il doit forcément être en train de charger le condensateur à partir du réseau électrique. Et puis, personne n'aurait envie de ranger des appareils de laboratoire à côté d'un tel condensateur chargé, parce qu'en cas de court-circuit...

Elle n'acheva pas sa phrase, contemplant tous les équipements électroniques entassés dans la camionnette, à quelques centimètres de son visage.

Scott's Run Nature Preserve

McLean, Virginie

À plat ventre dans la boue, Todd poussa sur ses bras pour se redresser et inspira profondément, tentant d'enrayer son hyperventilation. Six ou sept mètres encore et il aurait regagné la rive du fleuve. Mais il n'arrêtait pas de glisser sur la pente lisse, de plus en plus abrupte, incapable de retrouver son équilibre et son souffle. Tout ça avait commencé des années plus tôt, mais d'une certaine manière il avait l'impression qu'une ligne venait d'être franchie. Que cela ait eu lieu chez lui rendait la chose personnelle, mais signifiait aussi qu'il ne pourrait plus jamais revenir en arrière. C'était fini. Cette partie de sa vie était à présent vraiment révolue – comme c'était le cas pour la société dans son ensemble.

Le craquement électrique du condensateur se déchargeant dans le sous-sol de sa maison, digne d'un coup de foudre, avait été suivi de huit autres, au loin. L'équipe du FBI avait dû déclencher le détecteur de présence du sous-sol, qui avait alors envoyé le dernier signal numérique qui circulerait dans la région avant un bon moment. Aucun de ces dispositifs improvisés n'avait la portée planétaire des gigantesques impulsions électromagnétiques produites par les armes nucléaires, qui faisaient tant fantasmer les prophètes de malheur[7]. Mais ce n'était pas nécessaire. Au signal du détecteur de présence, une guirlande d'impulsions électromagnétiques avait jailli des condensateurs qu'il avait disposés de manière à couvrir tout le réseau des sous-stations électriques de Washington ; l'un d'eux avait même été assemblé dans un appartement qu'il avait loué juste en face de la centrale électrique du Capitole[8]. À lui seul, ce dispositif allait détruire la source d'électricité alimentant tous les bureaux du Congrès et de la Cour suprême, et flinguer tous les ordinateurs des ministères de l'Énergie, de l'Éducation, du Logement et du Développement urbain, ainsi que de l'Agence de l'aviation civile et du service postal américain, les transformant en de vulgaires presse-papiers. Mais les conséquences les plus graves concerneraient sans aucun doute le siège de l'Administration des services généraux à Washington, cette agence méconnue qui chapeautait les fonctions essentielles et la gestion de tous les autres organismes fédéraux. Même si les politiciens et les bureaucrates s'y opposaient farouchement, il n'y avait plus d'autre choix, à présent, que de reconstruire de zéro des pans entiers de l'Administration fédérale américaine.

Puis un doux silence était tombé, tel que personne dans la région métropolitaine de Washington n'en avait entendu depuis une génération. Disparus, le vrombissement de cigale des drones survolant la ville et le bruissement aigu des véhicules électriques, qui faisaient désormais partie du bruit de fond quotidien de la vie contemporaine. Plus un bruit, rien.

Il aurait voulu hurler de joie devant ce triomphe. Mais respecter le silence était une célébration encore plus forte d'une mission qui avait débuté par une perte si cruelle. À lui tout seul, il avait offert à la société ce moment pour se repenser et se réinitialiser. À lui tout seul, il lui avait fait prendre la dernière sortie possible de la superautoroute de l'information, avant qu'elle n'échappe pour de bon au contrôle humain.

Le silence l'emplit. Apaisé, il reprit sa marche d'un pas décidé jusqu'à la rive du fleuve. Il restait encore du travail. Arrivé au bord de l'eau, il nettoya sa main entaillée par l'éclat de verre. C'est seulement en se redressant pour scruter les abords du fleuve qu'il réalisa qu'il avait un autre problème, autrement plus grave, et qui n'entrait pas dans ses plans : le petit kayak noir qu'il avait caché là avait disparu. Ou, plus précisément, l'ancienne berge où il l'avait caché avait disparu, ses contours remodelés par la puissance des flots.

Todd regarda autour de lui, son cœur battant à tout rompre. Respire, se dit-il. Chaque problème a une solution. Il trouva le kayak flottant près de la rive, trente mètres plus loin. L'arbre auquel il l'avait attaché s'était brisé net au niveau du tronc, mais par chance il s'était retrouvé coincé dans un amas de branches et de débris retenus par un rocher.

Il détacha le kayak et vérifia que le sac à dos était encore à l'intérieur. Il y avait toujours le risque que quelqu'un le prenne, mais le kayak avait été dissimulé bien à l'écart de tous les sentiers, recouvert d'un filet et de feuilles.

Todd tira l'embarcation vers des eaux plus profondes et plus agitées et, plantant sa pagaie dans la boue pour se stabiliser, il posa un pied dans le kayak. Mais quand il essaya d'amener l'autre jambe, il perdit l'équilibre.

Le kayak chavira, faisant basculer Todd dans le fleuve, et il lutta pour ne pas perdre la pagaie, tandis que le kayak s'éloignait vers l'aval. Heureusement, il avait attaché la corde à son poignet, et après s'être débattu pendant ce qui lui parut être une éternité dans les flots impétueux, il parvint à se remettre debout. Il vérifia à nouveau que le sac à dos était à l'intérieur, puis glissa la pagaie dedans et traîna l'embarcation jusqu'à la terre ferme, à moitié dans l'eau, à moitié dans la vase.

Il avait déjà fait du kayak, mais était toujours parti d'un ponton, aidé par le jeune employé du stand de location sur les quais de Georgetown qui tenait le canot pendant que sa femme et lui grimpaient à bord. Il se rendait compte à présent que c'était encore une de ces petites choses pour lesquelles vous aviez besoin de l'aide de votre prochain. Il se mit à rire devant le caractère à la fois pertinent et grotesque de tout ça. Il méritait d'être trempé et d'avoir froid, de ne plus savoir quoi faire, se dit-il. C'était un sentiment éminemment humain.

Il réessaya, se hissant cette fois à bord alors que l'avant du kayak était encore sur la berge, s'enfonçant sous son poids dans la vase, mais l'arrière flottant déjà dans l'eau. L'entaille dans sa main le lança quand il enfonça la pale de la pagaie dans la boue et poussa lentement l'embarcation. Ce n'était sans doute pas comme cela qu'on s'y prenait, mais ça fonctionnait.

Le kayak se libéra finalement de la vase et le courant fit pivoter la proue vers l'aval. Après quelques coups de pagaie branlants, Todd sentit l'embarcation prendre de la vitesse. Dans les eaux plus vives, à l'écart de la rive, il trouva le kayak plus facile à diriger. Sans trop d'effort, il arriva bientôt en vue de l'American Legion Memorial Bridge, qui enjambait le Potomac. Ses hauts piliers de béton renforcé, surdimensionnés, lui avaient permis d'échapper à la crue, mais il était méconnaissable. Tout juste éclairé par les étoiles, il était plongé dans les ténèbres, sans une voiture pour l'illuminer de ses phares sur l'autoroute à dix voies qui le traversait. Alors que le kayak passait en dessous et que Todd pénétrait dans cette obscurité totale, le roulis du canot devint la seule sensation qu'il éprouvait. Quand il ressortit sous la lueur des étoiles, de l'autre côté, Todd se remit à pagayer lentement, avec détermination, vers sa prochaine destination. Tout ne s'était pas déroulé comme prévu, mais suffisamment pour qu'il puisse poursuivre son œuvre.

Quartier de Potomac Overlook

McLean, Virginie

On aurait dit un bûcher funéraire, avec cette colonne de fumée qui s'élevait de la maison de Todd, encadrée par les drones qui achevaient de se consumer là où ils s'étaient écrasés, aux quatre coins du jardin. Mais quand elle sortit de la camionnette du FBI, Keegan n'aperçut aucune victime dans ses environs immédiats. Pour l'essentiel, les agents restaient plantés là, confus, ôtant leurs lunettes RA pour voir ce qui n'allait pas avec elles et jouant avec les boutons de leurs radios tactiques qui ne répondaient plus.

– Tout le monde va bien dans votre équipe ? cria-t-elle à Keg.

– Je crois ! hurla-t-il en retour. On était assez loin. Mais une partie de nos équipements a grillé quand la communication a été coupée. Qu'est-ce qui s'est passé, putain ? On n'est plus connectés au réseau.

– Todd avait une sorte de dispositif d'invalidation électronique dans sa maison. Un gros condensateur bricolé programmé pour se décharger une fois que nous serions à proximité. Il a sans doute bousillé tous les appareils proches dont les circuits électroniques n'étaient pas protégés.

Elle baissa les yeux sur sa Watchlet. L'écran était noir. Elle n'allait même pas pouvoir noter l'heure de cet attentat. C'est à ce moment-là qu'elle remarqua le silence ambiant.

– Keg, dites à vos gars d'établir un périmètre dirigé vers l'extérieur ! cria-t-elle.

Keg lui lança un regard perplexe.

– Nous n'avons plus aucun drone pour surveiller nos arrières, maintenant, expliqua-t-elle.

L'instant d'avant, ils étaient encore une équipe connectée en position de force. Maintenant, ils étaient sur la défensive et déconnectés, tout autant mentalement que technologiquement.

– Vous allez bien, Keegan ? s'enquit Noritz en sortant de la camionnette, hébété.

À l'intérieur du véhicule, la décharge avait grillé l'écran de contrôle du PackBot et les serveurs avaient craché des étincelles, mais il n'y avait pas eu de réelle explosion.

Keegan ne répondit pas. Elle continua de scruter les environs pour s'assurer qu'aucune autre menace ne surgissait de la forêt ou de la rue toute proche, profitant de ce brusque retournement de situation.

– Keegan ? insista Noritz. Hey ! Vous allez bien ?

Même au fond de cette impasse, elle sentit que quelque chose d'autre avait basculé. L'énergie dans l'air était différente. Ou plutôt, il n'y en avait plus.

– Ouais. Ça va.

Noritz montra le ciel nocturne.

– Regardez ces étoiles… Je ne les ai jamais vues si brillantes.

– Il n'y a plus de lumières. L'électricité a dû sauter partout.

Ils restèrent plantés là tous les deux, distinguant désormais à l'œil nu autant d'étoiles que seuls leurs dispositifs de vision nocturne leur avaient permis d'en voir auparavant. L'obscurité offrait de la clarté.

– Combien avait-il de dispositifs de ce type ? interrogea Noritz.

– Suffisamment pour provoquer la huitième plaie.

Elle marcha jusqu'au bord de la route et ramassa un microdrone en forme de libellule guère plus gros que son index.

– Et la neuvième.

Elle jeta par terre le petit drone inerte. Il y en avait une multitude, formant des tas, leurs ailes translucides scintillant dans l'éclat des étoiles.

– Mais de quoi parlez-vous ? répliqua Noritz.

– Les sauterelles et les ténèbres, répondit Keegan. La huitième et la neuvième plaie – ce qui signifie qu'il en reste encore une, si Todd est bien en train de faire ce que nous croyons.

Le grondement d'un moteur Diesel les interrompit ; un MRAP au blindage noir mat avec les lettres *FBI* imprimées sur le côté déboula dans l'impasse. Il appartenait à la force d'intervention rapide, postée à l'entrée du cul-de-sac, qui aurait tout aussi bien pu se trouver à l'autre bout de la ville maintenant que les appareils de communication étaient inopérants.

– Dieu merci, l'armée est équipée… soupira Keegan.

Les composants électroniques renforcés du blindé avaient protégé ses systèmes de l'impulsion électromagnétique déclenchée par Todd, même si ses radios ne pouvaient plus joindre grand monde.

Noritz alla s'entretenir avec le commandant de la force d'intervention rapide, Keegan restant à l'écart. Il n'y avait pas d'intervention rapide à réaliser, pas de prochaine étape claire. Au bout de quelques minutes, Noritz revint, visiblement revigoré.

– Je vais en faire mon taxi. Je vous déposerai aussi près qu'on pourra, et ensuite il faudra que je retourne au bureau, annonça-t-il.

– Comment ça, « me déposer » ? s'étonna Keegan.

– Prenez le temps d'aller voir votre famille. Ils ont traversé une sacrée épreuve. Tout ce bordel sera encore là demain.

Il avait dit ça sur le ton du conseil d'ami, sans préciser ce qui se passerait entre-temps. Ce bordel serait encore là demain, mais c'était ce soir qu'ils allaient décider qui en serait tenu pour responsable. Ils allaient chercher un bouc émissaire, et Noritz faisait en sorte qu'elle ne soit pas là à ce moment-là. L'absente qui les avait conduits droit dans ce piège porterait le chapeau.

Elle aurait voulu protester, mais elle n'avait pas l'énergie nécessaire. Il avait raison. Ce soir, sa place était ailleurs, avec quelqu'un d'autre.

Mais elle ne pensait qu'à une chose : ce qui allait venir après. La dernière plaie était celle qui avait finalement persuadé les Égyptiens, là où les précédentes avaient échoué : la mort des premiers-nés. Elle se perdit dans des recoins sombres de son imagination où elle aurait préféré ne pas s'aventurer, et elle se força à reprendre ses esprits en enfonçant ses ongles dans la chair de ses paumes. L'horreur de ce qu'elle visualisait malgré elle lui donnait la nausée. Et TAMS, sans doute la meilleure arme dont ils disposaient pour empêcher tout ça, était accroché à un support au fond d'un ancien complexe commercial reconverti.

15

Quartier de Ballston

Arlington, Virginie

Une multitude de lumières brillaient aux fenêtres des gratte-ciel. C'était presque beau, songea Keegan, leur éclat dessinant à contre-jour les silhouettes des gens qui contemplaient la métropole plongée dans le noir[1]. En temps normal, ce genre de lueurs aurait émané d'un écran ou d'une tablette. Là, elles provenaient des flammes de centaines de petites bougies. Le feu avait toujours été synonyme de peur pour certains, d'espoir pour d'autres. La peur l'emportait certainement sur l'espoir, ce soir-là. Mais ces flammes avaient quelque chose d'humain, comme un lien contre les ténèbres.

Le hall d'entrée de son immeuble, lui, était plongé dans l'obscurité. Les portes électriques ne s'ouvrirent pas automatiquement, mais elles ne s'étaient pas bloquées non plus – heureusement d'ailleurs, car comment serait-elle rentrée, sinon ? Elles s'ouvrirent de deux ou trois centimètres à peine. Keegan poussa plus fort, en engageant son épaule, et l'une des portes recula de quelques centimètres encore, si bien qu'elle parvint à se faufiler. Soudain un bruissement la fit se baisser. Un objet en métal tinta contre le verre renforcé de la porte, à peu près à l'endroit où sa tête se trouvait encore l'instant d'avant. Elle se ramassa sur elle-même et dégaina son pistolet. Discernant un mouvement et les contours d'une personne, elle braqua son arme.

– Agent fédéral ! Pas un geste !

– Quoi ? répondit une voix de vieille dame.

Quand les yeux de Keegan se furent adaptés à l'obscurité, elle baissa son pistolet.

– Bon sang, mais qu'est-ce que vous faites ?

– Oh ! Vous êtes la policière ! s'exclama une sexagénaire aux cheveux gris qui tenait une batte dans ses mains.

– Je ne suis pas de la police, mais du FBI, rectifia Keegan, exaspérée.

– Tu as raison, Siena. C'est la maman de la petite Haley, dit une deuxième silhouette, émergeant des ténèbres.

C'était un homme, soixante ans passés lui aussi. Au lieu d'une batte, il tenait un marteau.

– Oui, c'est moi. La maman de Haley, agent du FBI.

Elle non plus ne se souvenait pas de leur nom. Elle échangeait quelques banalités avec Siena et le type au marteau chaque fois qu'ils se croisaient dans le hall d'entrée ou là-haut, sur la plate-forme de livraison des drones. Mais personne ne sonnait chez les uns et les autres pour emprunter un peu de sucre ou se rendre service entre voisins comme au « bon vieux temps ».

– Sérieusement, insista Keegan. Qu'est-ce que vous faites là ? J'ai failli vous tuer.

– Nous protégeons le bâtiment des pillards.

– Je vois… soupira Keegan qui n'avait pas la patience pour ça. Je peux vous donner un conseil ? Essayez de savoir qui entre avant de vouloir lui fracasser le crâne.

– Qu'est-ce qui se passe, dehors ? demanda Siena d'une voix avide, comme si elle espérait l'apocalypse.

– Il se passe ce qu'il a l'air de se passer, répondit Keegan, agacée par ce contretemps. Il fait noir, la plupart des gens sont tapis chez eux comme nous ici.

– Le courant va revenir quand ? l'interrogèrent-ils, comme si, étant du FBI, elle détenait toutes les réponses.

On était loin de ces théories du complot et de l'« État profond » qui faisaient des ravages chez les gens de leur génération.

– La panne risque de durer un moment. Je n'en sais pas plus que vous. Mais si j'en apprends davantage, je vous tiendrai informés. La police va venir tôt ou tard pour s'assurer que tout le monde est en sécurité. Restez ici et tout ira bien. Si vous tenez vraiment à faire quelque chose, vous pourriez peut-être frapper aux portes pour voir si personne n'a besoin de soins médicaux, de bougies ou de quoi que ce soit d'autre ?

– Mais il ne faut pas surveiller le hall ? demanda Siena.

– Vérifier que tout le monde va bien est plus important, répondit Keegan. Moi aussi, il faut que j'aille retrouver ma famille. Tout va bien se passer, je vous assure.

Elle n'y croyait pas elle-même. Les choses se passaient tout sauf bien.

Arrivée à son étage, Keegan marqua une pause devant sa porte et passa instinctivement le doigt sur sa Watchlet, pour jeter un œil aux images des robots-caméras miniatures. Elle s'attendait presque à découvrir sa fille et son mari blottis autour d'un trio de bougies. Au lieu de quoi l'écran demeura noir.

Après une longue inspiration, elle frappa doucement à la porte.

– C'est moi, dit-elle. Lara.

Une bouffée de honte l'inonda, d'avoir à préciser cela.

Elle entendit des pas précipités, Haley sprintant jusqu'à la porte. Après que Jared l'eut ouverte, sa fille lui sauta dans les bras.

– Maman !

Keegan la serra fort. D'habitude, chaque fois qu'elle la retrouvait, sa petite fille semblait avoir encore grandi de quelques centimètres. Ce soir-là, au contraire, Haley paraissait plus petite, plus vulnérable dans un monde qui était devenu plus dangereux.

La salle était illuminée par de longues chandelles blanches et des ombres dansaient sur les murs.

Jared resta à l'écart quelques instants, puis s'avança pour les prendre toutes les deux dans ses bras. C'était une étreinte puissante, la plus longue depuis fort longtemps.

– Maman, t'as changé de vêtements, fit remarquer Haley en désignant sa tenue tactique.

– Oui, j'étais obligée.

– T'es allée les acheter au magasin ? demanda la fillette.

– On me les a donnés au travail.

– Comment ça se fait ? Il fait noir dans les magasins, aussi ? interrogea Haley.

– Tu vas bien ? demanda Jared.

– Oui, je crois. Je suis claquée, mais sinon ça va, étant donné les circonstances...

Elle porta Haley jusqu'au salon, se foutant bien de ses problèmes de dos, et ils s'effondrèrent tous les trois sur le canapé. Les ressorts grincèrent, usés par les interminables heures que Jared passait dessus à travailler.

Personne ne disait rien. Ils se contentaient de contempler les flammes qui vacillaient dans la pénombre du séjour.

– Il vous reste à manger ? demanda Keegan.

– Oui, ne t'inquiète pas, répondit Jared. Après la panique de la crue, j'ai fait des stocks de plats lyophilisés et de conserves, deux fois plus que ce que recommande la FEMA[2].

À voir le calme avec lequel il abordait tout ça, Keegan se dit qu'il avait dû aussi recevoir la commande de médicaments qu'elle avait passée pour lui.

Elle était dure envers lui, se réprimanda-t-elle. Quels que soient leurs problèmes, elle savait que Jared voulait protéger leur famille.

– J'en ai profité aussi pour racheter des bougies. Je ne savais pas combien il en fallait, alors j'ai commandé deux cartons de ces jolies bougies longues qu'on utilise dans la salle à manger.

– Eh bien, au moins ça donne un peu de classe à cette pièce, déclara-t-elle dans un demi-sourire.

– Haley, tu veux bien aller chercher une de ces barres énergétiques que ta maman aime bien ? demanda-t-il.

La petite se précipita vers la cuisine.

– Mais qu'est-ce qui se passe dehors, au juste ? interrogea Jared quand la fillette ne fut plus à portée de voix. Tout a planté, non seulement le courant mais nos appareils aussi. Je ne peux même pas me connecter aux actualités, sans parler de bosser. Les jouets de Haley sont kaput, aussi.

– Les personnes à l'origine de la crue et des crashs de drones ont fait sauter le réseau électrique et mis hors d'état tout ce qui était numérique, avec, pour faire simple, une chaîne de bombes électriques improvisées.

– On dirait que ça ne va jamais s'arrêter, fit remarquer Jared. Comme si les choses ne pouvaient pas revenir à la normale.

– Non, je ne crois pas. Nous allons attraper ces types et tout reprendra son cours, dit-elle, sans en être certaine elle-même.

Mais il fallait être celle qui gardait confiance.

– Non. Tu te rappelles ce que disaient nos parents à propos du 11 Septembre – que le monde entier avait changé à tout jamais ? Pas à cause des attentats proprement dits, mais de ce qui a suivi. L'Afghanistan. L'Irak. L'Arabie saoudite. C'est ce qui va se passer maintenant. Sauf qu'on va se faire la guerre entre nous.

Elle le dévisagea. Il avait peut-être passé trop de temps en ligne. Ou peut-être qu'il avait raison.

– Ce n'est sans doute pas le moment de penser à ça. Il y a des priorités à aborder au jour le jour. Heure par heure. Sinon, c'est trop, dit-elle pour se convaincre elle-même autant que lui.

– Où est TAMS ? demanda Haley, qui était revenue en courant, sans barre énergétique, ayant oublié sa mission.

– Il est resté au travail, répondit Keegan.

– Il me manque, dit Haley en grimpant sur les genoux de sa mère. Lui aussi, il est débranché ?

L'espace d'un instant, Keegan se demanda comment elle avait deviné, avant de réaliser que sa fille voulait parler de ce qui était arrivé à ses jouets.

– TAMS se repose à mon travail, Haley.

– Tu peux le rallumer, hein ? demanda la fillette.

– Pas vraiment, non, répondit Keegan.

Comment la petite fille allait-elle intégrer la « mort » d'un robot[3] ? Est-ce que ce serait comme perdre un jouet, un animal domestique ou même un ami humain ?

– TAMS a rempli sa mission. Il a super bien travaillé, d'ailleurs. Maintenant, c'est terminé.

– Mais je veux que TAMS vienne ici, avec moi !

Haley serra les poings, prête à faire une crise.

Un coup sonore à la porte les interrompit. Keegan posa Haley sur le canapé et marcha vers l'entrée, notant au passage que la porte ne paraissait pas très solide, le genre que n'importe quelle hache de pillard détruirait en une seconde.

Contrôle-toi. Ces deux idiots du hall d'entrée t'ont retourné le cerveau.

Le deuxième coup fut plus fort encore, faisant trembler le battant.

Elle sortit son pistolet de l'étui, réalisant soudain que dans sa précipitation pour rejoindre les siens elle ne l'avait pas rangé en lieu sûr au-dessus du frigo.

– Salle de bains, souffla-t-elle à Jared et Haley.

Haley se mit à pleurnicher. Jared se contenta de hocher la tête et prit la fillette dans ses bras.

Keegan se reconcentra sur la porte d'entrée.

– Keegan, c'est Modi. Ouvrez. Je sais que vous êtes chez vous.

Qu'est-ce qu'il faisait là, *lui* ?

Elle déverrouilla la porte puis recula d'un pas, cachant le pistolet dans son dos.

Mais Modi ne fut pas le premier à franchir le seuil. TAMS le précéda. Dans l'encadrement de la porte, la silhouette du robot semblait enfantine, quasiment semblable à Haley dans sa fragilité.

– Merde, mais… ? commença Keegan.

– Bonjour… l'interrompit la machine, puis une pause d'une fraction de seconde, le temps de l'identifier. Agent Keegan.

– Vous pouvez ranger votre arme, d'accord ? dit Modi en entrant derrière le robot.

Keegan acquiesça et remit le Sig dans son étui, impressionnée que Modi ait aussi vite remarqué ce détail. Mais cette pensée fut balayée dès qu'il s'approcha d'elle. La lueur des bougies ne faisait pas miroiter sa chevelure. Les reflets métalliques ondoyants avaient cédé la place à un brun terne. Il portait en outre un costume trois pièces serré qui ne le faisait plus paraître aussi maigre.

La porte de la salle de bains s'ouvrit brusquement et Haley bondit dans le couloir.

– TAMS !

– Je suis content de te revoir, Haley, déclara TAMS tandis que la fillette percutait le robot, le faisant reculer par la force d'une étreinte tout aussi intense que celle qu'elle avait réservée à sa mère.

Jared vint la rejoindre dans l'entrée mais resta en retrait, observant Modi et le robot avec suspicion.

Haley serrait la machine contre elle. Keegan s'émerveilla de ce lien qui semblait s'être créé entre la petite et le robot. Mais en regardant les bras de sa fille refermés autour de la taille de TAMS, elle se rendit compte que quelque chose clochait. La peau en céramique du robot était intacte. Pas une bosse, pas une éraflure héritée de la bataille.

– Attends un peu... dit Keegan.

Impossible qu'ils l'aient réparé depuis la dernière fois, avec tous ces attentats et ces plantages. Elle s'approcha du robot, puis s'agenouilla pour examiner le plastron.

– Si tu emmenais TAMS dans ta chambre pour lui montrer tes jouets, hein, Haley ? TAMS... ajouta-t-elle d'une voix hésitante, se sentant presque coupable d'utiliser le même nom pour cet autre système. TAMS, reste avec Haley jusqu'à ce que je te dise de revenir.

– OK, répondirent presque à l'unisson Haley et le robot, ce qui fit glousser la petite fille.

Elle entraîna le robot vers sa chambre en le tenant par la main.

– Tu peux m'aider à refaire voler Baz ? lui demanda-t-elle.

Keegan attendit que la porte se referme, puis se tourna vers Modi.

– Ce n'est pas TAMS.

– Oui et non, répondit Modi. C'est une unité TAMS, mais pas la vôtre. Celle-ci dispose de la même expérience, synchronisée, mais nous avons dû vous récupérer un robot auprès… d'autres sources.

– Comment avez-vous pu en trouver un nouveau dans un chaos pareil ? Ce n'est pas le genre de machine qui traîne au fond d'un entrepôt, attendant qu'on l'allume…

– Pour certaines organisations, si, rétorqua Modi.

– Sérieusement, expliquez-moi. Comment avez-vous fait pour amener ce système ici, mis à jour et, j'imagine, chargé, alors que cette tornade d'impulsions électromagnétiques a tout fait sauter ? C'est Shaw qui tire les ficelles, maintenant ?

Modi secoua la tête.

– Non, il y a certains niveaux auxquels même des gens comme M. Shaw n'ont pas accès.

– Qui, alors ? Le ministère de la Défense gérait ce programme, avant. C'est l'une de leurs machines ?

– Indirectement. Elle a été fournie à d'autres agences gouvernementales qui s'intéressent à ce projet, répondit Modi.

– Une agence dont le nom comporte trois lettres ? suggéra Keegan.

Modi acquiesça.

Jared se leva brusquement.

– Bon, c'est sympa tout ça, mais un de nous deux doit rester hors de prison. Je sais que je ferais mieux de ne pas être dans cette pièce en ce moment, dit-il en se dirigeant vers la chambre.

– Très bonne idée, grommela Modi entre ses dents.

Quand la porte se fut refermée, Modi sortit un petit rectangle noir de la taille d'une batterie externe de portable, qu'il ouvrit d'un coup de pouce. Il fit rapidement le tour de la pièce, avec une assurance que Keegan ne lui connaissait pas – disparue, l'hésitation un peu gauche de l'universitaire mal dans sa peau. Il avait à présent les gestes vifs et sûrs d'un prédateur. L'efficacité d'un soldat bien entraîné, comprit Keegan.

– C'est bon, dit-il. Restez juste à l'écart des fenêtres.

Ils s'assirent à la table de la cuisine, poussant deux bols de céréales à moitié pleins. Jetant un coup d'œil par-dessus l'épaule de Modi, Keegan remarqua que ses robots-origamis étaient tous posés sur l'appui de fenêtre, tournés vers la ville.

– C'est la deuxième fois qu'on me sort ce genre d'appareil en l'espace de deux jours, dit-elle. Encore une conversation qui n'a jamais eu lieu ?

Modi inspira tranquillement. Mais au lieu de s'avachir, comme il en avait eu l'habitude jusque-là, il s'assit les épaules droites et le dos raide comme un piquet.

– Agent Keegan, je dispose d'informations confidentielles qu'on m'a autorisé à partager avec vous, et vous seule, à ce stade de ce qui est une enquête extrêmement sensible mettant en jeu la sécurité nationale. Pas avec Noritz. Ni Bosch. Ni Shaw. C'est compris ?

– Oui, répondit-elle, se demandant pourquoi cette autorisation ne lui était pas signifiée par écrit, et un peu effrayée par la réponse.

– Je ne travaille pas pour le département de la Justice, ni pour le FBI. Du moins, pas exactement.

– Pas exactement ?

– Je travaille pour les services de contre-espionnage de la CIA, au sein d'une unité opérationnelle à vocation essentiellement intérieure. Dans ce cas précis, on m'a chargé de surveiller le FBI de l'intérieur pour repérer l'infiltration éventuelle d'ennemis de la patrie, étrangers ou américains.

Il insista sur ce dernier mot, puis marqua une pause pour laisser le temps à Keegan de saisir toutes les implications de ses paroles.

– Ce programme a été lancé à la suite de comportements, disons, *curieux* au sein du bureau du FBI à New York, après le tout premier cas d'ingérence étrangère dans une élection nationale américaine[4].

– Qui surveille ceux qui surveillent ? murmura Keegan, assimilant encore ces nouveaux éléments[5].

– La question que tout le monde s'est toujours posée, depuis les Romains de l'Antiquité jusqu'à *Star Trek*.

– Un espion doublé d'un geek ?

– Je plaide coupable… C'est la question qui revient à chaque génération ou presque. La dernière fois, c'était quand les élections américaines ont été chamboulées par nos amis russes et du Golfe. Ce contre-programme a mis deux ou trois ans à peaufiner le cadre juridique dans lequel il opère, mais il tourne depuis un bon moment, maintenant.

Keegan ne dit rien. Les questions se bousculaient sous son crâne, et elle essayait de se concentrer pour décider par laquelle commencer. Que savait-il sur elle, au juste, et faisait-elle l'objet d'une enquête ? Existait-il une menace au sein même du FBI ? Que savait la CIA sur la nature du prochain attentat ? La question qui sortit en premier fut celle qui pouvait débloquer une bonne partie des autres :

– TAMS le savait depuis le début ?

– Bien sûr que non, répondit Modi. Nous n'avons rien à voir avec la création de ce programme et ses activités, même si je dois bien reconnaître qu'il nous a fourni une foule de données issues de cette surveillance interne, bien au-delà de nos attentes initiales.

Keegan se demanda ce que tout cela pouvait bien vouloir dire. Modi et la CIA supervisaient depuis le début tout ce que TAMS avait vu et expérimenté. Y compris la concernant.

– Et vous, alors ? Êtes-vous seulement un profileur ?

– Pas exactement. Je suis psychologue, en fait. J'ai commencé au SOCOM, où je travaillais sur le recours à l'IA pour appréhender les processus susceptibles d'influencer plus efficacement les gens[6]. C'est par la suite que j'ai été recruté par la CIA. Vous comprenez à présent pourquoi nos débriefings m'intéressaient autant…

– Je suis contente de vous avoir diverti, répliqua Keegan, pour lui faire comprendre qu'elle n'appréciait pas vraiment d'avoir été considérée comme un simple objet d'étude. J'imagine que ça explique le rattachement à l'Unité 5…

– Oui, par bien des aspects. Le fait d'appartenir au groupe d'analyse comportementale nous a permis de surveiller les activités internes au FBI, sans être directement impliqués dans des opérations de maintien de l'ordre, comme procéder à des interpellations ou témoigner à la barre. Cela nous permettait de rester du bon côté de la loi… en théorie, ajouta-t-il en souriant, mais son regard était résigné. Il faut toujours obéir aux lois, même si ce sont celles de l'espionnage.

Keegan observa les mains de Modi, calmement posées sur le comptoir de la cuisine ; il ne se souciait guère de ce qu'elle pouvait penser.

– Eh bien au moins, maintenant, je sais pourquoi vous vous êtes débarrassé du petit robot que je vous avais offert.

– Oui, votre « cadeau » fait partie de notre arsenal classique. Il a été embarqué lors d'une opération de routine d'élimination des micros. Ça a créé de sacrés remous au siège de la CIA, car certains pensaient que toute l'opération était compromise. Par chance, le fil de TAMS nous a montré que vous en aviez aussi placés à votre domicile, conclut-il, désignant d'un signe de tête les robots posés sur l'appui de fenêtre.

Ils avaient donc tout surveillé… Qu'avaient-ils espionné d'autre ?

Haley cria de joie dans sa chambre, et Keegan sourit malgré elle à la pensée d'un analyste, dans une salle obscure du QG de la CIA, devant regarder sa fille en train de faire un petit spectacle avec ses peluches, pour TAMS. Puis elle redevint sérieuse.

– Comment avez-vous su, pour le tatouage des runes ? Vous avez deviné avant même que TAMS ne les identifie…

– Une mission antérieure, pour le compte de l'Agence. Après les meurtres et les fusillades qui ont eu lieu un peu partout, de Londres à la Nouvelle-Zélande en passant par Pittsburgh, les directeurs des Five Eyes, cette alliance des services de renseignement australiens, canadiens, néo-zélandais, britanniques et américains, ont compris qu'il fallait considérer le phénomène du nationalisme blanc comme un réseau extrémiste mondial, comme nous le faisions pour Daech et les Fils d'Alep[7]. Même profil de menace, mêmes actions, même foutue idéologie à base de haine et de violence[8].

– Mais alors, qu'est-ce que vous nous avez caché d'autre ? Si vous traquiez les néonazis… L'embuscade à Greene County – vous saviez que ça allait arriver ?

Modi secoua la tête.

– Non, et si je l'avais su, j'aurais trouvé un moyen de prévenir la HRT par le biais de la CIA ou d'une autre manière. Je sais que ça n'en a peut-être pas l'air, mais nous sommes du même côté. Heath, Jacobs, Todd et leurs semblables sont un fléau pour ce pays, et il faut les éliminer.

– Dans ce cas, que comptez-vous faire ?

– Exactement ce que je viens de faire, répondit Modi. Il a été décidé de vous confier à nouveau TAMS. Ou du moins, une version de TAMS qui vous aidera à mettre fin à une menace intérieure contre laquelle l'agence à laquelle j'appartiens ne peut pas intervenir davantage, à cause de son statut légal.

Sur ces mots, il se leva et fourra le brouilleur dans sa poche. Puis il prit la main de Keegan et y déposa une Watchlet repliée.

– Comme TAMS, elle fonctionne parfaitement, et contient toutes vos données jusqu'à la dernière mise à jour.

Encore un rappel du fait qu'ils en savaient plus sur elle que n'importe qui d'autre.

– Vous pourrez utiliser la liaison satellite du robot pour pallier la défaillance des réseaux locaux.

Mais il laissa sa main sur la sienne un peu plus longtemps que nécessaire. Puis il la serra légèrement, une marque d'affection peut-être, songea-t-elle, à moins qu'il ne s'agisse encore d'une tentative de manipulation.

– Lara, je sais que vous avez encore moins de raison de me faire confiance qu'avant, mais ce fut un véritable plaisir de travailler avec vous, insista-t-il avant de lui lâcher la main. Je le pense vraiment.

– C'est tout ce que vous aviez à me dire ?

– Je crois, oui.

Modi sortit de l'appartement, laissant Keegan assise seule. Quelques instants plus tard, son mari la rejoignit dans le séjour.

– Tu as tout entendu ? lui demanda Keegan.

– J'en ai entendu bien assez, répondit-il avec une touche de chagrin dans la voix. Que vas-tu faire, maintenant ?

– Il va y avoir d'autres attentats. Je le sais. Je crois aussi savoir ce qu'il faut faire, mais je dois me débrouiller toute seule.

– C'est-à-dire ?

– J'aurai TAMS, enfin, un TAMS. Mais si je le reconnecte au réseau du Bureau, on va sans doute nous convoquer. Voire pire.

Il leva les mains au ciel.

– Attends. Tu risques de te faire virer pour ça ?

– Je ne sais pas. C'est peut-être déjà fait.

– Comment ça ? dit Jared. Donc le choix devrait être facile, non ?

– Ce n'est pas si simple, répliqua Keegan, en se faisant la réflexion qu'elle se retrouvait maintenant confrontée au genre de problème auquel TAMS devait faire face à chaque instant lorsqu'il évoluait dans le monde des humains.

La question de savoir quelle est la meilleure chose à faire n'était pas toujours binaire.

– Eh bien, qu'est-ce que tu comptes faire, maintenant que Modi est impliqué dans cette histoire ? insista Jared sur un ton qui trahissait un peu de suspicion, peut-être même de jalousie. Tu as confiance en lui ?

– Je ne suis pas sûre. Vu les enjeux, je crois que je n'ai pas le choix.

– C'est peut-être juste un piège qu'il te tend. Tu y as pensé ? Le but, c'est peut-être de faire de toi leur bouc émissaire.

– Tu veux dire, est-ce que la CIA ne serait pas derrière tout ça ?

– Qui sait ? C'est ton monde, ajouta-t-il en la gratifiant d'un sourire résigné.

– D'accord, répondit Keegan. Tu as raison. Occupe-toi de Haley, c'est le plus important que tu puisses faire pour moi. Je reviens aussi vite que possible, mais je ne te promets rien.

– Quoi que tu fasses, s'il te plaît, fais vite. Je ne sais pas combien de temps on va pouvoir tenir tous les deux sans Internet. En plus, je veux que ce soit toi qui aies la conversation existentielle avec Haley à propos de la mort de Baz.

C'était le Jared d'avant, s'en remettant à l'humour pour esquiver l'angoisse qu'il éprouvait certainement.

– Je sais, dit Keegan. Tu ne veux pas monter un moment avec elle sur le toit ? Il y a plein d'étoiles, tu sais. À vrai dire, c'est très beau.

Jared sourit et la gratifia d'un regard reconnaissant.

– Tu devrais venir avec nous, dit-il calmement – une dernière tentative, peut-être.

– Il faut que je termine ce que j'ai commencé.

– Je sais, dit-il, et il se pencha pour la serrer dans ses bras.

Il sentait légèrement l'eau de Cologne à la feuille de laurier qu'elle lui avait achetée un an plus tôt pour la fête des Pères, de la part de Haley. Le parfum lui rappela leur vie d'autrefois, loin de la peur du monde extérieur et de la colère enfouie en elle.

Il appela Haley et ils montèrent tous les deux sur le toit, la fillette tenant une longue bougie blanche, comme lors d'une procession de Noël.

Keegan se dirigea vers le canapé, laissant la Watchlet sur le comptoir de la cuisine, comme pour la tenir à distance. Elle sentait que son dos était de nouveau en train de se bloquer, si bien qu'elle s'allongea sur le plancher, ferma les yeux et inspira profondément pour tenter de relâcher la tension. L'esprit en ébullition, elle s'efforçait d'intégrer tout ça. Elle commençait à se détendre, mais cela s'accompagna d'une sensation de fatigue mentale et physique. Sachant que si elle s'abandonnait un instant de plus, elle ne se relèverait jamais, Keegan s'arracha au plancher et marcha jusqu'à la machine à café, à la cuisine. Mais la petite lumière rouge n'était pas allumée, ce qui lui rappela la panne de courant et tout ce qu'il fallait remettre en ordre.

Elle avait besoin de reprendre des forces en vue de ce qui l'attendait et se remplit une tasse avec le reste de café, avalant une gorgée du breuvage amer, à température ambiante.

Keegan se demanda une fois de plus si elle était prête.

– OK, TAMS, lança-t-elle. Il est temps d'arrêter de jouer avec les peluches de Haley et de se remettre au travail. Rejoins-moi.

Accoudée au comptoir, Keegan regarda le robot faire son entrée. Il ressemblait en tous points à celui qu'elle avait découvert le premier jour dans la salle d'interrogatoire.

– Tu es prêt ? demanda-t-elle, tâchant de convaincre son cerveau de traiter ce nouveau TAMS de la même manière que l'ancien.

Une autre sorte de « vallée de l'étrange » à franchir, qu'elle n'avait encore jamais imaginée.

– Oui, je suis totalement opérationnel, répondit le robot.

– Bien. Établis une connexion entre la Watchlet et ton réseau de communication par satellite. C'est l'heure de demander une faveur…

Elle glissa l'appareil autour de son poignet et fit défiler la liste de ses contacts. Bien sûr, l'Agence avait téléchargé ces informations-là, aussi, nota-t-elle avec amertume.

Elle afficha les coordonnées de Willow Shaw et ouvrit un *chat* encodé.

Qu'allait-elle lui dire ? Reste simple, songea-t-elle. C'était déjà assez compliqué en soi d'avoir affaire à Shaw.

Je voudrais vous parler.

Au bout de cinq secondes, le bracelet vibra et une fenêtre de *chat* vidéo s'ouvrit sur son écran. On y voyait des collines verdoyantes baignées des ultimes reflets roses d'un coucher de soleil sur l'océan. Sa propriété, peut-être. Ou plutôt *l'une* de ses propriétés, se corrigea-t-elle.

– Agent Keegan, je me demandais quand vous alliez m'appeler, déclara Shaw d'une voix désincarnée.

– On ne dirait pas Washington…

– Je suis chez moi. Avec tout ce qui se passe, je me suis dit que cela vous ferait du bien de voir ce spectacle apaisant.

Elle se demanda si c'était la vérité ; il aurait pu être n'importe où, juste envoyer des images enregistrées.

– Merci. Comme vous l'avez sans doute constaté, nous avons des manières différentes de nous reconnecter à la nature.

Elle ouvrit la caméra de sa Watchlet et tendit le bras pour lui montrer l'évier de la cuisine, les bougies puis l'obscurité du dehors. Keegan voulait qu'il voie de ses yeux ce qui était arrivé à la ville, pour lui rappeler qu'il ne saurait jamais comment c'était, dans la vraie vie.

– Je vois ça, dit Shaw. Vous serez contente d'apprendre que le président m'a assuré que l'électricité serait rétablie d'ici deux jours. Nos propres estimations font état d'au moins quatre-vingt-seize heures, mais quoi qu'il en soit, nous allons surmonter cette crise.

– Je ne crois pas que le pire soit derrière nous, rétorqua Keegan. La menace qui pèse sur la région de Washington, et sur d'autres villes peut-être, demeure plus que jamais réelle.

– Oui, on m'a briefé là-dessus. Pour tout vous dire, le président envisage d'instaurer la loi martiale. Officiellement, les ressources militaires supplémentaires déployées dans les rues sont là pour participer aux opérations de secours, mais elles auraient en fait pour but de stopper Jackson Todd.

– Ça ne marchera pas, répliqua Keegan.

– Pourquoi cela ? s'étonna Shaw.

– Ils n'ont pas TAMS.

– On m'a dit que le programme TAMS était interrompu…

– Oui et non, nuança Keegan. Je l'ai récupéré.

– Voilà qui est intéressant, commenta Shaw, sans surprise apparente, mais Keegan devina qu'il n'était pas au courant. Et vous me le faites savoir parce que… ?

– J'ai l'outil, mais pas les données. Le Bureau ne peut pas nous fournir les informations dont nous avons besoin.

Elle resta vague, ne spécifiant pas la véritable raison pour laquelle elle n'y avait pas accès.

– D'un point de vue légal, c'est exact. Donc, ce que vous demandez, c'est l'accès intégral à toutes les données du cloud ?

– Oui. Nous en avons besoin, confirma Keegan. Vous m'avez dit que je pouvais compter sur votre soutien. Le moment est venu…

– Trois millions et demi de dollars la minute, déclara Shaw d'un ton détaché.

– Quoi ?

– Trois millions et demi de dollars la minute, c'est ce que nous facturons à nos entreprises clientes pour avoir accès à ce genre de données.

– Je pense que vous savez déjà que je n'ai pas les moyens de payer une somme pareille.

– Oui, je sais cela, et tant d'autres choses – exactement ce que vous me demandez là. Nous en savons plus sur les Américains que leur propre gouvernement. Des capteurs dans leurs Viz Glass. Des capteurs dans leurs médicaments contre les brûlures d'estomac. Des implants dans leurs maisons. Des implants dans leurs reins. Des puces dans leurs chats. Des puces dans leurs *puces*. Le tout analysant ces données au sein d'un réseau en expansion constante et rendant compte de tout et n'importe quoi sur le cloud[9]. Nous pouvons alors recouper et exploiter ces informations quasi infinies jusqu'à acquérir une connaissance que les gens n'imaginent pas dans leurs rêves les plus fous. Dans leurs rêves les plus dérangeants, même, des révélations sur leur profil psychologique, leur personnalité, à tel point que l'algorithme en sait davantage sur eux qu'ils n'en savent eux-mêmes[10]. Et si nous facturons aux entreprises les fruits de cette récolte, les gens nous *donnent* tout cela gratuitement. Non seulement ce qu'ils font et pensent, mais les moyens de changer ce qu'ils font et pensent[11]. Ils nous donnent le contrôle de leur vie, sans réserve, en échange d'un libre accès à des services et à des biens que nous leur faisons payer au prix fort…

– Des milliers de vies sont en jeu à l'heure où nous parlons, l'interrompit Keegan, qui n'avait pas besoin d'un nouveau laïus de Shaw sur l'ampleur de son influence. Et des vies d'enfants, je crois, ajouta-t-elle, sachant que cela ne l'émouvait guère, mais elle avait besoin de le dire.

– Oui, agent Keegan. Le moment est venu, n'est-ce pas ?

Les images tremblotèrent puis s'élargirent sur des champs fertiles. Un terrain de cette superficie dans la commune la plus chère du monde : encore un rappel du fait que le vrai pouvoir émanait désormais du contrôle des informations.

– Les gens s'imaginent ce qu'ils veulent quand ils pensent à moi et à mon travail, mais il est rare qu'ils en comprennent le but véritable. Mes actions ont un profond impact, mais si peu de gens s'en rendent compte…

La caméra pivota et le visage de Shaw, esquissant un sourire, apparut à l'écran. Il était donc vraiment là-bas.

– Ce sera encore le cas, cette fois. Je vais vous donner ce qu'il vous faut.

La condescendance de Shaw hérissa le poil de Keegan, ce qui la poussa à en demander encore plus.

– Merci. Ah, une chose encore – il nous faudrait un véhicule. Quelque chose qui nous permette de traverser une ville dévastée.

American Legion Memorial Bridge

Washington

Ils slalomaient entre les voitures abandonnées dans l'obscurité du pont, leurs phares éteints rendant encore plus déconcertant ce cimetière des technologies.

Le Range Rover Encounter se dirigeait tout seul dans le noir grâce à sa batterie de lasers, de caméras thermiques et de capteurs, digne d'un œil de mouche. Il s'était présenté au pied de l'immeuble de Keegan moins de vingt minutes après sa conversation téléphonique avec Shaw ; d'où il venait, elle n'en avait aucune idée.

Mais c'était exactement ce qu'il leur fallait – un véhicule militaire, mais aux finitions luxueuses. Elle avait vu les publicités. L'engin était théoriquement conçu pour des périples éprouvants dans les dernières zones non connectées de la planète – par exemple, un safari extrême sur les glaciers au nord du Groenland[12]. La réalité, c'était qu'il était essentiellement utilisé par des diplomates dans les zones de guerre et par de riches dilettantes. Ce SUV aux lignes épurées combinait un extérieur blindé avec des aménagements intérieurs raffinés, comme cette petite glacière à champagne fixée entre les sièges en cuir rouge cousu à la main[13]. Ce qui rendait l'Encounter particulièrement pratique ce soir-là, c'était son moteur Diesel, son système de commandes électroniques doté d'une protection renforcée contre les ondes extérieures et son immense antenne dont le maillage intégré au toit offrait une bande passante digne d'un navire de guerre de l'US Navy, via une connexion satellite dédiée. Le plus souvent utilisée par des gosses de riches pour jouer en streaming à des jeux en RV sur la banquette arrière, sans devoir endurer l'outrage d'une pause d'une fraction de seconde dans le téléchargement ; aujourd'hui, elle allait servir à puiser dans la base de données mondiale de Shaw, analysant à chaque seconde des zettaoctets d'informations.

– Bon, commence à chercher sur le cloud tout ce qui aurait un rapport avec notre enquête, dit tout haut Keegan, en partie pour donner l'ordre et en partie pour s'habituer à parler au nouveau TAMS comme elle en avait pris l'habitude avec l'ancien. Nous savons que Todd va s'en prendre à quelque chose qui renvoie à la dixième plaie, la mort des nouveau-nés. C'est la plaie décisive, celle qui a fini par convaincre le pharaon de laisser partir le peuple de Moïse. Ça implique donc certainement des enfants.

– Cela s'accorde aux dernières projections de nos modèles, répondit TAMS.

Keegan se demanda si elle devait se le représenter comme TAMS ou comme TAMS-2. Mais elle écarta aussitôt cette question. C'était un TAMS avec les mêmes données et les mêmes souvenirs, jusqu'au moment où elle l'avait débranché.

– Nous savons également que Todd a toujours accès au logiciel d'automatisation de Preston, ajouta-t-elle. Vérifie tout ce qui a un lien, en recoupant les endroits rassemblant un grand nombre de mineurs et l'implantation actuelle de systèmes fondés sur le code de Preston.

– OK, répondit TAMS. Voulez-vous que j'inclue également les mises en place passées ?

– Oui, bien vu, répondit Keegan, notant que le robot venait de lui faire remarquer à travers une requête courtoise qu'elle lui avait donné la mauvaise instruction.

S'agissait-il encore d'une de ces mises à jour de l'interface utilisateur en provenance des autres bureaux du FBI qui entraînaient leurs propres TAMS, amélioration dont elle ne s'apercevait que maintenant ? Ou bien cette fonctionnalité était-elle propre au service où Modi avait récupéré celui-là ?

– Ce n'est pas parce que quelqu'un a installé le logiciel de Preston il y a un certain temps et ne l'a jamais mis à jour qu'il ne l'utilise plus.

La machine se brancha au port multimédia du SUV pour disposer d'un accès encore plus rapide au cloud de Shaw. Keegan s'esclaffa en voyant ses bras métalliques se poser sur le bois de rose précieux de la tablette pliante du véhicule, côté passager.

– Et ne raie pas l'habillage ; je ne suis pas sûre d'avoir les moyens de payer la caution.

– OK, répondit TAMS en gardant ses bras immobiles, montrant qu'il avait déjà fait ces calculs-là.

L'air se réchauffa légèrement tandis que TAMS menait ses recherches. Il laissait parfois échapper un léger vrombissement lorsqu'il explorait une nouvelle couche de données du cloud de Shaw.

Ne pouvant pas faire grand-chose d'autre qu'attendre, Keegan gara le véhicule au milieu du pont. En contemplant les ténèbres abyssales des flots, au-dessous, on avait l'impression que la liste des cibles potentielles était aussi infinie que les données du cloud.

– Il y a cent cinquante-deux enfants de huit à dix-sept ans dans un refuge de la Croix-Rouge installé dans les locaux du zoo de Washington, annonça TAMS, qui commençait à faire le point sur les correspondances. L'administration du zoo utilise le logiciel d'automatisation en open source du professeur Preston.

Keegan secoua la tête.

– Non, dit-elle. Le problème, ce ne sont pas les tigres. C'est la technologie elle-même qui doit être l'assassin.

TAMS identifia un autre point de connexion.

– Il y a cent soixante-sept enfants d'âge indéterminé en provenance de Baltimore, récemment embarqués à bord de trois autocars scolaires de la compagnie Star Choice. Ils se dirigent actuellement vers un centre d'accueil établi dans l'académie de l'US Navy à Annapolis, dont le réseau utilise également ce logiciel.

– Un endroit lié au ministère de la Défense, ça pourrait coller, raisonna Keegan en décrochant des Viz Glass en écaille et titane de leur base de chargement sous le plafond.

Shaw avait fourni tout le package dont elle avait besoin pour sa mission, dans cette bulle de luxe. Il ne fallait pas y voir une attention particulière ; non, c'était plutôt un réflexe du réseau d'assistants entourant les super-riches.

Le flux de données émanant du réseau KloudSky de Shaw s'afficha sur les verres. La vision de Keegan s'emplit d'une foule d'informations, des messages postés sur les réseaux sociaux par les gamins à bord des bus à l'historique du suivi par satellite des trajets de ces véhicules, tiré des métadonnées de leurs passagers au cours des dernières années. Était-ce donc cela que l'on ressentait lorsqu'on était Shaw et qu'on pouvait puiser sans limites dans les données des autres à des fins personnelles ?

– Ils ont déjà dépassé Bowie, constata Keegan. Et les trois bus ont un chauffeur humain. Jusque-là, ça ne semble pas correspondre au profil des attaques de Todd.

Mais quel était ce profil, au juste ? Pas seulement les moyens utilisés, mais les fins ? Tout ce que Todd avait fait jusqu'ici avait consisté à souligner l'impuissance humaine, le sentiment que la mort pouvait frapper au hasard, mais seulement lorsqu'elle dépendait des actions d'une machine, pas d'une personne. Il fallait vraiment que ce soient les machines – ou plutôt, le programme les faisant fonctionner – qui tuent.

TAMS s'attaqua à un nouvel ensemble de données.

– Il y a quatre-vingt-treize nouveau-nés dans l'unité de soins intensifs néonatals de l'hôpital des enfants de Washington, dont le système s'appuie sur...

L'accélération soudaine du pouls de Keegan encouragea la machine à creuser davantage. Sans que Keegan ait eu besoin de le lui demander, des images satellites de l'hôpital s'affichèrent dans ses Viz Glass.

– Ça en fait des prématurés, pour un seul hôpital, commenta-t-elle. Pourquoi sont-ils si nombreux dans cette unité de soins intensifs en particulier ?

Un plan de Washington se projeta alors dans les Viz Glass, marqué par une série de cercles qui se chevauchaient, représentant les zones d'impact respectives des coupures de courant. Puis des points apparurent, désignant l'emplacement des différents hôpitaux de la ville, situés pour la plupart à l'intérieur des cercles.

– Plusieurs hôpitaux de la région sont privés d'électricité, résuma TAMS. Les services d'urgences ont évacué leurs patients et leurs équipements vers les hôpitaux encore opérationnels.

– En quoi cela correspond-il au profil de la menace ?

– Cette unité de soins intensifs néonatals est coordonnée par un système qui enregistre automatiquement l'identité des patients, supervise leur état et leurs traitements. Il gère notamment le niveau d'oxygène dans le sang et l'administration des médicaments[14]. Le logiciel de ce système repose également sur des algorithmes en open source créés par Preston.

TAMS remplaça le visuel de Keegan par un schéma du système d'exploitation de l'hôpital, où les dossiers des patients apparaissaient sous l'aspect d'icônes multicolores en forme de sucettes, sur un fond évoquant une fiche administrative. Mais à la place des traditionnelles photos d'identité le dossier de chaque patient s'accompagnait d'un simple code-barres. Keegan comprit aussitôt que ceux-ci correspondaient aux identifiants figurant sur les bracelets passés à la cheville des bébés prématurés. Leurs visages étaient encore trop ratatinés pour que le logiciel de reconnaissance faciale les identifie. De toute façon, ils ne représentaient pour le réseau que des données parmi d'autres.

– Toutefois, les systèmes sont totalement isolés d'Internet et disposent d'un accès asynchrone au cloud, expliqua le robot.

– Donc, il faudrait que Todd soit présent en personne pour attaquer l'hôpital... J'en repère quatre sur la carte, en dehors des zones affectées.

Le plan se recomposa de lui-même, surlignant les hôpitaux opérationnels et les accompagnant de diagrammes où s'affichait le nombre de patients actuellement pris en charge dans leurs unités de soins intensifs néonatals.

– C'est l'hôpital des enfants de Washington qui en accueille le plus grand nombre, suivi du Fairfax, de l'hôpital de Georgetown University et du Sibley, énuméra TAMS.

Bon sang, ils étaient éparpillés aux quatre coins de la ville. Lequel était le bon ? L'hôpital des enfants était celui qui rassemblait le plus de patients, ce qui en faisait la cible la plus significative. Mais Fairfax, situé du même côté du fleuve que le domicile de Todd, était plus facile à atteindre pour un homme en fuite.

Pendant que Keegan passait en revue les différents paramètres, TAMS mit en évidence l'hôpital de Georgetown University, superposant la photo d'un minuscule bébé connecté à un respirateur, manifestement prise à travers une fenêtre d'observation. Puis il projeta une deuxième photo, celle d'une mère souriante tenant un bébé dans ses bras, qui franchissait les portes coulissantes pour sortir de l'hôpital, poussée dans un fauteuil roulant.

– Les archives de KloudSky contiennent des photos du fils et de l'épouse de Todd postées en ligne il y a quatorze ans, expliqua TAMS. Les métadonnées de ces fichiers indiquent qu'ils ont été téléchargés via un réseau géré par le département informatique de Georgetown University. Les relevés de sa carte de crédit confirment que Todd a effectué plusieurs achats à la boutique de cadeaux de l'hôpital de Georgetown University.

Keegan connaissait cet hôpital. Elle connaissait cette unité de soins intensifs néonatals.

– Haley est née là-bas, dit-elle tout bas, essayant de ne pas considérer la situation d'un point de vue personnel – en vain.

Les souvenirs de cette unité étaient une part d'elle aussi essentielle que ses missions dans le Golfe, et dix fois plus effrayante. Une image était restée gravée à jamais dans son esprit : les yeux vitreux et le nez rabougri de Haley, seules parties de son corps émergeant de la couverture thermique bleu clair et du nid de coton qui la protégeaient, parmi toutes ces machines qui la maintenaient en vie.

– Oui, répondit TAMS d'un ton neutre, comme blasé de tout savoir sur la vie de Keegan.

– Combien ? murmura-t-elle, son esprit intégrant peu à peu l'information.

– Il y a actuellement soixante-dix-sept nouveau-nés dans l'unité de soins intensifs néonatals de l'hôpital de Georgetown University.

Les icônes en forme de sucettes, puis leurs détails démographiques, réapparurent dans le champ de vision de Keegan. Trente-deux garçons. Quarante-cinq filles. Elle trépigna sur son siège en réalisant combien d'êtres à l'orée de la vie dépendaient de cette décision.

– L'hôpital de Georgetown University semble donc être la cible la plus probable, n'est-ce pas ? demanda-t-elle.

La machine répondit instantanément :

– Oui. Il s'agit d'une estimation probabiliste, mais c'est ce que le modèle indique.

– Quel que soit le nom que tu lui donnes, ce n'est pas beaucoup mieux qu'une intuition… Mais les bons agents ont parfois besoin de procéder ainsi.

Même s'ils se trompaient, la machine apprendrait de cette expérience.

Quartier de Georgetown

Washington

Tandis que l'Encounter roulait en pilote automatique entre les rangées de maisons mitoyennes de Georgetown, Keegan laissait son regard errer d'un côté puis de l'autre, embrassant la tragédie qui sautait aux yeux. Un vieillard recroquevillé sur sa véranda dans un sac de couchage, sans doute trop terrifié à l'idée de rester dans la même pièce que des machines auxquelles on ne pouvait plus se fier. À travers la fenêtre du séjour de la maison d'à côté, une mère en train de lire une histoire à ses enfants à la lueur d'une bougie, profitant de cette occasion pour renouer le lien alors que toutes les autres connexions avaient planté. Les gens vont vivre un tas de moments familiaux inoubliables, ce soir… à condition qu'ils ne mettent pas accidentellement le feu à la ville, songea Keegan.

Ils pénétrèrent dans le quartier aisé de Georgetown Heights, où les maisons mitoyennes cédaient la place à d'opulentes villas. Keegan aperçut les lumières mouvantes d'un gros octocoptère de la Garde nationale qui survolait la scène au ralenti. TAMS signala qu'il servait de relais pour se connecter au réseau, comme une borne wi-fi déployée en urgence. Pas étonnant, se dit Keegan, que les gens qui avaient des connexions dans les sphères du pouvoir soient les premiers à être reconnectés.

TAMS brisa le silence :

– Je dispose à présent d'une réponse à votre requête du 28 avril.

– Quoi ? s'étonna Keegan.

TAMS devait être en train d'ingurgiter toutes les données du cloud de Shaw, passant en revue les requêtes résiduelles, dont celle-ci qui remontait à plusieurs jours.

– Quelle était ma question ?

– Au cours de l'opération visant à interpeller Gregory Heath, vous m'avez interrogé au sujet d'une transaction immobilière.

– Mmh mmh… ?

Alors, la voix de Noah Reddy résonna dans le haut-parleur du robot. « Mais c'est carrément beau comme coin, quand même. » L'estomac de Keegan se noua en revivant ces derniers instants avec son ami.

« C'est vrai. Ça semble vraiment injuste », s'entendait-elle encore répondre, puis : « TAMS, comment ces connards ont-ils fait pour se payer un endroit pareil ? »

Se tournant vers elle, TAMS déclara de son ton éternellement monotone :

– Grâce aux données supplémentaires auxquelles j'ai accès, je suis désormais en mesure de répondre à cette question.

– Tu es en train d'éplucher les registres fonciers ?

Keegan ne put dissimuler son agacement en voyant TAMS gaspiller ses précieuses capacités d'analyse. C'était le problème, quand on s'attaquait à un cloud de cette ampleur : les multiples requêtes partaient dans tous les sens.

– Oui, j'ai également pu accéder à d'autres données financières et juridiques par le biais des vastes comptes cloud privés fournis par M. Shaw.

– Ce n'est pas le moment, TAMS. Nous avons une enquête plus importante à mener.

– Ces informations sont pertinentes dans le cadre de notre enquête, répliqua TAMS.

– OK. Dans ce cas, qu'as-tu découvert de si important ?

– Quatre sociétés-écrans immatriculées aux îles Caïmans sont impliquées dans cette transaction immobilière : PS2, Brilliance, SCIKITE et KronoGraf, énuméra TAMS, tout en projetant une série de documents juridiques. L'achat a été précédé d'une transaction séquentielle, à l'initiative d'un collectif de mineurs de bitcoin baptisé Militas Mining.

Un trait relia alors cette information à un passage surligné du dossier d'enquête consacré à Todd.

– Un serveur localisé à proximité du quartier de Todd a accédé à un compte bancaire offshore du groupe CANFIN Global. Ce compte a reçu quatre virements de Militas Mining, qui ont été utilisés pour acheter des plaques de nanocomposite du même type que celles utilisées par Todd pour fabriquer ses bombes à impulsions électromagnétiques.

– Ça serait logique, dit-elle. Ils font tous partie du même complot. Mais bon, ça ne répond pas à la question de savoir où ils ont trouvé cet argent…

L'Encounter freina brusquement. Keegan tapota l'écran pour en découvrir la cause. Les caméras à vision nocturne fixées à hauteur de pare-choc dévoilèrent une barricade de fortune. On aurait dit du matériel de jardinage entassé à la hâte – par des gens qui, visiblement, n'avaient jamais bloqué une rue. C'était la première fois qu'ils se lançaient dans ce nouveau genre d'action politique. Ils allaient bientôt prendre le coup de main, si l'on n'arrêtait pas Todd. Peut-être était-il déjà trop tard.

– Ce qui est notable, poursuivit TAMS, c'est que Militas Mining a été créé par VDO Associates. Il s'agit d'un cabinet juridique algorithmique qui a travaillé sur dix-sept opérations de fusion et d'acquisition pour le compte de sociétés appartenant à Willow Shaw.

Le robot n'eut aucun mal à déchiffrer l'expression de Keegan.

– Vos données biométriques indiquent une réaction négative à cette information, fit remarquer TAMS.

– Fortement négative, précisa Keegan.

Elle aurait voulu se ranger au bord de la route pour réfléchir un moment. Au lieu de quoi elle prit le contrôle du volant de l'Encounter et fonça droit sur la barrière. Le dessous du châssis frotta sur du métal et le SUV se souleva légèrement avant de retomber brutalement, ses pneus écrabouillant un taille-haie.

Keegan remit le véhicule en mode automatique pour continuer sa route vers l'hôpital.

Ce genre de corrélations égarait sans cesse les analystes, songea-t-elle. C'était également ce qui avait alimenté toutes ces théories du complot à la noix, les algorithmes d'analyse du cloud fabriquant des connexions entre une foule d'événements qui n'en avaient aucune. Du genre Elvis entretenant de mystérieux liens avec Hitler… Cette histoire de cabinet juridique et de transaction secrètes pouvait aussi n'être que cela : des connexions imaginaires. Mais cela n'en donnait pas l'impression.

– Bon Dieu, marmonna-t-elle entre ses dents.

Pourquoi Shaw, sans doute le défenseur le plus farouche des nouvelles technologies et d'une transformation de la société qu'elle n'avait jamais rencontré, aurait-il été derrière une campagne visant à faire dérailler les avancées qu'il avait passé sa vie à encourager ?

Ça n'avait aucun sens. Ou alors elle ne l'avait pas encore saisi.

– Tu as trouvé autre chose ? demanda-t-elle. N'importe quoi dans le cloud de Shaw qui permettrait d'identifier d'autres suspects ?

– Oui, répondit TAMS.

– Mais encore… ?

Dans les enceintes de la voiture, *Can't Stop the Feeling !* de Justin Timberlake résonna doucement.

– Grâce à cet accès élargi au cloud, je comprends désormais votre réaction à cette chanson, quand elle est passée durant l'une de nos sorties d'entraînement, dit TAMS. Je saisis également le contexte de la déclaration suivante…

La voix de Jared jaillit alors des haut-parleurs : « Cette machine va découvrir plus de choses que tu ne le voudrais. » Dans le même temps, un historique des données biométriques de Keegan s'afficha dans ses Viz Glass, mettant en évidence un pic inexpliqué à cet instant précis.

Keegan ôta ses lunettes, tandis que sa vision se resserrait et que son sang battait plus fort dans ses tempes. Elle se détourna du robot et aperçut son reflet dans la vitre, côté conducteur. Son front et ses sourcils étaient plongés dans l'ombre, mais le blanc de ses yeux brillait intensément. Elle vivait dans l'angoisse de ce moment depuis plus de dix ans, mais il lui fallut décider dans l'instant de la marche à suivre.

– Et que comprends-tu donc, maintenant ? l'interrogea-t-elle en s'efforçant de garder un ton égal.

– Il y a des anomalies critiques dans votre parcours personnel, déclara TAMS.

– Comment ça ? demanda-t-elle, limitant au maximum le nombre de mots prononcés pour ne pas fournir au robot de nouvelles données à moudre.

– Mon accès élargi au cloud a révélé des correspondances anormales entre vous et M. Shelby Brown. La combinaison de vos données indique que vous êtes tous les deux considérés comme des suspects dans une affaire encore ouverte dans l'État de Washington, un homicide non élucidé à l'université de Washington Tacoma, qui a eu lieu le…

– Stop.

Elle se tourna sur son siège pour fixer le robot droit dans les yeux.

– Tu as tiré ça de la base de données de Shaw ?

– Oui.

– Pas d'un algorithme ou de données du FBI ?

– Exact, confirma TAMS. Je n'ai actuellement accès qu'au réseau KloudSky.

Ce qui déclencha le compte à rebours de la bombe à retardement qui allait détruire la vie de Keegan. Dès l'instant où TAMS se reconnecterait au réseau du FBI, il y téléchargerait automatiquement ses trouvailles.

Elle se rassit au fond de son siège. Le son de la voix de Noah résonnant dans les enceintes du SUV raviva le souvenir du conseil qu'il lui avait donné dans la Kill House.

« Ne jamais aller au combat avec un robot auquel on ne peut pas se fier, et ne jamais se fier à un robot tant qu'on ne sait pas comment le débrancher. »

TAMS ne comprendrait peut-être même pas ce qui lui arrivait avant d'entrer dans une surchauffe qui grillerait ses processeurs. Ou peut-être comprendrait-il, mais cela lui serait égal.

– Votre profil biométrique indique un stress aigu, annonça le robot. Avez-vous besoin d'aide ?

16

Hôpital de Georgetown University

Washington

L'interne de Georgetown University se mit à mastiquer plus fort, tentant de tirer un ultime petit coup de boost de son stimu à mâcher, parfum cerise. Toute la journée avait été un vrai chaos pour la jeune docteure, les urgences de l'hôpital croulant sous tous les cas possibles et imaginables. Certains directement causés par les coupures de courant qui avaient frappé la ville, d'autres par leurs effets indirects, comme toutes ces fractures liées à des chutes dans des escaliers non éclairés.

C'était sans doute ce qui était arrivé au patient allongé sur le brancard. Le vieux type au pantalon en velours vert maculé de boue s'était présenté de lui-même, si bien qu'ils ne disposaient pas d'un compte-rendu rédigé par les ambulanciers. Mais il semblait avoir trouvé le moyen de tomber tête la première à travers une baie vitrée. Il avait le visage ravagé, une lacération scindait son sourcil gauche tandis que sa joue droite enflée comptait une bonne dizaine de petites entailles. Il avait une autre coupure sur la main gauche – sans doute avait-il tenté d'amortir sa chute. Par chance, la plupart de ces plaies semblaient superficielles, comme celles laissées par le couteau que son père utilisait jadis pour tirer les filets des poissons qu'il pêchait sur le lac Anna. Elle ne se rappelait plus comment ça s'appelait, tant elle était épuisée.

– Monsieur, il faut que je remplisse votre fiche d'admission. Quel est votre nom ?

Le patient se tourna vers elle, le regard vide, et secoua la tête. Puis il se mit à parler lentement. Chacun de ses mots était prononcé avec ce qui ressemblait à un accent d'Europe de l'Est, et déformé par la grimace de douleur qu'il faisait pour l'articuler. Il gémit :

– Mal. Aider.

– Quel... est... votre... nom ? articula-t-elle plus fort.

Puis elle secoua la tête en réalisant ce qu'elle venait de faire : elle se comportait en méchante Américaine.

L'homme se contenta de secouer la tête, en proie à une grande confusion, puis il empoigna les montants métalliques du brancard sous l'effet de la douleur.

Une infirmière s'approcha, celle qui détestait les internes car ils n'avaient pas assez d'expérience pour être utiles et ne faisaient que gêner. Elle n'avait qu'un ou deux ans de plus, mais pendant que l'apprentie était partie en vacances à Cancun, avait rempli des dossiers de candidature pour différentes facs de médecine puis avait suivi des cours dans les amphithéâtres, l'infirmière travaillait déjà dans cet hôpital.

Dans un soupir sonore, l'infirmière leva la main afin de resserrer sa queue-de-cheval, comme pour se préparer à la longue nuit qui l'attendait. C'est alors, seulement, qu'elle s'adressa à l'interne.

– Qu'est-ce qui vous prend de hurler sur un patient ?

– Il faut que je rentre son nom dans le système, mais il ne parle pas anglais. Il s'est présenté de lui-même et la reconnaissance faciale du scanner des admissions n'a pas marché, parce que, enfin, vous voyez... dit-elle en penchant la tête en direction de l'homme.

Il n'aurait sans doute pas compris de toute manière, mais il semblait quand même déplacé de dire tout haut que ses plaies avaient modifié les marqueurs de son visage.

– *¿Cómo te llamas ?* demanda l'infirmière à l'homme.

Comme si la docteure ne savait pas parler espagnol, elle aussi.

Le regard vide du patient passa de l'infirmière à l'interne, puis il secoua la tête.

– Mal. Aider, répéta-t-il.

– Ça ressemble pas à un accent espagnol, fit remarquer l'infirmière.

L'interne inspira lentement, se rappelant qu'il ne fallait pas donner à l'infirmière l'impression qu'elle la prenait de haut. Elle ne voulait surtout pas se faire une telle réputation, car cela lui retomberait dessus plus tard, non seulement avec cette infirmière, mais avec tous ses collègues.

– Europe de l'Est, peut-être, dit-elle, s'efforçant d'adopter un ton serviable. Je peux passer en revue toutes les langues de l'appli de traduction et voir laquelle il parle ?

– Laissez tomber, répliqua l'infirmière. Entrez-le comme monsieur X pour l'instant, et les logiciels règleront ça plus tard. Il faut que les choses avancent. Faites-lui passer un scan.

– Merci. Bon conseil ; ne pas rester coincée.

– Vous avez besoin d'une assistante ? interrogea l'infirmière.

– Non, je m'en occupe, répondit l'interne, puis, pour ne prendre aucun risque elle ajouta encore : Merci.

Tandis que l'infirmière s'éloignait dans le couloir, l'interne se tourna de nouveau vers l'homme.

– Ne vous en faites pas, monsieur X, on va bientôt vous recoudre, dit-elle sur un ton qu'elle espérait apaisant et confiant.

Elle épongea le sang puis lui montra la seringue de lidocaïne.

– Mais d'abord, je vais vous aider à calmer un peu la douleur… Pour le mal. Aider.

L'homme hocha la tête.

Elle enfonça l'aiguille dans la principale lacération. Il souffrait d'un trauma crânien, si bien qu'elle ne voulait pas le mettre sous sédatif, juste endormir un peu les points les plus douloureux. Elle réalisa d'autres injections dans chacune des entailles importantes, puis entreprit de les soigner, certaines avec des sutures, d'autres avec de la colle, et de simples pansements pour les plus petites. C'était un dur à cuire, qui aurait sans doute supporté des sutures à l'ancienne. Dès qu'elle s'était mise au travail, un calme s'était emparé de lui ; ses yeux suivaient tous les gestes de l'interne, mais il ne bronchait pas.

Quand elle en eut terminé, monsieur X était couvert de pansements. Elle lui reprit le pouls, pendant que les dispositifs de diagnostic automatique du brancard évaluaient l'état du patient. Vu comme les nouvelles technologies avaient foiré ces derniers jours, elle préférait vérifier par elle-même. Son cœur battait à quarante-sept pulsations/minute, ce qui l'interpella. Un pouls au repos si bas n'était pas forcément dangereux, mais correspondait davantage à celui d'un professeur de yoga ou d'un athlète professionnel qu'à celui d'un vieil homme qui venait de subir un tel choc. Elle revérifia : quarante-huit. Par acquit de conscience, elle braqua la lumière de sa petite torche sur ses yeux pour étudier leur réaction, et lui demanda de suivre les mouvements de son index, mais n'observa aucun signe de commotion cérébrale. À la limite, c'était plutôt la stabilité de ses yeux pendant toute l'opération qui semblait anormale.

Apercevant l'infirmière qui revenait dans le couloir, elle se rendit compte qu'elle s'était attardée trop longtemps.

– Voilà, monsieur X, c'est terminé. Mes collègues viendront bientôt vous chercher et s'occuperont des papiers avec vous.

Elle le gratifia d'une tape amicale sur la main.

Le patient hocha la tête et se recoucha sur le brancard, fermant les yeux. C'était sans doute mieux pour lui qu'il ne comprenne pas tout ce qui était en train de se passer dans la ville ; au moins une personne trouvait la paix au milieu de tout ce chaos.

Jackson Todd compta trente secondes après le départ de la jeune docteure avant de se redresser. Puis il rouvrit les yeux.

Elle avait fait du bon boulot, bien meilleur que ce à quoi il s'attendait. Les pansements tiraient sur sa peau, mais ce n'était rien comparé à la souffrance atroce qu'il s'était infligée en faisant cette première entaille dans son propre visage. L'intensité de cet instant – la sensation du couteau au creux de sa main, la vue des gouttes de sang s'écrasant sur le kayak – était déjà en train de s'estomper, de la même façon qu'on se souvient de manière assez floue d'un cauchemar, mais qu'on n'oublie jamais la peur primale éprouvée au cours de ce rêve.

Il scruta le couloir, vérifiant que l'interne et l'infirmière n'étaient plus là, puis il descendit du brancard. Il sortit le sac à dos qu'il avait rangé dessous, encore taché de boue. Le passant sur son épaule, il se mit lentement en route, du pas traînant de celui qui ne sait pas très bien où il va. Il quitta les urgences et s'engagea dans un couloir, puis un autre, comme s'il ignorait sa destination, avant de finalement s'engouffrer dans des toilettes.

Cinq minutes plus tard, il en ressortit vêtu d'une blouse blanche de médecin, d'un pantalon propre et d'un badge. D'un pas assuré, il monta l'escalier jusqu'au troisième étage, ressortant dans la salle d'attente de l'unité de soins intensifs néonatals. Les murs et le mobilier étaient de couleurs douces – beiges clairs, jaunes et verts. Une palette destinée à apaiser. Derrière une vitre, des rideaux séparaient des rangées d'incubateurs.

Todd traversa rapidement la salle, de peur qu'un des parents présents, penchés sur leur bébé avec des expressions où se mêlaient joie et crainte, ne s'interrompe pour lui poser une question. Arrivé à l'autre bout, les portes en verre sécurisées de l'unité s'ouvrirent. En d'autres temps, il n'aurait eu besoin que de la blouse blanche pour traverser tout le bâtiment. Mais à présent, même le badge de sécurité, détecté via un système d'identification par radiofréquence, ne serait pas suffisant pour aller plus loin sans passer, au préalable, un autre test.

Une jeune infirmière était assise au guichet de l'autre côté de ces portes, ses ongles roses ornés de licornes.

– Puis-je vous aider ? Tous les membres du personnel extérieurs au service doivent s'enregistrer.

Il regarda ses yeux se porter sur le badge de sa blouse. Puis elle hoqueta et porta la main à sa bouche par réflexe, imaginant les blessures atroces que le docteur avait dû subir. Travaillant dans l'unité de soins intensifs néonatals, elle n'avait affaire qu'aux traumatismes émotionnels des parents, et jamais à ce genre de commotions physiques.

– C'est vraiment si terrible ? interrogea Todd.

À ces mots, elle eut l'air légèrement embarrassée, détachant les yeux de ses pansements pour se concentrer à nouveau sur le nom et la photo, ce qui en renforcerait encore la validité dans son esprit. Elle voudrait éviter à tout prix d'offenser davantage « Erik Reed », un collègue pédiatre venu tout spécialement de l'hôpital John-Hopkins de Baltimore.

– Non, pas du tout, docteur Reed.

– Pas la peine de me ménager, répliqua Todd. Je m'estime chanceux. Baltimore… Quelle tragédie.

– Ce sont des brûlures… chimiques ? interrogea l'infirmière, se repentant aussitôt de sa curiosité.

Il secoua la tête.

– Non, heureusement. Ça m'est arrivé dans la pagaille qui a suivi. Quand le nuage de gaz a frappé Baltimore, j'étais en route vers ici, pour une réunion avec le docteur Tomkins, dit-il en balançant le nom d'un médecin haut placé de cet hôpital, dans le cadre de l'étude qu'il coordonne sur l'impact des facteurs environnementaux sur l'évolution des patients dans les unités de soins intensifs néonatals.

Il tapota sa sacoche.

– C'est donc à ce projet que je dois d'avoir la vie sauve.

– Incroyable, dit l'infirmière, ravie de pouvoir extraire un tout petit peu de bien de toute cette horreur. Vous avez besoin de quelque chose ?

– J'ai tenté de télécharger à distance les données de l'étude, mais ça ne fonctionne pas. Il faut juste que j'accède brièvement aux fichiers locaux ; j'ai déjà le code.

Tandis qu'elle scannait son badge et débloquait la porte, Todd attendit qu'elle jette un dernier coup d'œil à son visage et la fixa droit dans les yeux, la forçant à soutenir son regard.

– Ça a peut-être l'air terrible, dit-il, mais cette opportunité est une bénédiction. Ça ne s'est pas fait sans douleur, et c'est pour cela qu'il est si important de terminer le travail.

Hôpital de Georgetown University

Washington

Franchir la porte des urgences réveilla un tas de souvenirs. La dernière fois que Keegan était venue là, c'était un dimanche, après être rapidement passée au centre commercial pour y acheter des vêtements pour bébé, jusqu'à ce que se manifestent les premières douleurs de l'accouchement, suivies d'un long combat pour maintenir en vie, heure après heure, sa fille prématurée.

Désormais, elle s'efforçait de réprimer le sentiment de panique. Elle gérerait le merdier qu'allait déclencher TAMS dans sa vie une fois que tout ça serait terminé. Il fallait qu'elle lui fasse confiance pour qu'il se concentre lui aussi sur la capture de Todd. Celui-ci n'était plus seulement le principal suspect de tous ces attentats ; il était devenu, potentiellement, la clé qui allait leur permettre de déverrouiller quelque chose de beaucoup plus vaste.

La salle d'attente des urgences était un chaos à peine maîtrisé. Les écrans muraux basculaient sans arrêt des images de la crue à celles des coupures de courant, pendant que les infirmières triaient les patients, évaluant leurs constantes vitales et recueillant leurs plaintes pour déterminer qui devait être examiné en premier. Les proches de patients plaidaient leur cas auprès des médecins couverts de sang et de boue qui entraient et sortaient précipitamment.

Keegan scruta les lieux en quête du visage de Todd, mais ses Viz Glass ne repérèrent rien. À l'autre extrémité de la pièce, elle aperçut un agent de sécurité qui barrait la porte donnant sur les salles de soins. Elle se dirigea vers lui d'un pas déterminé, TAMS la suivant à la distance standard qu'elle lui avait apprise, lui confirmant les propos de Modi selon lesquels le nouveau robot était bien doté de ses vieux souvenirs.

– Je suis l'agent Lara Keegan, du FBI. Il faut que j'accède à vos locaux, déclara-t-elle en lui montrant ses papiers et son badge. Nous pensons que l'hôpital est menacé.

L'agent portait un blouson de nylon noir avec « SÉCURITÉ » inscrit dessus en grandes lettres jaunes, tenue qu'il avait tenté de renforcer lui-même par des protections aux genoux et aux coudes et un gilet pare-balles noir privé de ses plaques protectrices. La contemplant à travers des lunettes RA à monture noire et aux verres sales, il réagit comme si elle venait porter plainte pour tapage nocturne, à cause d'une fête trop bruyante dans le dortoir d'à côté.

– Tout est menacé aujourd'hui, agent Kagan, répliqua-t-il.

– Keegan, corrigea-t-elle. Et là, il s'agit d'autre chose. Nous avons identifié un individu particulièrement dangereux qui, pensons-nous, se trouve dans vos locaux.

L'agent de sécurité passa ses pouces sous sa ceinture, faisant grincer le cuir.

– Et ils vous ont juste envoyée, vous ? Et ce, hum, machin ?

– On est fauchés, comme vous, rétorqua Keegan.

– Vous avez une photo de votre suspect ? Commençons par ça…

Elle se tourna vers TAMS et hocha la tête.

Les yeux de l'homme ne focalisèrent plus sur elle, tandis qu'il étudiait la photo du permis de conduire de Todd, projetée dans ses lunettes.

– Je l'ai pas vu. S'il est ici, il n'est pas passé devant moi.

– C'est une bonne nouvelle, commenta Keegan, ne voulant pas briser le délire de ce vigile en lui montrant à quel point il n'était pas de taille à affronter Todd. Mais nous allons quand même avoir besoin de consulter tous les systèmes de reconnaissance faciale de l'hôpital. Notre type a pu emprunter n'importe quelle entrée.

– Eh bien, ça va pas être possible, répliqua l'agent de sécurité. Le conseil des étudiants a voté une règle valable sur tout le campus qui interdit tout partage des données de reconnaissance faciale avec les forces de l'ordre[1]. Les caméras installées ici collectent ces données au service des patients et pour autoriser l'accès du personnel.

Mais après ça, tous les visages sont floutés. Un étudiant en informatique met à jour le programme chaque année, pour sa thèse.

– Vous plaisantez, j'espère ! s'emporta Keegan. Est-ce que vos gars du département informatique peuvent au moins partager le fil pixellisé ?

– Oui, on peut le leur demander.

– Merci.

L'homme baissa les yeux et parla dans le micro fixé à son blouson.

– Je vous connais, dit-il. Le robot, aussi. C'est vous, la poursuite sur le toit, le sauvetage dans le métro et tout ça…

– Oui, c'est nous.

– Pas étonnant qu'ils n'aient envoyé que vous ! s'exclama-t-il avec enthousiasme. La vidéo où vous tabassez ces mecs au National Mall… Un vrai carnage ! Ça fait quoi de foutre à terre quelqu'un comme…

– Agent Keegan, le coupa TAMS. Il y a un message urgent pour vous.

Elle se tourna vers le robot, reconnaissante de cette interruption, mais se demandant pourquoi il lui annonçait ça tout haut, alors qu'il aurait pu envoyer la notification dans ses Viz Glass.

– Je suis désolé, monsieur l'agent, ajouta TAMS en s'adressant à l'homme. Il s'agit d'un message urgent, et confidentiel.

– Pas de problème, répondit le garde. Vous pouvez passer. Je suis posté ici pour les six heures à venir. Votre gars ne franchira pas cette porte, faites-moi confiance.

Puis il se tourna vers TAMS, tout sourire :

– Mais n'allez pas fracasser trop de gens… sans moi.

– OK, dit TAMS, puis il fit volte-face et traversa toute la salle jusqu'à une alcôve qui, pour l'instant, n'était occupée que par un lit vide. J'ai réussi à accéder au système de vidéosurveillance de l'hôpital.

– Pourquoi n'as-tu pas juste envoyé cette info vers mes Viz ? demanda Keegan.

– Vous sembliez avoir besoin d'un prétexte pour échapper à cette conversation, répondit TAMS.

C'était vrai. Et cela voulait aussi dire que la CIA avait doté son TAMS de quelques protocoles additionnels, notamment la capacité à duper les gens. Une telle fonctionnalité était appropriée pour une machine gravitant dans la sphère du renseignement ; finalement, c'était vrai pour n'importe quelle interaction avec les humains[2]. Mais Keegan n'était pas sûre de se sentir très à l'aise avec un robot capable de dire un mensonge, fût-il anodin.

– Nouveau protocole de commande, ordonna-t-elle. Lors des opérations avec moi, ne prononce pas de fausses informations sans mon autorisation expresse.

– OK.

Mais à présent qu'elle savait cette machine capable de mentir, comment être sûre que sa réponse était la vérité ? Elle laissa ce casse-tête de côté. Ce n'était pas le moment.

– Envoie-moi ce que tu as, dit Keegan, et plusieurs fenêtres de vidéos en streaming s'affichèrent dans ses Viz Glass, montrant des vues du hall d'entrée, des couloirs, du parking et de différents services.

Sur chacune, des centaines d'employés, de patients et de visiteurs allaient et venaient, leur visage flouté.

– As-tu moyen de contourner le logiciel d'anonymisation ? demanda Keegan, espérant que TAMS serait capable de détecter les motifs sous-jacents de ces mosaïques de bruit numérique[3].

– Non, répondit la machine. Il a été conçu pour résister à ce genre d'intrusion, en combinant les principes de la cryptographie quantique en trois étapes et de la blockchain[4]. Même si un déchiffrement était possible, le moindre changement dans la pixellisation entraînerait une modification de l'image sous-jacente.

– J'imagine que ces gens ont eu leur thèse avec félicitations du jury, grommela Keegan entre ses dents.

– Oui, confirma TAMS.

Elle secoua la tête devant l'ampleur des informations auxquelles il avait accès et lui ordonna :

– Montre-moi les plans de l'hôpital et recoupe toute activité sur le cloud en lien avec l'unité de soins intensifs néonatals.

Une reconstitution en 3D de la structure de l'hôpital se dessina devant ses yeux. Un ensemble de visages anonymisés, au troisième étage, commençait à se recouvrir de données. Des points de couleur marquaient tout, depuis tel individu dont le CV en ligne incluait une expérience professionnelle au sein de l'unité de soins intensifs néonatals jusqu'à telle personne portant une Watchlet via laquelle avaient été postées sur les réseaux sociaux des images géolocalisées dans les locaux de cette unité.

– Il faut me resserrer tout ça, dit Keegan. Retire toute personne qui n'est pas marquée et ne correspond à aucune des caractéristiques d'identification connues de Todd.

Aussitôt, une foule d'individus furent balayés de l'écran, tous ceux non tagués par un point de données s'évaporant. Puis les éliminations se succédèrent, vague après vague, de manière plus échelonnée. Les futures mères disparurent, mais les enfants qu'elles tenaient dans leurs bras et ceux qui étaient dans les couveuses restaient sur l'écran. Après quelques secondes, il ne resta plus qu'une centaine de personnes.

– C'est encore trop, dit Keegan. Existe-t-il des liens entre eux ?

Plusieurs secondes s'écoulèrent avant que TAMS ne réponde :

– Parmi les suspects potentiels restants, deux principaux groupes se dégagent avec très peu de recoupements entre eux. Le premier correspond à l'utilisation de postes de réseau protégés par des mots de passe ou d'autres systèmes sécurisés.

– Des membres du personnel. Supprime tous ceux qui sont entrés à de multiples reprises avant ce soir.

La moitié des personnes, environ, s'évapora de l'écran.

– Les individus du deuxième groupe ont passé des appels téléphoniques depuis l'hôpital au cours des soixante dernières minutes. D'après une analyse en direct des bases de données, ils ont contacté des gens avec lesquels ils entretiennent d'étroites relations sociales, des proches et des amis.

– De jeunes papas, déduisit Keegan. Efface-les.

D'un coup, tous les individus restants disparurent de l'écran. Il ne resta plus qu'un seul homme portant une blouse de médecin, le visage brouillé par une mosaïque de points noirs, gris et blancs, qui sortait de l'unité de soins intensifs néonatals.

17

Hôpital de Georgetown University

Washington

Le choix qui s'offrait à elle était apparemment binaire. Sauver les enfants. Arrêter un terroriste. Lequel était le plus important ?

Keegan soupesa les conséquences en l'espace de quelques fractions de seconde, des calculs infinitésimaux prenant en compte tous les facteurs, depuis le nombre avéré de bébés présents dans cette unité de soins intensifs jusqu'aux indénombrables catastrophes qui risquaient d'avoir lieu si Todd restait en liberté. Et puis tout ça fut balayé par la prise de conscience qu'elle n'était pas une simple machine à calculer. Ce choix n'avait pas à être binaire, si elle était prête à accorder à une machine la plus humaine des qualités : la confiance. Non pas faire confiance à TAMS pour qu'il fasse ce qu'elle lui demandait, mais lui faire confiance pour qu'il fasse ce qu'il fallait – de lui-même.

– Je vais suivre Todd ; toi, tu t'occupes de l'unité de soins néonatals, ordonna-t-elle.

S'ils devaient se séparer, force était de reconnaître que TAMS était mieux armé pour découvrir ce que Todd avait pu faire là-bas.

Elle tendit les bras pour empoigner le robot par les épaules. Elle n'avait plus qu'à espérer qu'il en avait assez appris pour intégrer ce geste comme étant davantage qu'une simple pression tactile.

– TAMS, empêche l'attentat que Todd a planifié contre ces enfants, quel qu'il soit. Je te fais confiance pour les sauver.

– OK.

Le robot se précipita à travers la salle d'attente des urgences et slaloma entre les patients et les membres du personnel, soulevant dans son sillage une volée de cris et d'exclamations de colère.

Keegan programma l'itinéraire le plus rapide pour intercepter Todd. Suivant les petites flèches vertes projetées dans son champ de vision, elle s'élança dans le couloir.

Tout en courant, elle tenta de suivre la progression de TAMS, clignant des yeux pour ouvrir dans ses Viz une fenêtre qui affichait les images des caméras fixées à l'avant du robot. Celles-ci ne montraient qu'un mouvement saccadé, confus, une cage d'escalier peut-être, ou un autre couloir. Avant d'avoir pu basculer de nouveau sur le plan en 3D du bâtiment pour marquer la position de TAMS, elle trébucha, heurtant un fauteuil roulant replié contre le mur qu'elle n'avait pas vu, trop concentrée sur la mission du robot et pas sur la sienne. Le choc ébranla toute sa colonne vertébrale et sa jambe encaissa le poids de ce faux mouvement. Elle sentit son membre s'engourdir et s'agrippa à la main courante fixée au mur pour retrouver son équilibre.

Tandis qu'elle se remettait en route, au petit trot cette fois, elle cligna deux fois des yeux pour fermer la fenêtre dans ses Viz Glass. Il était temps de le laisser voler de ses propres ailes : quoi que fasse TAMS maintenant, il allait devoir se débrouiller sans elle.

Pour TAMS, c'était désormais une course à travers le monde numérique tout autant qu'à travers cet hôpital.

La machine courait vers l'unité de soins intensifs néonatals, ses capteurs physiques détectant les obstacles et adaptant sans cesse un itinéraire optimal libéré des limites humaines. Ses pieds rebondissaient sur des portions du sol sélectionnées pour leur meilleure adhérence, sur la base d'infimes reflets de la lumière sur les dalles du carrelage, tandis que ses mains se tendaient de droite et de gauche pour prendre appui sur les chariots-repas, les brancards et les distributeurs d'eau, tout ce qui pouvait le faire gagner en vitesse.

Au coin d'un couloir, la caméra du robot détecta le pied d'un lit à roulettes en train d'être poussé vers lui par un robot aide-soignant haut de cinquante centimètres, et il calcula que, d'après sa vitesse et la direction qu'il suivait, l'objet était sur une route de collision avec lui[1]. Plutôt que s'arrêter, TAMS bondit dans les airs, posant un pied sur la main courante, l'autre pivotant pour s'appuyer contre le mur. Lorsqu'il passa au-dessus du brancard, courant littéralement sur le mur pour ne pas perdre de vitesse, le patient allongé commença à s'interroger sur les effets secondaires de ses médicaments antidouleur.

Pendant qu'il se dirigeait vers sa cible, les systèmes d'analyse de TAMS remontaient la piste vidéo de Todd. Ses couches de réseaux neuronaux déconstruisaient les images des déplacements de l'homme pixellisé à travers l'hôpital, se démenant pour identifier tout comportement anormal, comparé à ceux des autres objets aux contours humains qui apparaissaient dans l'historique vidéo de l'unité de soins intensifs néonatals. En moins de deux secondes, le robot repéra un moment-clé, qui avait eu lieu juste avant l'identification de Todd par ses systèmes. Sur les images, l'homme flouté sortait une petite tablette de son sac à dos. Il pianotait dessus pendant quelques instants, y connectait un câble, puis le reliait au port d'un des appareils situés à côté d'un des objets aux contours humains, identifié par le code-barres d'un bracelet passé autour de sa cheville gauche.

Analysant le réseau en quête d'éventuelles concordances avec le profil des précédents attentats commis par Todd, TAMS détermina que le marqueur temporel des images correspondait au téléchargement d'un logiciel dans les systèmes de contrôle gérant l'alimentation en oxygène liquide de l'hôpital. Tandis qu'il estimait le temps qu'il faudrait pour que ce téléchargement se termine et que les instructions intégrées au logiciel provoquent une explosion de ce gaz hautement inflammable, la charge émotionnelle que représentait la possibilité de voir toute l'aile de néonatologie de l'hôpital dévastée par l'onde de choc, et avec elle tous les nouveau-nés, les parents et le personnel médical, n'entra pas en ligne de compte dans ses calculs. TAMS appréhendait les enjeux d'une autre manière : comme le résultat spécifique qu'il allait falloir empêcher afin d'accomplir l'ordre donné par Keegan.

TAMS pénétra dans la salle d'attente et s'arrêta juste devant l'entrée de l'unité de soins intensifs néonatals. Certains parents se mirent à chuchoter en voyant débarquer à l'improviste cette machine non accompagnée. Celle-ci ne ressemblait pas du tout aux robots hospitaliers, conçus pour avoir l'air dociles et avenants. Les murmures s'accentuèrent quand ses jambes se haussèrent de trente centimètres pour lui permettre de voir leurs enfants à travers la fenêtre d'observation.

Pouvant à présent analyser l'unité de soins à travers ses propres capteurs, TAMS eut la confirmation que Todd était reparti. Il transmit l'information à Keegan mais décréta que toute action supplémentaire sur cette branche de son arbre décisionnel était moins prioritaire que la tâche principale dont on l'avait chargé. Il lança alors des simulations temporelles des différentes procédures humaines dans une situation de ce genre et parvint à la conclusion qu'aucune n'allait lui permettre d'atteindre son but. Projetant son poing gauche en avant, il fit voler en éclats la fenêtre d'observation. Les parents se mirent à hurler, tandis que les débris de verre pleuvaient sur le sol. Leurs cris se firent plus perçants encore lorsque le robot bondit à l'intérieur de la salle, à travers l'espace ainsi dégagé.

Ignorant les hurlements, le robot s'avança au milieu des couveuses. Son capteur audio détecta un bébé tout au fond de la pièce qui poussait les cris désespérés et essoufflés d'une créature impuissante. TAMS sauta par-dessus une couveuse en plastique et se pencha sur celle d'où jaillissaient les pleurs. À l'intérieur, il y avait un petit garçon, qui portait un bracelet code-barres à la cheville. Cette alternance unique de barres épaisses et fines correspondait à celle que TAMS avait observée dans la vidéo, identifiant cet humain comme étant « Mark Rezak », âgé de deux mois, né prématurément à vingt-trois semaines de grossesse, pesant six cent cinquante-huit grammes.

Comme TAMS soulevait le couvercle de la couveuse, quelqu'un arriva en courant dans la salle. Une femme, qui portait la tenue des employés de l'hôpital et un badge où l'on pouvait lire : « Karina. » Il fit le lien avec une certaine « Karina Eggers », infirmière figurant dans les dossiers de l'hôpital comme étant affectée à l'unité de soins intensifs néonatals, ce que le logiciel de reconnaissance faciale confirma sur la base d'une comparaison avec son permis de conduire délivré par l'État de Virginie et des photos postées sur plusieurs sites de rencontre en ligne.

– NON ! cria-t-elle, alors que TAMS fouillait le cloud en quête d'autres informations sur elle, n'importe lesquelles, analysant tout, de son parcours professionnel à ses complaintes postées sur les réseaux sociaux à propos d'une récente rencontre qui avait mal tourné.

Le robot décréta qu'elle n'était pas habilitée à lui donner des ordres contradictoires avec les instructions de Keegan.

TAMS lâcha le couvercle de la couveuse, qui tomba bruyamment sur le plancher, faisant monter de vingt-trois pour cent le volume des cris du petit Mark Rezak. TAMS souleva délicatement le bébé hors de sa couveuse. Un amas de fils bleus et blancs pendaient sous le nouveau-né, reliés aux dispositifs de monitoring.

Un autre humain pénétra dans la pièce à la suite de l'infirmière. Le logiciel de reconnaissance faciale établit une concordance avec un permis de conduire au nom de Sheryl Root, quarante-quatre ans, résidant à Silver Spring dans le Maryland, et avec le fichier des armes personnelles de ce même État. Information qui fut bientôt confirmée par la correspondance entre l'arme enregistrée à son nom et les contours de celle que TAMS détecta dans la main de l'humain, un Smith & Wesson M&P 9 équipé d'un viseur laser fixé sous le canon.

– Pas un geste ! hurla Root en braquant son arme sur lui.

Même si TAMS déchiffrait le mot « SÉCURITÉ » sur le blouson noir de la seconde femme, ni l'uniforme de Sheryl Root ni son historique en ligne ne l'identifiaient comme un représentant des forces de l'ordre. TAMS estima alors la menace exercée par l'arme observée. Ses systèmes déterminèrent que sa propre protection était secondaire par rapport à la mission qu'on lui avait confiée. Il persista donc dans le plan d'action qu'il s'était fixé, hormis une infime modulation consistant à pivoter afin de se placer entre la trajectoire estimée de la balle et l'enfant poussant des cris stridents.

Sa ligne de tir à présent dégagée, l'agent de sécurité mit le doigt sur la gâchette. Le point rouge du viseur laser se posa sur le visage du robot.

Le doigt de Sheryl Root appuya doucement sur la détente, tandis qu'elle bloquait sa respiration pour maintenir le point rouge en place. Dans cet instant figé, elle entendit une voix de femme. Celle-ci avait la cadence mélodieuse d'une mère entonnant une berceuse.

You are my sunshine, my only sunshine
You make me happy when skies are gray[2].

Pendant que la voix s'élevait de ses haut-parleurs intégrés, le robot entreprit de bercer lentement le bébé. Il plongea son autre main dans la couveuse et débrancha un câble bleu connecté à une tablette.

– Plus... plus un geste, répéta l'agent de sécurité, ne sachant quoi dire d'autre.

L'infirmière s'avança entre l'arme et le point rouge du laser et s'approcha doucement de TAMS.

– Je peux le prendre, dit-elle, ses deux bras tendus devant elle.

– OK, répondit TAMS d'une voix numérique qui tranchait avec la chanson.

L'infirmière resta pétrifiée, l'espace d'un instant, puis elle prit le bébé et l'enveloppa dans une couverture chauffante.

Le code de commande de Todd n'ayant pas eu le temps d'être entièrement téléchargé, TAMS estima avoir rempli la mission dont l'avait chargé Keegan. Il chercha alors l'emplacement actuel de Todd et le localisa sur le toit de l'hôpital, détectant en outre que

Keegan se trouvait dans un escalier qui y menait. Sans ajouter un mot, il fit demi-tour pour aller les rejoindre, sautant de nouveau à travers la vitre brisée. Mais tout en courant dans le couloir, il continua à diffuser la vidéo d'il y a quatre ans qu'il avait trouvée sur le cloud, où Lara Keegan chantait une chanson à son bébé, appliquant ainsi la nouvelle leçon qu'il venait d'apprendre sur le comportement des humains : les berceuses apaisaient visiblement, aussi, les adultes.

18

Hôpital de Georgetown University

Washington

Keegan se hissa sur la rampe de l'escalier, à côté de la porte qui donnait sur le toit de l'hôpital. S'agrippant d'une main au panneau « Sortie », elle dégaina de l'autre son pistolet Sig. Elle donna un petit coup de crosse dans l'ampoule fixée au plafond au-dessus d'elle. Un coup aussi délicat que pour casser une coquille d'œuf, quasi silencieux, mais qui suffit à plonger la cage d'escalier dans le noir total. Lorsqu'elle ouvrirait la porte, Keegan ne voulait pas offrir une cible si facile.

Elle redescendit de la rampe, et après avoir mémorisé l'emplacement de la porte, elle ôta les Viz Glass de luxe du Range Rover et les déposa sur les marches en béton. Les cherchant à tâtons dans le noir du bout de ses rangers, elle les écrasa aussi fort qu'elle put, broyant les montures et les verres.

Une précaution supplémentaire qui pouvait faire la différence. Elle ne savait plus à qui se fier, désormais, mais devait partir du principe que Shaw l'observait.

Puis elle arma son Sig Sauer. Après une longue expiration, elle poussa délicatement de l'épaule la porte du toit. Lorsqu'elle sortit dans la nuit, un recoin de son cerveau trouva le moyen de s'émerveiller de toutes ces étoiles dans le ciel.

Le toit de l'hôpital était couvert de cheminées, de bouches d'aération, d'antennes paraboliques, de plateformes d'atterrissage destinées aux drones de livraison, hissées sur des supports fins comme des tiges, sans oublier les étincelants ailerons d'aluminium des dissipateurs de chaleur qui refroidissaient passivement les serveurs informatiques de cet établissement[1]. Ramassée sur elle-même, Keegan contourna lentement le toit. À six étages du sol, une légère brise se faisait sentir. Au-dessus d'elle, une ambulance aérienne fendit la nuit dans un grognement, clignotant dans le noir. Keegan l'observa avec inquiétude, se demandant si elle allait s'écraser, victime d'une nouvelle attaque de Todd, ou simplement déposer des patients sur le chariot automatique qui attendait juste dessous. Elle eut sa réponse quand l'ambulance s'immobilisa puis descendit, hors de sa vue, pour se poser sur une plateforme du bâtiment voisin.

Elle profita du bruit pour avancer plus vite, et arriva au coin du toit. Là-bas. Une vingtaine de mètres devant elle.

Un homme en blouse de médecin était assis sur le muret qui courait le long du toit. Ses jambes pendaient dans le vide, comme s'il profitait de la vue. Un sac à dos ouvert était posé non loin de lui.

Elle l'avait dans sa ligne de mire. Immanquable. Mais elle ne tira pas.

– Todd ! cria-t-elle.

L'homme tourna la tête vers elle et fut brièvement illuminé par les feux d'atterrissage de l'ambulance, qui s'élevait de nouveau dans la nuit. Son visage était couvert de bandages, mais elle ne les remarqua presque pas, captivée par ses yeux. Aucune surprise, aucune colère, non, plutôt un éclat de reconnaissance. Puis la nuit redevint obscure et ses yeux disparurent.

– C'est mieux comme ça, lui dit-il. On ne peut profiter des étoiles, on ne peut les comprendre vraiment que si nos créations ne sont plus là pour faire obstacle – rien que les étoiles et nous.

L'émerveillement que ce ciel nocturne avait inspiré à Keegan se dissipa aussitôt. Elle remarqua que si l'essentiel de Washington et du nord de la Virginie était plongé dans le noir, il y avait de la lumière plus au nord, dans les banlieues lointaines du Maryland, à l'est et dans le sud aussi, par-delà Alexandria. On ne voyait que ce qu'on voulait voir.

– Descendez de ce muret, ordonna-t-elle. Et je veux voir vos mains.

Todd hocha la tête puis se pencha en avant, posant ses mains sur le muret. Mais il ne sauta pas, il se servit de son élan pour lancer ses jambes par-dessus le muret et retomber les deux pieds dessus, courbé. Puis il se redressa, indifférent à l'abîme obscur dans son dos. Il tendit les mains au-dessus de sa tête, paumes grandes ouvertes, comme s'il revendiquait la création de tout ce qui l'entourait.

– Il y a sept ans, je me trouvais exactement au même endroit, dit-il. Je me demandais pourquoi Dieu m'avait fait une chose qu'Il n'avait même pas infligée, finalement, à Abraham. Pour quelle raison mon fils et ma femme avaient-ils été sacrifiés ? Et puis, Il m'a répondu : c'était ma faute. J'étais responsable des créations qui les avaient emportés, comme si Abraham avait bel et bien tranché la gorge de son fils avec son couteau.

– Dans ce cas, pourquoi faire subir la même chose à d'autres ? interrogea Keegan. Vous avez vécu le cauchemar de tous les parents. Pourquoi infliger ces souffrances à autrui ?

– Un sacrifice est parfois nécessaire. C'est seulement après avoir perdu ce qui m'était le plus précieux que j'ai réalisé ce que je devais entreprendre pour tous nous sauver.

– Nous « sauver » ? Vous êtes venu ici ce soir pour essayer de tuer des enfants à l'endroit même où votre fils est né et où il est mort. Ce n'est pas sauver, ça ; c'est détruire, affirma Keegan, son pistolet toujours braqué sur lui. Comment avez-vous pu faire ça ?

– Comment j'ai pu ? Comment aurais-je pu ne *pas* le faire ? répliqua Todd. Dieu a envoyé plaie après plaie aux Égyptiens. Mais c'est seulement quand leur arrogance a commencé à menacer la vie de leurs enfants qu'ils ont compris qu'ils devaient renoncer à leurs serviteurs, exactement comme nous devons renoncer à nos serviteurs robotiques. Le sacrifice que j'ai demandé aux autres, c'est celui que j'avais déjà fait.

– Tout le monde n'a pas eu ce choix. Ces bébés n'ont rien à voir avec ça, ils sont totalement innocents.

– Les premiers-nés d'Égypte étaient innocents. Mon fils était innocent ! C'est leur innocence qui a rendu leur sacrifice assez puissant pour changer le monde.

– « Changer le monde » ? répéta Keegan. N'importe quoi ! Tout ce que vous avez fait en vous prenant pour Dieu, c'est faire du mal et détruire. Rien de plus.

– Non, j'ai détruit quelque chose de beaucoup plus important.

– De quoi parlez-vous ?

– La confiance.

Todd sourit, comme s'il savait, étrangement, que ce mot lui parlait tout particulièrement.

– Sans l'avoir jamais décidé, sans y avoir jamais vraiment réfléchi, nous avons appris à faire confiance à des machines que nous ne comprenons même pas, au point de les laisser diriger nos vies. Nous donnons à ces inexplicables boîtes noires gavées de code le pouvoir de prendre toutes les décisions qui devraient vraiment compter pour nous[2]. Désormais, nous ne leur ferons plus jamais confiance comme cela était le cas jusqu'ici et comme nous n'aurions jamais dû le faire. Comme *vous* n'auriez jamais dû le faire, agent Keegan.

Donc, il la connaissait. Mais parce qu'il les avait vus, TAMS et elle, sur Internet, ou par le biais d'autre chose, ou de quelqu'un d'autre ?

– Vous connaissez mon nom, je connais le vôtre. Et alors ? Descendez de là, ordonna Keegan en agitant son pistolet.

Elle s'avança vers lui, comme pour lui faire comprendre qu'il n'avait pas d'autre choix qu'obéir. Et pour lui montrer qu'elle n'avait pas peur.

Elle entendit d'autres pas assourdis au milieu de l'enchevêtrement de cheminées et d'appendices, sur sa gauche.

– Mission accomplie ? demanda-t-elle, sachant de qui il s'agissait sans avoir besoin de regarder.

– Oui, l'unité de soins intensifs néonatals est sécurisée, confirma TAMS en émergeant d'une des plateformes d'atterrissage.

– Bien joué, partenaire, dit Keegan, sachant que cela allait hérisser l'homme. Vous voyez, Todd : pas de final en apothéose, tout ça parce que j'ai fait confiance à l'une de ces monstrueuses machines dont vous voudriez que tout le monde ait peur.

– C'est décevant, agent Keegan. On m'avait dit que vous considériez cette *chose* comme un simple outil.

Elle n'aimait pas l'idée qu'il lui jette ses propres paroles au visage. Elle aimait encore moins envisager comment il savait.

– Ça signifie que vous n'êtes pas si différent de TAMS. À vrai dire, vous êtes pareil.

Elle marqua une pause.

– Vous n'êtes qu'un *outil* dans les mains de Shaw.

– Nous avons tous notre rôle à jouer, rétorqua Todd, sans la moindre hésitation ni la moindre touche de déni dans sa voix. M. Shaw a simplement eu la même révélation que moi : que les choses devaient changer.

Elle se tourna vers TAMS, fronçant les sourcils dans ce qu'il allait reconnaître, elle le savait, comme une expression interrogatrice.

– Il dit la vérité, déclara TAMS.

Une autre ambulance aérienne entama sa descente, ses feux d'atterrissage balayant le toit. Dans cet éclat soudain et l'air tourbillonnant, Keegan vit se soulever la chemise de Todd. Dessous, il portait un gilet de chasse beige. Mais au lieu de cartouches, les étuis élastiques de celui-ci contenaient des tubes en verre remplis de ce qui ressemblait à des blocs de cire recouverts d'une fine couche de liquide clair.

Ne pouvant envoyer la notification vers les Viz Glass de Keegan, TAMS identifia tout haut le danger.

– Attention, agent Keegan ! annonça-t-il d'une voix alarmiste. Il y a une forte probabilité que M. Todd soit armé d'un engin explosif improvisé !

– Explication. Dis-moi à quoi nous avons affaire, ordonna-t-elle, tandis que les traits de Todd se froissaient en un sourire.

– Une société holding appartenant au réseau de VDO Associates a réalisé des achats de phosphate, de noir de carbone et de silice, répondit TAMS. Une autre entreprise du réseau, se présentant officiellement comme un laboratoire de recherche, s'est procuré un système d'humidification de l'air, un réacteur à haute pression, un filtre, un condensateur et une pompe d'extrusion, ainsi qu'un évaporateur rotatif. À partir de ces composants, un expert peut convertir ces matériaux précurseurs en une substance dont l'apparence est compatible avec celle du matériau inconnu contenu dans ces tubes : du phosphore blanc[3].

Keegan connaissait le phosphore blanc sous le surnom qu'on lui donnait dans l'armée : le « Willie Pete » était un liquide pyrophorique ; dès qu'il se retrouvait exposé à l'air, il s'embrasait en une flamme blanche explosive dont la température atteignait plusieurs milliers de degrés[4]. Même si les avocats militaires voyaient cela d'un mauvais œil, elle savait que les soldats utilisaient parfois des obus fumigènes remplis d'une petite quantité de phosphore blanc contre les insurgés planqués dans des bunkers ou des sous-sols[5]. Le « Willie Pete » dégageait une telle chaleur qu'après coup il ne restait que les contours de leur corps sur les murs.

– Donc c'était ça le plan, depuis le début : s'en aller dans un grand brasier ? lança-t-elle à Todd.

Dans son esprit, elle envisagea différents scénarios. Mais tous s'achevaient de la même façon. Si elle tirait sur Todd, cela déclencherait ce dispositif démoniaque, que la balle le frappe directement ou que le verre se brise lorsqu'il s'effondrerait par terre.

– Il ne s'est jamais agi de moi, répliqua Todd. Quand j'aurai disparu, il n'y aura personne à blâmer, rien que les machines – comme votre « partenaire », qui a échoué.

À ces mots, TAMS s'avança, rien que deux pas prudents, comme s'il prenait la mesure de Todd.

– Je suis déjà mort ici, ce soir-là, il y a si longtemps, reprit Todd. Tout ce que j'ai fait depuis, c'était pour réparer tout ça.

Tout s'enchaîna alors, en une fraction de seconde.

Todd baissant ses bras et les abattant sur sa poitrine pour briser les tubes glissés dans sa veste.

Elle, embrassant le crâne de Haley pour la toute première fois, dans la chambre d'hôpital, à peine quelques étages plus bas.

Elle, sautant dans les vagues à La Jolla, main dans la main avec Jared.

Elle, les mains sur ses genoux, vomissant sur ses chaussures après avoir battu le record du parcours à l'académie.

Sa mère lui souriant tandis que sa glace au chocolat coulait sur son bulletin de notes, toutes excellentes.

Le mouvement filant à côté d'elle, quand TAMS bondit sur Todd à travers le toit puis dans le vide.

L'éclair aveuglant de lumière blanche.

La chaleur.

Le bourdonnement.

Puis plus rien.

Un silence comme si elle n'avait jamais existé.

19

Hôpital de Georgetown University

Washington

– Haley, descends de là ! Je t'ai dit de faire attention avec maman.

Keegan fut réveillée par une vive douleur au côté droit, tandis que Haley escaladait son lit pour lui faire un câlin. Cette sensation, c'était celle de l'amour.

Luttant pour soulever ses paupières, elle sentit les doigts de Jared se refermer sur sa main gauche, une tentative de connexion tâtonnante.

– Où suis-je ?

Elle essaya d'en dire plus, mais sa bouche était trop sèche.

– Tu es à l'hôpital de Georgetown. Vas-y doucement, répondit Jared, lui tendant un gobelet d'eau avec une paille, tandis que le lit se redressait lentement, ayant détecté qu'elle était réveillée.

Elle essaya de s'appuyer sur sa main droite, mais celle-ci ne répondait pas.

– T'en fais pas, dit précipitamment Jared. Ils t'ont administré un anesthésique à cet endroit, à cause des brûlures.

Le brouillard commença à se dissiper et elle regarda autour d'elle, la vue légèrement bouchée par ce qui devait être un pansement, juste au-dessus de son œil gauche. Son bras droit était entièrement bandé, sa jambe gauche immobilisée dans une sorte de plâtre. Elle n'avait pas le courage de découvrir à quoi ressemblait son visage, mais déduisit de la présence de Haley dans la pièce que cela ne devait pas être si atroce. Elle balaya du regard la chambre encombrée de ballons, de fleurs et de cartes lui souhaitant un prompt rétablissement, dont plusieurs, détectant son regard, se mirent à rivaliser de chansons sirupeuses et de messages audio d'une absolue banalité.

– Stop, gronda-t-elle d'une voix rauque, et les cartes se turent.

– La plupart viennent de la famille, mais certaines ont été envoyées par de sacrément gros poissons, fit remarquer Jared en prenant une carte au fond de la chambre.

Quand il l'ouvrit, une image en 3D projeta un paysage que Keegan reconnut : la vue sur l'océan depuis la propriété californienne de Shaw.

– T'as vu comme c'est joli, maman ? dit Haley.

– Attends, c'est que le début… intervint Jared en posant sur le lit devant elle la carte minimaliste encadrée d'un liseré gris mat.

Le panorama changea dans un léger scintillement, et l'image tout entière s'afficha avec une impossible netteté – effet certainement hors de prix. Puis Shaw apparut, marchant vers eux, et prit la parole.

– Agent Keegan, je tiens à vous remercier de vous être sacrifiée ainsi pour votre pays, une fois de plus. Nous vous devons tous beaucoup – à vrai dire, nous vous devons tout. Sans vous, rien de tout cela n'aurait pu avoir lieu. Si je peux faire quoi que ce soit pour vous aider en retour, s'il vous plaît, faites-le-moi savoir.

Il se payait sa tête. Et cela lui inspira un peu de cette colère qui avait animé toutes les autres personnes que Shaw avait utilisées. De sa jambe valide, elle secoua violemment le lit et envoya valser la carte sur le plancher. Jared la ramassa, et la posa derrière une autre carte arborant le visage radieux du chef de la police de Washington.

– Qu'est-ce qui ne va pas ? s'étonna Jared.

Keegan se contenta de fermer les yeux et d'enfouir son visage dans les cheveux de Haley, le meilleur contact qui soit pour essayer d'oublier tout ça.

– Ça va aller, maman, tu iras bientôt mieux, déclara Haley.

– Avec toi ici, Papillon, comment pourrais-je ne pas aller mieux ?

Un jour, il faudrait qu'elle cesse de mentir à sa fille. Mais qu'aurait-elle pu lui dire ? Elle avait déjà de la peine à admettre elle-même ce qu'elle venait de vivre.

Elle déposa un baiser sur le front de sa fille – une connexion humaine que rien ne pourrait jamais remplacer, le lien entre un parent et son enfant. Ce que Todd avait perdu, et ce qui avait motivé sa croisade au profit de Shaw.

– Bon, Haley : il faut vraiment que tu descendes, maintenant. Maman a besoin d'espace, dit Jared.

– Agent Keegan ! lança une voix depuis le seuil.

Noritz.

– Content de vous voir réveillée, dit-il, entrant dans la chambre avec un sourire théâtral.

Il lui manifestait de nouveau tout son soutien, ce qui voulait dire que les chefs de Noritz devaient être contents du résultat. Mais il s'arrêta à un mètre du lit, comme s'il n'était pas sûr d'être le bienvenu.

– J'ai amené quelqu'un avec moi, ajouta Noritz. Votre vieil ami… tout juste redémarré.

TAMS contourna Noritz et apparut devant eux.

– Bonjour, dit le robot, comme s'il se présentait pour la première fois.

Haley bondit du lit et courut le rejoindre.

– TAMS !!!

De la même manière que les imperfections humaines rendent chacun unique, les rayures et les bosses sur le plastron du robot le distinguaient de tous les autres. Il s'agissait bien du TAMS qu'on avait remisé sur son support quelques jours plus tôt.

– La ressource originelle qu'on m'avait affectée ? demanda Keegan.

Elle utilisait volontairement des mots dont Haley ne saisirait pas tout le sens. La petite avait déjà traversé suffisamment d'épreuves ; pas besoin d'ajouter encore de la confusion au sujet de son nouvel ami et sauveur.

– Exact, confirma Noritz. Il ne restait pas grand-chose de… hum, l'autre. Les systèmes de celui-là en sont restés au moment où nous l'avons débranché ; ne vous inquiétez pas, il sait encore tout ce que vous lui avez appris.

Pas tout, non… Heureusement.

– Je me suis dit que ça ferait un beau cadeau pour votre convalescence, ajouta-t-il, même s'ils savaient tous les deux qu'il s'agissait plutôt d'un gage de réconciliation. Et peut-être reformer, qui sait, la vieille équipe…

Il marqua une pause.

– Quand vous serez prête, bien sûr.

– Je vous remercie, dit Keegan.

Jared prit Haley dans ses bras.

– Allez, viens. Ils doivent parler boulot. On va aller grignoter quelque chose.

La fillette salua TAMS d'un geste de la main et envoya un baiser à sa mère.

Noritz ferma la porte derrière eux et s'assit lourdement sur une chaise en vinyle trop rembourrée, violette comme une ecchymose.

– Ça va ? demanda-t-il.

– J'ai mal partout, dit-elle.

– J'imagine.

– Et l'enquête ?

– Il n'y a plus rien à faire, si ce n'est aspirer les cendres de Todd… Ah, hum, pardon – c'était déplacé. Oublie que j'ai dit ça, TAMS.

– OK, répondit le robot.

Noritz passa son baume sur ses lèvres, trahissant comme à chaque fois le fait qu'il s'apprêtait à faire quelque chose qui ne l'enchantait guère.

– Vous êtes prête à parler ?

Elle acquiesça, et la douleur sous ses tempes la fit grimacer. Elle allait devoir être prudente, non seulement avec ce qu'elle avait découvert lors des derniers instants de Todd, mais pour ne pas donner l'idée à Noritz ou à qui que ce soit d'autre au sein du FBI de réexaminer son propre passé, qui n'était sans doute plus aussi profondément enfoui qu'elle l'aurait voulu.

– TAMS, va attendre dehors, ordonna Noritz. Puis mets-toi en mode veille.

– On dirait que vous avez pris le coup de main avec lui, fit remarquer Keegan.

– Le message de la direction, c'est : habituez-vous. Les images prises par les caméras de surveillance de l'hôpital de ce robot volant au secours de tous ces bébés puis plaquant Todd pour vous sauver avant qu'il ne fasse exploser son gilet... Elles passent en boucle, partout. Bon Dieu, dans quelques années, les maternelles seront pleines de gamins qui s'appelleront TAMS. Le Bureau ne va certainement pas cracher sur une victoire pareille.

– Merde, grommela Keegan. J'imagine que Bosch n'a pas dû être très content.

– Le directeur a dit à Bosch d'aller se faire voir, répondit Noritz. Vous aussi, vous êtes en odeur de sainteté maintenant, à condition d'éclaircir un détail pour le rapport d'enquête...

Il cessa de parler et mâchouilla l'intérieur de sa joue.

– Vous voulez savoir comment j'ai retrouvé Todd ?

Un hochement de tête.

– Nous savons que Modi vous a donné cette unité TAMS, mais nous ne savons pas comment elle vous a menée jusqu'à cet hôpital.

– Simple intuition, répondit Keegan. L'unité que j'ai reçue de Modi n'était pas connectée au réseau du FBI, alors nous avons juste utilisé les informations que nous détenions et nous sommes allés là-bas au feeling.

Elle ne voulait pas divulguer le rôle qu'avait joué Shaw, du moins pas dans l'immédiat.

– Et puis, comme tous les réseaux de communication avaient planté, nous ne pouvions pas attendre pour appeler des renforts, ajouta-t-elle.

Heureusement que le robot avait quitté la chambre. C'était le genre de mensonge que les capteurs de TAMS auraient immédiatement percé à jour. Mais c'était un mensonge que Noritz voulait entendre, car il lui fournissait une planche de salut pour rester à son poste, en ne faisant aucune mention de sa tentative de l'enterrer, elle, dans le rapport officiel. Maintenant, il lui devait une faveur.

Noritz balaya la chambre du regard, comme s'il se demandait qui les écoutait.

– Dans votre rapport, il faudra également laisser de côté tout ce qui concerne Modi, déclara-t-il tout bas. Et cet ordre-là vient de beaucoup plus haut que moi.

– Haut comment ?

– Tout en haut. Le FBI a suspendu l'agent qui a ensuite sauvé la ville et la CIA lui a fourni un robot officiellement inexistant pour l'aider dans cette mission. Plutôt qu'envoyer tout le monde à la retraite en enquêtant sur la manière dont cette bonne action a réellement été accomplie, le président a convoqué les deux directeurs pour leur dire de fermer leur gueule tout en souriant au grand public. Tout le monde a déjà bien assez à faire pour remettre Washington en état, et les gens de la Maison-Blanche ne veulent pas briser l'élan des réformes lancées par la commission sur le revenu universel et de toutes les autres lois pourries qu'ils essaient de faire passer de force au Congrès en se servant de cette crise.

Un déclic s'opéra dans le cerveau de Keegan.

– Donc nous allons faire comme si tout ça avait été planifié dès le départ ?

– Oui. Pareil pour le programme TAMS. Finie, la période de test. Aucun des autres bureaux n'a eu des résultats aussi bons que les vôtres dans ses essais, loin s'en faut, mais qu'ils aillent se faire foutre. Tout ça a été une « réussite totale », si ce n'était pas assez clair. On est tous à fond là-dessus. Le FBI est en train d'acheter des unités TAMS pour toutes les antennes du pays. Ensuite, des crédits fédéraux seront accordés aux départements de police locaux et aux différentes polices d'États pour acheter les leurs. Comme s'ils allaient savoir s'en servir... Mais enfin, c'est ce que la population demande, pour se sentir de nouveau en sécurité. Alors la Maison-Blanche a décidé de reprendre la main, pour en faire une plus grande victoire – sa victoire.

– Bon Dieu, qu'avons-nous déclenché ? soupira Keegan.

– Oui, je ne suis pas sûr que Todd apprécierait d'avoir accéléré tout ça.

Elle se redressa brusquement, frappée par l'évidence. Shaw ne l'avait pas seulement manipulée, elle ; il avait manipulé tout le monde.

Jackson Todd. Le sénateur Jacobs. Tout ce réseau de groupuscules extrémistes. Et jusqu'à TAMS et elle. Tous avaient été la même chose pour Shaw : des investissements dans une révolution menée selon ses propres termes. Une série de manœuvres destinées à conduire une société réticente au changement à son point de rupture, puis à la reconstruire.

Il ne s'était jamais agi de combattre l'avenir, mais de le réaliser.

Keegan laissa échapper un soupir et se rallongea sur le lit, accablée par cette révélation.

– Je vous laisse vous reposer, dit Noritz. Quand vous serez prête à reprendre le travail, dites-moi ce que vous comptez faire. Il n'y aurait rien de mal à laisser le Bureau utiliser votre image sur les réseaux, jusqu'à votre retraite. Vous savez, outre tous ces petits bébés nommés en l'honneur de TAMS, « Lara » et « Keegan » sont très à la mode, aussi.

– Je vais y réfléchir. Vous pouvez me renvoyer TAMS ?

– Bien sûr.

Noritz disparut et TAMS revint dans la chambre, seul. Il se présenta au garde-à-vous. Les balafres ornant son plastron ressemblaient à une rangée de médailles dont il aurait dû être fier, s'il avait pu.

– Quelle est la toute dernière chose que je t'ai dite ? interrogea-t-elle.

– Merci, répondit TAMS.

Keegan réfléchit pendant un moment.

– Il faut que je te remercie à nouveau, pour plus de choses que tu ne l'imagines.

TAMS soutint son regard et elle aurait voulu croire qu'il comprenait le sens sous-jacent de ses paroles – c'était peut-être le cas d'ailleurs. Elle n'était plus sûre de rien, à présent. Malgré elle, elle avait fini par faire confiance à cette machine à laquelle elle devait tout, désormais. Mais cette même confiance dans leur partenariat représentait en soi un danger d'un nouveau genre[1]. Chaque seconde passée avec TAMS, chaque nouvelle chose qu'elle lui apprenait ne faisait que rapprocher ce robot du moment qu'ils avaient déjà atteint une fois – le moment où tout risquait de prendre fin.

Keegan contempla les cartes de prompt rétablissement, derrière lesquelles était tapie celle de Shaw.

Et puis merde : ce risque, elle allait devoir le prendre.

– TAMS, tu es complètement rechargé et prêt à te remettre au travail ?

– OK, répondit TAMS.

– Parce que quand je sortirai de cet hôpital, une nouvelle affaire nous attend…

Remerciements

Tout comme l'expérience du lecteur, l'écriture d'un livre est une aventure qui implique toute une série de personnages mémorables.

Alex Littlefield, Gretchen Stelter, Olivia Bartz et toute l'équipe éditoriale et de fabrication des éditions HMH ont accompagné ce roman, du concept de départ au livre final que vous avez entre vos mains ; l'infatigable Michelle Triant et les équipes chargées du marketing et de la publicité n'ont pas ménagé leurs efforts pour faire parler de lui. Nous sommes pleinement conscients du fait que ce mélange de fiction et de non-fiction représente, pour un éditeur, une proposition d'un genre nouveau, et nous sommes très reconnaissants du soutien apporté, qui a permis de le réaliser.

Nous avons également profité de l'aide d'une cohorte d'experts et d'amis, qui ont bien voulu répondre à nos questions pendant la préparation de ce livre puis fournir des retours précieux et pertinents sur les premières versions du manuscrit. Certains doivent rester anonymes à cause de leurs fonctions, qu'ils soient agents du FBI, de la CIA, ou cadres dans des entreprises chinoises spécialisées dans l'intelligence artificielle, mais bon nombre d'entre eux peuvent et doivent être remerciés ici, notamment Che Bolden, Marcus Carey, Sam Cole, Sam Freund, Matt Gallagher, Josh Geltzer, Mark Hagerott, Amir Husain, Phil Klay, Brian Michelson, Ian Morrison, Tyler Quinn, Tammy Schultz, Kristin Sharp, Peter Tieryas, Dan Wilson, Beau Woods et Nicholas Wright.

Nos agents Dan Mandel et Katherine Flynn nous représentent depuis de longues années, jouant le rôle de représentants mais aussi de conseillers en communication sur toutes sortes de sujets.

Les livres ont également besoin d'un cadre, pour rendre possible cette aventure. La Fondation New America, dirigée par Anne-Marie Slaughter, est assurément le seul think tank capable d'accueillir un tel projet, traitant de questions qui vont de l'avenir des nouvelles technologies aux cybermenaces, tout en s'appuyant sur un autre médium que le papier pour communiquer sur ces thèmes. Un soutien crucial nous a également été apporté par la Smith Richardson Foundation et le centre de recherches sur l'avenir de la guerre à Arizona State University, deux organismes qui se sont fixé pour mission d'aider le monde à se préparer pour demain.

Oui, comme dans ce roman, l'aspect le plus important de l'aventure, ce sont les liens les plus intimes. À l'instar de Keegan, notre identité est fortement influencée par notre exercice d'équilibriste entre vie parentale et vie professionnelle. Nous avons écrit certaines scènes assis sur les bancs inconfortables d'un gymnase, pendant un entraînement de basket, et avons corrigé le texte pendant des virées familiales en voiture, tandis que le dernier disque de Taylor Swift passait à fond sur la stéréo. Et nous avons aimé chaque instant de cette aventure. Catherine et Madeleine, Owen et Liam, vous êtes notre joie.

Surtout, nous aimerions remercier nos épouses, qui nous ont soutenus à chaque étape, non seulement de l'écriture de ce livre, mais du grand voyage de la vie. Elles nous ont encouragés et inspirés de mille manières, et nous ne pourrions rêver meilleures partenaires.

De la fiction à la réalité…

Control est une œuvre de fiction.

Mais ce roman s'attaque en outre à des problèmes bien réels auxquels nous serons confrontés dans les années à venir.

Automatisation, robotique et une intelligence artificielle de plus en plus performante n'appartiennent déjà plus à la science-fiction. Leurs progrès constants et leurs nouvelles applications, qui concernent tous les aspects de la société ou presque, vont créer d'incroyables possibilités et des bonds remarquables en termes d'efficacité. Mais à l'heure d'aborder ce qu'on peut qualifier de nouvelle révolution industrielle, il y aura également des débats et des bouleversements politiques, économiques, sociaux et culturels, ainsi que des menaces d'ordre sécuritaire, d'une ampleur inconnue depuis plusieurs générations, si tant est qu'elle ait jamais eu d'équivalent. Le plus préoccupant, c'est le fait que tout cela soit si mal compris, à la fois par le grand public et les responsables politiques. Non seulement une grande partie d'entre eux n'ont pas pris la réelle mesure de ces bouleversements, mais ils sont incapables de les imaginer.

C'est ce qui nous a poussés à écrire *Control* : il ne s'agissait pas simplement de créer et de partager de nouveaux personnages et de nouvelles histoires, mais aussi d'encourager la réflexion autour des épineux problèmes liés aux rapports entre nouvelles technologies et société, qui ne seront bientôt que trop réels. Par le passé, nous avons pu décrire cette approche en ayant recours au concept de « fiction utile[1] ». Cela explique en outre tous ces petits numéros apparus dans le texte au fil du voyage entrepris par Keegan et TAMS. Leur fonction est à la fois de valider ce moment de l'intrigue et de rendre hommage aux journalistes, écrivains ou chercheurs dont le dur labeur a servi de base à tel ou tel élément de l'histoire. Autrement dit, dans cette approche romanesque résolument différente où fiction et recherche de pointe s'entrelacent, les notes qui suivent ont le même but que celui qu'elles auraient dans un ouvrage de non-fiction traditionnel : fournir la source du fait ou concept énoncé.

Toutefois, nous espérons que vous les considérerez également comme autant d'opportunités. Ce sont des fils potentiels sur lesquels tirer, comme TAMS le fait tout au long du roman, afin d'accéder à une meilleure compréhension. Que ce soit pour en apprendre davantage au sujet d'une technologie qui vous a paru excitante et qui, si elle semble relever de la science-fiction dans le roman, se révèle pourtant être bien réelle ; ou pour approfondir un concept, une problématique ou un débat particulier, en sachant qu'il ne restera pas purement théorique pendant très longtemps. Surtout, nous espérons que grâce à la combinaison de l'intrigue et de ces sources, vous vous sentirez investi d'un nouveau savoir à l'heure d'affronter ces enjeux dans la vraie vie.

Notes

Chapitre 1

1. Ritika Trikha, "The History of 'Hello, World.'" *Hacker Rant,* April 21, 2015. https://blog.hackerrank.com/the-history-of-hello-world/

2. Adam Conner-Simons et Rachel Gordon, "'Superher' Robot Wears Different Outfits for Different Tasks." *MIT News,* September 27, 2017. http://news.mit.edu/2017/superhero-robot-wears-different-outfits-different-tasks-0927 Massachusetts Institute of Technology, "Robot Origami : Robot Self-folds, Walks, and Completes Tasks." YouTube, June 11, 2015. Video, 2:43, https://www.youtube.com/watch?v=ZVYz7g-qLjs

3. Clark Construction, "Washington Post Press Facility." April 3, 2019. https://www.clarkconstruction.com/our-work/projects/washington-post-press-facility.

4. Arthur Holland Michel, "Amazon Delivery Drone Patents." Center for the Study of the Drone, September 2017. https://dronecenter.bard.edu/files/2017/09/CSD-Amazons-Drone-Patents-1.pdf

5. History.com, "1932 : Bonus Marchers Evicted by U.S. Army." February 9, 2010. https://www.history.com/this-day-in-history/bonus-marchers-evicted-by-u-s-army

6. US Marine Corps, "New Marine Corps Tattoo Regulations", Marines.mil, June 2, 2016, https://www.marines.mil/News/News-Display/Article/788805/new-marine-corps-tattoo-regulations/

7. Leo Shane III, "Veterans, Military Retirees to See a 1.6 Percent Cost-of-Living Boost in Benefits." *Military Times*, October 11, 2019. https://www. militarytimes.com/news/pentagon-congress/2019/10/11/veterans-military-retirees-to-see-a-16-percent-cost-of-living-boost-in-benefits/

8. Lara Seligman, "In Overflowing Syrian Refugee Camps, Extremism Takes Root." *Foreign Policy,* July 29, 2019. https://foreignpolicy.com/2019/07/29/inoverflowing-syrian-refugee-camps-extremism-takes-root-syria-bashar-assadislamic-state-isis/ Garrett Graff, *The Threat Matrix : The FBI at War in the Age of Global Terror.* New York : Little Brown and Co., 2011.

9. Peter Diamandis, "Convergence in VR/AR : 5 Anticipated Breakthroughs to Watch." LinkedIn. May 6, 2019. https://www.linkedin.com/pulse/convergence-vrar-5-anticipated-breakthroughs-watch-peter-h-diamandis/John James,

"Future OE Mission Command and Future OE Decision Cycles." US Army Mad Scientist Laboratory, May 16, 2019, https://madsciblog.tradoc.army.mil/145-future-oe-mission-command-and-future-oe-decision-cycles/

10. Vlad Savov, "Nubia's Wearable Smartphone Is a Preview of Our Flexible OLED Future." *The Verge,* September 4, 2018. https://www.theverge.com/circuitbreaker/2018/9/4/17817416/wearable-smartphone-nubia-alpha-flexible-oled-ifa-2018 Zachariah Yuzon, "Nubia's Alpha Wearable Is the Craziest Gadget at MWC 2019." *Mashable,* 28 février 2019. Video, 00: 50. https://mashable.com/video/nubia-alpha

11. Jeremy Hsu, "Out of the Way, Human ! Delivery Robots Want a Share of Your Sidewalk." *Scientific American,* February 19, 2019. https://www.scientificamerican.com/article/out-of-the-way-human-delivery-robots-want-a-share-of-your-sidewalk/

12. Ina Fried, "Preparing for a Future of Augmented Reality." *Axios*, September 27, 2019. https://www.axios.com/augmented-reality-future-personal-privacy-concerns-797deaf0-3a24-4eb4-98d7-99e304608c88.html

13. Amanda Lentino, "This Chinese Facial-recognition Start-up Can Identify a Person in Seconds." CNBC.com, May 16, 2019. https://www.cnbc.com/2019/05/16/this-chinese-facial-recognition-start-up-can-id-a-person-in-seconds.html

14. Direct quote from China Electronics Technology Corp. presentation. Chris Buckley et Paul Mozur, "How China Uses High Tech Surveillance to Subdue Minorities." *New York Times,* May 22, 2019. https://www. nytimes.com/2019/05/22/world/asia/china-surveillance-xinjiang.html

15. Julien Happich, "The Future of Video Surveillance : HD, Hyperspectral and Stereoscopic." *EeNews Europe,* February 11, 2016. http://www. eenewseurope.com/news/future-video-surveillance-hd-hyperspectral-and-stereoscopic

16. Jonathan Hilburg, "Elon Musk Receives Exploratory Permit for D.C. to NYC Hyperloop." *The Architects Newspapers,* February 23, 2018. https://archpaper.com/2018/02/elon-musks-boring-company-exploratory-permit-dc-hyperloop/

17. Steve Hanley, "Tesla Model 3 Stuns German Engineers with Its Wonders." *CleanTechnica,* February 19, 2018. https://cleantechnica.com/2018/02/19/tesla-model-3-stuns-german-engineers-wonders

18. Selfdefense.com, "Stun Gun Baton." Accessed July 27, 2019. https://www.srselfdefense.com/stun-gun-batons/

19. Aaron C. Davis, Emma Brown, et Michael Miller, "Inside Casa Padre, the Converted Walmart Where the U.S. Is Holding Nearly 1,500 Immigrant Children." *Washington Post,* June 14, 2018. https://www.washingtonpost.com/local/inside-casa-padre-the-converted-walmart-where-the-us-is-holding-nearly-1500-immigrant-children/2018/06/14/0cd65ce4-6eba-11e8-bd50-b80389a4e569_story.html

20. Andrew Giambrone, "Trump Reportedly Wants to Keep the FBI HQ in D.C. and Oversee Its Redevelopment." *Curbed DC,* July 30, 2018.

https://dc. curbed.com/2018/7/30/17631828/trump-fbi-hq-redevelopment-washington-brutalism-architecture

21. CV Dazzle. Accessed November 5, 2019. https://cvdazzle.com

22. James Vincent, "Google's AI Thinks This Turtle Looks Like a Gun, Which Is a Problem." *The Verge,* November 2, 2017. https://www.theverge.com/2017/11/2/16597276/google-ai-image-attacks-adversarial-turtle-rifle-3d-printed

23. James Vincent, "These Glasses Trick Facial Recognition Software into Thinking You're Someone Else." *The Verge,* November 3, 2016. https://www.theverge.com/2016/11/3/13507542/facial-recognition-glasses-trick-impersonate-fool

24. Guy Cramer, "Quantum Stealth ; The Invisible Military Becomes a Reality." HyperStealth, October 19, 2012. http://www.hyperstealth.com/Quantum-Stealth

25. Quran.com, "Sura 43 : Az-Zukhruf, The Ornaments of Gold." https://quran.com/43

26. Lorenzo Franceschi-Bicchierai, "Hackers Behind WannaCry Cashed Out Bitcoin While No One Was Watching." *Vice,* August 3, 2017. https://motherboard.vice.com/en_us/article/qvky75/hackers-behind-wannacry-cashed-out-bitcoinwhile-no-one-was-watching

Chapitre 2

1. Jennifer Greenstein Altman, "Venerable Lecture Hall Reaches Century Milestone." Princeton.edu, August 16, 2007. https://www.princeton.edu/news/2007/08/16/venerable-lecture-hall-reaches-century-milestone

2. Wikipedia contributors, "Linux Kernel." Wikipedia, The Free Encyclopedia. Accessed May 15, 2019. https://en.wikipedia.org/wiki/Linux_kernel

3. Kirkpatrick Sale, *Rebels Against the Future : The Luddites and Their War on the Industrial Revolution : Lessons for the Computer Age.* New York : Basic Books, 1996.

4. Hacker Maderas, "Improvements Like These Have Interesting Implications." Twitter, March 9, 2019. pic.twitter.com/ZywUM4XsBn

5. Will Knight, "Meet the Fake Celebrities Dreamed Up by AI." *MIT Technology Review,* October 31, 2017. https://www.technologyreview.com/the-download/609290/meet-the-fake-celebrities-dreamed-up-by-ai

6. Greg Synek, "Gait Recognition Tech Can Identify People Even with Their Backs Turned." *TechSpot,* November 7, 2018. https://www.techspot.com/news/77298-gait-recognition-tech-can-identify-people-even-their.html

7. Parmy Olson, "Image-Recognition Technology May Not Be as Secure as We Think." *Wall Street Journal,* June 4, 2019. https://www.wsj.com/articles/image-recognition-technology-may-not-be-as-secure-as-we-think-11559700300

8. Angela Chen, "Inmates in Finland Are Training AI as Part of Prison Labor." *The Verge,* March 28, 2019. https://www.theverge.com/2019/3/28/18285572/prison-labor-finland-artificial-intelligence-data-tagging-vainu

9. D'après une citation de Roger McNamee, l'un des fondateurs de Facebook, concernant le problème avec les géants technologiques libéraux créés par Peter Thiel. Roger McNamee, "Roger McNamee : 'It's Bigger Than Facebook. This Is a Problem with the Entire Industry.'" Interview by Alex Hern, *The Guardian,* February 16, 2019. https://www.theguardian.com/books/2019/feb/16/roger-mcnamee-zucked-waking-up-to-the-facebook-catastrophe-interview

10. Gregg Maisel, Ken Kohl, et Deborah Curtis, "National Security." US Department of Justice. Updated December 22, 2017. https://www.justice.gov/usao-dc/criminal-division/national-security

11. FragranceAdvisors.com, "Top 5 Best Pheromone Colognes for Men in 2019." https://www.fragranceadvisors.com/best-pheromone-cologne-men/

12. FBI, Investigative Programs : Critical Incident Response Group. Accessed July 19, 2019. https://www2.fbi.gov/hq/isd/cirg/ncavc.htm

13. Nick Lavars, "Robotic Leg Leans on Animal Evolution to Teach Itself to Walk." *New Atlas,* March 12, 2019. https://newatlas.com/robotic-leg-teaches-walk/58817/

14. James Vincent, "Boston Dynamics' Robots Are Preparing to Leave the Lab – But Is the World Ready ?" *The Verge*, July 17, 2019. https://www. theverge.com/2019/7/17/20697540/boston-dynamics-robots-commercial-real-world-business-spot-on-sale

15. Charlotte Jee, "Female Voice Assistants Fuel Damaging Gender Stereotypes, Says a UN Study." *MIT Technology Review*, May 22, 2019. https://www.technologyreview.com/f/613569/female-voice-assistants-fuel-damaging-gender-stereotypes-says-un-study/

16. L'IA est un terme extrêmement contesté, avec au moins soixante-dix définitions différentes, selon une étude (Shane Leg and Marcus Hunter, "A Collection of Definitions of Intelligence", IDSIA report, 2007. https://arxiv.org/pdf/0706.3639.pdf). Elle en est arrivée à englober tout ce qui va d'une « petite » tâche ou une tâche « faible » d'intelligence humaine effectuée par une machine, jusqu'à ce qui requiert une intelligence « générale » ou une « superintelligence ». Elle est souvent étendue pour inclure le « *machine learning* », où une machine est entraînée à pratiquer une tâche, ainsi que des domaines comme les « systèmes multiagents » et les « réseaux neuronaux » artificiels pour créer du « *deep learning* » à plus grande échelle, où la machine fonctionne de façon similaire à celle du cerveau humain, et des « puces neuromorphiques » qui permettent à des puces individuelles de faire d'importants calculs, menant à des avancées en supercalcul et développant l'intelligence de systèmes individuels ou même de capteurs.

L'armée américaine a officiellement défini l'IA comme « la capacité des machines à effectuer des tâches qui requièrent normalement de l'intelligence humaine – par exemple, reconnaître des formes, apprendre par expérience, tirer des conclusions, établir des pronostics ou entrer en action – que ce soit numériquement ou par le biais de logiciels derrière des systèmes physiques autonomes » (US Department of Defense, "Summary of the 2018 Department of Defense Artificial Intelligence Strategy", available at https://media.defense.gov/2019/Feb/12/2002088963/-1/-1/1/SUMMARY-OFDOD-AI-STRATEGY.PDF). De manière générale, nous l'utilisons en termes globaux pour désigner la capacité d'une machine à imiter, coller ou surpasser un comportement ou une tâche d'intelligence humaine, où l'« intelligence » se définit comme la faculté de fonctionner de manière appropriée et au regard de son environnement.

Pour plus d'informations concernant les questions de terminologie, voir aussi Nils J. Nilsson, *The Quest for Artificial Intelligence : A History of Ideas and Achievements* (Cambridge, UK : Cambridge University Press, 2010), et Peter Stone *et al.*, "Artificial Intelligence and Life in 2030." One Hundred Year Study on Artificial Intelligence : Report of the 2015–2016 Study Panel, Stanford University, September 2016. http://ai100.stanford.edu/2016-report

17. Brady Moore et Chris Sauceda, "The Guy Behind the Guy : AI as the Indispensable Marshal." US Army Mad Scientist Laboratory, February 21, 2019. https://madsciblog.tradoc.army.mil/122-the-guy-behind-the-guy-ai-as-the-indispensable-marshal/

18. Lance Ulanoff, "LEGO Mindstorms Ev3 Is 601 Pieces of Awesome." *Mashable*, August 21, 2013. https://mashable.com/2013/08/21/lego-mindstorms-ev3-review/

19. Amazon.com, "Amazon Mechanical Turk : Overview." Accessed June 23, 2019. https://www.mturk.com/

20. Jamie Metzl, "Making Babies in the Year 2045." *New York Times,* April 10, 2019. https://www.nytimes.com/2019/04/10/opinion/genetic-testing-privacy.html

21. Dave Gershgorn, "Companies Are on the Hook if Their Hiring Algorithms Are Biased." *Quartz,* October 22, 2018. https://qz.com/1427621/companies-are-onthe-hook-if-their-hiring-algorithms-are-biased/

22. McKinsey Global Institute, "The Future of Work in America." July 2019. https://www.mckinsey.com/~/media/mckinsey/featured%20insights/future%20of%20organizations/the%20future%20of%20work%20in%20america%20people%20and%20places%20today%20and%20tomorrow/mgi-the-future-of-work-in-america-report-july-2019.ashx

23. Charlotte Jee, "Amazon's System for Tracking Its Warehouse Workers Can Automatically Fire Them." *MIT Technology Review,* April 26, 2019. https://www.technologyreview.com/f/613434/amazons-system-for-tracking-its-warehouse-workers-can-automatically-fire-them/

24. Andrew Ross Sorkin, "Peter Thiel, Tech Billionaire, Reveals Secret War with Gawker." *New York Times,* May 25, 2016. https://www. nytimes.com/2016/05/26/business/dealbook/peter-thiel-tech-billionaire-reveals-secret-war-with-gawker.html

25. Jason Nark, "Seven Endangered Places You Should See Before It's Too Late." *Outside*, January 11, 2019. https://www.outsideonline.com/adventure-travel/advice/places-threatened-by-climate-change/

26. I. Orha et Stefan Oniga. "Assistance and Telepresence Robots : A Solution for Elderly People." *Carpathian Journal of Electronic and Computer Engineering* 5 (2012) : 87–90. https://www.researchgate.net/publication/235417999_Assistance_and_telepresence_robots_a_solution_for_elderly_people

27. University of Washington, "How to Train Your Robot (to Feed You Dinner)." *Science Daily,* March 11, 2019. https://www.sciencedaily.com/releases/2019/03/190311101221.htm

28. Jo White, "Is the Kitchen Dead ?" Medium.com, August 12, 2018. https://medium.com/cookpadteam/is-the-kitchen-dead-d7c44597b1f3

29. Greg Bensinger, "Mission Racer, How Amazon Turned Tedium Warehouse Work into a Game." *Washington Post,* May 21, 2019. https://www. washingtonpost.com/technology/2019/05/21/missionracer-how-amazon-turned-tedium-warehouse-work-into-game/ ? utm_term=.5f2655e6b125

30. Suren Ramasubbu, "Biological & Psychological Reasons for Social Media Addiction." *Huffington Post,* March 10, 2017. https://www.huffpost.com/entry/biological-psychological-reasons-for-social-media_b_58c279a7e4b0c3276fb78388

31. Andrew Myers, "Stanford Engineers Make Video Editing as Easy as Editing Text." *Stanford News*, June 5, 2019. https://news.stanford.edu/2019/06/05/edit-video-editing-text/ ? wpisrc=nl_technology202&wpmm=1

32. Allen Yu, "How Netflix Uses AI, Data Science, and Machine Learning – From A Product Perspective." *Becoming Human*, February 27, 2019. https://becominghuman.ai/how-netflix-uses-ai-and-machine-learning-a087614630fe

33. Daron Acemoglu et Pascual Restrepo, "The Wrong Kind of AI ? Artificial Intelligence and the Future of Labor Demand." Massachusetts Institute of Technology, March 5, 2019. https://economics.mit.edu/files/18782

34. John Marangos et J. E. King, "Two Arguments for Basic Income : Thomas Paine (1737–1809) and Thomas Spence (1750–1814)." academia.edu, 2006. http://www.academia.edu/2698139/Two_arguments_for_Basic_Income_Thomas_Paine_1737-1809_and_Thomas_Spence_1750-1814

35. James Beniger, *The Control Revolution : Technological and Economic Origins of the Information Society.* Cambridge, MA : Harvard University Press, 1989. Elsa Kania, "Battlefield Singularity : Artificial Intelligence, Military Revolution, and China's Future Military Power." CNAS report, November 2017. https://www.cnas.org/publications/reports/battlefield-singularity-artificial-intelligence-military-revolution-and-chinas-future-military-power

36. Ajay Agrawal, Joshua Gans, et Avi Goldfarb, *Prediction Machines : The Simple Economics of Artificial Intelligence.* Boston : Harvard Business Review Press, 2018, p. 213.

37. "Technology is not destiny." Direct quote. Conor McKay, Ethan Pollack, et Alastair Fitzpayne, "Automation and a Changing Economy : The Case for Action." The Aspen Institute, February 4, 2019. https://www.aspeninstitute.org/programs/future-of-work/automation/ ? utm_source=newsletter&utm_medium=email&utm_campaign=newsletter_axiosfutureofwork&stream=future

38. "We can promote greater opportunity and broadly shared prosperity for all." Direct quote. Conor McKay, Ethan Pollack, et Alastair Fitzpayne, "Automation and a Changing Economy : The Case for Action." The Aspen Institute, February 4, 2019. https://www.aspeninstitute.org/programs/future-of-work/automation/ ? utm_source=newsletter&utm_medium=email&utm_campaign=newsletter_axiosfutureofwork&stream=future

39. John Marangos et J. E. King, "Two Arguments for Basic Income : Thomas Paine (1737–1809) and Thomas Spence (1750–1814)." academia.edu, 2006. http://www.academia.edu/2698139/Two_arguments_for_Basic_Income_Thomas_Paine_1737-1809_and_Thomas_Spence_1750-1814

Chapitre 3

1. FBI.gov, "Celebrating Women Special Agents Part 1 : May 12, 1972 – A New Chapter Is Opened." May 16, 2012. https://www.fbi.gov/news/stories/celebrating-women-special-agents FBI.gov, press release. May 12, 1972. https://archives.fbi.gov/archives/news/stories/2012/may/women-agents_051612/press-release-may-12-1972

2. Boston Dynamics, YouTube channel. https://www.youtube.com/user/BostonDynamics/videos

3. Nicholas Wright, "The Technologies : What Specifically Is New." In "AI, China, Russia, and the Global Order : Technological, Political, Global, and Creative Perspectives", US Department of Defense SMA report, December 2018. https://www.airuniversity.af.edu/Portals/10/AUPress/Books/B_0161_WRIGHT_ARTIFICIAL_INTELLIGENCE_CHINA_RUSSIA_AND_THE_GLOBAL_ORDER.PDF

4. Kate Darling, "Why We Have an Emotional Connection to Robots." TED Talks, September 2018. https://www.ted.com/talks/kate_darling_why_we_have_an_emotional_connection_to_robots?language=en

5. Prajwal Paudyal, "Should AI Explain Itself ? Or Should We Design Explainable AI So That It Doesn't Have To ?" Towards Data Science. Accessed June 28, 2019. https://towardsdatascience.com/should-ai-explain-itself-or-should-we-design-explainable-ai-so-that-it-doesnt-have-to-90e75bb6089e

6. FBI.gov, "The Hostage Rescue Team Part 2 : The Crucible of Selection." February 12, 2013. https://www.fbi.gov/news/stories/hostage-rescue-team-the-crucible-of-selection-2

7. FBI.gov, "The Hostage Rescue Team : Training for Every Contingency." February 19, 2013. https://www.fbi.gov/news/stories/hostage-rescue-team-training-for-every-contingency

8. P. W. Singer, *Wired for War : The Robotics Revolution and Conflict in the 21st Century.* New York : Penguin, 2009, p. 337.

9. Julien Happich, "The Future of Video Surveillance : HD, Hyperspectral and Stereoscopic." *EeNews Europe,* February 11, 2016. http://www.eenewseurope.com/news/future-video-surveillance-hd-hyperspectral-and-stereoscopic

10. Kathy Fessler, "What You Need to Know About Gunshot Detection Technology." Security101 blog, November 28, 2018. https://www.security101.com/blog/gunshot-detection-technology

11. Michael J. Maguire, "Active Shooter Drills in Schools Do More Harm Than Good. It's Time to Put a Stop to Them." WGBH, April 16, 2019. https://www.wgbh.org/news/commentary/2019/04/16/active-shooter-drills-in-schools-do-more-harm-than-good-its-time-to-put-a-stop-to-them

12. Andrew Liszewski, "This Clip-on Handgun Attachment Makes Bullets Non-Lethal." *Gizmodo,* December 9, 2015. https://gizmodo.com/this-clip-onhandgun-attachment-makes-bullets-non-letha-1730039256

13. Noah Shachtman, "Israeli 'Auto Kill Zone' Towers Locked and Loaded." *Wired,* December 5, 2008. https://www.wired.com/2008/12/israeli-auto-ki/

14. Daniel H. Wilson, *Robopocalypse.* New York : Doubleday, 2011.

15. Elliot Carter, "Seen This Wall by the Washington Monument ? That's the Potomac Park Levee." Architect of the Capital, December 5, 2016. https://architectofthecapital.org/posts/2016/12/4/potomac-park-levee

16. NASA.gov, "Robonaut 2, the Next Generation Dexterous Robot." July 15, 2010. https://www.nasa.gov/mission_pages/station/multimedia/robonaut_photos.html

17. NurdRage, "Gallium Induced Structural Failure of an Aluminum Sheet." YouTube, December 13, 2014. Video, 2:54. https://www.youtube.com/watch?v=IZkzxWZETds

Chapitre 4

1. Paul Scharre, *Army of None : Autonomous Weapons and the Future of War.* New York : W. W. Norton, 2019.

2. US Army Mad Scientist Laboratory, "An Appropriate Level of Trust..." May 29, 2018. https://madsciblog.tradoc.army.mil/56-an-appropriate-level-of-trust/

3. Liesbeth De Mol, "Turing Machines." *Stanford Encyclopedia of Philosophy,* September 24, 2018. https://plato.stanford.edu/entries/turing-machine/

4. C. E. Shannon, J. McCarthy, M. L. Minsky, et N. Rochester, "A Proposal for the Dartmouth Summer Research Project on Artificial Intelligence." Dartmouth College, August 31, 1955. http://www-formal.stanford.edu/jmc/history/dartmouth/dartmouth.html

5. Alexis Madrigal, "How Checkers Was Solved." *The Atlantic,* July 19, 2017. https://www.theatlantic.com/technology/archive/2017/07/marion-tinsley-checkers/534111/

6. Larry Greenemeir, "20 Years After Deep Blue : How AI Has Advanced Since Conquering Chess." *Scientific American,* June 2, 2017. https://www.scientificamerican.com/article/20-years-after-deep-blue-how-ai-has-advanced-since-conquering-chess/

7. Eleanor Cummins, "Another AI Winter Could Usher in a Dark Period for Artificial Intelligence." *Popular Science,* August 29, 2019. https://www.popsci.com/ai-winter-artificial-intelligence

8. "IBM's Watson Supercomputer Destroys Humans in Jeopardy." *Endgadget,* January 13, 2011. https://www.youtube.com/watch?v=WFR3lOm_xhE

9. John Russell, "Google Ai Beats Go World Champion Again to Complete Historic 4–1 Series Victory." TechCrunch, March 15, 2016. https://techcrunch.com/2016/03/15/google-ai-beats-go-world-champion-again-to-completehistoric-4-1-series-victory/

10. DeepMind, "AlphaGo Zero : Starting from scratch." YouTube, October 18, 2017. Video, 2:13. https://www.youtube.com/watch?v=tXlM99xPQC8

11. DeepMind, "AlphaGo." https://deepmind.com/research/alphago/

12. Elsa Kania, "Chinese Military Innovation in Artificial Intelligence." Hearing of the US-China Economic and Security Review Commission, June 7, 2019. https://s3.amazonaws.com/files.cnas.org/documents/June-7-Hearing_Panel-1_Elsa-Kania_Chinese-Military-Innovation-in-Artificial-Intelligence.pdf ?mtime=20190617115242

13. "A New Artificial Synapse Is Faster and More Efficient Than Ones in Your Brain." *MIT Technology Review*, January 29, 2018. https://www.technologyreview.com/f/610089/a-new-artificial-synapse-is-faster-and-more-efficientthan-ones-in-your-brain/. Andrew Freedman, "Meet Aurora, Soon to Be the First 'Exascale' Supercomputer in the U.S." *Axios,* March 18, 2019. https://www.axios.com/us-to-get-its-first-ultra-powerful-exascale-supercomputer-015cc201-0660-430f-9bf2-83e5ac4edcad.html

14. Valerie Insinna, "Introducing Skyborg, Your New AI Wingman." C4ISRNET, March 14, 2019. https://www.c4isrnet.com/air/2019/03/14/introducing-skyborg-your-new-ai-wingman/

15. Arthur Conan Doyle, "Silver Blaze." In *The Memoirs of Sherlock Holmes,* London : George Newnes, 1893. See also "Lessons from Sherlock Holmes Pt. I : Paying Attention to What Isn't There." Big Think, July 21, 2011. https://bigthink.com/artful-choice/lessons-from-sherlock-holmes-pti-paying-attention-to-what-isnt-there

16. Heather Roff, "How Understanding Animals Can Help Us Make the Most of Artificial Intelligence." *The Conversation,* March 30, 2017. https://theconversation.com/how-understanding-animals-can-help-us-make-the-most-of-artificial-intelligence-74742

17. Mike Allen, Sara Fischer, et Felix Salmon, "Fortnite : The Hot, New Social Network." *Axios*, December 25, 2018. https://www.axios.com/fortnite-the-hotnew-social-network-45cc0576-a49f-467f-b3aa-b5e06ec8aa53.html

18. Peter Rubin, "Facebook Can Make VR Avatars Look – and Move – Exactly Like You." *Wired,* March 13, 2019. https://www.wired.com/story/facebook-oculus-codec-avatars-vr/

19. Sansar. https://www.sansar.com

20. P. W. Singer et Emerson Brooking, *LikeWar : The Weaponization of Social Media.* Boston : Houghton Mifflin Harcourt, 2018.

21. "It is not human jobs that are at risk from the rise of the robots. It is humanity itself." Direct quote. Robert Skidelski, "Is AI the Road to Serfdom ?" *Asia Times,* February 22, 2019. https://asiatimes.com/2019/02/is-ai-the-road-to-serfdom/

22. Mazzy Star, *Fade Into You*. YouTube, November 16, 2010. Video, 4:28. « Je veux tenir la main en toi / Je veux prendre le souffle vrai. » https://www.youtube.com/watch?v=ImKY6TZEyrI

23. Thomas Hobbes, *The English Works of Thomas Hobbes of Malmesbury,* vol. 1, p. 7. London : J. Bohn, 1839. https://archive.org/details/englishworkstho21hobbgoog/page/n32

24. Shivali Best, "The Ambulance Drone That Could Save Your Life : Video Reveals How Flying Robots May Someday Carry the Injured to Hospital." *Daily Mail,* January 3, 2017. http://www.dailymail.co.uk/sciencetech/article-4084008/Incredible-video-shows-flying-AMBULANCE-speed-emergency-support.html

25. Seth Borenstein, "No AI in Humor : R2-D2 Walks into a Bar, Doesn't Get the Joke." *AP News,* March 31, 2019. https://www.apnews.com/bae71c3be-f8145ecaaa84bca24d77430?utm_source=newsletter&utm_medium=email&utm_campaign=newsletter_axiosam&stream=top

26. US Army, "Mine Resistant Ambush Protected (MRAP) Vehicles." Accessed July 17, 2019. https://asc.army.mil/web/portfolio-item/cs-css-mine-resistant-ambush-protected-mrap-vehicle-mrap/

27. Deloitte, "The Future of Policing." 2019. https://www2.deloitte.com/us/en/pages/public-sector/articles/future-of-policing-and-law-enforcement-technology-innovations.html

28. Adam Tuss et James Cordilia, "Self-Driving Shuttle Buses Ride Around the Region." NBC 4 Washington, June 20, 2019. https://www.nbcwashington.com/news/local/Self-Driving-Shuttle-Buses-Cruise-Around-DC-Area-511594472.html

29. Harriet Taylor, "Why Transportation Networks Are Especially Vulnerable to Ransomeware." CNBC, November 26, 2016. https://www.cnbc.com/2016/11/29/why-transportation-networks-are-especially-vulnerable-to-ransomware.html

30. Caroline Haskins, "Amazon Provided Police with 'Heat Maps' of Package Theft for Sting Operation." *Vice*, July 9, 2019. https://www.vice.com/en_us/article/5978vd/amazon-provided-police-with-heat-maps-of-package-theft-forsting-operation-cops

31. Gao Huang, Zhuang Liu, Laurens van der Maaten, et Kilian Q. Weinberger, "Densely Connected Convolutional Networks." Cornell University, version v5, January 28, 2018. https://arxiv.org/abs/1608.06993

32. "Vintage Chatty Cathy Toy Doll TV Commercial 1960's." YouTube, November 3, 2008. Video, 01:05. https://www.youtube.com/watch?v=f-sYQ8_2v_Q

33. Kirstin Korosec, "In Ford's Future Two Legged Robots and Self Driving Cars Could Team Up on Deliveries." TechCrunch, May 21, 2019. https://techcrunch.com/2019/05/21/in-fords-future-two-legged-robots-and-self-driving-cars-could-team-up-on-deliveries/

34. Peter Holly, "The Technology 202 : Drones in Aisle 5 ? Grocery Stores Are Becoming Unusual Hotbeds of Innovation." *Washington Post,* May 3, 2019. https://www.washingtonpost.com/news/powerpost/paloma/the-technology-202/2019/05/03/the-technology-202-drones-in-aisle-5-grocery-stores-are-becoming-unusual-hotbeds-of-innovation/5ccb371c1ad2e506550b2f0d/

35. Paul Daugherty et H. James Wilson, *Human + Machine : Reimagining Work in the Age of AI.* Boston : Harvard Business Review Press, 2018. https://store.hbr.org/product/human-machine-reimagining-work-in-the-age-of-ai/10163

36. David Z. Morris, "Nearly Half of All Retail Jobs Could Be Lost to Automation Within 10 Years." *Fortune,* May 21, 2017. https://fortune.com/2017/05/21/automation-retail-job-losses/

37. Bernard Marr, "Artificial Intelligence Has a Problem with Bias, Here's How to Tackle It." *Forbes,* January 29, 2019. https://www.forbes.com/sites/bernardmarr/2019/01/29/3-steps-to-tackle-the-problem-of-bias-in-artificial-intelligence/

38. Glock. Accessed November 5, 2019. https://us.glock.com/en/pistols/g43

39. Manuel Blum, "How to Exchange (Secret) Keys." *ACM Transactions on Computer Systems* 1 (2) (May 1983) : 175-93. https://dl.acm.org/doi/10.1145/357360.357368

40. Jade Fell, "Hacking Through the Years : A Brief History of Cyber Crime." *Engineering and Technology,* March 13, 2017. https://eandt.theiet.org/content/articles/2017/03/hacking-through-the-years-a-brief-history-of-cyber-crime/

41. Mat Honan, "What Is Doxing ?" *Wired,* March 16, 2014. https://www.wired.com/2014/03/doxing/

42. P. W. Singer et Allan Friedman, *CyberSecurity and CyberWar : What Everyone Needs to Know.* New York : Oxford University Press, 2013, p. 47-49. Panayotis Varayonis, "Explaining Public-Key Cryptography to

Non-Geeks." Medium.com, August 23, 2013. https://medium.com/@vrypan/explaining-public-key-cryptography-to-non-geeks-f0994b3c2d5

43. Charlie Osborne, "OpenEMR Security Flaws Could Have Exposed Millions of Patient Records." *ZDNet,* August 8, 2018. https://www.zdnet.com/article/openemr-security-flaws-left-millions-of-patient-records-open-to-attack/

44. "always improving itself" is a direct quote from "Linux Mint How to Update System." LinuxHint.com, May 2019. https://linuxhint.com/update_linux_mint_system/

45. Blake Sobczak, "Hackers Force Water Utilities to Sink or Swim." *E&E News,* March 28, 2019. https://www.eenews.net/articles/hackers-force-water-utilities-to-sink-or-swim/

46. Details and Risk Management." *FireEye,* May 15, 2017. https://www.fireeye.com/blog/products-and-services/2017/05/wannacry-ransomware-campaign.html

47. John Leyden, "Water Treatment Plant Hacked, Chemical Mix Changed for Tap Supplies." *The Register,* March 24, 2016. https://www.theregister.com/2016/03/24/water_utility_hacked/

48. Kim Zetter, *Countdown to Zero Day : Stuxnet and the Launch of the World's First Digital Weapon.* New York : Random House, 2014. Patrick Clare, "Stuxnet : Anatomy of a Computer Virus." 2014. https://vimeo.com/25118844

49. "What Is Selenium, and Why Should You Care ?" Appalachian Mountain Advocates, 2011. http://www.appalmad.org/2011/06/15/what-is-selenium-and-why-should-you-care-2/

50. Mark Reinsel, "Selenium Removal Technologies : A Review." WaterOnline.org, January 15, 2016. https://www.wateronline.com/doc/selenium-removal-technologies-a-review-0001

51. National Park Service, "DC Clean Rivers Project Potomac River Tunnel Environmental Assessment." October 2018. https://www.dcwater.com/sites/default/files/project/documents/Potomac_River_Tunnel_EA_508_2018_10_25.pdf "four valves" is from an interview by Peter W. Singer with DC water expert, Washington, DC, July 26, 2019.

52. Interstate Commission on the Potomac River Basin, "Cooperative Water Supply Operations on the Potomac." Accessed June 23, 2019. https://www.potomacriver.org/focus-areas/water-resources-and-drinking-water/cooperative-water-supply-operations-on-the-potomac/

53. "Potomac Reservoir and River Simulation Model User's Guide and Documentation." Interstate Commission on the Potomac River Basin, Report No. 04-03, 2004. https://www.potomacriver.org/wp-content/uploads/2015/06/ICP04-3_Prelewicz.pdf

54. Danny Yadron, "Iranian Hackers Infiltrated New York Dam in 2013." *Wall Street Journal,* December 20, 2015. https://www.wsj.com/articles/iranian-hackers-infiltrated-new-york-dam-in-2013-1450662559

55. Kate Goddard, Abdul Roudsari, et Jeremy C. Wyatt, "Automation Bias : A Systematic Review of Frequency, Effect Mediators, and Mitigators." *Journal of American Medical Information Association,* 2012. https://www.ncbi.nlm.nih.gov/pmc/articles/PMC3240751/Missy Cummings, "Automation Bias in Intelligent Time Critical Decision Support Systems." American Institute of Aeronautics and Astronautics. Accessed May 22, 2019. http://citeseerx.ist.psu.edu/viewdoc/download?doi=10.1.1.91.2634&rep=rep1&type=pdf

56. M. Arbeiter, "Enjoy a Country Song Written by a Neural Network." *Nerdist*, April 24, 2019. https://nerdist.com/article/neural-network-country-song/

57. Janet Reitman, "U.S. Law Enforcement Failed to See the Threat of White Nationalism." *New York Times,* November 3, 2018. https://www.nytimes.com/2018/11/03/magazine/FBI-charlottesville-white-nationalism-far-right.html

58. "Portland Far-right Rally : Police Charge Counterprotesters with Batons Drawn." *The Guardian,* August 5, 2018. https://www.theguardian.com/us-news/2018/aug/04/patriot-prayer-to-carry-guns-at-portland-rally-as-fears-of-violence-rise

59. Monika Nickelsburg, "A Brief History of the Guy Fawkes Mask." *Mental Floss,* November 5, 2015. https://www.mentalfloss.com/article/70807/brief-history-guy-fawkes-mask

60. Merrit Kennedy, "A Siberian River Has Mysteriously Turned Blood Red." NPR, September 9, 2016. https://www.npr.org/sections/thetwo-way/2016/09/08/493139519/a-siberian-river-has-mysteriously-turned-blood-red?t=1645048261648

61. Sarah Wynn, "Water Turns Purple Overnight in Ohio Town." ABC6onyourside.com, June 4, 2019. https://abc6onyourside.com/news/local/water-turns-purple-overnight-in-ohio-town

62. Heather Pemberton Levy, "Gartner's Top 10 Strategic Predictions for 2017 and Beyond : Surviving the Storm Winds of Digital Disruption." Gartner, October 18, 2016. https://www.gartner.com/en/documents/3471568/top-strategic-predictions-for-2017-and-beyond-surviving-

63. Theoriz, "Mixed Reality RnD Test 002." Accessed August 30, 2019. https://www.theoriz.com/portfolio/mixed-reality-project/

64. Alison Gopnik, "A Generational Divide in the Uncanny Valley." *Wall Street Journal,* January 10, 2019. https://www.wsj.com/articles/a-generational-divide-in-the-uncanny-valley-11547138712

65. Carlene Hempel, "The Man – Facts, Fiction and Themes." John Henry : The Steel Driving Man, December 1998. https://www.ibiblio.org/john_henry/analysis.html

66. Caroline Holmes, "Robust Future Changes in Temperature Variability Under Greenhouse Gas Forcing and the Relationship with Thermal Advection." *Journal of Climate,* March 23, 2016. https://journals.ametsoc.org/view/journals/clim/29/6/jcli-d-14-00735.1.xml

67. Freegan.info, "What Is a Freegan ?" Accessed May 23, 2019. https://freegan.info/

68. Rachel Kurzius, "Well, Where Did You Think Stephen Miller Lived ?" DCist.com, August 8, 2017. https://dcist.com/story/17/08/08/well-where-did-you-think-stephen-mi/

69. Freegan.info, "Freegan Philosophy." Accessed May 23, 2019. https://freegan.info/freegan-philosophy/

70. Tom Bateman, "Police Warning After Drug Traffickers' Cyber-Attack." BBC News, October 16, 2013. https://www.bbc.com/news/world-europe-24539417

71. Tsuyoshi Inagaki, "The Difference Between a Chef's Knife and Santoku Knife." Kamikoto.com, March 12, 2018. https://kamikoto.com/blogs/fundamentals/difference-between-chefs-knife-and-santoku-knife

72. Rolex.com. 2019. https://www.rolex.com/watches/explorer.html

73. Christianna Reedy, "Graphene That Changes Color When It Cracks Could Literally Save Lives." *Futurism,* April 13, 2017. https://futurism.com/graphene-that-changes-color-when-it-cracks-could-literally-save-lives

74. Victor L. Pushparaj *et al.*, "Flexible Energy Storage Devices Based on Nanocomposite Paper." *Proceedings of the National Academy of Sciences of the United States of America,* August 21, 2007. https://www.ncbi.nlm.nih.gov/pmc/articles/PMC1959422/

75. Ben's Chili Bowl, "Our Legacy." Accessed July 27, 2019. https://www.benschilibowl.com/history

Chapitre 5

1. US Supreme Court, Opinion of the Court by Chief Justice Earl Warren in the Case of *Miranda v. Arizona.* June 13, 1966. Available at https://catalog.archives.gov/id/597564

2. Adam Clark Estes, "The 3-D Printed Gun Shop Threat Is Getting Weird and Scary." *Gizmodo,* June 20, 2019. https://gizmodo.com/the-3d-printed-gun-threat-is-getting-weird-and-scary-1835694478

3. US Supreme Court, *Berghuis v. Thompkins.* June 1, 2010. Available at https://www.supremecourt.gov/opinions/09pdf/08-1470.pdf

4. Tiffany Jeung, "Watch How the World's Fastest Robot Cat Learns Feline Tricks." Inverse.com, November 12, 2018. https://www.inverse.com/article/50754-nybble-is-the-fastest-robot-cat

5. Kelsey Atherton, "How to Make a DIY Anti-Surveillance Spray." *Popular Science,* August 2, 2013. https://www.popsci.com/diy/article/2013-08/diy-anti-surveillance-camera-spray/

6. Shinichi Tsuchiya, Tomohiro Kiguchi, et Makoto Nishiuchi, "Underground Makeover." *Transmission & Distribution World,* January 1, 2012. https://www.tdworld.com/intelligent-undergrounding/article/20969244/underground-makeover

7. Jack Corrigan, "Siri, Watch That Guy : Pentagon Seeks AI That Can Track Someone Across a City." *Defense One,* May 13, 2019. https://www.defenseone.com/technology/2019/05/iarpa-needs-more-training-data-video-surveillance-algorithms/156955/?oref=DefenseOneTCO

8. "Bornean Orangutan Infant Crosses O-Line for the First Time at the Smithsonian's National Zoo." Smithsonian's National Zoo & Conservation Biology Institute, April 10, 2017. https://nationalzoo.si.edu/animals/news/bornean-orangutan-infant-crosses-o-line-for-first-time-smithsonians-national-zoo

9. "Boston Dynamics Atlas Robot Does Parkour." *What the Future,* October 17, 2018. https://www.youtube.com/watch?v=1crOxJa6Z18

Chapitre 6

1. US Army, "Mine Resistant Ambush Protected (MRAP) Vehicles." Accessed July 17, 2019. https://asc.army.mil/web/portfolio-item/cs-css-mine-resistant-ambush-protected-mrap-vehicle-mrap/

2. WhiteHouse.gov, "Eisenhower Executive Office Building." Accessed July 28, 2019. https://www.whitehouse.gov/about-the-white-house/the-grounds/eisenhower-executive-office-building/

3. "All Terrain Surveillance Robot." *Wisdom Land,* March 7, 2018. https://www.youtube.com/watch?v=ar-YCHQK4ew

4. Matt Day, "Amazon Is Working on a Device That Can Read Human Emotions." *Bloomberg,* May 23, 2019. https://www.bloomberg.com/news/articles/2019-05-23/amazon-is-working-on-a-wearable-device-that-reads-human-emotions

5. Bryn Farnsworth, "Facial Action Coding System (FACS) – A Visual Guidebook." *Imotions,* August 18, 2019. https://imotions.com/blog/facial-action-coding-system/Jinni Harrigan, Robert Rosenthal, et Klaus Scherer (eds.), *New Handbook of Methods in Nonverbal Behavior Research.* New York : Oxford University Press, 2008.

6. "The Making of a Little Professor." MusingsofanAspie.com, November 3, 2012. https://musingsofanaspie.com/2012/11/03/the-making-of-a-little-professor/

7. "The Edge (1997) Anthony Hopkins – Memorable Quotes." YouTube, January 19, 2014. Video, 06:47. https://www.youtube.com/watch?v=H2NaM8XFd_E

8. Noam Brown et Tuomas Sandholm, "Superhuman AI for Multiplayer Poker." *Science,* July 11, 2019. https://www.science.org/doi/abs/10.1126/science.aay2400

9. MIT Media Lab, "DuoSkin." Accessed June 23, 2019. https://duoskin.media.mit.edu/

10. Defense Advanced Research Projects Agency, "Broad Agency Announcement : Narrative Networks, DARPA-BAA-12-03." October 7, 2011. https://dokumen. tips/education/broad-agency-announcement-narrative-networks-dso-darpa-baa-12-03.html?page=1

11. "Oldest Literary Reference to Automata, Computers, Robots." Abcdunlimited.com. Accessed July 23, 2019. http://abcdunlimited.com/liberty/refs/aristotle.html

12. As quoted in Sarah Kessler, "The Optimist's Guide to the Robot Apocalypse." *Nextgov,* March 9, 2017. http://www.nextgov.com/emerging-tech/2017/03/optimists-guide-robot-apocalypse/136028/?oref=nextgov_today_nl

13. Katy Shepard, Christina Nemeth, Karen Murray, et Callie McGrath, "Ethics of 'Cogniceuticals.'" The Central Sulcus, August 18, 2013. https://thecentralsulcus.wordpress.com/2013/08/18/ethics-of-cogniceuticals/

14. Matthew Cox, "Army Studies Electrical Brain Zaps for Enhancing Soldier Performance." Military.com, April 25, 2019. https://www.military.com/daily-news/2019/04/25/army-studies-electrical-brain-zaps-enhancing-soldier-performance.html Josh Constine, "Facebook Is Building Brain-Computer Interfaces for Typing and Skin-Hearing." TechCrunch, April 19, 2017. https://techcrunch.com/2017/04/19/facebook-brain-interface/

15. As quoted in Matt Novak, "Yes, the Eerie Carl Sagan Prediction That's Going Viral Is Real." *Gizmodo,* January 23, 2017. https://gizmodo.com/yes-the-eerie-carl-sagan-prediction-thats-going-viral-1791502520. La citation provient du livre de Carl Sagan : *The Demon-Haunted World : Science As a Candle in the Dark*, New York : Random House, 1995.

16. Sergio Miracola, "How China Uses A.I. to Control Society." ISPI, June 3, 2019. https://www.ispionline.it/it/pubblicazione/how-china-uses-artificial-intelligence-control-society-23244

17. "Hashcat Tutorial for Beginners." *InfoSecInstitute,* April 9, 2018. https://resources.infosecinstitute.com/topic/hashcat-tutorial-beginners/

18. Steve Ranger, "IoT Security Crackdown : Stop Using Default Passwords and Guarantee Updates, Tech Companies Told." *ZDNet,* May 1, 2019. https://www.zdnet.com/article/iot-security-crackdown-stop-using-default-passwords-and-guarantee-updates-tech-companies-told/

19. Jeff Stone, "Newly Reported Flaws in Cameras, Locks Add to Scrutiny of Smart-Home Security." *CyberScoop,* July 2, 2019. https://www.cyberscoop.com/smart-home-vulnerabilities-netgear-zipato/Zack Whittaker, "A Backdoor in Optergy Tech Could Remotely Shut Down a Smart Building 'with One Click.'" TechCrunch, June 6, 2019. https://techcrunch.com/2019/06/06/optergy-backdoor-smart-building/

20. "Human AI Collaboration." Deep Dream Generator. Accessed July 23, 2019. https://deepdreamgenerator.com/#gallery

21. David T. Zabecki, "The Greatest German General No One Ever Heard Of." Historynet, May 12, 2008. https://www.historynet.com/the-greatest-german-general-no-one-ever-heard-of.htm

22. Plato, "The Allegory of the Cave." *Republic,* VII 514 a, 2 to 517 a, 7, traduit par Thomas Sheehan. https://religiousstudies.stanford.edu/sites/g/files/sbiybj5946/f/allegory_of_the_cave_.pdf Amy Trumpeter, "'The Allegory of the Cave' by Plato : Summary And Meaning." September 21, 2012. https://www.philosophyzer.com/the-allegory-of-the-cave-by-plato-summary-and-meaning/

23. April Glaser, "How to Not Build a Panopticon." Slate.com. July 19, 2019. https://slate.com/technology/2019/07/amazon-rekognition-surveillance-panopticon.html

24. Peter Holley, "Baristas Beware : A Robot That Makes Gourmet Cups of Coffee Has Arrived." *Washington Post,* March 22, 2019. https://www.washingtonpost.com/technology/2019/03/22/baristas-beware-robot-that-makes-gourmet-cups-coffee-has-arrived/

25. Mary L. Gray et Siddarth Suri, *Ghost Work : How to Stop Silicon Valley from Building a New Global Underclass.* Boston : Houghton Mifflin Harcourt, 2019

26. Charlie Lieber, "Your Favorite Stores Could Be Tracking You with Facial Recognition." Racked, May 22, 2018. https://www.racked.com/2018/5/22/17380410/facial-recognition-technology-retail

27. Emily Price, "At San Francisco's New Cafe X, A Robot Makes Your Coffee Just the Way You Like It." *Fast Company,* January 30, 2017. https://www.fastcompany.com/3067635/at-san-franciscos-new-cafe-x-a-robot-makes-your-coffee-just-the-way-you-lik

Chapitre 7

1. Miklós Vincze, Ion Dan Borcia, et Uwe Harlander, "Temperature Fluctuations in a Changing Climate : An Ensemble-based Experimental Approach." *Nature,* article 254 (2017). https://www.nature.com/articles/s41598-017-00319-0

2. Paul Sullivan, "A Battle over Diamonds : Made by Nature or in a Lab ?" *New York Times,* February 9, 2018. https://www.nytimes.com/2018/02/09/your-money/synthetic-diamond-jewelry.html

Chapitre 8

1. National Weather Service, "1936 Flood Retrospective." Accessed June 23, 2019. https://www.weather.gov/lwx/1936Flood

2. Floodmap.net, "Elevation of Washington, D.C., US Elevation Map, Topo, Contour." Accessed March 12, 2019. https://www.floodmap.net/Elevation/ElevationMap/?gi=4140963

3. Wikipedia contributors, "*View of the City of Washington in 1792,* Showing Goose Creek (Tiber Creek) et James Creek (18??)." Wikipedia, The Free Encyclopedia. Accessed July 25, 2019. https://en.wikipedia.org/wiki/Washington_City_Canal#/media/File:View_of_the_city_of_Washington_in_1792.tif

4. Aaron Steckelberg, Philip Kennicott, Bonnie Berkowitz, et Denise Lu, "A 200-Year Transformation : How the Mall Became What It Is Today." *Washington Post,* August 23, 2016. https://www.washingtonpost.com/graphics/lifestyle/the-evolution-of-the-national-mall/

5. Libby Nelson et Annah Hackett, "The Flood Map : Using NASA's Data to Show the Devastating Impact of Global Warming on the World's Coastlines." SLIS Digital Humanities Project Toolkit, 2015. https://sites.google.com/a/wisc.edu/slisdhtoolkit15/how-did-they-make-that/flood-map David Sollenberger, "Washington D.C. 100 Year Flood (FEMA Map)." ArcGIS, October 29, 2012. https://www.arcgis.com/home/item.html?id=639caddb19614293ba90ca09cf21c747

6. "Marine Corps Commercial : Toward the Sounds of Chaos." YouTube, March 10, 2012. https://www.youtube.com/watch?v=tYrBSTBHCS4

7. Interview par Peter W. Singer, Washington, DC, July 26, 2019. Voir aussi https://wtop.com/dc/2017/07/heavy-rain-raw-sewage-potomac-anacostia-rivers-likely/

Chapitre 9

1. Flood image : https://i.ytimg.com/vi/93hmFYccNlg/maxresdefault.jpg

2. National Museum of American History, "Mister Rogers' Sweater." Smithsonian. https://www.si.edu/object/mister-rogers-sweater%3Anmah_680637

3. Sarah Kessler, "AMAZON : This Company Built One of the World's Most Efficient Warehouses by Embracing Chaos." *Quartz*. Accessed July 23, 2019. https://classic.qz.com/perfect-company-2/1172282/this-company-built-one-of-the-worlds-most-efficient-warehouses-by-embracing-chaos/

4. "New Self-Aware Robotic Arm Can Recognize and Repair Itself." *Interesting Engineering,* February 3, 2019. https://interestingengineering.com/new-self-aware-robotic-arm-can-recognize-and-repair-itself Kalev Leeteru, "Will We Really Need Humans to Fix the Robots ?" *Forbes,* April 25, 2019. https://www.forbes.com/sites/kalevleetaru/2019/04/25/will-we-really-need-humans-to-fix-the-robots/?sh=58db354f3673

5. Ray Kurzweil, *The Singularity Is Near.* New York : Penguin Books, 2006. (*Humanité 2.0*, traduit par Adeline Mesmin, M21 Editions.

6. Stefan Holtel, "From Computer to Centaur – Cognitive Tools Turn the Rules Upside Down." *KM World,* January 30, 2015. http://www.kmworld.com/Articles/News/News-Analysis/From-computer-to-centaur—Cognitive-toolsturn-the-rules-upside-down-101525.aspx.

7. Matthew Sadler et Natasha Regan, *Game Changer : AlphaZero's Groundbreaking Chess Strategies and the Promise of AI.* Alkmaar, The Netherlands : New in Chess, 2019. https://www.newinchess.com/game-changer

8. Dan Costa, "Garry Kasparov Says AI Can Make Us 'More Human.'" *PC Mag,* March 20, 2019. https://www.pcmag.com/article/367202/garry-kasparov-says-ai-can-make-us-more-human

9. Walt Whitman, "Song of Myself", 1855. https://whitmanarchive.org/published/LG/1891/poems/27

10. Nick Bostrom, *Superintelligence : Paths, Dangers, Strategies.* Oxford, UK : Oxford University Press, 2014. Nick Bostrom, "Superintelligence." Talks at Google. YouTube, September 22, 2014. https://www.youtube.com/watch?v=pywF6ZzsghI Joshua Gans, "AI and the Paperclip Problem." VoxEU.org, June 10, 2018. https://voxeu.org/article/ai-and-paperclip-problem

Chapitre 10

1. David Canellis, "WATCH : Bitcoin ATM Showers London's Bond Street Station in Cash Money." *TNW*, June 7, 2019. https://thenextweb.com/news/bitcoin-atm-london-cash-money-notes-duffel-bag-cryptocurrency-bond-street

2. Sesame Street – Little Jerry and The Monotones, "Sesame Street : Sad." You-Tube, September 19, 2011. Video, 2:39. https://www.youtube.com/watch?v=2hBYDrBnMnc

3. Ben Fritz, "Startup Backed by Spielberg and Studios Seeks to Create VR Experiences for Malls." *Wall Street Journal,* February 13, 2017. https://www.wsj.com/articles/startup-backed-by-spielberg-and-studios-seeks-to-create-vr-experiences-for-malls-1486990802

4. Wikipedia contributors, "John W. Gardner." Wikipedia, The Free Encyclopedia. Accessed June 15, 2019. https://en.wikipedia.org/wiki/John_W._Gardner

5. "John Gardner : Engineer of the Great Society." PBS. Accessed July 8, 2019. https://www.pbs.org/johngardner/chapters/4.html

6. Lily Hay Newman, "How to Make Your Amazon Echo and Google Home as Private as Possible." *Wired,* April 11, 2019. https://www.wired.com/story/alexa-google-assistant-echo-smart-speaker-privacy-controls/Geoffrey A. Fowler, "Alexa Has Been Eavesdropping on You This Whole Time." *Washington Post,* May 6, 2019. https://www.washingtonpost.com/technology/2019/05/06/alexa-has-been-eavesdropping-you-this-whole-time/

7. Anne-Marie Slaughter, "Why Women Still Can't Have It All." *The Atlantic,* June 13, 2012. https://www.theatlantic.com/magazine/archive/2012/07/why-women-still-cant-have-it-all/309020/

8. Larry Cooper, "How Casinos Use Facial Recognition Technology." *Cool Cat Casino.* Accessed June 23, 2019. https://www.coolcat-casino.com/articles/how-casinos-use-facial-recognition-technology.php

9. Stephen Streng, *Adulterating More Than Food : The Cyber Risk to Food Processing and Manufacturing.* Food Protection and Defense Institute Report, University of Minnesota, 2019. https://conservancy.umn.edu/bitstream/handle/11299/217703/FPDI-Food-ICS-Cybersecurity-White-Paper.pdf

10. Nate Silver, *The Signal and the Noise:Why So Many Predictions Fail – But Some Don't.* New York : Penguin Books, 2015.

11. Tech Insider, "This Sea-Craft Looks Like a Plane, Has a Car's Engine, and Docks Like a Boat." YouTube, March 9, 2018. Video. https://www.youtube.com/watch?v=C-sWokqiVHw

12. "Pentagon Partners with Singapore to Develop AI for Disaster Response." *FedScoop,* July 3, 2019. https://www.fedscoop.com/jaic-working-with-singapore-on-ai/

13. "The Fragile", de Nine Inch Nails. Accessed November 5, 2019. https://genius.com/Nine-inch-nails-the-fragile-lyrics « Elle brille dans un monde de laideur / Elle compte quand plus rien n'a de sens. »

14. *Sex Robots.* Digital photograph, 467 × 374. Accessed June 26, 2019. https://img.scoop.it/8ls07MswihziRE4D5NB-gDl72eJkfbmt4t8yenImKBVvK-0kTmF0xjctABnaLJIm9

15. Erin Brodwin, "Here's the Personality Test Cambridge Analytica Had Facebook Users Take." *Business Insider,* March 19, 2018. https://www.businessinsider.com/facebook-personality-test-cambridge-analytica-data-trump-election-2018-3

16. David Yates, "I Mean, It's Sort of Exciting, Isn't It, Breaking the Rules ?" From *Harry Potter and the Order of the Phoenix,* 2007. https://getyarn.io/yarn-clip/a787344e-30d1-435d-a975-e076338510c5

17. "Othala Rune." Anti-Defamation League. Accessed June 26, 2019. https://www.adl.org/education/references/hate-symbols/othala-rune

18. Henry Farrell, "The 'Intellectual Dark Web,' Explained." *Vox,* May 10, 2018. https://www.vox.com/the-big-idea/2018/5/10/17338290/intellectual-dark-web-rogan-peterson-harris-times-weiss

19. Geoffrey A. Fowler, "First Look : Now Laptop Screens Fold, Too, with This ThinkPad from Lenovo." *Washington Post,* May 13, 2019. https://www.washingtonpost.com/technology/2019/05/13/first-look-now-laptop-screens-fold-too-with-this-thinkpad-lenovo/

Chapitre 11

1. Malcolm Owen, "Apple Working on Force-Sensing Gloves for Gesture Controls." *AppleInsider,* January 15, 2019 https://appleinsider.com/articles/19/01/15/apple-working-on-force-sensing-gloves-for-gesture-controls

2. "Built for Boys", Blue Ridge School, 2015. https://www.blueridgeschool.com/

3. "Next Generation Squad Weapons (NGSW)." US Army Acquisition Support Center, 2019. https://asc.army.mil/web/portfolio-item/fws-cs-2/

4. *Military Exoskeleton Suit.* GIF, 632 × 268. Accessed June 26, 2019. https://66.media.tumblr.com/03838f53888dabb692ceaeb55b61af52/tumblr_nizd9ifMwV1tks6n9o1_1280.gif

5. *The 500-Volt Shotgun.* Photograph, 600 × 373. Accessed June 26, 2019. https://d1w116sruyx1mf.cloudfront.net/ee-assets/channels/cdd_default/130808-image2.jpg

6. Patrick Tucker, "This Formula Predicts Soldier Firepower in 2050." *Defense One*, September 17, 2019. https://www.defenseone.com/technology/2019/09/formula-predicts-soldier-firepower-2050/159931/

7. Kyle Mizokami, "This Russian Company Plans a Sniper Rifle That Can Fire Rounds at Mach 5.83." *Foxtrot Alpha,* March 10, 2018. https://jalopnik.com/this-russian-company-plans-a-sniper-rifle-that-can-fire-1829496377

8. Giancarlo Fiorella, "A Beginner's Guide to Flight Tracking." Bellingcat, October 15, 2019. https://www.bellingcat.com/resources/how-tos/2019/10/15/a-beginners-guide-to-flight-tracking/

9. Nigel Chiwaya, "Along the East Coast, Rainy Days, High Tides and Sea Rise Make Floods a Part of Life." NBC, January 10, 2019. https://www.nbcnews.com/mach/news/east-coast-sea-level-rise-high-tides-flooding-ncna957241

10. Jennifer Kite-Powell, "How Sensors, Robotics and Artificial Intelligence Will Transform Agriculture." *Forbes,* March 19, 2017. https://www.forbes.com/sites/jenniferhicks/2017/03/19/how-sensors-robotics-and-artificial-intelligence-will-transform-agriculture/?sh=5190977a384b

11. Zeo Kleinman, "Ocado Trials Fruit-picking Robot." BBC, January 11, 2017. https://www.bbc.com/news/technology-38808925

12. "Strawberry Robots Forever." *Mashable,* July 1, 2019. https://twitter.com/mashable/status/1145725499806760962

13. Janet Adamy et Paul Overberg, "Rural America Is the New 'Inner City.'" *Wall Street Journal,* May 26, 2017. https://www.wsj.com/articles/rural-america-is-the-new-inner-city-1495817008

14. Alex Hern, "Stormfront : 'Murder Capital of Internet' Pulled Offline After Civil Rights Action." *The Guardian,* August 29, 2017. https://www.theguardian.

com/technology/2017/aug/29/stormfront-neo-nazi-hate-site-murder-internet-pulled-offline-web-com-civil-rights-action

15. Gunwerks, "Determining Wind Speed and Direction." YouTube, January 24, 2012. https://www.youtube.com/watch?v=hBdhWe-C4Co

16. "Industry Day for the Advanced Targeting and Lethality Automated System (ATLAS) Program – W909MY-19-R-C004." Federal Business Opportunities, February 11, 2019. https://govtribe.com/opportunity/federal-contract-opportunity/industry-day-for-the-advanced-targeting-and-lethality-automated-system-atlas-program-w909my19rc004

17. Peter W. Singer, *Children at War.* Berkeley : University of California Press, 2006. https://www.ucpress.edu/book/9780520248762/children-at-war Michel Chossudovsky, "Military Training for Young Children at Ukraine's 'Neo-Nazi Summer Camp.'" Geopolitica.ru, September 2, 2015. https://www.geopolitica.ru/en/1158-military-training-for-young-children-at-ukraines-neo-nazi-summer-camp.html Ben Makuch et Mack Lamoureux, "Neo-Nazis Are Organizing Secretive Paramilitary Training Across America." *Vice*, November 20, 2018. https://www.vice.com/en/article/a3mexp/neo-nazis-are-organizing-secretive-paramilitary-training-across-america

18. Andrew Prokop, "The 2014 Controversy over Nevada Rancher Cliven Bundy, Explained." *Vox,* May 14, 2015. https://www.vox.com/2014/8/14/18080508/nevada-rancher-cliven-bundy-explained

19. Nick Hague and Alexei Ovchinin, "2 Astronauts Safe after Soyuz Forced to Make Emergency Landing." CBC, October 11, 2018. https://www.cbc.ca/news/science/soyuz-iss-incident-emergency-landing-1.4858238

20. "Artificial Intelligence : An Evangelical Statement of Principles." The Ethics & Religious Liberty Commission of the Southern Baptist Convention, April 11, 2019. https://erlc.com/resource-library/statements/artificial-intelligence-an-evangelical-statement-of-principles/Ruth Graham, "How Southern Baptists Are Grappling with Artificial Intelligence." *Slate,* April 12, 2019. https://slate.com/technology/2019/04/southern-baptist-convention-artificial-intelligence-evangelical-statement-principles.html

21. "Federal Line of Duty Death Benefits (LODD)." *FEDweek Forum & Knowledge Base,* May 11, 2016. https://ask.fedweek.com/federal-government-policies/line-duty-death-benefits/

22. "This Is What Your Next MOPP Suit Could Look Like." We Are The Mighty, September 19, 2016. https://www.wearethemighty.com/mighty-tactical/this-is-what-your-next-mopp-suit-could-look-like/

23. Kathryn Harkup, "Chlorine : The Gas of War Crimes." *The Guardian* (blog), September 16, 2016. https://www.theguardian.com/science/blog/2016/sep/16/chlorine-the-gas-of-war-crimes

24. Michael Carpenter, "Russia Is Co-Opting Angry Young Men." *The Atlantic,* August 29, 2018. https://www.theatlantic.com/ideas/archive/2018/08/russia-is-co-opting-angry-young-men/568741/Bill Gertz, "Russian Group Offered Paramilitary

Training to U.S. Neo-Nazis." *Real Clear Defense,* April 6, 2019. https://www.realcleardefense.com/2019/04/06/russian_group_offered_paramilitary_training_to_us_neo-nazis_307443.html Kevin Poulsen, "Trump's New Favorite Network Embraces Russian Propaganda." *Daily Beast,* May 4, 2019. https://www.thedailybeast.com/trumps-new-favorite-network-oann-embraces-russian-propaganda

25. US National Park Service, "Baltimore-Washington Parkway." July 31, 2017. https://www.nps.gov/bawa/index.htm

26. Maya Oppenheim, "Neo-Nazis Are Taking Genetic Tests and Are Deeply Upset by the Results." *The Independent,* August 18, 2017. https://www.independent.co.uk/news/world/americas/neo-nazis-genetic-tests-white-supremacist-stormfront-racial-ethnic-african-jewish-asian-dna-a7899746.html

27. US Marshals Service, "Witness Security Program." Accessed June 25, 2019. https://www.usmarshals.gov/witsec/

28. Joel Achenbach, "Two Mass Killings a World Apart Share a Common Theme : 'Ecofascism.'" *Washington Post,* August 8, 2019. https://www.washingtonpost.com/science/two-mass-murders-a-world-apart-share-a-common-theme-ecofascism/2019/08/18/0079a676-bec4-11e9-b873-63ace636af08_story.html

Chapitre 12

1. Kashmir Hill, "Jamming GPS Signals Is Illegal, Dangerous, Cheap, and Easy." *Gizmodo,* July 24, 2017. https://gizmodo.com/jamming-gps-signals-is-illegal-dangerous-cheap-and-e-1796778955

2. Robert S. Mueller, "Report on the Investigation into Russian Interference in the 2016 Presidential Election : Volume I of II." Washington, DC : US Department of Justice, March 2019. https://www.justice.gov/storage/report.pdf

3. Quint Forgey, "McCabe : 'I Was Fired Because I Opened a Case Against the President.'" *Politico,* February 17, 2019. https://www.politico.com/story/2019/02/17/mccabe-fired-trump-fbi-1173596

4. James Vincent, "Welcome to the Automated Warehouse of the Future." *The Verge,* May 8, 2018. https://www.theverge.com/2018/5/8/17331250/automated-warehouses-jobs-ocado-andover-amazon

5. Wikipedia contributors, "Bureau of Engraving and Printing." Wikipedia, The Free Encyclopedia. Accessed June 19, 2019. https://en.wikipedia.org/wiki/Bureau_of_Engraving_and_Printing

6. Sabrina Stierwalt, "How Do You Estimate Crowd Size ?" *Everyday Einstein,* January 25, 2017. https://www.quickanddirtytips.com/education/science/how-do-you-estimate-crowd-size

7. Dianna Cahn, "Senate Approves Global War on Terrorism Memorial in DC." Military.com, August 4, 2017. https://www.military.com/daily-news/2017/08/20/trump-gives-go-ahead-for-global-war-on-terrorism-memorial-in-dc.html

8. Kevin Roose, "His 2020 Campaign Message : The Robots Are Coming." *New York Times,* February 10, 2018. https://www.nytimes.com/2018/02/10/technology/his-2020-campaign-message-the-robots-are-coming.html

9. Howard M. Wasserman, "Argument Analysis : 'Contempt of Cop' – Justices Search for Compromise Standard for First Amendment Retaliatory Arrests." SCOTUSblog, November 27, 2018. https://www.scotusblog.com/2018/11/argument-analysis-contempt-of-cop-justices-search-for-compromise-standard-for-first-amendment -retaliatory -arrests/

10. William McPeak, "Weapons of War : The War Hammer." Warfare History Network, November 20, 2018. https://warfarehistorynetwork.com/2016/09/28/weapons-of-war-the-war-hammer/

11. Zach D. Roberts, "Earlier in a Parking Garage in #Charlottesville – White Supremacists Beat This Black Kid w/ Poles." Twitter, *@zdroberts* (blog), August 12, 2017. https://twitter.com/zdroberts/status/896519908795854848

12. Sam Reisman, "Trump : 'Knock the Crap Out' of Protesters, I'll Pay Legal Fees." *Daily Beast,* February 1, 2016. https://www.thedailybeast.com/cheats/2016/02/01/trump-i-ll-pay-for-protester-beatings

13. Wikipedia contributors, "Mouvement des Gilets jaunes." Wikipedia, The Free Encyclopedia. https://fr.wikipedia.org/wiki/Mouvement_des_Gilets_jaunes

14. Gavin Haynes, "The White Polo Shirt : How the Alt-Right Co-Opted a Modern Classic." *The Guardian,* August 30, 2017. https://www.theguardian.com/fashion/2017/aug/30/the-white-polo-shirt-how-the-alt-right-co-opted-a-modern-classic

15. Patrick Howell O'Neill, "Drones Emerge as New Dimension in Cyberwar." *CyberScoop,* February 5, 2018. https://www.cyberscoop.com/apolloshield-septier-drones-uav-cyberwar-hacking/"Teenager Hacks Drone to Prove Cyber Attack Risk." Reuters, May 3, 2019. https://www.reuters.com/video/watch/idOVADCPM57 Department of Homeland Security-CERT, "ICS Alert (ICSALERT- 19-211-01) : CAN Bus Network Implementation in Avionics." July 30, 2019. https://www.us-cert.gov/ics/alerts/ics-alert-19-211-01?wpisrc=nlcybersecurity202&wpmm=1

16. US Department of Defense, "Department of Defense Announces Successful Micro-Drone Demonstration." Press release, January 9, 2017. https://dod.defense.gov/News/News-Releases/News-Release-View/Article/1044811/department-of-defense-announces-successful-micro-drone-demonstration/Fortune Magazine, "Drone Swarms Are the New Fireworks in China." YouTube, June 14, 2018. https://www.youtube.com/watch?v=ZbCR8mOPkuo

17. Jeffrey Lin et Peter W. Singer, "This People-Moving Drone Has Completed More Than 1,000 Test Flights." *Popular Science,* February 8, 2018. https://www.popsci.com/ehang-passenger-carrying-drone/

18. Elliot Carter, "The Hidden Chamber Underneath the Lincoln Memorial." *Atlas Obscura.* Accessed June 25, 2019. https://www.atlasobscura.com/places/lincoln-memorial-undercroft

19. Defense Advanced Research Projects Agency, "AI Next campaign." Accessed July 21, 2019. https://www.darpa.mil/work-with-us/ai-next-campaign

20. Kirsten Gronlund, "State of AI : Artificial Intelligence, the Military and Increasingly Autonomous Weapons." Future of Life Institute, May 9, 2019. https://futureoflife.org/2019/05/09/state-of-ai/

21. Sharon Weinberger, *The Imagineers of War : How DARPA Changed the World.* New York : Knopf, 2018. Defense Advanced Research Projects Agency, "How DARPA Created AI." DARPATV, December 7, 2018. https://www.youtube.com/watch?v=ri5gOjYgLns

22. Richa Bhatia, "Understanding the Difference Between Symbolic AI & Non Symbolic AI." *Analytics India Magazine* (blog), December 27, 2017. https://analyticsindiamag.com/understanding-difference-symbolic-ai-non-symbolic-ai/

23. "Exodus 7 – New International Version (NIV)." Biblica. Accessed June 25, 2019. https://www.biblica.com/bible/niv/exodus/7/

Chapitre 13

1. US Army TRADOC, "The Democratization of Dual Use Technology." US Army Mad Scientist Laboratory, June 27, 2019. https://madsciblog.tradoc.army.mil/157-the-democratization-of-dual-use-technology/

2. "Turkey's Coup Brought to You via Plotters' WhatsApp Posts." France24, August 25, 2016. https://www.france24.com/en/20160725-turkey-coup-whatsapp-plotters-erdogan-media

3. Fathali M. Moghaddam, "The Staircase to Terrorism : A Psychological Exploration." *American Psychologist* 60(2) (February-March 2005) : 161-69. https://pubmed.ncbi.nlm.nih.gov/15740448/Martha Crenshaw. *Explaining Terrorism : Causes, Processes and Consequences.* London and New York : Routledge, 2011.

Chapitre 14

1. Leon Cook, "New Full-Color Night Vision Could Revolutionize Troops' Ability to Operate in Dark." *Stars and Stripes,* January 16, 2019. https://content.jwplatform.com/previews/UsNYCGmj-9WGzrfLj

2. John Ismay, "Stargazing in a WarZone." *New York Times,* September 12, 2019. https://www.nytimes.com/2019/09/12/magazine/stargazing-war-zone.html

3. Department of Homeland Security, "Radar Systems for Through-the-Wall Surveillance." July 22, 2016. https://www.dhs.gov/publication/radar-systems-through-wall-surveillance

4. *IRobot 510 PackBot.* https://www.militaryfactory.com/armor/detail.php?armor_id=183

5. Frank Colucci, "Explosive Ordnance Disposal Robots Outfitted with Weapons." *National Defense*, August 1, 2003. https://www.nationaldefensemagazine.org/articles/2003/8/1/2003august-explosive-ordnance-disposal-robots-outfitted-with-weapons

6. Marshall Brain and Charles W. Bryant, "How Capacitors Work." HowStuffWorks. Accessed July 8, 2019. https://electronics.howstuffworks.com/capacitor.htm

7. Jeffrey Lewis, "The EMPire Strikes Back." *Foreign Policy*, May 24, 2013. https://foreignpolicy.com/2013/05/24/the-empire-strikes-back/

8. "Capitol Power Plant." Architect of the Capitol, March 14, 2019. https://www.aoc.gov/capitol-buildings/capitol-power-plant

Chapitre 15

1. Adam Janofsky, "Federal Researchers Simulate Power Grid Cyberattack, Find Holes in Response Plan." *Wall Street Journal,* November 9, 2018. https://www.wsj.com/articles/federal-researchers-simulate-power-grid-cyberattack-find-holes-in-response-plan-1541785202

2. Ready.gov, "Build a Kit." Accessed June 26, 2019. https://www.ready.gov/build-a-kit

3. Alexis Madrigal, "Should Children Form Emotional Bonds with Robots ?" *The Atlantic,* December 2017. https://www.theatlantic.com/magazine/archive/2017/12/my-sons-first-robot/544137/

4. "Testimony of Erik Prince," US House of Representatives, Permanent Select Committee on Intelligence. November 30, 2017. https://docs.house.gov/meetings/IG/IG00/20171130/106661/HHRG-115-IG00-Transcript-20171130.pdf US District Court of the District of Columbia, "Lawsuit Filed by Citizens for Responsibility and Ethics v. US Department of Justice." December 2018. https://s3.amazonaws.com/storage.citizensforethics.org/wp-content/uploads/2018/12/10165327/Giuliani-Complaint.pdf ; P. W. Singer et Emerson T. Brooking, *LikeWar : The Weaponization of Social Media.* Boston : Houghton Mifflin Harcourt, 2018.

5. Wikipedia contributors, "Quis Custodiet Ipsos Custodes ?" Wikipedia, L'encyclopédie libre. https://fr.wikipedia.org/wiki/Quis_custodiet_ipsos_custodes%3F

6. Defense Advanced Research Projects Agency program manager, interview par Peter W. Singer, Washington, DC, April 30, 2019.

7. Shane Harris, "New Zealand Attack Exposes How Little the U.S. and Its Allies Share Intelligence on Domestic Terrorism Threats." *Washington Post,* March 16, 2019. https://www.washingtonpost.com/world/national-security/

new-zealand-attack-exposes-how-little-the-us-and-its-allies-share-intelligence-on-domestic-terror-threats/2019/03/16/42c14d9c-4744-11e9-8aab-95b8d80a1e4f_story.html

8. Peter W. Singer, "National Security Pros, It's Time to Talk About Right-Wing Extremism." *Defense One,* February 28, 2018. https://www.defenseone.com/threats/2018/02/national-security-pros-its-time-talk-about-right-wing-extremism/146319/ Kathy Gilsinan, "How White-Supremacist Violence Echoes Other Forms of Terrorism." *The Atlantic,* March 15, 2019. https://www.theatlantic.com/international/archive/2019/03/violence-new-zealand-echoes-past-terrorist-patterns/585043/

9. Paul Miller, "What Is Edge Computing ?" *The Verge,* May 7, 2018. https://www.theverge.com/circuitbreaker/2018/5/7/17327584/edge-computing-cloud-google-microsoft-apple-amazon

10. Frank Luerweg, "The Internet Knows You Better Than Your Spouse Does." *Scientific American,* March 14, 2019. https://www.scientificamerican.com/article/the-internet-knows-you-better-than-your-spouse-does/

11. Andreas Vogel et Nicholas Wright, "Alexa, What Is a Conflict of Interest ?" *Slate,* May 10, 2019. https://slate.com/technology/2019/05/alexa-amazon-voice-assistant-conflict-interest-regulation.html

12. "Scientists Shocked by Arctic Permafrost Thawing 70 Years Sooner Than Predicted." *The Guardian,* June 18, 2019. https://www.theguardian.com/environment/2019/jun/18/arctic-permafrost-canada-science-climate-crisis

13. "The Most Expensive Car Interiors in the World." *Simoniz* (blog), September 16, 2016. https://www.holtsauto.com/simoniz/news/expensive-car-interiors-world/

14. Behnood Gholami, Wassim M. Haddad, et James M. Bailey, "AI Could Provide Moment-by-Moment Nursing for a Hospital's Sickest Patients." *IEEE Spectrum,* September 24, 2018. https://spectrum.ieee.org/biomedical/devices/ai-could-provide-momentbymoment-nursing-for-a-hospitals-sickest-patients

Chapitre 16

1. Katie Malafronte, "Facial-recognition Technology Banned in San Francisco." *Campus Safety Magazine,* May 15, 2019. https://www.campussafetymagazine.com/technology/facial-recognition-san-francisco/

2. Alistair M. C. Isaac et Will Bridewell, "White Lies on Silver Tongues : Why Robots Need to Be Able to Deceive (And How)." In Patrick Lin, Ryan Jenkins, and Keith Abney (eds.), *Robot Ethics 2.0*, New York : Oxford University Press, 2017.

3. Lily Hay Newman, "AI Can Recognize Your Face Even If You're Pixilated." *Wired,* September 9, 2016. https://www.wired.com/2016/09/machine-learning-can-identify-pixelated-faces-researchers-show/

4. David Cardinal, "Quantum Cryptography Demystified : How It Works in Plain Language." *ExtremeTech,* March 11, 2019. https://www.extremetech.com/extreme/287094-quantum-cryptography S. Kak, "A Three-Stage Quantum Cryptography Protocol." *Foundations of Physics Letters*, vol. 19 (3) (2006) : 293-96.

Chapitre 17

1. Zachary Tomlinson, "15 Medical Robots That Are Changing the World." *Interesting Engineering,* October 8, 2018. https://interestingengineering.com/15-medical-robots-that-are-changing-the-world

2. "You Are My Sunshine." Louisiana State Song, State Symbol USA. Accessed September 19, 2019. https://statesymbolsusa.org/symbol-official-item/louisiana/state-song/you-are-my-sunshine ; « Tu es mon rayon de soleil, mon seul rayon de soleil / Tu fais mon bonheur quand le ciel est gris. »

Chapitre 18

1. Robert Hartle, "How Heat Sinks Work." HowStuffWorks. Accessed June 18, 2019. https://computer.howstuffworks.com/heat-sink.htm

2. Defense Advanced Research Projects Agency, "Explainable Artificial Intelligence." Accessed July 6, 2019. https://www.darpa.mil/program/explainable-artificial-intelligence Molly Kovote, "I, Black Box : Explainable Artificial Intelligence and the Limits of Human Deliberative Processes." War on the Rocks, July 5, 2016. https://warontherocks.com/2019/07/i-black-box-explainable-artificial-intelligence-and-the-limits-of-human-deliberative-processes/

3. Ghiselaine Vu-Han, "Perfecting the Phosphorus Process." *MIT-The Tech,* March 8, 2018. https://chemistry.mit.edu/chemistry-news/perfecting-the-phosphorus-process/

4. US Air Force, "Description of White Phosphorous." BRAC Environmental Assessment, 1992.

5. Paul Reynolds, "White Phosphorous : Weapon on the Edge." BBC, November 16, 2005. http://news.bbc.co.uk/2/hi/americas/4442988.stm

Chapitre 19

1. Judith Shulevitz, "Alexa, Should We Trust You ?" *The Atlantic,* November 2018. https://www.theatlantic.com/magazine/archive/2018/11/alexa-how-will-you-change-us/570844/

De la fiction à la réalité…

1. *De la réalité à la fiction*… Voir aussi J. Furman Daniel III et Paul Musgrave, "Synthetic Experiences : How Popular Culture Matters for Images of International Relations." International Studies Quarterly, November 2017. https://academic.oup.com/isq/advance-article-abstract/doi/10.1093/isq/sqx053/4616603 ; and "Why Its Worth Reading Crazy Sounding Scenarios About the Future", *The Economist*, July 7, 2019. https://www.economist.com/leaders/2019/07/06/why-its-worth-reading-crazy-sounding-scenarios-about-the-future

COMPOSITION ET MISE EN PAGES
NORD COMPO À VILLENEUVE-D'ASCQ

CET OUVRAGE A ÉTÉ ACHEVÉ D'IMPRIMER
SUR ROTO-PAGE
PAR L'IMPRIMERIE FLOCH À MAYENNE
EN MAI 2022

N° d'impression : 100464
Dépôt légal : mai 2022
Imprimé en France